束忱
張宏生　注譯
侯迺慧　校閱

新譯唐傳奇選

三民書局印行

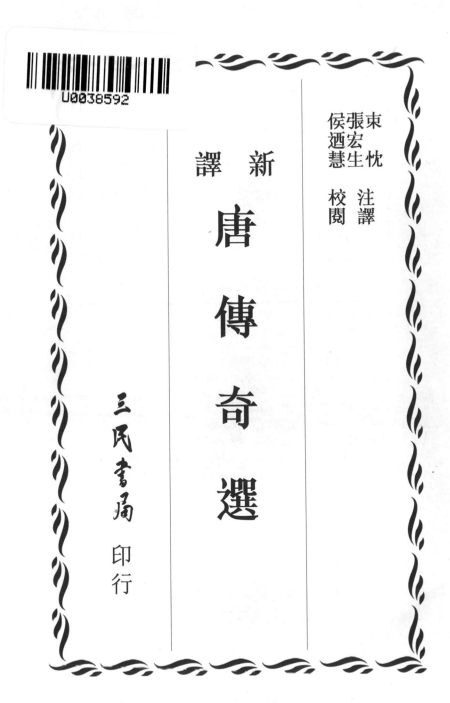

國家圖書館出版品預行編目資料

新譯唐傳奇選／束忱,張宏生注譯;侯迺慧校閱.——二版六刷.——臺北市：三民，2016

面；　公分.——(古籍今注新譯叢書)

ISBN 978-957-14-2802-4　(平裝)

857.14

© 新譯唐傳奇選

注譯者	束　忱　張宏生
校閱者	侯迺慧
發行人	劉振強
著作財產權人	三民書局股份有限公司
發行所	三民書局股份有限公司
	地址　臺北市復興北路386號
	電話　(02)25006600
	郵撥帳號　0009998-5
門市部	(復北店) 臺北市復興北路386號
	(重南店) 臺北市重慶南路一段61號
出版日期	初版一刷　1998年4月
	二版一刷　2008年2月
	二版六刷　2016年6月
編號	S 031540

行政院新聞局登記證局版臺業字第〇二〇〇號

ISBN 978-957-14-2802-4 (平裝)

http://www.sanmin.com.tw 三民網路書店

刊印古籍今注新譯叢書緣起

劉振強

人類歷史發展，每至偏執一端，往而不返的關頭，總有一股新興的反本運動繼起，要求回顧過往的源頭，從中汲取新生的創造力量。孔子所謂的述而不作，溫故知新，以及西方文藝復興所強調的再生精神，都體現了創造源頭這股日新不竭的力量。古典之所以重要，古籍之所以不可不讀，正在這層尋本與啟示的意義上。處於現代世界而倡言讀古書，並不是迷信傳統，更不是故步自封；而是當我們愈懂得聆聽來自根源的聲音，我們就愈懂得如何向歷史追問，也就愈能夠清醒正對當世的苦厄。要擴大心量，冥契古今心靈，會通宇宙精神，不能不由學會讀古書這一層根本的工夫做起。

基於這樣的想法，本局自草創以來，即懷著注譯傳統重要典籍的理想，由第一部的四書做起，希望藉由文字障礙的掃除，幫助有心的讀者，打開禁錮於古老話語中的豐沛寶藏。我們工作的原則是「兼取諸家，直注明解」。一方面熔鑄眾說，擇善而從；一方面也力求明白可喻，達到學術普及化的要求。叢書自陸續出刊以來，頗受各界的喜愛，使我們得到很大的鼓勵，也有信心繼續推廣這項工作。隨著海峽兩岸的交流，我們注譯的成員，也由臺灣各大學的教授，擴及大陸各有專長的學者。陣容的充實，使我們有更多的資源，整理更多樣化的古籍。兼採經、史、子、集四部的要典，重拾對通才器識的重視，將是我們進一步工作的目標。

古籍的注譯，固然是一件繁難的工作，但其實也只是整個工作的開端而已，最後的完成與意義的賦予，全賴讀者的閱讀與自得自證。我們期望這項工作能有助於為世界文化的未來匯流，注入一股源頭活水；也希望各界博雅君子不吝指正，讓我們的步伐能夠更堅穩地走下去。

新譯唐傳奇選　目次

導讀

壹、唐傳奇的得名及其發展概貌

所謂唐傳奇，指的是唐代的文言小說。但作為體裁的類名，「傳奇」這一概念，尚未為唐人所廣泛使用。據專家考證，最早將「傳奇」作為自己小說標題的是元稹。他的名作〈鶯鶯傳〉在北宋趙令時《侯鯖錄》、南宋曾慥《類說》等著作中均題為〈傳奇〉（〈鶯鶯傳〉這一篇名出於《太平廣記》，《太平廣記》的編纂者往往為所收的作品另設標題）。到了晚唐，裴鉶又將自己的小說集定名為《傳奇》。此後，也許是因為〈鶯鶯傳〉和《傳奇》分別代表了唐代單篇小說與專集作品的典型風貌，也許是「傳奇」很好地概括了唐人小說「作意好奇」的整體風貌，「傳奇」這一概念便逐漸為世人所習用，成為唐人小說的專稱。

任何一種文學樣式都有其發生、發展的自然軌跡。伴隨著唐代政治、經濟、文化的發展變更，唐傳奇也顯示出了階段性的特徵。宏觀地看，唐傳奇的演進大約可以分為以下三個時期。

（一）發生期（大約相當於初盛唐時代），這是唐傳奇初步形成自己特色的階段。這個時期，唐傳奇的代表作有王度的〈古鏡記〉、佚名的〈補江總白猿傳〉和張鷟的〈游仙窟〉等。〈古鏡記〉描寫了一面古鏡神異的魔力，〈補江總白猿傳〉則記述了歐陽紇之妻為白猿劫走，後又產下一名形貌類猿的嬰兒的離奇故事。從題材上看，這批作品仍然沒有脫離六朝志怪小說稱道鬼神、張皇靈異的基本特色，人物刻劃往往失於粗疏，情節也比較簡單。同時期的〈游仙窟〉是現存唐傳奇中最早的言情之作，但與〈霍小玉傳〉、〈鶯鶯傳〉等唐傳奇成熟期的愛情小說相比，〈游仙窟〉無論在人物的塑造上還是在環境的描繪上都顯得比較幼稚乃至淺陋。然而與漢魏六朝古小說相比，此一時期的傳奇作品在體制上已不復是記錄簡單情事、言行的「叢殘小語」了。不僅篇幅大大擴展，敘事也愈加紆曲委婉，初步體現了唐傳奇雄渾奔放的氣質特徵。

此外，這段時期還出現了唐傳奇專集《紀聞》，牛肅創作的這部傳奇專集現已散佚，但從輯錄到的篇目來看，它既有記錄奇聞怪事的篇目又不乏反映當時社會現實的作品。較之前代小說，唐傳奇的一個基本質素便是對社會現實的濃厚興趣取代了對超自然的神祕現象的執著表現。就此而言，《紀聞》中兩種題材類型的並存便很好地反映出唐傳奇在初創時代的發展演進的痕跡。

（二）成熟期（大約相當於中唐時代），這是唐傳奇外在體制與內在特質都已發展成熟，並在質和量兩方面都成就了豐碩果實的時期。許多傑出的詩人、學者、史家也都參與到傳奇創作中來了。在此時期內，唐傳奇的典型特徵都已完美地展示出來。具體說來，主要表現在以下兩方面。

首先是現實精神與浪漫手法在唐傳奇中得到了完美結合。是唐人首先在小說中廣泛而細緻地描繪了現實生活的真實畫卷，上至帝后的宮闈生活，下至娼優士子的婚戀悲劇；大到政治鬥爭的風雲變幻，小到博弈鬥雞的微末技藝，在唐傳奇中都有充分表現。有關國家治亂的重大事件，無關國計民生的凡人瑣事，唐傳奇也都加以細緻描摹。舉凡藩鎮跋扈、俠士犯禁、男歡女愛、聲色犬馬、兄弟鬩牆、術士煉丹等涉及當時政治、經濟、民俗、宗教等各個方面的社會生活狀況都被用作小說的素材。唐傳奇作者的筆端幾乎觸及到了唐代社會的每一個角落。而唐以前的古小說，就題材而言可分為兩大類，一類是以〈漢武帝內傳〉為代表的描寫宮闈祕事的作品，一類是以《搜神記》、《幽冥錄》為代表的志怪小說。這兩大類作品的共同特點就是只關注超越現實的神仙道術、鬼神靈異而無意於人間的現實生活。與這批前代小說相比，唐傳奇的現實精神無疑是顯而易見的。同時，學者也指出「小說亦如詩，至唐代而一變，……與六朝之粗陳梗概者較，演進之跡甚明，而尤顯者乃在是時則始有意為小說。」（魯迅《中國小說史略》）這意味著唐人在關注現實的基礎之上，又有了文體的自覺，他們意識到了小說不是史傳，不必完全實錄。因此，唐傳奇中便有了浪漫的想像、藝術的誇張與虛構。如〈枕中記〉、〈南柯太守傳〉教導世人要勘破功名利祿的羈絆，追求自然平澹的生活方式，討論的完全是現實人生的哲理，但作者運用的卻是魔幻的筆法、虛擬的情節。再如〈柳毅〉著力描畫了一個剛正果敢的書生形象，但為了表現主人公的個性，作者卻將他放置到了曼妙奇瑰的魚龍世界。與此相反，六朝作者的興趣在於鬼神之事，但寫作的態度卻完全是紀實的。著名志怪小說集《搜神記》的作者干寶便自稱創作小說的目的在於「發明神道之不誣」（意思是要以他聽到的大量事件來證明有關鬼神的宗教傳說的真實性），可見他寫作小說主要是為了論證他的哲學觀念。與他同時的人也稱其為「鬼之董狐」（《晉書》卷八二）。董狐是春秋時代一位著名的敢於秉筆直書的史官，這說明無論是干寶自己還是當時的其他文人都沒有將《搜神記》視為純粹的文學創作。對此，明人胡應麟論述得頗為周詳，他說：「變異之談，盛於六朝，然多是傳錄舛訛，未必盡幻設語，至唐人乃作意好奇，假小說以寄筆端。」（《少室山房筆叢》卷三六）這就是說，六朝小說雖然怪怪奇奇，卻沒有文學虛構的成分。到唐代，小說創作者才有意識地展開浪漫的想像，用虛擬的情節來表達自己對生活的體驗。

唐傳奇的另一個重要特徵便是出現了典型環境中的典型人物。漢魏六朝古小說的重心是敘事，因此作品中的人物形象是模糊的，缺乏個性特徵。而在唐傳奇中卻出現了很多形象豐滿、個性鮮明、給後人留下了深刻印象的典型人物。如鶯鶯、張生、李娃、霍小玉、柳毅、聶隱娘等，這些人物的言談舉止都貼切地反映出了他們的身分、地位、修養，表現出了獨特的性格特徵。同時這些性格特徵的出現不是偶然的、孤立的，人物的一舉一動、一顰一笑都是由他們的社會地位、生活環境所決定的。因此，為了使人物的行為符合生活邏輯，唐傳奇的作者著力描繪了人物活動的典型環境。其中有關高宅大院、市井民居、秦樓楚館的描寫都為情節發展、人物性格的展示提供了真實可靠的依據。既注重人物的刻劃，又注重環境的復原，意味著唐人已不再滿足於敘述故事的離奇和新異，而有意要表現人與社會，這一點不僅在唐前的古小說中是難以見到的，就是在初盛唐傳奇中的表現也尚不顯豁。

成熟期的傳奇因為具備了上述特徵而顯示出了特有的神采。唐人小說中最具魅力的傳世作品大都產生於此時。同時，一批傑出的傳奇集也出現了，如牛僧孺《玄怪錄》、李復言《續玄怪錄》、薛用弱《集異記》、張讀《宣室誌》，這些專集雖然藝術水準參差不齊，但都表現了當時文人對創作傳奇的濃厚興趣。

（三）嬗變期（大約相當於晚唐時代），此一時期唐傳奇創作的一個顯著特徵是單篇傳奇數量萎縮而傳奇專集數量激增。由於晚唐社會宦官擅權、藩鎮跋扈，戰亂愈加頻繁，人民的苦難加重，生活陷入動盪之中。於是，神仙方術、果報輪迴的佛道思想抬頭。傳奇中的志怪之風復熾，豪俠題材作品增多，直接反映現實的作品減少。而在藝術手法上，晚唐的傳奇也出現了新變的因素。早先那種以時間、經歷為框架的傳記體作品減少了，很多作品運用了順敘、倒敘、插敘相結合的手法，以短小的篇幅表現人物生活的橫斷面。同時，此時作品的整體情調也趨於虛幻、迷茫、怪誕，表現出一派衰颯之風。這與當時的社會風潮與政治環境都是息息相關的。此外，值得一提的是，這個時期出現的傳奇名篇如〈聶隱娘〉、〈虬髯客傳〉、〈紅線〉、〈崑崙奴〉等都是豪俠類作品。這一時期湧現出一大批傳奇作品專集，其中袁郊的《甘澤謠》、裴鉶的《傳奇》、皇甫枚的《三水小牘》都是藝術水準上佳的作品。

貳、唐傳奇與唐人的社會生活

唐代結束了中國自魏晉以來數百年干戈紛擾的分裂局面，形成了我國封建社會的鼎盛時代。在這段繁榮安定的時期內，唐人的社會生活中出現了某些前代所從未有過的新氣象、新內容。這些新鮮事物對唐傳奇的繁榮有著很重要的作用。

任何一個時代的繁榮都是以經濟的發展為前提的。唐太宗登基之初便認識到「國以民為本，人以食為命，若禾黍不登，則兆庶非國家所有」(《貞觀政要・論農務》)。他努力推行均田制、減輕賦役，使農業得到了穩定發展。到了玄宗當政時期，國內太平數十年，社會秩序、人民生活都較穩定，國家的經濟實力大增。《新唐書》卷五一稱此時「海內富實，米斗之價錢十三，青齊間才三錢。絹一匹，錢二百。道路列肆，具酒食以待行人，店有驛驢，行千里不持尺兵」。在此基礎上，唐代以手工業和商業為主體的城市經濟空前繁榮。在京城長安，便有全國最大的商業區——東市和西市。兩市各占兩坊之地，四方財物聚集此地，貴族、商賈也多聚居在附近。城市經濟的發展造成了市民階層的壯大。而市民階層的經濟地位上升之後必然會在政治和文化上提出自己的要求。他們需要有反映自己生活狀況、審美趣味和道德觀念的文學形式。傳統的詩文辭賦是不符合中下層市民口味的，他們需要一種更為通俗、更為平易、更具有趣味性的文體來取代古雅晦澀的詩文。於是唐傳奇便以其曲折動人的情事、華豔流暢的詞采適應了這種需求。

商業經濟的繁榮刺激了娛樂業的發展，較之前代，唐代的秦樓楚館、勾欄瓦肆的數量激增。這種社會生活中的新現象也大大豐富了唐傳奇的內容。唐傳奇中出現了大量有關狹邪閒游、聲色犬馬的描寫，許多傳世的傳奇名篇，如〈游仙窟〉、〈霍小玉傳〉、〈李娃傳〉都是以狎客與妓女的愛情為敘事主線。此外諸如鬥雞、博弈、射覆猜謎都成了小說描寫的對象。這在唐前的小說中是很少見的。這種小說表現內容的新變，歸根結蒂，仍是因經濟的發展而衍生的。

唐代沿襲了隋代的科舉取士制度。當時吏部考試（玄宗時改為禮部考試）的科目有秀才、明經、進士、明法、明算等。其中，進士一科最為世人所重視。正如唐人王定保《唐摭言》卷一〈散序進士〉所云：「進士科始於隋大業中，盛於貞觀、永徽之際。縉紳雖位極人臣，不由進士者，終不為美。」進士科考試在初唐時，專考經義與策論，到後來又增加了詩賦的內容，這便漸漸地對唐代的文學創作產生了影響。唐代的士子們為了增加中第的把握，便將自己得意的作品投獻給主考官，以期能使主考官全面了解自己的才華，同時對自己有一個深刻的印象。在當時，這被稱之為「行卷」。行卷的內容，當然應該是科考所規定的詩賦。然而，漸漸地，士子也好，主考也好，都對詩賦感到厭倦，於是便有人將傳奇作為行卷的內容。一方面，小說比較容易引起考官的興趣，博得他的好感；另一方面傳奇也更容易見出作者的文才。對此，宋人趙彥衛有很概括性的說明：「唐之舉人，先藉當世顯人以姓名達之主司，然後以所業投獻。逾數日又投，謂之溫卷。如《幽怪錄》、《傳奇》等皆是也。蓋此等文備眾體，可以見史才、詩筆、議論。」（《雲麓漫鈔》卷八）就是說傳奇能夠比較全面地反映一個人的文學素養。所謂上有所好，下必甚焉。既然傳奇能博得考官的賞識，成為躋身仕途的階梯，文人們當然趨之若鶩，創作興趣大增。據馮沅君先生統計，所知確鑿姓氏的四十八位傳奇作者中，有二十七人的行事與出身未能考出，而其餘的二十一人中，確知曾舉進士的就有十五人，舉明經的一人，擢制科的一人，應進士試而落第的一人，可能是進士或制科出身的三人（見張長弓《唐宋傳奇暨其時代》）。從這個統計來看，傳奇作者可以說基本上都是進士、舉人，以及環繞在進士階層周圍的人。由此我們不難看出，唐代的科舉考試與傳奇的創作有著怎樣緊密的關係。

魏晉以來，由於統治者推行九品中正制（將不同氏族分成高下不同的九個品第，然後按照士子家族出身的品第高下授以官職），逐漸形成了把持政權的士族階層，高門大族世世代代壟斷了政治上的權力。到了唐代，科舉制度取代了士族制度，選拔人才不再專重出身，但是社會上的門閥觀念仍很濃厚。當時存在著一個以五姓七族為核心的山東貴族集團，他們包括清河崔氏、博陵崔氏、范陽盧氏、趙郡李氏、隴西李氏、滎陽鄭氏、太原王氏。這些家族是全國第一流的高門氏族，他們不但有著極高的社會地位，而且占據了統治階層的重要位置，甚至連皇族也不放在眼裡。據《新唐書》卷一一九〈白敏中傳〉記載：「帝（宣宗）愛萬壽公主，欲下嫁士人。時（山東士族）鄭顥擢進士第，有閥閱，敏中以充選。顥與盧氏婚，將授室而罷，銜之。」皇帝要籠絡士族，與之結親，但士族子弟卻寧願與門第相當的士族女子結婚，不願做當今天子的乘龍快婿。為此，唐代還曾有過不准「七姓十家」士族相互聯姻的禁令，但他們卻「益自貴，凡男女皆潛相聘娶，天子不能禁」（《新唐書》卷九五〈高儉傳〉）。這些世族大家的氣焰由此可見一斑。為此，當時許多青年知識分子把與望族結親作為自己地位上升、仕途暢通的一條捷徑。劉餗《隋唐嘉話》（此書存世僅一卷廿餘則）記載：「薛中書元超謂所親曰：『吾不才富貴過分，平生有三恨：始不以進士擢第、娶五姓女、不得修國史。』」已經「富貴過分」了，還念念不忘幾件事，由此可見「娶五姓女」有多麼大的吸引力了。這種婚姻觀念上的門第思想在唐傳奇中也有充分的反映。在唐人小說裡，一幕幕由門第觀念所帶來的愛情悲喜劇屢見不鮮。在〈枕中記〉中，盧生的發跡變泰的基礎便是由於娶了清河崔氏女；〈柳毅〉中柳毅因娶龍女獲得財富與永生，這也是對現實中因與高門攀親而帶來的榮名富貴的曲折反映。至於〈霍小玉傳〉則從正面描述了李益因畏於門第觀念的壓力而「另娶高門」，導致戀人身亡，自己的良心永受折磨的悲慘故事。同時，唐傳奇中也不乏對敢於衝破門第觀念、追求純真愛情的青年男女的讚美與褒揚。如〈李娃傳〉中的鄭生不顧李娃卑微的出身甘願與之廝守終生；〈裴航〉中的男主人公裴航初見仙女雲英時，她只是績麻老嫗的孫女，可是裴航卻不顧她的出身，甘願捨棄功名富貴去尋找信物玉杵臼，以期能與之結為夫妻。可見，無論對高門士族的顯赫地位持一種什麼樣的態度，唐傳奇的作者總之是很深切地體會到了這個社會問題對於唐人社會生活的深刻影響，因而他們不惜在作品中運用濃墨重彩加以表現。

唐代中晚期的政治生活中出現了一件重大事件，這便是「朋黨之爭」。其實，政治派系的鬥爭，歷朝歷代都有，但唐代的朋黨之爭有其特殊的社會根源。我們上文所提到的山東五姓大族是承傳久遠的貴族集團，這些家族往往世代簪纓，纍出高品，在上層統治集團中立身要津。可是隨著科舉制度的實行，庶族（指中小地主階層）知識分子與平民知識分子也有了參與權力分配的要求與可能。同時由於最高統治者畏懼山東豪強結成強大的政治聯盟，威脅自己的統治地位，便常常在政治上、經濟上對山東舊族予以限制和打擊，庶族與平民階層便乘勢而起，逐漸擴大自己的政治勢力。於是在朝廷內部，士族官僚與庶族、平民官僚便各自代表其階層利益展開了激烈的爭鬥。到了中唐以後，由於國勢衰微，天子昏聵，政治上的傾軋之火並愈加激烈。在憲宗、文宗年間先後為相的李吉甫、李德裕父子與牛僧孺等人由於政見的分歧，更由於分別代表了山東士族與庶族的利益，進行了長期的相互傾軋，這就是著名的「牛李黨爭」。朋黨之爭對於傳奇的直接影響就是小說成為進攻政治對手的武器。其中最著名的便是假託牛僧孺所作的〈周秦行紀〉。文章描寫落第舉子牛僧孺歸家途中誤入古廟，與歷代名妃歡會的荒誕故事，其中還借牛僧孺之口說了一些大不敬的話，反映出牛氏的對手為了在政治上打垮敵人，不惜利用文字陷害的手段。此外，再如〈上清傳〉，對陸贄、竇參兩位當時的朝廷重臣的政治生涯，做了顛倒黑白的描述，顯然也是出於醜化敵人的目的。傳奇小說淪為險惡的政治鬥爭的工具，當然是文學的大不幸；但這些作品卻也為我們留下了一份難得的歷史檔案，使我們有幸在千年之後看到了唐代政治生活的生動畫卷。

參、唐傳奇與唐人的精神風貌

李氏王朝統一全國改變了中國長期以來南北隔絕對峙的局面，使得唐代從開國之日起便具備了一種包容不同地域特徵、兼融南北文化的開放氣度。同時由於最高統治集團——李氏家族源出於北方鮮卑族，唐代對待少數民族文化乃至西域外來文化的態度較之宋明等朝代要寬容開放得多。唐代社會的這種開放氣氛也為傳奇的創作提供了良好的環境。從政治角度來看，唐代的小說創作享有罕見的創作自由。在〈長恨歌傳〉中，作者陳鴻明確指出：由於玄宗貪戀女色、荒淫誤國，給人民帶來了巨大的痛苦，作者試圖表明最高統治者假如僅僅沉湎於個人的情感，不顧社稷江山，那麼不但黎民百姓將陷入水火之中，他本人也將落得悲慘的結局。這種對於「先帝」私生活和個人品質公然的指點在宋明以後的時代是不可想像的，寫出此等作品的文人的唯一下場便是身首異處。更有甚者，在〈東城老父傳〉中，作者毫不客氣地指陳時弊，將批判的矛頭直指才退位的天子。至於〈周秦行紀〉的作者則假牛僧孺之口說了許多大不敬的話，並對宮闈祕事做了露骨的影射。然而對於這種膽大妄為的做法，最高統治者卻並不以為忤，讀完後一笑了之（關於此事的記載見於張洎《賈氏談錄》）。寬鬆的政治環境給了作家在傳奇中發表政見的自由，而寬鬆的思想氛圍則為傳奇作者提供了自由揮灑才情的天地。早在宋代朱熹便說過：「唐源流出於夷狄，故閨門失禮之事不以為異。」（《朱子語類》卷一一六〈歷代類三〉）確實，不僅在男女婚戀問題上，在社會倫理的各個層面上，唐人的道德觀都顯得寬容而多元。對這一點唐傳奇也有充分的反映。如〈李娃傳〉中的李娃出身娼門，但作者卻稱讚她「節行瓌奇」。起初，李娃參與了鴇母對鄭生的欺騙行徑，但作者卻並未拘泥於這些小節，而是熱情地肯定了她忠於愛情、勇於承擔責任的美好品格。同樣，在〈無雙傳〉中，作者塑造了捨命全交、救人急難的古押衙形象，作者對這一人物的傾慕與敬仰之情是顯而易見的。然而在小說中，古押衙為報王仙客的知遇之恩，殺死了無辜的茅山使者、舁篼人和塞鴻。這又與普通人的道德觀念產生了牴觸。可見作者的著眼點在於對個人英雄主義的熱情褒揚，至於倫理的細節則不在他的考慮範圍之內。唐人的道德觀與我們這個時代的倫理標準當然有很大的出入。但不可否認的是，有思想的自由才有創作的自由。魯迅比較唐宋傳奇的差異時曾說：「唐人大抵寫時事；而宋人則多講古事。唐人小說少教訓；而宋則多教訓。」（《中國小說的歷史的變遷》）確實，政治環境與道德環境的寬鬆與平和為唐傳奇作者帶來了前所未有的隨意與自由，唐傳奇所反映的思想意識也就顯得分外地多姿多彩。

唐代文化涵蓋了眾多不同地域的文化類型，同時對外來文明也有著寬容開放的態度，因此唐代的文學藝術也具有了一種氣度恢宏的特徵。《隋書》卷七六〈文學傳序〉在討論南北文學的差異時曾說：「江左（代指南方）宮商發越，貴於清綺；河朔（北方）詞義貞剛，重乎氣質。」而唐代文學卻能將這些對立的風格特徵統一起來，形成一種五色迷離、姿態萬千的氣象。就傳奇而言，雄渾、閑雅、哀婉、清澹、濃豔、秀美，各種風格無所不備。眾多作家的眾多代表作，讀來無不活色生香，各具特色。如在〈柳毅〉中，最震撼人心的是關於洞庭龍君的描繪，他那雄渾飛騰的氣勢、剛毅果敢的個性顯示出陽剛與力度之美，代表了北方文化的典型特徵；而在〈秦夢記〉中作者又為我們營造了一種如煙似夢、憂傷迷離的藝術境界，讓我們體會到陰柔韶秀之美，體現的是南方文化的特有氣質。同時，在唐傳奇中，既有〈陳鸞鳳〉那種奮發昂揚、樂觀自信的精神，也不乏〈長恨歌傳〉中淒婉哀怨、失意惘然的情緒。這種種不同的藝術風格給讀者帶來了不同類型的藝術體驗和美感享受。與唐傳奇相比，宋傳奇從整體上看便不免顯得氣局較為狹小，風格較為單純。究其根本，還在於一個時代總體的文化精神是否具有包容性與開放性。

唐代是宗教極盛的時代，中國固有的道教和外來的佛教在此時都大行其道。唐朝因國姓李，與道教始祖李耳（老子）同姓，於是道教被統治集團大力提倡。唐高祖為老子立廟，高宗追尊老子為太上玄元皇帝，玄宗親注《道德經》。由於道教受到尊崇，社會上道士、女冠（女道士）便多了起來。他們廣受布施，生活優裕，還享有特權，犯了罪，地方官不得擅作決罰。至於民間，希冀長生不老、飛升成仙的思想大為流行，建道觀、崇道徒、合藥煉丹的信徒更是多如牛毛。而佛教，在武則天執政期間，由於政治的需要，也被推崇起來。為取得佛教徒對自己的支持，武后不僅允許佛教在全國擴大勢力，並且支持佛教徒推翻唐代「道先佛後」的慣例，使佛教凌駕於道教之上。到了中唐以後，歷代皇帝鮮有不信奉佛教的，佛教在政治經濟與社會思想上的影響力更大了。同時，道教徒也好，佛教徒也好，在宣揚自己的宗教主張的同時總喜歡與知識分子來往，藉此提高自己的身分和社會形象。而道教和佛教的玄思冥想也很能打動文士們的心，於是唐代的文學史也打上了宗教的烙印。就唐傳奇而言，宗教的影響主要表現在兩個方面。其一是利用小說宣揚宗教思想。如在初唐就有《冥報記》、《定命錄》、《靈怪集》等一批宣揚佛教教義的傳奇集。其中唐臨的《冥報記》最具代表性。唐臨在《冥報記・序》中寫道：「昔晉高士謝敷、宋尚書令傅亮、太子中書舍人張演、齊司徒從事郎陸果，或一時令望，或當代名家，並錄《觀世音應驗記》。及齊竟陵王蕭子良作《冥驗記》、王琰作《冥祥記》，皆所以徵明善惡，勸戒將來，實使聞者深心感悟。臨既慕其風旨，亦思以勸人，輒錄所聞，集為此記。」他援引前代名人創作宣揚佛教的作品來證明自己創作的目的和價值。書中充滿了關於敬佛頌經便能逢凶化吉、起死回生，輕佛謗佛便要在地府受罰的傳說。因此這類作品被學者稱作「釋氏輔教之書」，從而受到佛教徒的特別重視，佛教典籍《法苑珠林》便收錄了很多此類作品。除去這類意旨明確、宣傳味較濃的作品，唐傳奇中的一些名篇也曲折地反映出佛道思想。其中，比較典型的就是〈枕中記〉、〈南柯太守傳〉，兩篇作品都表達了功名富貴、寵辱窮通都不過是幻夢一場的思想。而無論是道教還是佛教都認為現實人生的物質生活都是虛幻的、不真實的，人們應該勘破世情，在精神世界中追求永恆的信仰。由此看來，兩篇傳奇的作者雖然沒有公開打出宗教的旗幟，但作品卻深深地浸染了佛道的出世思想。

除去為傳奇提供了新鮮的題材和思想，宗教的影響還表現在它刺激了傳奇作者的想像力。任何一種宗教，為了吸引世俗的崇信，往往要製造一些無所不能的神祇形象和瑰奇曼妙的超凡仙境。這些怪怪奇奇的宗教傳說往往還具備蕩滌塵心的效果，能夠引導人們捨棄凡俗的功利目光，誘發人們產生縹緲瑰奇的聯想。在唐傳奇中，大量從佛道兩教移植過來的神奇意象與詭譎情節為作品平添了絢爛迷離的色彩。如在〈杜子春〉中，杜子春經受了風雨雷電、猛虎毒龍、刀山火海等無數難以名狀的痛苦與考驗，這種種磨難劫數就是以佛教的地獄為原型的，這當然要比現實的場景更能震動讀者的心靈。而在〈聶隱娘〉中，作者設計了聶隱娘「化為蠛蠓，潛入僕射腸中聽伺」，又自「口中躍出」的情節，這個新奇的想法也源出於佛教。《增壹阿含經》卷二八記目連降龍「化為細身，入龍身內，從眼入耳出，耳入鼻出，鑽噬其身」。此外〈柳毅〉中魚龍曼舞的水下世界；〈裴航〉中縹緲絕塵的神仙形象，都來自於道家的宗教幻想。中國的傳統文學從整體上看多為現實人生的關注而較少超越世俗的玄想。因此，唐傳奇中大量由宗教誘發的奇思妙想，在中國文學史上顯得分外引人注目，值得大書一筆。

肆、唐傳奇的藝術傳承

從藝術角度來看，唐人小說是足以與唐代詩歌比肩的一代「奇作」。唐傳奇的高超藝術來自對前代小說創作經驗的充分吸收及對當代其他文學樣式精華的兼容並蓄。

從歷史繼承的角度來看，志怪小說與傳記文學是唐傳奇的兩大淵源。其中志怪小說對唐傳奇的影響主要表現在題材的傳遞上。唐傳奇中，除去志人小說，一般或多或少仍帶有志怪色彩。這類小說或寫鬼神精怪的變異、神仙方術的奇譎，或寫奇珍異寶的靈性、洞窟異境的發現，其中還充斥著果報輪迴思想。這些都是漢魏六朝小說最典型的題材與興趣所在。唐傳奇中相當數量的作品基本上是六朝志怪小說的延伸，它們往往運用前代舊有的素材，結合唐人特有的想像與藻繪，給人以新的審美愉悅。例如〈補江總白猿傳〉中白猿竊婦的情節，其實源出於張華《博物志》（此書存世僅一卷，數十則，為筆記體）中的一則記載：「蜀山南高山上，有物如獼猴，長七尺，能人行健走，名曰猴玃。一名化，或曰猳玃。同行道婦人有好者，輒盜之以去……」再如〈枕中記〉、〈南柯太守傳〉等小說中在夢中歷經榮辱的情節在六朝小說中也有先兆，南朝宋劉義慶的《幽明錄》中有一則〈楊林〉故事，情節便與〈枕中記〉如出一轍，但描寫要簡單粗疏得多。此類情況還有不少，汪國垣先生的《唐人小說》在所收的傳奇後面附錄了相關的前代小說，其題材上的源流升降關係一目了然。

如果說志怪小說對唐傳奇的影響主要表現在內容方面，那麼傳記文學的作用力則多反映於體制形式之上。唐傳奇傳世的名篇中有一大批作品以「某某傳」為題，如〈任氏傳〉、〈鶯鶯傳〉、〈李娃傳〉、〈謝小娥傳〉……，這說明唐傳奇的作者有意無意地將小說當作史傳來寫。從文體上看，不少唐傳奇確實帶有「紀傳體」特徵，他們往往完整地描寫傳主的生平事蹟，在事件中展現一個人的性格與命運。這類作品往往在開篇介紹主人公姓名、籍貫、家世、時代，這是自《史記》以來史書紀人的通例。同時很多傳奇在結尾處，還要由作者出面發表一通議論，如〈任氏傳〉云：「嗟乎，異物之情也有人焉！遇暴不失節，狥人以至死，雖今婦人，有不如者矣。」這也是史家的筆法。因為一個傑出的史家不僅要真實地記錄歷史，還應對歷史事件、歷史人物做出自己的評判。在《史記》中，司馬遷便用「太史公曰」的體例發表了自己對於歷史的卓越見解。後來的許多官修和私修史書中，這種人物傳記結尾處的評價和議論更固定為「贊」的文體模式。除去這些體式上的類似之外，史傳對於傳奇的影響還表現於敘事方式之上。絕大多數的唐傳奇都採用了第三人稱全知敘事角度，與呈現式場景描繪相結合的手法。所謂「第三人稱全知敘事」，意謂作品採取旁觀者角度來講述故事，敘事者凌駕於人物之上，他無所不知，了解人物的過去與未來。這種敘事方式有利於清晰地轉述曲折的事件過程，燭照事件的隱祕幽微之處。同時，傳記與傳奇都不乏場景的真實再現，這時作者退出敘述，不採用第三者轉述的方法而是由作品中的人物獨立行動和對話，既可表現事發的原生狀態，又體現了人物語言的生動性。這種全知敘事與場景描繪相結合的敘事方式源出於史傳，自《左傳》、《戰國策》到《史記》、《漢書》以降，往往採取這種手法，所以史書中既有客觀的概述，又有精彩的對話。六朝志怪小說往往只有作者對事件的轉述，而無現場情景的再現，這是它與唐傳奇體制上的一個重大差別，其根源就在於沒有沿襲傳記文的結構。

除去敘事文學傳統的影響，唐代發達的抒情文學（詩、文、詞、賦）也給予唐傳奇豐潤的滋養。首先，唐傳奇在小說史上開創了頻繁插入詩賦的體制。作者運用詩賦或抒情言志、繪景狀物，或作為男女之間傳情達意的工具。如〈秦夢記〉中沈亞之所作的幾首詩成功地渲染了悵惘哀怨、憂傷落寞的氣氛，發揮了開拓意境的作用。在〈裴航〉中樊夫人贈給裴航的詩則起著暗示情節發展的作用。可見，詩賦不僅僅是作者逞示文才、炫耀學識的手段，而且直接具備了敘事的功能。其中有的詩賦不僅自身具有較高的藝術價值，而且能為作品增添深遠的意境。這不能不說是唐代輝煌的詩歌藝術成就賦予小說的得天獨厚的財富。

唐代詩文創作方面的思潮與運動往往也波及傳奇的創作。比如在中唐，以白居易為中心興起了「新樂府運動」。運動中的詩人推崇樂府古體，要求詩歌直接反映現實問題，其在文藝思想上的實質就是要求文學發揮教化與諷諭作用，為現實人生服務。在文學形式上，「新樂府運動」的作家們喜歡運用淺切通俗的語言寫作敘事體長詩。其中白居易、元稹等人寫作的敘事長詩婉轉流麗，聲情並茂，很受時人的推崇喜愛，被稱作「元白體」。中國古典詩歌的主流是抒情言志，而不甚留意於敘事。元白等人成功的藝術實踐激發了詩人對敘事文學的興趣，同時也使作家的敘事手法得到了豐富，敘事能力得到了提高。於是「元白」詩歌集團中的很多作家同時也成為寫作傳奇的高手，其中元稹、白行簡、李紳、陳鴻等人都有傳奇佳作傳世。一些傳奇名篇也常常與敘事長詩互為表裡，連成一體，如白居易有〈長恨歌〉，陳鴻有〈長恨歌傳〉；元稹有〈鶯鶯傳〉，李紳有〈鶯鶯歌〉。這些傳奇文與敘事詩同記一事，雖然體式各異，但情調、意境卻相互影響，顯示出某種一致性。

伍、關於注譯工作的說明

唐傳奇卷帙浩繁，作者甚夥。在長期的流傳過程中，唐傳奇的許多專集和選本都已散佚。幸運的是，宋初太平興國年間，李昉等人編輯了大型小說總集《太平廣記》，其中保存了眾多的唐傳奇作品。此外《文苑英華》、《太平御覽》、《全唐文》等總集類書也收錄了不少唐人小說。不過，作品在傳抄的過程中也產生了許多訛誤。近世學者魯迅與汪辟疆廣求異本，考辨源流，分別編成《唐宋傳奇集》與《唐人小說》，選錄校訂了數十篇唐傳奇精品，為後人的整理和研究奠定了良好的基礎。本書的原文便以汪辟疆《唐人小說》的校文為底本，同時我們也吸收了張友鶴、程毅中、周楞伽等學者的研究成果。考慮到本書的性質，文章凡有需校勘之處，我們一律逕改原文，不再一一列出校記。

本書篇目的抉擇是以作品藝術水準的高下為去取的主要標準，同時也兼顧作品在文學史及文化史上的影響。因此，書中所選諸篇絕大部分為唐傳奇中的上乘之作。其中也有個別篇目（如〈周秦行紀〉）藝術成就與思想價值均不甚高，但鑑於它們的史料價值與獨特風格，我們也酌情予以收錄。考慮到讀者閱讀本書的主要目的在於賞鑑，我們的注釋力求簡明準確，不作繁瑣考證。凡學界尚有爭議的問題，我們一般採取通行的說法而不採用新解異說。至於作品的語譯，我們在忠實原著的前提下，努力做到曉暢明晰。在此基礎上，力爭能體現原作的神采與意境。為幫助讀者深入地理解作品的旨趣，完整地把握小說的審美內涵，我們在每篇傳奇的注譯後都附有賞析，這些賞析或討論思想內涵，或分析藝術手法，或闡釋文學史源流。總之，它們都是編者閱讀學習的心得，故不作泛泛之論，不作高頭講章，而是盡量抓住每篇作品的特點，多角度地分析問題。

古人云：「校書之事如掃落葉，訛誤之處，旋掃旋生。」其實注譯古籍的工作又何嘗不是如此，加之我們資質魯鈍、學殖淺陋，本書的謬誤之處在所難免，懇請讀者諸君不吝賜教。

最後，我們要向陸德敏女士表示最誠摯的謝意，如果沒有她辛勤的汗水和縝密的思維，這本淺陋的小書即使想要達到現在這個水準也是不可能的。

束忱 謹識

古鏡記

王　度

【題　解】本篇出自《太平廣記》卷二三〇，原出於唐人陳翰編輯的傳奇小說專集《異文集》。內容記敘了一面能照見妖物的神鏡在人間的諸種經歷。本文是我們所能見到的最早的唐人傳奇，是一篇繼往開來之作，一方面繼承了六朝志怪小說的流風，另一方面「下開有唐藻麗之新體」（汪辟疆《唐人小說・古鏡記》後按語）。本篇在思想和藝術上都不能算是上乘之作，但篇幅擴展、氣度宏大，已經表現出唐代雄健飛動的時代特徵。

【作　者】王度，太原郡祁縣人。生卒年約為西元五八一～六一八年（即隋開皇初年至唐武德初年）。是隋末大儒文中子王通的弟弟，唐初詩人王績的哥哥。他在隋煬帝大業初年任御史，後任著作郎（正五品），奉詔撰國史。大業九年（西元六一三年）出兼芮城令，持節河北道，開倉賑濟陝東饑民。後又任御史。大約在唐初逝世。王度好陰陽家言，思想上接近道而又頗多迷信。據載他曾修隋史，惜未成而卒。

隋汾陰❶侯生，天下奇士也。王度常❷以師禮事之。臨終，贈度以古鏡，曰：「持此則百邪遠人。」度受而寶之。鏡橫徑八寸，鼻作麒麟蹲伏之象，遶鼻列四方，龜龍鳳虎，依方陳布❸。四方外又設八卦，卦外置十二辰位❹，而具畜焉。辰畜之外，又置二十四字，周遶輪廓❺，文體似隸，點畫無缺，而非字書所有也。侯生云：「二十四氣❻之象形。」承日照之，則背上文畫，墨入影內，纖毫無失。舉而扣之，清音徐引，竟日方絕。嗟乎，此則非凡鏡之所同也。宜其見賞高賢，自稱靈物。侯生常云：「昔者吾聞黃帝鑄十五鏡❼，其第一橫徑一尺五寸，法滿月之數也。以其相差各校❽一寸，此第八鏡也。」雖歲祀攸遠❾，圖書寂寞，而高人所述，不可誣矣。昔楊氏納環❿，累代延慶⓫；張公喪劍⓬，其身亦終。今度遭世擾攘，居常鬱怏，王室如燬⓭，生涯何地，寶鏡復去，哀哉！今具其異跡，列之於後，數千載之下，倘有得者，知其所由耳。大業⓮七年五月，度自御史⓯罷歸河東⓰，適遇侯生卒，而得此鏡。

【章旨】介紹古鏡的來歷、外形、特性以及作者撰述此文的用意。

【注　釋】❶汾陰　隋縣名，唐代更名為寶鼎縣。轄區在今山西省榮河縣北。❷常　同「嘗」。❸依方陳布　按照四個方向排列。中國古代以東方為蒼龍（龍），西方為白虎（虎），南方為朱雀（鳳），北方為玄武（龜）。❹十二辰位　十二時辰的位置，每個位置配一種動物（即十二生肖）。❺周遶輪廓　圍繞著鏡子的邊緣。輪廓，邊緣。❻二十四氣　即二十四節氣。❼黃帝鑄十五鏡　黃帝是我國傳說中的上古君王，傳說他曾會見西王母，鑄了十二面大鏡，每月用一面。本文曰「十五鏡」乃作者誤記。❽校　計。❾歲祀攸遠　年代久遠。❿楊氏納環　傳說東漢楊寶曾救過一隻受傷的黃雀，後夢見一黃衣童子口銜四枚白環給他，並自稱是西王母的使者，為了感謝他，贈給他白環，並保證他子孫能做高官。後來楊寶的子孫果然世代顯貴。⓫累代延慶　好幾代都延續了這種福分。慶，幸福。⓬張公喪劍　語出《晉書》卷三六〈張華傳〉。西晉廣武侯張華，博物多識。傳說他因見天空斗牛之間有紫氣，探得豐城地下埋有寶劍。豐城縣令雷煥果然掘得寶劍兩柄，一名龍泉，一名太阿，並將龍泉贈予張華。後張華為趙王司馬倫殺害，劍亦破壁而去。⓭王室如燬　語出《詩經・周南・汝墳》。這裡指隋王朝即將傾覆。⓮大業　隋煬帝年號（西元六〇五～六一八年）。⓯御史　隋代中央監察機關御史臺的屬官。⓰河東　隋代郡名。郡治在今山西省永濟縣。隋時汾陰即屬河東。

【語　譯】隋朝汾陰有個姓侯的書生，他是天下少有的奇人。王度曾以對待老師的禮儀來事奉他。侯生臨死以前，將一面古鏡贈送給王度，並說：「拿著這面鏡子，一切妖魔鬼怪都會避開你的。」王度接受了這面鏡子，非常珍視它。這面鏡子的直徑有八寸，背後的把手做成一頭麒麟蹲伏的樣子。把手周圍的四面，鑄著龜、龍、鳳、虎四種動物，依照北、東、南、西的方位排列。四個方位之外，又排列著八卦，八卦外面鑄著十二個時辰的位置，每個時辰都鑄有十二生肖中的一種動物。十二時辰生肖的外面，還鑄著二十四個字，圍繞著鏡子的邊緣排成一圈。字體像是隸書，點劃毫無缺損，但在字書上卻查不到它們。侯生說：「這二十四個字就是二十四節氣的象形。」把鏡子對著太陽映照，鏡子背面的文字圖象，就全部反映在正面，絲毫沒有差異。把鏡子拿起來敲一下，就有一陣清亮的聲音緩緩傳出，整整一天方才停止。啊，它和普通的鏡子可大不一樣。難怪它能受到博學賢能者的賞識，稱之為通靈的寶物了。侯生曾說：「從前我聽說黃帝鑄造過十五面鏡子，第一面直徑一尺五寸，效法十五滿月的數字，以下每一面直徑遞減一寸，這面應該就是第八面鏡子了。」雖然此事年代久遠，圖書典籍沒有記載，但高人所說，是不會有假的。從前楊寶救了一隻黃雀，得到四枚白環，他的子孫幾代都有福分；而張華因為丟失了寶劍，把命也送了。我王度正處在這紛擾的亂世，平素就很不得志，眼看隋朝就要覆滅，我到哪裡去謀生呢？現在侯生送我的寶鏡又離我而去了，這可真叫我傷心啊！現在我就把這面鏡子的神奇事蹟全寫在下面。如果幾千年後有人得到了這面鏡子，也可以知道它的來歷。大業七年五月，我被罷免了御史一職，回到河東老家。這時正碰上侯生去世，便得到了這面鏡子。

至其年六月，度歸長安，至長樂坡，宿於主人程雄家。雄新受寄一婢，頗甚端麗，名曰鸚鵡。度既稅駕❶，將整冠履，引鏡自照。鸚鵡遙見，即便叩首流血，云：「不敢住。」度因召主人問其故。雄云：「兩月前，有一客攜此婢從東來。時婢病甚，客便寄留，云：『還日當取。』

比❷不復來，不知其婢由也。」度疑精魅，引鏡逼之。便云：「乞命，即變形。」度即掩鏡，曰：「汝先自敘，然後變形，當捨汝命。」婢再拜自陳云：「某是華山府君❸廟前長松下千歲老狸，大行變惑，罪合至死。遂為府君捕逐，逃於河渭之間，為下邽❹陳思恭義女，思恭妻鄭氏❺，蒙養甚厚。嫁鸚鵡與同鄉人柴華。鸚鵡與華意不相愜，逃而東，出韓城縣❻，為行人李無傲所執。無傲，麤暴丈夫也，遂劫❼鸚鵡游行數歲，昨隨至此，忽爾見留。不意遭逢天鏡，隱形無路。」度又謂曰：「汝本老狐，變形為人，豈不害人也？」婢曰：「變形事人，非有害也。但逃匿幻惑，神道所惡，自當至死耳。」度又謂曰：「欲捨汝，可乎？」鸚鵡曰：「辱公厚賜，豈敢忘德。然天鏡一照，不可逃形。但久為人形，羞復故體。願緘於匣，許盡醉而終。」度又謂曰：「緘鏡於匣，汝不逃乎？」鸚鵡笑曰：「公適有美言，尚許相捨。緘鏡而走，豈不終恩？但天鏡一臨，竄跡無路，惟希數刻之命，以盡一生之歡耳。」度登時為匣鏡❽；又為致酒，悉召雄家鄰里，與宴謔。婢頃大醉，奮衣起舞而歌曰：「寶鏡寶鏡！哀哉予命！自我離形，於今幾姓❾？生雖可樂，死必不傷。何為眷戀，守此一方！」歌訖，再拜，化為老狸而死。一座驚歎。

【章 旨】一頭變幻為婢女的千年老狐被古鏡照後便顯露原形，倒地而亡。

【注 釋】❶稅駕 解下駕車的馬，即停宿、休息。稅，同「脫」。❷比 到現在。❸華山府君 華山的山神。府君，古代對太守的敬稱，因山神也管理一方土地，故尊稱為府君。❹下邽 古代縣名。轄地在今陝西省渭南縣境內。❺思恭妻鄭氏 五字據《太平御覽》卷九一二補。❻韓城縣 今屬陝西省，城瀕黃河西岸。❼劫 原作「將」，據《御覽》改。❽匣鏡 把鏡子藏入匣中。匣，這裡作動詞用，即放入匣中。❾於今幾姓 至今換了多少朝代。不同王朝由不同的家族統治，故有此說。

【語 譯】到了六月，我重返長安，到了長樂坡，住在程雄家中。程雄最近接受人家寄養的一名婢女，這名婢女，長得頗為端莊秀美，名叫鸚鵡。我下了車，打算整一整衣帽，便拿出鏡子來照照。誰知鸚鵡遠遠地看見，便立刻跪下叩頭，以至於額頭流血，還說：「我不敢再住在這裡了。」我便把主人請來，問他是怎麼回事。程雄說：「兩個月前，有個客人帶著這個婢女從東邊來。當時她病得很重，客人便將她寄留在這裡，說：『回來時就把她帶走。』直到現在也不見他再來，不知道這名婢女到底是什麼來歷。」我懷疑這婢女是個妖怪，便拿著鏡子對著她照。那婢女便說：「饒命啊！我立刻就現出原形。」我將鏡子覆蓋住，說道：「你先說明你的身分，然後現出原形，我便饒了你的命。」那婢女拜了兩拜說：「我是華山山神廟前大松樹下的千年老狐，我會變幻為各種婦女的樣子，大肆誘惑男人，罪該處死。於是我被山神追捕，逃到了黃河、渭水之間。下邽陳思恭將我收為義女，他的妻子鄭氏養育我十分優厚。他們把我嫁給了同鄉的柴華，我和柴華一起生活很不滿意，就向東逃走。出了韓城縣，被過路的李無傲捉住。李無傲是個粗暴的男人，他逼著我跟他漂泊了幾年。前些時候我跟他到了這裡，偶然被留了下來。誰想到遇到了寶鏡，無處隱形逃匿。」我又問她道：「你是個老狐狸，變作人形，難道會不害人嗎？」鸚鵡說：「我變幻外形和人類交往，並沒有什麼害人之心；但逃離居所，幻化惑人，便為神道所憎惡，理當招來殺身之禍。」我又對她說：「我放了你，可以嗎？」鸚鵡說：「承蒙您的好意，我豈敢忘了您的恩德。然而我被天鏡一照，便逃脫不了。只不過我長期變作人形，已經羞於恢復原形。請您將寶鏡封於盒內，讓我痛飲大醉而死。」我說：「把鏡子放在盒子裡，你不會逃走嗎？」鸚鵡笑道：「您剛才還有美意願將我放走。現在您將鏡子封起來，我就逃走，豈不是完成了您的恩德？但是我剛才被天鏡一照，已經逃竄無路，只希望能延長一會兒生命，以盡一生之歡罷了。」我於是立刻將鏡子放在匣內，又準備好酒宴，還把程雄的左鄰右舍都請了來，和她一起喝酒談笑。鸚鵡過了一會兒便大醉了，用力抖動衣服邊舞邊唱道：「寶鏡啊寶鏡！可悲的是我的命運！自我變形之後，人間已經幾次改朝換姓？生存雖然快樂，死了也不必悲傷。何必要苦苦留戀，死守這一塊地方！」唱完後，又向我拜了兩拜，化為老狐而死。座上眾人都驚訝歎息不已。

大業八年四月一日，太陽虧❶。度時在臺直❷，晝臥廳閣，覺日漸昏。諸吏告度以日蝕甚。整衣時，引鏡出，自覺鏡亦昏昧，無復光色。度以寶鏡之作，合於陰陽光景❸之妙。不然，豈合以太陽失曜而寶鏡亦無光乎？歎怪未已。俄而光彩出，日亦漸明。比及日復，鏡亦精朗如故。自此之後，每日月薄蝕❹，鏡亦昏昧。其年八月十五日，友人薛俠者，獲一銅劍，長四尺，劍連於靶，靶盤龍鳳之狀，左文如火燄，右文如水波，光彩灼爍，非常物也。俠持過❺度，曰：「此劍俠常試之，每月十五日，天地清朗，置之暗室，自然有光，傍照數丈。俠持之有日月矣。明公❻好奇愛古，如飢如渴，願與君今夕一試。」度喜甚。其夜，果遇天地清霽❼。密閉一室，無復脫隙，與俠同宿。度亦出寶鏡，置於座側，俄而鏡上吐光，明照一室，相視如晝。劍橫其側，無復光彩。俠大驚，曰：「請內❽鏡於匣。」度從其言，然後劍乃吐光，不過一二尺耳。俠撫劍，歎曰：「天下神物，亦有相伏之理也。」是後每至月望❾，則出鏡於暗室，光嘗❿照數丈。若月影入室，則無光也。豈太陽太陰之耀，不可敵也乎？

【章旨】作者發現古鏡的製作合於陰陽光影之妙，能隨日月的盈虧變幻光芒。

【注釋】❶太陽虧　日蝕。❷臺直　在御史臺值宿。❸陰陽光景　日、月的明暗。景，同「影」。晦暗。❹日月薄蝕　日、月的相互侵蝕。薄，迫。❺過　訪問；拜訪。❻明公　古代對有名位者的尊稱。❼清霽　天氣晴朗。霽，雨止雲散。❽內　同「納」。❾月望　陰曆每月的十五日。❿嘗　同「常」。

【語譯】大業八年四月一日，發生了日蝕。那時我正在御史臺值班，白天我躺在大廳的耳房裡，感到陽光漸漸黯澹下來。許多胥吏跑來告訴我日蝕得很厲害。我整了整衣冠，將寶鏡取出，發現鏡子也很昏暗，不再有光彩。這大約是因為寶鏡的製作，合於日月明暗的奧祕，要不然，怎麼會太陽失去光華，寶鏡也沒有了光彩。就當我驚歎不已的時候，寶鏡現出了光彩，太陽也逐漸明亮起來。等到太陽恢復原狀，鏡子也晶瑩清朗如同往日。自此以後，每逢出現日蝕月蝕，寶鏡也變得昏暗了。就在這年的八月十五日，我有個叫薛俠的朋友，得到了一柄銅劍，有四尺長，劍身和劍柄相連，劍柄上有龍鳳盤繞狀的花紋，左邊花紋如火焰，右邊花紋似水波，光彩灼耀，不是一件尋常的東西。薛俠拿著劍來看我，他說：「這柄劍我試驗過多次，每月十五日那天，如果天氣清朗，將它放在黑暗的房子裡，它就自然發出光芒，照亮四周好幾丈遠的地方。我得到這柄劍已經有些日子了。閣下好奇愛古，如飢似渴，今晚我想和您一同試驗一下。」我聽了很感高興。當晚，果然天地清朗，我們將寶劍放在房間裡，門窗緊閉，不留縫隙，我和薛俠就同睡在房裡。我把寶鏡也拿了出來，放在座旁。一會兒，鏡上放出光芒，照亮了整間屋子，看上去就如同白晝一般。那銅劍就橫放在鏡子旁邊，卻毫無往日的光彩。薛俠大驚道：「請將鏡子放在匣內。」我照他的話做了，然後劍才吐出光芒，但只能照亮一兩尺。薛俠撫著劍歎息道：「天下的神異之物，也有相互克制的規律啊！」此後，每到十五日的夜裡，我便把鏡子拿出來放在黑暗的房子裡，它的光芒能照亮好幾丈遠的地方，但要是有月光照射入屋中，鏡子就沒有光彩了。難道日月的光輝，是無可匹敵的嗎？

其年冬，兼著作郎❶，奉詔撰國史，欲為蘇綽❷立傳。度家有奴曰豹生，年七十矣。本蘇氏部曲❸，頗涉史傳❹，略解屬文❺，見度傳草，因悲不自勝。度問其故，謂度曰：「豹生常受蘇公厚遇，今見蘇公言驗，是以悲耳。郎君所有寶鏡，是蘇公友人河南苗季子所遺❻蘇公者。蘇公愛之甚。蘇公臨亡之歲，戚戚不樂，常召苗生謂曰：『自度❼死日不久，不知此鏡當入誰手？今欲以蓍筮一卦❽，先生幸觀之也。』便顧豹生取著，蘇公自揲❾布卦。卦訖，蘇公曰：『我死十餘年，我家當失此鏡，不知所在。然天地神物，動靜有徵⑩。今河汾之間，往往有寶氣，與卦兆相合，鏡其往彼乎？』季子曰：『亦為人所得乎？』蘇公又詳其卦，云：『先入侯家，復歸王氏。過此以往，莫知所之也。』豹生言訖涕泣。度問蘇氏，果云舊有此鏡，蘇公薨⑪後，亦失所在，如豹生之言。故度為蘇公傳，亦具言其事於末篇，論蘇公蓍筮絕倫，默而獨用，謂此也。

【章旨】作者從家奴處得知古鏡原為北周名臣蘇綽所有。

【注釋】❶著作郎　隋代中央祕書省的屬官，掌修撰國史。❷蘇綽　北周武功人，字令綽。博覽群書，精於算術。仕北周至度支尚書，兼司農卿，為當時名臣。❸部曲　家僕。❹頗涉史傳　廣泛地瀏覽書籍。涉，涉獵。❺屬文　連綴文辭；寫文章。屬，連。❻遺　贈送。❼度　估計；預料。❽以蓍筮一卦　用蓍草來占一卦。蓍，一種多年生草本的菊科植物，古人用它的莖來占卜。筮，即用蓍草占卜。❾揲　把蓍草分開、合併、計數的動作，就叫「揲」。❿徵　預兆。⓫薨　古代諸侯或三品以上大官死稱薨。

【語譯】這年冬天，我兼任著作郎，奉旨編撰國史，要為蘇綽立傳。我家有個僕人叫豹生，已經七十多歲，原本是蘇綽的家奴。他讀過不少史傳，也略通作文，當他看到我寫蘇綽傳的草稿，不禁悲傷得無法抑制。我問他什麼緣故，他對我說：「我曾經受到蘇公的厚待，現在看到他從前說的話應驗了，所以很悲傷。您所擁有的寶鏡，是蘇公的朋友河南苗季子送給蘇公的。蘇公很喜歡它。蘇公臨死那年，常常悶悶不樂。有一次他把苗生請來，對他說：『我知道自己離死期不遠了，不知道這面鏡子會落入誰的手裡。現在我想卜一卦，希望先生和我一起觀看。』於是便讓豹生取來蓍草，蘇公親自擺卦。卦布完了，蘇公說：『我死後十餘年，我家就會丟失這面鏡子，不知落在何處。然而天地間的神物，動靜都有徵兆。現在黃河、汾水之間常常有寶氣衝天，與卦中的徵兆正相合，寶鏡恐怕是要到那兒去了。』季子說：『是不是也為人所得到呢？』蘇公又仔細參詳了卦象，然後說：『先落入侯家，然後歸王氏所有。再往後，就不知道到什麼地方去了。』」豹生說完就流下眼淚。我於是就去蘇家查詢，果然他們說以前有過這面鏡子，蘇公死後，也就不知去向了，和豹生講的一模一樣。所以我為蘇公立傳，把這件事也完全記載在傳記的末尾，並在傳後的「論贊」中稱讚他卜筮的本領超群絕倫，能夠靜心洞察未來，指的就是這件事。

大業九年正月朔旦❶，有一胡❷僧，行乞而至度家。弟勣❸出見之。覺其神采不俗，更邀入室，而為具食，坐語良久。胡僧謂勣曰：「檀越❹家似有絕世寶鏡也。可得見耶？」勣曰：「法師何以得知之？」僧曰：「貧道受明錄❺祕術，頗識寶氣。檀越宅上每日常有碧光連日，絳氣屬月，此寶鏡氣也。貧道見之兩年矣。今擇良日，故欲一觀。」勣出之。僧跪捧欣躍，又謂勣曰：「此鏡有數種靈相，皆當未見。但以金膏塗之，珠粉拭之，舉以照日，必影徹❻牆壁。」僧又歎息曰：「更作法試，應照見腑臟。所恨卒❼無藥耳。但以金煙薰之，玉水洗之，復以金膏珠粉如法拭之，藏之泥中，亦不晦矣。」遂留金煙玉水等法，行之，無不獲驗。而胡僧遂不復見。

【章　旨】一名胡僧為作者的弟弟王績展示了古鏡的幾種神奇的功能。

【注　釋】❶正月朔旦　陰曆年初一的早上。朔，陰曆每月的初一。旦，早上。❷胡　我國古代稱北方少數民族為「胡」。隋、唐也泛稱一切異族與外國人。❸勣　即王績。字無功。隋大業中舉孝悌廉潔，授祕書省正字，後為六合丞，隋末還鄉不仕。唐貞觀時一度任太樂丞，不久歸隱，自號「東皋子」。他是唐初著名的田園詩人，有《東皋子集》。❹檀越　梵語「陀那缽底」的省稱，意為「施主」，為僧侶對俗家的稱呼。❺明錄　符錄；符咒。明，佛家術語稱「真言」（一種咒語）為「明」。❻徹　透過。❼卒　同「猝」。倉猝；匆忙。

【語　譯】大業九年正月初一的早上，有一名外國和尚到我家來化緣。弟弟王績出去見他。感到他神采不俗，便把他請進家中，拿出了飲食請他吃，和他坐著談了許久。外國和尚對王績說：「施主家中好像有一面世所罕見的寶鏡，可以讓我看看嗎？」王績說：「法師怎麼知道的？」和尚說：

「我精通佛家的真言符咒，能識別寶氣。施主家的房屋上空經常有青光透出直達太陽，又有紅氣透出接連月亮，這就是寶鏡氣啊。我看到這股寶氣已經達兩年之久了。今天專門挑選這個好日子，所以想請您給我看一看。」王績就把古鏡拿了出來。和尚跪下接捧在手，神情異常興奮，又對王績說：「這面鏡子有好幾種神奇的現象，還沒有被人看到過。只要把黃金膏塗在鏡面上，再用珍珠粉去擦拭過，然後舉起向著太陽照，它的影子就可以透過牆壁。」和尚又感歎著說：「如果再作法試驗，應該能照見人的五臟六腑，可惜倉猝間沒有這種藥啊。只要用黃金煙把寶鏡薰過，再用白玉水把它洗過，然後用金膏珠粉像剛才說的那樣擦拭過，就是把它埋在泥土裡，也不會昏暗的了。」便留下了金煙玉水薰洗的方法。依法去做，每次都很有效。而那個外國和尚從此再也沒有見到過。

其年秋，度出兼芮城令❶。令廳前有一棗樹，圍可數丈，不知幾百年矣。前後令至，皆祠謁此樹，否則殃禍立及也。度以為妖由人興，淫祀❷宜絕。縣吏皆叩頭請度。度不得已，為之以祀。然陰念❸此樹當有精魅所託，人不能除，養成其勢。乃密懸此鏡於樹之間。其夜二鼓許，聞其廳前磊落❹有聲，若雷霆者。遂起視之，則風雨晦暝，纏繞此樹，電光晃耀，忽上忽下。至明，有一大蛇，紫鱗赤尾，綠頭白角，額上有王字，身被數創，死於樹。度便下收鏡，命吏出蛇，焚於縣門外。仍掘樹，樹心有一穴，於地漸大，有巨蛇蟠泊❺之跡。既而坟❻之，妖怪遂絕。

【章　旨】作者用古鏡的神奇力量除去了一條作怪的大蛇。

【注　釋】❶芮城令　芮城的縣令。芮城，隋屬河東郡，即今山西省芮城縣。❷淫祀　舊指不合禮法的不正當的（過於氾濫、迷信）祭祀。❸陰念　暗想。❹磊落　形容聲音巨大響亮。❺蟠泊　盤臥。❻坟　埋；填塞。這裡「坟」作動詞用。

【語　譯】這年秋天，我又奉調兼任芮城縣令。縣衙內的廳堂前有一棵棗樹，樹圍有幾丈，不知生長有幾百年了。前前後後的縣令到此任職，都把它當作神靈來祭祀參拜，若不這樣，立即就會有災禍發生。我認為妖妄之事都是人為的，這種不正當的祭祀應該禁絕。縣裡的小吏們都向我叩頭請求不要禁絕。不得已我只好答應他們繼續祭祀。但暗中想這棵樹一定是有妖魔精怪寄身在裡面，人們沒有力量除去它，才養成了它的惡勢力。我便偷偷地將寶鏡懸掛在樹枝中間。當天夜裡二更時，聽到廳前有巨大響亮的聲音，好像雷霆一般。便起身去看，只見昏暗中，樹的周圍風雨環繞，閃電忽上忽下，發出耀眼的光芒。到天亮時，便見到一條大蛇，紫色的鱗甲，紅色的尾巴，綠色的蛇頭上長著白角，額上有一個王字。身上有多處創傷，死在樹上。我便去收下了掛在樹上的古鏡，命令縣吏把死蛇搬出去，在縣衙大門外點火焚燒。又去挖掘那棵大樹，只見樹心有一個空洞直通到地面，接近地面處空洞漸漸擴大，有大蛇盤臥的痕跡。後來就把死蛇埋了，妖怪也就滅絕了。

其年冬，度以御史帶芮城令，持節❶河北道❷，開倉糧賑給陜東❸。時天下大飢，百姓疾病；蒲陜❹之間，癘疫❺尤甚。有河北人張龍駒，為度下小吏，其家良賤數十口，一時遇疾。度憫之，賫此❻入其家，使龍駒持鏡夜照。諸病者見鏡，皆驚起，云：「見龍駒持一月來相照，光陰❼所及，如冰著體，冷徹腑臟。」即時熱定，至晚並愈。以為無害於鏡，而所濟于眾，令密持此鏡，遍巡百姓。其夜，鏡於匣中，冷然❽自鳴，聲甚徹遠，良久乃止。度心獨怪。明早，龍駒來謁度曰：「龍駒昨忽夢一人，龍頭蛇身，朱冠紫服，謂龍駒：我即鏡精也，名曰紫珍。常有德於君家，故來相託。為我謝❾王公，百姓有罪，天與之疾，奈何使我反天救物！且病至後月，當漸愈，無為我苦。」度感其靈怪，因此誌之。至後月，病果漸愈，如其言也。

【章　旨】作者運用古鏡為小吏張龍駒一家及蒲、陝百姓治病，引發鏡精託夢訴苦。

【注　釋】❶持節　古代使臣出使時都持有頂端飾有旄牛尾的長柄竹製儀仗，稱為符節。「持節」遂成為皇帝特派使臣的代稱。❷河北道　隋時屬河東郡。故址在今山西省芮城縣東北。❸陝東　陝州東部，今河南省西部陝縣、靈寶、盧氏一帶。❹蒲陝　蒲，隋河東郡。轄區在今山西南部一帶，郡治在今山西省永濟縣。陝，陝州，隋廢陝州，這裡用的是北周地名。❺癘疫　瘟疫。❻賚此　帶著寶鏡。此，指寶鏡。❼光陰　寶鏡光線所覆蓋的範圍。陰，同「蔭」。❽冷然　聲音清越。❾謝　告訴的謙稱。

【語　譯】這年冬天，我以御史兼芮城令的身分，被朝廷派往河北道，開官倉賑濟陝東災民。這時天下普遍發生飢荒，百姓中疾病流行。蒲、陝之間，瘟疫更為嚴重。有一個河北人名叫張龍駒的，是我屬下的一名小吏。其家主僕數十人一時之間全都染上了瘟疫。我很同情他，便帶著古鏡到他家裡，讓龍駒拿了鏡子在夜間去照生病的家人。那些病人見到鏡子，都吃驚得跳了起來，說道：「見到龍駒拿了一輪明月來照，陰冷的光照到之處，好像被冰塊觸到了身體，冷氣直透腑臟。」他們當時就不再發燒，到晚上大家就都痊癒了。我想這樣做對古鏡沒有什麼損害，卻能救濟民眾，就悄悄地拿了古鏡到所有的老百姓家中去巡視。這天夜裡，古鏡在匣子裡忽然發出了清越的鳴聲，聲音傳出很遠，很久才停住。我心裡暗自奇怪。翌日早晨，龍駒來對我說：「我昨夜忽然夢到一個人，龍頭蛇身，戴著朱紅的冠，身穿紫色的袍服，對我說：『我就是古鏡之精，名叫紫珍。曾經幫助過先生一家，所以來託你做件事。請你去告訴王公，百姓們因為犯下了罪過，上天要懲罰他們才讓他們生病的。他怎麼可以讓我違背天意去救人呢？況且這些瘟疫病人到了下個月就會漸漸痊癒的，不要再讓我受苦了。』」我感到這件事很是怪異，便把它記下了。到了下個月，病人們果然陸續都痊癒了，正如鏡精所說的那樣。

大業十年，度弟勣自六合丞❶棄官歸，又將遍遊山水，以為長往之策。度止之曰：「今天下向亂，盜賊充斥，欲安之乎？且吾與汝同氣❷，未嘗遠別。此行也，似將高蹈❸。昔尚子平遊五嶽❹，不知所之。汝若追踵❺前賢，吾所不堪也。」便涕泣對勣。勣曰：「意已決矣，必不可留。兄今之達人，當無所不體。孔子曰：『匹夫不奪其志矣❻。』人生百年，忽同過隙❼，得情則樂，失志則悲，安遂❽其欲，聖人之義也。」度不得已，與之決別。勣曰：「此別也，亦有所求。兄所寶鏡，非塵俗物也。勣將抗志雲路❾，棲蹤煙霞❿，欲兄以此為贈。」度曰：「吾何惜於汝也。」即以與之。勣得鏡，遂行，不言所適⑪。至大業十三年夏六月，始歸長安，以鏡歸，謂度曰：「此鏡真寶物也！辭兄之後，先遊嵩山少室⑫，降石梁⑬，坐玉壇。屬⑭日暮，遇一嵌巖⑮，有一石堂，可容三五人，勣棲息止焉。月夜二更後，有兩人：一貌胡⑯，鬚眉皓⑰而瘦，稱山公；一面闊，白鬚，眉長，黑而矮，稱毛生。謂勣曰：『何人斯居也？』勣曰：『尋幽探穴訪奇者。』二人坐與勣談久，往往有異義，出於言外。勣疑其精怪，引手潛後，開匣取鏡。鏡光出，而二人失聲俯伏。矮者化為龜；胡者化為猿。懸鏡至曉，二身俱殞。龜身帶綠毛；猿身帶白毛。即入箕山⑱，渡潁水⑲，歷太和⑳，視玉井。井傍有池，水湛然㉑綠色。問樵夫。曰：『此靈湫㉒耳。村閭每八節㉓祭之，以祈福祐。若一祭有闕㉔，即池水出黑雲，大雹傷稼，白雨流澍㉕，浸堤壞阜。』勣引鏡照之。池水沸湧，有雷如震；忽爾池水騰出池中，不遺涓滴；可行二百餘步，水落於地。有一魚，可長丈餘，粗細大於臂；首紅額白，身作青黃間色；無鱗有涎，蛇形龍角；嘴尖，狀如鱘魚；動而有光，在於泥水，困而不能遠去。勣謂鮫㉖也，失水而無能為耳。刃而為炙㉗，甚膏㉘，有味，以充數朝口腹。遂出於宋、汴㉙。汴主人張琦家有女子患㉚，入夜哀痛之聲，實不堪忍。勣問其故。病來已經年歲，白日即安，夜常如此。勣停一宿；及聞女子聲，遂開鏡照之。痛者曰：『戴冠郎被殺！』其病者床下，有大雄雞，死矣；乃是主人七八歲老雞也。遊江南，將渡廣陵㉛揚子江；忽暗雲覆水，黑風波湧，舟子失容，慮有覆沒。勣攜鏡上舟，照江中數步，明朗徹底；風雲四斂，波濤遂息；須臾之間，達濟天塹㉜。躋攝山㉝麴芳嶺，或攀絕頂，或入深洞；逢其群鳥，環人而噪；數熊當路而蹲；以鏡揮之，熊鳥奔駭。是時利涉浙江㉞，遇潮出海，濤聲振吼，數百里而聞。舟人曰：『濤既近，未可渡南。若不迴舟，吾輩必葬魚腹。』勣出鏡照，江波不進，屹如雲立。四面江水，豁開五十餘步；水漸清淺，黿鼉㉟散走。舉帆翩翩，直入南浦㊱。然後卻視㊲，濤波洪湧，高數十丈，而至所渡之所也。遂登天台㊳，周覽洞壑。夜行佩之山谷，去身百步，四面光徹，纖微皆見，林間宿鳥，驚而亂飛。還履會稽㊴，逢異人張始鸞，授勣《周髀》、《九章》㊵及明堂六甲㊶之事。與陳永同歸。更游豫章㊷。見道士許藏祕，云『是旌陽㊸七代孫，有咒登刀履火之術』。說妖怪之次，更言豐城縣倉督李敬慎家有三女，遭魅病，人莫能識。藏祕療之無效。勣故人曰趙丹，有才器，任豐城縣尉㊹。勣因過之。丹命祗承人㊺指勣停處㊻。勣謂曰：『欲得倉督李敬慎家居止。』丹遽命敬慎為主㊼，禮勣。因問其故。敬曰：『三女同居堂內閣子，每至日晚，即靚粧衒服㊽。黃昏後，即歸所居閣子，滅燈燭。聽之，竊與人言笑聲。及至曉眠，非喚不覺。日日漸瘦，不能下食。制之不令粧梳，即欲自縊投井。無奈之何。』勣謂敬曰：『引示閣子之處。』其閣東有窗。恐其門閉固而難啟，遂晝日先刻斷窗櫺四條，卻以物支柱之，如舊。至日暮，敬報勣曰：『粧梳入閣矣。』至一更，聽之，言笑自然。

勣拔窗櫺子，持鏡入閤，照之。三女叫云：『殺我壻也！』初不見一物。懸鏡至明，有一鼠狼，首尾長一尺三四寸，身無毛齒；有一老鼠，亦無毛齒，其肥大可重五斤；又有守宮[49]，大如人手，身披鱗甲，煥爛五色，頭上有兩角，長可半寸，尾長五寸已上，尾頭一寸色白，並於壁孔前死矣。從此疾愈。其後尋真[50]至廬山，婆娑[51]數月，或棲息長林，或露宿草莽，虎豹接尾，豺狼連跡，舉鏡視之，莫不竄伏。廬山處士[52]蘇賓，奇識之士也，洞明《易》道[53]，藏往知來[54]，謂勣曰：『天下神物，必不久居人間。今宇宙喪亂，他鄉未必可止，吾子此鏡尚在，足下衛[55]，幸速歸家鄉也。』勣然其言，即時北歸。便遊河北[56]，夜夢鏡謂勣曰：『我蒙卿兄厚禮，今當捨人間遠去，欲得一別，卿請早歸長安也。』勣夢中許之。及曉，獨居思之，恍恍發悸[57]，即時西首秦路[58]。今既見兄，勣不負諾矣。終恐此靈物亦非兄所有。」數月，勣還河東。

【章 旨】作者將古鏡贈給弟弟王績。王績帶著古鏡雲遊四方。古鏡幫助王績降伏了龜、猿、魚、雞、鼬、鼠、壁虎等幻化而成的妖物。後古鏡托夢，要求與王度告別，遠離人間。

【注 釋】❶丞　縣丞。古代職官名，是輔助縣令處理行政事務的官員。❷同氣　特指兄弟。❸高蹈　高舉足而蹈地。猶言遠行也，後指隱居。語出《左傳》哀公二十一年：「使我高蹈。」❹尚子平遊五嶽　「尚」為「向」之誤。向子平，東漢人，貧而不仕。兒女婚嫁事畢，就與朋友遊五嶽名山，不知所終。❺追踵　追隨；效法。踵，腳後跟。❻匹夫句　凡夫平民的志向是不可被強奪而改變的。語出《論語·子罕》：「三軍可奪帥也，匹夫不可奪志也。」匹夫，平民。❼過隙　「白駒過隙」之省稱。白馬躍過地縫，所需時間甚短，故比喻時間過得很快。❽安遂　安頓完成。遂，順遂；完成。❾抗志雲路　有隱居的高尚志向。抗，高也。雲路，歸隱之路。❿棲踪煙霞　隱居於山野之中。煙霞，山野的代稱。⓫適　去；往。⓬嵩山少室　嵩山在今河南省登峰縣北，為「五嶽」中的「中嶽」。嵩山西面的高峰稱「少室峰」。⓭降石梁　下石橋。⓮屬　接近。⓯嵌巖　岩穴；山洞。⓰貌胡　貌似胡人。⓱皓　白。⓲箕山　在今河南省登峰縣東南。⓳潁水　源出河南省登峰縣的潁谷。向東南流入安徽省，入淮河。⓴太和　縣名。在今安徽省境，濱臨潁水。㉑湛然　水深而清的樣子。㉒湫　水潭。㉓八節　立春、春分、立夏、夏至、立秋、秋分、立冬、冬至八個節氣。㉔闕　同「缺」。㉕流澍　流注。澍，同「注」。㉖鮫　同「蛟」。古代傳說蛟是龍的一種，有神靈，能發大水。㉗炙　烤肉。㉘甚膏　很肥美。膏，脂肪。㉙宋汴　宋，今河南省商邱縣。汴，今河南省開封市。㉚患　生病。㉛廣陵　今江蘇省揚州市。㉜濟天塹　渡過長江。濟，渡。天塹，天然的阻隔，指長江。㉝躋攝山　登上攝山。躋，登。攝山，即今江蘇省南京市東北的棲霞山。㉞利涉浙江　順利渡過錢塘江。利涉，語出《易經》，渡水的一種吉利的說法。浙江，錢塘江的別稱。㉟黿鼉　黿，大鱉。鼉，也叫豬婆龍，或云即揚子鱷。㊱南浦　即浦江，又名浦陽江，為錢塘江支流。因它位於錢塘江入海口的南面，所以稱南浦。㊲卻視　回頭看。㊳天台　即浙江省天台山。㊴還履會稽　又來到會稽。還，王績是由北方到天台山的，會稽在天台之北，所以到會稽可視為北還。履，踩；走。會稽，縣名，治所在今浙江省紹興市。㊵周髀九章　即《周髀算經》和《九章算術》，是我國古代的數學經典專著。㊶明堂六甲　明堂，原為建築皇宮的規制，後演變為風水、堪輿之學。六甲，道家的方術，傳說能驅役鬼神。此處「明堂六甲」是道家方術的代稱。㊷豫章　古郡名。郡治在今江西省南昌市。㊸旌陽　即曾做過旌陽縣令的許遜。傳說他曾從仙人吳猛學道，於晉太康初年全家都飛升成仙。㊹豐城縣尉　豐城，縣名。今屬江西省。縣尉，一縣主管治安的官員。㊺祇承人　僕人。祇，恭敬。承，承事；接受命令。㊻停處　居停處；止歇處；住所。㊼遽命敬慎為主　立刻讓李敬慎作主人招待王績到家裡住。遽，立刻。㊽靚粧衒服　妝扮得很整齊，穿著鮮豔的衣服。靚，化妝。衒，同「炫」。㊾守宮　即壁虎。㊿真　即真人。道教指有道術或成仙之人。(51)婆娑　盤桓；逗留。(52)處士　古代稱有才德而隱居不做官的讀書人。(53)洞明易道　透徹明瞭《易經》的道理。(54)藏往知來　知道過去與未來。(55)足下衛　足以保衛自己。(56)河北　黃河以北一帶。(57)悸　心跳；心慌。(58)西首秦路　朝西往陝西走。西首，朝西走。秦，陝西關中一帶。

【語　譯】大業十年，我的弟弟王績從六合縣丞棄官回家，又要到各地去遊山玩水，作長期在外的打算。我勸阻他說：「如今眼見要天下大亂，到處都是盜賊橫行。你想到哪兒去呢？況且我和你兄弟之間從沒有遠別過。你這次出去好像是要隱居的樣子。昔年向子平遊五嶽，最後沒有了下落。你如果效法前賢，我是無法承受的。」說完便對著王績哭泣。王績說：「我的主意已定，絕不會留下的。兄長是當今的通達之士，應該沒有體會不到的事。孔子說：『一個人的志向是不可以改變的。』人生在世一百年，就像白駒過隙那麼快速。得意便高興，失意便悲哀，能夠安頓滿足自己的願望，是聖人的教義呀。」我沒有辦法勸阻，只得和他告別。王績說：「這次分別，我有件事要請求你。兄長珍愛的那面古鏡，不是塵世間的俗物。我有隱居的高尚志向，將要居住在山野之中。想請兄長將古鏡送給我。」我說：「對你，我還有什麼捨不得的。」就把古鏡給了他。王績拿到鏡子就走了，也不說要到什麼地方去。到了大業十三年的夏天六月裡，王績才回到長安，把鏡子還給了我，並對我說：「這面鏡子真是件寶物呀！那年告別兄長之後，先遊了嵩山的少室峰，走下石橋，在玉壇上坐下來。近黃昏時，看到一處巖穴，中間是一個石室，可容三、五人。我便棲息在裡面。那夜有月光。二更後，來了兩個人。其中一個相貌好像外國人，瘦瘦的，鬚眉都白了，自稱山公；另一個臉很寬，白鬚，長眉，膚色黝黑身材矮小，稱為毛生。他們問我：『什麼人住在這裡呀？』我說：『我是個尋幽探穴尋訪奇蹟的人。』二人便坐下與我談論了很長時間，談話中，在言語之外往往有玄異的道理。我懷疑他們是精怪，便暗地裡伸手到身後開了匣子拿出寶鏡。鏡光一射出來，二人就失聲驚叫，俯伏在地。矮的化為烏龜，像外國人的化為猿。我把鏡子掛著直到天明，看到二個妖物都死了。烏龜身上長著綠毛，猿身上長著白毛。接著我又進箕山，渡潁水，經過太和，去看玉井。那井旁有個池塘，池水深而清澈，呈現綠色。我向樵夫請問，他說：『這是神潭。村裡人每逢四時八節都要來祭祀，以求神靈保佑。如果少祭一次，那池水就會冒出黑雲，天上就會下起大雹打傷莊稼，或下起傾盆大雨，地面水流如注，淹沒堤壩，沖坍土丘。』我便拿出鏡子去照那神潭。池水被古鏡一照登時就像沸騰般地湧動起來，並發出雷鳴般的響聲。忽然，池中的水全部騰空飛出，一滴也沒剩下，前行了二百多步才落到地上。其間有一條魚，一丈多長，比手臂還粗。頭紅色，白額，身上青黃相間。沒有鱗甲，卻有許多黏液，身子像蛇，角像龍。嘴尖尖的像條鱘魚。身子轉動時有光。因被泥水困住了所以不能遠去。我認為這是蛟，離開了水就沒有辦法做什麼了。我把牠切成片烤著吃，很是肥腴鮮美，吃了好幾天才吃完。後來我便到了宋、汴一帶。在汴梁時借住在張琦的家裡。張琦家有個女子臥病在床，一到夜裡便發出悲哀痛苦的呼聲，令人不能忍受。我問明原因，原來她病了已有一年多，白天好好地，夜裡就常常這樣。我在他家住了一夜，夜裡等聽到女子的呼聲，便開匣拿出古鏡去照。這時，只聽得病人說：『戴帽子的郎君被殺死了！』又看到病人床下有一隻死去的大公雞。原來那是主人家飼養了七、八年的一隻老雞。接著我又到江南去遊玩。在廣陵的揚子江邊上正想渡江，忽然江面上烏雲覆蓋，黑風掀起洶湧波濤。渡船上的船夫大驚失色，擔心要翻船。我便帶了古鏡上船，拿起鏡子照著江中幾步遠的地方。剎時間江水清亮見底，雲散風止，波濤平息，很快就渡過了長江天塹。在登攝山麴芳嶺時，我或是攀登到最高的山頂，或是進入深邃的巖洞。遇到大群的鳥雀圍著聒噪或幾頭熊羆當路蹲著阻攔行人，拿出寶鏡朝牠們揮去，熊鳥便會嚇得拚命逃竄。順利渡過錢塘江那次，正遇到漲潮，那波濤的震吼聲幾百里外都能聽到。船夫說：『波濤已經逼近過來，不能再渡江到南浦去了。要是不把船隻掉轉回去，我們定會葬身魚腹的。』我就拿出鏡子一照，江上的波濤便不再前進，像厚重的雲層一般屹立著。四面的江水分開有五十多步，中間的江水漸漸清淺，黿鼉都避走散開。於是船夫便升起風帆，飛快地進入了南浦。再回過頭去看時，波濤洶湧，高達數十丈，已推到了剛才渡江的地方。接著又去登天台山，遊覽了所有的巖洞山谷。夜裡帶著鏡子走在山谷中，百步以外四面光明透徹，細如毫髮的東西都能看見，山林裡的宿鳥被驚得各處亂飛。回程中經過會稽，遇到一位名叫張始鸞的異人，教給我《周髀》、《九章》及明堂、六甲等方術。和陳永一同回來時，又去遊了豫章。見到道士許藏祕，他說：『我是許旌陽的七代孫，有唸咒、登刀山、蹈火海的法術。』在與他談論到妖怪時，他又講到豐城縣倉督李敬慎家有三個女兒，被妖怪迷惑得了病，沒有人能識別是什麼妖怪。許藏祕曾為她們驅妖也未見功效。我有一個老朋友名叫趙丹，是個很有才幹的人，在豐城縣任縣尉，我就去拜訪他。趙丹命令僕人給我安排住宿的地方。我對趙丹說：『我想到倉督李敬慎家去住。』趙丹立刻讓李敬慎請我住到李家去。李敬慎和我見過禮後，我便問起他的女兒被迷惑的情況，李敬慎說：『三個女兒同住在廳堂後面的房間裡，每到傍晚，她們便梳妝打扮穿上鮮豔的衣服。黃昏後，她們就回到所住的房間裡，把燈燭吹滅。在房外聽時，可以聽到她們和人輕輕談笑的聲音。要到早晨才入睡，不去喊她們是絕不會醒來的。她們一天天地消瘦下去，吃不下東西。如果阻止她們不許梳妝打扮，她們便要投井上吊尋死覓活地鬧。實在是拿她們沒辦法。』我便對李敬慎說：『你把她們住的房間指給我看。』房間的東面有扇窗戶。我怕她們把房門緊密關了無法打開，便在白天刻斷了四條窗櫺，用木棍支撐著，看起來和原先一樣。到了黃昏時，李敬慎來告訴我說：『她們已打扮好進房間去了。』到了一更時，聽到房間裡談笑正歡，我就拔起窗櫺，拿著鏡子跳進房間去照那妖怪。只聽三個女子喊道：『殺死我的丈夫了！』起初看不到任何東西。我便把鏡子掛在房中直到天明，才見到了一頭黃鼠狼，從頭到尾一尺三、四寸長，身上沒有毛，口中沒有牙齒；一隻老鼠，也沒有毛、齒，極其肥大，約有五斤重；又有一隻壁虎，有手掌那麼大，身上有五色斑爛的鱗甲，頭上的雙角有半寸長，尾長五寸，尾尖處一寸是白色的。牠們一起死在一個壁洞前。從此，她們的病就痊癒了。後來我又到廬山去尋訪道術高超的人，在山上盤桓了幾個月，有時住在樹林裡，有時露宿在草叢中。山野裡虎豹豺狼成群，但只要舉起寶鏡一照，無不逃竄俯伏。廬山處士蘇賓，是個有奇才異識的人，洞悉《周易》的義理，能知過去未來。他對我說：『世界上神異的物件，一定不會久留人間。如今天下喪亂，異鄉客地未必適於逗留，你的寶鏡尚在身邊，足以護衛自己，還是快快回家去吧。』我認為他的話很有道理，就立即往北而行準備回家了。途中順便遊覽了河北，夜裡夢見鏡子對我說：『我有幸得到你的兄長優禮厚待，如今要離開人間到遠處去了。想和你的兄長作別，請你早日回長安吧。』我在夢中答應了他。到了早晨，獨自坐著思索夢境，不覺精神恍惚，心慌不安。就立即回頭向西朝著長安路上進發。現在見到了兄長，總算我沒有辜負對古鏡的承諾。恐怕這件神異的東西到底不會為兄長所有。」幾個月以後，王績返回了河東。

大業十三年七月十五日，匣中悲鳴，其聲纖遠，俄而漸大，若龍咆虎吼，良久乃定。開匣視之，即失鏡矣。

【章　旨】古鏡發出悲鳴，其後便不知所之了。

【語　譯】大業十三年七月十五日，鏡匣中忽然發出悲愴的鳴聲，那聲音先是細微而遙遠，後來漸漸響亮，就像龍在咆哮、虎在怒吼，很久才止息。打開匣子看時，鏡子已不見了。

【賞　析】〈古鏡記〉是迄今我們所能見到的最早的唐人小說。作者王度是隋末唐初人，他所作的這篇傳奇明顯帶有六朝志怪的痕跡。然而無論從作品的內容上還是筆法上都能看到唐傳奇種種特質的胚芽。

〈古鏡記〉以一面神奇的銅鏡作為敘事的線索，描述了王度、王績持寶鏡降妖的冒險經歷。從題材上看，〈古鏡記〉明顯屬於志怪小說，仍然以記敘奇聞異事為創作動機，而並不注重人物性格的塑造、人物命運的展示或是社會問題的評判。就此而言，這仍是六朝小說的路徑。然而唐傳奇的某些優秀的特徵，我們在〈古鏡記〉中也不難發現。首先從體裁上看，〈古鏡記〉已經明顯突破了六朝志怪小說「粗陳梗概」的筆記體式，不僅篇幅大大增加，敘事體物也更加委曲婉轉。〈古鏡記〉已經不似六朝志怪小說僅僅滿足於直錄事情原委，而在人物心理刻劃、場景氣氛渲染上都有了顯著的進展。如寫狐精現形後「惟希數刻之命，以盡一生之歡耳」；當牠大醉後又「奮衣起舞而歌」，很生動地表現出老狐羞愧、悔恨、傷感交織在一起的複雜心態。再如王績遊江南一段文字：「遊江南，將渡廣陵揚子江；忽暗雲覆水，黑風波湧，舟子失容，慮有覆沒。勣攜鏡上舟，照江中數步，明朗徹底；風雲四斂，波濤遂息；須臾之間，達濟天塹……」讀來宛如一篇壯闊的山水遊記，可以見出作者筆力的變幻多姿、情趣的豐富曲折。這也是前代志怪小說中所難以見到的。宋代趙彥衛稱唐人小說「文備眾體，可以見史才、詩筆、議論」（《雲麓漫鈔》卷八），就是說唐傳奇可以包容多種文學樣式，這一點在〈古鏡記〉中就初步得到了反映。

〈古鏡記〉篇制宏大，以連綴體結構將十二個故事用一條線索貫穿起來。它體制嚴整、脈絡清晰，綜合了六朝以來有關鏡異的種種傳說，並融入了作者自身的家世、經歷，構成一種內容豐富駁雜、想像奇特奔放的恢宏遒勁的獨特風格。〈古鏡記〉的出現預示著唐人小說的高峰期即將到來。

補江總白猿傳

佚名

【題解】本篇選自《太平廣記》卷四四四畜獸類，題作〈歐陽紇〉，下注出《續江氏傳》。《新唐書・藝文志》子部小說家類著錄，題作〈補江總白猿傳〉。內容記述梁代武將歐陽紇攜妻征戰，妻子為白猿盜走，歐陽紇深入險境，殺死白猿救出妻子。一年後歐陽紇之妻生出一子，模樣極似白猿，他便是唐初名臣歐陽詢。這篇小說對後世的小說創作有一定的影響，宋元話本〈陳巡檢梅嶺失妻記〉、宋元南戲〈陳巡檢梅嶺失妻〉都是從本傳奇中蛻變而成的。

梁大同❶末，遣平南將軍藺欽❷南征，至桂林❸，破李師古、陳徹❹。別將❺歐陽紇❻略地至長樂❼，悉平諸洞❽，采入深阻❾。紇妻纖白，甚美。其部人❿曰：「將軍何為挈麗人經此？地有神，善竊少女，而美者尤所難免。宜謹護之。」紇甚疑懼，夜勒兵⓫環其廬，匿婦密室中，謹閉甚固，而以女奴十餘伺守之。爾夕⓬，陰風晦黑，至五更，寂然無聞。守者怠而假寐⓭，忽若有物驚悟⓮者，即已失妻矣。關扃⓯如故，莫知所出。

出門山險，咫尺迷悶，不可尋逐。迨明，絕無其跡。紇大憤痛，誓不徒還⑯。

【章旨】歐陽紇挈婦南征，在長樂地界，雖然嚴密守護，歐陽紇之妻仍為妖物盜去。

【注釋】❶大同　南朝梁武帝年號（西元五三五～五四六年）。❷藺欽　應為「蘭欽」之誤。蘭欽，字休明，因戰功卓著，由東宮直閣轉授衡州刺史，進號平南將軍，封曲江公。後改授為廣州刺史，到任後為人所害。❸桂林　南朝郡名。轄今廣西省桂林、柳州一帶。❹李師古陳徹　李師古，不詳。陳徹，史載大同末年，少數民族首領陳文徹兄弟舉兵自立，為蘭欽所破。那麼，這裡的陳徹，或即陳文徹之誤。❺別將　與主力軍配合作戰的部隊將領。❻歐陽紇　字奉聖。陳武帝時襲封陽山郡公，都督交廣等十九州諸軍事，任廣州刺史。陳宣帝立，徵他入朝任左衛將軍，他舉兵謀反，兵敗被誅。故本文末稱他被陳武帝所誅，與史實不符。此外，史載追隨蘭欽南征的也不是歐陽紇，而應是其父歐陽頠。❼長樂　洞名。在今廣西省境內。❽洞　即蠻洞。南方少數民族以部落為單位聚居在一處，稱蠻洞。❾罙入深阻　走遍幽深和險阻的地方。罙，深入，走遍之意。❿部人　指當地部落的土著。⓫勒兵　帶兵；率兵。⓬爾夕　這一夜。⓭假寐　不脫去衣服，坐著或靠著打瞌睡。⓮悟　睡醒。⓯關扃　門窗上的插銷，用以關鎖門窗。⓰徒還　空著手回來。

【語譯】梁朝大同末年，皇帝派遣平南將軍蘭欽去征討南方各部落。蘭欽到了桂林，打敗了李師古、陳文徹。協同其作戰的將領歐陽紇一路攻占各蠻洞的屬地直到長樂，又深入腹地走遍了幽深和險阻的地方，將那兒所有的蠻洞全部掃平。歐陽紇的妻子長得纖巧白晰，非常美麗。當地的土著對他說：「將軍為什麼把這麼美麗的女子帶到這裡來？此地有個神靈，經常把少女搶走，美麗出眾的更難倖免。將軍要留神保護好您的夫人啊。」歐陽紇聽了就產生疑懼之心，夜晚便領兵將住所團團圍住，把妻子藏在密室中，門戶關閉得極嚴實。又叫十幾名女僕守護在她身邊。這天晚上，天色昏黑，陰風陣陣。到了五更，也沒有聽到一點異常的聲息。守護的人這時非常疲倦，就打起了瞌睡。忽然，像是有什麼東西驚醒了他們，起來一看，歐陽紇的妻子已經失蹤了。門窗的插銷還像先前一樣插著，不知道是從什麼地方出去的。出門去看時，只見山道險阻，天色昏暗，咫尺以外什麼也看不到，根本無法追趕尋找。到天明時，一點蹤跡也找不到。歐陽紇極為憤怒痛恨，發誓要找到妻子，絕不空著手回去。

因辭疾，駐其軍，日往四遐❶，即深凌險❷以索之。既逾月，忽於百里之外叢篠❸上，得其妻繡履一隻，雖浸雨濡，猶可辨識。紇尤悽悼，求之益堅。選壯士三十人，持兵❹負糧，巖棲野食。又旬餘，遠所舍約二百里，南望一山，蔥秀迥出。至其下，有深溪環之，乃編木以度。絕巖翠竹之間，時見紅綵，聞笑語音。捫蘿引緪❺，而陟❻其上，則嘉樹列植，間以名花；其下綠蕪❼，豐軟如毯。清迥岑寂，杳然殊境❽。東向石門，有婦人數十，帔❾服鮮澤，嬉遊歌笑，出入其中。見人皆慢視遲立❿，至則問曰：「何因來此？」紇具以對。相視歎曰：「賢妻至此月餘矣。今病在床，宜遣視之。」入其門，以木為扉。中寬闢若堂者三。四壁設床，悉施錦薦⓫。其妻臥石榻上，重茵累席⓬，珍食盈前。紇就視之。回眸一睇⓭，即疾揮手令去。諸婦人曰：「我等與公之妻，比⓮來久者十年。此神物所居，力能殺人，雖百夫操兵，不能制也。幸其未返，宜速避之。但求美酒兩斛⓯，食犬十頭，麻數十斤，當相與謀殺之。其來必以正午。後慎勿太早，以十日為期。」因促之去。紇亦遽退。

【章旨】歐陽紇入山尋妻，終於在一座優美如仙境的山上石室中發現了妻子和多名婦女。婦女們告知歐陽紇她們都是被「神物」搶來的，並與歐陽紇相約將以計謀殺此神物。

【注釋】❶四遐　四方邊遠的地方。遐，遠。❷即深淩險　遍及幽深險阻之處。即，往就；到。淩，越過。❸叢篠　叢生的細竹。❹兵　兵器。❺捫蘿引絙　牽著藤蘿，拉著繩子。蘿，女蘿，一種藤本植物。絙，大繩子。❻陟　攀登。❼綠蕪　綠草叢生。❽殊境　與常景不同的境地。❾帔　披肩。❿慢視遲立　慢視，凝視。遲立，站著不動。⓫錦薦　錦緞製成的褥墊。⓬重茵累席　多重褥子，數層席子。茵，墊褥。累，多。⓭睇　斜視。⓮比　先。⓯斛　古代量器，以十斗為一斛。

【語　譯】歐陽紇便推託有病，把部隊駐紮在原地。每天到四處邊遠的地方，遍及幽深險阻之處尋找妻子。一個多月以後，忽然在百里以外的細竹叢上發現妻子的一隻繡鞋，雖經風吹雨淋，但依稀還能辨認出來。歐陽紇異常悲痛，尋找妻子的意念也更為堅定。他在隊伍中選了三十名身強力壯的士兵，帶足了糧食武器繼續出去尋找，白天就在荒野中吃飯，夜晚露宿在山崖上。這樣過了十幾天，離開駐兵的地方約有二百多里了，忽然看到南面有一座山，樹木葱蘢，奇峰挺秀，和其他山巒顯然不同。便來到山下，看到山腳下環繞著一條深溪，他們便編了木筏擺渡過去。只見懸崖上翠竹間不時有女子的紅色衣裙閃現，又聽到說笑的聲音。他們便牽著藤蘿，拉著繩子往上攀登。到了山上，看到排列成行的佳樹中間，點綴著名貴花草；樹下芳草鮮美，豐軟得就像毯子一樣。環境清雅幽靜，與尋常景色截然不同。向東的峭壁上有一個洞門，有幾十個穿著色澤鮮豔的披風的婦人嘻笑著在那石洞中進進出出。那群婦人見到生人就停住腳步專心地看著他們，待歐陽紇等人走到面前時便問：「為什麼到這裡來？」歐陽紇把找尋妻子的事講給她們聽。那些婦人相互看看又歎息著說：「你的妻子到這兒已經一個多月了，現在有病躺在床上，該讓你去看看她。」就把歐陽紇領了進去。洞門是用木材做的。洞內很寬敞，有三間廳堂那麼大。靠石壁都放著床，上面都鋪著錦緞做成的褥墊。他的妻子躺在石榻上，身下鋪了好幾重褥子，面前擺滿了珍異的食品。歐陽紇走近去看他的妻子，他的妻子轉過臉來向他斜看了一眼，便急速揮手叫他出去。那些婦人對他說：「我們比你的妻子來得早多了，最久的已經有十年。這裡是神物所住的地方，他的力氣非常大，能輕易把人殺死。就是一百個人拿了武器也無法制服他。幸虧他現在還沒回來，你趕快避開吧。你如果能準備好美酒兩斛，供食用的狗十頭，麻繩幾十斤，我們將會設法把他殺死。

他每天總要在中午以後才離開這兒，所以你下次再來時切記不要太早。我們就以十天為會面之期吧。」便催他快走，歐陽紇也急忙退出去了。

遂求醇醪❶與麻、犬，如期而往。婦人曰：「彼好酒，往往致醉。醉必騁力❷，俾❸吾等以綵練縛手足於床，一踴❹皆斷。嘗紉三幅❺，則力盡不解。今麻隱帛中束之，度不能矣。遍體皆如鐵，唯臍下數寸，常護蔽之，此必不能禦兵刃。」指其傍一巖曰：「此其食廩❻，當隱於是，靜而伺之。酒置花下，犬散林中，待吾計成，招之即出。」如其言，屏氣以俟❼。日晡❽，有物如匹練❾，自他山下，透至若飛❿，徑入洞中。少選⓫，有美髯丈夫長六尺餘，白衣曳杖，擁諸婦人而出。見犬驚視，騰身執之，披裂吮咀，食之致飽。婦人競以玉杯進酒，諧笑甚歡。既飲數斗，則扶之而去。又聞嬉笑之音。良久，婦人出招之，乃持兵而入。見大白猿，縛四足於床頭，顧人蹙⓬縮，求脫不得，目光如電。競兵之⓭，如中鐵石。刺其臍下，即飲刃，血射如注。乃大嘆咤曰：「此天殺我，豈爾之能。然爾婦已孕，勿殺其子，將逢聖帝，必大其宗。」言絕乃死。

搜其藏，寶器豐積，珍羞盈品⑭，羅列桉几。凡人世所珍，靡不充備。名香數斛，寶劍一雙。婦人三十輩，皆絕其色。久者至十年。云，色衰必被提去，莫知所置。又捕採唯止其身，更無黨類。旦盥洗，著帽，加白袷⑮，被素羅衣，不知寒暑。遍身白毛，長數寸。所居常讀木簡，字若符篆⑯，了不可識；已，則置石磴⑰下。晴晝或舞雙劍，環身電飛，光圓若月。其飲食無常，喜啗果栗；尤嗜犬，咀而飲其血。日始逾午，即欻然⑱而逝。半晝往返數千里，及晚必歸，此其常也。所須無不立得。夜就諸床嬲⑲戲，一夕皆周，未嘗寐。言語淹詳⑳，華旨會利㉑。然其狀，即猳玃㉒類也。今歲木葉之初㉓，忽愴然曰：「吾為山神所訴，將得死罪。亦求護之於眾靈，庶幾可免。」前月哉生魄㉔，石磴生火，焚其簡書。悵然自失曰：「吾已千歲，而無子。今有子，死期至矣。」因顧諸女，汎瀾㉕者久，且曰：「此山復絕，未嘗有人至。上高而望，絕不見樵者。下多虎狼怪獸。今能至者，非天假之，何耶？」紇即取寶玉珍麗及諸婦人以歸，猶有知其家者。

【章　旨】歐陽紇按照婦女們的提示殺死了「神物」白猿，救回了妻子，並詳知白猿的由來與生活習性。

【注　釋】❶醇醪　味道濃厚的好酒。醪，酒。❷騁力　盡力使出自己的力氣；逞強使力。❸俾　使。❹踊　往上跳。❺嘗紉三幅　曾經用三幅彩綢擰成繩子綑牠。紉，搓繩。❻廩　糧倉。❼屏氣以俟　摒住呼吸等待。俟，等待。❽日晡　晡，申時；下午三點至五點。日晡泛指傍晚。❾匹練　一匹白絹。❿透至若飛　像飛一樣地跑過來了。透，跳躍。⓫少選　一會兒。⓬蹙　收縮。⓭競兵之　競相用兵器殺牠。兵，這裡作動詞用。⓮珍羞盈品　充滿了各種各類精美的食品。羞，有滋味的食品。盈，滿。品，眾多。⓯白袷　白色的夾袍。⓰符篆　像篆文的符籙。⓱磴　石頭臺階。⓲欻然　忽然；迅疾不定的樣子。⓳嬲　戲弄。⓴淹詳　淵博詳盡。㉑華旨會利　美妙的聲音流利動人。會，會心；領悟。㉒猳玃　大猴。㉓木葉之初　樹木剛開始落葉的時候，指初秋。㉔哉生魄　指月亮開始發光。哉，通「才」。魄，通「霸」。月初生，不甚光明的樣子。古代常用作陰曆初二或初三的代稱。㉕汎瀾　哭泣時涕淚橫流的樣子。

【語　譯】回去後，歐陽紇便準備了醇酒和狗、麻繩。在約定的日子又到山上去了。婦人見到他後對他說：「神物嗜酒，常常喝得酩酊大醉。醉酒以後總要逞強使力，便叫我們用彩綢把他的手足綑綁在床上，他用勁往上一跳就把彩綢掙斷了。有一次用了三幅彩綢擰成繩索來綁他，才使他用盡力氣而沒有掙開。現在我們把麻繩裹在絲綢中去綁他，料想他是掙不開了。他遍體堅硬如鐵，只有臍下數寸，總是遮護得很嚴實。想來此處一定不能抵禦兵刃。」又指著石室旁邊的一個巖洞說：「那裡是他的糧倉，你可以躲藏在裡面，靜靜地等著。你把酒放在花下，狗就散放在樹林中。等到我們的計謀成功了，一喊你，你就馬上出來。」歐陽紇照著她的話做了，躲在糧倉裡屏氣斂聲等待著。傍晚時，有個像白絹布匹的東西，從別座山下來，像飛的一樣騰躍而至，直接進入石室內。不一會兒，一個六尺多高留著長鬚的男子，身穿白衣，拖著木杖，擁著那些婦人走出來。見到樹林中的狗驚訝地看了一會，便撲上去捉住，撕開了便吮血啃肉，吃飽了才罷休。婦人們爭著用玉杯斟酒給他喝，大家說說笑笑地很高興。給他喝了幾斗酒後，便把他扶進洞去，洞裡又傳來嘻鬧的聲音。過了好久，有個婦人出來喊他。歐陽紇便拿著兵器跟了進去。只見一隻大白猿，四隻腳被綑在床頭上，見到人來就縮了一下身子，想用力掙脫束縛，但沒有成功，只是用他那閃電一般的目光看著眾人。大家爭著用兵器去砍他，卻像砍在鐵塊石頭上一樣。戳到他肚臍下面，馬上刺了進去，鮮血像水柱一般噴射出來。白猿歎著氣大聲說：「這是天要殺我，哪裡是你的本領啊。但是你的妻子已經懷孕了，你不要殺死這個孩子，將來遇到聖明天子，他必能為你光宗耀祖。」說完便死去了。清點白猿的收藏，只見各種珍玩寶器堆積如山，桌上擺列著各種各樣精美的食品。凡世上認為珍貴的東西樣樣齊備。還有名貴香料幾十斗，寶劍一對。三十幾名婦人，全都容貌豔麗，世上少有。在洞中住得最久的，已有十年了。她們告訴歐陽紇：這裡住的女子一旦姿色衰退就會被白猿帶離石洞，不知送到哪兒去了。他擄掠婦女都是單獨行動，並沒有同夥。每天早上洗臉、戴帽，穿白夾袍，外罩白羅衣，不論春夏秋冬，全是這樣。遍體長滿了白毛，有好幾寸長。閒時愛讀木簡，上面的字又像篆文又似符籙，婦人們完全看不懂。讀完了就放在石頭臺階下。遇到晴朗的白天，有時就會舞耍那對寶劍，只見劍光環繞全身，像閃電一般飛舞，像月亮一般光亮渾圓。他的飲食沒有定規，喜歡吃果子和栗子。特別愛吃狗肉，不但吃肉還飲狗血。每天中午一過，就忽然離去，半天之中往返幾千里。到晚上一定回來，這是他的慣例。他想要的東西無不立刻得到。夜裡就戲弄這些婦人，一夜之間，全都淫遍，根本不睡覺。白猿言辭淵博詳盡，聲音美妙動人。但他的外貌，卻完全是猴子的樣子。今年初秋，他忽然悲傷地說：「山神到天帝那兒告了我，將被處死罪。我曾向眾多的神靈乞求保護，希望能夠倖免。」上個月的初二、三時，臺階下忽然起火，把他的木簡焚毀了。他滿臉懊喪地說：「我已活了一千年，卻一直沒有兒子。現在有了兒子，死期卻要到了。」便看著眾婦人，痛哭了好久，又說：「這座山的山勢重疊險峻，向來沒有外人到過這裡。往上瞧，看不到一個樵夫，向下看，多的是虎狼怪獸。現在能上來的人，不是老天要借他的手來處置我又是什麼呢？」歐陽紇就帶了珠寶珍品和婦人們回去了。那些婦人之中還有些知道自己家在哪裡，便各自回家去了。

紇妻周歲生一子❶，厥狀肖焉❷。後紇為陳武帝❸所誅。素與江總善。愛其子聰悟絕人，常留養之，故免於難。及長，果文學善書，知名於時。

【章　旨】歐陽紇之妻一年後生下一子，絕似白猿，這便是初唐名臣、書法家歐陽詢。

【注　釋】❶子　即歐陽詢。唐初著名書法家、文學家。太宗時官至太子率更令、弘文館學士，封渤海縣男。❷厥狀肖焉　他的相貌很像白猿。厥，他。焉，代名詞，指白猿。❸陳武帝　姓陳名霸先。梁朝時曾討平侯景，迎梁敬帝復位，自任相國，封陳王。後受禪為帝，國號「陳」。

【語　譯】歐陽紇的妻子一年後生了一個兒子，容貌模樣就像那頭白猿。歐陽紇後來為陳武帝所殺。他與江總素來交情很深，江總喜歡他兒子聰明穎悟，非常人所及，所以常把孩子留養在自己家裡，便因此而倖免於難。孩子長大後，果然學識淵博，書法造詣更深，在當時極為知名。

【賞　析】本篇題作〈補江總白猿傳〉，作者意謂江總曾作〈白猿傳〉，但已散佚，故而補作此篇。其實沒有任何記載表明江總曾寫過〈白猿傳〉，本文也完全是虛構的故事。

史載歐陽詢之父歐陽紇因謀反被陳宣帝誅殺，尚書令江總與紇友善，便收養了歐陽詢。歐陽詢長相醜陋，而且貌似猿猴。唐人劉餗《隋唐嘉話》卷中有一則記載云：「太宗宴近臣，戲以嘲謔，趙公（長孫）無忌嘲歐陽率更（歐陽詢官至太子率更令）曰：『聳髆成山字，埋肩不出頭，誰家麟閣上，查此一獮猴。』」可見，在當時歐陽詢長相類猿的特點是廣為人知的。於是，本文的作者便據此虛構了這樣一個故事。對於作者創作此文的動機，前人有不同的看法，有人認為這是與歐陽詢有嫌隙的人「託文字以相訕」（胡應麟《少室山房筆叢》卷三二〈四部正偽〉），以此達到攻擊歐陽詢乃至江總的目的。也有人認為唐代社會風氣開放，文人之間往往借文字相互嘲笑、排調，不必視為惡意中傷。從《隋唐嘉話》中的場景和氣氛來看，我們也覺得後一種看法似乎更合理。小說中描繪歐陽詢「聰悟絕人」、「文學善書」，又借白猿之口說：「勿殺其子，將逢聖帝，必大其宗」。對歐陽詢的秉賦才能都給予了很高的評價，並且也未對其私德作任何意義上的抨擊。所以，我們沒有理由認為本篇的作者對歐陽詢抱有很大的惡意。在後人看來，稱某人是獸類所生，無論如何也不是一種善意的表示。可是，這一點從神話學和人類學的角度是不難予以解釋的。先民的神話傳說中，往往有婦女與神獸、神鳥交合或感遇生子的情節，由此而出生的男子半人半神、孔武有力、聰穎過人，長大後便成為某一氏族的祖先。這事實上是古人圖騰崇拜的一種反映，表現了古人的泛神觀念。總之，那些由非常途徑降生的人物不僅不被視作出身卑賤，反倒被認為具有超人的稟賦。比如被後代視為萬世師表的孔仲尼，據史書記載，也是其父母「野合而生」的。因此，我們不妨設想，由於歐陽詢貌似猿猴這一特徵廣為人知，加上他「聰悟絕人」，好事之徒便把這兩點聯繫起來，虛構出其為一名「言語淹詳，華旨會利」的神猴所生。這既是對歐陽詢奇特的外貌、稟賦作了一個富有想像力的闡釋，又與這位一代文宗、館閣重臣開了個不大不小的玩笑。

這篇作品在唐傳奇中，無論是敘事、抒情還是體物，都不能算是上乘之作，可是我們從中卻可以看到唐代文人某種遊戲筆墨的風尚，體會到唐代社會宏放、寬鬆的氣氛。從這個角度來說，本篇還是能引起我們閱讀的興味的。

蘇無名

牛肅

【題解】本篇出自《太平廣記》卷一七一精察類，原出牛肅《紀聞》。小說記述的是湖州刺史佐吏蘇無名機智破案的故事。是我國小說史上最早出現的一篇較為典型的探案小說。

【作者】作者牛肅，約生於武后聖曆前後，卒於代宗朝。曾官嶽州刺史，著有《紀聞》十卷。《紀聞》約寫於開元、天寶時期，是現在所知的最早的唐傳奇專集。

天后❶時，嘗賜太平公主❷細器❸寶物兩食合❹，所直❺黃金千鎰❻。公主納之藏❼中，歲餘取之，盡為盜所將❽矣。公主言之，天后大怒，召洛州❾長史❿謂曰：「三日不得盜，罪！」長史懼，謂兩縣⓫主盜官⓬曰：「兩日不得賊，死！」尉謂吏卒游徼⓭曰：「一日必擒之，擒不得，先死！」

【章旨】太平公主的珠寶為盜賊所竊，武則天大怒，即命相關官員限時破案，各級官員惶恐不安。

【注釋】❶天后　即武則天。唐高宗永徽六年被立為皇后，參預朝政，號「天后」，與高宗並稱「二聖」。西元六九〇年自稱神聖皇帝，改國號為周。❷太平公主　武則天愛女。❸細器　精細名貴供賞玩的器物。器是指供賞玩的小件工藝品之類。❹食合　裝點心食物的盒子。❺直　值；價值。❻鎰　古代重量單位，合古代的二十兩（一說二十四兩）。❼藏　儲放東西的地方。❽將　取。這裡是偷走的意思。❾洛州　洛陽，武則天改東都洛陽為神都，長年居住於此。❿長史　都城的行政長官。⓫兩縣　唐時洛陽的行政區劃分為河南和洛陽兩縣。⓬主盜官　負責緝捕盜賊的官吏，即下文中的「尉」。⓭吏卒游徼　泛指負責具體搜捕盜賊以維持治安的小官吏、兵卒。游徼是指在街坊巡邏捕盜的兵卒。

【語譯】武則天做皇帝時，曾賞賜給太平公主兩食盒珠寶及精細名貴的珍玩，價值黃金千鎰。公主將其收藏在庫中。一年多以後，想把它拿出來時，發現已全部被盜賊偷走了。公主告訴了天后，天后大怒，把洛州長史叫來對他說：「三天內抓不到盜賊，就判你的罪！」長史很害怕，就對河南、洛陽兩縣掌管治安的縣尉說：「兩天抓不到盜賊，判你們死罪！」縣尉對負責地方巡捕的小官吏們說：「一天之內一定要把盜賊抓住，若抓不到，先把你們處死！」

吏卒游徼懼，計無所出。衢中遇湖州❶別駕❷蘇無名，相與請之至縣。游徼白尉：「得盜物者來矣！」無名遽進至階，尉迎問故。無名曰：「吾湖州別駕也，入計❸在茲❹。」尉呼吏卒：「何誣辱別駕？」無名笑曰：「君無怒吏卒，抑❺有由也。無名歷官所在，擒奸擿伏❻有名。每偷至無名前，無得過者。此輩應先聞，故將來，庶❼解圍耳。」尉喜，請其方。無名曰：「與君至府，君可先入白之。」尉白其故，長史大悅，降階執其手曰：「今日遇公，卻❽賜吾命。請遂❾其由❿。」無名曰：「請與君求見對玉階⓫，乃言之。」于是天后召之，謂曰：「卿得賊乎？」無名曰：「若委臣取賊，無拘日月，且寬府縣，令不追求，仍以兩縣擒盜吏卒，盡以付臣。臣為陛下取之，亦不出數十日耳！」天后許之。無名戒吏卒：「緩則相聞。」

【章　旨】湖州別駕蘇無名幫助查案，要求武后寬限時日，同時保證數十日內將盜賊擒獲。

【注　釋】❶湖州　唐州名。今浙江吳興縣。❷別駕　地方長官的主要輔佐吏，職權甚重。❸入計　州郡地方長官定時入京向中央朝廷作財政匯報叫「入計」。❹茲　現在。❺抑　或許。❻擿伏　揭露隱祕之事。此處是指揭露舉發奸邪隱惡的人或事，亦即破案之意。❼庶　希望。❽卻　再。❾遂　申述；說明。❿由　方法。⓫玉階　帝王殿階，此處指帝王。

【語　譯】那些小官吏害怕極了，卻想不出什麼辦法來。正一籌莫展的時候，他們在大路上遇到了湖州別駕蘇無名，便一起把他請到了縣衙裡。巡捕的小官吏報告縣尉說：「抓到盜賊啦！」蘇無名快步走到臺階前，縣尉迎上來問是怎麼回事。蘇無名說：「我是湖州別駕，現在是到京裡來向朝廷作財政匯報的。」縣尉把吏卒喊來斥責道：「為什麼誣陷汙辱別駕？」蘇無名笑道：「尊駕不要生吏卒的氣，他們這樣做是有原因的。我歷來做官所到之處，都以善於捉拿盜賊和破案聞名。盜賊只要犯到我的手裡，就絕對無法逃過的。這些吏卒們想是已有所聞，所以請我來，希望能給他們解圍。」縣尉大喜，請問他用什麼方法捉拿盜賊。蘇無名說：「你和我先到洛州府中去，你先進去通報。」縣尉把情況告訴了長史，長史高興極了，走下臺階來握住蘇無名的手說：「今天遇見先生，就是給了我第二次生命啊！請把捉拿盜賊的方法講給我聽。」蘇無名說：「請你和我一同去求見皇帝，在玉階前我會回答皇帝的問話的。」於是，天后便召見了他們，天后問蘇無名：「你捉到盜賊了嗎？」蘇無名說：「倘若皇上要派我捉拿盜賊，就不要限定日期。先寬限府縣，不要急於追捕盜賊。再把兩縣負責緝捕盜賊的吏卒全部交給我調遣。我為陛下擒住這些盜賊，也不會超過幾十天的。」天后答應了。蘇無名又告誡吏卒說：「稍為放緩一些追捕，反而能得到一些消息。」

月餘，值寒食❶，無名盡召吏卒，約曰：「十人五人為侶，於東門北門伺之。見有胡人與黨十餘，皆衣縗絰❷，相隨出赴北邙❸者，可踵❹

之而報。」吏卒伺之，果得，馳白無名。往視之，問伺者：「諸胡何若？」伺者曰：「胡至一新冢❺，設奠❻，哭而不哀。亦撤奠，即巡行冢旁，相視而笑。」無名喜曰：「得之矣。」因使吏卒，盡執諸胡，而發其冢。冢開，剖棺視之，棺中盡寶物也。

【章　旨】蘇無名在盜賊準備起出贓物之時將他們一網打盡。

【注　釋】❶寒食　寒食節，農曆清明前二天（一說一天）。❷縗絰　喪服。縗是用粗麻製成的喪服，披於胸前。絰是麻帶，紮在頭上或腰間。❸北邙　北邙山，唐時洛陽東北的墓葬地。❹踵　跟隨。❺冢　隆起的墳墓。❻奠　祭品。

【語　譯】一個多月以後，寒食節到了。蘇無名把兩縣的吏卒全都召集來，規定他們：「以五人或十人為一組，到東門、北門去暗中等候著，如果見到有胡人和他們的十幾名同夥，都穿了孝衣，一起出城到北邙山墓葬地去，你們就一面派人跟蹤，同時派人回來報告。」吏卒按他的吩咐去守候，果然見到了那樣的一群人，就飛快地回來報告。蘇無名聞報便去城外察看，問守候著的人：「胡人們做了些什麼？」守候的人說：「胡人走到一處新墳前，擺下祭品祭奠，雖然也哭了，卻沒有一點悲哀的意思。一會兒撤去祭品，便繞著新墳走了一圈，互相對視著笑了起來。」蘇無名高興地說：「找到了。」便派遣吏卒將一群胡人全都捉住，又去掘那座新墳，待墳墓掘開，揭起棺材蓋，看到棺中裝的全是寶物。

奏之，天后問無名：「卿何才智過人，而得此盜？」對曰：「臣非有他計，但識盜耳。當臣到都之日，即此胡出葬之時。臣亦❶見，即知是偷，但不知其葬物處。今寒節拜掃，計必出城，尋其所之，足知其墓。賊既設奠而哭不哀，明所葬非人也。奠而哭畢，巡冢相視而笑，喜墓無損傷也。向若陛下迫促府縣，此賊計急，必取之而逃。今者更不追求，自然意緩，故未將出。」天后曰：「善！」賜金帛，加秩❷二等。

【章　旨】蘇無名向武后陳述破案的經過，得到了賞賜與加秩。

【注　釋】❶亦　同「一」。❷秩　官吏的俸祿。引申指官吏的職位或品級，此處指品級加二等。

【語　譯】回去啟奏了天后，天后問蘇無名：「你怎麼會有這麼不同尋常的聰明才智，能捉住這伙盜賊？」蘇無名回答說：「臣不是有什麼特別的計謀，僅僅是能識別盜賊而已。臣到京城的那天，正是這伙胡人出殯的時候。我一看到他們，就認出了他們是盜賊，只是不知他們把東西埋在何處。今天寒食節是拜掃祖墳的時候，我料定他們一定也會出城。跟蹤他們，便能知道墓在哪裡。盜賊們既然祭奠哭泣，而沒有一點悲哀的樣子，說明墳內葬的不是人。祭完哭過，大家繞著墳墓檢查一圈後相視而笑，是高興墳墓沒有損傷。前些日子倘若陛下急迫地催促府縣緝拿，盜賊們感到事態緊急，就會取了寶物逃走。後來放鬆了緝拿，他們覺得風聲緩和了，就沒有急著取出來。」天后說：「做得很好！」便賜了金帛給他，還給他升了兩級。

【賞　析】〈蘇無名〉在情節的設置與人物形象的刻劃上都讓我們想到了《福爾摩斯探案集》。蘇無名這位中國中古時代的官員竟與近代西方的一代神探有著相似之處，這確實令人感到驚訝和感歎。

蘇無名一出場就以沉潛冷靜與眾人的驚惶失措形成鮮明的對比，表現出超越凡俗的智者風範。而在《福爾摩斯探案集》中，柯南道爾不也正是塑造了一位天真、率直的華生醫生來襯托出福爾摩斯的思深緒密嗎？這種反襯法在後世的許許多多探案小說中更是屢見不鮮。

蘇無名破案除了依靠沉著冷靜的頭腦外，主要還在於他有敏銳的觀察力和嚴密的推理能力，他能從蛛絲馬跡中分析出案情的原委。蘇無名僅從胡人出葬與設奠卻哭而不哀這一細微反常的事件便挖掘出罪犯的行蹤。同樣，福爾摩斯也常常從一個煙頭、一個腳印便查明了罪犯的身分，這不是情節的巧合，而是反映了一名優秀的探案人員所共有的素質。蘇無名請求武后「無拘日月」「令不追求」，然後從容地等候盜賊露出馬腳，這種從容是建立在對於犯罪心理的熟諳上，他深知罪犯在高壓的氣氛中一定不敢輕舉妄動；相反，寬鬆的環境卻能麻痺對手的戒備之心。蘇無名欲擒故縱，以逸待勞，終於以耐力戰勝了盜賊，這也是所有刑偵高手的不二法門。

〈蘇無名〉篇幅不長，但筆墨緊湊、情節跌宕，很能抓住人心。小說開篇三言兩語便交代了事情的起因，然後作者集中描繪武后與各級長官交相催逼的情狀。縣尉所謂「一日必擒之，擒不得，先死」的威嚇，更使讀者的心情緊張到極點。稍後，蘇無名的出現使眾人繃緊的心弦稍稍放鬆。緊接著，「胡人設奠」、「剖棺得寶」的情節又引起了人們的滿腹疑雲，無論是小說中的各種人物或是身處局外的讀者都急於得知蘇無名破案的原委。最後蘇無名才將自己思維的全部過程和盤托出，使整個案件豁然開朗。小說情節環環相扣，一氣呵成，卻又張弛有度，表現出相當高的結構藝術。

離魂記

陳玄祐

【題　解】本篇出自《太平廣記》卷三五八，題作〈王宙〉。原文末尾注云：「出〈離魂記〉。」可知〈王宙〉是改題，原題應作〈離魂記〉。本文講述了一對戀人王宙與倩娘被拆散後，倩娘的靈魂出奔，與王宙結合並共同生活的故事。元代戲劇家鄭光祖曾將本篇改編成一齣著名的雜劇〈倩女離魂〉，而「離魂倩女」一詞也成為後世詩人習用的典故。

【作　者】陳玄祐，生平不詳。據本文所載可知，他大約是唐代宗時代的人。

天授❶三年，清河❷張鎰，因官家於衡州❸。性簡靜，寡知友。無子，有女二人。其長早亡；幼女倩娘，端妍絕倫❹。鎰外甥太原❺王宙，幼聰悟，美容範❻。鎰常器重，每曰：「他時當以倩娘妻之。」後各長成。宙與倩娘常私感想於寤寐❼，家人莫知其狀。

【章　旨】王宙與表妹倩娘青梅竹馬，兩小無猜。長大之後，兩人萌生愛意。

【注　釋】❶天授　唐武則天年號（西元六九〇～六九二年）。❷清河　古郡名。轄地大約在今河北省的清河棗強，山東省的清平、高唐、臨清、武城等縣。❸因官家於衡州　因為在衡州做官，就將家安在那兒。衡州，也稱衡陽郡，約轄今湖南省衡山、常寧間的湘水流域和耒陽以北的耒水、洣水流域。州治在今衡陽縣。❹端妍絕倫　端莊美麗，沒有人能比得上。❺太原　唐代府名，當時稱北都，也稱并州。轄地約在今山西省陽曲以南、文水以北的汾水中游地區。州治在今太原市。❻容範　容貌儀態。❼寤寐　語出《詩經・周南・關雎》：「窈窕淑女，寤寐求之。」寤，醒著。寐，睡著。寤寐連用，猶言日夜。

【語譯】唐朝武則天天授三年，清河的張鎰，因為做官的緣故，把家安在了衡州。張鎰性格疏略，喜好清靜，所以知己朋友很少。他沒有兒子，只有兩個女兒。長女早就去世，小女兒倩娘容貌端莊美麗，世間罕見。張鎰的外甥名叫王宙，是太原人，從小就聰明穎悟，長得也很漂亮。張鎰很器重他，常對人說：「將來打算把倩娘嫁給他。」等到王宙和倩娘都長大成人之後，無論是白天還是黑夜，兩人常常思念對方，家人卻絲毫不知道他們的心思。

後有賓寮之選者❶求之，鎰許焉。女聞而鬱抑；宙亦深恚恨。託以當調❷，請赴京，止之不可，遂厚遣之。宙陰❸恨悲慟，決別❹上船。日暮，至山郭數里。夜方半，宙不寐，忽聞岸上有一人行聲甚速，須臾至船。問之，乃倩娘徒行跣足❺而至。宙驚喜發狂，執手問其從來。泣曰：「君厚意如此，寢夢相感。今將奪❻我此志，又知君深情不易，思將殺身奉報，是以亡命來奔❼。」宙非意所望，欣躍特甚。遂匿倩娘于船，連夜遁去。倍道兼行❽，數月至蜀❾。

【章旨】倩娘之父將倩娘許配給了自己的幕僚，王宙憤然離開了舅家。到了半夜，倩娘追至王宙的行船，二人私奔至蜀。

【注釋】❶賓寮之選者　幕僚中將赴吏部應選的人。寮，同「僚」。選，選部，即吏部。唐代科舉及第者，必須經過吏部的選拔，方能授以官職。❷託以當調　藉口到了銓選的日子。調，銓選。唐代制度，官員須定期去京城，赴吏部銓選，以定升、降或調用。❸陰　私下；暗地裡。❹決別　離別。決，同「訣」。分別之意。❺徒行跣足　赤著腳步行。❻奪　強迫別人改變意志。❼亡命來奔　逃出來和你私自結合。命，指戶口名籍。古時對逃亡的人，就把他的戶籍註銷，所以稱逃亡為亡命。奔，古代女子未經禮聘就私自與男子結合稱為「奔」。❽倍道兼行　加倍地快速趕路。倍、兼，加倍。❾蜀　古代指四川一帶。

【語譯】後來張鎰的幕僚中有一個將要赴吏部選官的人向張鎰求親，想娶倩娘，張鎰竟答應了他。倩娘聽說後，心中非常鬱悶。王宙也很氣惱，便藉口要去吏部銓選謀職，要求去京城，張鎰攔不住他，就給了他一筆豐厚的路費，送他上路。王宙暗中懷著憤恨悲傷的心情，與家人告別上船。天黑的時候，船已行駛到離城幾里的群山中。到了半夜，王宙睡不著覺，忽然聽到岸上有人很快地在跑，一會兒就到了船上。王宙一問，原來是倩娘赤著腳徒步趕來了。王宙驚喜得幾乎要發瘋，拉著她的手問她是從哪裡來的。倩娘哭著說：「你對我的情意是這樣深重，我做夢都在想念你。現在父親要改變我的意願，而我知道你的深情是不會改變的，便想犧牲性命來報答你，因此從家裡逃出來和你私奔。」王宙沒想到事情會是這樣，異常欣喜雀躍。便把倩娘藏在船中，連夜逃走，以兩倍快的速度趕路，走了幾個月就到了四川。

凡五年，生兩子，與鎰絕信。其妻常思父母，涕泣言曰：「吾曩❶日不能相負，棄大義而來奔君。向今❷五年，恩慈❸間阻。覆載❹之下，胡顏獨存也？」宙哀之，曰：「將歸，無苦。」遂俱歸衡州。既至，宙獨身先至鎰家，首謝其事。鎰曰：「倩娘病在閨中數年，何其詭說也！」宙曰：「見❺在舟中！」鎰大驚，促❻使人驗之。果見倩娘在船中，顏色怡暢，訊使者曰：「大人安否？」家人異之，疾❼走報鎰。室中女聞，喜而起，飾粧更衣，笑而不語，出與相迎，翕然❽而合為一體，其衣裳皆重。其家以事不正，祕之。惟親戚間❾有潛知之者。後四十年間，夫妻皆喪。二男並孝廉擢第❿，至丞⓫尉⓬。事出陳玄祐〈離魂記〉云⓭。

玄祐少常聞此說，而多異同，或謂其虛。大曆⑭末，遇萊蕪縣令張仲規，因備述其本末。鎰則仲規堂叔，而說極備悉，故記之。

【章　旨】倩娘跟隨王宙在四川生活了五年後，要求回家探望父母。王宙到了岳父家中，發現跟隨自己多年的乃是倩娘的魂。倩娘的魂與體終於又合而為一，夫妻與家人得以團聚共同生活。

【注　釋】❶曩　早先；過去。❷向今　至今。❸恩慈　指父母。❹覆載　因為天覆地載，所以用覆載代指天地。❺見　同「現」。❻促　急忙。❼疾　趕忙。❽翕然　很快合在一起的樣子。❾間　偶然。❿孝廉擢第　以孝廉的身分考取明經或進士。⓫丞　古代官職。即縣丞，是輔佐縣令處理政務的行政官員。⓬尉　古代官職，即縣尉，是協助縣令管理治安的官員。⓭事出句　此九字疑為衍文。⓮大曆　唐代宗年號（西元七六六～七七九年）。

【語　譯】他們在四川過了五年，生了兩個兒子，與張鎰斷絕了音訊。倩娘時常想念父母，有一天，哭著對王宙說：「我以前不忍心背叛你，不顧禮義與你出奔，到現在已經五年了，一直不能與父母見面，我還有什麼臉面活在世間？」王宙很憐憫她，對她說：「我們就回去好了，不用傷心。」就和她一起回到了衡州。到了衡州之後，王宙先單身一人來到張鎰家，首先便為沒有得到允許就娶走倩娘而賠罪。張鎰說：「你胡說些什麼，倩娘病在閨房中已經好幾年了。」王宙說：「現在她人就在船上。」張鎰聽了大吃一驚，立刻派人去查看。果然發現倩娘在船上，神情愉快，問派來的人說：「父親身體還好吧？」家人感到十分奇怪，飛奔回來向張鎰報告。家中的那個倩娘聽到這個消息，高興地起身下床，梳妝打扮，換了衣服，卻笑著不說話。她出門去迎接船中的倩娘，兩人見面，就很快地合為一體了，但衣裳不能重合，成了裡外兩層。張鎰家裡的人因為此事有些怪異，都對外保密。只有親戚中仍有人偷偷知道這件事的。過了四十年，王宙和倩娘都死了。他們的兩個兒子都以孝廉中舉，做了縣丞、縣尉一類的官。我年輕時常聽別人說起此事，但講得差異很大，所以也有人說是假的。到了大曆末年，我遇到萊蕪縣令張仲規，才詳詳細細地將事情講給我聽。張鎰就是張仲規的堂叔，所以張仲規講得特別清楚，我這才將此事記錄下來。

【賞　析】本篇最為動人之處就在於它攝人心魄的浪漫主義光輝。思念愛戀乃至靈魂出竅；為了愛情可以拋卻世俗的倫理道德、家庭觀念，這純然是唐人的浪漫性格。作者用讚美與欣賞的筆調來描述為常人所不齒的「私奔」，有意無意地鼓勵青年追求婚戀自由。這種意識出現在千餘年前，是值得大家表彰的。而倩娘本是大家閨秀，但她身上那種奔放的情感、不羈的性格卻散發出一種率真的魅力。

小說的技巧也是相當圓熟的。全篇不過五百餘字，卻濃縮了一個複雜奇異的愛情故事。作者在注意敘事結構完整性的同時，也凸出刻劃了人物的性格與心理。如王宙和倩娘舟中相遇一節，占據了全文的四分之一篇幅，男女主人公的個性得到了充分的展示。作者還擅長設置懸疑，對於「離魂」這一情況，前文並無交代，直到文末才將真相點穿，使讀者的閱讀心理始終處於緊張與疑惑之中，為全篇平添了幾分奇幻的色彩。

枕中記

沈既濟

【題解】本篇見於《文苑英華》卷八三三，另見於《太平廣記》卷八二異人類，注云「出《異聞集》」。小說敘述了失意的盧生巧遇道士呂翁，得以在睡夢中歷盡繁華，一覺醒來便徹悟人生的故事。本傳奇對後代的影響極其廣泛深遠。宋元南戲中有〈呂洞賓黃粱夢〉，元代有馬致遠等人的〈開壇闡教黃粱〉，明人湯顯祖有〈邯鄲記〉。這些作品的原型都是〈枕中記〉。至於我們常用的成語「黃粱一夢」也出自本文。

【作　者】沈既濟（約西元七五〇～八〇〇年），蘇州人。德宗大曆年間宰相楊炎以「經學賅博」、「有良史才」薦其為左拾遺、史館修撰。建中二年（西元七八一年）楊炎因罪賜死，沈既濟也受到牽連，被貶為處州（今浙江省麗水縣）司戶參軍。後還朝，官至禮部員外郎。撰有歷史著作《建中實錄》十卷。

開元❶七年，道士有呂翁者，得神仙術，行邯鄲❷道中，息邸舍❸，攝帽弛帶❹，隱囊❺而坐。俄見旅中少年，乃盧生也。衣短褐❻，乘青駒，將適于田❼，亦止於邸中，與翁共席而坐，言笑殊暢。久之，盧生顧其衣裝敝褻❽，乃長歎息曰：「大丈夫生世不諧❾，困如是也！」翁曰：「觀子形體，無苦無恙，談諧方適，而歎其困者，何也？」生曰：「吾此苟生耳，何適之謂？」翁曰：「此不謂適，而何謂適？」答曰：「士之生世，當建功樹名，出將入相，列鼎而食❿，選聲而聽，使族益昌而家益肥，然後可以言適乎。吾嘗志於學，富於游藝⓫，自惟⓬當年青紫可拾⓭。今已適壯，猶勤畎畝⓮，非困而何？」言訖，而目昏思寐。時主人方蒸黍。

【章旨】盧生在旅舍巧遇道士呂翁，向他訴說了自己貧賤不得志的苦惱，表現出強烈的功名享樂慾望。

【注釋】❶開元　唐玄宗年號（西元七一三～七四一年）。❷邯鄲　唐代縣名。在今河北省邯鄲市。❸邸舍　旅店。❹攝帽弛帶　摘下帽子，鬆開衣帶。❺隱囊　倚著行囊。隱，倚；靠。❻短褐　粗布短衣。古代平民穿的服裝。❼適于田　到田裡去。適，到；往。❽敝褻　破舊汙穢。❾生世不諧　生不逢時。諧，合。❿列鼎而食　指富貴人家的豪侈生活。鼎，古代貴官用的食器。⓫游藝　學術；學問。⓬惟　想；認為。⓭青紫可拾　指很容易獲取高官。青紫，漢制，公侯的印綬用紫色，九卿用青色。後代便以「青紫」代指高官。⓮畎畝　農田，常用作務農的代稱。

【語　譯】開元七年，有個道士呂翁，得了神仙的法術。有一天，他走在通向邯鄲的道路上，途中到一家旅店去休息。進了店，便脫下帽子，鬆開衣帶，倚著行囊休息。忽然見到一個路上的少年盧生，穿了件粗布短衣，騎著一匹青色的馬駒，要到農田裡去，走過這裡，也進來休息一會。他和呂翁坐在一起，說說笑笑很是歡暢。談了一會兒，盧生看著自己衣著破舊汙穢，長長地歎著氣說：「大丈夫生不逢時，竟落得如此困窘。」呂翁說：「看你的神情和體魄，既沒有苦惱也沒有疾病纏身，談笑得很快活，卻突然感慨起自己的困境來了，這是為什麼呀？」盧生說：「我這不過是苟且偷生而已，哪裡談得上順心如意啊？」呂翁說：「這不是順心如意，那怎麼樣才是順心如意呢？」盧生答道：「一個人活在世上，就應該建立功業，揚名天下，出將入相。用膳時桌上排列著鼎，樂隊演奏著自己愛聽的音樂。能使族人更興旺，家中更富有。這種樣子才能談得上順心如意。我曾經刻苦地攻讀過，也具有豐富的學識。當初總以為很容易就能得到高官厚祿，誰知現在已到了壯年，卻還在農田裡耕作，不是困窘又是什麼呢？」盧生說完話，忽然覺得目光迷離，像是要睡覺了。這時店主人剛剛把黃米放進籠中去蒸。

翁乃探囊中枕以授之，曰：「子枕吾枕，當令子榮適如志。」其枕青甆❶，而竅❷其兩端。生俛❸首就之，見其竅漸大，明朗。乃舉身而入，遂至其家。數月，娶清河崔氏女④。女容甚麗，生資愈厚⑤。生大悅，由是衣裝服馭⑥，日益鮮盛。明年，舉進士⑦，登第⑧；釋褐祕校⑨；應制⑩，轉渭南尉⑪；俄遷監察御史⑫；轉起居舍人⑬，知制誥⑭。三載，出典同州⑮，遷陝牧⑯。生性好土功⑰，自陝西鑿河八十里，以濟不通。邦人利之⑱，刻石紀德。移節汴州⑲，領河南道採訪使⑳，徵為京兆尹㉑。是歲，神武皇帝㉒方事戎狄㉓，恢宏土宇㉔。會吐蕃悉抹邏㉕及燭龍莽布支㉖攻陷瓜沙㉗，而節度使王君㚟㉘新被殺，河湟㉙震動。帝思將帥之才，遂除生御史中丞㉚、河西道節度。大破戎虜，斬首七千級，開地九百里，築三大城以遮要害。邊人立石於居延山㉛以頌之。歸朝冊勳㉜，恩禮極盛。轉吏部侍郎㉝，遷戶部尚書㉞兼御史大夫㉟。時望清重㊱，群情翕習㊲。大為時宰㊳所忌，以飛語中之㊴，貶為端州㊵刺史。三年，徵為常侍㊶。未幾，同中書門下平章事㊷。與蕭中令嵩㊸、裴侍中光庭㊹同執大政十餘年，嘉謨㊺密令，一日三接，獻替啟沃㊻，號為賢相。同列㊼害之，復誣與邊將交結，所圖不軌。制下獄(48)。府吏引從(49)至其門而急收(50)之。生惶駭不測，謂妻子曰：「吾家山東(51)，有良田五頃，足以禦寒餒，何苦求祿？而今及此，思衣短褐，乘青駒，行邯鄲道中，不可得也。」引刃自刎。其妻救之，獲免。其罹者(52)皆死，獨生為中官(53)保之，減罪死，投驩州(54)。數年，帝知冤，復追為中書令，封燕國公(55)，恩旨殊異。生五子：曰儉，曰傳，曰位，曰倜，曰倚，皆有才器。儉進士登第，為考功員外(56)；傳為侍御史；位為太常丞(57)；倜為萬年尉(58)；倚最賢，年二十八，為左襄(59)。其姻媾皆天下望族(60)。有孫十餘人。兩竄荒徼(61)，再登臺鉉(62)，出入中外，徊翔臺閣(63)，五十餘年，崇盛赫奕(64)。性頗奢蕩，甚好佚樂(65)，後庭聲色，皆第一綺麗。前後賜良田、甲第(66)、佳人、名馬，不可勝數。後年漸衰邁，屢乞骸骨(67)，不許。病，中人候問，相踵於道，名醫上藥，無不至焉。將歿，上疏曰：「臣本山東諸生，以田圃為娛。偶逢聖運，得列官敘(68)。過蒙殊獎，特秩鴻私，出擁節旌(69)，入升臺輔(70)。

周旋中外，綿歷[71]歲時。有忝天恩，無裨聖化。負乘貽寇[72]，履薄[73]增憂，日懼一日，不知老至。今年逾八十，位極三事[74]，鐘漏並歇[75]，筋骸俱耄[76]，彌留沉頓，待時溘盡[77]。顧無成效，上答休明[78]，空負深恩，永辭聖代。無任感戀之至。謹奉表陳謝。」詔曰：「卿以俊德，作朕元輔。出擁藩翰[79]，入贊雍熙[80]。昇平二紀[81]，實卿所賴。比嬰疾疹[82]，日謂痊平。豈斯沉痼，良用憫惻。今令驃騎大將軍[83]高力士[84]就第候省。其勉加鍼石，為予自愛。猶冀無妄[85]，期於有瘳[86]。」是夕，薨。

【章　旨】呂翁使盧生進入了夢鄉。在夢中，盧生做上了高官，經歷了官場的浮沉起落，最終在顯赫已極的位置上死去。

【注　釋】❶甆　同「磁」。❷竅　洞。這裡用作動詞，有洞的意思。❸俛　同「俯」。❹清河崔氏女　唐代社會重視氏族門第，非世族出身的知識分子難以獲得高位。當時最顯赫的高門氏族有五姓七族：清河崔氏、博陵崔氏、范陽盧氏、趙郡李氏、隴西李氏、滎陽鄭氏、太原王氏。唐代的平民都以娶「五姓女」為榮。本文中的盧生娶了清河崔氏女，便可以憑藉裙帶關係向上爬。❺生資愈厚　此處意為崔女嫁粧豐厚而使盧生資財增多。❻服馭　所乘的車馬。❼舉進士　由州郡薦舉參加進士科的考試。❽登第　參加科舉考試的舉人，通過考試被取中，稱「登第」或「及第」。❾釋褐祕校　初次授官即得到校書郎的職位。釋褐，登第以後，即可授官，脫去平民所穿的「褐」而改著朝服，故用「釋褐」作為初次授官的代稱。祕校，即祕書省校書郎，掌管校理皇家圖書，是初出仕時令人豔羨的職位。❿應制　唐制，進士、明經等科舉及第的人和現職官員還可以參加皇帝特命的制科考試，稱為應制，考取的可以獲得超次的升遷。⓫轉渭南尉　調任渭南縣尉。轉，升調。唐代重京官，渭南縣在京畿區，所以渭南尉在當時是個美差。⓬俄遷監察御史　很快升為監察御史。俄，不久。遷，升官。監察御史，唐代中央監察機關御史臺的屬官，掌管監察百官，監督刑獄。⓭起居舍人　官名。職掌記錄皇帝的言、行和朝廷政令大事，編寫《起居注》，以便作為編修國史的依據。⓮知制誥　職掌制誥（聖旨）的擬稿工作。唐代一般由中書舍人、翰林學士擔任。非中書舍人而「知制誥」，當時被認為是一種特殊的重用。⓯典同州　任同州刺史。典，管領。刺史，州的行政首長。同州，唐時屬關內道，轄馮翊、下邽、蒲城等八縣。州治在今陝西省大荔縣。⓰陝牧　陝州都督的代稱。唐代全國分為二十四個都督府，每個都督府管轄若干州，其長官即為都督。⓱土功　水利工程。⓲邦人利之　當地人民感到便利。邦人，當地人民。利，認為便利。這裡作動詞用。⓳移節汴州　到汴州任都督。移節，古代地方大吏都持有符節，表示是皇帝特派的人員，後因稱大吏移任他地為移節。另外，自唐代武德元年，諸州總管（後改稱都督）加號「使持節」，盧生是都督，所以也特稱「移節」。⓴領河南道採訪使　領，兼任。採訪使，唐代置十道採訪處置使，考察本道所轄各地官員的政績。㉑徵為京兆尹　徵，外官特命內調稱徵。京兆尹，唐代首都長安的行政首長。㉒神武皇帝　唐玄宗的尊號。㉓方事戎狄　正對西北的突厥、吐谷渾發動戰事。戎狄，古代稱住在西北邊疆的少數民族為西戎北狄。㉔恢宏土宇　開拓疆域。㉕吐蕃悉抹邏　吐蕃，唐時藏族建立的政權。悉抹邏，史書作悉諾邏，吐蕃大將，開元十五年（西元七二七年）大舉入寇。㉖燭龍莽布支　燭龍，原為突厥俱羅教部居地，後突厥漠北各部落歸命於唐，請列為州縣。地當在今貝加爾湖東。莽布支，吐蕃將領。㉗瓜沙　瓜州和沙州。瓜州，在今甘肅省安西縣東。沙州，在今甘肅省安西縣至新疆省吐魯番縣一帶。㉘節度使王君㚟　節度使，唐高宗永徽年間之後，凡任都督並帶「持節使」

頭銜的，簡稱節度使。本來職務是指揮軍事，開元以後逐漸總攬轄區的軍、政、財權，中唐以後許多節度使擁兵自衛，子孫世襲，成為方鎮割據勢力。王君㚟，唐瓜州長樂人，開元年間任河西隴右節度使，開元十五年，在青海大破悉諾邏入侵部隊，同年，被回紇部隊殺於甘州鞏筆驛。㉙河湟　黃河與湟水。唐代代指甘肅青海一帶。㉚除生御史中丞　授給御史中丞的職位。除，拜官授職。御史中丞，御史臺的副長官。唐代實力大的方鎮，常授予御史中丞的虛銜，以示榮寵。㉛居延山　指居延城界內的焉支山。居延，城名，在今甘肅省酒泉縣附近。㉜冊勳　封以高品勳官的爵位。㉝吏部侍郎　吏部的副長官。吏部，唐屬尚書省，職掌全國官吏的考績、銓選、升降、除授，以及勳位、爵位的授予。㉞戶部尚書　戶部的長官。戶部，唐屬尚書省，職掌全國財政、民政、戶籍等事。㉟御史大夫　御史臺的長官。㊱時望清重　在當時有清高殷重的聲望。㊲翕習　樂於歸附的樣子。㊳時宰　當時在任的執政大臣。㊴以飛語中之　用流言來中傷他。飛語，流言蜚語。中，中傷。㊵端州　唐屬嶺南道，領高要、樂城、銅林、平興、博林五縣。㊶常侍　即散騎常侍，職掌規諫，實為無所職掌的閑官。㊷同中書門下平章事　宰相的代稱。㊸蕭中令嵩　中令，即中書令，唐代宰相的一員。蕭嵩，唐蘭陵人。玄宗時的名相，悉諾邏的入侵，就是被他打敗的。㊹裴侍中光庭　侍中，門下省的長官，唐代宰相的一員。裴光庭，玄宗時宰相。㊺嘉謨　良好的政策。這裡是對出自皇帝的計畫的尊稱。嘉，良好。謨，策劃；計畫。㊻獻替啟沃　呈獻善道，消除不善，啟迪皇帝。獻替，「獻可替否」的省稱。獻可，呈獻善道。替否，消除不善。啟沃，語出《尚書‧說命》：「啟乃心，沃朕心。」意謂用自己所知道的全部正確道理來啟迪皇帝。㊼同列　同班列的同事，指和盧生同時的其他宰相。㊽制下獄　皇帝特命審訊的案件。㊾引從　率領著隨從士卒。㊿收　逮捕入獄。(51)山東　唐代指華山以東的河北、山東、山西、河南等地。(52)羅者　指被此案牽累的人。(53)中官　指太監。(54)投驩州　流放到驩州。驩州，唐屬嶺南道，在今越南境內。(55)燕國公　唐制，封爵分九等，國公為第三等，僅次於親王和郡王。(56)考功員外　考功員外郎的省稱。屬吏部，考功司的副長官。考功司職掌對全國官吏的考績、銓選。(57)太常丞　太常寺丞。是負責禮、樂、祭祀之太常寺的屬官。(58)萬年尉　萬年縣縣尉。萬年縣，故城在今陝西臨潼縣東北。59 左袞　即左補袞。唐屬門下省，職司對皇帝的諍諫。60 望族　有名望的世家大族。61 兩竄荒徼　兩次被流放到荒遠的邊地。竄，流放。荒徼，荒遠的邊地。62 臺鉉　臺鼎。指宰相。鉉，扛鼎的工具，這裡用作鼎的代稱。古人以為三臺星下應人間宰相，又以鼎的三足比喻三公，故稱宰輔為「臺鼎」。63 徊翔臺閣　指遷轉於高級官署。臺，指御史臺。閣，指中書、門下兩省。64 赫奕　顯赫光耀。65 佚樂　過度地享樂。66 甲第　上等的宅第。67 乞骸骨　封建時代官僚告老退休的代用語。68 官敘　官員的敘列。69 節旌　符節和大旗。70 臺輔　宰相和三公的代稱。71 綿歷　長久地經歷。72 負乘貽寇　指因不稱職而招致麻煩。語出《易經・解卦》：「負且乘，致寇至。」負乘，小人坐乘君子的車。意謂不稱職。73 履薄　「如履薄冰」的省稱，形容戒慎恐懼的樣子。74 三事　指太尉、司徒、司空三公，一般泛指宰相。75 鐘漏並歇　比喻生命即將完結。漏，古代的計時器。76 耄　老。八十、九十稱耄。77 溘盡　忽然死去。溘，忽然。78 休明　美好清明的盛世，是對皇帝的頌辭。79 出擁藩翰　在外防守邊疆。藩翰，屏障和棟梁。80 入贊雍熙　在內則贊助太平盛明的政治。雍熙，太平盛世。81 二紀　二十四年。古代以十二年為一紀。82 比嬰疾疹　近來為疾病所困擾。比，近來。嬰，遭遇。83 驃騎大將軍　唐代武散官的最高階稱驃騎大將軍。84 高力士　本姓馮，玄宗最寵信的宦官，權傾一時。85 無妄　指有病不治而癒。語出《易經・無妄卦》：「無妄之疾，勿藥有喜。」86 瘳　病癒。

【語　譯】呂翁便伸手到行囊中拿出一個枕頭遞給盧生說：「你且枕著這個枕頭，會讓你像期望的那樣榮耀快活。」那是個青瓷的枕頭，兩端各開一個孔。盧生低頭靠近時，見那孔逐漸變大、變亮，於是把身子鑽了進去，便回到了自己家裡。過了幾個月，盧生娶了門第高貴的清河崔家小姐為妻，崔氏容貌很美，盧生生活的憑藉更加豐厚。盧生大為歡喜。自此，服飾車馬，一天比一天鮮明豐盛。翌年，盧生參加進士科考試，一舉考中了，便脫去平民衣著而穿上了官服。委任為祕書省校書郎。後來又參加皇帝特命的制科考試，也考取了，調任渭南縣尉。很快又升任監察御史。

接著又調任起居舍人，職掌制誥。三年後，出任同州刺史，又升任陝州都督。盧生對水利工程極為重視，在陝西開鑿了八十里河道，使原來阻塞的行旅得以暢通。轄內的百姓對交通的便利感到高興，便立碑記下了盧生的功德。後來盧生到汴州去任都督兼任河南道採訪使，又奉特命內調任京兆尹。這年，神武皇帝對西北的突厥、吐谷渾發動戰事，以開拓邊疆。恰逢吐蕃大將悉抹邏和燭龍將領莽布支攻陷瓜州、沙州。河西隴右節度使王君㚟剛被回紇部隊殺害，甘肅青海一帶局勢不穩。皇帝為選拔將帥之材，便拜盧生為御史中丞、河西道節度使。盧生到任後，領兵大破吐蕃軍隊，殺死敵軍七千人，開拓疆土九百里。築了三座大城以掩護內地、京城。邊疆百姓在居延山立碑歌頌他的功績。班師還朝後，皇帝封以高品勳官的爵位，冊封典禮盛大隆重。後來盧生調任吏部侍郎，又升任戶部尚書兼御史大夫。在當時，盧生聲望清重，群情歸附。因而受到了當時朝中的宰相的嫉恨，便在皇帝面前用流言中傷他，被貶為端州刺史。三年後，奉調入京任散騎常侍。不多久，官拜中書門下平章事，和中書令蕭嵩、侍中裴光庭一起執掌朝政十幾年。皇上下達給他的計畫命令一天好幾遍，他也向皇上獻善道，消除不善，用自己所知道的正確道理來啟迪皇上，被稱為賢相。同僚們妒忌極了，便設計陷害他，又向皇帝誣告他結交邊將，想要造反。皇帝便命立案審訊。京兆府的官吏帶了士兵到盧生家要將他緊急逮捕入獄。盧生驚慌失措，不明究裡。他對妻子說：「我的老家山東，有良田五頃，足夠全家穿暖吃飽，何苦要出來做什麼官？今天弄到這般地步，再想要穿著粗布短衣，騎著青色馬駒在邯鄲道上行走已是不可能了。」說完舉刀便要自刎，他的妻子急忙攔阻，才算活了下來。同案的人都被處了極刑，只有盧生被宦官保了下來，免去死罪，流放到驩州。幾年以後，皇帝知道他是冤枉的，又拜他為中書令，封他為燕國公。給他的恩惠不同尋常。盧生有五個兒子，名：盧儉、盧傳、盧位、盧倜、盧倚。都很有才華。盧儉進士及第，官居功考員外；盧傳任職侍御史；盧位是太常丞；盧倜是萬年縣尉；盧倚的道德才能最高，二十八歲時就做了左補袞。兄弟五人的妻子都出身於名門望族。生了十幾個孫子。盧生兩次被流放到荒遠的邊地，又兩次拜相，出入於朝中外省，遷轉在高級官署之間。五十幾年來位尊官高，聲名顯赫。他性喜奢侈揮霍，貪圖過度的享樂。家裡的姬妾歌妓都是絕色佳人。皇帝先後賜給他的良田、上等宅第、美女、名貴馬匹，多得數不清。後來，盧生漸漸年邁體衰，多次向皇帝請求告老還鄉，皇上都沒有准許。終於，盧生病倒了。皇帝派去問候他的宦官絡繹不絕，派去名醫，送去貴重藥品，全都十分周到。臨死前，盧生給皇帝上疏說：「臣下本是山東的一介儒生，以種田自娛。偶然間得到了聖上的恩典，才得以排在官員的名序中。承蒙聖上特別的恩賞，給了我特殊的獎拔和過多的恩惠。皇上賜給節旌出鎮地方，又入為朝臣，陞任宰相三公。周旋於中央和地方，經歷了很長時間。慚愧地領受了天恩，對於聖化卻沒有什麼補益。我是一個不稱職的朝臣，在任期間，終日如履薄冰，憂心忡忡，恐懼一天比一天加深，竟沒有感到自己已經老了。如今我已年過八十，官位已到極點。生命即將完結，筋骨都已老朽，病體也到了彌留之時。委頓床榻，只等大限來臨。但恨自己沒有建立什麼功績以回報聖上的美善光輝的德行，白白地辜負了皇上的深恩。要永遠地辭別聖朝了，不勝感激戀慕之至。恭敬地奉上表章以陳述我的謝意。」皇帝見了表章後，下詔道：「卿以傑出的道德才能，擔任了我的首相。在外防守邊疆，在內則贊助太平盛明的政治。四海昇平二十四年，都是靠了你的能力。近來你遭到疾病困擾，總以為會漸漸痊癒的，誰知竟變成了重病，朕很是憐惜悲痛。現在命令驃騎大將軍高力士到你的家中來問候探視。

希望你要盡力依大夫指示服藥治療，為了朕而愛惜自己，希望你能沒有大礙，期盼著你早日痊癒。」

當天晚上，盧生死了。

盧生欠伸❶而悟，見其身方偃❷於邸舍，呂翁坐其傍，主人蒸黍未熟，觸類如故❸。生蹶然而興❹，曰：「豈其夢寐也？」翁謂生曰：「人生之適，亦如是矣。」生憮然❺良久，謝曰：「夫寵辱之道，窮達之運，得喪之理，死生之情，盡知之矣。此先生所以窒❻吾欲也。敢不受教。」稽首❼再拜而去。

【章旨】盧生醒來後，發現一切都只是夢幻，便參透了窮達之理，死生之道。

【注釋】❶欠伸　打呵欠、伸懶腰。欠，打呵欠。伸，伸懶腰。❷偃　仰臥。❸觸類如故　接觸到的一切和夢前一樣。❹蹶然而興　吃驚地站起來。蹶然，受驚而疾起的樣子。❺憮然　悵然失意的樣子。❻窒　遏止。❼稽首　跪拜並以頭觸地。

【語譯】盧生打著呵欠伸著懶腰醒過來，見自己正躺在旅店中，呂翁坐在他的身旁，店主的黃米飯還沒有蒸熟。接觸到的一切都和睡前一樣。盧生吃驚地站起來說道：「難道是一場夢嗎？」呂翁對他說：「人生的順遂如意，也就是這樣罷了。」盧生失望地呆了半天，才向呂翁道謝說：「現在我對於榮寵或恥辱的道理，貧窮或發達的運數，得到或失去的原因，生和死的情況全都明白了。這是先生在遏止我的慾望啊，我怎敢不接受您的教誨呢？」便恭敬地叩了頭，又拜了兩拜，便離去了。

【賞　析】〈枕中記〉的立意與〈南柯太守傳〉很相似，但是筆墨簡質，少幾分離奇眩惑的神異色彩。就文學趣味而言，本文較之〈南柯太守傳〉似要稍遜一籌。然而〈枕中記〉也自有它的獨到之處。首先是〈枕中記〉簡潔而真實地反映了唐代政治生活的實況。作者沈既濟曾以「經學賅博」為權相楊炎推舉入仕，召拜左拾遺、史館修撰。貞元年間，楊炎失勢，他也受到牽連，被貶為處州司戶參軍，其後又再度入朝，位列吏部員外郎。有了這樣一種經歷，沈氏對於朝廷的政治鬥爭、人事更迭便了然於胸。因此，他筆下盧生的政治經歷雖然是幻夢一場，卻具有相當的現實依據。其中，盧生因「娶清河崔氏女」，而「生資愈厚」；因「鑿河八十里，以濟不通」，而「邦人利之，刻石紀德」；因「大破戎虜，斬首七千級，開地九百里，築三大城以遮要害」，而「邊人立石於居延山以頌之。歸朝冊勳，恩禮極盛」，這些情節都是建立在整個唐代，特別是中唐的社會現實基礎上寫成的。唐代重門第，當時全國有五支第一流的高門世族，稱之為「五姓」。一些非世族出身的知識分子，就是通過與「五姓女」結親這條路進入了上層社會。此外，唐代國力較強，屢次開拓疆宇，對周圍少數民族用兵，因此很多武將都憑藉武功當上了高官。由此可見，盧生的經歷雖是幻夢一場，卻有很強的現實性和典型性。個中關鍵就在於沈既濟的個人經歷。《紅樓夢》第二回中寫到了這樣一副對子：「身後有餘忘縮手，眼前無路想回頭。」賈雨村看後評道：「這兩句文雖甚淺，其意則深，……其中想必有個翻過筋斗來的。」本文的作者就屬於這種翻過筋斗來的。他幾度宦海沉浮，深知仕途的艱難與虛妄，因而他所發出的「榮悴悲懽，剎那而盡」、「寵辱窮達，等類齊觀」的感喟便更有動人心魄的力量。其實，在夢境中歷盡平生，醒來後勘破世情的故事原型古已有之，南朝宋劉義慶《幽明錄》中有〈楊林〉一條，文不甚長，現轉引如下：宋世焦湖廟有一柏枕，或云玉枕，枕有小坼。時單父縣人楊林為賈客，至廟祈求。廟巫謂曰：「君欲好婚否？」林曰：「幸甚。」巫即遣林近邊，因入坼中。遂見朱樓瓊室，有趙太尉在其中。即嫁女與林，生六子，皆為祕書郎。歷數十年，並無思歸之志。忽如夢覺，猶在枕旁。林愴然久之。

這則故事的感染力較之〈枕中記〉，顯然差距很大，除去作者藝術功力的差別外，還有兩個重要的原因，即〈枕中記〉為讀者提供了較多的唐代現實生活的訊息，同時在情節的發展鋪排上較具合理性，故而哲理的傳達便有了附著，更容易到達人們的心靈底層。

沈既濟以「經學賅博」、「有良史才」著稱，有史學專著《建中實錄》十卷存世。所以，沈既濟的文筆不像某些詩人那樣華豔，〈枕中記〉敘事便較為簡樸端嚴，但筆墨運用卻張弛有度，文體則駢散並用，語言很有特色。如概括盧生生平一段：「兩竄荒徼，再登臺鉉，出入中外，徊翔臺閣，五十餘年，崇盛赫奕。性頗奢蕩，甚好佚樂，後庭聲色，皆第一綺麗。前後賜良田、甲第、佳人、名馬，不可勝數。」不僅用筆精煉，極富概括力，而且音節鏗鏘，富於聲韻之美。至於一篇奏表、一道詔書，純用駢驪，模擬體制、語氣允當恰切。全篇讀來宛如一篇上乘的史傳文，這也是本篇的一大特色。

任氏傳

沈既濟

【題解】本篇選自《太平廣記》卷四五二狐類。內容記敘了狐女任氏與平民鄭六一見鍾情，二人克服阻力相結合，其間任氏表現出諸多人性的美德光輝，最後不幸為獵犬咬死的悽慘故事。本文是中國小說史上最早的一篇以人格化的手法來描寫狐女的作品。

任氏，女妖也。有韋使君[1]者，名崟，第九，信安王禕[2]之外孫。少落拓[3]，好飲酒。其從父妹[4]壻曰鄭六，不記其名。早習武藝，亦好酒色，貧無家，託身於妻族；與崟相得，遊處不間[5]。天寶[6]九年夏六月，崟與鄭子偕行於長安陌中[7]，將會飲於新昌里[8]。至宣平[9]之南，鄭子辭有故，請間去[10]，繼至飲所。崟乘白馬而東。鄭子乘驢而南，入昇平之北門。偶值三婦人行於道中，中有白衣者，容色姝麗。鄭子見之驚悅，策[11]其驢，忽先之，忽後之[12]，將挑[13]而未敢。白衣時時盼睞[14]，意有所受。鄭子戲之曰：「美豔若此，而徒行，何也？」白衣笑曰：「有乘⑮不解相假⑯，不徒行何為？」鄭子曰：「劣乘不足以代佳人之步，今輒以相奉。某得步從，足矣。」相視大笑。同行者更相眩誘⑰，稍已狎暱⑱。鄭子隨之東，至樂遊園⑲，已昏黑矣。見一宅，土垣車門⑳，室宇甚嚴㉑。白衣將入，顧曰：「願少踟躕㉒。」而入。女奴從者一人，留於門屏間，問其姓第㉓，鄭子既告，亦問之。對曰：「姓任氏，第二十。」少頃，延入。鄭縶㉔驢於門，置帽於鞍。始見婦人年三十餘，與之承迎，即任氏姊也。列燭置膳，舉酒數觴。任氏更粧而出，酣飲極歡。夜久而寢，其妍姿美質，歌笑態度，舉措皆豔，殆非人世所有。將曉，任氏曰：「可去矣。某兄弟名係教坊㉕，職屬南衙㉖，晨興將出，不可淹留。」乃約後期而去。既行，及里門，門扃未發㉗。門旁有胡人鬻餅之舍，方張燈熾爐。鄭子憩其簾下，坐以候鼓㉘，因與主人言。鄭子指宿所以問之曰：「自此東轉，有門者，誰氏之宅？」主人曰：「此隤墉㉙

棄地，無第宅也。」鄭子曰：「適過之，曷以云無？」與之固爭。主人適悟，乃曰：「吁！我知之矣。此中有一狐，多誘男子偶宿㉚，嘗三見矣，今子亦遇乎？」鄭子赧㉛而隱曰：「無。」質明㉜，復視其所，見土垣車門如故。窺其中，皆蓁荒㉝及廢圃耳。

【章旨】鄭六與任氏在長安市街偶然相遇而一見鍾情。共度良宵後鄭六發現任氏乃是狐女。

【注釋】❶使君　古代對刺史、州牧、郡守等州郡長官的通稱。韋崟曾任隴州刺史，故以「使君」稱之。❷信安王禕　李禕，太宗子吳王李恪的孫子。❸落拓　胸襟闊大，不拘小節。❹從父妹　堂妹。從父，伯父、叔父。❺不間　不分開。❻天寶　唐玄宗年號（西元七四二～七五六年）。❼陌中　街上。❽新昌里　即新昌坊。唐代長安城有若干條縱橫大道，把全城隔成一百多個方塊形的區域，稱之為「坊」。坊的四面有圍牆，有東西兩面開門的，也有東南西北四面開門的。❾宣平　與下文的「昇平」都是鄰近新昌坊的里坊。❿請間去　請求暫時離開一會兒。⓫策　鞭打。⓬忽先之忽後之　忽然騎在前面，忽然跟在後面。⓭挑　挑逗。⓮盼睞　顧盼。⓯乘　坐騎。⓰假　借。⓱眩誘　迷惑引誘。⓲狎暱　親熱。⓳樂遊園　即樂遊原，長安城東南角的一處遊賞勝地。又稱曲江。⓴土垣車門　土牆大門。土垣，土牆。車門，可供車輛出入的大門。㉑嚴　整齊。㉒踟躕　徘徊不進的樣子。這裡作停留解。㉓姓第　姓氏和排行。㉔縶　用繩子繫住。㉕某兄弟名係教坊　我們姐妹們名籍屬於教坊。某，我。兄弟，唐代教坊歌妓們稱姐妹為兄弟。教坊，唐代掌管承應宮廷歌舞、音樂，以及管理承應宮廷藝人、歌妓的皇家機關。㉖南衙　唐代十六衛禁軍的總稱，玄宗時曾管理過教坊。㉗門扃未發　里門鎖著，還沒打開。唐代制度，京城實行宵禁。長安承天門入夜時擊鼓，各坊的里門（即坊門）關閉，人們只能在坊內活動，直到天亮擊鼓方重新打開。扃，門閂。發，打開。㉘候鼓　等候天亮解除宵禁的晨鼓敲響。㉙隤墉　斷裂倒塌的牆。隤，同「頹」。墉，牆。㉚偶宿　伴宿。㉛赧　因害羞而臉紅。㉜質明　天大亮的時候。㉝蓁荒　雜草叢生的荒地。

【語　譯】任氏是一個女妖。有一位姓韋的刺史，名崟，排行第九，是信安王李禕的外孫。他年輕時落拓放浪，喜歡喝酒。他叔叔有個女婿叫鄭六，我也記不清他大名叫什麼了。鄭六早年學武，也喜歡酒色，他窮得沒有安身之處，只好寄住在妻子的族人家中。他和韋崟很合得來，往來交遊都在一起。天寶九年夏季六月份，韋崟與鄭六結伴在長安的大街上行走，他們要一起到新昌里去喝酒。到了宣平里的南面，鄭六推說有事，要暫時離開一會，然後再去酒樓相會。韋崟便乘著白馬向東而去，鄭六則騎著驢子向南走。進了昇平里的北門，鄭六忽然遇到三個婦人走在路上，其中有個穿白衣的女子，容貌特別美麗。鄭六見了又驚又喜，趕著他的驢子，一會兒跑在她前面，一會兒跑到她後面，想上前挑逗那個女子，卻又有些不敢。那白衣婦人不時向鄭六送秋波，好像有接納他的意思。鄭六便調戲她說：「像妳這麼漂亮，為什麼還徒步行走？」白衣婦人笑道：「有人有坐騎也不知道相借，我不徒步行走又怎麼辦呢？」鄭六說：「我的坐騎太差，不配供佳人代步，但我現在願意奉送給你。我能步行跟從，就很滿足了。」說完，兩人相視大笑。同行的兩個婦人也進一步挑逗引誘鄭六，不一會兒大家便親熱起來了。鄭六跟著她們朝東走，到了樂遊園，天已經黑了。見到一所宅子，有土牆，有供車馬出入的大門，屋宇很嚴整。白衣婦人要進去前，回頭對鄭六說：「請稍等片刻。」說完，便進去了。有一個隨從的女僕留在屏門中間，詢問鄭六的姓氏排行。鄭六告訴她後，也問她剛才那個婦人的姓氏排行。婢女答道：「姓任，排行二十。」過了一會兒，裡面請鄭六進去。鄭六把驢子繫在門前，將帽子放在鞍上。這時看到有個三十多歲的婦人前來與他應酬，她就是任氏的姐姐。當下擺列燈燭，安排酒食，大家一連喝了好幾杯。這時任氏也換了服飾出來，飲酒作樂，極為歡暢。到了深夜，鄭六與任氏同床共枕，覺得任氏妍麗的容貌、美妙的資質，以及歌聲笑容、姿態風度，一舉一動都豔麗之極，簡直不是人間所能有的。天快亮的時候，任氏說：「你好走了。我們姐妹都屬教坊管轄，隸屬南衙，早晨起來就要出門，不能耽擱。」於是兩人約定以後再會面的時間，便分手了。鄭六出來後，走到里門，里門還鎖著呢。門旁有個胡人賣餅的店舍，正點著燈、生著爐子。鄭六便在他的簾子下面坐著歇息，等待天亮敲鼓解除宵禁，打開里門。趁著這時間，他便與主人閒聊。鄭六指著昨夜留宿的地方問道：「從這兒向東轉彎，有一座高門，那是誰家的宅子啊？」餅屋主人說：「這是一片殘牆廢地，沒有什麼第宅啊。」鄭六說：「我剛從那兒經過，怎麼說沒有呢？」和那主人竭力爭辯。主人才忽然醒悟過來，說道：「啊呀！我曉得了。這兒有一頭狐狸，常常引誘男子和她睡覺，我已經見過三次了。現在你也碰上了嗎？」鄭六很不好意思，便隱瞞說：「沒有。」到了天亮，他又去那兒查看，只見土牆和大門依舊，再往裡面瞧，就只有荒草廢園罷了。

既歸，見崟。崟責以失期。鄭子不泄，以他事對。然想其豔冶，願復一見之心，嘗存之不忘。經十許日，鄭子遊，入西市[1]衣肆，瞥然見之，曩❷女奴從。鄭子遽呼之。任氏側身周旋於稠人中以避焉。鄭子連呼前迫，方背立，以扇障其後，曰：「公知之，何相近焉？」鄭子曰：「雖知之，何患？」對曰：「事可愧恥，難施面目。」鄭子曰：「勤想如是，忍相棄乎？」對曰：「安敢棄也，懼公之見惡耳。」鄭子發誓，詞旨益切。任氏乃迴眸去扇，光彩豔麗如初。謂鄭子曰：「人間如某之比者非一，公自不識耳，無獨怪也。」鄭子請之與敘歡。對曰：「凡某之流，為人惡忌者，非他，為其傷人耳。某則不然。若公未見惡，願終己以奉巾櫛❸。」鄭子許與謀棲止❹。任氏曰：「從此而東，大樹出於棟間者，門巷幽靜，可稅❺以居。前時自宣平之南，乘白馬而東者，非君妻之昆弟乎？其家多什器❻，可以假用。」

【章　旨】鄭六與任氏再度偶遇，任氏羞愧走避。當她了解到鄭六明知自己是狐卻沒有嫌棄之心時，便以身相許，與鄭六同居。

【注　釋】❶西市　唐代長安設東西二市，是規模較大的商業區。❷曩　從前。❸終己以奉巾櫛　願一輩子做你的妻子。終己，終其一生。指一輩子。奉巾櫛，侍候洗臉梳頭，意謂做人妻妾。巾，手巾。櫛，梳子。❹棲止　棲身止歇之處；住所。❺稅　租。❻什器　日用雜物。

【語譯】回去後，鄭六見到韋崟，韋崟怪他失約，鄭六不告訴他真情，只是推說有其他事不能去。回想起任氏妖豔的容貌，鄭六很想再見她一次，心中念念不忘。過了十多天，鄭六出門閒遊，來到西市的成衣店，忽然瞥見了任氏，從前的婢女正跟隨著她，鄭六急忙招呼她。任氏卻側著身子在人群中鑽來鑽去以躲避他。鄭六連聲叫喚向前追趕，任氏才背朝著他站住，用扇子遮著身後說：「你已知道了我的底細，為什麼還要來親近我？」鄭六說：「就是知道了，又有什麼要緊？」任氏說：「這事很難為情，叫我不好意思見你。」鄭六說：「我這樣苦苦地思念你，你難道忍心拋棄我嗎？」任氏答道：「怎麼敢拋棄，只不過怕你厭惡我罷了。」鄭六忙對天起誓，話語也更加懇切。任氏於是轉過臉來，拿開扇子，容貌光鮮豔麗，和從前一樣。對鄭六說：「人間像我這樣的人絕不止一個，你自己不知道罷了，用不著單單對我驚怪。」鄭六請求和她重敘歡情，任氏答道：「我們這樣的人，之所以會被人憎惡畏忌，不為別的，不過是因為會傷人而已。但我卻不是這樣的，如果你不嫌棄我，我願意終身服侍事奉你。」鄭六答應為她找一個兩人共同的住處。任氏說：「從這兒向東，有一棵大樹從屋宇之間伸出的，門巷幽靜，可以租下來住。先前從宣平里南面，騎白馬向東去的，不就是你妻子的兄弟嗎？他家有很多日用器具，你可以借來用。」

是時崟伯叔從役❶於四方，三院什器，皆貯藏之。鄭子如言訪其舍，而詣崟假什器。問其所用。鄭子曰：「新獲一麗人，已稅得其舍，假具以備用。」崟笑曰：「觀子之貌，必獲詭陋，何麗之絕也。」崟乃悉假帷帳榻席之具，使家僮之惠黠❷者，隨以覘❸之。俄而奔走返命，氣吁汗洽❹。崟迎問之：「有乎？」又問：「容若何？」曰：「奇怪也！天下未嘗見之矣。」崟姻族廣茂，且夙從逸遊，多識美麗。乃問曰：「孰若某美？」僮曰：「非其倫❺也！」崟遍比其佳者四五人，皆曰：「非其倫。」是時吳王❻之女有第六者，則崟之內妹❼，穠豔如神仙，中表❽素推第一。崟問曰：「孰與吳王家第六女美？」又曰：「非其倫也。」崟撫手大駭曰：「天下豈有斯人乎？」遽命汲水澡頸，巾首膏脣❾而往。既至，鄭子適出。崟入門，見小僮擁篲❿方掃，有一女奴在其門，他無所見。徵⓫於小僮。小僮笑曰：「無之。」崟周視室內，見紅裳出於戶下。迫而察焉，見任氏戢⓬身匿於扇⓭間。崟別出就明而觀之，殆過於所傳矣。崟愛之發狂，乃擁而凌之，不服。崟以力制之，方急，則曰：

「服矣。請少迴旋⑭。」既從，則捍禦如初，如是者數四。崟乃悉力急持之。任氏力竭，汗若濡雨⑮。自度不免，乃縱體不復拒抗，而神色慘變。崟問曰：「何色之不悅？」任氏長歎息曰：「鄭六之可哀也！」崟曰：「何謂？」對曰：「鄭生有六尺之軀，而不能庇一婦人，豈丈夫哉！且公少豪侈，多獲佳麗，遇某之比者眾矣。而鄭生，窮賤耳。所稱愜者，唯某而已。忍以有餘之心，而奪人之不足乎？哀其窮餒，不能自立，衣公之衣，食公之食，故為公所繫⑯耳。若糠糗⑰可給，不當至是。」崟豪俊有義烈，聞其言，遽置之。斂衽⑱而謝曰：「不敢。」俄而鄭子至，與崟相視咍樂⑲。

【章　旨】韋崟知道鄭六得到佳人後，便上門糾纏任氏，任氏拚死抵抗並曉之以理，終使韋崟打消了非禮的念頭。

【注　釋】❶從役　做官、做事。❷惠黠　慧黠；聰明伶俐。❸覘　窺視。❹氣吁汗洽　氣喘吁吁，汗流浹背。❺倫　比。❻吳王　信安王李禕的弟李祗、祗子李巘均襲封吳王，這裡指李巘。❼內妹　古代稱舅之子為「內兄弟」。內妹，即姨表妹。❽中表　表兄弟姐妹。❾巾首膏脣　戴上頭巾，抹上唇膏。❿擁篲　拿著掃帚。⓫徵詢問。⓬戢　藏。⓭扇　門扇。⓮少迴旋　稍微放鬆一下。⓯濡雨　淫雨。⓰縶　羈絆；牽制。⓱糠糗　粗糧。⓲斂衽　將衣襟收攏整齊。⓳哈樂　嘻笑。

【語　譯】當時韋崟的伯伯叔叔們在各地做官，三家的家具雜物都收放在韋崟家。鄭六照任氏所說去韋家向韋崟借家具。韋崟問他做什麼用，鄭六答道：「我最近得到一位美人，已經租好了房子，所以借家具供那裡用。」韋崟笑著說：「我看你的容貌氣色，得到的一定是個醜怪的人，還說什麼佳麗！」韋崟便將帷幕床榻枕席之類的雜物一起借給了鄭六，又找了一個精細伶俐的家僮跟著去窺探。沒過多久，家僮便氣喘吁吁汗流浹背地跑回來回話。韋崟迎上去問道：「有那麼個女人嗎？」又問：「長得怎麼樣？」家僮回答說：「真怪！天底下沒見過這樣的。」韋崟的家族很大，平時又愛尋歡作樂，見識過的美人很多，便問道：「與某某人相比，哪個漂亮？」家僮說：「不能和她相比。」韋崟於是把四、五個美人都拿來相比，家僮說：「都比不上她。」當時吳王的第六個女兒是韋崟的表妹，長得像神仙般豔麗，中表姐妹中一向推為第一。韋崟便問道：「她與吳王的六女兒哪個漂亮？」家僮還是說：「比不上她。」韋崟拍著手掌大驚道：「天底下哪會有這樣的人呢？」於是連忙叫人打水洗臉，戴上頭巾，塗上唇膏，前去一探究竟。到了那裡，鄭六正巧出門了。韋崟進門後，看見一個小僮正拿著掃帚掃地，另有一個婢女在家，別的人一概沒見到。韋崟便向小僮打聽，小僮笑著說：「沒有別人。」韋崟環顧四周，發現門下面有紅裙露出，就近一看，任氏正縮著身子藏在門扇中間。韋崟在亮處仔細打量她，覺得比家僮描述的還漂亮。韋崟愛她愛得發狂，便抱住她準備欺侮她，任氏不從，韋崟便用強力制住她，正在緊急的時候，任氏說：「我服了，請稍微放鬆一點。」韋崟便依了她，誰知她又像剛才那樣抵抗起來。這樣反覆數次，韋崟便全力以赴地抓牢了她。任氏用盡了力氣，汗珠像雨水般流下，她自知免不了要遭強暴，便攤開身體不作抵抗，但臉上卻慘然變色。韋崟問道：「你為什麼不高興？」任氏長歎一聲道：「鄭六真可憐！」韋崟道：「這是怎麼說的呢？」任氏答道：「鄭六空有六尺高的身軀，卻不能保護一個女人，算什麼男子漢！而你從小生活奢華，擁有很多美人，其中像我這樣的人多得很；但鄭六卻很貧賤，他所稱心的，只有我一個而已，你怎麼忍心以你所豐厚的去奪他所不足的？我可憐他窮餓，不能自立，穿你的衣服，吃你的飯，所以便受制於你，要是他有點粗糧可吃，也不至於此。」韋崟是個豪邁講義氣的人，聽了她的話，立即就放開了她，又整了整衣服，向任氏行禮謝罪說：「不敢。」不久，鄭六回來了，看見韋崟，與他相視而笑。

自是，凡任氏之薪粒牲餼❶，皆崟給焉。任氏時有經過❷，出入或車馬轝步，不常所止❸。崟日與之遊，甚歡。每相狎暱，無所不至，唯不及亂而已。是以崟愛之重之，無所恡❹惜；一食一飲，未嘗忘焉。任氏知其愛己，因言以謝曰：「愧公之見愛甚矣。顧❺以陋質，不足以答厚意，且不能負鄭生，故不得遂公歡。某，秦❻人也，生長秦城❼，家本伶倫⑧，中表姻族，多為人寵媵⑨，以是長安狹斜⑩，悉與之通。或有姝麗，悅而不得者，為公致之可矣。願持此以報德。」崟曰：「幸甚！」鄽中⑪有鬻衣之婦曰張十五娘者，肌體凝潔，崟常悅之。因問任氏識之乎。對曰：「是某表娣妹，致之易耳。」旬餘，果致之。數月厭罷。任氏曰：「市人易致，不足以展効。或有幽絕之難謀者，試言之，願得盡智力焉。」崟曰：「昨者寒食⑫，與二三子⑬遊於千福寺。見刁將軍緬張樂⑭於殿堂。有善吹笙者，年二八，雙鬟垂耳，嬌姿豔絕。當識之乎？」任氏曰：「此寵奴也。其母，即妾之內姊⑮也。求之可也。」崟拜於席下。任氏許之。乃出入刁家。月餘，崟促問其計。任氏願得雙縑⑯以為賂。崟依給焉。後二日，任氏與崟方食，而緬使蒼頭控青驪以迓任氏⑰。任氏聞召，笑謂崟曰：「諧矣⑱。」初，任氏加寵奴以病，針餌⑲莫減。其母與緬憂之方甚，將徵諸⑳巫。任氏密賂巫者，指其所居，使言從就為吉。及視疾，巫曰：「不利在家，宜出居東南某所，以取生氣。」緬與其母詳其地，則任氏之第在焉。緬遂請居。任氏謬辭以偪狹㉑，勤請而後許。乃輦㉒服玩，并其母偕送於任氏。至，則疾愈。未數日，任氏密引崟以通之，經月乃孕。其母懼，遽歸以就緬，由是遂絕。

【章　旨】為報答韋崟在物質上的幫助與態度上的敬重，任氏設計誘使多名女子供韋崟玩弄。

【注　釋】❶薪粒牲餼　柴米肉食。牲，肉食。餼，生食。❷經過　來往；過訪。❸車馬轝步不常所止　乘車騎馬，坐轎或步行，到的地方沒有一定。轝，同「輿」。車轎。❹悋　同「吝」。❺顧　但是。❻秦　陝西、甘肅一帶。周時此地屬秦國，故泛稱這一地區為「秦」。❼秦城　指唐代秦州的州治「成紀」，即今甘肅省天水縣。❽伶倫　傳說黃帝時樂官名伶倫，後代指演員、藝人。❾媵　原指妻子陪嫁的侍女，後指姬妾。❿狹斜　原指狹隘彎曲的小巷，後作為妓女住處的代稱。⓫鄽中　市場。鄽，同「廛」。⓬寒食　冬至後一百五日（清明前一至兩日），謂之寒食。寒食節禁煙火，吃冷食，並外出掃墓、郊遊。在唐代，寒食已成為一個法定的遊賞、玩樂的節日。⓭二三子　兩三個朋友。⓮張樂　排列起樂隊，代指奏樂。⓯內姊　表姐。⓰縑　即絹。⓱蒼頭控青驪以迓任氏　僕人駕著黑馬來迎請任氏。蒼頭，古代僕人用蒼色（深青色）的布包頭，故以「蒼頭」為僕人的代稱。青驪，黑馬。迓，迎接。⓲諧矣　成功了。⓳針餌　針灸和藥餌，代指醫生的治療。⓴徵諸　詢問於。徵，問。諸，於；向。㉑謬辭以偪狹　假意用房子狹窄的理由推辭。謬，假意。辭，推辭。偪狹，此指房屋狹窄。偪，同「逼」。㉒輦　車。這裡用作動詞，即載送的意思。

【語　譯】從此以後，凡是任氏所需的柴米肉食，都是韋崟供給。任氏常常與他來往，出入或騎馬坐車或乘轎走路，沒有一定。韋崟天天和她一同遊玩，很是快樂。兩人時常親熱玩笑，無所不至，只是從不亂來。因此韋崟既愛慕她又敬重她，對她從沒有吝惜之處，就是吃喝的時候，也沒有忘記過她。任氏知道韋崟很愛自己，便好言感謝他說：「我很慚愧承蒙您的錯愛，但自知容貌醜陋，不足以報答您的厚意，而且也不能辜負鄭六，所以不能滿足您與我歡愛的願望。我是陝西人，生長在秦城，家裡本屬優伶，中表親族中，很多做了人家的寵妾，因此長安的煙花女子，都與她們有來往。您要是喜歡某個佳麗而又得不到，我可以幫您得到，願用這個辦法來報答您的恩德。」韋崟說：「太好了！」市集上有個賣成衣的婦女叫張十五娘，肌膚光潔潤澤，韋崟一直很喜歡她，便問任氏是否認識。任氏答道：「她是我的表姊妹，想得到她很容易。」過了十幾天，果然把她招來了。韋崟和她相處幾個月後便厭倦停止來往。任氏說：「做生意的人很容易弄到手，不足以展示我報效您的心意，假如有什麼深藏幽閨難以得手的女子，您說給我聽，我願意竭盡心力為您達成。」韋崟說：「昨天是寒食節，我同兩三個朋友到千福寺遊玩，看到將軍刁緬在殿堂裡排開樂隊奏樂。其中有個善於吹笙的女子，年方十六，梳著一對垂到耳朵的髻子，姿容嬌豔絕頂。你大概認識她吧？」任氏說：「她是刁家的寵婢，名叫寵奴。她的母親，就是我的表姐，您可以追到她。」韋崟便在座位前拜倒，任氏答應了他。於是，任氏便常常出入刁家。過了一個多月，韋崟來催問任氏有什麼辦法。任氏想要兩匹白綢作為賄賂之用，韋崟答應了她。又過了兩天，任氏正和韋崟一道吃飯，刁緬忽然派一個僕人牽著一匹黑馬來接任氏去刁家。任氏聽到刁緬的召喚，便笑著對韋崟說：「您的事成了。」原來任氏當初在寵奴身上施法種下了病根，針灸服藥都沒有用，她母親和刁緬都很擔憂，要求助於巫師。任氏偷偷地賄賂巫師，把自己的居所指給她看，讓她說把病人送到這裡來病就會好。到了刁緬請巫師去探看病情的時候，巫師說：「在家住不好，最好住在東南方的某個地方，以求取得生氣。」刁緬與寵奴的母親仔細查找巫師所說的地方，原來就是任氏的寓所。刁緬於是請求讓寵奴住進去，任氏假意推辭說地方狹小，刁家多次請求，她才同意。刁家便用車子載運衣服用具，將寵奴和她母親一同送到任氏那裡。一到那裡，她的病就好了。沒過幾天，任氏便悄悄領著韋崟和她私通，過了一個月，寵奴便有了身孕，她母親非常害怕，連忙把她帶回去和刁緬在一起。從此，韋崟和她也就沒有了往來。

他日，任氏謂鄭子曰：「公能致錢五六千乎？將為謀利。」鄭子曰：「可。」遂假求於人，獲錢六千。任氏曰：「鬻馬於市者，馬之股有疵，可買入居❶之。」鄭子如市，果見一人牽馬求售者，眚❷在左股。鄭子買以歸。其妻昆弟皆嗤之，曰：「是棄物也。買將何為？」無何，任氏曰：「馬可鬻矣。當獲三萬。」鄭子乃賣之。有酬二萬，鄭子不與。一市盡曰：「彼何苦而貴買，此何愛而不鬻？」鄭子乘之以歸；買者隨至其門，累增其估，至二萬五千也。不與，曰：「非三萬不鬻。」其妻昆弟聚而詬之。鄭子不獲已，遂賣，卒不登三萬。既而密伺買者，徵其由，乃昭應縣❸之御馬疵股者，死三歲矣，斯吏不時除籍❹。官徵其估❺，計錢六萬。設其以半買之，所獲尚多矣。若有馬以備數，則三年芻粟之估，皆吏得之。且所償蓋寡，是以買耳。任氏又以衣服故弊，乞衣於崟。崟將買全綵❻與之。任氏不欲，曰：「願得成制❼者。」崟召市人張大為買之，使見任氏，問所欲。張大見之，驚謂崟曰：「此必天人貴戚，為郎所竊。且非人間所宜有者，願速歸之，無及於禍。」其容色之動人也如此。竟買衣之成者而不自紉縫也，不曉其意。

【章旨】任氏運用神異的力量為鄭六謀取大量錢財。

【注釋】❶居　居奇。囤積貨物準備以後賣好價錢。❷眚　小毛病。本為眼疾，引申為小毛病。❸昭應縣　唐屬京兆府，長安附近，即今陝西省臨潼縣一帶。❹除籍　刪除名籍。唐代御馬，立有名籍。馬死則須除名。❺官徵其估　官家徵收養這匹馬所發放的價錢。估，價格。❻全綵　整幅的綵綢。❼成制　製好的成衣。

【語譯】有一天，任氏對鄭六說：「你能弄到五、六千錢嗎？我打算為你謀取利潤。」鄭六說：「能。」於是他就去向人告貸，借了六千錢。任氏對鄭六說：「有個在市集上賣馬的，他的馬左邊腿上有塊瘢，你可以買回來養著。」鄭六去了市集，果然看到一個牽馬叫賣的人，馬的左腿上有點毛病。鄭六便把牠買了回來，他的舅子們一起嗤笑他說：「這是個廢物，買牠幹什麼？」沒過多久，任氏說：「馬可以出手了，應該能賣三萬錢。」鄭六就去賣馬了，有人願意出兩萬，鄭六不賣。市集上的人都說：「他何苦出那麼高的價買，而你又為什麼吝惜不肯賣？」鄭六騎著這馬回了家，那個買者跟著他到了門口，一再抬高價錢，一直漲到二萬五，鄭六還是不肯賣，說：「非三萬不賣。」他的舅子們聚在一起罵他。鄭六不得已，只好以少於三萬的價錢賣了。過後偷偷請人去伺探買者，問他出高價錢的理由。原來昭應縣有一匹大腿上有疤痕的御馬，死了已經有三年了，這個管馬的小吏當時沒有立即將馬從名籍上刪除。如今官府向他徵收回三年來養這馬所發放的費用，共計六萬錢。假如以一半之數買到，所得還很多。因為如果有馬充數，這三年的糧草錢都歸小吏，而且買的錢又少，所以一定要買下來。任氏又因為自己的衣服破舊，向韋崟要衣服。韋崟要買整匹的綵緞給她，任氏不要，說：「我要已做好的成衣。」韋崟找來賣衣服的張大，讓他去見任氏，問她想要什麼。張大一見任氏。吃驚地對韋崟說：「她一定是天上的神仙、人間的貴人，給您偷來了。這樣的美人不是人間所當有的，您趕緊送還，免得惹來災禍。」任氏容顏的美麗動人竟到了如此地步！她最後還是買了成衣而不自己縫紉，不知是什麼意思。

後歲餘，鄭子武調❶，授槐里府果毅尉❷，在金城縣❸。時鄭子方有妻室，雖晝遊於外，而夜寢於內，多恨不得專其夕❹。將之官，邀與任氏俱去。任氏不欲往，曰：「旬月同行，不足以為歡。請計給糧餼，端居以遲❺歸。」鄭子懇請，任氏愈不可。鄭子乃求崟資助。崟與更勸勉，且詰其故。任氏良久，曰：「有巫者言某是歲不利西行，故不欲耳。」鄭子甚惑也，不思其他，與崟大笑曰：「明智若此，而為妖惑，何哉！」固請之。任氏曰：「儻❻巫者言可徵❼，徒為公死，何益？」二子曰：「豈有斯理乎？」懇請如初。任氏不得已，遂行。崟以馬借之，出祖❽於臨皋❾，揮袂❿別去。信宿⓫，至馬嵬⓬。任氏乘馬居其前，鄭子乘驢居其後；女奴別乘，又在其後。是時西門圉人⓭教獵狗於洛川⓮，已旬日矣。適值於道，蒼犬騰出於草間。鄭子見任氏欻然墜於地，復本形而南馳。蒼犬逐之。鄭子隨走叫呼，不能止。里餘，為犬所獲。鄭子銜涕出囊中錢，贖以瘞⓯之，削木為記。迴覩其馬，齧草於路隅，衣服悉委於鞍上，履襪猶懸於鐙間，若蟬蛻然。唯首飾墜地，餘無所見。女奴亦逝矣。旬餘，鄭子還城。崟見之喜，迎問曰：「任子無恙乎？」鄭子泫然對曰：「歿矣。」崟聞之亦慟，相持[16]於室，盡哀。徐問疾故。答曰：「為犬所害。」崟曰：「犬雖猛，安能害人？」答曰：「非人。」崟駭曰：「非人，何者？」鄭子方述本末。崟驚訝歎息不能已。明日，命駕與鄭子俱適[17]馬嵬，發瘞視之，長慟而歸。追思前事，唯衣不自製，與人頗異焉。其後鄭子為總監使[18]，家甚富，有櫪馬十餘匹。年六十五，卒。大曆[19]中，沈既濟居鍾陵[20]，嘗與崟遊，屢言其事，故最詳悉。後崟為殿中侍御史[21]，兼隴州刺史[22]，遂歿而不返。嗟乎，異物之情也有人焉！遇暴不失節，狥人[23]以至死，雖今婦人，有不如者矣。惜鄭生非精人，徒悅其色而不徵其情性。向使淵識之士，必能揉變化之理，察神人之際，著文章之美，傳要妙[24]之情，不止於賞翫風態而已。惜哉！建中[25]二年，既濟自左拾遺[26]與金吾將軍[27]裴冀、京兆少尹[28]孫成、戶部郎中[29]崔需、右拾遺[30]陸淳皆謫居[31]東南，自秦徂吳[32]，水陸同道。時前拾遺朱放因旅遊而隨焉。浮潁涉淮[33]，方舟[34]沿流，晝讌[35]夜話，各徵其異說。眾君子聞任氏之事，共深歎駭，因請既濟傳之，以志異云。沈既濟撰。

【章旨】任氏隨鄭六赴外地任職，途中不幸被獵犬咬死。鄭六、韋崟悲慟不已。

【注釋】❶武調　參加武職的銓選。唐代文士或武士經過吏部或兵部的銓選考核才能授官，這就叫「調」。❷槐里府果毅尉　唐初實行府兵制，各地設軍府，軍府的軍事長官稱「折衝都尉」，副職為「果毅都尉」。槐里，軍府名。❸金城縣　唐代縣名。故治在今甘肅省蘭州市西北皋蘭縣。❹不得專其夕　不能整夜在一起。❺遲　等待。❻儻　同「倘」。假如。❼可徵　可信。❽出祖　在城外設酒餞行。祖，祖餞；餞行。祖原為路神。古代遠行為祈求平安，要設酒筵祭路。後來這種酒筵便用以為人餞行。❾臨皋　從長安向西行的第一個驛站。❿袂　衣袖。⓫信宿　本指住了兩個晚上，此處借指過了兩晚。⓬馬嵬　驛站名，在今陝西省興平縣西北。⓭圉人　本周代官名，掌養馬，後亦借指馬夫。⓮洛川　縣名，即今陝西省洛川縣。⓯瘞　埋葬。⓰相持　兩人手握著手。⓱適　去；到。⓲總監使　太僕寺屬官，職掌牧養馬匹。⓳大曆　唐代宗年號（西元七六六～七七九年）。⓴鍾陵　唐代縣名，即今江西省進賢縣西北。㉑殿中侍御史　唐代監察機關御史臺的屬官。職掌巡察兩京（長安、洛陽）的不法之事，掌管太倉和左藏庫，及審訊皇帝交辦的案件。㉒隴州刺史　隴州，唐代州名，州治在汧源，即今陝西省隴縣。刺史，唐代州的行政長官。㉓狥人　以死從人。狥，同「殉」。㉔要妙　同「要眇」。語出屈原〈九歌・湘君〉：「美要眇兮宜修。」精微而美好的意思。㉕建中　唐德宗年號（西元七八〇～七八三年）。㉖左拾遺　唐代職官，屬門下省，職掌對皇帝的諫諍規諷。㉗金吾將軍　唐代職官，管轄金吾衛衛士，負責宮城宿衛、京城警衛、扈從皇帝和部領皇帝儀仗等職。㉘京兆少尹　官名，首都長安的副行政長官。㉙戶

部郎中　唐官名，尚書省戶部的屬官，職掌民政、稅收。㉚右拾遺　唐代官名，中書省屬官，職掌對皇帝的規諫。㉛謫居　貶調至偏遠地區為官。㉜自秦徂吳　自西北關中一帶到江南去。徂，往。㉝浮潁涉淮　渡過潁水和淮河。潁水，源出河南登封，流經河南、安徽兩省入淮河。㉞方舟　兩船相並。㉟讌　同「宴」。

【語　譯】又過了一年多，鄭六因為武職調選，被任命為槐里府果毅尉，要去金城縣。那時鄭六正有妻室，雖然白天可以出外到任氏那裡，可是夜裡還是要回家睡，常常遺憾不能整夜和任氏在一起。現在要上任了，鄭六便邀任氏和他同去。任氏不願意去，說：「十天半個月在一起趕路，不足以盡歡。請你計算日數給我留下生活費，我端居在家等你歸來。」鄭六再三懇切地要求，任氏愈加不同意。鄭六無奈，只好去請求韋崟幫助。韋崟便和鄭六一起勸行，並且問任氏為什麼不願去。任氏沉吟好久才說：「有名巫師說我今年不利於西行，所以不想去。」鄭六聽了感到很奇怪，沒有想到其他方面，就和韋崟大笑著說：「你這麼明智，卻為妖言所迷惑，是怎麼回事啊？」仍然堅持要求任氏同去。任氏說：「假如巫師的話應驗了，白白為你送死，又有什麼好處呢？」鄭韋二人都說：「哪有這種道理。」接著又像先前那樣懇求，任氏不得已，只好上路了。韋崟將馬借給了任氏，又在臨皋為二人餞行後，才揮袖而別。過了兩晚，二人來到馬嵬。任氏騎馬在前，鄭六騎驢在後，婢女另有坐騎，跟在最後。這時西門的養馬人正在洛川訓練獵狗，已經練了十天了。鄭六一行恰巧在路上遇見了他們，一條黑狗突然從草叢中竄出，鄭六只見任氏忽然從馬上墜地，現出狐狸的本形向南逃去。黑狗在後面追她，鄭六跟在後面一邊跑一邊喝止，卻制止不住。任氏跑了一里多路，終於被狗咬住了。鄭六含著眼淚從行囊中拿出錢，將任氏贖了回來，將她安葬了，並且削了塊木牌插在她墳頭作為標記。回頭再看任氏所騎的馬，仍在路旁吃草，任氏的衣服全散落在鞍上，鞋襪仍掛在馬鐙上，好像蟬蛻下的殼一樣。只有首飾掉落地上，其他就什麼也看不見了，那名婢女也不見了蹤影。過了十多天，鄭六回到京城，韋崟看到他非常高興，迎上前去問道：「任娘子好嗎？」鄭六泫然淚下，答道：「她已經死了。」韋崟聽後也很悲傷，兩人在房裡握著手，一起痛哭一場。然後，韋崟才細問任氏是生什麼病死的。鄭六回答說：「是給狗害死的。」韋崟說：「狗雖然兇猛，但怎能殺人？」鄭六答道：「任氏不是人。」韋崟驚駭地說：「不是人，是什麼？」鄭六才將事情的原委告訴他。韋崟驚訝感歎不止。第二天，騎著馬與鄭六一起到了馬嵬，掘開墓穴看了，大哭許久方才回去。他們回想任氏的往事，只有自己不做衣服這一件事，和人類不相同而已。後來鄭六做了總監使，家裡很富裕，有十多匹馬。到了六十五歲才死。大曆年間，我住在鍾陵，曾與韋崟往來，多次談及此事，所以知道得很詳細。後來韋崟做到殿中侍御史兼隴州刺史，便死於任上，未能返鄉。嗚呼！異類的真實內在居然也有人性！任氏遇到強暴不失貞節，為愛人能夠赴死，即便是現在的婦人，也有比不上她的。可惜鄭六是個粗人，只喜歡她的姿容而不懂得探尋她的情性；假如他是一位淵博明智之士，一定能研究其中的變化之理，體察人神之別，寫出美妙的文章，來傳達其中深邃精妙的感情，而不僅僅是把玩任氏的風姿儀態，這真是可惜！建中二年，我從左拾遺一職上被貶了官，和金吾將軍裴冀、京兆少尹孫成、戶部郎中崔需、右拾遺陸淳等人一起降職到東南做官，從關中到江南，無論水路旱路都是同行。當時前拾遺朱放因旅遊而正好跟我們在一塊兒，渡潁水和淮河時，大家兩船並行，白天喝酒晚上閒聊，各人都提供自己所知道的奇事。諸君聽說任氏的事後，都深深地感歎驚駭，於是便要我把此事記載下來，以達到保留奇聞的目的。以上就是我的記錄。

【賞析】〈任氏傳〉篇末寫道：「眾君子聞任氏之事，共深歎駭，因請既濟傳之，以志異云。」這便使我們聯想起六朝的志怪小說。而六朝志怪小說如《搜神記》中確也不乏描寫狐妖的篇目。可是兩種狐妖給人的感受卻迴然不同。《搜神記》中的狐妖常常是神祕可怖，毫無美感可言；而任氏卻溫柔嫵媚，閃爍著人性的光輝。

〈任氏傳〉篇首即云：「任氏，女妖也。」然而通觀全文，卻毫無「妖氣」。我們所見到的任氏不是呼風喚雨、四處作祟的女妖，相反地，卻是一位美麗聰慧的人間女子，她集「外美」與「內秀」於一身，不僅「容色姝麗」、「妍資美質」，更難得的是她既有貞節端莊的操守，又有不同流俗的識見。任氏對於鄭六一往情深、至死不渝，然而又並非一味服從，甘當男人的附庸。相反地，在持家、理財方面，她處處表現出不俗的見識。對於韋崟，她調狎昵，「無所不至」，可是又貞剛持重，絕不滑失其原則。這便使我們聯想起《世說新語》中的人物，《世說新語・任誕》云：「阮公（指阮籍）鄰家婦有美色，當壚酤酒。阮與王安豐常從婦飲酒，阮醉，便眠其婦側。夫始殊疑之，伺察，終無他意。」毫無疑問，任氏便完全具備這種超逸放達，而又持重端凝的君子風範。由此可見，作者心中的女主人公絕不是惑人的妖孽，而是眾美兼備、富有個性的奇女子。作者之所以要寫妖女，也並非是單純的志異，而是要借助超現實的事件表現對於理想女性的嚮往和追求，所謂：「遇暴不失節，狥人以至死，雖今婦人，有不如者矣。惜鄭生非精人，徒悅其色而不徵其情性。向使淵識之士，必能揉變化之理，察神人之際，著文章之美，傳要妙之情，不止於賞翫風態而已。」很明白地透露出作者的這種創作心態。

魯迅曾說：「小說亦如詩，至唐代而一變，……在是時則始有意為小說。」（《中國小說史略》

第八篇）所謂有意為小說，在我們看來，即是不滿足於對生活作客觀的描摹（須知六朝人將志怪小說是當作「實錄」來看的，對於那些道聽塗說的神異之事，他們是深信不疑的），而是有意要在筆下注入自己浪漫的情感與飛騰的想像。因此，在這一點上，〈任氏傳〉是很能體現唐傳奇的特色的。

柳氏傳

許堯佐

【題　解】本篇見於《太平廣記》卷四八五雜傳記類。內容記敘青年詩人韓翊與李生的姬妾柳氏因相愛而結合，後柳氏為軍閥沙吒利搶走，韓翊的朋友許俊勇闖沙宅，救回了柳氏，在皇帝的調停下，有情人終成眷屬。據唐人孟棨《本事詩》記載，韓、柳二人的愛情故事是真實的，並非小說家向壁虛構。〈柳氏傳〉在後代流傳很廣。宋代話本〈章臺柳〉便是據此而作。金院本《楊柳枝》、宋元戲文《韓翊章臺柳》、元鍾嗣成《寄情韓翊章臺柳》等大批戲曲作品都是根據〈柳氏傳〉改編的。

【作　者】許堯佐，唐德宗貞元年間，擢進士第。貞元十年（西元七九四年）「賢良方正能直言極諫科」及第，仕太子校書郎，官至諫議大夫。

天寶❶中，昌黎❷韓翊❸有詩名，性頗落托❹，羈滯❺貧甚。有李生者，與翊友善，家累千金，負氣❻愛才。其幸姬❼曰柳氏，豔絕一時，喜談謔，善謳詠。李生居之別第❽，與翊為宴歌之地。而館❾翊於其側。翊素知名，其所候問，皆當時之彥❿。柳氏自門窺之，謂其侍者曰：「韓夫子豈長貧賤者乎！」遂屬意⑪焉。李生素重翃，無所悋惜。後知其意，乃具饍請翃飲，酒酣，李生曰：「柳夫人容色非常，韓秀才文章特異。欲以柳薦枕⑫於韓君，可乎？」翃驚慄，避席⑬曰：「蒙君之恩，解衣輟食⑭久之，豈宜奪所愛乎？」李堅請之。柳氏知其意誠，乃再拜，引衣接席⑮。李坐⑯翃於客位，引滿⑰極歡。李生又以資三十萬，佐翃之費。翃仰柳氏之色，柳氏慕翃之才，兩情皆獲，喜可知也。明年，禮部侍郎⑱楊度擢⑲翃上第⑳，屏居㉑間歲㉒。柳氏謂翃曰：「榮名及親㉓，昔人所尚㉔。豈宜以濯浣㉕之賤，稽㉖採蘭㉗之美乎？且用器資物，足以待君之來也。」翃於是省㉘家於清池㉙。歲餘，乏食，鬻粧具以自給。

【章　旨】李生姬妾柳氏對青年詩人韓翃一見鍾情。李生便將柳氏贈給了韓翃。

【注　釋】❶天寶　唐玄宗年號（西元七四二～七五五年）。❷昌黎　古郡名，治所在今遼寧義縣。❸韓翃　一作韓翊，唐代著名詩人。河南南陽人，祖居昌黎，為昌黎郡望族。❹落托　同「落拓」。胸襟闊大，不拘小節。❺羈滯　流落在外鄉。❻負氣　以氣節自負，重友誼，講義氣。❼幸姬　寵愛的姬妾。❽別第　外宅。❾館動詞，安排食宿。⑩彥　名士。⑪屬意　中意。⑫薦枕　準備枕席，服侍眠寢。侍寢的代稱，亦即嫁給的意思。⑬避席　古人席地而坐，避席即離座而起，以表示敬意。此處是表示惶恐之情。⑭解衣輟食　脫衣停食。意思是把自己的衣服給人穿，自己的食物請人吃，是對人有恩惠的意思。⑮引衣接席　提起衣服入席坐下。⑯坐　安排座位。⑰引滿　杯中斟滿酒。⑱禮部侍郎　禮部的副長官。唐代自開元以後科舉考試由禮部侍郎主持。⑲擢　選拔。⑳上第　優等的意思。㉑屏居　閒居而謝絕人事，就是沒做官。㉒間歲　隔了一年。㉓榮名及親　榮耀美譽分享雙親。㉔尚　崇尚；提倡。㉕濯浣　洗衣。指妻子。㉖稽　稽留，即耽誤之意。㉗採蘭　比喻皇帝徵選賢才。㉘省　探親。㉙清池　縣名，在今河北省滄縣東南。

【語譯】天寶年間，昌黎郡的韓翊在詩壇上很有名氣，他生性豁達，不拘小節，功名未就，滯留在長安，生活很貧困。有一個姓李的讀書人，對韓翊十分友好。李生家境富有，為人很講義氣、重友情，又喜愛結交有才華的人。他的愛妾姓柳，容貌美麗，在當時很難找出第二個來。柳氏喜愛談笑打趣，擅長唱歌吟詩。李生把她安置在外宅裡。那兒也是李生與韓翊宴飲歌舞的地方。而韓翊則被李生安排住在旁邊的屋子裡。韓翊因為向來名氣很大，所交往的都是當時的知名文人。柳氏從門縫裡看到韓翊後，對她的侍女說道：「韓先生難道會是永遠貧困的人嗎？」就此中意於他。李生素來敬重韓翊，對他什麼也不吝惜。待知道了柳氏的心思後，就準備了酒菜請韓翊喝酒，大家喝得很暢快時，李生說：「柳夫人容貌非常美麗，韓秀才文章不同尋常。我想把柳夫人許配給韓先生，你們看可好？」韓翊聽罷吃了一驚，惶恐地離席而起並說道：「承蒙您賜給我這麼多的恩惠，使我長期以來衣食不愁，怎麼可以再奪走您心愛的人呢？」而李生卻執意要韓翊答應。柳氏感到他出於真誠，就站起來拜了兩拜，提起衣服仍入席坐下。李生讓韓翊坐在客位上，斟滿了酒，繼續開懷痛飲。李生又拿出三十萬錢送給韓翃，以資助兩人的生活。韓翃喜歡柳氏的美貌，柳氏愛慕韓翃的才華，雙方的夙願都得到了滿足，那種喜悅的心情是可以想像得到的。第二年，在進士考試中，由於禮部侍郎楊度的選拔，韓翃名列前茅。但他仍閒居在家沒有做官。一年多後，柳氏對韓翃說：「揚名顯親是古人歷來所提倡的，怎能因為我這低賤的人而耽誤了您的前程呢？這兒的家用器具和生活費用足夠用到您回來的時候。」於是韓翃就回到清池探親去了。過了一年多，柳氏的家用已盡，漸漸地衣食都無法周全了，只好變賣首飾以供日用。

天寶末，盜覆二京❶，士女奔駭。柳氏以豔獨異，且懼不免，乃剪髮毀形，寄跡❷法靈寺。是時侯希逸❸自平盧節度淄青，素藉❹翃名，請為書記❺。洎❻宣皇帝❼以神武❽返正❾，翃乃遣使間行❿求柳氏，以練囊⓫盛麩金⓬，題之曰：「章臺柳⓭，章臺柳！昔日青青今在否？縱使長條似舊垂，亦應攀折他人手。」柳氏捧金嗚咽，左右悽憫，答之曰：「楊柳枝，芳菲節，所恨年年贈離別。一葉隨風忽報秋，縱使君來豈堪折！」

【章旨】由於安史之亂，韓翃與柳氏離散。韓翃設法打聽到柳氏的行蹤訊息。

【注　釋】❶盜覆二京　指玄宗時叛將安祿山攻陷洛陽、長安，玄宗逃往四川一事。實即指安史之亂。❷寄跡　棲身。❸侯希逸　安史之亂時為平盧節度使，後移防青州，朝廷又授以淄青節度使，為唐中興名將。❹素藉　久慕。藉，通「籍」。聲譽喧騰。❺書記　唐代節度使僚屬中掌管公文、章奏的人員，其本身無官職，故主將多奏請由其兼一個官銜。❻洎　及；等到。❼宣皇帝　指唐肅宗李亨。❽神武　神明英武。❾返正　指肅宗於至德二年收復長安，朝廷返京師。❿間行　祕密地行動。⓫練囊　白色的熟絲織品做的袋子。⓬麩金　碎金。⓭章臺柳　章臺是漢代長安街道名。韓翃因戰亂時柳氏獨處長安，故用「章臺柳」比喻柳氏。

【語　譯】天寶末年，安祿山謀反，洛陽、長安都被攻陷，男男女女都嚇得逃走了。柳氏因為容貌特別美麗，害怕會被賊人汙辱，就剪掉頭髮、劃破面容，棲身於法靈寺和尼姑住在一起。這時，侯希逸被任為平盧、淄青節度使，他素來仰慕韓翃的名聲，就請韓翃到他的衙門裡任書記。待到肅宗皇帝以其神武英明收復了長安，朝廷返回京師後，韓翃就派人悄悄地去長安尋訪柳氏。他用白絹袋子盛了碎金，並題詞道：「章臺柳啊章臺柳，往昔青青的風姿如今可還在嗎？即使柳條還像以前一樣長長地垂下，也許已經被別人攀折在手了吧。」柳氏收到絹袋後低聲地哭了起來，旁邊的人都感到同情悲傷。柳氏回了一首詩道：「楊柳枝在春光裡搖曳，所恨的是年年都用它來送別。一片枯葉隨風飄落知道是秋天到了，即使郎君回來，又能折到什麼呢？」

無何，有蕃將❶沙吒利者，初立功，竊知柳氏之色，劫以歸第，寵之專房。及希逸除❷左僕射❸，入覲❹，翃得從行。至京師，已失柳氏所止❺，歎想不已。偶於龍首岡❻見蒼頭❼以駮牛❽駕輜軿❾，從兩女奴。翊偶隨之。自車中問曰：「得非韓員外乎？某乃柳氏也。」使女奴竊言失身沙吒利，阻❿同車者，請詰旦⓫幸相待於道政里⓬門。及期而往，以輕素⓭結玉合，實以香膏，自車中授之，曰：「當遂⓮永訣，願寘誠念。」乃回車，以手揮之，輕袖搖搖，香車轔轔，目斷意迷，失⓯於驚塵⓰。翊大不勝⓱情。

【章　旨】蕃將沙吒利將柳氏劫走占為己有。後來韓翊與柳氏偶逢於路，了解柳氏的遭遇後，韓翊悵然悲傷不已。

【注　釋】❶蕃將　唐代多用邊疆少數民族的人為將領，稱蕃將。❷除　授職。❸左僕射　唐代設左右僕射各一，為尚書省長官，玄宗後僅為大臣之榮銜，無實權。❹入覲　入朝晉謁皇帝。❺所止　所居住的地方。❻龍首岡　長安的地名。❼蒼頭　僕人。❽駮牛　雜色的牛。❾輜軿　有帷幕的車子。❿阻　礙於。⓫詰旦　明天早晨。⓬道政里　長安里坊名。⓭輕素　薄的白絹。⓮遂　就；於是。⓯失　消失。⓰驚塵　飛揚的塵土。⓱勝　承受。

【語　譯】不久，有個新近立功的蕃將名叫沙吒利的，打聽到柳氏的美貌，就把她搶到自己家裡，倍加寵愛，將她安置在專用的第宅。等到侯希逸被任命為左僕射，到京城謁見皇帝，韓翊跟隨他來到長安，再去尋訪時，已失去了柳氏的蹤跡，只得空自歎息，思念不已。偶然在龍首岡，見到有僕人趕著一輛由花牛駕著、四周有帷帳的車子，並有兩名婢女跟著。韓翊不經意地隨著車駕同行。忽然從車中傳出問話道：「莫非是韓員外嗎？我是柳氏呀。」便讓婢女偷偷告訴韓翊自己被沙吒利搶去的經過。礙於車內還有同伴，只得叮囑韓翊次日早晨到道政里門處等她。屆時，韓翊前去，牛車也來了，從車中遞出一只用白色薄綢繫著的玉盒，裡面盛滿了香膏，並道：「我們就要永遠分別了，希望您留下它做個紀念。」說完便掉轉車頭，並且揮手叫韓翊離開。只見薄薄的衣袖輕輕飄動，載著柳氏的車子在轔轔的車輪聲中遠去，韓翊神情癡迷地目送著車子在飛揚的塵埃中消失，簡直無法承受這樣的傷感之情。

會❶淄青諸將合樂❷酒樓，使人請翊。翊強應之，然意色皆喪，音韻悽咽。有虞侯❸許俊者，以材力自負，撫劍言曰：「必有故。願一效用。」翊不得已，具以告之。俊曰：「請足下數字❹，當立致之。」乃衣縵胡❺，佩雙韃❻，從一騎，徑造❼沙吒利之第。候其出行里餘，乃被衽❽執轡，犯關排闥❾，急趨而呼曰：「將軍中惡❿，使召夫人。」僕侍辟易⑪，無敢仰視。遂升堂⑫，出翊札示柳氏，挾之跨鞍馬，逸塵⑬斷鞅⑭，倏忽乃至。引裾而前曰：「幸不辱命。」四座驚歎。柳氏與翊執手涕泣，相與罷酒⑮。是時沙吒利恩寵殊等，翊、俊懼禍，乃詣希逸。希逸大驚曰：「吾平生所為事，俊乃能爾⑯乎？」遂獻狀⑰曰：「檢校尚書⑱金部員外郎⑲兼御史⑳韓翊，久列參佐㉑，累彰勳效，頃從鄉賦㉒。有妾柳氏，阻絕凶寇，依止㉓名尼。今文明撫運㉔，遐邇率化㉕。將軍沙吒利兇恣撓法㉖，憑恃微功，驅有志之妾，干㉗無為之政㉘。臣部將兼御史中丞㉙許俊，族本幽薊㉚，雄心勇決，卻奪柳氏，歸於韓翊。義切中抱㉛，雖昭㉜感激㉝之誠；事不先聞㉞，固乏訓齊㉟之令。」尋㊱有詔，柳氏宜還韓翊，沙吒利賜錢二百萬。柳氏歸翊；翊後累遷㊲至中書舍人㊳。然即柳氏，志防閑㊴而不克㊵者；許俊慕感激而不達㊶者也。向使㊷柳氏以色選㊸，則當熊㊹辭輦㊺之誠可繼；許俊以才舉㊻，則曹柯㊼澠池㊽之功可建。夫事由跡彰，功待事立。惜鬱堙不偶㊾，義勇徒激，皆不入於正㊿。斯豈變(51)之正乎？蓋所遇然也。

【章旨】韓翃的同僚許俊勇闖沙吒利宅第，將柳氏奪回。後經他們的上司侯希逸上疏及皇帝的調停，韓、柳二人得以團聚。

【注釋】❶會　適逢。❷合樂　歡聚。❸虞侯　唐代軍中的執法官。❹數字　寫幾行字，即寫封信。❺縵胡　一種武士的頭飾，此處指武士的服裝。❻韃　馬上弓箭袋。❼造　到。❽被衽　解開衣襟。被，通「披」。此為解開之意。❾犯關排闥　指闖過一道道的門衛。關，大門。闥，裡面的小門。❿中惡　得了急病。⓫辟易　退避；讓路。⓬升堂　登上內堂。⓭逸塵　在飛揚的塵土中奔跑。⓮鞅　馬頸上的皮帶。⓯罷酒　停止喝酒。⓰爾　如此。⓱狀　向上級呈報情況的公文。⓲檢校尚書　即加銜的尚書。唐代常給官員加授品級高於其實職的官銜，對外官和武將常給予京官的加銜。是一種榮譽，並無實權。⓳金部員外郎　金部屬尚書省的戶部，主管庫藏金寶和度量衡等事務，員外郎是該部副長官，此處是加銜。⓴御史　是唐代中央監察和司法機關御史臺的屬官。此處亦是韓翃取得的加銜。㉑參佐　僚屬。㉒鄉賦　唐代由州郡推選進京參加科舉考試叫鄉賦。㉓依止　寄居。㉔文明撫運　實行文教昌隆的政教。運，運化，指時局世代的運道。㉕遐邇率化　遠近都受到教化而歸順。㉖兇恣撓法　兇橫放縱，破壞法律。㉗干　冒犯；破壞。㉘無為之政　不用刑罰，以德化民的清明政治。㉙兼御史中丞　亦是許俊得到的加銜。御史中丞是御史臺的副長官。㉚幽薊　幽州、薊州，在今河北省。古代都認為燕趙之地多勇武俠義之士。㉛義切中抱　胸懷俠義之心。中抱，內心。㉜昭　顯示。㉝感激　激於義憤。㉞聞　稟告。㉟訓齊　管教。㊱尋　不久。㊲累遷　多次升遷。㊳中書舍人　中書省屬官，負責為皇帝起草詔書、誥命之類的文件。㊴防閑　防備。㊵克　能。㊶達　顯達。㊷向使　假如當初。㊸色選　以貌美選入宮中。㊹當熊　漢元帝劉奭觀鬥獸，一頭熊突然跑出圈外，宮中女官馮婕妤上前當熊站立，擋住猛獸，保護了漢元帝。㊺辭輦　漢成帝劉驁要和班婕妤同車遊園，班婕妤婉言謝絕，說只有亡國之君才寵幸女色，所以她不願和皇帝同輦。㊻以才舉　以才能當上大官。㊼曹柯　春秋時齊魯交戰，魯國戰敗割地求和，與齊國會盟於柯，魯將曹沫以匕首脅持齊桓公，迫使桓公歸還了魯國的土地。㊽澠池　戰國時秦趙會盟於澠池，秦王以強凌弱，當場叫趙王鼓瑟，以示羞辱。趙臣藺相如隨即也脅迫秦王擊缶（一種瓦製的打擊樂器），維護了趙國的尊嚴。㊾鬱堙不偶　埋沒而沒有好運。偶，合；遇合。指得到帝王的賞識重用。㊿入於正　走上正道。51變　權宜變通。

【語　譯】這時，正逢淄青節度使的將官們在酒樓歡聚，派人來請韓翊也去參加，韓翊勉強前去赴宴，但神色沮喪、語音悽咽。有位名叫許俊的軍中執法官，素來以自己的勇武而自豪。見到韓翊這樣，手按著腰際的寶劍說道：「足下這樣，一定有什麼緣故，我願意為你效勞。」韓翊沒奈何，只得把柳氏被蕃將沙吒利搶去的事情原原本本告訴了他。許俊道：「請足下寫一封短信以作憑證，我將立刻去把尊夫人帶來。」說完便換了武士的裝束，在馬上掛了兩隻箭袋，騎上一匹馬，直奔沙吒利的府第。在暗處等候沙吒利從府中出來，行走約有一里多路時，便敞開了衣襟，拉著馬繮繩闖過數重門戶，急速前奔並高聲喊道：「將軍得了急病，叫夫人快去。」府內的僕從們紛紛躲避，沒有人敢抬頭看他。許俊便登上內堂，拿出韓翊的信給柳氏看過，就挾著她跨上馬背。馬匹在飛揚的塵土中急馳，一下子就到了酒樓。許俊牽著柳氏的衣袖走上前道：「總算沒有辜負你交給我的使命。」酒席上的人全都驚歎不已。柳氏和韓翊拉著手相對哭泣，將官們見情景連酒也無心喝了。當時，沙吒利正得到皇帝的特別恩寵，韓翊、許俊害怕招來禍殃，就一同去見侯希逸，把事情告訴了他。侯希逸大吃一驚道：「我生平就愛做行俠仗義的事，沒有想到許俊也能這樣做啊。」就上了一道奏章說：「檢校尚書、金部員外郎兼御史韓翊做我的僚屬已經很長時間，數次立下卓著功勳，還曾參加過鄉賦且榜上有名。韓有姬妾柳氏，因叛匪作亂而與丈夫分隔兩處，依傍名尼棲身於法靈寺中。如今由於皇上文教昌明，百姓安樂，遠近都受到教化而來歸順。將軍沙吒利兇橫放縱，破壞法律，憑藉一點微末戰功胡作非為，竟強奪立志守節的人妾，冒犯德政。臣下的部將兼御史中丞許俊，本是幽薊人氏，為人英勇果斷，就去把柳氏奪回來重新歸還了韓翊。他的這種俠義之心，雖然顯示了激於義憤的一片熱誠，但事先沒有奏明聖上，這全是臣下管教不力、軍紀不嚴的罪過。」奏章送上去後，不久就有詔書下來：柳氏應當歸還韓翊，賞賜給沙吒利二百萬錢。這樣，柳氏就回到了韓翊的身邊。韓翊後來屢次升遷，一直做到中書舍人。柳氏志在防備壞人玷辱，最終卻沒有做到；許俊行俠仗義卻沒能顯達。假如當時柳氏因貌美而能被選入宮中，可能也會像漢朝的女官馮婕妤擋熊、班婕妤辭輦那樣顯示出自己的高貴品格來。許俊如果能因為自己的才能而當上大官，那麼也可以像曹沫、藺相如那樣為國家建立功勳。人的才幹要透過實地去做才能表現出來，而功業的建立須得借助於機遇。可惜他們不幸而被埋沒了，空有俠義之心卻沒能進入正道。但是他們的所作所為難道不也是權變中的正道嗎？這也是際遇使得他們這樣的啊。

【賞　析】這篇小說的卓越之處首先在於作者塑造了一位極具光彩的女性形象。文中的柳氏是一位識見、才情、品德都超越常人的可敬可愛的女子。她初見韓翊，便獨具隻眼地指出：「韓夫子豈長貧賤者乎！」當李生將她贈給韓翊時，她落落大方，毫無忸怩地離開了「家累千金」的富翁，寧願跟隨「羈滯貧甚」的書生，表現出不同流俗的眼力和氣度。韓翊及第之後，柳氏主動要求他暫時離開自己以求仕進，並在韓翊走後「鬻粧具以自給」，清貧自守，志在防閑。一位淪落為他人姬妾、外室的女子卻有如此的識見與操守，令人肅然。作者在文末論柳氏「志防閑而不克」、「不入於正」，表現出儒家的正統思想，然而他對柳氏這一人物又是情有獨鍾的，這一點我們只要注意一下全文筆墨的分布便能明瞭。作為男主人公，韓翊的形象是模糊的，作者對他的描寫是概括的，因而也是浮泛的，僅有「性頗落托」這樣的抽象的交代，而無行為、心理的具體刻劃。由此不難看出，在這一齣才子佳人戲中，是女子而不是男性占據著主導地位；作者感興趣的不是一位有詩名的「書記」，而是一名志趣不凡卻又命運坎坷的風塵女子。

本篇小說的敘事寫情頗為可觀。韓柳姻緣一事亦見於孟棨的《本事詩》，可見並非是向壁虛構，而是有事實基礎的。小說名為〈柳氏傳〉，也確實運用了史傳的筆法。其中，許俊救出柳氏一段，我們如將它與《史記・項羽本紀》中樊噲見項羽一節對讀，便可清晰地看出這種傳承關係。但同時〈柳氏傳〉畢竟是一篇小說，它在渲染氣氛、描寫人物心理上是很成功的，如柳氏龍首岡偶遇韓翊分手時的一段描寫：「乃回車，以手揮之，輕袖搖搖，香車轔轔，目斷意迷，失於驚塵。翊大不勝情。」淺淺數言，敘韓、柳二人纏綿哀怨之情如在眼前。

還值得一提的是，本篇將言情與俠義兩種小說類型融為一體，雖然只是略陳梗概，但後世的一些敘事模式已粗見端倪。柳氏初見韓翊便為其折服、感歎：「韓夫子豈長貧賤者乎！」這種慧眼識英雄的一見鍾情模式在後代的才子佳人小說戲曲中是屢見不鮮的。直到《紅樓夢》第一回中還有「賈雨村風塵懷閨秀」一節，雖然這在曹雪芹的筆下已多少有些諷刺意味了。再如許俊救柳氏一場，以極其簡練的筆墨兔起鶻落的節奏描繪俠士的義舉，這種筆法在後代的俠士公案小說中也被一用再用，以致成為陳言俗套。

柳毅

李朝威

【題解】本篇見於《太平廣記》卷四一九龍類，原出唐代陳翰《異聞集》。作品描寫了一個浪漫奇幻的愛情故事。書生柳毅下第歸家途中，巧遇為夫家虐待的洞庭龍君小女。出於義憤，柳毅為龍女傳遞家書。龍女的叔父一怒之下吞食了龍女之夫——涇水龍王之子，隨後又要將龍女許配給柳毅。柳毅不願被視作施恩圖報的小人，毅然拒婚。其後幾經周折，柳毅最終與化名盧氏的龍女結合。本文記敘的故事在唐代就廣為流傳，唐末便有人據此寫成〈靈應傳〉（見《太平廣記》卷四九二）。宋元戲文有〈柳毅洞庭龍女〉，元代有〈柳毅傳書〉雜劇，明代的〈龍綃記〉、〈橘浦記〉傳奇，清代李漁的〈蜃樓記〉傳奇等，也都是據本篇改編而成。近人還將此故事改編為京劇、評劇、越劇等多個劇種的劇本。至今，「柳毅傳書」已成為家喻戶曉的故事。

【作者】李朝威，生平事蹟不可考。據本文可知他是隴西人，生當唐代貞元、元和年間。

儀鳳❶中，有儒生柳毅者，應舉下第❷，將還湘濱❸。念鄉人有客於涇陽❹者，遂往告別。至六七里，鳥起馬驚，疾逸道左。又六七里，乃止。見有婦人，牧羊於道畔。毅怪視之，乃殊色也。然而蛾臉不舒❺，巾袖無光，凝聽翔立❻，若有所伺。毅詰之曰：「子何苦而自辱如是？」婦始楚而謝，終泣而對曰：「賤妾不幸，今日見辱於長者❼。然而恨貫肌骨，亦何能媿避，幸一聞焉。妾，洞庭龍君❽小女也。父母配嫁涇川❾次子，而夫壻樂逸，為婢僕所惑，日以厭薄。既而將訴於舅姑❿，舅姑愛其子，不能禦⓫。迨訴頻切⓬，又得罪舅姑。舅姑毀黜⓭以至此。」言訖，歔欷流涕，悲不自勝。又曰：「洞庭於茲，相遠不知其幾多也？長天茫茫，信耗莫通。心目斷盡，無所知哀。聞君將還吳⓮，密⓯通洞庭。或以尺書⓰，寄託侍者⓱，未卜將以為可乎？」毅曰：「吾義夫也。聞子之說，氣血俱動，恨無毛羽，不能奮飛。是何可否之謂乎！然而洞庭，深水也。吾行塵間，寧可致意邪？唯恐道塗顯晦⓲，不相通達，致負誠託，又乖⓳懇願。子有何術，可導我邪？」女悲泣且謝，曰：「負載珍重⓴，不復言矣。脫獲回耗㉑，雖死必謝。君不許，何敢言。既許而問，則洞庭之與京邑，不足為異也。」毅請聞之。女曰：「洞庭之陰㉒，有大橘樹焉，鄉人謂之社橘㉓。君當解去茲帶，束以他物。然後叩樹三發，當有應者。因而隨之，無有礙矣。幸君子書敘之外，悉以心誠之話倚託，千萬無渝。」毅曰：「敬聞命矣。」女遂於襦㉔間解書，再拜以進，東望愁泣，若不自勝。毅深為之戚。乃置書囊中，因復問曰：「吾不知子之牧羊，何所用哉？神祇豈宰殺乎？」女曰：「非羊也，雨工㉕也。」「何為雨工？」曰：「雷霆㉖之類也。」數顧視之，則皆矯顧怒步㉗，飲齕㉘甚異。而大小毛角，則無別羊焉。毅又曰：「吾為使者，他日歸洞庭，幸勿相避。」女曰：「寧止不避，當如親戚耳。」語竟，引別東去。不數十步，迴望女與羊，俱亡所見矣。

【章旨】柳毅在下第還鄉途中遇見了遭受夫家虐待的龍女，柳毅出於義憤答應為龍女傳遞家書。

【注釋】❶儀鳳　唐高宗年號（西元六七六～六七九年）。❷應舉下第　考試落榜。應舉，被州郡薦舉去京城參加考試。下第，沒有考中。❸湘濱　湘水邊。唐時指江南西道一帶，即今湖南省境內。❹涇陽　唐代縣名，故治在今陝西省涇陽縣東南，涇水北岸。❺蛾臉不舒　眉眼不舒展。蛾，蛾眉，形容女子眉毛細長，像蠶蛾的觸鬚一樣。臉，通「瞼」。眼皮。❻翔立　踮著腳佇望。❼長者　有德行的人。❽洞庭龍君　洞庭湖的龍王。古代傳說，各大河海湖泊都有龍王統治，主管當地興雲下雨事宜。❾涇川　這裡指涇水龍王。涇水，源出甘肅，流經陝西，至高陵縣入渭水。❿舅姑　古代指公婆。⓫禦　管束。⓬迨訴頻切　等到多次急切申訴之後。迨，等到。頻，頻繁；多次。切，迫切。⓭毀黜　辱罵斥逐。⓮吳　春秋時吳國故地，泛指江南一帶。因吳國也包括湖南的一部分，所以這裡特指湖南。⓯密　近。⓰尺書　上古無紙，書信都寫在一尺左右的木簡或白布上，故後世將信稱為「尺書」、「尺牘」、「尺素」。⓱寄託侍者　拜託您的僕人。這是不敢勞動柳毅親自送信之意。⓲道途顯晦　幽明路隔，指人間與鬼神之境難以通達。⓳乖　背離。⓴負載珍重　您擔負著我的重託，一定要多多保重。㉑脫獲回耗　假如得到了回信。脫，假如。㉒洞庭之陰　洞庭湖的南面。陰，山北水南謂之陰。㉓社橘　社，土地神。古代常以古樹、巨石為土地神的依附物加以朝拜。社橘，即被當作土地神來祀奉的那株橘樹。㉔襦　上衣。㉕雨工　雨神。㉖雷霆　雷神。古人以為雷神貌似六畜。㉗矯顧怒步　昂著頭看，健步走路。矯，抬高。怒步，大步。㉘飲齕　喝水吃草。齕，咬嚼。

【語　譯】儀鳳年間，有一個名叫柳毅的讀書人，被州郡舉薦到京城去參加科舉考試，沒有考中，便打算回到湘水邊的家鄉去。想到有位同鄉的朋友旅居在涇陽，就想到那兒去和他道別。走了六、七里，突然有一群鳥兒飛過，柳毅的馬受到驚嚇，離開了大路飛快地向前跑去，直跑了六、七里才停下腳步。見到有個婦人在路邊放羊。柳毅感到有些奇怪，便仔細地打量她，發現這是一個非常美麗的女子。但是面帶憂容，愁眉不展，衣著破舊。踮著腳凝神諦聽，好像在等待著什麼。柳毅上前問她：「你有什麼苦處，把自己弄得這般模樣？」婦人先是露出悲痛的神色向他道謝，最後哭了起來，回答說：「妾身是個苦命的人。今天本不該把自己所受的屈辱向您訴說。但我有刻骨銘心的仇恨，又怎能避而不談呢？請您聽我講吧。我是洞庭龍王的小女兒。父母把我許配給了涇川龍王的次子。丈夫貪圖享樂，又被姬妾所誘惑，對我一天比一天冷漠、厭惡。我向公婆訴說，公婆卻一味溺愛他們的兒子，絲毫不加管束。待到訴說的次數多了，終於得罪了公婆，他們辱罵我，把我趕到了這兒。」說完，低聲抽泣起來，傷心得幾乎無法承受。接著又說：「洞庭湖離這裡不知有多遠？茫茫長空，無邊無際，沒有辦法和父母通個音信。望穿了雙眼，愁斷了肝腸，也無法讓父母知道自己的哀愁。聽說先生將要返回江南去。您的家和洞庭湖相去不遠。如果我拜託您的僕人給我帶一封信去，不知您肯不肯答應？」柳毅說道：「我是個重義氣的人。聽了你講的話，心情十分激動，只恨自己沒有翅膀，不能快快飛去為你送信，還說什麼肯不肯的話呀！但是，洞庭是個深邃的湖泊，我卻是個生活在陸地上的人，怎麼能夠把信送到呢？只怕凡間與鬼神之境難以通達，以致辜負了你的託付，違背了你的心願。你有什麼方法可以教我嗎？」婦人一面哭一面道謝說：「您擔負著我的重託，務必多多保重，我就不多說了。倘若能得到回音，我即使死了也要設法酬謝您。如果先生不答應為我帶信，我是不敢把進入龍宮的方法說出來的。既然您已經答應了，那麼我可以告訴您，洞庭湖與京都實在並沒有什麼不同啊！」柳毅請她講出來聽聽。婦人說：「洞庭湖的南岸，有一棵大橘樹，當地人稱它為『社橘』，先生到了那裡，把腰帶解下來，換條其他的帶子束腰。就拿腰帶在橘樹上叩三下，會有人出來回應，您就隨著他走，不會有什麼阻礙的。希望先生除了替我把書信帶到外，還要把我向您敘述過的心裡話轉告家人，千萬不要忘記。」柳毅道：「你的話我謹記於心了。」婦人就從上衣中拿出書信，拜了兩拜遞給柳毅，又向著東方哭了起來，傷心得不得了。柳毅也很為她難過。他把書信放進行李袋中。又問道：「我不知道你放牧的這群羊是做什麼用的，難道神靈也宰殺牲畜嗎？」婦人道：「這不是羊，是雨工啊！」「什麼叫雨工？」婦人道：「雷電一類的神呀。」柳毅仔細地察看他們，只見他們都昂著頭健步而走，飲水啃草的樣子很特別，但形體大小和身上頭上的毛角，則和普通的羊沒有什麼不同。柳毅又道：「我今天為你送信，將來回到洞庭以後，希望你不要迴避我啊！」婦人說：「豈只不迴避，還要像親戚一樣的對待啊！」說完話，柳毅就告別了婦人向東而去。沒走幾十步，回頭再看時，婦人和羊群都沒有蹤影了。

其夕，至邑而別其友。月餘，到鄉還家，乃訪於洞庭。洞庭之陰，果有社橘。遂易帶向樹，三擊而止。俄有武夫出于波間，再拜請曰：「貴客將自何所至也？」毅不告其實，曰：「走謁大王耳。」武夫揭水❶指路，引毅以進。謂毅曰：「當閉目數息❷，可達矣。」毅如其言，遂至其宮。始見臺閣相向，門戶千萬，奇草珍木，無所不有。夫乃止毅，停於大室之隅，曰：「客當居此以伺焉。」毅曰：「此何所也？」夫曰：「此靈虛殿也。」諦視❸之，則人間珍寶，畢盡於此。柱以白璧，砌以青玉[4]，床以珊瑚，簾以水精，雕琉璃於翠楣[5]，飾琥珀於虹棟[6]。奇秀深杳，不可殫言[7]。然而王久不至。毅謂夫曰：「洞庭君安在哉？」曰：「吾君方幸[8]玄珠閣，與太陽道士講《火經》，少選[9]當畢。」毅曰：「何謂《火經》？」夫曰：「吾君，龍也。龍以水為神，舉一滴可包陵谷。道士，乃人也。人以火為神聖，發一燈可燎阿房[10]。然而靈用不同，玄化各異。太陽道士精於人理，吾君邀以聽言。」語畢而宮門闢[11]。景從雲合[12]，而見一人，披紫衣，執青玉[13]。夫躍曰：「此吾君也！」乃至前以告之。君望毅而問曰：「豈非人間之人乎？」毅對曰：「然。」毅遂設拜，君亦拜，命坐於靈虛之下。謂毅曰：「水府幽深，寡人暗昧，夫子不遠千里，將有為乎？」毅曰：「毅，大王之鄉人也。長於楚[14]，遊學于秦[15]。昨下第，閑驅涇水右涘[16]，見大王愛女牧羊于野，風鬟雨鬢，所不忍視。毅因詰之。謂毅曰：『為夫壻所薄，舅姑不念，以至於此。』悲泗淋漓，誠怛人心[17]。遂託書於毅。毅許之，今以至此。」因取書進之。洞庭君覽畢，以袖掩面而泣曰：「老父之罪，不能鑑聽，坐貽聾瞽⑱，使閨窗孺弱⑲，遠罹搆害⑳。公，乃陌上人㉑也，而能急之。幸被齒髮㉒，何敢負德！」詞畢，又哀咤良久。左右皆流涕。時有宦人密侍君者，君以書授之，令達宮中。須臾，宮中皆慟哭。君驚，謂左右曰：「疾告宮中，無使有聲。恐錢塘所知。」毅曰：「錢塘，何人也？」曰：「寡人之愛弟。昔為錢塘長，今則致政㉓矣。」毅曰：「何故不使知？」曰：「以其勇過人耳。昔堯遭洪水九年㉔者，乃此子一怒也。近與天將失意㉕，塞其五山。上帝以寡人有薄德於古今，遂寬其同氣㉖之罪。然猶縻繫㉗於此，故錢塘之人，日日候焉。」語未畢，而大聲忽發，天拆㉘地裂，宮殿擺簸，雲煙沸湧。俄有赤龍長千餘尺，電目血舌，朱鱗火鬣㉙，項掣金鎖，鎖牽玉柱，千雷萬霆，激繞其身，霰雪雨雹，一時皆下。乃擘㉚青天而飛去。毅恐蹶仆地㉛。君親起持之曰：「無懼。固無害。」毅良久稍安，乃獲自定。因告辭曰：「願得生歸，以避復來。」

君曰：「必不如此。其去則然，其來則不然。幸為少盡繾綣㉜。」因命酌互舉，以款人事。

【章　旨】柳毅深入龍宮將龍女家書交給龍王，受到龍王的殷勤款待。在龍宮一片傷戚聲中，龍女的叔父得知事況，便盛怒離去。

【注　釋】❶揭水　分開水。❷數息　呼吸數次。❸諦視　仔細看。❹砌以青玉　用青玉作臺階。砌，臺階。❺翠楣　翠綠的門楣。楣，門上的橫木。❻虹棟　顏色如彩虹的房樑。❼不可殫言　說不完。殫，盡；全部。❽幸　君王駕臨某處。❾少選　不久。❿阿房　秦始皇在長安附近所建的宮殿，極其宏麗，項羽入關中，焚阿房宮，火三月不滅。⓫闢　開。⓬景從雲合　侍者像影子那樣跟著，像雲那樣聚合簇擁著。景，同「影」。⓭青玉　指青玉製成的圭。圭，古代君臣於朝會時所執的一種玉製的儀仗，上圓下方。⓮楚　泛指戰國時楚故地，即江南以及湖北、湖南一帶。⓯秦　秦國故地，泛指西北關中一帶，這裡特指長安。⓰閑驅涇水右涘　偶然走過涇水邊。閑，同「間」。偶然。右涘，水邊。⓱悲泗淋漓誠怛人心　涕淚橫流，真讓人難過。泗，鼻涕。誠，誠然；真正。怛，悲傷。⓲不能鑑聽坐貽聾瞽　不能了解情況，以致如同瞎子、聾子一般。鑑，看。坐，致；導致。貽，造成。瞽，瞎子。⓳孺弱　孺，年幼。弱，女子。⓴遠罹搆害　在遠方遭到陷害。罹，遭逢。㉑陌上人　路人。指不認識、不相干的人。㉒被齒髮　幸而還長著牙齒和頭髮。意謂自己還具有人的形像，具有人的道德、情感。㉓致政　罷職；卸官。㉔堯遭洪水九年　傳說堯當政時，洪水氾濫，九年不能平息。㉕失意　失和。㉖同氣　謂兄弟。㉗縻繫　軟禁；散押。縻，通「靡」。散的意思。㉘拆　同「坼」，裂開。㉙鬣　魚龍頷旁之剛毛。㉚擘　分開。㉛恐蹶仆地　因害怕而跌倒在地。蹶，跌倒。仆，向前倒下。㉜繾綣　纏綿、親近的意思。

【語　譯】當晚，柳毅就到涇陽去和朋友告別。一個多月以後回到家鄉，就到洞庭湖去尋訪。洞庭湖的南岸，果然有棵「社橘」，柳毅就換下腰帶，向著橘樹敲了三下，馬上就見到一個武士從水波中走出來，向柳毅拜了兩拜，問道：「貴客從什麼地方來？」柳毅沒有告訴他實情，只是說：「來謁見大王的。」武士分開湖水，現出一條路來，便領著柳毅進去，並說：「請把眼睛閉上，很快就到了。」柳毅照著他的話做，果然很快就到了龍宮。只見亭臺樓閣相向而立，門戶有成千上萬。奇異的花草、珍貴的樹木，無所不有。到了一座大殿的邊上，武士請柳毅停步，說道：「貴客請在這裡等候。」柳毅問：「這是什麼地方啊？」武士說：「這是靈虛殿。」柳毅仔細觀看，人世間的珍寶，這裡全部都有。白玉的柱子，青玉砌的臺階，珊瑚的床榻，水晶串成的簾幕。綠色的門楣上鑲嵌著琉璃，彩繪的房樑上裝飾著琥珀。秀美深遠的奇觀異景，說也說不盡。等了很久，龍王還沒出來。柳毅問武士：「洞庭君在哪裡啊？」答道：「我家大王剛到玄珠閣去和太陽道士講論《火經》去了，稍等一下就講完了。」柳毅問：「什麼叫《火經》？」武士說：「我家大王是龍，龍認為水是最具神通的，用一滴水就可以淹沒高山峽谷。道士是人，人則認為火是最為神聖的，用一盞燈火就可以把阿房宮燒毀。但是它們的靈驗各不相同，奧妙變化也有區別。太陽道士精通人間用火的道理，所以我家大王請了他來講解。」話才說完，只見宮門大開，許多侍從簇擁著一位身穿紫袍，手拿青玉圭的人走了出來。武士跳起來說：「這就是我家大王。」便走上前去稟告。龍王打量著柳毅說：「你是人間的人吧？」柳毅回答說：「是的。」於是就拜見了龍王，龍王也回拜了。就請柳毅坐在靈虛殿下。龍王對柳毅說：「龍宮如此幽深，我又是個愚昧糊塗的人，先生不怕路遠從千里以外來到這裡，一定有什麼事吧？」柳毅說：「我是大王的同鄉，在楚地長大，到長安去求學。前不久考試落了榜，偶然經過涇水邊，見到大王的愛女在野地裡牧羊。滿面風霜，形容憔悴，看了令人傷心。我便問她，她對我說：『被丈夫虐待，公婆又不體諒，才弄到這種境地。』說完涕淚橫流，實在令人傷心。便託我給她帶信，我答允了，所以今天來到這兒。」說完便取出書信呈給龍王。洞庭君讀完了信，用袖子掩著臉哭道：「都是老夫的罪過啊。先生是沒有能把外面的情況看清楚，以致像瞎子聾子一般，閨閣幼女在遠方遭到迫害也不知道。先生是一個過路人，卻能救人急難。我總歸還算是一個人吧，怎敢忘記先生的大恩大德。」說完，又傷心歎息了好久，隨侍在身邊的人也都難過得落下淚來。洞庭君又叫一個貼身侍從把書信送到宮中。送進去不久，宮中的人都失聲痛哭起來。洞庭君大吃一驚，忙對身邊的侍從說：「快去告訴宮裡的人，不要哭出聲音來，免得被錢塘知道了。」柳毅問：「錢塘是什麼人？」答道：「是我的愛弟。以前是錢塘龍王。現在已卸任了。」柳毅問：「為什麼不讓他知道呢？」答道：「因為這個弟弟勇猛非凡。從前唐堯遭到洪水禍害九年之久，就是因為這個人發怒而造成的。最近因為與天將失和，放水圍住了五嶽。天帝念我素日的德行，才饒恕了這個同胞兄弟的罪過，但叫我把他軟禁在這裡，錢塘江畔的百姓卻是天天都在盼望他。」話沒有說完，忽然聽到天崩地裂般的一聲巨響，整個宮殿都搖晃起來，雲氣煙霧上下翻滾。隨即看到一條千餘尺長的赤紅色巨龍。目光如電，紅舌伸吐，鱗甲朱紅，剛鬣如火，頸中拴著金鏈，鏈子的那一端鎖在玉柱上。周身上下被千萬道雷霆電光圍繞著，雨雪霰雹紛紛降落下來。突然間，赤龍劈開青天飛身而去。柳毅見此情景驚恐得撲倒在地。洞庭君起身親自把他扶了起來，安慰他說：「先生不要害怕，他不會加害於你的。」好半天，柳毅才安下心來，恢復了鎮定。便向洞庭君告辭要走：「希望讓我活著回去，免得他再來時又受驚嚇。」洞庭君說道：「一定不會再這樣了。他去時這副模樣，回來時定是另一種情景。請允許我和先生親切相聚一些時候。」便命令侍從們備酒款待客人。

俄而祥風慶雲，融融怡怡，幢節❶玲瓏，簫韶❷以隨。紅粧千萬，笑語熙熙，後有一人，自然蛾眉，明璫❸滿身，綃縠參差❹。迫而視之，乃前寄辭者。然若喜若悲，零淚如絲。須臾紅煙蔽其左，紫氣舒其右，香氣環旋，入於宮中。君笑謂毅曰：「涇水之囚人至矣。」君乃辭歸宮中。須臾，又聞怨苦，久而不已。有頃，君復出，與毅飲食。又有一人，披紫裳，執青玉，貌聳神溢❺，立於君左。君謂毅曰：「此錢塘也。」毅起，趨拜之。錢塘亦盡禮相接，謂毅曰：「女姪不幸，為頑童所辱。賴明君子信義昭彰，致達遠冤。不然者，是為涇陵之土矣。饗德懷恩，詞不悉心❻。」毅撝退❼辭謝，俯仰唯唯❽。然後回告兄曰：「向者辰發靈虛，已至涇陽，午戰於彼，未還於此❾。中間馳至九天，以告上帝。帝知其冤，而宥❿其失。前所譴責⓫，因而獲免。然而剛腸激發，不遑⓬辭候，驚擾宮中，復忤⓭賓客。愧惕慚懼⓮，不知所失。」因退而再拜。君曰：「所殺幾何？」曰：「六十萬。」「傷稼乎？」曰：「八百里。」「無情郎安在？」曰：「食之矣。」君憮然⓯曰：「頑童之為是心也，誠不可忍。然汝亦太草草。賴上帝顯聖，諒其至冤。不然者，吾何辭焉。從此已去⓰，勿復如是。」錢塘復再拜。

【章　旨】龍女的叔女錢塘君在盛怒之下將龍女的丈夫——涇川龍王之子吞食，救回龍女，並取得天帝的諒解。

【注　釋】❶幢節　貴官或神仙的儀仗。幢，旌旗的一種。節，用羽毛裝飾的儀仗。❷簫韶　泛指高妙的音樂。這裡指造詣高妙的樂隊。語出《尚書．益稷》：「簫韶九成，鳳凰來儀。」韶，舜樂名。❸明璫　珠寶做成的耳環。❹綃縠參差　女子服裝搖曳重疊的樣子。綃，絲織品。縠，縐紗。參差，長短交錯。❺貌聳神溢　容貌高峻，神采洋溢。❻饗德懷恩二句　受德感恩的心情，不是言詞所能充分表達的。饗，同「享」。受用。悉，完全。❼撝退　謙虛退讓。撝，謙讓。❽俯仰唯唯　連連點頭稱是。唯唯，猶言「對，對；是，是」。❾向者四

句　向者，剛才。辰、巳、午、未，古代一天分為十二時辰。辰、巳、午、未均為時辰名，分別相當於現在的上午七至九點、九至十一點，中午十一至一點，下午一至三點。❿宥　原諒。⓫譴責　責罵；責罰。⓬不遑來不及。⓭忤　冒犯。⓮愧惕慚懼　慚愧憂懼。⓯憮然　不樂的樣子。⓰已去　以後。已，同「以」。

【語　譯】頃刻間和風拂面，祥雲繚繞，出現了一派和悅的景象。精巧的儀仗隊在前面開道，後面跟著精妙樂隊，無數盛裝女郎笑語盈盈地走了出來，後面是一個天生麗質的美貌女子，全身上下戴滿了明珠做成的飾物，穿著絲綢縐紗做成的長短重疊的衣裙。走近一看，原來就是以前託他帶信的人，只見她露出似悲似喜的神情，臉上掛著淚珠。一會兒，紅色和紫色的煙霧迷漫在她的左右，在馥郁的香氣環繞中，回到宮中去了。洞庭君笑著對柳毅說：「涇水的囚徒到了。」便告退回到宮中。一會兒，又傳來幽怨悲痛的哭訴聲，久久不息。過了一會，洞庭君又走出來，繼續和柳毅飲酒進饌。這時，又出來了一個人，披著紫袍，拿著青玉圭，容貌出眾，神采飛揚，站在洞庭君的左邊。洞庭君對柳毅說：「這就是錢塘君。」柳毅離席走上前去拜見他。錢塘君也很有禮貌地接待他，又對他說：「我的姪女身遭不幸，被壞小子所欺辱。幸虧先生伸張正義，才把這遠處的冤情告訴了我們，不然的話，我的姪女就要喪生在涇陵了。受德感恩的心情，不是言辭所能表達的。」柳毅謙讓著表示不敢當，對錢塘君的說話連連點頭稱是。錢塘君回頭對兄長說：「剛才辰時離開靈虛殿，巳時到達涇陽，午時在那兒大戰了一場，未時回到了這裡，其間我還飛奔至天庭，稟告了天帝，天帝知道姪女蒙受了冤屈，所以就寬恕了我的過失，以前的懲罰也赦免了。但是由於當時我暴烈的性子突然被激起，走的時候就沒有來得及向您辭別，使宮中受到驚擾，還冒犯了貴客，實在是慚愧憂懼。我的過失真不知有多大啊！」說完又退後身子拜了兩拜。洞庭君問他：「殺了多少人？」答道：「六十萬。」「損傷農田莊稼沒有？」答道：「八百里。」「那個無情無義的人現在哪裡？」答道：「被我吃了。」洞庭君露出不愉快的樣子說：「那小子心地那麼壞，確實叫人不能忍受。但你行事也太莽撞。幸虧天帝聖明，體諒她實在是苦大冤深。否則的話，叫我怎樣向天帝交代？從此以後，不要再這樣了。」錢塘君又拜了兩拜。

是夕，遂宿毅于凝光殿。明日，又宴毅於凝碧宮。會友戚，張廣樂，具以醪醴❶，羅以甘潔❷。初，笳角鼙鼓❸，旌旗劍戟，舞萬夫于其右。中有一夫前曰：「此〈錢塘破陣樂〉。」旌鉦傑氣❹，顧驟悍慄❺，坐客視之，毛髮皆豎。復有金石絲竹❻，羅綺珠翠，舞千女於其左。中有一女前進曰：「此〈貴主還宮樂〉。」清音宛轉，如訴如慕，坐客聽之，不覺淚下。二舞既畢，龍君大悅，錫以紈綺❼，頒於舞人。然後密席貫坐❽，縱酒極娛。酒酣，洞庭君乃擊席而歌曰：「大天蒼蒼兮，大地茫茫。人各有志兮，何可思量。狐神鼠聖兮，薄社依牆❾。雷霆一發兮，其孰敢當。荷真人兮信義長❿，令骨肉兮還故鄉。齊言慚愧⓫兮何時忘！」

洞庭君歌罷，錢塘君再拜而歌曰：「上天配合兮，生死有途。此不當婦兮，彼不當夫。腹心⑫辛苦兮，涇水之隅。風霜滿鬢兮，雨雪羅襦。賴明公兮引素書⑬，令骨肉兮家如初。永言珍重兮無時無。」錢塘君歌闋⑭，洞庭君俱起，奉觴⑮于毅。毅踧踖⑯而受爵，飲訖，復以二觴奉二君。乃歌曰：「碧雲悠悠兮，涇水東流。傷美人兮，雨泣花愁。尺書遠達兮，以解君憂。哀冤果雪兮，還處其休⑰。荷和雅兮感甘羞⑱。山家⑲寂寞兮難久留。欲將辭去兮悲綢繆⑳。」歌罷，皆呼萬歲。洞庭君因出碧玉箱，貯以開水犀㉑；錢塘君復出紅珀盤，貯以照夜璣㉒，皆起進毅。毅辭謝而受。然後宮中之人，咸以綃綵珠璧，投于毅側。重疊煥赫，須臾埋沒前後。毅笑語四顧，媿揖不暇。洎酒闌歡極㉓，毅辭起，復宿于凝光殿。

【章旨】洞庭君、錢塘君設宴款待柳毅，並贈以珠寶。

【注釋】❶醪醴　醇美的酒。❷羅以甘潔　排放著美味而潔淨的食物。❸笳角鼙鼓　四種軍樂樂器。笳、角均用口吹，類似喇叭。鼙，一種在馬上敲擊的小鼓。❹旌鉎傑氣　揮舞著旗幟、劍戟，氣勢雄壯。鉎，字書無此字，當為武器儀仗之類。❺顧驟悍慄　舞蹈者顧盼奔突，雄彊威武，令人心驚膽顫。驟，急驟；突然。慄，顫抖。❻金石絲竹　泛稱各種樂器。金，為鐘鈸類。石，為磬缶類。絲，為琴瑟類。竹，為簫管類。❼錫以紈綺　賞賜以絲綢。錫，通「賜」。紈，細生絹。綺，彩綢。❽密席貫坐　席位緊密相連，大家挨次而坐。❾狐神二句　狐狸和老鼠依附著社神（土地神）廟和城牆作窩，冒充神明，作威作福。比喻惡人仗勢作惡，此處指涇河龍君的次子。❿荷真人兮信義長　承蒙有德君子深重的情義信行。荷，承蒙。真人，語出賈誼《新書》卷八〈道術〉：「言行抱一謂之真。」⓫慚愧　這裡作感謝之意。⓬腹心　骨肉，此處指龍女。⓭素書　用帛寫的書信，古代泛指書信。⓮歌闋　唱畢。闋，曲終。⓯奉觴　進酒。觴，與下文的「爵」同為古代酒器。⓰踧踖　恭敬不安的樣子。⓱還處其休　回家享受幸福的生活。休，福澤。⓲荷和雅兮感甘羞　欣賞和諧優美的音樂，品嘗美味的食品。荷，負荷；承受。此有享受之意。和雅，和諧優美的音樂舞蹈。感，感受；品嘗。甘羞，美味的食品。⓳山家　山野之家。謙詞，猶稱「寒舍」。⓴綢繆　情意纏綿。㉑開水犀　傳說有種「辟水犀」入江海，「水為之開」，此處即指這種犀牛的角。㉒照夜璣　夜明珠。璣，不圓的珠子。㉓泊酒闌歡極　等到酒席將散，主客盡歡。泊，等到。酒闌，酒宴將散。

【語譯】當晚，就安排柳毅住在凝光殿。第二天，又在凝碧宮設宴款待柳毅，把親戚朋友都請了來，排開了大規模的樂舞。筵席上準備了美酒，擺滿了精美的食品。歌舞開始了，先是在喇叭的吹奏聲和鼓聲中，無數武士舉著旌旗和劍戟，在殿堂東面舞蹈。其中一個武士上前說道：「這是〈錢塘破陣樂〉。」武士們揮舞著旗幟和劍戟，顧盼奔突，雄彊威武，使人膽戰心驚。筵席上的客人見了，驚得毛骨悚然。又有許多穿著綺羅盛裝，戴著珠翠首飾的女子，在大型綜合樂隊的演奏聲中在殿堂西面舞蹈，其中一個女子上前說道：「這是〈貴主還宮樂〉。」樂隊的演奏聲清亮宛轉，如訴說，如思念。滿座的客人聽了，不禁流下淚來。兩處舞蹈完畢，洞庭君大為高興，把絲綢賞賜給跳舞的人。然後大家挨次而坐，開懷痛飲。飲得正酣暢時，洞庭君拍著桌子唱起歌來，歌道：「天蒼蒼啊，地茫茫，每個人都有自己的志向，別人怎麼能夠想像。狐狸和老鼠依附著神廟和城牆來冒充神靈，但是只要天上的雷霆一起，他們又怎麼能夠抵擋。承蒙有德君子重信義的行為，才使我的親骨肉回到了故鄉。大家都感謝你啊，永誌不忘。」洞庭君唱罷，錢塘君站起來拜了兩拜也唱道：「上天作了安排，生死都有定數。這個不能做妻子，那個不能做丈夫。骨肉在涇水河畔受苦，滿面風霜啊，雨雪打溼了衣裳。多虧君子帶來了書信，才使骨肉重新回到了家。但願你永遠珍重，我們任何時候都不會忘記你。」錢塘君唱完後，洞庭君也站了起來，兩人一起舉杯走到柳毅面前向他敬酒。柳毅恭敬不安地接了過去，飲完酒後，也斟了兩杯酒回敬了二位龍王。也唱道：「藍天上白雲悠悠，涇水向東流去。可憐這姣好的女子啊，悲傷哭泣。把書信帶到了遠方的家中，消解了你的憂愁，你的冤苦得到了洗雪，回到了家中過著幸福的日子。聽著和諧優美的音樂，品嚐著珍饈美味。我不能在這兒久留，還要回到我那陋室中去。即將離別了，我的愁思纏綿難遣。」唱完，左右都高呼萬歲。接著，洞庭君拿出一只裝著開水犀的碧玉箱子，錢塘君又拿出一只盛著照夜璣的琥珀盤子，都站了起來去贈送給柳毅，柳毅推辭了一番才道謝收受下來。然後，宮中的人都把絲綢珠玉放到柳毅身旁，重重疊疊，光彩耀目，一下子就把柳毅的身子都遮沒了。柳毅看著四面笑說不敢當，忙著連連作揖。等到主客盡歡，酒席將散，柳毅就站起來告辭。這天晚上仍住在凝光殿。

翌日，又宴毅於清光閣。錢塘因酒，作色，踞❶謂毅曰：「不聞猛石❷可裂不可捲，義士可殺不可羞耶？愚有衷曲，欲一陳於公。如可，則俱在雲霄；如不可，則皆夷糞壤❸。足下以為何如哉？」毅曰：「請聞之。」錢塘曰：「涇陽之妻，則洞庭君之愛女也。淑性茂質❹，為九姻❺所重。不幸見辱於匪人。今則絕矣。將欲求託高義，世為親戚。使受恩者知其所歸，懷愛者知其所付，豈不為君子始終之道者？」毅肅然而作，欻然❻而笑曰：「誠不知錢塘君孱困❼如是！毅始聞跨九州❽、懷五嶽❾，洩其憤怒；復見斷鎖金、掣玉柱，赴其急難。毅以為剛決明直，無如君者。蓋犯之者不避其死，感之者不愛其生，此真丈夫之志。奈何簫管方洽，親賓正和，不顧其道，以威加人？豈僕之素望哉！若遇公于洪波之中、玄山❿之間，鼓以鱗鬚，被以雲雨，將迫毅以死，毅則以禽獸視之，亦何恨哉。今體被衣冠，坐談禮義，盡五常⓫之志性，負百行⓬之微旨，雖人世賢傑，有不如者，況江河靈類乎！而欲以蠢然之軀、悍然之性，乘酒假氣，將迫於人，豈近直⑬哉？且毅之質，不足以藏王一甲之間，然而敢以不伏之心，勝王不道之氣。惟王籌之！」錢塘乃逡巡⑭致謝曰：「寡人生長宮房，不聞正論。向者詞述疏狂，唐突高明⑮。退自循顧⑯，戾⑰不容責。幸君子不為此乖間⑱可也。」其夕，復歡宴，其樂如舊。毅與錢塘，遂為知心友。明日，毅辭歸。洞庭君夫人別宴毅於潛景殿。男女僕妾等，悉出預會。夫人泣謂毅曰：「骨肉受君子深恩，恨不得展媿戴⑲，遂至暌別⑳。」使前涇陽女當席拜毅以致謝。夫人又曰：「此別豈有復相遇之日乎？」毅其始雖不諾錢塘之請，然當此席，殊有歎恨之色。宴罷，辭別，滿宮悽然。贈遺珍寶，怪不可述。毅於是復循途出江岸，見從者十餘人，擔囊以隨，至其家而辭去。

【章旨】錢塘君要將龍女許配柳毅，柳毅不願做施恩圖報的小人，毅然拒絕。在與錢塘君結為知交之後，辭別洞庭湖，回到家中。

【注釋】❶踞　張開兩腿坐著。這是一種不禮貌的姿勢。❷猛石　堅硬的石頭。❸皆夷糞壤　一同消滅在糞土中。夷，滅。❹淑性茂質　溫良的性情，美好的姿質。淑，善。茂，美。❺九姻　泛指各種親屬。❻歘然　忽然。歘，同「忽」。迅疾貌。❼孱困　怯懦無用。❽九州　據《尚書・禹貢》，古代中國分冀、兗、青、徐、揚、荊、豫、梁、雍九州。後以「九州」代指全國。❾五嶽　即東嶽泰山、西嶽華山、南嶽衡山、北嶽恆山、中嶽嵩山。❿玄山　深山。⓫五常　指仁、義、禮、智、信五種道德。⓬百行　指各種行為道德。⓭直　直道；公道。⓮逡巡　徘徊不前，侷促不安的樣子。⓯唐突高明　冒犯了尊駕。唐突，冒犯。高明，對別人的尊稱。⓰循顧　反省。⓱戾　罪過。⓲乖間　疏遠。⓳展媿戴　表示感謝和敬愛之意。⓴睽別　分別。

【語　譯】第二天，又在清光閣宴請柳毅。錢塘君喝了幾杯酒後，忽然變了臉色，踞坐著傲慢地對柳毅說：「你沒聽說堅硬的石頭能斷裂不能彎曲，重信義的君子可殺而不可辱嗎？我有一段心思，想對先生說出來。如果你答應了，我們一起登上天堂，你要是不答應，情願和你同歸糞土，你認為怎麼樣？」柳毅說：「請講給我聽。」錢塘君就說：「涇陽小龍的妻子，也就是洞庭君的愛女，性情溫良，姿質美好，所有的親戚都很推重她。不幸被壞人欺侮，好在現在已經結束了。我想將她許配給你，世世代代結成親戚。使受恩的人知道她應該怎樣報答，愛她的人知道應該把她託付給誰。這豈不是君子有始有終的道理嗎？」柳毅嚴肅地站起來，忽然笑了一聲說：「我倒不知道錢塘君內心懦弱無用到這種程度。柳毅原來聽說您曾水淹九州、圍困五嶽以發洩您的憤怒之情。後來又見到您掙斷鎖鏈、推倒玉柱去解救危難。總以為再沒有人能像您這般剛毅正直、處事明斷。對於不義之人，敢於不怕死地去干犯，當自己被正義所激動時，不惜犧牲自己的生命，這才是真正大丈夫的志向。怎麼可以剛才還在一起融洽地欣賞樂曲，與親朋歡飲，轉臉就不顧道義，以威勢強加於人呢？難道我素來敬重的人竟是這樣的嗎？倘若在洪水之中、深山之間遇到大王，鼓起鱗鬚，以雲雨罩住我，要將我殺死，那麼我也只把您當作野獸看待，就是死了也沒有什麼遺憾的。但現在您卻是衣冠楚楚地坐著和我談論禮義，談論如何盡到做人的責任，奉行各種做人的準則，這一番理論，就是人世上的賢德之人也有不如您的，更不用說江河中的水族了。您卻又仗著魁偉的身軀、強悍的性情，藉著酒勢，對我進行威逼，這哪是正道呢？況且以柳毅小小一個身體，藏在大王的一片鱗甲中都顯得渺小，卻敢以不屈的意志來迎戰大王的不公道的氣勢。願大王三思。」

錢塘君聽了這番話後，侷促不安地站了起來向柳毅道歉：「我自小在宮幃中長大，從來沒有聽到過這樣正直的言論，我剛才講的話太粗魯傲慢，狂妄地冒犯了您。反省起來，其罪過不是責備幾句就能消除的。希望您不要因此而疏遠了我。」這天晚上，又在一起歡聚宴飲，還和前幾天一樣地快樂。柳毅和錢塘君便成了知心朋友。第二天，柳毅要告辭回家，洞庭君的夫人在潛景殿另為柳毅設宴餞行。內宮的男男女女都出席了宴會。夫人流著淚對柳毅說：「我的女兒受到君子的大恩大德，可惜沒有來得及表示出敬愛和感謝的意思，就要分別了。」便把曾在涇陽的龍女叫出來，當場向柳毅下拜致謝。夫人又說：「這次分別，以後還會有再見面的日子嗎？」柳毅雖然先前拒絕了錢塘君的提親，但到了這個時候，卻露出了感歎遺憾的神色。宴會結束後，柳毅辭別要走，滿宮的人都感到難過。送給他的珍玩寶物，其奇異難以敘說。柳毅沿著進來的路途回到了岸邊。見到十幾個僕人挑了擔子跟著他回去，把他送到家後就告辭走了。

毅因適廣陵寶肆❶，鬻❷其所得。百未發一，財已盈兆❸。故淮右❹

富族，咸以為莫如。遂娶于張氏，亡。又娶韓氏，數月，韓氏又亡。徙家金陵。常以鰥曠多感，或謀新匹。有媒氏告之曰：「有盧氏女，范陽❺人也。父名曰浩，嘗為清流宰❻。晚歲好道，獨遊雲泉❼，今則不知所在矣。母曰鄭氏。前年適❽清河張氏，不幸而張夫早亡。母憐其少，惜其慧美，欲擇德以配焉。不識何如？」毅乃卜日就禮。既而男女二姓，俱為豪族，法用禮物❾，盡其豐盛。金陵之士，莫不健仰❿。居月餘，毅因晚入戶，視其妻，深覺類於龍女，而逸豔豐厚，則又過之。因與話昔事。妻謂毅曰：「人世豈有如是之理乎？然君與余有一子。」毅益重之。既產，踰月，乃穠飾⓫換服，召毅於簾室之間⓬，笑謂毅曰：「君不憶余之於昔也？」毅曰：「夙非姻好，何以為憶？」妻曰：「余即洞庭君之女也。涇川之冤，君使得白。銜君之恩，誓心求報。洎錢塘季父⓭論親不從，遂至睽違，天各一方，不能相問。父母欲配嫁於濯錦小兒某，遂閉戶剪髮，以明無意。雖為君子棄絕，分⓮無見期；而當初之心，死不自替[15]。他日父母憐其志，復欲馳白于君子。值君子累娶，當娶于張，已而又娶于韓。迨張、韓繼卒，君卜居[16]于茲，故余之父母乃喜余得遂報君之意。今日獲奉君子，咸善終世[17]，死無恨矣。」因嗚咽，泣涕交下。對毅曰：「始不言者，知君無重色之心。今乃言者，知君有感余之意。婦人匪薄，不足以確厚永心[18]，故因君愛子，以託相生[19]。未知君意如何？愁懼兼心，不能自解。君附書之日，笑謂妾曰：『他日歸洞庭，慎無相避。』誠不知當此之際，君豈有意於今日之事乎？其後季父請於君，君固不許。君乃誠將不可邪，抑忿然邪？君其話之！」毅曰：「似有命者。僕始見君於長涇之隅，枉抑[20]憔悴，誠有不平之志。然自約其心者，達君之冤，餘無及也。以言慎勿相避者，偶然耳，豈有意哉！洎錢塘逼迫之際，唯理有不可直[21]，乃激人之怒耳。夫始以義行為之志，寧有殺其壻而納其妻者邪？一不可也。善素以操真[22]為志尚[23]，寧有屈於己而伏于心者乎[24]？二不可也。且以率肆胸臆[25]，酬酢紛綸[26]，唯直是圖，不遑避害。然而將別之日，見君有依然之容，心甚恨之。終以人事扼束㉗，無由報謝。吁，今日，君，盧氏也，又家於人間。則吾始心未為惑矣㉘。從此以往，永奉歡好，心無纖慮也。」妻因深感嬌泣，良久不已。有頃，謂毅曰：「勿以他類，遂為無心㉙，固當知報耳。夫龍壽萬歲，今與君同之。水陸無往不適。君不以為妄也。」毅嘉之曰：「吾不知國容乃復為神仙之餌㉚。」乃相與覲㉛洞庭。既至，而賓主盛禮，不可具紀㉜。後居南海㉝，僅四十年，其邸第輿馬珍鮮服玩，雖侯伯之室，無以加也。毅之族咸遂濡澤㉞。以其春秋積序㉟，容狀不衰，南海之人，靡不驚異。洎開元㊱中，上㊲方屬意於神仙之事，精索道術㊳。毅不得安，遂相與歸洞庭。凡十餘歲，莫知其跡。至開元末，毅之表弟薛嘏為京畿令㊴，謫官東南。經洞庭，晴晝長望，俄見碧山出於遠波。舟人皆側立㊵，曰：「此本無山，恐水怪耳。」指顧之際㊶，山與舟相逼，乃有彩船自山馳來，迎問於嘏。其中有一人呼之曰：「柳公來候耳。」

嘏省然㊷記之，乃促至山下，攝衣疾上。山有宮闕如人世，見毅立於宮室之中，前列絲竹，後羅珠翠，物玩之盛，殊倍人間。毅詞理益玄，容顏益少。初迎嘏於砌，持嘏手曰：「別來瞬息，而髮毛已黃。」嘏笑曰：「兄為神仙，弟為枯骨，命也。」毅因出藥五十丸遺嘏，曰：「此藥一丸，可增一歲耳。歲滿復來，無久居人世，以自苦也。」歡宴畢，嘏乃辭行。自是已後，遂絕影響㊸。嘏常以是事告於人世。殆四紀㊹，嘏亦不知所在。隴西㊺李朝威敘而歎曰：五蟲之長㊻，必以靈著，別斯見矣。人，裸也，移信鱗蟲㊼。洞庭含納大直㊽，錢塘迅疾磊落，宜有承焉㊾。嘏詠㊿而不載，獨可鄰其境(51)。愚義之(52)，為斯文。

【章　旨】幾經周折，柳毅終於和化名為盧氏的龍女結為夫婦，後又共登仙界。

【注　釋】❶廣陵寶肆　揚州的珠寶店。❷鬻　賣。❸兆　百萬為兆，指一百萬錢。❹淮右　淮河西部上游一帶。❺有盧氏女二句　盧氏，唐代世家大族七大姓之一。范陽，郡名，今河北一帶。❻清流宰　清流縣令。清流，今安徽滁縣。❼雲泉　代指山林。❽適　嫁。❾法用禮物　婚禮應有的禮品和器物。❿健仰　極其羨慕。

⑪襛飾　戴上很多首飾。⑫簾室之間　掛上門簾的房間，指內室。⑬季父　最小的叔父。⑭分　料想。⑮死不自替　至死不變。替，廢棄；衰敗。⑯卜居　定居。⑰咸善終世　好好地過一輩子。咸，都。⑱婦人二句　我人微身賤，不足以堅固您永遠愛我之心。匪薄，即菲薄，輕微的意思。⑲故因君二句　因此藉著您愛孩子的心情，希望永遠和您生活在一起。⑳枉抑　含冤受屈。㉑唯理句　只因為情理上說不過去。㉒操真　堅守正道。㉓志尚　志向。㉔寧有句　豈有使自身受到屈辱而內心服氣的嗎。㉕率肆胸臆　直率地說出心裡話。肆，陳說。㉖酧酢紛綸　應對時很雜亂。㉗扼束　限制。㉘則吾句　那麼我原先的用心並沒有錯。惑，迷惑，引申為錯誤。㉙無心　沒有感情。㉚吾不知句　我沒有想到娶了美貌的妻子，就有了做神仙的機緣。國容，國色。餌，誘餌，引申為媒介。㉛覲　朝拜。㉜具紀　一一記載下來。㉝南海　唐郡名，今廣東全省除西南部外，皆其故地，治所在今廣州市。㉞濡澤　蒙受恩惠。㉟春秋積序　年齡一年又一年地增長。序，時序。㊱開元　唐玄宗年號。㊲上　皇上，指唐玄宗。㊳精索道術　精心搜求有道術的人。㊴京畿令　京兆府所屬縣的縣令。㊵側立　側身站立，表示敬畏。㊶指顧之際　手指目顧之間，猶言一剎那。㊷省然　忽然醒悟的樣子。㊸影響　音訊。㊹紀　十二年為一紀。㊺隴西　唐郡名，治所在今甘肅省隴西縣。㊻五蟲之長　指人、麟、鳳、龍、龜。五蟲，即裸蟲（人類）、毛蟲（獸類）、羽蟲（鳥類）、鱗蟲（魚類）、介蟲（龜類）。人、麟、鳳、龍、龜分別是上述各類動物中最高級的，因此稱為長。㊼人裸也三句　人是裸蟲之長，他能把人類的道德準則——信義移用到龍的身上。鱗蟲，指鱗蟲之長的龍。㊽含納大直　指氣度寬宏，行為正直。大直，非常正直。㊾宜有承焉　應該有所記載傳於後世。承，傳述。㊿詠　指語言敘述。(51)獨可句　只有他能接近神仙境界。(52)愚義之　我以此事為義。愚，作者謙稱。

【語　譯】柳毅便到揚州的珠寶店中，將龍宮中得到的東西賣給他們，還沒賣掉百分之一，所得的錢財已超過百萬錢。淮河上游一帶原來的富族，都自認比不上他。柳毅娶了張家姑娘為妻，不久張氏就死了。又娶了韓家姑娘，幾個月後，韓氏又死去了。柳毅把家搬到了金陵。常常因為自己喪妻獨處而感到孤單，想要再結一門親事。有個媒人來對他說：「有位盧家小姐，出身於范陽望族，父親名浩，曾經做過清流縣令，晚年迷戀於求道，獨自到山林中去雲遊，如今已不知去向了。小姐的母親姓鄭，前年把盧小姐嫁給清河張家，不幸丈夫早早地去世了。母親憐惜她年齡尚輕，且又聰明美貌，打算選一個品德高尚的人和她匹配，不知你是否有意？」柳毅同意了這門親事，選了個好日子將盧氏迎娶過門。因為男女兩家都是豪門大族，所以婚禮上的禮品和器物，都是極其豐富精美。全金陵的人，沒有不羨慕的。婚後一個多月，柳毅晚上從外面回家，進了門看到他妻子時，覺得她很像龍女，但她卻比龍女更為豔麗豐潤。柳毅便和她談起過去遇到的事，妻子說：「人世間怎麼會有這樣的事？」又告訴柳毅她已經懷孕了。從此，柳毅對她更是愛護。待到孩子生下來，滿月時，妻子換了新衣服，戴上許多首飾，把柳毅請到內室，笑著對他說：「郎君不記得我過去的情形了嗎？」柳毅說：「我和你過去並不是親朋友好，能記得什麼呢？」妻子說：「我就是洞庭君的女兒啊。涇川的冤苦，是您為我解除的。受了您的恩情，曾發誓要報答您。待到錢塘叔父求親遭到拒絕，就此分別，天各一方，得不到您的音訊。父母想把我許配給濯錦君的小兒子，我便剪短了頭髮終日閉戶不出以表明我不願結這門親事。雖然我已遭到君子的嫌棄，料想再沒有見面的日子，但當初立下的誓願，我是至死也不會改變的。後來父母同情我的意志，想再趕來把我的心意告訴君子。正值您連著結了兩次婚，先娶了張氏，後來又娶了韓氏。待到張氏、韓氏相繼去世，您定居在這裡，我的父母才高興地看到了我終於如願以償報答了您。今天有機會侍奉您，能和您相親相愛過一輩子，將來死的時候，就沒有什麼遺憾了。」說著哭了起來，淚流滿面。又對柳毅說：「以前之所以不告訴您，是因為您心裡不看重女色；現在之所以講出來，是因為看到您對我還有感情。我人微身賤，不足以使您對我的感情永遠不變。因此借重您愛惜兒子的心情，來達到和您共同生活的願望。我不知道您的心意怎樣，所以又愁又怕，無法來寬慰自己。您當初替我帶信的時候，曾笑著對我說：『將來你回到洞庭以後，不要迴避我啊。』不知道說這句話的時候，您是不是已經有了要和我結為夫婦的想法。後來叔父向您提親，被您堅決回絕了。究意您是從心裡就不願意呢？還是出於一時的氣憤？您快告訴我。」柳毅道：「好像是命運在作弄人。我在涇河邊上看見你時，看到你含冤受屈，容顏憔悴，心裡很為你難過抱屈。但捫心自問，替你帶信只是為了向你的父母轉告你的冤苦，並沒有其他的意思。至於說出不要迴避的話，也是隨口說的，並沒有什麼涵義在內。到錢塘君逼迫我答允婚事的時候，我心裡只想著他這麼做在情理上說不過去，才激起了我的怒氣。我為你帶信是出於義憤之舉，哪裡有殺死丈夫奪取他的妻子的道理呢？這是拒婚的第一點理由。我素來以堅守正道為自己的志向，怎麼能違背自己的志向而屈服於威勢呢？這是第二點理由。況且當時我一面要坦率地把自己的肺腑之言說出來，一面還要和賓客們雜亂地應對，只想著把自己的見解講明白，就顧不得會不會傷害誰了。但是到了分別的時候，見到你依依不捨的神情，我的心裡也是十分的悔恨。只是由於人情世故的約束，才沒有能回報你的一片心意。唉，如今你是盧家的小姐，是世間的凡人了。那麼，也可以說我並沒有改變原來的宗旨。從此以後，我們永遠做恩愛夫妻，你心裡再也不要有一絲一毫的疑慮。」妻子聽了這番話後深受感動，低聲哭了起來，好久都沒有止住。過了一會，盧氏對柳毅說：「不要以為我不是人類就沒有感情，我一定會報答您的。我們龍類有萬年的壽命，現在我和您一同享受這萬年的壽數。水裡陸上隨便您住。您不會以為這是無稽之談吧？」柳毅讚歎道：「沒有想到娶了個美貌妻子還得到了做神仙的機緣。」便和龍女一起到洞庭湖去朝拜父母。到了龍宮中，主人接待的那一番盛情和禮儀，真是說也說不完。後來柳毅移居南海，前後住了四十年，他的宅第、車馬和罕見的服飾珍玩，就是那些王公貴族之家，也不見得能超過他。柳毅族中的人，也都得到他的恩惠。年復一年，他的容貌不見衰老，使南海的百姓都感到驚異。到了開元年間，玄宗皇帝一心想做神仙，到處尋求有道術的人。柳毅無法安居了，就和龍女一起回到了洞庭湖中。有十幾年沒有見到他的蹤影。到了開元末年，柳毅的表弟薛嘏，做京畿令時，被貶謫到東南地區去。從水路走經過洞庭湖時，天氣晴好，白天裡薛嘏站在甲板上放眼遠望，突然看見遠方碧綠的湖水中湧出一座綠色的山峰。船工們都恭敬地側立著說：「這兒本來沒有這麼一座山的，恐怕是水怪啊！」正在指點觀望時，船漸漸駛近了山峰。只見一艘彩船從山下迎著薛嘏的船隻駛來，彩船上有人喊道：「柳公來拜訪你了。」薛嘏一下子醒悟過來，便急忙來到山下，撩起衣服快步向山上走去。只見山上有一座和人世間同樣的宮殿，看到柳毅正站在宮中，身前排列著樂隊，身後陳設著珠寶玩物，其豐盛豪華比起人間來不知超出多少倍。柳毅談論起來，道理比從前更加玄妙，容顏卻是比從前還年輕。一見面，柳毅走到臺階上迎接薛嘏，拉著薛嘏的手說：「分別不久，你的頭髮都白了。」薛嘏說：「兄長是神仙，小弟卻快成為枯骨了。這也是命中注定的啊！」柳毅便拿出五十顆藥丸送給薛嘏，說：「這種藥每服一丸便延壽一年。藥服完了再到這兒來，不要長住人世增添苦惱。」酒宴以後，薛嘏便告別離去。自此以後，就沒有了柳毅的音訊。薛嘏經常把這段經歷講給人家聽。過了四十八年，薛嘏也不知到哪裡去了。隴西李朝威記述這段故事時感歎道：五蟲的首領一定有他特別靈異的地方，以此可以看出他和其他動物的區別。人，是裸蟲之長，他能把人類的道德準則移用到龍的身上。洞庭君氣度寬宏，錢塘君果斷磊落，應該有人把他們記載下來流傳於後世。只有薛嘏接近了神仙境界，他卻只對人講述而不作記載。我以為他們都是義士，就作了這篇文章。

【賞　析】柳毅是唐傳奇中少有的一位可敬、可愛同時又生動豐滿的書生形象。他俠肝義膽、信義昭彰，富貴不能淫，威武不能屈，兼游俠、士子、情種的美德於一身。當他知悉龍女的不幸遭遇後，立刻「氣血俱動，恨無毛羽，不能奮飛」，顯示出極強的正義感與同情心；相反地面對錢塘君逼婚時的威嚴，他大義凜然，據理力爭，展現了坦蕩的胸襟和不畏強暴的品格。在強暴的外力之前，柳毅寧折不屈，可是面對弱小的女性，他卻溫柔體貼，平等相待。與他相比，傳世的唐代愛情小說中的男主人公，如張生、李益、滎陽公子均或多或少顯示出卑瑣、狹隘或是怯懦。作者顯然對於柳毅這一人物形象是傾注了相當多的感情的。全篇對於柳毅的外在行為、內在心理、個性氣質都有詳細生動的描繪。我們發現，在諸多唐代愛情小說中，作者往往把女主人公作為敘事的重心和關注的焦點，女主人公常常閃爍出奪目的光彩，從而將男主人公的形象襯托得較為黯澹。這一點，無論是在〈任氏傳〉、〈柳氏傳〉、〈離魂記〉還是在〈步飛煙〉中都有反映。然而在本篇中，男主人公柳毅卻被推到了舞臺的中心，他的一舉手、一投足都對情節的發展有著重要的意義，他的生活道路也完全由他自己選擇決定。可以說，柳毅被塑造為一位有著堅貞節操、豐富情感的性格完美的男性形象，這在卷帙浩繁的唐傳奇中尚不多見，值得注意。

事實上，柳毅這一形象的出現也不是偶然的，他的個性反映了唐代庶族士人的某種複雜的心態。唐代門第觀念較重，山東士族、五姓世家甚至連皇家也不放在眼中。與名門望族聯姻往往能為寒士帶來意想不到的騰達，因此「娶五姓女」，與高門世族攀親便成為寒士們夢寐以求的事情。然而，柳毅卻將龍王（高門世族的化身）的求婚拒之千里，這一方面固然體現了他的俠義精神，更重要的是滿足了庶族士人保持人格尊嚴的心理要求。然而，柳毅幾經波折終於與龍女結合，並且得到了巨大的財富，龍女結婚生子之後向柳毅表明了事情原委，語氣卑下婉曲，這便使在現實生活中處於社會下層的寒士們在精神上得到了雙重的滿足。這一點是頗值得我們玩味的。

在藝術上，本篇應屬上乘之作。這首先反映在文章飛動的氣勢與雄渾的風格上。唐代的社會精神與文化氣質上都體現出了宏放開闊的氣質；此外，佛、道兩教在唐代也很發達，宗教的玄想也刺激了唐人的想像力。在這兩方面的共同作用下，唐傳奇與前代小說相比，顯示出更為玄妙的奇情異想和更為瑰麗的藻繪華采。這兩方面在〈柳毅〉中都有凸出的表現。如描寫錢塘君發怒一段「天拆地裂，宮殿擺簸，雲煙沸湧。俄有赤龍長千餘尺，電目血舌，朱鱗火鬣，項掣金鎖，鎖牽玉柱，千雷萬霆，激繞其身，霰雪雨雹，一時皆下」，氣勢宏大，動人心魄，讓人體驗到一種崇高偉大的審美境界。事實上，這是唐人以神話的形式對於自然偉力所作的形象反映，這種崇高的美是需要廣博的心靈才能理解與欣賞的，這種闊大雄渾而又綺麗神異的藝術境界只能出現在唐人筆下。

小說的敘事結構也很縝密圓熟。情節發展跌宕有致而又氣脈貫通。例如龍女委託柳毅傳書時，柳毅偶然說過：「他日歸洞庭，幸勿相避。」這句話便成為小說隱藏的線索，貫穿情節的發展。

兩人最後團聚時，龍女舊話重提，解開了這個懸念。這一方面見出龍女對於柳毅的深情，說明她一直對柳毅心存愛慕，矢志追求；另一方面也使我們看到作者在藝術構思上的精巧與細密。

南柯太守傳

李公佐

【題解】本篇見於《太平廣記》卷四七五，題作〈淳于棼〉，下有注云：「出《異聞集》。」現在的這個題目是據李肇《國史補》改正的。文中，落魄武士淳于棼在夢中被大槐安國國王招為駙馬，並當上了太守，顯赫一時。可是在公主死後，淳于棼即失勢遭貶，最後被斥逐回鄉。不久，當他從夢中醒來後，卻發現所謂大槐安國不過是一個蟻穴。作者通過這個神異的故事，表達了一種浮生若夢、富貴無常的出世思想。這篇小說影響很大，宋代便出現了根據此文改編的話本《大槐王》，明代戲劇家湯顯祖、車任遠也分別將它改編為戲曲劇本《南柯記》、《南柯夢》。至於「南柯一夢」這個成語至今仍被我們經常使用。

【作者】李公佐，字顓蒙。隴西（唐代郡名，今甘肅隴西縣一帶）人。大約貞元（唐德宗年號，西元七八五～八〇四年）、元和（唐憲宗年號，西元八〇六～八二〇年）年間在世。曾經考中進士，並擔任過鍾陵從事等官職。著有傳奇多篇，現在我們能看到的，除本篇外，尚有〈謝小娥傳〉、〈馮媼傳〉、〈古嶽瀆經〉，都是影響很大的作品。

東平❶淳于棼，吳楚❷游俠之士。嗜酒使氣，不守細行❸。累巨產，養豪客。曾以武藝補淮南軍裨將❹，因使酒忤❺帥，斥逐落魄❻，縱誕❼

飲酒為事。家住廣陵郡❽東十里。所居宅南有大古槐一株，枝幹修密，清陰數畝。淳于生日與群豪，大飲其下。貞元七年九月，因沉醉致疾。時二友人於坐扶生歸家，臥於堂東廡❾之下。二友謂生曰：「子其寢矣！余將䬴馬❿濯足，俟子小愈而去。」

【章　旨】介紹主人公淳于棼的身世、個性，並敘述情節發展的緣由——主人公因醉酒而沉睡。

【注　釋】❶東平　唐代郡名，郡治即今山東省東平縣。❷吳楚　吳，今江浙一帶。楚，今湖北、湖南一帶。❸不守細行　不拘小節。❹補淮南軍裨將　被授為淮南道駐軍中的偏將。補，補充官員的缺額。裨，輔佐。❺忤　冒犯；觸犯。❻落魄　失意無依。❼縱誕　放縱荒誕。❽廣陵郡　唐郡名，郡治在江蘇省江都縣東北，是當時最為繁榮的商業城市。❾廡　正廳旁的廊屋。❿䬴馬　餵馬吃草。䬴，同「秣」。草料。此作動詞用，餵食草料之意。

【語　譯】東平郡的淳于棼，是江南一帶一個行俠仗義的人。他喜歡喝酒，又常常意氣行事，不拘小節。家中積蓄著萬貫產業，收留了一批豪俠之士。淳于棼曾經憑著武藝做了淮南節度使部下的偏將，卻又因為喝醉酒冒犯了主帥，被革職趕走，從此很不得意，整日放浪形骸，以喝酒解悶度日。他家住在揚州城東面十里之地，住宅南面有一棵古老的大槐樹，枝幹又長又密，樹蔭遮蓋了好幾畝地。淳于棼整天就與那批豪俠之士在槐樹下縱情狂飲。貞元七年九月的一天，淳于棼因為喝酒過量而不舒服。當時兩個朋友就將他由席上扶至家中，讓他躺在正屋東面的走廊上。二人對他說：「你好好睡著，我們去餵馬、洗腳，等你略好一些再走。」

生解巾就枕，昏然忽忽，髣髴若夢。見二紫衣使者，跪拜生曰：「槐安國王遣小臣致命奉邀。」生不覺下榻整衣，隨二使至門。見青油小車，駕以四牡❶，左右從者七八，扶生上車，出大戶，指古槐穴而去。使者即驅入穴中。生意頗甚異之，不敢致問。忽見山川風候草木道路，與人世甚殊。前行數十里，有郛郭城堞❷。車輿人物，不絕於路。生左右傳車者傳呼❸甚嚴，行者亦爭闢❹於左右。又入大城，朱門重樓，樓上有金書，題曰「大槐安國」。執門者趨拜奔走。旋有一騎傳呼曰：「王以駙馬遠降，令且息東華館。」因前導而去。俄見一門洞開，生降車而入。彩檻雕楹；華木珍果，列植於庭下；几案茵褥，簾幃殽膳，陳設於庭上。

生心甚自悅。復有呼曰：「右相❺且至。」生降階祗奉。有一人紫衣象簡❻前趨，賓主之儀敬盡焉。右相曰：「寡君不以弊❼國遠僻，奉迎君子，託以姻親。」生曰：「某以賤劣之軀，豈敢是望？」右相因請生同詣其所。

【章　旨】記敘淳于棼在恍惚中受到邀請迎載，來到了夢中的「大槐安國」。

【注　釋】❶牡　公獸。這裡泛指馬匹。❷郛郭城堞　指城和牆。郛郭，防禦用的外城。堞，即雉堞，就是城上有射孔的短牆，又稱女牆。❸傳呼　古時官僚出門，由差役在前面喝道，以使行人避讓。❹闢　同「避」。❺右相　唐代中央設尚書、門下、中書三省，中書省長官稱中書令，高宗、玄宗時改稱右相。❻紫衣象簡　穿紫衣，持牙笏。紫衣，唐代三品以上官員的服裝（前文「紫衣使者」是穿粗紫絁和紫布衫的小吏，與此不同）。象簡，象牙製成的笏。簡，笏，也稱手板，古代臣僚朝見皇帝時所持的用以記事的東西。❼弊　同「敝」。謙詞，敝陋之意。

【語　譯】淳于棼解下頭巾把頭靠在枕頭上，昏昏沉沉，恍恍惚惚，好像做起夢來。他看到有兩個穿紫衣的使者向他跪拜道：「槐安國王派小臣們傳命邀請大駕。」淳于棼不由得起身下床，整了整衣服就隨兩位使者到了門口，看到一輛青色油壁小車，駕著四匹雄馬，旁邊還站著七、八個侍從。他們將淳于棼扶上了車，出了大門，就徑直向古槐樹下的洞穴奔去。使者就將馬車驅入洞中，淳于棼心中覺得奇怪極了，卻又不敢發問。這時忽然發現眼前的山河景物、草木道路都與人世間大為不同。又往前走了幾十里，就出現了外城、內城以及城上的短牆。城裡車、轎、行人川流不息。淳于棼左右駕車的人很有威勢地喝道，路上的行人忙不迭地向兩邊躲閃。一會兒，車子又進了一座大城，朱紅色的城門，幾層高的城樓，城樓上有一塊金字匾額，上面題著「大槐安國」。守城門的人見到淳于棼，連忙跑出來拜見。一會兒，一個騎馬的人來傳令說：「國王因駙馬遠道光臨，吩咐請暫時在東華館休息。」說完，便當先帶路前往。不久就看到一道大門敞開著，淳于棼下車走了進去。只見裡面欄杆是五彩的，樑柱是雕花的，庭院裡種著一排排珍奇的花草菓木，廳堂上則擺放著茶几、桌椅、墊褥、簾幕、酒菜。淳于棼看了，心裡暗暗高興。接著又有人喊：「右丞相要來了。」淳于棼連忙下了臺階恭候著。只見一位穿著紫色官袍，手持象牙笏板的人快步走上前來，兩人恭敬地行了賓主之禮。右丞相說：「敝國國君不自量自己國家的荒遠偏僻，奉請您來，是想和您締結姻親。」淳于棼說：「我這種微賤愚劣之人，怎敢有此妄想？」右丞相於是請淳于棼同到國王的住所去拜謁。

行可百步，入朱門。矛戟斧鉞，布列左右，軍吏數百，辟易道側。生有平生酒徒周弁者，亦趨其中。生私心悅之，不敢前問。右相引生升廣殿，御衛嚴肅，若至尊之所。見一人長大端嚴，居王位，衣素練服，簪❶朱華冠。生戰慄，不敢仰視。左右侍者令生拜。王曰：「前奉賢尊❷命，不棄小國，許令次女瑤芳，奉事❸君子。」生但俯伏而已，不敢致詞。王曰：「且就賓宇，續造儀式❹。」有旨，右相亦與生偕還館舍。生思念之，意以為父在邊將，因歿❺虜中，不知存亡。將謂父北蕃交通❻而致茲事。心甚迷惑，不知其由。是夕，羔雁幣帛❼，威容儀度，妓樂絲竹，殽膳燈燭，車騎禮物之用，無不咸備。有群女，或稱華陽姑，或稱青溪姑，或稱上仙子，或稱下仙子，若是者數輩。皆侍從數千，冠翠鳳冠，衣金霞帔，綵碧金鈿，目不可視。遨遊戲樂，往來其門，爭以淳于郎為戲弄。風態妖麗，言詞巧豔，生莫能對。復有一女謂生曰：「昨上巳日❽，吾從靈芝夫人過禪智寺，於天竺院觀石延舞〈婆羅門〉❾。吾與諸女坐北牖❿石榻上，時君少年，亦解騎來看。君獨強來親洽，言調笑謔。吾與窮英妹結絳巾，挂於竹枝上，君獨不憶念之乎？又七月十六日，吾於孝感寺侍上真子，聽契玄法師講《觀音經》。吾於講⓫下捨金鳳釵兩隻，上真子捨水犀合子一枚。時君亦講筵中於師處請釵合視之。賞歎再三，嗟異良久。顧余輩曰：『人之與物，皆非世間所有。』或問吾民，或訪吾里。吾亦不答。情意戀戀，矚盼不捨。君豈不思念之乎？」生曰：「中心藏之，何日忘之？」群女曰：「不意今日與君為眷屬。」復有三人，冠帶甚偉，前拜生曰：「奉命為駙馬相者[12]。」中一人與生且故。生指曰：「子非馮翊[13]田子華乎？」田曰：「然。」生前，執手敘舊久之。生謂曰：「子何以居此？」子華曰：「吾放遊，獲受知於右相武成侯段公，因以棲託[14]。」生復問曰：「周弁在此，知之乎？」子華曰：「周生，貴人也。職為司隸[15]，權勢甚盛。吾數蒙庇護。」言笑甚歡。俄傳聲曰：「駙馬可進矣。」三子取劍佩冕服，更衣之。子華曰：「不意今日獲覩盛禮，無以相忘也。」有仙姬數十，奏諸異樂，婉轉清亮，曲調悽悲，非人間之所聞聽。有執燭引導者，亦數十。左右見金翠步障[16]，彩碧玲瓏，不斷數里。生端坐車中，心意恍惚，甚不自安。田子華數言笑以解之。向者群女姑娣，各乘鳳翼輦⓱，亦往來其間。至一門，號「修儀宮」。群仙姑姊亦紛然在側，令生降車輦拜，揖讓升降，一如人間。徹障去扇，見一女子，云號金枝公主。年可十四五，儼若神仙。交歡之禮，頗亦明顯。生自爾情義日洽，榮曜日盛，出入車服，遊宴賓御，次於王者。王命生與群寮備武衛，大獵於國西靈龜山。山阜峻秀，川澤廣遠，林樹豐茂，飛禽走獸，無不蓄之。師徒大獲，竟夕而還。

【章　旨】大槐安國的國王將公主許配給了淳于棼，淳于棼從此平步青雲。

【注　釋】❶簪　這裡作動詞「戴」解釋。❷賢尊　對別人父親的敬稱，猶如稱「令尊」。❸奉事　服侍；伺候。引申為「嫁給」。❹續造儀式　下一步就安排結婚的儀式。造，舉辦；安排。❺歿　同「沒」。陷沒之意。❻北蕃交通　與北方契丹等蕃國交往。❼羔雁幣帛　婚禮上用的禮物。羔雁，小羊、雁子，古人見面時所用的禮品。幣帛，指玉、馬匹、皮革、絲織品等。❽上巳日　古代以農曆三月上旬的巳日（魏以後定為三月初三）為上巳節。這天，人們都到河邊沐浴洗濯，以為可以袚除災病。到了唐代，上巳日已演變為踏青、郊遊的日子。❾石延舞婆羅門　石延跳婆羅門國的舞蹈。石延，當時由西域石國到長安旅居的人，多以「石」為姓，這裡的「石延」大約就是一位石國著名的舞者。〈婆羅門〉，即當時婆羅門國的舞蹈，一說即〈霓裳羽衣舞〉。❿牖　窗戶。⓫講　即講席、講座，也就是下文的「講筵」。⓬相者　導引賓客、贊助行禮的人。⓭馮翊　漢代郡名，轄長安以西一帶，治所在今陝西省大荔縣。⓮因以棲託　因此獲得存身之地。⓯司隸　古代官名，負責巡察京畿（首都一帶）治安。⓰步障　官僚貴族出行時用以擋風遮塵的屏風。⓱輦　原指皇帝所乘車輛，這裡泛指貴族的車子。

【語　譯】他們走了大約一百來步，就進了一道朱紅色的大門。只見裡面左右兩旁陳列著矛、戟、斧、鉞等儀仗，幾百名禁衛軍官都退立在道路兩邊，淳于棼平日的一個酒友周弁也站在其中，淳于棼心裡暗自高興，可是也不敢上前說話。右相領著淳于棼登上大殿，只見侍衛森嚴，似乎就是皇帝的住所。只見一個高大威嚴的人坐在王位上，身穿白色絹袍，頭戴紅色華麗的王冠。淳于棼嚇得渾身發抖，不敢抬頭看人。兩旁的侍者教淳于棼下拜，國王說：「先前我得到令尊大人的吩咐，承蒙他不嫌棄我們這個小國，同意讓我的二女兒瑤芳來伺候您。」淳于棼只是趴在地上，一句話也不敢說。國王於是說：「那請先暫住賓館休息，然後舉辦婚禮。」就傳下旨意，右相也陪著淳于棼回到了賓館。淳于棼心中想著此事，揣度自己的父親帶兵守邊，後來陷沒在敵軍中，生死不明，大約是他與北面的蕃邦有來往，才促成了這樁婚事。他心中疑惑不解，不明白事情到底是怎麼回事。當晚，便舉行婚禮。羔羊、大雁、玉器、綢緞等聘禮，樂器歌女、酒筵燈燭、車馬禮品等應有盡有。又有一群女子，有的叫華陽姑，有的叫青溪姑，有的叫上仙子、下仙子，像這樣的姑娘有好多個。她們都帶著大批的侍女，戴著珠翠鑲的鳳冠，穿著金線織就的霞帔，身上五彩青碧的嵌金首飾，使人眼花撩亂。她們在賓館裡嬉戲玩耍，在淳于棼門口來來去去，爭著與他開玩笑。這些女子風姿妖嬈、容顏豔麗，言語談吐機智巧慧，淳于棼根本不能應付對答。又有一個女子對他說：「有一年上巳日，我跟著靈芝夫人到禪智寺，在天竺院看石延跳〈婆羅門〉舞。

我和女伴們坐在北窗邊的石床上，那時你還年輕，也下馬來看，還獨自湊過來硬要和我們親熱，又與我們調笑戲謔。我與窮英妹妹把紅頭巾打了個結，掛在竹枝上。這些事你都不記得了嗎？又有一年的七月十六日，我在孝感寺陪著上真子，聽契玄法師講《觀音經》。我在講壇下施捨了兩支金鳳釵，上真子施捨了一只犀牛角的盒子。當時你也在講席中，向法師請求將釵、盒拿來看看。你讚歎不已，感慨了很久，還對我們說：『你們的人與東西，都不是人世間所能有的。』又一會兒詢問我們的姓氏，一會兒探聽我們的住址，我們一概不回答，你就戀戀不捨，不住地盯著我們看，你難道不記得了嗎？」淳于棼說：「這些事我都藏在心裡，沒有一天忘記過。」眾女子說：「想不到今天與你成了親戚。」接著有三個男子，穿戴得威風齊整，上前向淳于棼拜揖行禮，說：「我們奉命來為駙馬做儐相。」其中有一個人正是淳于棼的故交，淳于棼指著他問：「你不就是馮翊郡的田子華嗎？」田子華說：「正是啊！」淳于棼於是上前，拉住他的手談了好一陣子的舊交情。淳于棼問他道：「你怎麼會住在這裡呢？」田子華說：「我到處遊蕩，得到了右丞相武成侯段老爺的賞識，才得以在此棲身。」淳于棼又問道：「周弁也在這裡，你知道嗎？」田子華說：「周弁可是個顯要的人。做司隸，權勢可大了。我好幾次都得到了他的照顧庇護。」兩人有說有笑，十分歡暢。不久，有人傳話說：「駙馬可以進宮了。」三個儐相便捧出寶劍、玉珮、衣帽請淳于棼換上。田子華說：「想不到今天有幸看到這樣隆重的婚禮，今後再也不會忘記了。」這時有幾十名美女演奏著各種奇妙的樂曲，聲音婉轉清亮，曲調淒切悲涼，絕不是人世間所能聽到的。另外又有幾十個美女捧著燈燭，在前面引路。一路走著，只見左右兩旁都是金黃翠綠的步障，顏色絢麗，式樣精巧，綿延數里不斷。淳于棼端坐在車中，心神恍惚，很覺不安。田子華便與他說說笑笑，為他排解。剛才那群女孩也同她們的姑嫂姐妹乘著各自的鳳翼車，來往於步障之間。來到一處稱為「修儀宮」的門前，那群女子都擁在淳于棼身邊，讓淳于棼下車行禮，那些跪拜進退的禮節與人間毫無兩樣。等到侍女揭去蓋頭，撤掉遮身的大扇，只見一位封為「金枝公主」的少女，年方十四、五歲，相貌就彷彿神仙一般。後來舉行的交拜之禮也很排場。淳于棼婚後與公主的感情一天比一天深，他的榮華富貴也與日俱增，出門時的車馬服飾，遊樂宴會時的排場，也只比國王稍差些。有一次，國王命令淳于棼與大臣們備好武器與侍衛，去京城西面的靈龜山進行大規模的狩獵。那裡山崗峻拔秀美，河流湖泊廣闊深遠，樹木繁茂，蓄養了各式各樣的飛禽走獸。大家都捕獲了很多獵物，玩了一天才回去。

生因他日，啟王曰：「臣頃❶結好之日，大王云奉臣父之命。臣父頃佐邊將，用兵失利，陷沒胡中；爾來絕書信十七八歲矣。王既知所在，臣請一往拜覲。」王遽謂曰：「親家翁職守北土，信問不絕。卿但具書狀知聞，未用便去。」遂命妻致饋賀之禮，一以遣之。數夕還答。生驗書本意，皆父平生之跡，書中憶念教誨，情意委曲，皆如昔年。復問生親戚存亡，閭里❷興廢。復言路道乖遠❸，風煙❹阻絕。詞意悲苦，言語哀傷。又不令生來覲，云：「歲在丁丑，當與女⑤相見。」生捧書悲咽，情不自堪。他日，妻謂生曰：「子豈不思為政⑥乎？」生曰：「我放蕩不習政事。」妻曰：「卿但為之，余當奉贊。」妻遂白於王。累日，謂生曰：「吾南柯政事不理，太守黜廢，欲藉卿才，可曲屈之。便與小女同行。」生敦授教命⑦。王遂勅⑧有司⑨備太守⑩行李。因出金玉、錦繡、箱奩、僕妾、車馬，列於廣衢⑪，以餞公主之行。生少遊俠，曾不敢有望，至是甚悅。因上表曰：「臣將門餘子，素無藝術⑫，猥⑬當大任，必敗朝章。自悲負乘⑭，坐致覆餗⑮。今欲廣求賢哲，以贊不逮。伏見司隸潁川⑯周弁，忠亮剛直，守法不回，有毗佐之器。處士⑰馮翊田子華清慎通變，達政化之源。二人與臣有十年之舊，備知才用，可託政事。周請署⑱南柯司憲⑲，田請署司農⑳。庶使臣政績有聞，憲章不紊也。」王並依表以遣之。其夕，王與夫人餞於國㉑南。王謂生曰：「南柯國之大郡，土地豐壤，人物豪盛，非惠政不能以治之。況有周、田二贊。卿其勉之，以副國念。」夫人戒公主曰：「淳于郎性剛好酒，加之少年；為婦之道，貴乎柔順。爾善事之，吾無憂矣。南柯雖封境不遙，晨昏有間㉒，今日睽㉓別，寧不沾巾？」生與妻拜首南去，登車擁騎，言笑甚歡。累夕達郡。郡有官吏、僧道、耆老、音樂、車轝、武衛、鑾鈴，爭來迎奉。人物闐咽㉔，鐘鼓喧譁，不絕十數里。見雉堞臺觀，佳氣鬱鬱。入大城門，門亦有大榜，題以金字曰「南柯郡城」。見朱軒棨㉕戶，森然深邃。生下車省風俗，療病苦，政事委以周、田，郡中大理。自守郡二十載，風化廣被，百姓歌謠，建功德碑，立生祠宇。王甚重之，賜食邑㉖，錫爵位，居臺輔。周、田皆以政治著聞，遞遷大位。生有五男二女。男以門蔭㉗授官；女亦娉於王族；榮耀顯赫，一時之盛，代莫比之。

【章旨】淳于棼與父親取得聯繫，約定相見的日子。國王又任命淳于棼擔任南柯太守，淳于棼在任期間，治績卓著，權勢如日中天。

【注釋】❶頃　不久以前。❷閭里　家鄉故里。❸乖遠　睽隔；遙遠。乖，背離之意。❹風煙　消息；音訊。

❺女　同「汝」。即「你」的意思。❻為政　參與政治，即做官的意思。❼敦授教命　接受國王託付政事的命令。敦，投擲；委託。❽勅　命令。❾有司　有關負責部門。❿太守　古代官名，為一郡的行政長官。⓫廣衢　大街。⓬藝術　古代指學術與行政經驗。⓭猥　辱沒；辜負。這裡是謙詞。⓮負乘　語出《易經．解卦》：「負且乘，致寇至。」原意為帶著財物乘著車招搖過市，等於自己招來寇盜。這裡是淳于棼的謙詞，意謂他擔任太守一職將遭致麻煩。⓯覆餗　語出《易經．鼎卦》：「鼎折足，覆公餗。」覆，打翻。餗，鼎裡煮的食物。覆餗比喻因力不勝任而搞砸事情。⓰潁川　古郡名，故治在今河南禹縣，後移至許昌。⓱處士　品學優而不做官的讀書人。⓲署　帶有試驗性質地任命官職。⓳司憲　唐代官名，即御史。這裡指一郡掌管司法的官員。⓴司農　古官名，這裡指掌管錢穀的官員。㉑國　首都。㉒晨昏有間　與父母隔離之意。古代禮儀，兒女須「晨省昏定」，即早上要向父母請安，晚上要為父母安排臥具。間，隔。㉓睽　隔離之意。㉔闐咽　人多氣盛，聲音雜亂。㉕棨　一種木製的戟，插在建築物前以示威儀。㉖食邑　古代帝王將一方土地及若干住戶封給臣下，允許他們向此地的百姓徵收租稅，這塊地方即稱之為「食邑」。㉗門蔭　唐代貴族官僚的親戚或子孫，可以按等級授給官位，這種資格即稱之為門蔭。

【語　譯】 有一天淳于棼啟奏國王道：「臣下結婚的時候，大王說是奉我父親之命。家父以前帶兵守邊，打仗失利，陷落在蕃邦，到現在音訊不通已經有十七、八年了。大王既然知道他的下落，請讓我去見見他吧！」國王連忙說：「親家公守衛北方疆土，音信不斷，你只要寫封信把情況告訴他就行了，不用急著跑去。」淳于棼就請妻子打點好賀禮，與家信一道送去。幾天後，回信就來了。淳于棼細看信上的內容，都是父親的舊事，又有思念和教導的話，情意深婉曲折，和以前一樣。還問到親友的生死，家鄉的變更。又說道路阻隔遼遠，音訊不通，說得很是淒苦，卻又不讓淳于棼來見，只說：「到了丁丑年，我就會和你見面的。」淳于棼捧著信悲傷地哭了起來，難過得支持不住。又有一天，妻子對淳于棼說：「你難道不想做官嗎？」淳于棼說：「我生性閑散放浪，不熟悉做官之道。」妻子說：「你只管做好了，我會幫助你的。」妻子便去稟告國王。過了幾天，國王對淳于棼說：「我們國家的南柯郡治理得不好，太守已被革職，我正想借重你的才幹，你就委屈擔任這個職務，和小女一道去吧！」淳于棼恭敬地接受了任命。國王於是命令有關部門為太守準備行李。他們於是拿出許多黃金、寶玉、綢緞、箱籠、婢女、車馬，一起排列在大街上，為公主餞行。淳于棼自小就只會行俠仗義，從來沒有過這種奢望，這時非常高興，就上了一道奏章說：「我是武將的後代，素來沒有什麼本領學問，竟擔當如此的重任，一定會敗壞國家的政事。我自覺不能擔此重任，反會招致災禍。現在我想廣泛地徵求有才德的人，來彌補我的不足。我私心以為司隸潁川郡的周弁，忠正剛直，執法無私，有佐理政務的才幹。馮翊郡的處士田子華為人清廉謹慎，通曉事理的變化，深知施政教化的根本。我與這兩個人都有十年交情，深知他們的才能，可以把政事託付給他們。我請求讓周弁擔任南柯司憲，田子華擔任司農，希望這樣可以使我做出些成績，法制也不致紊亂。」國王批准了奏章，把兩人派給了他。當晚，國王和夫人在城南為淳于棼設宴餞行。國王對淳于棼說：「南柯是我國的一個大郡，土地肥沃，人口繁盛，不用寬厚愛民的政策是治理不好的。何況現在有周、田二人的輔佐，希望你好好努力，能夠符合國家的期望。」夫人又告誡公主道：「淳于棼這個小伙子性格倔強，又愛喝酒，加上年輕氣盛；做妻子的規矩，最重要的是溫柔和順。你能好好地事奉他，我也就不擔心了。南柯雖然並不很遠，但畢竟早晚不能見面，今天分別，怎能叫我不落淚呢？」淳于棼和妻子向國王、夫人磕頭辭行，便向南而去，坐上車子，兩旁有大批的騎士護衛，二人說說笑笑，很是高興。過了幾天，到達了南柯郡。那裡的大小官員、和尚道士、父老士紳，以及奏樂的、趕車的、侍衛、儀仗隊等各色人等都爭先恐後地來迎接事奉。城外人群擁擠、音樂喧鬧，綿延了十幾里路。只見城牆樓臺，雄偉壯觀。進了城門，城門上也有一塊匾額，上面題著「南柯郡城」四個金字。太守衙門則是朱紅的大門，門前插著各種兵器儀仗，整個衙門看上去既威嚴又幽深。

淳于棼到任後就體察風俗民情，解除百姓的痛苦，行政事務則交由周、田二人處理，將南柯郡治理得極好。淳于棼做了二十年太守，教化普及郡內，百姓們編歌謠讚頌他，為他樹立述頌功德的石碑，他還活著就為他建立祠堂。國王也很器重他，賞給他封地，賜給他爵位，他的地位就像宰相那樣顯要。周、田二人也因政績卓著，不斷升官。淳于棼生了五個兒子兩個女兒。兒子都靠門蔭封了官，女兒也與王族子弟定了婚。淳于棼的榮光與顯赫，盛極一時，當代沒人能和他相比。

是歲，有檀蘿國者，來伐是郡。王命生練將訓師以征之。乃表周弁將兵三萬，以拒賊之眾於瑤臺城。弁剛勇輕敵，師徒敗績，弁單騎裸身潛遁，夜歸城。賊亦收輜重鎧甲而還。生因囚弁以請罪，王並捨之。是月，司憲周弁疽發背，卒。生妻公主遘疾❶，旬日又薨❷。生因請罷郡，護喪赴國。王許之，便以司農田子華行南柯太守事。生哀慟發引[3]，威儀在途，男女叫號，人吏奠饌，攀轅遮道[4]者不可勝數。遂達於國。王與夫人素衣哭於郊，候靈轝之至。諡[5]公主曰「順儀公主」。備儀仗羽葆[6]鼓吹，葬於國東十里盤龍岡。是月，故司憲子榮信，亦護喪赴國。生久鎮外藩，結好中國，貴門豪族，靡不是洽。自罷郡還國，出入無恆，交遊賓從，威福日盛。王意疑憚之。時有國人上表云：「玄象謫見[7]，國有大恐[8]。都邑遷徙，宗廟崩壞。釁起他族，事在蕭牆[9]。」時議以生侈僭[10]之應也。遂奪生侍衛，禁生遊從，處之私第。生自恃守郡多年，曾無敗政，流言怨悖，鬱鬱不樂。王亦知之，因命生曰：「姻親二十餘年，不幸小女夭枉[11]，不得與君子偕老，良用痛傷。」夫人因留孫自鞠育[12]之。又謂生曰：「卿離家多時，可暫歸本里，一見親族。諸孫留此，無以為念。後三年，當令迎生。」生曰：「此乃家矣，何更歸焉？」王笑曰：「卿本人間，家非在此。」生忽若惛[13]睡，瞢然[14]久之，方乃發悟前事，遂流涕請還。王顧左右以送生。生再拜而去，復見前二紫衣使者從焉。

【章　旨】由於淳于棼用人不當，南柯郡在與檀蘿國的戰爭中吃了敗仗。隨後，公主因染病早逝。於是，淳于棼便辭職回到大槐安國國都。此後，國王對淳于棼起了猜疑之心，便派人將淳于棼遣送回家。

【注　釋】❶遘疾　害病。❷薨　古代諸侯、王公死亡稱薨。❸發引　移靈。棺材前牽引的繩索（後改為白布）稱作「引」，「發引」，即拉動「引」，這裡指移動棺木。❹遮道　擋住車道，意謂捨不得淳于棼離開。❺謚　古代貴族大臣死後要根據他生前行事的特色取一個稱號，以示褒貶，即稱作「謚」。❻羽葆　儀仗中的華蓋，用鳥羽裝飾，只有皇族和有大功勳的大臣才能使用。❼玄象謫見　日月星辰等天象的變動。玄象，天象。謫見，古人以為天象的變動是上天對人間的譴責或警告。❽大恐　猶言大災禍。❾蕭牆　作為內部屏障的當門小牆。這裡指靠近皇帝的地方。❿侈僭　奢侈僭越，指生活享用超越了應有的身分規定。⓫夭枉　少年死亡。⓬鞠育　撫養。⓭惛　同「昏」。昏昏沉沉之意。⓮瞢然　眼睛看不清楚的樣子，引申作神智不清。瞢，同「懵」。

【語　譯】可是就在這年，有個叫檀蘿的國家來侵犯南柯郡。國王命令淳于棼訓練官兵去討伐檀蘿入侵者。淳于棼於是上奏保薦周弁帶兵三萬在瑤臺城阻擊敵人。周弁剛愎自用，單憑血氣之勇，輕視敵人，結果打了個大敗仗。周弁單身匹馬，赤手空拳地乘著夜色偷偷地逃回城中。敵軍則獲取了各種武器、物資撤兵回國。淳于棼將周弁關押起來向國王請罪，國王卻一起赦免了他們。就在這個月，周弁背上長了毒瘡，一下就死了。淳于棼的妻子金枝公主也染上了疾病，只過了十幾天就逝世了。淳于棼於是請求卸除太守的職務，護送靈柩回京。國王批准了他的請求，委任司農田子華行使太守職權。淳于棼悲傷痛苦，護送靈柩起程，儀仗在路上一路走，一路有男男女女痛哭呼號，百姓官吏設酒菜祭奠，攀住車轅、擋住去路捨不得太守離去的更是不計其數。到了首都，國王和夫人已穿了白衣服在城外哭泣，等候靈車到來。國王賜給公主的諡號是「順儀公主」。他們備辦了隆重的儀仗、華蓋、樂隊，將公主葬在京城東面十里的盤龍岡。當月，已故司憲周弁之子周榮信，也護送靈柩回到京裡。淳于棼雖然長期鎮守外郡，但與京城的人士交情很好，豪門顯貴，沒有不和他交好的。自從他解職回京，隨意出入，交遊很廣，威望一天比一天高。國王不免對他產生了懷疑畏懼之心。這時有人上了一道奏章說：「天象出現了凶險的預兆，國家將有大的災禍，都城會遷移，宗廟會毀壞，禍端雖是外族挑起，事變卻出自內部。」當時輿論認為這些徵兆是淳于棼奢侈越禮所導致的。於是國王就撤除了他的侍衛，禁止他與別人交往，將他軟禁在家中。淳于棼自恃鎮守南柯郡多年，從來沒有失職的地方，而現在遭受這種待遇，不免發一些牢騷，心中悶悶不樂。國王也明白他的心思，就對他說：「我們結成姻親已經二十多年了，不幸我女兒死得太早，不能和你白頭到老，這真讓人難過啊！」夫人便將外孫留在身邊自己撫養。國王又對淳于棼說：「你離開家鄉已經很長時間了，可以暫時回歸故里，探望一下親戚。外孫們就留在這裡，不必掛念，三年以後，我會派人來接你的。」淳于棼說：「這裡就是我的家啊，我還能回到哪兒去呢？」國王笑著說：「你本是世間之人，家並不在這兒。」淳于棼這時忽然感覺自己好像一直在昏睡，迷糊了好一會兒，才想起了以前的事，於是流著淚要求回家。國王看看左右侍從，示意他們送走淳于棼。淳于棼向國王拜了兩拜就離開了。這時，淳于棼又看到了從前的那兩位紫衣使者跟隨在他身後。

至大戶外，見所乘車甚劣，左右親使御僕，遂無一人，心甚歎異。生上車，行可數里，復出大城。宛是昔年東來之途，山川原野，依然如舊。所送二使者，甚無威勢。生逾怏怏，生問使者曰：「廣陵郡何時可到？」二使謳歌自若，久乃答曰：「少頃即至。」俄出一穴，見本里閭巷，不改往日，潸然❶自悲，不覺流涕。二使者引生下車，入其門，升自階，己身臥於堂東廡之下。生甚驚畏，不敢前近。二使因大呼生之姓名數聲，生遂發寤如初。見家之僮僕擁篲❷於庭，二客濯足於榻，斜日未隱於西垣，餘樽尚湛於東牖。夢中倏忽，若度一世矣。生感念嗟歎，遂呼二客而語之，驚駭，因與生出外，尋槐下穴。生指曰：「此即夢中所驚入處。」二客將謂狐狸木媚❸之所為祟。遂命僕夫荷斤斧，斷擁腫❹，折查枿❺，尋穴究源。旁可袤❻丈，有大穴，根洞然❼明朗，可容一榻。上有積土壤，以為城郭臺殿之狀。有蟻數斛，隱聚其中。中有小臺，其色若丹。二大蟻處之，素翼朱首，長可三寸。左右大蟻數十輔之，諸蟻不敢近，此其王矣。即槐安國都也。又窮一穴：直上南枝可四丈，宛轉方中，亦有土城小樓，群蟻亦處其中，即生所領南柯郡也。又一穴：西去二丈，磅礴空圬❽，嵌窞❾異狀。中有一腐龜，殼大如斗。積雨浸潤，小草叢生，繁茂翳薈❿，掩映振⓫殼，即生所獵靈龜山也。又窮一穴：東去丈餘，古根盤屈，若龍虺⓬之狀。中有小土壤，高尺餘，即生所葬妻盤龍岡之墓也。追想前事，感歎於懷，披閱窮跡，皆符所夢。不欲二客壞之，遽令掩塞如舊。是夕，風雨暴發。旦視其穴，遂失群蟻，莫知所去。故先言「國有大恐，都邑遷徙」，此其驗矣。復念檀蘿征伐之事，又請二客訪跡於外。宅東一里有古涸澗，側有大檀樹一株，藤蘿擁織⓭，上不見日。旁有小穴，亦有群蟻隱聚其間。檀蘿之國，豈非此耶？嗟乎！

蟻之靈異，猶不可窮，況山藏木伏之大者所變化乎？時生酒徒周弁、田子華並居六合縣⑭，不與生過從旬日矣。生遽遣家僮疾往候之。周生暴疾已逝，田子華亦寢疾於床。生感南柯之浮虛，悟人世之倏忽，遂棲心道門，絕棄酒色。後三年，歲在丁丑，亦終於家。時年四十七，將符宿契之限⑮矣。公佐貞元十八年秋八月，自吳之洛，暫泊淮浦，偶覿⑯淳于生棼，詢訪遺跡，飜⑰覆再三，事皆摭實，輒編錄成傳，以資好事。雖稽神語怪，事涉非經，而竊位著生⑱，冀將為戒。後之君子，幸以南柯為偶然，無以名位驕於天壤間云。

前華州參軍李肇⑲贊曰：貴極祿位，權傾國都。達人視此，蟻聚何殊。

【章　旨】淳于棼從夢中醒來，才發現：所謂大槐安國不過是一個蟻穴，而自己所經歷的榮華富貴也僅僅是幻夢一場。然而夢中遭遇皆能在現實生活中尋得蹤跡，一些夢中預言也一一應驗。

【注　釋】❶潸然　形容流淚的樣子。❷擁篲　拿著掃帚。篲，掃帚。❸木媚　樹木化成的妖精。❹擁腫　樹上捲曲突起不平的地方。❺查枿　砍伐後又長出的樹枝。❻袤　指長度。❼洞然　空空洞洞的樣子。❽磅礴空圬　廣大而中空，四面像塗過的牆一樣平。磅礴，廣大的樣子。圬，用泥塗牆。❾嵌窞　語出《易經・坎卦》：「入于坎窞。」指陷下去的深坑。❿翳薈　叢聚而掩蔽的樣子。翳，覆蔽。薈，叢生。⓫振　披拂；叢生。⓬虺　一種較長的毒蛇。⓭擁織　糾纏在一起。⓮六合縣　即今江蘇省六合縣。⓯符宿契之限　符合以前約定的期限。即槐安國王夫人所謂「後三年，當令迎生」，以及淳于棼父親所謂「歲在丁丑，當與女相見」。⓰覿　見到。⓱飜　同「翻」。再三意。⓲著生　執著於生命。⓳華州參軍李肇　華州，古代郡名，故治在今陝西省華縣。參軍，古代官名，地方官或將帥的僚屬。李肇，元和中任翰林學士、中書舍人，著有《唐國史補》、《翰林志》。

【語　譯】到了大門外，發現為他準備的車子十分簡陋，身邊侍從、車夫，一個也沒有，淳于棼心中很感奇怪。他登上車，走了幾里路，就又出了大城，宛然就是當年東來時走過的路，山川田野，景色如舊。可是送他的兩個使者，一點兒都不威風，淳于棼心中更加不快。他問使者道：「廣陵郡什麼時候能到？」兩人只管自己唱歌，過了好久才回答說：「一會兒就到了。」不久，車子駛出一個洞穴，淳于棼便看到了家門口的街巷。它們都和從前完全一樣，淳于棼看了，不由地傷心起來，潸然地落下了眼淚。兩個使者領著他下了車，進了家門，走上臺階，淳于棼卻發現自己正睡在正廳東面的走廊上，不禁大吃一驚，不敢近前。兩個使者於是大聲喊了幾遍淳于棼的名字，淳于棼這才驚醒過來，就像當初沒有做夢時一樣。他看到家裡的僮僕正拿著掃帚在打掃庭院，兩位朋友正坐在床邊洗腳，夕陽也還沒有從西牆上落下去，杯中的剩酒還在東窗下反光。夢中光陰快速，好像已經過了一輩子。淳于棼感慨歎息，便叫過兩位朋友，把夢中的經歷都告訴了他們。

兩人聽了都很驚駭。於是他們就和淳于棼一起出門尋找槐樹下的洞穴。淳于棼指著那洞穴說：「這就是我夢中進入的地方。」他的兩位朋友認為這是狐狸或樹妖之類的東西在作怪，就命令僕人拿著刀斧，砍掉樹根上的疙瘩，折掉樹根邊新生的枝杈，探尋那個洞穴的究竟。結果發現樹根邊丈把遠的地方，有一個大洞。洞裡寬敞明亮，可以放下一張床。上面有堆積的泥土，呈城郭、樓臺、宮殿的樣子。有無數螞蟻藏在裡面。中間還有一個小臺，顏色紅得像朱砂，有兩隻大螞蟻住在上面，白色的翅膀，紅色的頭，大約有三寸長，兩旁有幾十隻大螞蟻護衛著牠們，其他的螞蟻都不敢靠近，牠就是國王。這裡就是槐安國的京城。他們又挖通一個洞穴，直通上南面的樹枝，大約有四丈遠。洞裡彎彎曲曲，而中間方方正正，也有土城和小樓，裡面也住著一群螞蟻，這就是淳于棼所統轄的南柯郡。還有一個洞穴，在西面兩丈左右，闊大得很，地面凸凹不平，很是奇怪，中間有一隻腐爛的烏龜，殼大得像斗。由於積雨的浸潤，小草叢生，長得茂盛濃密，把整個龜殼都要遮住了，這就是淳于棼打獵時來過的靈龜山。又挖到一個洞穴，在東面一丈多遠的地方，那兒有老樹根盤繞著，彷彿龍蛇的模樣，中間有個小土堆，一尺多高，就是淳于棼埋葬妻子的盤龍岡墓穴。淳于棼追憶往事，心中感慨萬千，看看挖掘出來的這些蹤跡，和夢中經歷的完全相同，便不想讓兩個朋友毀壞它們，於是將它們照先前的樣子掩塞好。當晚，風雨大作。淳于棼第二天去察看洞穴時，發現蟻群已經不見，不知跑到哪裡去了。所以先前夢中所聽說的「國家將有大難，京城將要遷移」的話，現在正得到應驗。他又想到與檀蘿國征戰之事，又請兩位朋友外出尋訪蹤跡。住宅的東面一里遠，有一條早已枯竭的小澗，旁邊有一棵大檀樹，上面爬滿了藤蘿，遮蔽得看不見天日。樹旁有一個小洞，也有蟻群聚集在裡面。所謂「檀蘿國」不就是這地方嗎？唉，螞蟻的精靈怪異，尚且難以窮盡，更何況那些潛藏在山林之中的大動物的靈異變化呢。當時淳于棼的酒友周弁、田子華一起住在六合縣，和淳于棼已有十多天不來往了，淳于棼連忙派僕人急速前去探望他們，才知道周弁已得急病死了，田子華也生病躺在床上。淳于棼有感於南柯夢境的虛幻，體悟到人生的短暫，就專心學道，戒絕酒色了。又過了三年，正是丁丑年，他也在家中逝世。當時四十七歲，正符合夢中他父親與國王、夫人所定的期限。貞元十八年秋八月，公佐從吳郡赴洛陽，在淮河邊暫時靠岸，偶然見到了淳于棼，便向他打聽此事的遺蹟，考察多次，發現此事全部屬實。於是就將此事編成傳記，給那些好事的人作為資料。雖然是談神說怪，不合道理，但卻希望能使那些竊取高位、貪戀世間享受的人引以為戒。也希望後代的君子把淳于棼南柯夢中的驟然富貴當作偶然僥倖，不要因為名聲地位而沾沾自喜了。前華州參軍李肇有贊語說：官兒做到最高位，權勢勝過京城裡的每個人，可是在明白人看來，這與螞蟻的忙亂又有什麼兩樣。

【賞　析】李公佐是中唐時期的人。那時宦官干政，藩政割據，官僚的派系鬥爭尤為激烈。據載，李公佐就曾因「牛李黨爭」的牽連而被削職貶官。對於宦海的升沉，榮枯的變換，他是有深切體會的。所以他在本文中描寫的雖然是夢中虛幻的情景，映射出的卻是社會生活的真實圖像。

以蟲蟻的活動與人事相比較，從而揭示出人類某些活動的虛妄，這種筆法很早就有。比如《莊子・則陽》中曾云：「有國於蝸之左角者曰觸氏，有國於蝸之右角者曰蠻氏，時相與爭地而戰，伏屍數萬，逐北旬有五日而後反。」莊子通過這個故事來說明諸侯爭戰的無謂，想像力極為豐富有趣。然而這個小故事充其量只能算是寓言，本文卻無疑是一篇傑出的短篇小說。除去場景的鋪敘、形象的刻劃外，〈南柯太守傳〉的特色在於它獨特的情節設置。作者不僅假託夢境，更將背景設定在蟻穴之中。明明是淳于棼的幻夢一場，可是一旦醒來，「探穴尋源」，夢中的經歷又一一找到實據。真邪？幻邪？虛邪？實邪？真假莫辨，耐人尋味。作者雖生活於千餘年前，但現代小說的手法運用得竟也頗為嫻熟。淳于棼的得勢與失勢、剛到大槐安國的驚異與勘察蟻穴後的恍然大悟，構成了一組組戲劇張力，為小說增添了許多搖曳跌宕之姿，顯示出作者游刃有餘的結構藝術。作者運用大半篇幅來鋪敘淳于棼的宦海沉浮，細緻描繪他得意時的顯赫富貴以及失勢時的委屈與落寞，從而吸引讀者對主人公遭遇的濃厚興趣。誰知正當讀者對小說的敘事飽含期待之時，作者只用淡淡幾筆就翻轉了局勢，指出這所有鄭重其事的喧囂與寂寞、顯赫與落魄全屬虛妄、無稽。這在讀者心靈上所產生的震撼力，較之淳于棼，恐怕也不會相差太多。自然對於淳于棼「感南柯之浮虛，悟人世之倏忽」的感悟（其實這也就是本文的旨趣），讀者也就很容易認同了。

淳于棼在「大槐安國」的遭遇雖然是社會現實的反映，但本文卻並未像《聊齋誌異》中的某些篇目那樣，寫成一種政治諷刺小說。作者有意採用客觀描述的敘事方法。然而我們仍然能不時體會到作者深婉的嘲諷。這種《春秋》筆法也可以算是本文的一個重要特點。譬如篇首說到淳于棼是「游俠之士。嗜酒使氣，不守細行。累巨產，養豪客」，又曾「因使酒忤帥」，完全是一派行俠仗義，視富貴功名如糞土的形象。可是當他一見到「東華館」的富貴氣象，立刻就「心甚自悅」，貪圖富貴聲色的市儈面孔展現無遺。再如國王一朝任命他為南柯太守，他想到的就是任用私人，援引周弁等舊交，並稱周有「毗佐之器」，而事實上周弁一旦面臨戰事就「剛勇輕敵」，只落得個「裸身潛遁」的下場。由此則不難見出淳于棼私曲鄉愿，拉幫結派，大搞裙帶關係的情狀。作者的此類描寫是極其有節制的，筆調也是含蓄的、冷靜的，然而給人的印象卻很深刻。這種傳統在後代的《儒林外史》等作品中就被進一步發揚光大了。

謝小娥傳

李公佐

【題解】本篇見於《太平廣記》卷四九一。作品介紹了平民婦女謝小娥潛入仇家，將殺父、殺夫仇人一網打盡的故事。《新唐書》根據本文，把謝小娥的事蹟寫入了〈列女傳〉。明人凌濛初將這個作品寫成話本《李公佐巧解夢中言，謝小娥智擒船上盜》。清人王夫之也據此寫成《龍舟會》雜劇。

小娥，姓謝氏，豫章人，估客❶女也。生八歲，喪母。嫁歷陽俠士段居貞。居貞負氣❷重義，交遊豪俊。小娥父畜❸巨產，隱名商賈間，常與段壻同舟貨❹，往來江湖。時小娥年十四，始及笄❺。父與夫俱為盜所殺，盡掠金帛。段之弟兄，謝之生姪❻，與童僕輩數十，悉沉於江。小娥亦傷胸折足，漂流水中，為他船所獲，經夕而活。因流轉乞食至上元縣❼，依妙果寺尼淨悟之室。

【章旨】謝小娥與父親、丈夫往來江湖之上，以經商為業。不料某日父親、丈夫與整船親人家小均被盜賊殺害，自己亦受傷落水。小娥獲救後，出家做了尼姑。

【注釋】❶估客　商販。❷負氣　恃其意氣，不肯屈於人下。❸畜　同「蓄」。積蓄。❹貨　做生意。❺及笄　古代女子十五歲叫及笄之年，可以梳髻插簪，表示已經成年。❻生姪　徒弟和姪兒。❼上元縣　唐縣名，在今江蘇省江寧縣。

【語譯】小娥，姓謝，江西豫章人，是商販的女兒。八歲的時候母親就去世了。長大後嫁給安徽歷陽的一位豪俠之士段居貞。段居貞意氣昂揚，又極重仁義，喜歡結交那些行俠仗義的傑出人物。小娥的父親積蓄了巨額財產，隱姓埋名混跡在商人之間。常常和女婿段居貞同船做生意，在江河湖面上來來去去。在小娥剛剛十四歲達到及笄之年時，在一次販運中父親和丈夫都被盜賊殺害了，金銀財物被搶劫一空。段居貞的兄弟、小娥父親的徒弟和姪子及幾十名童僕都被沉入江底。小娥胸部受了傷，腿腳也折斷了，在江中隨波飄流，幸虧被一艘過往的船隻救起，過了一晚才甦醒過來。後來小娥就乞討著流浪到上元縣，寄身在妙果寺的尼姑淨悟的禪房中。

初，父之死也，小娥夢父謂曰：「殺我者，車中猴，門東草。」又數日，復夢其夫謂曰：「殺我者，禾中走，一日夫。」小娥不自解悟，常書此語，廣求智者辨之，歷年不能得。至元和❶八年春，余罷江西從事❷，扁舟東下，淹泊建業❸，登瓦官寺閣。有僧齊物者，重賢好學，與余善。因告余曰：「有孀婦名小娥者，每來寺中，示我十二字謎語，某不能辨。」余遂請齊公書於紙。乃憑檻書空❹，凝思默慮。坐客未倦，了悟❺其文。令寺童疾召小娥前至，詢訪其由。小娥嗚咽良久，乃曰：「我父及夫，皆為賊所殺。邇後❻嘗夢父告曰：『殺我者，車中猴，門東草。』又夢夫告曰：『殺我者，禾中走，一日夫。』歲久無人悟之。」余曰：「若然者，吾審詳❼矣。殺汝父是申蘭，殺汝夫是申春。且車中猴，車字去上下各一畫，是申字；又申屬猴，故曰車中猴。草下有門，門中有東，乃蘭字也。又，禾中走是穿田過，亦是申字也；一日夫者，夫上更一畫，下有日，是春字也。殺汝父是申蘭，殺汝夫是申春，足可明矣。」小娥慟哭再拜。書申蘭申春四字於衣中，誓將訪殺二賊，以復其冤。娥因問余姓氏官族，垂涕而去。

【章　旨】謝小娥在夢中得到了關於兇手姓名的謎語。李公佐為謝小娥解開了謎語。謝小娥立志為父、夫報仇。

【注　釋】❶元和　唐憲宗年號。❷江西從事　江南西道地方官的佐吏。江西，唐代江南西道的簡稱，約轄今江西省境。從事，地方官的佐吏。❸建業　三國時，孫權改秣陵為建業，故城在今南京市南。❹書空　用手指在空中比劃著寫字。❺了悟　了解；明白。❻邇後　不久以後。❼審詳　知道得很清楚。

【語　譯】父親剛死不久，小娥夢見父親對她說：「殺我的人是車中猴，門東草。」過了幾天，又夢見丈夫對她說：「殺我的人，是禾中走，一日夫。」小娥不明白這兩句話的意思，便將它們寫了下來，到處請教聰明人幫她分析話中的涵義，可是幾年下來並沒有得到解答。到了元和八年的春天，我被免除了江西道從事的官職，乘了一隻小船沿江東下，經過建業時，泊船靠岸，登上了瓦官寺的樓閣。那裡有個和尚名叫齊物，一向尊重賢德的人，又喜愛學習，和我很要好。他對我說：「有位寡婦名叫小娥，常到寺中來，給我看一則十二字的隱語，我猜不出來是什麼意思。」我請齊公將隱語寫在紙上後，就靠著欄杆，用手指在空中比劃著，聚精會神地思考，默默地分析。坐著的客人還沒有感到厭倦時，我已經明白了它的意思。便叫寺院裡的小沙彌立刻去把小娥喊了來，盤問事情的原由。小娥先是嗚嗚咽咽地哭了很久，接著才說：「我的父親和丈夫都被盜賊所殺。不久以後曾夢見父親告訴我說：『殺我的人是車中猴，門東草。』又夢見丈夫告訴我說：『殺我的人是禾中走，一日夫。』好幾年也沒有人能明白它們的意思。」我說：「如果是這樣，我對它們的意思可說知道得很清楚了。殺你父親的是申蘭；殺你丈夫的是申春。先說車中猴，車字去掉上下各一劃是個申字，而且申的屬相是猴，所以說是車中猴。草下有門，門中有東，是個蘭字呀。再來說禾中走就是穿田而過，也是個申字，所謂一日夫，夫字上加一劃，下面有日，是個春字。所以殺你父親的是申蘭，殺你丈夫的是申春，完全可以明白了。」小娥痛哭著向我拜了兩拜，將申蘭申春四個字寫在衣襟裡面。發誓一定要找到這兩個盜賊，報這椿冤仇。小娥又問明了我的姓名排行和官職，流著淚走了。

爾後小娥便為男子服，傭保於江湖間。歲餘，至潯陽郡，見竹戶上有紙牓子❶，云「召傭者」。小娥乃應召詣門。問其主，乃申蘭也；蘭引歸。娥心憤貌順，在蘭左右，甚見親愛。金帛出入之數，無不委娥。已二歲餘，竟不知娥之女人也。先是謝氏之金寶錦繡衣物器具，悉掠在蘭家，小娥每執舊物，未嘗不暗泣移時。蘭與春，宗昆弟❷也。時春一家住大江❸北獨樹浦，與蘭往來密洽。蘭與春同去經月，多獲財帛而歸。每留娥與蘭妻蘭氏同守家室，酒肉衣服，給娥甚豐。或一日，春擕文鯉❹兼酒詣蘭，娥私歎曰：「李君精悟玄鑒❺，皆符夢言，此乃天啟其心，志將就矣。」是夕，蘭與春會群賊，畢至酣飲。暨諸凶既去，春沉醉，臥於內室；蘭亦露寢於庭。小娥潛鎖春於內，抽佩刀先斷蘭首，呼號鄰人並至，春擒於內，蘭死於外，獲贓收貨，數至千萬。初，蘭、春有黨數十，暗記其名，悉擒就戮。時潯陽太守❻張公，善其志行，為具其事上旌表❼，乃得免死。時元和十二年夏歲也。

【章　旨】謝小娥女扮男裝，進入仇人家中當僕人，並利用仇人醉酒的機會將盜賊一網打盡。

【注　釋】❶紙牓子　招貼；張貼的廣告。❷宗昆弟　同族兄弟。❸大江　長江的別名。❹文鯉　鯉魚。❺精悟玄鑑　領會精深，判斷神妙。❻太守　郡守；郡的行政長官。❼旌表　封建社會為了表彰忠孝節義的人，常由官府立牌坊，賜匾額，稱為旌表。

【語　譯】從此以後，小娥就改穿了男裝，在江湖上給人當傭工。一年多以後，到了潯陽郡，見到一戶人家的竹門上有張招貼，上面寫著「招請傭工」，小娥就進去應徵。問到主人的姓名，竟然就是申蘭。申蘭僱傭了小娥就把她帶回家去。小娥雖心懷憤恨，表面上卻裝出很恭順的樣子，跟隨在申蘭身邊顯得非常親熱。申蘭就把錢財出入等重要事務都委託小娥來辦。這樣過了兩年多，竟沒有看出小娥是個女子。先前謝家的金銀財寶、錦繡服飾、應用器物全部搶掠在申蘭家中，每當小娥拿著自己家的舊物，常會偷偷地流著淚傷心很久。申蘭與申春是同宗兄弟。這時申春一家住在長江北面的獨樹浦，和申蘭往來密切融洽。兩人經常一同出門，幾月不歸。回來時總會帶來大批財物。常留下小娥和申蘭的妻子蘭氏同守家室，給小娥的飲食衣著都很豐盛。有一天，申春帶著鯉魚和酒來到申蘭家。小娥暗自讚歎道：「李先生真是領會精深、判斷玄妙，和夢中的話完全符合。這是老天啟迪了他的心思，我的宿願就要實現了。」當天晚上，申蘭、申春和那群盜賊全都到了，大家開懷痛飲。等到喝過酒，其他的盜賊們走了，申春喝得爛醉，睡在房間裡面，申蘭則露宿在庭院中。小娥悄悄地把申春鎖在房間裡，抽出短刀把申蘭的頭砍了下來，又大聲呼喊著把鄰居們叫了進來，申春被關在裡面，申蘭死在外面，查抄全部贓物，數量竟達千萬。申蘭、申春先前共有同黨幾十人，小娥暗中記下了他們的名字，官府因而將盜賊一網打盡全部處死。當時的潯陽太守張公，十分讚賞小娥為父夫復仇的志向行為，便詳述其事，上表給皇帝請求表彰。小娥的死罪因此得到赦免。這時是元和十二年夏天。

復父夫之讎畢，歸本里，見親屬。里中豪族爭求聘，娥誓心不嫁。遂剪髮被褐❶，訪道於牛頭山，師事大士尼❷將律師❸。娥志堅行苦，霜春雨薪❹，不倦筋力。十三年❺四月，始受具戒❻於泗州❼開元寺，竟以小娥為法號❽，不忘本也。其年夏月，余始歸長安，途經泗濱❾，過善義寺謁大德尼⑩令。操戒新見者數十，淨髮鮮帔，威儀雍容⑪，列侍師之左右。中有一尼問師曰：「此官豈非洪州李判官二十三郎⑫者乎？」師曰：「然。」曰：「使我獲報家仇，得雪冤恥，是判官恩德也。」顧余悲泣。余不之識，詢訪其由。娥對曰：「某名小娥，頃乞食孀婦也。判官時為辨申蘭申春二賊名字，豈不憶念乎？」余曰：「初不相記，今即悟也。」娥因泣，具寫記申蘭、申春，復父夫之仇，志願相畢，經營⑬終始艱苦之狀。小娥又謂余曰：「報判官恩，當有日矣。」豈徒然哉！嗟呼！余能辨二盜之姓名，小娥又能竟復父夫之讎冤；神道不昧，昭然可知。小娥厚貌深辭⑭，聰敏端特⑮，鍊指跛足⑯，誓求真如。爰⑰自入道，衣無絮帛，齋無鹽酪⑱，非律儀禪理⑲，口無所言。後數日，告我歸牛頭山，扁舟汎淮，雲遊⑳南國，不復再遇。君子曰：「誓志不捨，復父夫之仇，節也。傭保雜處，不知女人，貞也。女子之行，唯貞與節能終始全之而已。如小娥，足以儆㉑天下逆道亂常之心，足以觀天下貞夫孝婦之節。」余備詳前事，發明隱文，暗與冥會，符於人心。知善不錄，非《春秋》之義㉒也。故作傳以旌美之。

【章旨】謝小娥報仇之後，再次遁入空門，以苦行嚴律勤修自持。

【注釋】❶褐　粗布衣裳。❷大士尼　供奉觀世音菩薩並修行其法門的尼姑。觀世音菩薩又稱白衣大士。❸律師　佛教對精通戒律的僧尼之尊稱。❹霜舂雨薪　在霜中舂米，雨中砍柴。形容小娥的勤苦。❺十三年　指元和十三年。❻受具戒　佛教徒通過一定儀式，接受佛教戒律，叫受戒。戒有五戒、八戒、十戒、具足戒之別。具戒，即具足戒，因戒品具足得名。比丘（和尚）為二百五十戒，比丘尼（尼姑）為五百四十八戒。出家人一般要年滿二十，志堅行苦，才能受具足戒。受此戒後，才算取得正式僧尼資格。❼泗州　唐代州名。在泗水邊上，今江蘇省宿遷縣附近。❽法號　僧尼出家受戒時，由師父起的名號。❾泗濱　泗水之濱。❿大德尼　對年高有德行的尼姑的尊稱。⓫威儀雍容　舉止莊嚴，態度安詳。⓬二十三郎　唐人一般按同曾祖父或同祖父的兄弟排出行第。李公佐在家族中排行第二十三，故稱二十三郎。⓭經營　籌劃營謀。⓮厚貌深辭　面貌忠厚，言辭深刻。⓯端特　品行端莊，才能傑出。⓰鍊指跛足　用火燒毀自己的手指，有意把腳弄成殘廢，以表示信仰堅定。這是古代僧尼的苦行之一，意義和捨身差不多。⓱爰　句首助詞。⓲酪　這裡指醋。⓳律儀禪理　律儀指佛教戒律。禪理指佛教義理。⓴雲遊　指僧尼到處漫遊，行蹤飄忽，有如行雲。㉑儆　警戒。㉒春秋之義　指《春秋》褒善貶惡的大義。古人認為孔子寫《春秋》，每一句都寓有褒貶的微言大義。

【語譯】父親和丈夫的冤仇已報，小娥回到了家鄉，會見了親屬。家鄉的大戶人家都爭著要聘娶她，但小娥立誓不再嫁人。便剪了頭髮穿上粗布衣裳，到牛頭山去尋訪德行高超的尼姑，拜了精通戒律的大士尼將為師。小娥心志堅定，修行刻苦，在風霜雨雪中打柴舂米，鍛鍊自己的筋骨，從未懈怠過。元和十三年四月，才在泗州的開元寺接受具足戒。最後仍用小娥作為法號，表示她不忘本。這年夏天，我才要回長安去。途中經過泗水之濱，就到普義寺去拜望年高有德的尼姑令。看到新近受戒的幾十名尼姑，都剃光了頭髮，披著全新的僧衣。舉止莊嚴，態度安詳地侍立在師父的身邊。其中有一個尼姑問師父說：「這位官員莫非是洪州李判官二十三郎嗎？」師父說：「是啊。」尼姑說：「使我家仇得報，雪恥申冤，都是這位判官老爺的恩德呀。」說完，看著我悲傷地哭泣著。但是，我卻不認識她，便詢問她的來歷。小娥回答說：「我的名字叫小娥，就是以前乞討的寡婦呀。判官當時為我解釋隱語，弄清申蘭、申春二賊的名字。難道不記得了嗎？」我說：「起初記不得，現在想起來了。」小娥又哭了起來。把當初如何寫下申蘭、申春的名字，如何為了替父親、丈夫報仇以實現宿願而籌劃營謀、歷盡艱辛的經過原原本本地告訴了我。小娥又對我說：「報答判官大恩的日子不遠了。」這事難道是徒勞無功的嗎？唉！我能分析出兩個盜賊的姓名，小娥又能終於報了父夫的冤仇，神道有靈，是可以知道得清清楚楚的。小娥面相忠厚，言辭深刻，聰明端莊，才能傑出。以煉指跛足的苦行來追求真如。自從她皈依佛門以後，穿衣不用絲、棉，食物不加鹽、醋。除了佛教的戒律、義理，不說其他。幾天以後，小娥辭別了我回到牛頭山去。她乘著小船，渡過了淮河，到南方各地雲遊，就再也沒有遇見過她。君子說：「立下的誓言是決不可以捨棄的。為父夫復仇，是節；和男傭們雜處而不露出女人身分，是貞。女子的行為，只有貞和節是必須始終保全的。像小娥這樣，足以警戒天下違背倫理道德的人，足以用來考察天下忠貞的丈夫和孝順的婦人的節操。」我詳細地知道過去發生的事，說明了隱晦的文句，和幽冥的暗示正相吻合，符合了人們的願望。如果不把她的善行記述下來，就不符合褒善貶惡的大義。所以寫了這篇傳來讚揚她。

【賞析】〈謝小娥傳〉是唐傳奇中較為獨特的一篇，同〈蘇無名〉一樣，也是我國小說史上較早的公案類型的作品。〈謝小娥傳〉在文體形式上保留了史傳散文的形制。小說開篇寫道：「小娥，姓謝氏，豫章人，估客女也。生八歲，喪母。嫁歷陽俠士段居貞。」這一段介紹主人翁的簡要情況，是紀傳體通例。而文末「君子曰」云云則是史傳中「贊」的體例。從語言上來看，作品敘事簡潔，不事誇張。如交代小娥父親與丈夫被害一節，僅僅是道明事情原委，沒有多少增飾與鋪陳，這都是史家的筆法，而非小說家的通例。然而，〈謝小娥傳〉也具備公案小說不可缺少的要素，是小說史上頗有影響的作品。

這首先表現在懸疑的設置上。小說藉托夢提示了凶犯的姓名，然而小娥「不自解悟」，雖「廣求智者辨之」而「歷年不能得」，直至李公佐巧遇謝小娥才解開這一謎團。最後小娥進入申家做工，發現自家的舊物，才徹底證實了凶犯的身分。這種設置懸疑，然後層層推進，最終打破疑雲的筆法幾乎成為所有探案、驚險小說的不二法門。無論如何曲折多變、線索如何錯綜繁複，這一總體的格局是不變的。

此外，本文在情節發展的最後階段出現了高潮（小娥報仇之後的文字不是對小娥出家一事的描繪，便是作者的主觀議論，均與為父夫報仇這一情節主線無關）。謝小娥與凶犯的鬥爭由暗轉明，謝小娥利用群賊酣飲的機會，一舉掃除所有仇家，這是情節的高潮，也是情節發展的終點。大體而言，公案小說不同於普通的倫理或言情類作品。普通的小說，將情節的高潮設置在全文的中部，在高潮過後仍有相當長篇幅的餘波發展，之後才是尾聲。而公案小說往往在懸疑解除和敵對雙方生死搏鬥這一高潮情節出現之後即告收場。就這點而言，〈謝小娥傳〉與我們所見到的大部分唐傳奇是有區別的。

《新唐書》卷二〇五〈列女傳〉也記載了小娥隻身一人，力鬥群磒，為父報仇的奇行。這段記載的文獻來源就是李公佐的〈謝小娥傳〉。這說明了兩個問題：一是事蹟的真實性，二是李公佐記敘的真實性。然而我們必須指出，〈謝小娥傳〉在本質上仍然是小說而非史傳。首先，作者所設置的托夢情節以謎語方式出現，這明顯屬於小說家言，較為缺乏現實的可能性。更重要的是，本文不同於史書，並不以實錄為最高標準，而是力圖塑造生動感人的形象。如描寫謝小娥在仇家當傭工，為贏得仇人的信任，「心憤貌順」，而每見舊物「未嘗不暗泣移時」，都是以外部行為揭示人物內心世界的寫法，這顯然是文學家而非史學家的特長。

盧江馮媼傳

李公佐

【題解】本篇出於《太平廣記》卷三四三。小說透過一名窮寡無子的老婦之口，敘述一名少婦在離開人世後，仍然受到夫家逼迫的悲慘遭遇。小說以怪誕的情事表達了對封建婚姻道德禮制的強烈控訴。

馮媼者，盧江里中嗇夫❶之婦，窮寡無子，為鄉民賤棄。元和❷四年，淮楚❸大歉。媼逐食❹於舒❺，途經牧犢墅。暝值❻風雨，止於桑下。忽見路隅一室，燈燭熒熒，媼因詣求宿。見一女子，年二十餘，容服美麗。攜三歲兒，倚門悲泣。前，又見老叟與媼，據床而坐。神氣慘戚，言語呫囁❼，有若徵索財物，追逐❽之狀。見馮媼至，叟媼默然捨去。女久乃止泣，入戶備餼食❾，理床榻，邀媼食息焉。媼問其故，女復泣曰：「此兒父，我之夫也，明日別娶。」媼曰：「向者二老人，何人也？

於汝何求，而發怒？」女曰：「我舅姑也。今嗣子別娶，徵我筐筥刀尺⑩、祭祀舊物，以授新人。我不忍與，是有斯責。」媼曰：「汝前夫何在？」女曰：「我淮陰令梁倩女，適⑪董氏七年。有二男一女。男皆隨父，女即此也。今前邑中董江，即其人也。江官為酇丞⑫，家累巨產。」發言不勝嗚咽。媼不之異；又久困寒餓，得美食甘寢，不復言。女泣至曉。

【章　旨】盧江馮媼在乞食途中借宿於少婦梁氏家中，梁氏告訴馮媼她的丈夫董江即將另娶他人。她的公婆便來向她索求代表主婦身分的筐筥刀尺等物。

【注　釋】❶里中嗇夫　即里正。唐制，百戶為里，五里為鄉。里有里正，掌管登記戶口，檢察非法，徵守賦稅，催督力役和勸課農桑等事。嗇夫為秦制，劉宋以後廢除。此處沿用古稱。❷元和　唐憲宗李純年號。❸淮楚　即今淮河中游一帶地區，盧江即在其地。❹逐食　乞食。❺舒　舒州。唐代舒州，轄今安徽省安慶一帶地方，州治在今安徽省懷寧縣。❻暝值　天快黑時遇到。❼呫囁　低語的樣子。❽迫逐　徵逐；逼迫。❾餼食　招待客人的飯食。❿筐筥刀尺　四種象徵主婦身分的器物。筐，方形竹器。筥，盛米用的圓形竹器。刀尺，女紅用具。以上所說一套器物，在封建社會中是由主婦主管的，象徵主婦的合法身分。⓫適　嫁。⓬酇丞　酇縣的縣丞（副行政長官）。酇縣，故址在今河南省永城縣西南，亦在淮河流域。

【語　譯】馮媼是盧江縣一個里正的妻子。丈夫去世後，又沒有兒子可以依靠，貧窮孤苦，被同鄉人所嫌棄。元和四年，淮、楚兩地遇到災年，馮媼便流落到舒州乞討度日。有一天路過牧犢墅，天快黑時遇到了風雨，便到桑樹下去躲避。忽然看到路邊有一間房子，裡頭還亮著燈光，便到那家去請求借宿。走到門口，看到一個女子，二十多歲的樣子，容貌美麗，服飾整齊，牽著一個三歲的孩子，靠在門框上哀傷地哭泣。走進去，又看到床上坐著一對老翁和老婦，神情悲慘，低低地說著話，好像是在逼迫那女子交出什麼財物的樣子。看見馮媼到來，老翁、老婦便默默地離去了。女子哭泣了半天方才止住，進去準備飯食整理床鋪後，便邀請馮媼吃飯休息。馮媼問她方才為什麼哭泣，女子見問便又哭了起來，說道：「這孩子的父親，便是我的丈夫，明天要另娶別人了。」馮媼說：「剛才那二位老人是什麼人？問你要什麼東西？為什麼生氣？」女子說：「他們是我的公婆，因為他們的兒子要娶別人，所以來向我要回筐筥刀尺和祭祀舊物等原來由我掌管的東西，好去交付給新娶的媳婦。我捨不得交出來，所以他們在責怪我。」馮媼問她：「你以前的丈夫如今在哪裡？」女子說：「我是淮陰縣令梁倩的女兒，嫁到董家七年了。有二個兒子一個女兒。兒子都跟隨著父親，女兒就是這個孩子。前面一個縣城中的董江，就是我以前的丈夫。董江官居酇縣縣丞，家中積聚很多財產。」女子說著話常常被嗚咽聲打斷。馮媼對她所講的事情也不以為怪。又因長期被飢寒所困，一旦得到美味的食物和舒適的床鋪，顧不得多講什麼，吃飽飯就去睡了。女子卻哀哀哭泣直到天明。

媼辭去，行二十里，至桐城縣❶。縣東有甲第❷，張簾帷，具羔鴈❸，人物紛然，云今夕有官家禮事。媼問其郎❹，即董江也。媼曰：「董有妻，何更娶焉？」邑人曰：「董妻及女亡矣。」媼曰：「昨宵我遇雨，寄宿董妻梁氏舍，何得言亡？」邑人詢其處，即董妻墓也。詢其二老容貌，即董江之先父母也。董江，本舒州人，里中之人皆得詳之。有告董江者，董以妖妄罪之，令部者❺迫逐媼去。媼言於邑人，邑人皆為感歎。是夕，董竟就婚焉。元和六年夏五月，江淮從事李公佐使至京，回次❻漢南，與渤海高鉞、天水趙儹、河南宇文鼎會於傳舍。宵話徵異，各盡見聞。鉞具道其事，公佐因為之傳。

【章旨】馮媼來到董江所在的桐城縣，見到董江正要結婚，這才得知，董妻梁氏及董江父母均已去世。

【注釋】❶桐城縣　即今安徽桐城。❷甲第　上等的宅第。❸羔鴈　羊羔和雁，均為古代婚禮用祭品。❹郎　新郎。❺部者　部曲；僕人。❻次　暫住。

【語譯】馮媼辭別了女子走了約二十里路，到達了桐城縣。見到縣城東面的一座上等宅第內掛著喜幛，陳列著羊羔大雁等婚禮用的祭品，人聲嘈雜，熱鬧非凡，說是今天晚上官家要舉辦婚禮。馮媼打聽新郎是誰，原來就是董江。馮媼說：「董江已有了妻子，為何要另娶一個？」縣裡的人說：「董江的妻子和女兒已經亡故了。」馮媼說：「昨天晚上我因為避雨，還借宿在董妻梁氏屋裡的，怎麼說是死了呢？」縣裡人問她借宿的地方，原來正是董妻的墓地。問到二位老人的模樣，赫然是董家故去的父母。董江本是舒州人，縣裡的人對他的家世都很清楚。有人把馮媼看到的一切告訴了董江，董江怪罪她荒誕怪異，命令僕人快將馮媼趕走。馮媼講給縣裡的人聽，他們都為梁氏感歎。這天晚上，董江終於還是舉行了婚禮。元和六年五月，江淮從事李公佐奉派到京城去，返回時途中暫住漢南，和渤海人高鉞、天水人趙儹、河南人宇文鼎在驛站客舍中相會，晚上閒談時徵求奇聞異事，大家把自己的見聞全都說了出來。高鉞講了馮媼的這段故事，公佐便因此寫了這篇傳記。

【賞　析】本篇作品敘述了一個淒慘的故事。一位少婦在離開人世後，她的丈夫在陽間續娶，而與她同在陰間的公公、婆婆竟逼迫她交出「筐筥刀尺、祭祀舊物」這些代表主婦身分的東西。對於這樣一個穿越於陰陽兩界的故事，作者李公佐自述是抱著「徵異」的態度來記述的，然而作品對於封建婚姻制度陰暗面的揭示卻是極為深刻的。

古人以為人死後，靈魂進入了另一個世界，在這個世界裡，人們如果不是因為生前的罪孽，便能擺脫人世的壓迫與束縛，獲得解脫與新生。然而〈盧江馮媼傳〉中的董妻在死後仍然遭受來自男方物質與精神兩個方面的「徵索」。男子在陽間可以另娶，而女子在陰間卻連自己的妻子名分都保留不住，男權的壓迫從人世一直延伸到幽冥世界。由此不難想見封建禮教對婦女的壓抑束縛給了作者心靈多麼深刻強烈的刺激。這不禁使我們想起了魯迅〈祝福〉中的祥林嫂。這位曾嫁過兩次的婦女就是因為相信死後要遭到兩個丈夫的搶奪而惶惶不可終日。董妻與祥林嫂雖然一生一死，遭遇不同，時代迥異，但她們所遭受的精神痛苦的緣由卻是一致的，那便是封建禮教和封建婚姻制度對婦女沉重的壓迫。

在作品中，作者的態度是含蓄的，沒有表露出明顯的主觀傾向。然而作者卻用很細膩平淡的筆觸勾畫出一派哀怨淒清的氣象，它不僅深深地觸動了讀者的心靈，也很自然地折射出自己對女主人公深切的同情以及無力改變現實的無助、無奈之情。

鶯鶯傳

元稹

【題　解】本篇出於《太平廣記》卷四八八雜傳記類。小說描寫青年書生張生在普救寺巧遇大家閨秀崔鶯鶯，兩人一見鍾情，私訂終身。然而張生始亂終棄，另娶他人，拋棄了崔氏，二人的戀情化為一場悲劇。〈鶯鶯傳〉在後世的影響絕大，無論是宋人話本《鶯鶯傳》，還是宋代趙德麟〈元微之崔鶯鶯商調蝶戀花〉鼓子詞，或是金代董解元《西廂記諸宮調》都是在本文的基礎上產生的。至於王實甫的雜劇《西廂記》又成為文學史上的另一座高峰。另外，本文的情節模式也影響了後世大量的才子佳人小說。

【作　者】元稹（西元七七九～八三一年），字微之，河南人。十五歲擢明經，授校書郎，後拜左拾遺，又出為河南縣尉。憲宗元和二年（西元八〇八年）授監察御史，因直言時弊，得罪宦官，被貶為江陵士曹參軍。憲宗元和十五年（西元八二〇年）遷禮部郎中，知制誥，後以工部侍郎入相。不久罷相，為同州刺史，又改越州，兼浙東觀察使。太和初為鄂嶽節度使，死於任所。元稹是與白居易齊名的中唐大詩人，兩人共同提倡「新樂府」詩體，世稱「元白體」。著有《元氏長慶集》。

貞元❶中，有張生者，性溫茂❷，美風容，內秉堅孤❸，非禮不可入❹。

或朋從游宴，擾雜其間，他人皆洶洶拳拳❺，若將不及❻，張生容順❼而已，終不能亂。以是年二十三，未嘗近女色。知者詰之。謝而言曰：「登徒子非好色者，是有兇行❽。余真好色者，而適不我值❾。何以言之？大凡物之尤者❿，未嘗不留連於心，是知其非忘情者也。」詰者識⓫之。

【章　旨】概述張生的人品、性情以及對好色的特殊見解。似有刻意誇美張生，並為其負心之行預為坦護之意。

【注　釋】❶貞元　唐德宗年號。❷溫茂　溫和多情。❸內秉堅孤　秉性堅毅孤傲。❹入　接受；採納。❺洶洶拳拳　喧擾不休的樣子。❻若將不及　唯恐不及別人。❼容順　表面隨和敷衍。❽登徒子二句　宋玉〈登徒子好色賦〉記楚國大夫登徒子在楚王面前說宋玉「性好色」，宋玉反駁說，登徒子的妻子相貌很醜，但他仍然同她生了五個孩子，請楚王自己判斷誰是好色者。張生遂藉此評定「登徒子非好色者，是有淫行耳」。兇行，猶「淫行」。❾適不我值　偏偏我又沒有遇到。適，恰巧；偏偏。值，遇到。❿物之尤者　人物中最凸出的，即尤物。⓫識　通「誌」。記。

【語　譯】貞元年間，有位姓張的讀書人，性情溫和多情，容貌俊美，秉性堅毅孤傲，對不符合禮法的言詞行為，從來不加理睬。有時隨著朋友參加宴會或出遊，和各種各樣的人相處，有的人吵吵鬧鬧，唯恐凸顯不出自己的樣子，張生卻只是表面上隨和敷衍而已，始終也沒有改變自己的秉性。因此，到了二十三歲，還沒有和女人接近過。知道的朋友追問他的想法，他先感謝了人家的關心再解釋說：「登徒子不看重女人的美貌，只是貪戀尋歡作樂。我倒是真心喜歡容顏美麗的女子，偏巧又從來沒有遇見過。這是怎麼說的呢？只要是絕色的美人，我未嘗不把她放在心上，時時思念。由此可知道我也不是無情的人啊！」朋友記住了他的這番話。

無幾何，張生遊於蒲❶。蒲之東十餘里，有僧舍曰普救寺❷，張生寓焉。適有崔氏孀婦，將歸長安，路出於蒲，亦止茲寺。崔氏婦，鄭女也。張生出於鄭，緒其親，乃異派之從母❸。是歲，渾瑊❹薨❺於蒲。有中人❻丁文雅，不善於軍，軍人因喪而擾，大掠蒲人。崔氏之家，財產甚厚，多奴僕。旅寓惶駭，不知所托。先是，張與蒲將之黨有善，請吏護之，遂不及於難。十餘日，廉使杜確將天子命以總戎節❼，令於軍，軍由是戢❽。鄭厚張之德甚，因飾饌❾以命❿張，中堂宴之。復謂張曰：「姨之孤嫠未亡⓫，提攜幼稚。不幸屬⓬師徒大潰，實不保其身。弱子幼女，猶君之生⓭。豈可比常恩哉！今俾⓮以仁兄禮奉見，冀所以報恩也。」命其子曰歡郎，可十餘歲，容甚溫美。次命女：「出拜爾兄，爾兄活爾。」久之，辭疾。鄭怒曰：「張兄保爾之命。不然，爾且擄矣。能復遠嫌⓯乎？」久之，乃至。常服睟容⓰，不加新飾，垂鬟接黛⓱，雙臉銷紅⓲而已。顏色豔異，光輝動人。張驚，為之禮。因坐鄭旁，以鄭之抑⓳而見也，凝睇⓴怨絕，若不勝其體者。問其年紀。鄭曰：「今天子甲子歲之七月，終㉑於貞元庚辰，生年十七矣。」張生稍以詞導之，不對。終席而罷。

【章旨】張生於蒲州巧遇崔氏母女，並將她們從兵禍中解救出來。崔母視其為再生恩人，設宴答謝，使崔鶯鶯與之相見。

【注釋】❶蒲　蒲州。北周置，唐改稱河中府。治所在今山西省永濟縣西。❷普救寺　為唐代蒲州著名之佛寺。❸從母　姨母。❹渾瑊　唐朝將領。❺薨　唐代稱三品以上官員之死。❻中人　宦官。❼廉使句　廉使，觀察處置使的別稱。杜確，原為同州刺史，渾瑊去世後，他受命為河中尹兼河中絳州觀察使。將，猶「持」。總戎節，主持軍務。❽戢　止息。❾飾饌　整治飯菜。即擺設宴席。❿命　召。⓫孤嫠未亡　指寡婦。孤嫠，寡婦。未亡，古代寡婦自稱未亡人。⓬屬　近時，此處作適逢解。⓭猶君之生　如同您給的生命。⓮俾　使。⓯遠

嫌　避開嫌疑。⑯睟容　容貌豐潤。⑰黛　畫眉毛用的青黑色顏料，代指婦女的眉毛。⑱雙臉銷紅　兩頰塗上兩片紅，這是當時的時髦裝飾。⑲抑　強迫。⑳睇　微微斜視；流盼。㉑終　至，到。

【語　譯】沒多久，張生到蒲州去遊覽。蒲州東面十幾里的地方，有一座名為普救寺的僧寺。張生就寄住在裡面。恰巧有一位姓崔的孀婦，從外地返回長安，途經蒲州，也暫住在寺中。崔家的婦人娘家姓鄭，而張生的母親也姓鄭，敘起親來，她還是張生的遠房姨母呢。那一年，節度使渾瑊在蒲州去世，監軍的宦官丁文雅不善於管理軍隊，轄下的士兵們趁舉喪的機會作亂，大肆搶掠蒲州的百姓。崔家是個富有之家，財產豐厚，僕從眾多，在旅途中遇到這樣的事，非常驚慌恐懼，不知道依靠什麼人才好。之前，張生與蒲州將領的同夥很有交情，便請軍吏來保護崔家，才算沒有遭難。十幾天以後，廉使杜確奉了皇帝的命令來蒲州主持軍務，整飭了亂軍，騷亂才得以平息。鄭氏非常感謝張生的幫助，便準備了飯菜，召了張生來，在中堂宴請他。又對張生說：「姨母是個寡婦，又帶著兩個孩子。不幸遇到軍隊大亂，實在無法保護自己。幼小的兒女如同是您給了他們第二次生命。這恩德可不比尋常啊！現在我要讓他們以見兄長的禮節來拜見您，希望能以此來報答您的恩德。」先叫她的兒子歡郎出來拜見，才十來歲，模樣很是溫文秀美。接著又叫女兒：「出來拜見你的兄長。是你的兄長救了你的命。」過了好久，回說有病不能出來，鄭氏生氣地說：「張家兄長保住了你的性命，不是他，你早被亂軍搶走了，還能避什麼嫌啊？」又過了好久，才出來。穿著家常衣服，沒有著意修飾。容貌豐潤光澤，環曲的髮梢低垂下來靠近眉毛，只是在雙頰上抹了胭脂而已。豔麗的容顏放出動人的光輝。張生對她的嬌美很驚訝。兩人見過禮，姑娘就坐到了鄭氏身邊。因為是鄭氏勉強她出來見張生的，所以她微微斜視的目光中露出非常怨恨的表情，身體好像支持不住的樣子。張生問起她的年齡，鄭氏說：「她生在當今皇上興元甲子年七月，到貞元庚辰年是十七歲了。」張生用一些話來引她開口，她卻不回答。一直到宴會結束，也沒有說一句話。

張自是惑之，願致其情，無由得也。崔之婢曰紅娘。生私為之禮者數四，乘間遂道其衷。婢果驚沮❶，腆然❷而奔。張生悔之。翼日❸，婢復至。張生乃羞而謝之，不復云所求矣。婢因謂張曰：「郎之言，所不敢言，亦不敢泄。然而崔之姻族，君所詳也。何不因其德而求娶焉？」張曰：「余始自孩提，性不苟合。或時紈綺閒居，曾莫流盼❹。不為❺當年，終有所蔽❻。昨日一席間，幾不自持。數日來，行忘止，食忘飽，恐不能逾旦暮。若因媒氏而娶，納采問名❼，則三數月間，索我於枯魚之肆❽矣。爾其謂何？」婢曰：「崔之貞慎自保，雖所尊不可以非語❾犯之。下人之謀，固難入矣。然而善屬文❿，往往沉吟章句⓫，怨慕者久之。君試為喻情詩以亂之[12]。不然，則無由也。」張大喜，立綴〈春詞〉二首以授之。是夕，紅娘復至，持綵箋以授張，曰：「崔所命也。」題其篇曰〈明月三五夜[13]〉。其詞曰：「待月西廂下，迎風戶半開。拂牆花影動，疑是玉人來。」張亦微喻其旨。是夕，歲二月旬有四日矣。崔之東有杏花一株，攀援可踰。既望[14]之夕，張因梯其樹[15]而踰焉。達於西廂，則戶半開矣。紅娘寢於床。生因驚之。紅娘駭曰：「郎何以至？」張因紿[16]之曰：「崔氏之牋召我也，爾為我告之。」無幾，紅娘復來。連曰：「至矣！至矣！」張生且喜且駭，必謂獲濟。及崔至，則端服嚴容，大數張曰：「兄之恩，活我之家，厚矣。是以慈母以弱子幼女見託。奈何因不令[17]之婢，致淫逸之詞。始以護人之亂[18]為義，而終掠亂以求[19]之。是以亂易亂，其去幾何？誠欲寢[20]其詞，則保人之姦，不義。明之於母，則背人之惠，不祥。將寄於婢僕，又懼不得發其真誠。是用託短章，願自陳啟。猶懼兄之見難[21]，是用鄙靡之詞，以求其必至。非禮之動，能不愧心。特㉒願以禮自持，毋及於亂！」言畢，翻然而逝。張自失者久之。復踰而出，於是絕望。數夕，張生臨軒獨寢，忽有人覺之㉓。驚駭而起，則紅娘斂衾攜枕而至，撫張曰：「至矣，至矣！睡何為哉！」並枕重衾而去。張生拭目危坐㉔久之，猶疑夢寐。然而修謹以俟㉕。俄而紅娘捧㉖崔氏而至。至，則嬌羞融冶，力不能運支㉗體，曩時㉘端莊，不復同矣。是夕，旬有八日也。斜月晶瑩，幽輝半床。張生飄飄然，且疑神仙之徒，不謂從人間至矣。有頃，寺鐘鳴，天將曉。紅娘促去。崔氏嬌啼宛轉，紅娘又捧之而去，終夕無一言。張生辨色而興㉙，自疑曰：「豈其夢邪？」及明，覩粧㉚在臂，香在衣，淚光熒熒然，猶瑩於茵㉛席而已。是後又十餘日，杳不復知。張生賦〈會真㉜詩〉三十韻，未畢，而紅娘適至，因授之，以貽崔氏。自是復容之。朝隱而出，暮隱而入，同安於曩所謂西廂者，幾一月矣。張生常詰鄭氏之情，則曰：「我不可奈何矣。」因欲就成之。

【章　旨】張生與鶯鶯數次詩文往來，兩人產生了愛情。鶯鶯終於在嚴厲的斥責拒絕之後以身相許。

【注　釋】❶驚沮　驚恐失色。❷腆然　害羞的樣子。❸翼日　同「翌日」。第二天。❹或時二句　有時和女子同在一處，也不曾看她們一眼。或時，有時。紈綺，有花紋的細絹，這裡代指女子。閒居，指在日常生活中。盼，望。流盼，短暫快速地看。❺不為　不意；沒想到。❻蔽　蒙蔽。指見識窄小，對女子了解甚少。❼納采問名　古代婚姻成立須經過納采、問名、納吉、納徵、請期、親迎六個步驟，禮節極其繁瑣。❽枯魚之肆　賣乾魚的店鋪。此以枯魚急待水的滋潤來比喻張生急於獲得鶯鶯的強烈渴望和窘迫。❾非語　非禮之語。❿屬文指寫詩作文。⓫沉吟章句　指吟誦詩文。⓬亂之　打動她。⓭三五夜　陰曆十五日的晚上。⓮望　陰曆每月十五日謂「望」。⓯梯其樹　以樹為梯。這裡「梯」作動詞用。⓰紿　哄騙。⓱不令　不善。⓲護人之亂　救人之危。⓳掠亂以求　乘人之危而求取。⓴寢　止息。此作不理會解。㉑見難　為難；有顧慮。㉒特　但；只。㉓覺之　喚醒他。㉔危坐　端坐。㉕修謹以俟　修飾一番後恭謹地等候著。㉖捧　雙手攙扶。㉗支　同「肢」。㉘曩時　從前。㉙辨色而興　天色微明時就起床了。㉚粧　脂粉。㉛茵　褥子。㉜會真　遇仙的意思。唐人一般用「真」或「仙」作妖豔女子的代稱。

【語　譯】張生從此就迷上了她。想把自己的心情告訴她，卻又沒有機會。崔鶯鶯的婢女名叫紅娘。張生私下裡好幾次向她表示出很恭敬的樣子，有一次找到機會就把自己內心的感情告訴了她，請她幫忙傳達給小姐聽。婢女聽後果然驚恐失色，難為情地跑開了。張生後悔極了。第二天，婢女又來了。張生羞慚地向她道歉，也不再講要請她幫忙的話了。婢女對張生說：「先生講的話我不敢對小姐講，也不敢向別人洩露。但是，崔家的親戚，先生也都熟悉，為什麼不憑著你對他們有恩惠而向他們求親呢？」張生說：「我從小時候起，性情就不隨和。有時即使和別的女子坐在一起，也沒有看過她們一眼。沒想到當時這種性情使自己見識狹小，不了解女子。那天在酒席上，幾乎無法控制住自己了。這幾天以來，走路忘了目的地，吃飯忘了饑飽。再這樣下去，恐怕過不了日夜了。要是請人說媒求親，納采、問名……六禮俱備，要好幾個月才能完成，怕是要到乾魚店去找我了。你說我該怎麼辦？」婢女說：「小姐素來非常重視保全自己的貞操節行。即使是她的尊長也不能對她說一句不合禮法的話。我這個婢女的主意是很難被她採納的。但小姐擅長寫詩作文，常常仔細推敲詩文的詞句，被它們感動得久久不能平靜。先生試著寫些抒發愛情的詩句，看能不能打動她。除此以外，也沒有別的辦法了。」張生大喜，立刻寫了〈春詞〉二首遞給紅娘。這天晚上，紅娘又來了，拿著一張彩色的牋紙遞給張生說：「這是小姐叫我送來的。」張生一看，是一首題名為〈明月三五夜〉的詩：「在西廂下等待月亮升起，半開著門戶迎接春風的吹拂。月光下院牆上的花影輕輕搖動，恐怕是玉人來到了身邊。」看完後，他隱隱地體會到了詩中的涵義。當晚，是二月十四日了。崔氏住的房院東牆外有一株杏樹，爬上杏樹就可翻進牆內。到了十五日晚上，張生就以杏樹為梯攀上杏樹，翻過了牆，來到西廂房外面。見到門戶果真開了一扇，紅娘睡在床上，張生把她推醒。紅娘驚恐地問道：「先生怎麼來了？」張生騙她說：「是你家小姐在詩篇中約我來的，你去替我通報她。」紅娘進去了。過了一會又走出來連連地說道：「她來啦，她來啦！」張生又喜又怕，猜想事情必定是成功了。等到崔氏走出來，卻是衣著端莊、面容嚴肅，大大地斥責張生道：「兄長救了我們全家，這恩德是深厚的。所以我的母親將幼子弱女託付給你。為什麼你要透過不成器的婢女傳遞那種淫詞豔詩來挑逗我。你開始時的行為是救人之危，而最終卻又乘人之危以達到你的目的。你這是以危難來替代危難，你和那些亂軍又有多少區別呢？如果我對你的挑逗行為不加理會，那就等於包庇了你的不正當行為，是不合宜的；如果把它告訴母親，那樣又背棄了你的恩情，是不吉利的。想叫婢女僕婦轉告，又怕說不清我真實的心意。所以才藉著一封短信，希望能親自向你說明，還怕兄長有顧慮不敢來，所以詩中用了些輕浮的詞句，使你必定會來。這是不合禮法的舉動，我感到很慚愧。只希望你能用禮教來約束自己，不要做出越軌的行為來。」說完，就轉身走掉了。張生失魂落魄地站了好久，才又翻牆出去。從此斷絕了想望。

幾天後的晚上，張生獨自睡在房間的窗戶邊，忽然被人喚醒，吃驚地坐起來一看，見到紅娘抱了被子枕頭站在面前，拍著他說：「她來了，她來了！還睡什麼覺呀！」說著把被子鋪上，枕頭並排放好後就走了。張生揉著眼睛，又端坐了許久，還懷疑自己是在做夢。但是仍然起來修飾了一番，恭謹地坐著等候。一會兒，紅娘雙手攙扶著崔氏來了。來到後，顯出一派羞怯嬌媚的樣子，肢體柔弱無力，再不是往昔那種端莊的樣子了。這晚是十八日，斜月亮晶晶地掛在天上，清幽的光輝灑了半床。張生飄飄然地看著崔氏，直懷疑是天上的神仙來到了人間。過了好久，寺裡的鐘聲響起，天快要亮了，紅娘來催她回去，崔氏宛轉地嬌聲啼哭著，被紅娘攙扶著走了。一整夜她也沒說一句話。天才亮，張生就起床了。懷疑地自言自語說：「難道是做夢嗎？」等到天色大亮，看到了自己臂上的脂粉印痕，聞到衣服上的餘香，她臨走時流下的滴滴珠淚還在褥子上閃光。以後又過了十幾天，沒有一點崔氏的消息傳出來。一天，張生正在房裡寫〈會真詩〉三十韻，還沒有寫完，恰巧紅娘來了，便遞給紅娘，叫她送給崔氏。從此以後，崔氏又和他繼續相會，清晨偷偷出來，夜晚悄悄進去，兩人一同住在往昔詩中所稱的西廂中，將近有一個月之久。張生常常詢問鄭氏的意見，鄭氏只是說：「這事既已如此，我也無可奈何了。」想因此就成全他們的婚事。

無何，張生將之長安，先以情諭之。崔氏宛無難詞，然而愁怨之容動人矣。將行之再夕❶，不復可見，而張生遂西下。數月，復游於蒲，會於崔氏者又累月。崔氏甚工刀札❷，善屬文。求索再三，終不可見。往往張生自以文挑，亦不甚覩覽。大略崔之出人❸者，藝必窮極，而貌若不知；言則敏辯，而寡於酬對。待張之意甚厚，然未嘗以詞繼之❹。時愁豔❺幽邃❻，恆若不識，喜慍之容，亦罕形見。異時❼獨夜操琴，愁弄❽悽惻。張竊聽之。求之，則終不復鼓矣。以是愈惑之。張生俄以文調及期❾，又當西去。當去之夕，不復自言其情，愁歎於崔氏之側。崔已陰知將訣矣，恭貌怡聲，徐謂張曰：「始亂之，終棄之，固其宜矣。愚不敢恨。必也君亂之，君終之，君之惠也。則沒身之誓❿，其有終矣。又何必深感⓫於此行？然而君既不懌⓬，無以奉寧⓭。君常謂我善鼓琴，向時羞顏，所不能及。今且往矣，既君此誠⑭。」因命拂琴，鼓〈霓裳羽衣序〉，不數聲，哀音怨亂，不復知其是曲也。左右皆欷歔。崔亦遽止之，投琴，泣下流連⑮，趨歸鄭所，遂不復至。明日而張行。明年，文戰不勝⑯，張遂止於京⑰。因贈書於崔，以廣其意⑱。崔氏緘報⑲之詞，粗載於此，曰：「捧覽來問，撫愛過深。兒女之情，悲喜交集。兼惠花勝⑳一合㉑，口脂五寸，致燿首膏脣之飾。雖荷殊恩，誰復為容？覩物增懷，但積悲歎耳。伏承㉒使於京中就業，進修之道，固在便安㉓。但恨僻陋之人，永以遐棄㉔。命也如此，知復何言！自去秋已來，常忽忽如有所失。於喧譁之下，或勉為語笑，閒宵自處，無不淚零，乃至夢寐之間，亦多感咽。離憂之思，綢繆㉕繾綣㉖，暫若尋常，幽會㉗未終，驚魂已斷。雖半衾如暖，而思之甚遙。一昨㉘拜辭，倏逾舊歲。長安行樂之地，觸緒牽情。何幸不忘幽微㉙，眷念無斁㉚。鄙薄之志，無以奉酬。至於終始之盟，則固不忒㉛。鄙昔中表相因，或同宴處。婢僕見誘，遂致私誠。兒女之心，不能自固。君子有援琴之挑[32]，鄙人無投梭之拒[33]。及薦寢席，義盛意深。愚陋之情，永謂終託。豈期既見君子，而不能定情，致有自獻之羞，不復明侍巾幘[34]。沒身永恨，含歎何言？倘仁人用心，俯遂幽眇[35]，雖死之日，猶生之年。如或達士略情[36]，捨小從大，以先配為醜行，以要盟[37]為可欺。則當骨化形銷，丹誠不泯，因風委露，猶託清塵[38]。存沒之誠，言盡於此。臨紙嗚咽，情不能申。千萬珍重，珍重千萬！玉環一枚，是兒[39]嬰年所弄，寄充君子下體所佩[40]。玉取其堅潤不渝，環取其終始不絕。兼亂絲一絇[41]，文竹[42]茶碾子[43]一枚。此數物不足見珍。意者欲君子如玉之真[44]，弊[45]志如環不解。淚痕在竹，愁緒縈絲。因物達情，永以為好耳。心邇身遐[46]，拜會無期。幽憤所鍾，千里神合。千萬珍重！春風多厲[47]，強[48]飯為嘉。慎言[49]自保，無以鄙為深念。」

【章 旨】相聚時光，鶯鶯總是不能放開胸懷，直率相待，致張生心更惑之。後張生赴京趕考，與鶯鶯分別，年餘才有書信往返。

【注 釋】❶再夕 前兩天晚上。❷刀札 散文；書簡。❸出人 出眾。❹未嘗以詞繼之 沒有以文詞回覆張生。❺愁豔 愁容豔麗。❻幽邃 靜默深沉。❼異時 他時；有一天。❽弄 樂曲。❾文調及期 考期已到。文調，此處指科舉考試。❿沒身之誓 至死不分離的盟誓。⓫感 通「憾」。遺憾。⓬不懌 不悅。⓭無以奉寧 沒有什麼可以安慰你。⓮既君此誠 滿足你這個心願。既，完；盡。引申為完成、滿足。⓯流連 即流漣，淚水不斷的樣子。⓰文戰不勝 考試落第。⓱遂止於京 唐時習俗，士子考試落第後一般都留居長安，找一僻靜地方讀書習文，以備再考。⓲廣其意 使她寬心。⓳緘報 覆信；回信。⓴花勝 古代女子佩戴的花形髮飾。㉑合 同「盒」。㉒伏承 敬詞。即「敬從來信得知……」的意思。㉓固在便安 本來就需要安靜的地方。便安，安靜。㉔遐棄 遠遠地拋棄。㉕綢繆 情意深厚。㉖繾綣 感情纏綿。㉗幽會 指夢中相會。㉘一昨 前些日子。㉙幽微 鶯鶯自稱的謙詞。意謂自己很渺小卑微。㉚無斁 沒有厭棄。㉛不忒 不變。㉜援琴之挑 漢代司馬相如以琴聲挑逗卓文君，文君於是夜奔相如。㉝投梭之拒 晉代謝鯤隔牆調戲鄰居高家女兒，高女投擲織布梭子，打掉了謝鯤的兩顆牙齒。㉞侍巾幘 侍候丈夫穿戴梳洗。古代女子以「侍巾幘」代指作人妻子。㉟俯遂幽眇 曲就我的願望。俯，指張生在高處低身來曲就卑下的自己。遂，成全；完成。幽眇，猶卑微，鶯鶯對自己的謙稱。㊱略情 寡情；不為情所拘牽。㊲要盟 在脅迫之下訂立的盟約。這裡指兩人最初結合時所訂的誓約。㊳清塵 這裡指張生。清塵原為車後揚起的灰塵，引申指尊貴者的車駕。後又用為對人的敬稱。㊴兒 古代婦女自稱。㊵下體所佩 古人佩玉，用絲繩繫在腰帶上。㊶亂絲一絇 頭髮一縷。㊷文竹 湘妃竹。㊸茶碾子 碾製茶葉的用具。㊹真 同「貞」。堅貞。㊺弊 同「敝」。謙指自己。㊻心邇身遐 心近身遠。邇，近。遐，遠。㊼厲 厲風；西北風。㊽強 勉力；勉強。㊾言 語中助詞，無義。

【語　譯】沒過多久，張生打算到長安去。就先向崔氏表示了他依戀的情緒。崔氏委婉答應，並沒有說什麼責怪為難的話，但是臉上卻露出了非常愁怨的樣子。分別前的兩晚，崔氏就沒有再和他見面。張生也就起程到長安去了。過了幾個月，張生又到蒲州遊覽，和崔氏又相會了幾個月。崔氏的書簡寫得很好，又擅長寫詩作文。張生再三向她請求索取作品，她卻不肯寫。張生常常自己先寫一些詩文以引逗崔氏酬和，但崔氏連他的詩文也不認真細讀。大概崔氏不同於常人的地方就在於技藝高超卻好像什麼也不懂的樣子；能言善辯卻又很少和人酬對。她對張生情意深厚，然而從來沒有以詩詞與他唱和過。她把深深的愁思壓在心底，表面上卻看不出有什麼心事。也很少在表情上顯露出喜怒哀樂來。有一次她獨自在夜晚奏琴，聲調哀愁淒涼。張生偷聽到了，求她再奏，她卻始終不肯。所以張生更為迷戀她。不久，科舉考試的日期快到了，張生又要西去長安。要走的前一晚，張生沒有再向崔氏訴說自己的情意，只是在崔氏身旁愁悶地歎息。崔氏心知將要訣別了，態度恭順、聲調柔和地對張生緩緩說道：「你先是違背禮法占有了我的身子，最後又遺棄了我。倒真是合適啊！我也不敢怨恨你。如果你在奪去了我的貞操以後，最後能堅定不移，有好安排，那就是你給我的恩惠了。我們至死不分離的誓言，就有了圓滿的結局。那又何必為你這次的出行感到遺憾呢？既然你心中不快樂，我也沒有什麼可以安慰你的。你常說我的琴彈得好，以前由於害羞，所以沒有彈給你聽。如今你要走了，我就滿足你的這個心願吧。」說完就叫婢女把瑤琴擦拭乾淨，彈奏起〈霓裳羽衣序〉。沒彈幾下，琴音變得哀怨、紊亂，聽不出原來的曲調。旁邊的人都傷心歎息起來。崔氏也突然停止彈奏，丟下瑤琴，低聲抽泣，淚水潸潸流下，急忙跑回鄭氏的房間，再也沒有出來。天明以後，張生就動身了。第二年，張生考試不中，便留在長安。他寄了一封書信給崔氏以寬慰她的思念之情。崔氏給他回了信，信裡的言詞大略記述在下：「捧讀你的來信，你對我的恩愛實在太深厚了。我們兩人之間的愛情，使我悲喜交加。又送給我一盒髮飾，五寸唇膏，讓我梳妝打扮用。雖然得到你特別的恩賜，可是我又打扮給誰看呢？見了東西反倒添了愁思，更加重了悲歎而已。從你的來信中知道你留在京中研讀課業。研究學問，本該有一個方便、安靜的環境。只恨我這個性情古怪、容貌醜陋的人，永遠被你遠遠地拋棄了。命運如此，又有什麼可說的！自從去年秋天以來，常常感到心神恍惚像丟失了什麼東西。白天人多熱鬧，還能勉強說笑幾句，晚上一個人獨處閨中，卻沒有一天不流淚的，甚至在夢裡也會悲傷哭泣。離別的憂思是那樣深厚纏綿，有時會暫時夢見和從前一樣，但幽會還沒結束，夢魂已被驚斷。雖然那半邊錦被還像以前那麼溫暖，而想起往事，卻已那麼遙遠。我們分別以後，匆匆又辭了舊歲。長安是個花花世界，容易撩撥起人們的情懷。何其幸運承你還沒有忘記我這個渺小的人，想念著我而沒有加以厭棄。我這一點微薄的心意，不足以作為報答。至於我倆白頭偕老的盟誓，我一定堅守不變。過去因為和你有表兄妹的親戚關係，曾經同席宴飲。由於婢女的誘惑，便向你表示了愛慕之情。兒女之情，自己也把持不住了。你像司馬相如用琴音挑逗卓文君似的來挑逗我，我卻沒有像高女投梭拒絕謝鯤那樣來拒絕你。待到和你同床共枕，我們兩人的情意更加深厚，總以為終身有託了。誰料到雖然和你屢屢相會，卻又未能訂下婚姻來，以致於蒙上了自薦枕席的羞恥，而不能光明正大地得到做妻子的名分。這終身的憾恨，除了歎息又有什麼可說的？倘若你心存忠厚能俯就我的願望，那麼我就是死了也和活著一樣快樂。倘若你像某些曠達之人一般不為愛情所拘牽，丟棄愛情去求取功名，以未婚先合為醜行而背棄我倆的盟約。那麼我即使身軀化作灰塵，一片真心也不會泯滅，隨風附露，也還要依託在你腳下的塵土中。我對你至死不變的心意，在這裡全都說完了。我邊寫邊哭，心情沒有能夠全部表達。你要千萬珍重，珍重千萬！這裡有一枚玉環，是我幼年時玩過的，寄給你讓你掛在腰帶上。玉，取它的堅固潤澤不變；環，取它的團圓沒有盡頭。另外附上亂絲一縷，斑竹茶碾子一枚。這些都不是珍貴的東西，只希望你像玉石一樣堅貞，我的心志就像環一樣永遠分不開。我的眼淚滴在斑竹上，滿腔愁緒就像那纏繞著的亂絲。用物件來傳遞我的心意，希望我們永遠相愛。我的身軀離你雖遠而心卻貼近著你，相會的日子遙遙無期。內心深深的愁思集聚在一起，靈魂到千里以外來和你會合。千萬要珍重啊！春天的風還很冷峭，你要努力加餐飯。小心保重自己，不要掛念我。」

張生發其書於所知，由是時人多聞之。所善❶楊巨源好屬詞，因為賦〈崔娘詩〉一絕❷云：「清潤❸潘郎❹玉不如，中庭蕙草❺雪銷初。風流才子多春思，腸斷蕭孃❻一紙書。」河南元稹亦續生〈會真詩〉三十韻，詩曰：「微月透簾櫳❼，螢光度碧空。遙天初縹緲，低樹漸葱蘢。龍吹過庭竹，鸞歌拂井桐。羅綃垂薄霧，環珮響輕風。絳節❽隨金母❾，雲心捧玉童❿。更深人悄悄，晨會雨濛濛。珠瑩光文履⓫，花明隱繡龍⓬。

瑤釵⑬行彩鳳，羅帔⑭掩丹虹。言自瑤華蒲⑮，將朝碧玉宮⑯。因游洛城北⑰，偶向宋家東⑱。戲調初微拒，柔情已暗通。低鬟蟬影⑲動，迴步玉塵蒙。轉面流花雪，登床抱綺叢⑳。鴛鴦交頸舞，翡翠㉑合歡籠㉒。眉黛羞偏聚，脣朱暖更融。氣清蘭蕊馥，膚潤玉肌豐。無力慵㉓移腕，多嬌愛斂躬㉔。汗流珠點點，髮亂綠葱葱。方喜千年會，俄聞五夜窮㉕。留連時有恨，繾綣意難終。慢臉㉖含愁態，芳詞誓素衷。贈環明運合，留結表心同。啼粉流宵鏡，殘燈遠暗蟲。華光猶苒苒㉗，旭日漸曈曈㉘。乘鶩還歸洛㉙，吹簫亦上嵩㉚。衣香猶染麝，枕膩尚殘紅㉛。冪冪㉜臨塘草，飄飄思渚蓬㉝。素琴鳴〈怨鶴〉㉞，清漢㉟望歸鴻㊱。海闊誠難渡，天高不易沖。行雲無處所㊲，蕭史在樓中㊳。」張之友聞之者，莫不聳㊴異之，然而張志亦絕矣。稹特與張厚，因徵其詞㊵。張曰：「大凡天之所命尤物也，不妖㊶其身，必妖於人。使崔氏子遇合富貴，乘寵嬌，不為雲，為雨，則為蛟㊷，為螭㊸，吾不知其變化矣。昔殷之辛㊹、周之幽㊺，據百萬之國，其勢甚厚。然而一女子敗之。潰其眾，屠其身，至今為天下僇笑㊻。予之德不足以勝妖孽，是用忍情。」於時坐者皆為深歎。

【章旨】張生將鶯鶯充滿期待的書信拿給朋友們傳閱，並且忽然變心，絕情地拋棄了鶯鶯。

【注釋】❶所善　相好的朋友。❷一絕　一首絕句。❸清潤　「冰清玉潤」的略語。❹潘郎　晉代潘岳貌美，工詩賦，為婦女所愛慕，後人稱其為「潘郎」，並常用此詞代指貌美的男子。這裡借指張生。❺中庭蕙草　喻指鶯鶯。蕙草，俗稱佩蘭，春日開花。❻蕭孃　唐人對美女的泛稱。這裡指鶯鶯。❼櫳　窗上櫺木，這裡指窗戶。❽絳節　赤節。傳說中仙人的儀仗。❾金母　即西王母。西方屬金，故稱金母。晉、唐時多以西王母為美麗的仙女。這裡借指鶯鶯。❿玉童　道家傳說中的仙童。這裡借指張生。⓫文履　繡鞋。文，同「紋」。花紋。⓬龍　應作「襱」。褲子。⓭瑤釵　玉釵。⓮羅帔　綾羅做的披肩。⓯瑤華蒲　即瑤池。西王母居住的地方。借指鶯鶯住處。⓰碧玉宮　仙人居住的地方。借指張生住處。⓱因游句　暗用曹植〈洛神賦〉的典故。〈洛神賦〉寫曹植赴洛陽，途遇洛水女神。借指張生遊蒲遇鶯鶯。⓲偶向句　宋玉〈登徒子好色賦〉寫東鄰少女長得很美，「登牆窺臣三年」。這裡指張生與鶯鶯的幽會。⓳蟬影　指蟬鬢。古代女子的一種髮式，將髮鬢做成蟬翼狀。⓴綺叢　指錦被。㉑翡翠　鳥名。雄為翡，雌為翠。㉒籠　籠罩，引申為聚合。㉓慵　懶。㉔斂躬　拳曲著身子。㉕五夜窮　五更已盡，破曉時分。㉖慢臉　無精打采的眼神。臉，目下頰上之處。㉗苒苒　草盛的樣子。這裡引申為容光煥發。㉘曈曈　日初出時光亮的樣子。㉙乘鶩句　這裡以洛神的還歸洛水喻鶯鶯的離去。鶩，水鳥名，野鴨一類。這裡指仙禽。㉚吹簫句　傳說周靈王時太子王子喬善吹笙，曾入嵩山修道，後乘白鶴仙去。這裡借王子喬故事喻張生去長安。㉛殘紅　指胭脂痕跡。㉜冪冪　濃密繁盛的樣子。㉝渚蓬　小洲上的蓬草。蓬草又名飛蓬，遇風即被拔起飄去。這裡以蓬草的飄忽不定，喻張生的流轉四方。㉞怨鶴　即〈別鶴操〉，又名〈別鶴怨〉，樂府琴曲名。相傳商陵牧子娶妻五年無子，父兄命其休妻再娶。牧子悲傷作歌，後人為之譜曲，名〈別鶴操〉。這裡喻夫妻分離。㉟清漢　即銀河。㊱望歸鴻　古代有鴻雁傳書的故事。這裡指盼望接到來信，也可引申為盼望人的歸來。㊲行雲句　宋玉〈高唐賦〉寫楚襄王遊雲夢澤，在高唐觀夢見神女來和他歡會。臨別時神女自稱住在巫山之南，「旦為行雲，暮為行雨」。這裡以神女喻鶯鶯，指其不知去向。㊳蕭史句　相傳春秋時蕭史善吹簫，秦穆公把女兒弄玉嫁給他，他每天教弄玉吹簫學鳳鳴，果然有許多鳳凰飛來。最後蕭史乘龍、弄玉跨鳳成仙而去。這裡以蕭史喻張生，指惟有張生獨處一隅。㊴聳　驚動。㊵徵其詞　徵詢他如何解說。㊶妖　禍害。㊷蛟　傳說中的龍類動物，能飛騰，興洪水，吞人。㊸螭　傳說中的無角龍，能飛騰太空。㊹殷之辛　殷代的受辛，即紂王。史稱他寵愛妲己而亡國。㊺周之幽　周幽王姬涅，史稱他寵愛褒姒被犬戎所殺。㊻僇笑　恥笑。

【語　譯】張生將這封信拿給知心朋友看，因此當時的一般文人都知道了這件事。他的好朋友楊巨源喜歡賦詩作詞，就為此題了一首名為〈崔娘詩〉的絕句：「清潤潘郎玉不如，中庭蕙草雪銷初。風流才子多春思，腸斷蕭孃一紙書。」河南元稹也接著張生又寫了三十韻的〈會真詩〉，詩道：「微月透簾櫳，螢光度碧空。遙天初縹緲，低樹漸葱蘢。龍吹過庭竹，鸞歌拂井桐。羅綃垂薄霧，環珮響輕風。絳節隨金母，雲心捧玉童。更深人悄悄，晨會雨濛濛。珠瑩光文履，花明隱繡龍。瑤釵行彩鳳，羅帔掩丹虹。言自瑤華蒲，將朝碧玉宮。因游洛城北，偶向宋家東。戲調初微拒，柔情已暗通。低鬟蟬影動，迴步玉塵蒙。轉面流花雪，登床抱綺叢。鴛鴦交頸舞，翡翠合歡籠。眉黛羞偏聚，唇朱暖更融。氣清蘭蕊馥，膚潤玉肌豐。無力慵移腕，多嬌愛斂躬。汗流珠點點，髮亂綠葱葱，方喜千年會，俄聞五夜窮。留連時有恨，繾綣意難終。慢臉含愁態，芳詞誓素衷。贈環明運合，留結表心同。啼粉流宵鏡，殘燈遠暗蟲。華光猶苒苒，旭日漸曈曈。乘鶩還歸洛，吹簫亦上嵩。衣香猶染麝，枕膩尚殘紅。冪冪臨塘草，飄飄思渚蓬。素琴鳴〈怨鶴〉，清漢望歸鴻。海闊誠難渡，天高不易沖。行雲無處所，蕭史在樓中。」張生的朋友聽說了張生與崔氏的這一段韻事，都感到驚奇。而張生對崔氏的情意從此也就斷絕了。元稹與張生交情很深，就問他怎樣解釋自己的行為。張生說：「凡是上天所造就的絕色美人，必定是個妖物，不是害了自身，就是禍害他人。倘若崔家的女子嫁到富貴人家去，受到丈夫的寵愛，那她不是翻雲覆雨便是變蛟變螭。我實在無法預知她變化的能耐。從前殷朝的紂王受辛、周朝的幽王姬涅，雖然統治著幾百萬人的國家，勢力非常雄厚，而最後終於因為一個女子而失敗。國也亡了，自己也被殺死了，至今為天下人所恥笑。我的德行低微，不足以戰勝妖孽，所以才狠下心來割斷了這段戀情。」當時在座的人聽到這一番話後都深深地為之歎息。

後歲餘，崔已委身❶於人，張亦有所娶。適經所居，乃因其夫❷言於崔，求以外兄❸見。夫語之，而崔終不為出。張怨念之誠，動於顏色，崔知之，潛賦一章，詞曰：「自從消瘦減容光，萬轉千迴懶下床。不為旁人羞不起，為郎憔悴卻羞郎。」竟不之見。後數日，張生將行，又賦一章以謝絕云：「棄置今何道，當時且自親。還將舊時意，憐❹取眼前人。」自是，絕不復知矣。時人多許張為善補過者。予嘗於朋會之中，往往及此意者，夫使知者不為，為之者不惑。貞元歲九月，執事❺李公垂❻宿於予靖安里第，語及於是，公垂卓然❼稱異，遂為〈鶯鶯歌〉❽以傳之。崔氏小名鶯鶯，公垂以命篇❾。

【章　旨】一年多以後，崔氏已委身他人，張生也另有所娶。張生要求再次與崔氏相見，崔氏賦詩婉然謝絕。

【注　釋】❶委身　出嫁。❷因其夫　透過鶯鶯的丈夫。❸外兄　表兄。❹憐　愛。❺執事　對朋友的尊稱。❻李公垂　李紳，字公垂。唐代著名詩人。❼卓然　突出的樣子。❽鶯鶯歌　為七言古詩，今已散佚不全。佚詩存《全唐詩》及《董解元西廂記》中。❾命篇　作為篇名。命，命題。

【語　譯】一年多以後，崔氏已嫁了丈夫，張生也娶了妻室。有一次張生恰好經過崔氏的住處，便以表兄的名義去找崔氏的丈夫，請他向崔鶯鶯表達見面的意願。丈夫告訴了崔氏，而崔氏始終不肯出來見張生。張生十分幽怨想念，臉上露出了失望的表情。崔氏知道後，悄悄地題了一首詩：「自從消瘦以後，我的容貌便減少了光彩，躺在床上思緒萬千懶得起來。不是怕見什麼其他的人，為了郎君而憔悴又羞於見到郎君。」終究還是沒見張生。過了幾天，張生要離開了，崔氏又題了一首詩以斷絕張生的念頭。詩道：「既然遺棄了我還有什麼可說的？當初卻是你自己要來親近我的。你還是把過去對我的情意，來愛你眼前的妻子吧。」從此以後，就互相斷了音訊。當時的人都稱讚張生是個善於改正自己錯誤的人。我在和朋友的聚會中經常談到張生遺棄崔氏的這番道理。為的是使懂得這些道理的人不再去做類似的事情，已經做了錯事的人也不至於沉湎其中不能自拔。貞元年間九月，我的朋友李公垂住在我靖安里的宅子裡，談論到這件事，公垂深感於此事的不同尋常，便寫了〈鶯鶯歌〉以使它流傳於世。崔氏小名叫做鶯鶯，公垂就用它題了篇名。

【賞析】〈鶯鶯傳〉是唐傳奇中影響極大的一篇作品，學者評為「其事之振撼文林，為力甚大」（魯迅《唐宋傳奇集．稗邊小綴》）。首先，就小說的題材類型而言，它是現存唐傳奇中第一篇純然描寫現實生活中男女愛情的小說，且不說〈古鏡記〉、〈補江總白猿傳〉這樣的志怪小說，就是〈離魂記〉、〈任氏傳〉、〈柳毅〉這樣的愛情小說，也無不充徹著超現實的情節。只有在〈鶯鶯傳〉之後，才陸續出現了〈李娃傳〉、〈霍小玉傳〉等以唐代普通男女的愛情生活為關注焦點的作品。〈鶯鶯傳〉的巨大影響在相當程度上還因為它提供了一個「癡情女子負心漢」、「始亂之，終棄之」的故事原型。早在《詩經》中就出現了棄婦的形象（如《詩經．衛風．氓》），然而以敘事文學的形式用寫實與細描的筆法來描寫一位癡情卻反被拋棄的貴族少女，卻是前所未有的。鶯鶯長於幽閨，不諳世事，正當她處於需要愛情、渴望愛情的時刻，一名男子闖入了她的世界，並頑強地向她軟弱的心靈發起了愛情攻勢。於是，這位純情善良的少女便輕易地陷入了情網，將自己全身心地交給了對方。然而最後悲劇卻不可避免地發生，她被無情地拋棄了。在中國漫長的封建社會裡，少女，尤其是出身於具有一定社會地位的家庭中的少女，長期生活於社會隔絕的環境之中，基本上沒有任何社交經驗，她們寂寞的心靈是很容易向任何一名進入她們生活的青年男子敞開。然而固有的社會規範又不允許任何形式的自由戀愛存在，於是哪怕是最脆弱的理由（諸如門當戶對、父母之命等等），都將使少女們的戀愛夭折，這種悲慘的故事在現實生活中不知上演過幾千萬遍。而本文的作者為我們塑造了一位溫柔嫻靜、姿容超俗，同時又工於詩書、聰慧過人的少女形象，於是鶯鶯便成為千百年來中國封建社會中無數追求愛情而不為社會所容的眾多少女的一個典型代表。集真善美於一身的崔鶯鶯已不是一個孤立的形象，她的身上蘊積著中國封建社會厚重的文化內涵，因而能深深打動一代又一代的讀者。

至於張生，則是中國古代青年知識分子的典型，他為愛欲所驅動卻又為禮法所束縛。張生的「忍情」不是單純由他個人的品質與性格所決定，他的行為是整個社會大機器運轉的一個部分。在已有的文明歷史中，通常說來，男性比女性具備更多的社會性，即男子所受到的社會道德、風尚、輿論的影響往往超過女性（這實際是由男性和女性參與社會生活程度的不同所造成的）。因此男子對自由個性、生命原生狀態的追求反倒不如女性那樣積極與勇敢。張生行為的前後矛盾、出爾反爾在相當程度上就是因為迫於社會壓力，畏懼輿論對自己不合禮法的婚戀（不是出於父母之命、媒妁之言，而是出於男女雙方的私相悅慕）議論紛紛，因而不得不做出拋棄愛人、捨棄愛情的違心選擇。張生的行為很好地表現出一個文人在個性上的怯懦與脆弱。

〈鶯鶯傳〉敘述了張生對鶯鶯的始亂終棄，卻沒有提供導致這種行為的外部或內部原因，並未對張生負心的行為作出合乎邏輯的解釋。張生對鶯鶯一見傾心，幾經周折兩人方如願結合，又經過努力爭取，兩人婚事方為崔老夫人准許，對此，張生的友人們也均表豔羨，然而張生卻出人意料地「志亦絕矣」，還發表了一通毫無人性的理論。張生這一溫文儒雅的士子突然露出卑鄙無恥、面目可憎的嘴臉，這不免使讀者感到莫名驚詫。對此，後人有不同的解釋。有人認為張生拋棄鶯鶯是為了「別娶高門」，攀龍附鳳；但鶯鶯出於大族——崔氏，且家中「財產甚厚」，所謂高門與寒門的矛盾事實上並不存在。也有學者根據元稹年譜考證張生實即元稹，元稹早年為了攀附高門拋棄了戀人，若干年後為了在道德上給自己以解脫，便創作出這樣一篇傳奇，藉張生之口將過失推給女方的「尤物妖人」，為自己的背信棄義粉飾開脫。有趣的是，與這種觀點正相反，有學者認為元稹年紀輕輕便做了高官，加上個性輕躁偏激，政治上樹敵甚廣。於是他的政敵為了打垮他，便抓住元稹早年不甚光彩的戀愛經歷，託名元稹，塑造了張生這一形象，藉張生的醜惡行徑來醜化、打擊元稹。由於存世資料極為有限，我們對於上述假設很難作出簡單的肯定或否定，因此我們寧願從作品內部尋找答案，相信張生的出爾反爾是出於「情與禮」的兩難選擇。不過，無論對本文情節中的這一矛盾如何解釋，作品的文學價值與社會意義卻是歷久彌新、永不褪色的。

李娃傳

白行簡

【題解】本篇出自《太平廣記》卷四八四雜傳記類，下注出《異聞集》。宋代曾慥《類說・卷二六》輯陳翰《異聞集》，其中〈汧國夫人傳〉篇末注：「舊名〈一枝花〉。」而元稹《元氏長慶集》卷十〈酬翰林白學士代書一百韻〉詩云：「翰墨題名盡，光陰聽話移。」句下自注：「樂天每與余游，從無不書名屋壁。又嘗於新昌宅說『一枝花話』，自寅至巳，猶未畢詞也。」可見李娃與滎陽公子的傳奇故事在民間已廣為流傳，而本文帶有濃厚的民間文學氣息，便是因為它淵源於民間藝人的說書故事。內容記敘了世家子弟滎陽公子與青樓女子李娃歷經悲歡，終成眷屬的愛情故事。反映出一種破除門第之見的平民婚戀觀念。

【作　者】白行簡（西元七七六～八二六年），字退之。大詩人白居易之弟。祖上是太原人，後遷至韓城，再遷至下邽。貞元末登進士第，元和十五年（西元八二〇年）授左拾遺，累遷司門員外郎、主客郎中。有文集二十卷，現已亡佚不存。他所作傳奇，除本篇外，還有〈三夢記〉一篇。

汧國夫人❶李娃，長安之倡女也。節行瓌奇❷，有足稱者，故監察御史❸白行簡為傳述。

【章　旨】以史傳形式介紹主角出身，並交代寫作的緣起。

【注　釋】❶汧國夫人　皇帝賜給李娃的封號。汧，汧陽，唐郡名。國夫人，是唐代貴族或官僚家庭婦女的最高封號，一般只封給王族和一品文武官員的母或妻。❷瓌奇　瓌，高貴；高尚。奇，奇特。❸監察御史　屬御史臺，負責糾察百官、巡按州縣獄訟、錢糧等事。據現存資料，白行簡沒有做過監察御史，當是後人誤記。

【語　譯】汧國夫人李娃，原是長安的一個妓女。她的節操品行高貴不凡，深深值得稱讚宣揚，所以監察御史白行簡為她寫了傳記。

天寶❶中，有常州刺史❷滎陽公❸者，略其名氏❹，不書。時望甚崇，家徒甚殷❺。知命之年❻，有一子，始弱冠❼矣，雋朗❽有詞藻❾，迥然不群，深為時輩推伏。其父愛而器之，曰：「此吾家千里駒也。」應鄉賦秀才舉，將行，乃盛❿其服玩車馬之飾，計其京師薪儲之費，謂之曰：「吾觀爾之才，當一戰而霸⓫。今備二載之用，且豐爾之給，將為其志⓬也。」生亦自負，視上第⓭如指掌⓮。自毗陵⓯發，月餘抵長安，居於布政里⓰。

【章　旨】滎陽公子赴京應試，滎陽公對其寄予厚望。

【注　釋】❶天寶　唐玄宗年號。❷刺史　州的行政長官。❸滎陽公　滎陽，今河南省滎陽縣。滎陽鄭氏，是唐代五大姓之一，著名的世家望族。所以常以滎陽公來尊稱這一姓的達官貴人。❹名氏　名和姓。作者於此有意暗示故事的真實性，為保其聲譽，故須省略其名姓。❺家徒甚殷　家裡的僕從很多。❻知命之年　五十歲。❼弱冠　古代男子二十歲稱「弱冠」。行冠禮，加冠，表示已經成年。❽雋朗　俊秀聰明。❾詞藻　文才。❿盛　這裡作動詞用，是使其豐盛的意思。即多多地供給。⓫一戰而霸　一次考試就能奪魁。⓬將為其志　以幫助你實現壯志。將，以。為，助。⓭上第　科舉考試列入最優等者。⓮指掌　在掌上指畫。喻極易取得。⓯毗陵　古郡名。即常州（今江蘇常州）。⓰布政里　長安里坊名。

【語　譯】天寶年間，有一位被稱作「滎陽公」的常州刺史。此處把他的姓名略去不寫。他是個德高望重的人，家境富有，僕從如雲。五十歲那年才有了一個兒子，現在剛滿二十歲。長得俊秀聰明，才華出眾，在同輩青年中是個佼佼者，大家都很欽佩他。他的父親十分珍愛和看重他，對人說：「這是我家的千里駒啊！」那年，滎陽公子應州郡的保送要去參加進士科的考試。臨行前他的父親給他準備了非常豐厚的服飾車馬、應用物品，估計了他在京師應考期間所需的費用，對他說：「依我看，以你的才華，必定一舉就能考中。現在我給你準備了兩年的生活費用，而且估計得非常寬裕，希望能幫助你實現夙願。」滎陽公子也很自負，認為考取第一名就如在掌上指畫那麼容易。滎陽公子從常州出發，一個多月後到達長安，住在布政里的一家旅舍裡。

嘗遊東市還，自平康❶東門入，將訪友於西南。至鳴珂曲❷，見一宅，門庭不甚廣，而室宇嚴邃❸。闔一扉，有娃❹方凭一雙鬟青衣❺立，妖姿要妙❻，絕代未有。生忽見之，不覺停驂❼久之，徘徊不能去。乃詐墜鞭於地，候其從者，敕取之。累眄❽於娃，娃回眸❾凝睇❿，情甚相慕。竟不敢措辭而去。生自爾意若有失，乃密徵其友遊長安之熟者，以訊之。友曰：「此狹邪女⓫李氏宅也。」曰：「娃可求乎！」對曰：「李氏頗贍⓬，前與通之者多貴戚豪族，所得甚廣。非累百萬，不能動其志也。」生曰：「苟患其不諧，雖百萬，何惜？」

【章　旨】滎陽公子到達長安，路遇李娃，一見鍾情，探聽到她的身分和相見的方法。

【注　釋】❶平康　長安里坊名，亦稱北里，是當時妓女聚居處。❷鳴珂曲　平康里中的小巷。曲，小巷；胡同。❸嚴邃　嚴整幽深。❹娃　美女。❺青衣　婢女。❻妖姿要妙　嬌豔的姿色極其動人。妖，豔。要妙，亦作「要眇」。美好的樣子。❼驂　一車駕三匹馬叫「驂」。這裡泛指馬。❽眄　斜視。這裡形容滎陽公子靦腆、不敢直視李娃的樣子。❾眸　眼珠。❿凝睇　盯著看。這裡形容李娃見多識廣、大方多情的樣子。⓫狹邪女　妓女。狹邪，妓女住處街巷多狹窄曲折，後以專稱妓戶。⓬贍　富有。

【語　譯】有一次他到東市去遊逛，回程時，從平康里的東門進去，想到西南邊去探望一個朋友。走到鳴珂曲，見到一所宅院，門戶庭院不怎麼寬闊，但裡面的屋宇卻很嚴整幽深。有一扇門半開著，一個美女倚著一個梳雙鬟的婢女站著，嬌豔的姿色極其動人，真是舉世無雙。公子一見之下，不覺停下了馬，徘徊在門口不肯離去。於是假裝鞭子失手落地，等候他的僕人拾取。趁這個機會，好幾次斜眼偷瞄那個美女，而那個美女則回過眼來盯著他看，表示出仰慕的樣子。但公子終究沒敢講一句話就走了。從此以後，公子就像丟失了什麼東西似的心神不安。便悄悄地去詢問一個熟悉長安的朋友，以打聽那位美女的身分。朋友說：「這是妓女李娃的住宅呀。」公子問道：「我可以去追求這個李娃嗎？」回答說：「李家相當富有，以前和她們來往的都是豪門貴族，她們由此得到了很多錢財。沒有百萬巨資休想使她動心。」公子道：「只怕事情不能成功，要是能成功的話，就算花上個一百萬錢，又有什麼可吝惜的呢？」

他日，乃潔其衣服，盛賓從，而往扣其門。俄有侍兒啟扃❶。生曰：「此誰之第耶？」侍兒不答，馳走大呼曰：「前時遺策郎也！」娃大悅曰：「爾姑止之。吾當整粧易服而出。」生聞之私喜。乃引至蕭牆❷間，見一姥❸垂白❹上僂❺，即娃母也。生跪拜前致詞曰：「聞茲地有隙院❻，願稅⑦以居，信乎？」姥曰：「懼其淺陋湫隘⑧，不足以辱長者所處，安敢言直⑨耶。」延生於遲賓之館⑩，館宇甚麗。與生偶坐⑪，因曰：「某有女嬌小，技藝薄劣，欣見賓客，願將見之。」乃命娃出。明眸皓腕，舉步豔冶。生遽驚起，莫敢仰視。與之拜畢，敘寒燠⑫，觸類妍媚⑬，目所未覩。復坐，烹茶斟酒，器用甚潔。久之，日暮，鼓聲四動⑭。姥訪其居遠近。生紿⑮之曰：「在延平門⑯外數里。」冀其遠而見留也。姥曰：「鼓已發矣。當速歸，無犯禁。」生曰：「幸接歡笑，不知日之云⑰夕，道里遼闊，城內又無親戚。將若之何？」娃曰：「不見責僻陋，方將居之，宿何害焉？」生數目姥。姥曰：「唯唯⑱。」生乃召其家僮，持雙縑⑲，請以備一宵之饌。娃笑而止之曰：「賓主之儀，且不然也⑳。今夕之費，願以貧窶㉑之家，隨其粗糲㉒以進之。其餘以俟他辰。」固辭，終不許。俄徙坐西堂，幃幙簾榻，煥然奪目；粧奩衾枕，亦皆侈麗。乃張燭進饌，品味甚盛。徹饌㉓，姥起。生娃談話方切，詼諧調笑，無所不至。生曰：「前偶過卿門，遇卿適在屏間。厥㉔後，心常勤念，雖寢與食，未嘗或捨。」娃答曰：「我心亦如之。」生曰：「今之來，非直㉕求居而已，願償平生之志。但未知命也若何？」言未終，姥至，詢其故，具以告。姥笑曰：「男女之際，大欲存焉。情苟相得，雖父母之命，不能制也。女子固陋，曷足以薦㉖君子之枕席？」生遂下階，拜而謝之㉗曰：「願以己為廝養㉘。」姥遂目之為郎㉙，飲酣而散。及旦，盡徙其囊橐㉚，因家於李之第。自是生屏跡戢身㉛，不復與親知相聞。日會倡優儕類㉜，狎戲遊宴。囊中盡空，乃鬻㉝駿乘，及其家童。歲餘，資財僕馬蕩然。邇來㉞姥意漸怠，娃情彌篤㉟。

【章　旨】滎陽公子得知李娃為青樓女子後，便上門求見。此後，便寄宿李宅，終日狎戲遊宴。很快便散盡千金，變賣所帶之家當。

【注　釋】❶啟扃　開門。扃，門閂。❷蕭牆　照壁。即當門的小牆，是主人迎接賓客的地方。❸姥　老婦。❹垂白　頭髮將白。❺上僂　駝背。❻隙院　空的院落。❼稅　租。❽湫隘　低溼狹小。❾直　同「值」。租金。❿邏賓之館　招待客人的客廳。邏，接待。⓫偶坐　對坐。⓬敘寒燠　問寒問暖，即問候之意。⓭觸類妍媚　一舉一動都美麗動人。⓮鼓聲四動　指宵禁的鼓聲從西面響起。是準備關閉各坊里牆門的訊號。⓯紿　欺騙。⓰延平門　唐長安外郭城西面的城門，離平康里很遠。⓱云　語助詞。⓲唯唯　謙恭的答應聲。⓳雙縑兩匹絹。縑，黃色細絹，唐代可作貨幣用。⓴且不然也　不應如此。㉑貧窶　貧賤。㉒粗糲　粗飯。㉓徹饌撤去酒席。徹，通「撤」。㉔厥　其。㉕非直　不只是。㉖薦　進獻，這裡是侍奉的意思。㉗生遂下階二句古代建築，堂基較高，從堂上下幾層臺階，才到平地。對人表示尊敬，要在堂下行禮下拜。㉘廝養　奴僕。㉙郎當時對女婿的暱稱。㉚囊橐　盛物袋，大為囊，小為橐。這裡指行李財物。㉛屏跡戢身　隱跡藏身。㉜倡優儕類　妓女和戲子一類人。㉝鬻　賣。㉞邇來　近來。㉟彌篤　更加深切。

【語　譯】過了幾天，公子換了精美的衣服，帶了一群僕人，就去敲李家的大門。隨即就有侍女出來開門。公子說：「這是誰家的宅第呀？」侍女不回答，卻奔回去大喊道：「是上次掉了馬鞭的那個郎君呀！」李娃很高興地說：「你先把他留下，我要梳妝換衣服後再出來。」公子聽到這話後心裡非常高興。侍女就把他領到照壁前，見到了一個白髮駝背的老婦人，那就是李娃的母親。公子跪下拜見並說：「聽說這兒有空院落，我想租了來住，真有其事嗎？」老婦人說：「只怕我家的房屋低溼狹小過於簡陋，不足以屈辱尊駕居住，怎麼敢談租金啊！」就請公子到迎賓館中，賓館的房子很是華麗。老婦人與公子對面坐下，說道：「我有個女兒，長得嬌小玲瓏，技藝雖然不高，卻是很喜歡會見賓客。我想叫她出來見你。」說完便把李娃叫了出來。但見她肌膚潔白、眼睛明亮、步態輕盈、豔麗多姿。公子驚奇得一下子站了起來，不敢抬眼看她。見過禮後，就與她寒暄起來。只覺得李娃的一舉一動都嫵媚動人，生平未曾見過。大家都坐了下來。接著就燒茶斟酒，所用的器具都十分精美潔淨。就這樣坐了好久，太陽落山了，暮鼓聲從四面傳來。老婦人問公子住所的遠近。公子騙她說：「在延平門外幾里路。」希望她能因自己的住處太遠而留著住下，老婦人卻說：「暮鼓已響，應該快些回去了，免得觸犯禁令。」公子道：「有幸蒙你們接待談笑，很是高興，竟沒發現天已晚了。回家路太遠，城裡又沒有親戚家可去，該怎麼辦才好？」李娃道：「你本來就不嫌我家房子簡陋，就要搬過來住了，今天就在這兒住一晚又有什麼關係呢？」公子頻頻地瞟著老婦人看，老婦人便說：「好吧。」公子就把僮僕叫來，拿了兩匹細絹給她們，請她們準備一頓晚飯。李娃笑著推辭道：「我們是主人，你是客人，這樣是不合禮節的。今天晚上就在我們家用些粗茶淡飯，你的心意，留待他日吧。」公子一再堅持要送，李娃終究沒有收受。隨後，就挪到西屋去坐。屋裡面的帷帳床榻都鋪設得光彩照人，梳妝用品和床上的被褥，也是十分的華麗。接著，點亮蠟燭，送上酒菜來，十分豐盛美味。吃完飯，將菜餚撤去，老婦人起身走開。公子和李娃正談得熱切，兩人互相調侃玩笑，無話不談。公子道：「前次偶然經過你的門口，正好看到你站在屏門間。其後我心裡常常思念，連吃飯睡覺時都不忘記。」李娃說道：「我的心情也是這樣。」公子道：「我今天來，不只是為了租房子住，而是為了實現平生最大的願望，但不知命運會怎樣。」話未說完，老婦人又走出來了，問他們在說些什麼，他們就一一告訴了她。老婦人笑道：「男女之間的愛戀，本來就是人們最大的慾望。如果雙方情投意合，就是父母反對，也是阻擋不住的。我的女兒雖然醜陋，還勉強配得上服侍先生吧？」公子就走到階下，向老婦人下拜道謝，並道：「我願意做個奴隸供你們差遣。」老婦人就把他看作女婿。又暢飲了一番才散席。第二天，公子把他的全部行李都搬來，住進了李娃的家中。從此，公子就銷聲匿跡，再也不和朋友們來往了。天天和娼妓優伶之輩混在一起吃喝玩樂，慢慢地，身邊的錢都用光了，就把駿馬和僕人賣掉。一年多下來，錢財和馬匹僕人都沒有了。此後，老婦人的態度漸漸怠慢起來，李娃對公子的情意卻更顯深切。

他日，娃謂生曰：「與郎相知一年，尚無孕嗣。常聞竹林神❶者，報應如響❷，將致薦酹❸求之，可乎？」生不知其計，大喜。乃質❹衣於肆❺，以備牢醴❻，與娃同謁祠宇而禱祝焉，信宿❼而返。策驢而後，至里北門❽，娃謂生曰：「此東轉小曲中，某之姨宅也。將憩而覲❾之，可乎？」生如其言，前行不逾百步，果見一車門❿。窺其際，甚弘敞。其青衣自車後止之曰：「至矣。」生下，適有一人逆訪⓫曰：「誰？」曰：「李娃也。」乃入告。俄有一嫗至，年可四十餘，與生相迎，曰：「吾甥來否？」娃下車，嫗迎訪之曰：「何久疏絕？」相視而笑。娃引生拜之。既見，遂偕入西戟門⓬偏院中。有山亭，竹樹葱蒨⓭，池榭幽絕。生謂娃曰：「此姨之私第耶？」笑而不答，以他語對。俄獻茶果，甚珍奇。食頃⑭，有一人控大宛⑮，汗流馳至，曰：「姥遇暴疾頗甚，殆不識人。宜速歸。」娃謂姨曰：「方寸⑯亂矣。某騎而前去，當令返乘⑰，便與郎偕來。」生擬隨之。其姨與侍兒偶語⑱，以手揮之，令生止於戶外，曰：「姥且歿矣。當與某議喪事以濟其急，奈何遽相隨而去？」乃止，共計其凶儀齋祭之用。日晚，乘不至。姨言曰：「無復命，何也？郎驟往視之⑲，某當繼至。」生遂往，至舊宅，門扃鑰甚密⑳，以泥緘㉑之。生大駭，詰其鄰人。鄰人曰：「李本稅此而居，約已周㉒矣。第主自收。姥徙居，而且再宿矣。」徵：「徙何處？」曰：「不得其所。」生將馳赴宣陽㉓，以詰其姨，日已晚矣，計程不能達㉔。乃弛㉕其裝服，質饌而食，賃榻而寢。生恚㉖怒方甚，自昏達旦，目不交睫。質明㉗，乃策蹇而去。既至，連扣其扉，食頃無人應。生大呼數四，有宦者徐出。生遽訪之：「姨氏在乎？」曰：「無之。」生曰：「昨暮在此，何故匿之？」訪其誰氏之第。曰：「此崔尚書宅。昨者有一人稅此院，云遲㉘中表之遠至者。未暮去矣。」

【章　旨】鴇兒見滎陽公子囊中見空，便與李娃設計將滎陽公子騙出，自己另徙新居，不知去向。致使公子身無分文，無所棲身。

【注　釋】❶竹林神　當時長安人信奉的神。❷報應如響　對人祭奉的回報像聲音的迴響一樣準確。響，迴聲。❸薦酹　以酒食祭奠。❹質　典押。❺肆　此處指當鋪。❻牢醴　祭品。牢，祭神用的牛、豬、羊三牲。醴，甜酒。❼信宿　住了兩夜。再宿為信。❽里北門　此處指宣陽里北門，與平康里南門隔街相對。❾覿　拜見。❿車門　車輛可進出的門。此指側門。⓫逆訪　迎問。⓬戟門　陳列著木戟的門，是顯貴人家的標誌。唐代三品以上官員可立戟於門。⓭蔥蒨　青翠茂盛。⓮食頃　一頓飯的功夫。指時間不長。⓯控大宛　騎著駿馬。大宛，漢代西域國名，以產良馬著名。這裡代稱良馬。⓰方寸　心。⓱返乘　將馬匹送回來。⓲偶語　相對私語。⓳驟往視之　趕快去看看。⓴扃鑰甚密　門戶鎖得很嚴實。㉑緘　封閉。㉒約已周　租約已滿期。周，終。㉓宣陽　宣陽里。長安里坊名，緊臨在平康里南方。㉔日已二句　時間已很晚了，估計不能在宵禁以前到達。李娃母及姨氏正是利用了宵禁來達到擺脫滎陽公子的目的。㉕弛　解除。此處是脫下的意思。㉖恚　怨恨。㉗質明　天剛剛亮。㉘遲　接待。

【語　譯】有一天，李娃對公子說：「我與郎君相處一年多了，還沒有懷你的孩子。常聽人說竹林神非常靈驗。我們一起去以酒食祭奠祈求，你說好嗎？」公子不知道這是一個騙局，很高興地答應了。便去當鋪將衣服典押了，換得錢以準備敬神用的牲畜和甜酒，與李娃一同到廟中去拜神禱祝。在廟裡住了兩夜才啟程回去。公子騎了驢子跟在李娃的車子後面，來到了宣陽里北門。李娃對公子說：「從此地向東轉，在一條小巷中有我姨母的宅院，我想去休息一會兒，順便拜見她，你看行不行？」公子依言往前走，不出一百步，果然見到一個側門，往裡看去很是寬敞。李娃的婢女在車後喊住他道：「到了。」公子就跨下了驢背，正好有一個人從門裡出來，問道：「是誰啊？」公子答道：「是李娃呀！」那人便轉身進門稟告。隨即出來了一個婦人，年紀約有四十多歲，迎著公子問道：「我的外甥女來了沒有啊？」李娃下了車，婦人迎上去說：「為什麼這麼久不來看我？」兩人對看著笑了起來。李娃就指點公子拜見姨母。見過禮後，就一起從西面的戟門走進偏院。裡面有假山亭子，樹木修竹青翠茂盛，池塘水榭幽雅絕倫。公子問李娃：「這是姨母的私人宅第嗎？」李娃笑而不答，連忙岔開了話題。隨後送上了茶水果品，都很珍奇。正喝茶時，忽見一人騎著駿馬、汗流浹背地飛奔而來，告訴他們說：「老太太突然生了急病，病得很嚴重，已經神智不清了，請你們快些回去吧。」李娃對姨母說：「我的心緒都亂了，我先騎馬趕回去，到家後，再派人送馬來接郎君和姨母一起去。」公子本想隨李娃一起走，但姨母和侍兒相對低語幾句後，就揮手叫李娃快走，而讓公子在門外停住了腳步。姨母對李生說：「老太太病得快要死了，公子應該留下和我商議喪事的一應事宜，怎麼能夠急忙地跟著她走掉呢？」公子聽她這樣說，只好留了下來，和姨母一起商議喪禮和齋戒祭奠所需要的費用。一直到天色已晚，人、馬都不見返回。姨母就說：「到現在還沒有回音，是怎麼回事呢？郎君該趕快回去看看，我隨後就來。」公子就獨自回去了。走到李娃家門口一看，門戶鎖得很嚴實，門縫還用泥土封住了。公子大吃一驚，就去向鄰居打聽。鄰居說：「李家本是租了房子在這兒居住的，租約已經到期了，房主就收回了屋子。老太婆已於兩天前搬到別處去了。」再問：「搬到哪裡去了？」鄰居回答：「不知道住在哪兒。」公子打算再奔赴宣陽里去向李娃的姨母詢問，但天色已晚，計算路程在宵禁前已來不及到達，只好脫下身上的衣服典押了，買了些飯食吃，在旅店住了一夜。公子又恨又氣，一夜到天亮眼睛沒有閉上過。天剛亮，就騎了驢子趕往宣陽里。到了那裡，急切地直敲門，好一會兒也沒有人答應，公子連連大聲呼喊，有一個官吏模樣的人慢慢地走出來。公子急忙上去詢問：「姨母在嗎？」回答說：「沒有什麼姨母啊！」公子道：「昨天晚上還在這兒的，為什麼躲起來了？」又問這宅第是誰家的，那人答道：「這是崔尚書的宅第。昨天有一個人來租這兒的院子，說是接待遠道而來的表親。天還沒黑就離去了。」

生惶惑發狂，罔至所措，因返訪布政舊邸。邸主哀而進膳。生怨懣❶，絕食三日，遘疾甚篤❷，旬餘愈甚。邸主懼其不起，徙之於凶肆❸之中。綿綴❹移時❺，合肆之人共傷歎而互飼之。後稍愈，杖而能起。由是凶肆日假之❻令執繐帷❼，獲其直以自給。累月，漸復壯，每聽其哀歌❽，自歎不及逝者，輒嗚咽流涕，不能自止。歸則效之。生，聰敏者也。無何，曲盡其妙，雖長安無有倫比。初，二肆之傭凶器者[9]，互爭勝負。其東肆車轝皆奇麗，殆不敵，唯哀輓[10]劣焉。其東肆長[11]知生妙絕，乃醵[12]錢二萬索顧[13]焉。其黨耆舊[14]，共較[15]其所能者，陰教生新聲，而相讚和[16]。累旬，人莫知之。其二肆長相謂曰：「我欲各閱[17]所傭之器於天門街[18]，以較優劣。不勝者罰直五萬，以備酒饌之用，可乎？」二肆許諾。乃邀立符契，署以保證，然後閱之。士女大和會[19]，聚至數萬。於是里胥[20]告於賊曹[21]，賊曹聞於京尹[22]。四方之士，盡赴趨焉，巷無居人。自旦閱之，及亭午[23]，歷舉輦轝威儀之具[24]，西肆皆不勝，師有慚色。乃置層榻[25]於南隅。有長髯者，擁鐸[26]而進，翊衛[27]數人。於是奮髯揚眉，扼腕[28]頓顙[29]而登，乃歌〈白馬〉之詞[30]；恃其夙勝[31]，顧眄左右，旁若無人。齊聲讚揚之；自以為獨步一時，不可得而屈也。有頃，東肆長於北隅上設連榻，有烏巾少年，左右五、六人，秉翣[32]而至，即生也。整衣服，俯仰甚徐，申喉發調，容若不勝[33]。乃歌〈薤露〉之章[34]，舉聲清越㉟，響振林木，曲度未終，聞者歔欷㊱掩泣。西肆長為眾所誚，益慚恥。密置所輸之直於前，乃潛遁焉。四坐愕眙㊲，莫之測也。

【章旨】滎陽公子流落市井，身染重病，被送至殯儀館。痊癒後便在喪事上唱輓歌為生。在一場輓歌大賽中贏得全京城士女的歎賞。

【注釋】❶怨懣　怨恨煩悶。❷遘疾甚篤　病得很沉重。遘，相遇，此處指得病。❸凶肆　專門辦理喪事的店鋪，猶今之殯儀館。❹綿綴　氣息像細絲般延續著。指病勢危急，奄奄一息。❺移時　少頃；一段時間。❻日假之　天天雇用他。❼繐帷　靈帳；在靈柩前的帳幕。❽哀歌　指出殯時唱的輓歌。❾傭凶器者　經營喪葬用品的店主。❿哀輓　指出葬時唱的輓歌。⓫肆長　店主。⓬醵　湊集。⓭顧　同「雇」。⓮耆舊　老前輩。指唱輓歌的老手。⓯較　比試。⓰讚和　幫腔合唱。⓱閱　陳列；匯集。⓲天門街　長安宮城南門外的南北大街，街道寬達百米。⓳大和會　大聚會。⓴里胥　管理鄉里街道的小吏。㉑賊曹　主管治安的官員。㉒京尹　京兆府尹的簡稱，京師的行政長官。㉓亭午　中午。㉔輦轝威儀之具　指靈車儀仗一類器具。㉕層榻　樓梯形高榻。㉖擁鐸　拿著大鈴。唐代出葬儀仗中，以鐸聲配合輓歌，並統一輓者步伐。㉗翊衛　跟隨保護。這裡指隨從的人。㉘扼腕　左手握持右手的腕部。㉙頓顙　點頭。顙，額。㉚白馬之詞　輓歌。本為樂府舊歌，因描寫戰場慘烈景象，曲調哀淒，故後來用為輓歌。㉛夙勝　向來獲勝。㉜秉翣　拿著出殯時的儀仗。翣，形似長柄扇，出葬時用以遮障靈車。㉝容若不勝　臉上好像有著無法承受的哀愁。勝，勝任；承受。㉞薤露之章　古輓歌。本為樂府舊歌，歌詞寫人生短暫，好像草上露水，極易消失。㉟清越　嘹亮。㊱歔欷　哭泣聲。㊲愕眙　驚呆了。眙，直視。

【語　譯】公子驚恐疑懼得幾乎要發瘋，不知怎麼辦才好。只好回到布政里原來住的那家旅舍。旅舍主人可憐他的遭遇，拿了飯食給他吃。但公子由於怨恨煩悶，接連三天都沒有吃一點東西，終於病倒了。十幾天後，病勢更重了。旅舍主人怕他死在店裡，就把他移到了一家專門替人辦喪事的店鋪中去。公子奄奄一息地躺著，店鋪裡的人同情他的遭遇，都輪流照料餵養他。慢慢地，他的病情逐漸好轉，能扶著拐杖起來走路了。於是店主就每日都雇傭他在喪禮上拿靈幡，得到一點酬勞維持自己的生活。一個多月以後，身體漸漸強壯起來。每聽到喪禮上的輓歌，總會暗自歎息生不如死，常常嗚咽流淚，不能自制。回去後就學著唱輓歌。公子本是個聰明伶俐的人，不久，就盡數領略了唱輓歌的奧妙，整個長安城沒有人比得上。早先有兩家承辦喪事的店鋪，店主常常互相競爭。東面那家店鋪的車輛轎子裝飾得新奇漂亮，沒有哪個比得上，只是輓歌唱得較差。這家店鋪的店主知道公子輓歌唱得絕妙，就湊集了二萬文錢來把公子雇去，原先那些唱輓歌的前輩們，經過比試推出唱得最好的人，暗地裡教公子唱新的唱腔，其他的人則在旁邊幫腔合唱。十幾天過去了，也沒有人知道。兩家店鋪的店主商量道：「我們各自把店鋪裡的喪葬用具陳列在天門街，來比個高低。比輸的人，就罰他拿出五萬錢來請大家喝酒，行不行？」雙方都答應以後，便請人來寫了契約文書，簽字畫押後就開始準備。到了這一天，長安城的男男女女都來看熱鬧，人數多達好幾萬。於是里胥報告了賊曹官，賊曹官則報告了京兆尹。四面八方的人都跑到天門街來了，真是萬人空巷！從早上開始展覽一直到中午，分別展出了車輛、轎子和喪事中的儀仗用具，西面的店鋪都比不上，店主臉上露出羞愧的神色，便在場子南面放置了梯形的高榻。有一個留長鬚的人，拿著大鈴走進場來，好幾個人簇擁著他。進場後，便拂長鬚、揚雙眉，握住手腕，向觀眾點點頭，登上高榻，激昂地唱起了輓歌〈白馬詞〉。憑仗他素日的優勢，左顧右盼，旁若無人。大家聽得齊聲喝彩，這令他更為得意，以為自己獨一無二，沒有人能勝得了他。過了一會兒，東面的店主在場地北面設置了幾張連接著的床榻，一個少年頭戴黑巾，五、六個人手拿著出殯時用的長柄扇簇擁著他走了出來，這就是滎陽公子。只見他整整衣襟，身子慢慢地前後擺動著，放開喉嚨唱了起來，臉上好像帶著無限的哀愁。唱的是古代的輓歌〈薤露歌〉，歌聲嘹亮，連樹木都被震動了。歌還沒有唱完，聽歌的人都掩面哭泣起來。西面店鋪的主人被大家譏笑，更為羞慚，偷偷地把所輸的賭注留下，暗地裡跑掉了。周圍的人感到奇怪，瞪眼看著他，不知道怎麼回事。

先是，天子方下詔，俾❶外方之牧❷，歲一至闕下❸，謂之入計❹。時也適遇生之父在京師，與同列者易服章❺竊往觀焉。有老豎❻，即生乳母壻也，見生之舉措辭氣，將認之而未敢，乃泫然流涕。生父驚而詰之。因告曰：「歌者之貌，酷似郎❼之亡子。」父曰：「吾子以多財為盜所害。奚至是耶？」言訖，亦泣。及歸，豎間❽馳往，訪於同黨曰：「向歌者誰？若斯之妙歟？」皆曰：「某氏之子。」徵其名❾，且易之矣。豎凜然大驚；徐往，迫❿而察之。生見豎色動，迴翔⓫將匿於眾中。

豎遂持其袂⑫曰：「豈非某乎？」相持而泣。遂載以歸。至其室，父責曰：「志行若此，汙辱吾門；何施面目⑬，復相見也。」乃徒行出，至曲江⑭西杏園⑮東，去其衣服，以馬鞭鞭之數百。生不勝其苦而斃。父棄之而去。

【章旨】滎陽公進京得知兒子的落魄境遇後，一怒之下將他打得昏死過去，並棄之而去。

【注釋】❶俾　使。❷外方之牧　指京城以外州郡的行政長官。牧，管理養護，此指地方行政首長。❸闕下　指京城。❹入計　唐代規定，各州刺史每年至長安由中央政府考察其政績，決定升降，叫入計。❺易服章　脫掉官服，穿上便服。易，更換。❻老豎　老僕人。❼郎　指鄭生的父親。這是老僕人對主人的尊敬稱呼。❽間　找個機會。❾徵其名　詢問他的姓名。徵，求；問。❿迫　靠近。⓫迴翔　形容躲躲閃閃如鳥之迴旋飛翔。⓬袂　衣袖。⓭何施面目　把臉面放在哪裡。⓮曲江　池名。在長安城東南，當時著名風景區。⓯杏園　在曲江池西，也是遊覽勝地。

【語譯】在這之前，皇帝才下了詔書，命令京師以外州郡的行政長官每年要到京城來一次，以便考察其政績，稱作「入計」。這時正好公子的父親也在京城。聽說比賽的事後，便和同僚們換上便服，偷偷地去看熱鬧。跟隨他的一個老僕是公子乳母的丈夫。見到公子的形容舉止，想認又沒敢認，便流下淚來。公子的父親驚奇地問他原因。他便對主人說：「唱輓歌的人容貌極像老爺失去的兒子。」公子的父親說：「我的兒子因為多帶了錢財而被強盜害死了，怎麼會在這兒呢？」說完，也流下淚來。回去後，僕人找個機會跑回到比賽的地方，向公子的同夥打聽道：「剛才唱歌的人是誰，怎麼唱得這麼好啊！」大家說：「這是某家的兒子啊。」再問到名字，已改換過了。僕人大吃一驚，慢慢地走過去，就近仔細地察看他。公子見到僕人，神色突變，躲閃著想要藏到人群中去。僕人拉住他的衣袖道：「你不就是某某人嗎？」兩人便握著手哭了起來。僕人便載著公子回到寓所。進了屋子，父親呵責他道：「你竟然做出這樣下賤的事，玷汙了我家的門風，還有什麼臉面來見我啊。」說罷，拉著他一起走了出去。走到曲江池西的杏園東面，便剝掉公子的衣服，用馬鞭抽了他幾百下。公子忍痛不住就昏死過去。他父親丟下他就離去了。

其師命相狎暱者❶陰隨之，歸告同黨，共加傷歎。令二人齎❷葦席瘞❸焉。至，則心下微溫。舉之，良久，氣稍通。因共荷而歸，以葦筒灌勺飲，經宿乃活。月餘，手足不能自舉。其楚撻之處皆潰爛，穢甚。同輩患之，一夕，棄於道周❹。行路❺咸傷之，往往投其餘食，得以充腸。十旬，方杖策而起。被❻布裘，裘有百結，襤褸如懸鶉❼。持一破甌❽，巡於閭里，以乞食為事。自秋徂❾冬，夜入於糞壤窟室，晝則周遊廛肆❿。

【章　旨】滎陽公子為同黨救活後，因身體潰爛汙穢，被丟棄路旁，以乞討度日。

【注　釋】❶狎暱者　關係親近的人。❷齎　攜帶。❸瘞　掩埋屍體。❹道周　路邊。❺行路　過路的人。❻被　同「披」。❼懸鶉　古人形容破爛的衣袍。鶉，鵪鶉，尾禿，所以借指衣破。❽甌　瓦盆。❾徂　到。❿廛肆　市場，引申為鬧市。廛、肆本皆為店鋪。

【語　譯】當僕人帶走公子時，店鋪主人就叫平時與公子親近的人暗暗地跟著。那人回去把公子的遭遇告訴了同伴，大家都為他傷心歎息。店主就叫兩個人帶了蘆席去想把公子埋掉。他們到那兒發現公子並沒有死，心口還微微地有些熱氣，只是昏迷過去而已。他們就把他扶著坐起來，過了好久，呼吸稍為通暢了一點。便把他抬了回去，用葦管把湯水滴進去餵他，過了一夜才甦醒過來。一個多月過去，手腳還不能自如地活動，鞭痕處都潰爛了，膿血淋漓，汙穢不堪。同伴們擔心防備會被他傳染，有一天晚上，就把他抬出去，丟在馬路邊。過路的人都很可憐他，常常把吃剩的食物丟給他，足以讓他充饑活命。一百天以後，才能扶著拐杖站起來行走。這時的公子，身上披著千穿百孔的破皮襖，衣衫破舊像隻掛著的鵪鶉。手捧著一隻破瓦盆，在街巷中往來乞討，以此為生。從秋天到冬天，他晚上鑽進垃圾堆邊的土洞中過夜，白天則在街市店鋪間遊走乞食。

一旦大雪，生為凍餒所驅，冒雪而出，乞食之聲甚苦。聞見者莫不悽惻。時雪方甚，人家外戶[1]多不發[2]。至安邑[3]東門，循理垣[4]北轉第七八，有一門獨啟左扉，即娃之第也。生不知之，遂連聲疾呼「饑凍之甚」，音響悽切，所不忍聽。娃自閤中聞之，謂侍兒曰：「此必生也。我辨其音矣。」連步而出。見生枯瘠[5]疥厲[6]，殆非人狀。娃意感焉，乃謂曰：「豈非某郎也？」生憤懣絕倒[7]，口不能言，頷頤[8]而已。娃前抱其頸，以繡襦[9]擁而歸於西廂，失聲長慟曰：「令子一朝及此，我之罪也！」絕而復蘇。姥大駭，奔至，曰：「何也？」娃曰：「某郎。」姥遽曰：「當逐之。奈何令至此？」娃斂容卻睇[10]曰：「不然。此良家子[11]也。當昔驅高車，持金裝，至某之室，不踰期[12]而蕩盡。且互設詭計，捨而逐之，殆非人。令其失志，不得齒[13]於人倫。父子之道，天性也。使其情絕，殺而棄之。又困躓[14]若此。天下之人盡知為某也。生親戚滿朝，一旦當權者熟察其本末，禍將及矣。況欺天負人，鬼神不祐，無自貽其殃[15]也。某為姥子，迨今有二十歲矣。計其貲[16]，不啻[17]直千金。

今姥年六十餘，願計二十年衣食之用以贖身，當與此子別卜所詣⓲。所詣非遙，晨昏得以溫凊⓳。某願足矣。」姥度⑳其志不可奪，因許之。給姥之餘，有百金。北隅四五家稅一隙院。乃與生沐浴，易其衣服；為湯粥，通其腸；次以酥乳潤其臟。旬餘，方薦水陸之饌㉑。頭巾履襪，皆取珍異者衣之。未數月，肌膚稍腴；卒歲㉒，平愈如初。

【章　旨】李娃再次見到滎陽公子，為他的悲慘遭遇所打動，便收留他，加以仔細調養照護。並自己贖身，與滎陽公子生活在一起。

【注　釋】❶外戶　大門。❷不發　不開。❸安邑　長安里坊名，在東市南。❹理垣　里坊的圍牆，此處為安邑里的圍牆。❺枯瘠　枯瘦如柴。❻疥厲　疥瘡和疫病。❼絕倒　昏倒。❽頷頤　點頭。❾繡襦　繡花短襖。❿斂容卻睇　臉色嚴肅地回頭看看。睇，斜視。⓫良家子　清白人家的子弟。⓬不踰期　不到一年。期，一週年。⓭齒　列。⓮困躓　貧困潦倒。⓯貽其殃　招來災禍。⓰計其貲　計算賺來的財物。貲，財物。⓱不啻　不止。⓲別卜所詣　另找一個住所。卜，選擇。所詣，所往。⓳溫凊　「冬溫夏凊」之略語。即冬天把被子煨暖，夏天把蓆子扇涼。後遂作為子女向父母侍候問安的代詞。⑳度　料想。㉑水陸之饌　指山珍海味之類的食品。㉒卒歲　過了一年。

【語　譯】有一天，下著大雪，公子為饑寒所迫，只得冒著大雪出去討飯，乞求的聲音極為淒苦，聽到的人沒有不悲傷同情的。因為雪下得很大，家家戶戶都關著大門。公子走到安邑里東門，沿著圍牆往北轉彎走到第七、八家時，見到那家的左邊大門卻獨獨開著。其實，那就是李娃的宅第。但公子並不知道，只是在門外連聲急喊「餓死我啦，凍死我啦」，喊聲極其淒慘，叫人不忍卒聽。李娃在樓上聽到這喊聲，就對侍兒說：「這一定是公子啊，我聽出他的聲音來了。」說完，三步併作兩步走到外面。只看到公子骨瘦如柴，渾身疥癩，簡直沒有個人樣。李娃受到了觸動，便對他說：「這不就是某某郎君嗎？」公子聽到李娃的話，剎時間憤恨交加，倒在地上，嘴裡說不出話來，只是點頭而已。李娃上前抱著他的頭頸，脫下繡花襖來給他披上，擁著他走回到西廂房中去。放聲大哭道：「讓你淪落到這般地步，是我的罪過啊！」哭昏過去又甦醒過來。李娃的母親大吃一驚，跑過來說：「什麼人啊？」李娃道：「某某郎君。」老婦人忙說：「該把他趕出去，為什麼讓他到這兒來？」李娃臉色鄭重地看著她道：「不能這樣。他本是好人家的子弟。當初他乘了高大的馬車，帶著裝滿金銀的行李來到我們家，不到一年就花光了錢財。我們又設下陰謀，把他捨棄趕走。這簡直不是人做的。讓他丟棄過去的志向，為家庭親朋所不容。父子情義本是天性，卻也因為他的墮落而斷絕了。他的父親竟然把他打死後丟棄。如今又貧困潦倒成這樣子，天下人都知道這是因為我的緣故。公子的親戚有很多在朝廷裡做官的，有朝一日那些有權有勢的人知道了這件事的來龍去脈，我們就會大禍臨頭了。況且，欺瞞老天，忘恩負義於人，老天也不會保佑我們的，快不要自招禍殃了。我做你的女兒，至今已有二十年了。我為你賺的錢，算起來已不下千金。如今媽媽已經六十多歲，我情願再給您二十年的生活費來贖身。我就和公子另外找個地方居住，離這兒也不會太遠，每天早晚還可以來問候您。這樣，我的心願就算滿足了。」老婦人料想李娃主意已定，無法讓她改變，也就答應了她。李娃把贖身錢給了老婦人，又從餘下的錢裡拿出一百兩銀子，在北面離四、五家的空院落裡租住下來。替公子洗過澡，換了衣服。先燒些稀粥給他吃，以打通腸胃。又讓他喝牛奶，以滋潤臟腑。十幾天以後，才給他吃山珍海味。李娃給公子穿的衣服鞋襪、戴的頭巾，都是珍貴非凡的。沒過幾個月，公子就稍為豐滿了一些。再過了一年，就康復如初了。

異時，娃謂生曰：「體已康矣，志已壯矣。淵思寂慮❶，默想曩❷昔之藝業，可溫習乎？」生思之，曰：「十得二三耳。」娃命車出遊，生騎而從。至旗亭❸南偏門鬻墳典之肆❹，令生揀而市❺之，計費百金，盡載以歸。因令生斥棄百慮以志學，俾夜作晝，孜孜矻矻❻。娃常偶坐，宵分❼乃寐。伺其疲倦，即諭之綴❽詩賦。二歲而業大就，海內文籍，莫不該覽❾。生謂娃曰：「可策名試藝❿矣。」娃曰：「未也，且令精熟，以俟百戰。」更一年，曰：「可行矣。」於是遂一上登甲科⓫，聲振禮闈⓬。雖前輩見其文，罔不斂衽⓭敬羨，願友之⓮而不可得。娃曰：

「未也。今秀士⑮，苟獲擢一科第，則自謂可以取中朝⑯之顯職，擅天下之美名。子行穢跡鄙，不侔⑰於他士。當礱淬利器⑱，以求再捷。方可以連衡⑲多士，爭霸群英。」生由是益自勤苦，聲價彌甚。其年，遇大比⑳，詔徵四方之雋㉑，生應直言極諫科㉒，策名㉓第一，授成都府參軍㉔。三事以降㉕，皆其友也。將之官，娃謂生曰：「今之復子本軀㉖，某不相負也。願以殘年，歸養老姥。君當結媛鼎族㉗，以奉蒸嘗㉘。中外㉙婚媾，無自黷㉚也。勉思自愛。某從此去矣。」生泣曰：「子若棄我，當自剄以就死。」娃固辭不從，生勤請彌懇。娃曰：「送子涉江，至於劍門㉛，當令我回。」生許諾。月餘，至劍門。未及發而除書㉜至，生父由常州詔入，拜㉝成都尹，兼劍南採訪使㉞。浹辰㉟，父到。生因投刺㊱，謁於郵亭㊲。父不敢認，見其祖父官諱㊳，方大驚，命登階，撫背慟哭移時，曰：「吾與爾父子如初。」因詰其由，具陳其本末。大奇之，詰娃安在。曰：「送某至此，當令復還。」父曰：「不可。」翌日，命駕與生先之成都，留娃於劍門，築別館以處之。明日，命媒氏通二姓之好，備六禮(39)以迎之，遂如秦晉之偶(40)。娃既備禮(41)，歲時伏臘(42)，婦道甚修(43)，治家嚴整，極為親(44)所眷尚(45)。後數歲，生父母偕歿，持孝(46)甚至。有靈芝產於倚廬(47)，一穗三秀(48)。本道上聞(49)。又有白鷰數十，巢其層甍(50)。天子異之，寵錫(51)加等。終制(52)，累遷(53)清顯之任(54)。十年間，至數郡。娃封汧國夫人。有四子，皆為大官；其卑者猶為太原(55)尹。弟兄姻媾皆甲門(56)，內外隆盛，莫之與京(57)。嗟乎，倡蕩之姬，節行如是，雖古先烈女，不能踰也。焉得不為之歎息哉！予伯祖嘗牧晉州(58)，轉戶部(59)，為水陸運使(60)，三任皆與生為代(61)，故諳詳其事。貞元(62)中，予與隴西李公佐(63)話婦人操烈之品格，因遂述汧國之事。公佐拊掌(64)竦聽(65)，命予為傳。乃握管濡翰(66)，疏(67)而存之。時乙亥歲(68)秋八月，太原白行簡云。

【章　旨】在李娃的激勵下，滎陽公子苦讀上進，一舉中第。公子與李娃也正式結為夫妻，終生顯貴。

【注　釋】❶淵思寂慮　深思靜想。❷曩　從前。❸旗亭　即市樓。建在市集中，樓上設鼓，擊鼓作為開市、罷市的信號。因上面樹立旌旗，故名。❹鬻墳典之肆　即書店。鬻，賣。墳典，泛指書籍。❺市　買。❻孜孜矻矻　勤奮不懈的樣子。❼宵分　夜半。❽綴　聯綴。指寫作。❾該覽　讀遍。該，通「賅」。完全。❿策名試藝　報名參加科舉考試。⓫登甲科　唐代科舉制度，進士分甲乙兩科，明經分甲乙丙丁四科，成績高的取進甲科。登，考取；上榜。⓬禮闈　唐代進士科、明經科考試由禮部主持，故稱試場為禮闈。闈，試院。⓭斂衽　會客時整理衣襟，是表示敬意的動作。⓮願友之　願意和他交朋友。⓯秀士　應試者的通稱。⓰中朝　朝廷。⓱不侔　不能相比。侔，同；齊。⓲礱淬利器　比喻使學業更加精深。礱，在石上磨。淬，淬火，把鑄好的刀劍燒紅放入水中，使之質地堅硬。⓳連衡　通過交游，確立霸主地位。戰國時張儀遊說連合六國尊秦國為盟主，與秦和好。⓴大比　會聚在朝廷進行考試，這裡指制科考試。在職官員和常科考中的進士、明經均可參加，考試合格後可立即授官。㉑雋　雋才；優秀的人才。㉒直言極諫科　制科考試中的一種。其內容是以正直的義理極力勸諫皇上的某些政策或決定。㉓策名　榜上題名。㉔參軍　成都府尹的屬官。㉕三事以降　自三公以下的官員。三事，即三公。唐代以太尉、司徒、司空為三公，官銜最高。㉖復子本軀　恢復了你的本來身分。㉗結媛鼎族　與高門大族的美女結婚。㉘奉蒸嘗　主持祭祀。奉，承事。蒸，冬天的祭祀。嘗，秋天的祭祀。古代禮制，依時祭祀祖先是家庭婦女的重要職責。㉙中外　本指中表親，這裡引申為門當戶對的高門大族。㉚黷　玷汙。㉛劍門　在今四川省劍閣縣東北。㉜除書　委任新官的詔書。㉝拜　授。㉞採訪使　中央派往地方負責監督糾察州縣官員的使臣。㉟浹辰　十二天。古代以干支紀日，從子到亥十二辰為一周，就是十二天。浹，周匝；一個循環。㊱刺　名帖；名片。㊲郵亭　古代供傳送文書、公物的差人及過往官員住宿的館舍。㊳祖父官

諱　祖父和父親的官銜和名字。諱，忌諱；避諱。古代對長輩不敢（避諱）直稱其名，而用諱字來指代，以示尊敬。㊴六禮　古代婚禮的六個程序，即納采、問名、納吉、納徵、請期、親迎。㊵秦晉之偶　締結美好的婚姻。㊶既備禮　既已成婚。㊷歲時伏臘　逢年過節都能主持祭祀。歲，過年。時，節令。伏，夏祭。臘，冬祭。㊸修　整治；完備。㊹親　此處指公婆。㊺眷尚　喜愛推重。㊻持孝　守孝。㊼倚廬　守孝的草屋。㊽一穗三秀　一個穗上開了三朵花。一穗三秀甚為罕見，古人以為祥瑞之兆。㊾本道上聞　指劍南道的長官報告了皇帝。㊿層甍　高層房屋的屋脊。(51)寵錫　賞賜。(52)終制　服喪期滿。(53)累遷　多次陞官。(54)清顯之任　顯赫高貴的官職。(55)太原　唐代府名。治所在今山西省太原市西南。(56)甲門　名門大族。(57)莫之與京　沒有誰家能比得上。京，大。(58)牧晉州　任晉州刺史。牧，管理；領導。(59)戶部　唐代中央六部之一，主管全國土地、戶籍、賦稅等。(60)水陸運使　戶部下管理水陸運輸的官員。(61)為代　為前後任。代，代替；交接。(62)貞元　唐德宗年號。(63)李公佐　即〈南柯太守傳〉的作者。(64)拊掌　擊掌，表示驚奇、讚歎。拊，同「撫」。(65)竦聽　敬聽。(66)握管濡翰　提筆蘸墨。管和翰都是毛筆的代稱。(67)疏　詳細記述。(68)乙亥歲　指唐德宗貞元十一年。

【語　譯】又過了一些日子，李娃對公子說：「你的身體已經康健了，志向也恢復了。該當靜下心來，好好想想過去所學的課業，還能記得嗎？」公子細細想了一會兒，說道：「還能記得二、三成。」李娃就命人備好車駕，自己坐上去，叫公子騎著馬跟在後面。來到了旗亭南偏門的書店裡，讓公子挑選好要讀的書，花了一百兩銀子買了下來，全部裝上車帶了回去。從此，便叫公子排除一切雜念專心向學，連夜晚也像白天一樣勤奮攻讀。李娃常常陪著公子坐到深夜才去睡。在公子讀經史感到疲勞了，就叫他寫作詩賦，以為調節。二年以後學業大有長進。天下的文章書籍沒有未讀過的。公子對李娃說：「我看可以去報名應試了。」李娃說：「還沒到時候。再把書籍讀得更精通純熟，才能去應付一次次的考試。」又過了一年，李娃才說：「現在可以去報名應試了。」於是公子一舉就考取甲科，名聲驚動了考場，就是那些前輩的士子們看了他的文章也都尊重羨慕他，都想和他結交而唯恐高攀不上。李娃卻說：「還不夠啊！現在的那些秀才們，只要考中了一次，就自認為足以在朝廷中擔任重要職位，名揚天下了。但是你過去的行跡低下汙穢，和其他的讀書人不同。必須再努力攻讀，使學業更加精深，以求下一次考試再獲捷報，才能和眾多的士子一較高下，在天下英才中爭霸。」公子聽了李娃的話，更加刻苦讀書，名聲愈來愈響。這一年，是朝廷會試之年，皇帝下詔徵求四方英才。公子參加「直言極諫科」考試，考中了第一名，被任命為成都府參軍。自三公以下的官員，都和他成為朋友。要上任了，李娃對公子說：「如今讓你恢復了本來面目，我總算不再虧欠你了。現在我想以餘下的歲月回去奉養老母。郎君應該和高門大族的好女子結婚，讓她來做你們家的主婦。你要締結門當戶對的婚姻，不要玷汙了你家的門楣啊。希望你努力上進，珍重自己，我從此就離開你了。」公子聽了這番話，哭著對李娃說：「你如果離開我，我就自殺。」李娃仍堅決推辭不願隨公子去，公子卻是苦苦相求，情意更加懇切。李娃只好說：「那麼我送你過長江，到了劍門，一定要放我回來啊！」公子答應了。於是兩人就一起上路。一個多月以後，到了劍門。歇下來還沒來得及繼續前進，新官的委任詔書卻送到了。原來是公子的父親由常州奉旨進京，被委派為成都府尹，兼任劍南採訪使。十二天以後，父親到達劍門。公子便投上名帖，到郵亭謁見他的父親。父親不敢相認，及至見到名帖上公子祖父的名字，方才大吃一驚。叫公子登階上堂，撫摸著他的脊背哭了很久。說道：「我和你父子之情恢復如初吧。」便盤問起事情的原由來。公子將全部經過原原本本告訴了父親。滎陽公大為驚奇，忙問李娃現在何處。公子道：「送我到這兒，她就要回去了。」父親連忙說：「不行，不能讓她回去。」第二天，滎陽公叫車駕和公子先到成都去，把李娃留在劍門，另找了一處館舍安排李娃住下。又過一天就找了媒人去向李娃求親，備了六禮命公子迎娶李娃回家，他們終於結成了夫妻。李娃與公子成親後，逢年過節主持祭祀，克盡主婦的職責，操持家務非常嚴謹，深為親戚們喜愛推重。過了幾年，公子的父母都去世了，李娃夫婦守孝極為周至。一天，守孝的草屋裡忽然長出一株靈芝來，一個穗上開了三朵花。劍南道的長官把這件事報告給了皇帝。又有數十隻白燕，在他家高樓的房梁上築巢。天子聽說後，深感不同尋常，就重重地賞賜了他們。服喪期滿後，公子多次被委派擔任顯要的官職。十年之間，做到幾個州的長官。李娃被冊封為汧國夫人。生了四個兒子，都做了大官，職位最低的都做到太原府尹。兄弟幾個都和名門大族結成婚姻，在京城內外聲勢顯赫盛大，沒有人家能比得上。唉！一個娼妓出身的女子，竟有如此的操行節守，就是古來的先賢烈女，也沒有超過她的呀，怎能不為之歎息啊！我的伯祖父曾任晉州刺史，後來又升到戶部任水陸運使，三次都和滎陽公子是前後任，所以對他們的事知道得很清楚。貞元年間，我和隴西李公佐談論婦女貞操名節的品格，就談到了汧國夫人的事。李公佐撫掌敬聽，叫我為她作傳記，所以就提筆蘸墨，詳細記述下來並保留著。乙亥年秋八月，太原白行簡記。

【賞　析】〈李娃傳〉是唐傳奇中富於現代小說意味的作品。小說在人物性格的塑造、情節的構架、場景的設置、細節的表現上都達到了淋漓奔放、紆徐委曲的境界。

〈李娃傳〉中的鄭生和李娃都是中國小說史上光彩照人的形象。鄭生出身豪門，應試之初偶遇李娃，便一見傾心，功名富貴，一概拋諸腦後。他在毫無保留地向李娃敞開心扉的同時，也毫無保留地向李母敞開了錢袋。便過著肥馬輕裘、詩酒風流的狂放生活。接著，當他蕩盡錢財，被設計騙走之後，除了「恚怒」、「惶惑發狂」、「絕食數日」外，一籌莫展。這些行為都很生動地表現出鄭生這一貴介公子毫無社會經驗，戇直純樸的個性特徵。與鄭生形成鮮明對比的是李娃，這位煙塵女子，確實如作者所稱「節行瓌奇」，表現出奔放不羈卻又忠貞果敢的複雜性格。然而當她見到鄭生「枯瘠疥厲，殆非人狀」時，卻被深深地感動了，心底潛藏的善良與愛心點燃了。此時，李娃恢復了堅貞忠情的本性，不顧鄭生所處的惡劣環境而甘願與之長相廝守。這就很準確地刻劃出一名被侮辱從而扭曲了心靈的少女形象。李娃身處異常的生活環境，形成了佻薘狂放的性格外殼，可是李娃與鄭生在鳴珂曲最初的共同生活不過是妓女與嫖客之間色相與金錢相互利誘的結果，故而當李母設計逐出鄭生時，李娃很投入地參與到這場騙局中去，毫無愧疚之情。因為，此時在她看來，鄭生不過是眾多尋花問柳、徵逐色相的紈袴子弟中的一員，無須付出真心與同情。可是一旦遇見了值得以身相許的人物，她內心的美好素質便展現無遺，成為一位「雖古先烈女，不能踰也」的節行瓌奇的女性。除了這些主要人物，〈李娃傳〉中的一些次要角色也描繪得活靈活現，栩栩如生。如鄭生的父親，常州刺史滎陽公，在鄭生「深為時輩推伏」時，他視之若「千里駒」，然而一旦鄭生淪落下層，這位滎陽公便將自己的千里駒「以馬鞭鞭之數百」，以至鄭生「手足不能自舉，楚撻之處皆潰爛」，完全拋棄了父子之情。可是當鄭生一舉及第之後，他居然又說：「吾與爾父子如初。」活脫脫地表現出一副變色龍的嘴臉，對此，作者沒有主觀的評價，但嘲諷鄙視之情一覽無遺。

作品的細節描寫是高妙的，小說的真實性在很大程度上便依賴於這些感人的細節。如鄭生初遇李娃，便一見鍾情，「乃詐墜鞭於地」，以期達到多看她一會兒的目的。這種靦腆又機警的舉動只可能出自鄭生這種不諳世情又雋朗聰穎的世家子弟之身。這種描寫雖只是三言兩語，卻對凸顯人物性格起到了不可低估的作用。

此外，〈李娃傳〉對社會風俗的描摹也有可觀之處。其中東西兩凶肆競唱輓歌一段便為我們生動再現，一幅唐代社會生活的風俗畫卷，這些場景，與作品的情節發展和人物性格的表現渾然一體，卻為我們提供了正史中難以見到的資料。就此而言，〈李娃傳〉雖是小說，卻不僅具有審美價值，還提供了不可忽視的認識價值。

長恨歌傳

陳鴻

【題解】本篇出於《太平廣記》卷四八六。小說描述了唐玄宗與楊玉環的生死戀情。唐代傳奇的體制，常常是散文與韻文的結合體。〈長恨歌傳〉便是白居易的著名敘事長詩〈長恨歌〉的「傳」文。這一歌一傳吸引了後世無數的讀者，大量的戲曲作家運用這個故事原型寫出了各種類型的劇本。其中元代白樸的雜劇《唐明皇秋夜梧桐雨》，清代洪昇的傳奇劇本《長生殿》，都是其中的佼佼者。

【作者】陳鴻，生卒年代不詳。大約在貞元二十一年（西元八〇五年）登進士第，後官太常博士，遷虞部員外郎。太和三年（西元八二九年），陳鴻任尚書省禮部主客郎中。陳鴻還作有小說《開元昇平源》。

開元❶中，泰階平❷，四海無事。玄宗在位歲久，勌於旰食宵衣❸，政無大小，始委於右丞相❹，稍深居遊宴，以聲色自娛。先是元獻皇后、武淑妃皆有寵，相次即世。宮中雖良家子❺千數，無可悅目者。上心忽忽不樂。時每歲十月，駕幸❻華清宮❼，內外命婦，熠燿❽景從❾，浴日❿

餘波，賜以湯沐，春風⑪靈液⑫，澹蕩⑬其間。上心油然⑭，若有所遇，顧左右前後，粉色如土。詔高力士⑮潛搜外宮，得弘農楊玄琰女於壽邸⑯，既笄⑰矣。鬢髮膩理⑱，纖穠中度⑲，舉止閑冶⑳，如漢武帝李夫人㉑。別疏湯泉，詔賜藻瑩㉒，既出水，體弱力微，若不任㉓羅綺。光彩煥發，轉動照人。上甚悅。進見之日，奏〈霓裳羽衣曲〉以導之；定情㉔之夕，授金釵鈿合㉕以固之。又命戴步搖㉖，垂金璫㉗。明年，冊㉘為貴妃，半后服用㉙。繇㉚是冶其容，敏其詞，婉孌㉛萬態，以中上意。上益嬖㉜焉。時省風九州㉝，泥金五嶽㉞，驪山雪夜，上陽㉟春朝，與上行同輦㊱，止同室，宴專席，寢專房。雖有三夫人、九嬪㊲、二十七世婦、八十一御妻，暨後宮才人㊳、樂府妓女㊴，使天子無顧盼意。自是六宮無復進幸㊵者。非徒殊豔尤態致是，蓋才智明慧，善巧便佞㊶，先意希旨㊷，有不可形容者。叔父昆弟皆列位清貴㊸，爵為通侯㊹。姊妹封國夫人㊺，富埒㊻王宮，車服邸第，與大長公主㊼侔㊽矣。而恩澤勢力，則又過之，出入禁門㊾不問，京師長吏㊿為之側目(51)。故當時謠詠有云：「生女勿悲酸，生男勿喜歡。」又曰：「男不封侯女作妃，看女卻為門上楣(52)。」其為人心羨慕如此。

【章　旨】開元年間，玄宗疏於政事，耽於聲色。當他在壽王府中得到了楊妃後，便將寵愛集中在楊玉環身上，不再理會朝政。楊氏家族權勢如日中天，無人可比。

【注　釋】❶開元　唐玄宗年號。❷泰階平　就是天下太平。泰階，即三臺星座。分為上、中、下三臺，每臺二星，兩兩並排斜上如臺階。古代星家認為，三階平，則風調雨順，天下太平。❸旰食宵衣　日已晚方進食，天未明即穿衣。形容勤於政事。旰，日晚。❹右丞相　指李林甫。❺良家子　指選入後宮的清白人家的女子。以別於因家長犯罪而沒入宮廷的女子。❻駕幸　皇帝駕臨。❼華清宮　唐宮名。在今陝西省臨潼縣南驪山山麓。❽熠燿　光彩奪目的樣子。❾景從　如影隨形。景，通「影」。❿浴日　皇帝洗浴。日，喻指皇帝。⓫春風　喻皇帝的恩惠。⓬靈液　指華清池水。⓭澹蕩　蕩漾；飄忽起伏的樣子。⓮油然　形容自然而然萌動的感情。⓯高力士　玄宗寵信的宦官。⓰壽邸　壽王李瑁的府邸。楊玉環先是玄宗子李瑁的妃子，後被玄宗看中，便要她出家為女道士，道號太真。後納入宮中，封為貴妃。⓱既笄　到了十五歲。⓲膩理　肌膚潤澤。⓳纖穠中度　肥瘦正合適。纖，細小。穠，草木茂盛，引申為豐滿。中，恰好。⓴閑冶　文雅嬌媚。㉑李夫人　漢武帝劉徹的寵妃，貌美善歌舞。㉒藻瑩　潔淨漂亮，此處代指沐浴。㉓不任　不勝；承受不起。㉔定情　此處指結成夫婦。㉕鈿合　鑲嵌著金花的盒子。鈿，用金鑲嵌成花狀的美飾。合，通「盒」。㉖步搖　一種金製首飾，上綴珠玉，插在髮髻上，行步時搖擺動人，故名步搖。㉗金璫　金耳環。㉘冊　冊封。㉙半后服用　服飾享用的規格為皇后的一半。㉚繇　同「由」。㉛婉孌　嬌媚的樣子。㉜嬖　寵幸。㉝省風九州　巡視全國。省風，考察民情。㉞泥金五嶽　指封禪（祭天地）。㉟上陽　洛陽的上陽宮。㊱輦　皇帝坐的車子。㊲嬪　皇宮裡的女官。㊳才人　唐代管理宮中宴寢等事務的女官。㊴樂府妓女　指唐代設立的宮廷樂舞機構——教坊中的歌伎。㊵進幸　侍奉皇帝就寢。㊶善巧便佞　很會花言巧語、獻媚討好。㊷先意希旨　善於察言觀色，迎合皇帝的心意。㊸清貴　顯貴。㊹通侯　顯貴的爵位。㊺國夫人　王族之外婦女的最高封號。㊻埒　相等。㊼大長公主　皇帝的姑母稱大長公主。㊽侔　相等。㊾禁門　宮門。㊿長吏　品級較高的官員。(51)側目　目不正視，形容畏懼而又怨恨。(52)楣　門框上的橫木。常用門楣借指門第。

【語　譯】開元年間，天下太平，四海無事。玄宗做皇帝的時間已經很長了。對於天未明就要穿衣起身，日已晚方始進食這種勤於政事的生活感到厭倦，就把大大小小的政事都委託給右丞相李林甫去辦理，自己偷閒住在深宮，終日遊戲宴樂，沉湎在歌舞女色之中。以前，玄宗寵幸元獻皇后和武淑妃。後來她們兩人相繼去世了。後宮雖然有數以千計出身清白人家的宮女嬪妃，但沒有一個看得上眼，皇帝心中便常常悶悶不樂。當時宮廷裡的習俗，每年十月皇帝都要駕臨華清宮。到了這一天，宮內外有封號的婦女都要修飾得光彩奪目跟隨皇帝一起去。皇帝沐浴後，就賜這些婦人也在溫泉內沐浴。這些婦女承受著皇恩在華清池內恬靜而舒適地洗浴，皇帝的情感也油然而動，好像看到了什麼，但仔細向周圍看去，卻都是一些尋常女子。便命令高力士悄悄到宮外去搜求。在壽王李瑁的府第中看到了弘農郡楊玄琰的女兒，已經十五歲了。鬢髮細密，肌膚潤澤，身材胖瘦合度，舉止文雅嬌媚，就像漢武帝的寵妃李夫人。高力士便把她帶進了後宮。玄宗命令在華清宮裡單獨為她建造了一個浴池，下詔賜她去沐浴，浴罷出水時，體態嬌娜，弱不勝衣，容光煥發，光彩照人。皇帝見了十分高興。到了正式進見的那一天，她在〈霓裳羽衣曲〉的樂曲聲中走到皇帝面前。定情的那個晚上，皇上賜給她金釵鈿盒作為鞏固愛情的象徵。又叫她插上金步搖，戴上長長的金耳飾。第二年，就冊封她為貴妃，一切待遇都按皇后的標準減半。於是楊貴妃更加著意地修飾打扮，使自己的容貌更為美麗，又十分注意自己的言談舉止，使自己顯得千嬌百媚，以迎合皇帝的心意。皇上因此更加寵愛她。當時，皇上巡視全國，到五嶽祭祀，驪山的雪夜，洛陽的春朝，楊貴妃都和他形影不離。出去同乘一輛車，休息同在一間屋，吃飯時他們專用一席，夜晚皇上也只和她一起。雖然宮裡有三夫人、九嬪妃、二十七世婦、八十一御妻，還有那些後宮才人、樂府伎女，皇上卻連一眼也不看。從此六宮嬪妃再也沒有人被皇上召去侍寢。楊貴妃得到皇上如此寵幸並不僅僅因為她的容貌特別豔麗、體態特別妖媚，也是由於她的才能智慧和聰明伶俐，很會花言巧語獻媚討好，又善於察言觀色迎合皇上的心意，有無法形容的可愛之處。從此她的叔父兄弟都因為她的關係做了高官，得到顯貴爵位的封賞。她的姊妹都被封為國夫人，和王公貴族一樣富有，她們的車轎服飾和宅第與大長公主不相上下，而皇上對她們的恩澤和由此而來的權勢，則又要高出一籌。她們可以任意出入宮門而沒有人敢過問。京城裡的大官們見了她們都不敢正視，顯得又恭敬又畏懼。所以當時有歌謠唱道：「生女勿悲酸，生男勿喜歡。」又道：「男不封侯女作妃，看女卻為門上楣。」從這些歌謠中可以看出人們對楊貴妃一家的羨慕之情。

天寶❶末，兄國忠盜❷丞相位，愚弄國柄❸。及安祿山引兵嚮闕❹，以討楊氏為詞。潼關不守，翠華❺南幸，出咸陽❻，道次❼馬嵬亭❽。六軍❾徘徊，持戟不進。從官郎吏伏上馬前，請誅晁錯以謝天下❿。國忠奉⓫氂纓盤水⓬，死於道周⓭。左右之意未快。上問之。當時敢言者，請以貴妃塞天下怨。上知不免，而不忍見其死，反袂掩面，使牽之而去。倉皇展轉，竟就死於尺組⓮之下。

【章　旨】安祿山叛亂後，玄宗逃離京城。在護駕官兵的強烈要求下，玄宗不得已將楊貴妃賜死。

【注　釋】❶天寶　唐玄宗年號。❷盜　此處意為竊居。❸愚弄國柄　蒙蔽皇帝，把持國家權力。❹引兵嚮闕　向京師進犯。闕，宮門前面兩邊的樓，代指朝廷。嚮，通「向」。❺翠華　以翠羽裝飾的旗幟，為天子的儀仗。此指皇帝車駕。❻咸陽　唐縣名，在今陝西咸陽市東北。❼道次　途中停留。次，停息。❽馬嵬亭　即馬嵬驛。又名馬嵬坡。在今陝西省興平縣西。❾六軍　古代天子有六軍，這裡指皇帝的禁衛軍。❿請誅句　漢景帝時晁錯建議削奪諸王封地以強固中央政權。吳、楚七國藉口發動叛亂，要求「殺晁錯以謝天下」。這裡以晁錯借指楊國忠。謝天下，向天下謝罪。⓫奉　捧。⓬氂纓盤水　古代大臣有罪時，要戴白冠氂纓，端一盤水，上加一劍，向皇帝請罪。白冠氂纓，即在白色冠上綴以牦牛尾的纓，表示有罪。盤水加劍，水性平，表示判罪公平，請求賜死。⓭道周　路邊。⓮尺組　自縊用的絲帶。尺，形容其短。

【語　譯】天寶末年，楊貴妃的哥哥楊國忠竊取了丞相的職位，把持朝政，蒙蔽皇上。所以後來安祿山乘機作亂，領兵侵犯京師，藉口就是討伐楊氏。待潼關失守，皇上南行以避亂。出了咸陽後，中途停留在馬嵬坡。禁衛軍士們手持武器走過來走過去，就是不肯繼續前進。侍從官郎吏拜伏在皇上的馬前，要求殺楊國忠以向天下百姓謝罪。楊國忠自知罪責難逃，戴著氂纓、捧著水盤向皇帝請罪後，就被絞死在大路邊。然而軍士們還是露出不滿足的神情。皇上問他們原因，有個膽大敢於直言的人就請求皇上殺死貴妃以平息百姓們的怨恨。皇上知道這事已無法避免，但又不忍親眼看著她被殺死，只好用衣袖遮住臉，叫人把她帶走了。匆忙之間，楊貴妃便縊死在短短的絲帶之下。

既而玄宗狩❶成都，肅宗受禪❷靈武❸。明年大赦改元❹，大駕還都❺。尊玄宗為太上皇，就養南宮❻。自南宮遷於西內❼。時移事去，樂盡悲來。每至春之日，冬之夜，池蓮夏開，宮槐秋落。梨園弟子❽，玉琯❾發音，聞〈霓裳羽衣〉一聲，則天顏不怡，左右歔欷❿。三載一意，其念不衰。求之夢魂，杳不能得。

【章旨】安史之亂平定後，玄宗退位返回京都，無限懷念死去的楊貴妃。

【注釋】❶狩　皇帝出巡。此處指玄宗逃抵成都。❷禪　古代將帝位讓人叫「禪」。❸靈武　今寧夏回族自治區靈武縣西北。❹改元　更改年號。指肅宗改年號為乾元。❺大駕還都　肅宗皇帝從靈武回到京城長安。❻南宮　指興慶宮。玄宗即位前即居住於此。❼西內　即西宮，指太極宮。❽梨園弟子　唐玄宗在位時，選樂工三百人，宮女數百人，在梨園教習歌舞，這些人號「皇帝梨園弟子」。❾玉琯　即玉管，似笛。❿歔欷　悲泣歎息聲。

【語譯】後來，玄宗抵達成都，肅宗在靈武受禪登基。第二年更改年號，大赦天下，新皇帝回到京城，尊玄宗為太上皇，讓他在興慶宮頤養天年。後來又從興慶宮遷到太極宮。時過境遷，樂盡悲來。每到春天的白晝、冬天的夜晚、夏天池蓮開放、秋天宮中槐樹落葉，或聽到梨園弟子吹起玉笛，奏出〈霓裳羽衣〉曲調，玄宗就會露出不快的神色，而身邊的人也都會悲傷歎息。三年來，玄宗對楊貴妃全心的思念一點也沒有減少。盼望她能到夢中來和自己相見，可是總也沒有能看到她的蹤影。

適有道士自蜀來，知上心念楊妃如是，自言有李少君❶之術。玄宗大喜，命致其神❷。方士乃竭其術以索之，不至。又能遊神馭氣❸，出天界，沒地府以求之，不見。又旁求四虛❹上下，東極天海，跨蓬壺❺。

見最高仙山，上多樓闕，西廂下有洞戶，東嚮，闔其門，署曰「玉妃太真院」。方士抽簪扣扉，有雙鬟童女，出應其門。方士造次❻未及言，而雙鬟復入。俄有碧衣侍女又至，詰其所從。方士因稱唐天子使者，且致其命❼。碧衣云：「玉妃方寢，請少待之。」於時雲海沉沉，洞天日曉，瓊戶重闔，悄然無聲。方士展息斂足，拱手門下。久之，而碧衣延入，且曰：「玉妃出。」見一人冠金蓮，披紫綃，珮紅玉，曳鳳舄❽，左右侍者七八人，揖方士，問：「皇帝安否？」次問天寶十四載已還事。言訖，憫然。指碧衣取金釵鈿合，各析其半，授使者曰：「為我謝太上皇，謹獻是物，尋舊好也。」方士受辭與信❾，將行，色有不足，玉妃固徵其意。復前跪致詞：「請當時一事，不為他人聞者，驗於太上皇，不然，恐鈿合金釵，負新垣平之詐❿也。」玉妃茫然退立，若有所思，徐而言曰：「昔天寶十載，侍輦⓫避暑於驪山宮。秋七月，牽牛織女相見之夕，秦人⓬風俗，是夜張錦繡，陳飲食，樹瓜華⓭，焚香於庭，號為乞巧⓮。

宮掖⑮間尤尚之。時夜殆半，休侍衛於東西廂，獨侍上。上凭肩而立，因仰天感牛女事，密相誓心，願世世為夫婦。言畢，執手各嗚咽。此獨君王知之耳。」因自悲曰：「由此一念，又不得居此。復墮下界，且結後緣。或為天，或為人⑯，決再相見，好合如舊。」因言：「太上皇亦不久人間，幸惟自安，無自苦耳。」使者還奏太上皇，皇心震悼，日日不豫⑰。其年夏四月，南宮晏駕⑱。

【章旨】善能溝通仙、凡兩境的道士將玄宗的思戀帶給了已經升仙的楊玉環。

【注釋】❶李少君　漢武帝時的方士，相傳他有求仙招魂之術。❷致其神　引來她的魂魄。招，招致；招引。神，神魂。❸遊神馭氣　使神魂脫離軀體，駕著雲氣遨遊。❹四虛　四方。❺蓬壺　亦作蓬萊。傳說中的海上神山。❻造次　匆忙；倉促。❼致其命　說明自己的使命。❽曳鳳舄　穿著鳳頭鞋。舄，鞋子。❾信　信物。指金釵、鈿盒。❿負新垣平之詐　新垣平，漢文帝時人，他曾偽造了一個玉環，上刻「人主延壽」，假說是天降的祥瑞，獻給文帝。後騙局揭穿，被處死。⓫侍輦　侍奉皇帝。⓬秦人　指長安人。⓭樹瓜華　擺滿瓜果。⓮乞巧　舊時民間風俗，傳說陰曆七月七日夜牛郎織女會於天河，婦女向織女星乞求智巧，穿七孔針相戲，稱為乞巧。⓯宮掖　指皇宮。掖，掖庭，妃嬪居住的地方。⓰或為天或為人　或者在天上，或者在人間。⓱不豫　不樂。⓲晏駕　古代稱帝王死亡的諱辭。

【語　譯】這時，恰巧有個道士從四川來到京城，知道了玄宗對楊貴妃如此的思念，便自稱懂得漢代李少君的招魂之術。玄宗大喜，命道士去招引楊貴妃的神魂。道士便用盡一切方法去尋找，但是沒有找到。他又使自己的神魂脫離軀體駕著雲氣遨遊，上九天，下幽冥，卻還是找不到。又到四方上下縹緲的仙境中去尋求，一直尋到東天盡頭的大海中，跨越蓬萊山，看到了最高的一座仙山，山上有很多樓閣城闕，西面的城牆下有座洞府，面向東，關著洞門，門上有匾額題著「玉妃太真院」。道士便拔下髮髻上的簪子去敲門，見到一個梳雙鬟的女童出來應門，道士倉促之間未及開口，雙鬟女童又進去了。隨後又出來一個穿綠衣的侍女，問他從哪裡來。道士就說是唐朝皇帝派來的使者，又說明了自己的來意。綠衣侍女說：「玉妃正睡著，請稍等一會兒。」說完返身進去，又把門戶關上了。這時周圍雲海沉沉，太陽剛剛升起，玉門緊緊關閉著，一點聲音也沒有。道士屏聲息氣、併攏雙足、拱手站在門外等候。過了許久，綠衣侍兒出來把他帶了進去，並對他說：「玉妃出來了。」道士見到一個女子頭戴金蓮冠，披著紫綃衣，身上掛著紅玉珮，足穿鳳頭鞋，身旁站著七、八個侍女。向道士行過禮，女子便問道：「皇帝好嗎？」接著又問天寶十四年以後的事情。聽道士講完，玉妃臉上露出淒慘的神色。叫綠衣侍女取出金釵、鈿盒來，各樣拿了一半遞給道士說：「代我謝謝太上皇。我把這兩件東西敬獻給他，是表明我沒有忘記往日的恩愛。」道士把她的囑咐謹記在心，又收下了信物，準備要走，卻又露出不滿足的神情，玉妃追問他為什麼，道士走上前跪下說：「請您講一件當時發生而又沒有別人知道的事，好讓太上皇確信不疑。不然，單憑鈿盒和金釵這兩件東西，他也許會懷疑我像新垣平欺騙漢文帝一樣地欺騙他呢。」玉妃聽了，茫然退後站立著，好似在回憶什麼，慢慢地對道士說：「天寶十年的時候，我侍奉皇上在驪山宮避暑。正逢秋天的七月初七，是牛郎織女相會的日子。秦地人的風俗要在這夜把錦繡的帷幕鋪在室外，陳列酒肴，擺滿瓜果，在庭園裡焚起香來，叫做乞巧。宮廷裡更是崇尚這種風俗。那天半夜裡，侍衛們在東西廂房裡都睡著了，我獨自侍候著皇上。皇上靠著我的肩站著，向天感歎著牛郎織女的故事。這時我們倆悄悄地立下誓言，願意生生世世結為夫婦。說完後我們握著手還低聲哭泣了一會兒。這件事只有皇上才知道。」說畢，玉妃自己悲歎道：「由於我這念頭一生，又將不能再在這兒住下去了。又要墮至人間，去結後世的姻緣。不論在天上，在人間，一定還會再相見，仍和當初一樣的恩愛和美。」又對道士說：「太上皇過不了多久也要去世了，希望他多保重，不要再自尋煩惱。」道士回來稟告了太上皇，太上皇感到又震驚又悲傷。自此，總覺身體不適，心情鬱悶。這年夏天四月裡，太上皇病逝在興慶宮。

元和❶元年冬十二月，太原白樂天❷自校書郎尉于盩厔。鴻與瑯琊王質夫❸家於是邑，暇日相攜遊仙遊寺，話及此事，相與感歎。質夫舉酒於樂天前曰：「夫希代之事❹，非遇出世之才潤色❺之，則與時消沒，不聞於世。樂天深於詩，多於情者也。試為歌之，如何？」樂天因為〈長恨歌〉。意者❻不但感其事，亦欲懲尤物，窒亂階❼，垂❽於將來者也。

歌既成，使鴻傳焉。世所不聞者，予非開元遺民，不得知。世所知者，有《玄宗本紀》在。今但傳〈長恨歌〉云爾。

【章旨】陳鴻與白居易感於唐玄宗與楊貴妃的生死之戀，便一人作傳，一人作歌，將此事傳之後世。

【注釋】❶元和　唐憲宗年號。❷白樂天　即白居易。❸王質夫　陳鴻、白居易的摯友。❹希代之事　歷史上少有的事情。❺潤色　用文字描寫。❻意者　揣想起來。❼窒亂階　堵塞禍亂的道路。❽垂　流傳下去。

【語譯】元和元年冬天的十二月裡，太原人白樂天由校書郎調任盩厔縣尉，我與瑯琊人王質夫的家都在這個縣裡。空閒時結伴到仙遊寺去遊玩，談到玄宗和楊貴妃的故事，大家禁不住感慨歎息。質夫舉起酒杯送到白樂天面前說：「歷代少有的事，如果不能遇到才華蓋世的人把它寫下來，就會隨著時間而消失，不能在世上流傳。樂天是個善於寫詩又富於感情的人，你就試著把它寫成一首長歌好不好？」白樂天就寫出了〈長恨歌〉。揣想起來，不僅是由於感慨這件事，也想藉此告誡貪圖美色的人，以堵塞禍亂的道路，並傳至後世以為鑑戒。長歌寫成後，便叫我作傳。大家沒聽說過的事，我不是開元年間的人，也無法知道。大家都知道的事，《玄宗本紀》上都有記載。我只是給〈長恨歌〉作傳而已。

【賞析】唐人對於唐玄宗的感情是很複雜的。玄宗早年勵精圖治，任用賢才，國家的經濟文化有了穩定的發展，造就了唐代最為繁榮富庶的時期——開元盛世。然而到了執政的後期，玄宗暮氣漸重，驕奢淫逸，耽於享樂，將權力交給李林甫、楊國忠等佞臣，導致朝綱廢弛、國力衰退，最終引發了造成唐王朝嚴重創傷的安史之亂。因而，戰亂後的人民痛定思痛，往往將禍亂的根源追究至玄宗的荒淫誤國；但面對戰亂後的蕭條，人們又不禁回憶起往昔的歲月，同時對那時尚為「明君聖主」的玄宗生出許多懷念與感激。基於此種心理，玄宗與楊玉環的愛情故事無論是在當時還是在後世都引起了人們深沉複雜的感喟。同樣，陳鴻對李、楊愛情的態度是微妙的。小說開篇對玄宗含蓄委婉地譏刺道「在位歲久，勬於旰食宵衣」，「深居遊宴，以聲色自娛」。文末作者又說明自己寫作的目的在於「懲尤物，窒亂階，垂於將來」。這表明作者沒有脫出傳統的「女色禍國」思想的藩籬，他將玄宗不理政事、荒淫誤國完全歸咎於楊玉環的美色。然而，與此同時，小說對於李、楊的愛情又發出了出自肺腑的同情讚美。作者以優美的筆調、豐富的想像，描述了李、楊二人至死不渝的愛情故事。其中，「馬嵬兵變」楊妃慘死，南宮西內玄宗悲悼的情節都哀婉動人、情意纏綿，至於玉闕仙山裡，楊妃的寄辭，更是情真意切，感人至深。在作者筆下，李隆基（玄宗）對楊玉環的感情已超越了歷代帝王對后妃的那種占有與玩弄的態度，兩人的愛情被作者淨化提升了。由此不難見出，作者對兩人的戀情是持雙重態度的。從理性出發，他認為玄宗作為國家的元首沉湎於個人的感情，置國家利益於不顧，最終必將遭到歷史的譴責與嘲弄；可是從情感出發，作者又為李、楊之間合乎人性的情感行為深深打動，發出了誠摯的讚頌。〈長恨歌〉的悲劇不僅由唐代的社會現實造成，也是由理智與情感的矛盾所造成，因而這種悲劇性便具備了超越時空的普遍意義，得到了歷代讀者的認同。

東城老父傳

陳鴻

【題解】本篇出於《太平廣記》卷四八五。作品記敘了一名為唐玄宗所寵幸的鬥雞小兒榮辱變幻的一生。小說描寫了唐代好鬥雞的風俗，也反映了唐人對當時時政的看法，是一份難得的形象生動的中唐風俗誌。

老父，姓賈名昌，長安宣陽里❶人。開元元年❷癸丑生。元和庚寅歲❸，九十八年矣。視聽不衰，言甚安徐，心力不耗，語太平事歷歷可聽。父忠，長九尺，力能倒曳牛，以材官❹為中宮❺幕士❻。景龍四年❼，持幕竿❽隨玄宗入大明宮❾，誅韋氏，奉睿宗朝❿群后⓫，遂為景雲功臣，以長刀備親衛。詔徙家東雲龍門⓬。昌生七歲，趫捷⓭過人，能摶⓮柱乘⓯梁，善應對，解鳥語音。玄宗在藩邸⓰時，樂民間清明節鬥雞戲。及即位，治⓱雞坊於兩宮間。索長安雄雞，金毫鐵距⓲高冠昂尾千數，養於雞坊，選六軍小兒⑲五百人，使馴擾⑳教飼。上之好之，民風尤甚。諸王世家、外戚家、貴主家、侯家，傾帑㉑破產市㉒雞，以償雞直。都中男女，以弄雞為事；貧者弄假雞。

【章　旨】記述賈昌身世及其自小聰明伶俐、技藝超群的特殊稟賦，並說明唐玄宗嗜愛鬥雞的作為和影響。

【注　釋】❶宣陽里　在唐代長安東城，靠近繁華商業區東市。❷開元元年　西元七一三年。❸元和庚寅歲　西元八一〇年。❹材官　下級武職的古稱。❺中宮　指長安大內（太極宮）。❻幕士　軍士；衛士。❼景龍四年　西元七一〇年。景龍，唐中宗李哲年號。❽幕竿　古代撐拄營帳的棍子。玄宗誅韋后之役，主要依靠羽林軍衛士，起兵倉卒，故以幕竿為武器。❾大明宮　又稱東內，在太極宮東北。自高宗後，皇帝經常住於此。❿朝　受朝拜。⓫群后　天下諸侯。⓬東雲龍門　大明宮門。⓭趫捷　矯健敏捷的樣子。⓮搏　此處意為兩手環抱。⓯乘　坐。⓰藩邸　宗室親王（藩王）的府第。⓱治　營造。⓲鐵距　堅利的距。距，雄雞足後所生的凸起的尖骨，雞鬥時用其刺對方。⓳六軍小兒　皇帝禁衛部隊中的年少者。⓴馴擾　馴養。擾，順。㉑帑　庫藏。㉒市　買。

【語　譯】老人，姓賈名昌，是長安宣陽里人。開元初癸丑年生。到元和年間的庚寅年時，已經九十八歲了。眼不花、耳不聾，言談安詳徐緩，心力也未耗竭。講述太平盛世的種種事情，還很清晰明白。老人的父親賈忠，身高九尺，力氣大得能夠把牛倒拖著走，是中宮衛隊的低級武官。景龍四年，拿了撐拄營帳的棍子跟著玄宗進大明宮殺了韋氏，推奉睿宗登基接受諸侯的朝拜，是景雲事件的功臣，做了皇帝的帶刀侍衛，奉旨把家搬到了雲龍門外。老人七歲時，身手輕便靈活超過一般的人，能雙手抱著柱子上去騎坐在樑上，善於應對，還懂鳥類的語言。玄宗還是藩王的時候，就喜好民間清明節舉行的鬥雞遊戲。待到即位做了皇帝，就在宮內營造了雞坊。在京都內外搜羅了數千隻羽毛金黃、距骨如鐵、高冠昂尾的大公雞養在雞坊裡，又在禁衛部隊中挑選了五百名少年，讓他們去馴養教導這些公雞。皇帝既然喜好鬥雞，百姓中鬥雞之風便更加盛行。皇親國戚、侯門貴族，都拚著傾家蕩產也要去買那些善鬥的雞。京城的男男女女，平日都以馴養鬥弄公雞度日；而窮人就鬥弄一些由木頭等做成的假雞。

帝出遊，見昌弄木雞於雲龍門道旁，召入，為雞坊小兒，衣食❶右龍武軍❷。三尺童子，入雞群，如狎群小，壯者，弱者，勇者，怯者，水穀之時，疾病之候，悉能知之。舉二雞，雞畏而馴，使令❸如人。護❹雞坊中謁者❺王承恩言於玄宗。召試殿庭，皆中玄宗意。即日為五百小兒長。加之以忠厚謹密，天子甚愛幸之。金帛之賜，日至其家。開元十三年，籠雞三百，從封東嶽❻。父忠死太山下，得子禮，奉尸歸葬雍州。

縣官為葬器喪車，乘傳❼洛陽道❽。十四年三月，衣鬥雞服，會玄宗於溫泉❾。當時天下號為「神雞童」。時人為之語曰：「生兒不用識文字，鬥雞走馬勝讀書。賈家小兒年十三，富貴榮華代不如。能令金距期勝負，白羅繡衫隨軟轝。父死長安千里外，差夫持道輓喪車。」昭成皇后❿之在相王⓫府，誕⓬聖⓭於八月五日。中興⓮之後，制為千秋節。賜天下民牛酒樂三日，命之曰酺⓯，以為常也。大合樂於宮中，歲或酺於洛。元會⓰與清明節，率⓱皆在驪山。每至是日，萬樂具舉，六宮畢從。昌冠鵰翠金華冠，錦袖繡襦⓲袴，執鐸⓳拂⓴道㉑。群雞敘立㉒於廣場，顧眄如神，指揮風生。樹毛振翼，礪吻磨距，抑怒待勝，進退有期，隨鞭指低昂不失。昌度㉓勝負既決，強者前，弱者後，隨昌鴈行，歸於雞坊。角觝㉔萬夫，跳劍㉕尋撞㉖，蹴毬踏繩，舞於竿顛者，索氣㉗沮色㉘，逡巡㉙不敢入。豈教㉚猱擾㉛龍之徒歟？二十三年，玄宗為娶梨園弟子㉜潘大同女，男服珮玉㉝，女服繡襦，皆出御府。昌男至信至德。天寶中，妻潘氏以歌舞重幸於楊貴妃。夫婦席寵㉞四十年，恩澤不渝㉟，豈不敏於伎，謹於心乎？上生于乙酉雞辰，使人朝服鬥雞，兆亂於太平矣。上心不悟。

【章　旨】賈昌因善於養雞、鬥雞，深得玄宗寵幸。

【注　釋】❶衣食　領取衣服和糧餉。❷右龍武軍　唐代皇帝近衛部隊的六軍之一。負責宿衛，駐大內北門。❸令　此處為聽從命令之意。❹護　管理。❺中謁者　官名。掌宮中奏事，由宦官充任。❻從封東嶽　跟隨玄宗至泰山封禪。封禪，封建帝王至五嶽祭天地。❼乘傳　古代因公出差的官員，由官辦的驛站供應車馬旅行叫「乘傳」。❽洛陽道　自山東經洛陽去長安的官道。❾溫泉　此處指臨潼驪山溫泉。❿昭成皇后　即玄宗母竇后。原為睿宗妃，後追謚皇后。⓫相王　唐睿宗李旦。曾改封豫王。⓬誕　生養。⓭聖　皇帝。此處指玄宗。⓮中興　指玄宗平韋后之亂。⓯酺　封建時代，百姓奉旨會聚飲食叫「大酺」。⓰元會　舊曆元旦。⓱率　大致；一般。⓲襦　短上衣。⓳鐸　一種形似大鈴的樂器。⓴拂　拂塵。拂去塵土、蚊蠅的用具。㉑道　同「導」。㉒敘立　按次序排著。㉓度　指揮。㉔角觝　原指摔跤之類的角力表演，此處指大規模的多樣的武術雜技表演。㉕跳劍　將三把以上的劍，用兩手輪流向空中拋擲，不使落地。㉖尋撞　一種在百尺高桿上做種種表演的技藝。㉗索氣　全無神氣。㉘沮色　面色沮喪。㉙逡巡　退卻。㉚教　調教。㉛擾　馴養。㉜梨園弟子　唐玄宗時宮廷樂隊演奏者。㉝珮玉　古代貴官佩帶在衣服上的玉製飾物。㉞席寵　受到寵幸。席，受。㉟渝　改變。

【語　譯】有一次玄宗出宮遊玩，見到賈昌在雲龍門外路邊玩逗木雞，就把他召入宮中，送到雞坊去馴養公雞，讓他在右龍武軍領衣服和糧餉。賈昌這麼個三尺高的小孩，走到雞群中間就像看到了熟悉的玩伴。雄壯的、孱弱的；勇猛的、怯懦的，看得明明白白。喝水吃食，疾病不適，知道得清清楚楚。隨便抓起兩隻雞，那雞就會露出畏懼的樣子而變得服服貼貼，像人一樣地聽從指揮。管理雞坊的一個太監名叫王承恩的把這種情景告訴了玄宗。玄宗就命賈昌在殿前演示，結果令玄宗十分滿意。當日就封他為五百小兒長。再加上賈昌為人忠厚，行事謹慎，因此皇帝非常寵幸他，天天都有皇帝賞賜的金銀綢緞送到家中。開元十三年，玄宗到東嶽泰山舉行封禪儀式，賈昌也帶著籠子中的三百隻公雞跟著來到泰山。他的父親賈忠也隨皇帝同行，不幸死在泰山下，得到皇帝的恩賜以子爵的禮節護送其屍體到雍州去下葬。縣官為此準備了靈車和一應喪葬用品，並由官辦的驛站供給馬匹，經由山東到洛陽的官道回到雍州。開元十四年三月，賈昌穿了鬥雞的服飾，在驪山溫泉為玄宗表演鬥雞。當時天下人都稱他為「神雞童」。民間流傳著這樣的說法：「生兒不用識文字，鬥雞走馬勝讀書。賈家小兒年十三，富貴榮華代不如。能令金距期勝負，白羅繡衫隨軟轝。父死長安千里外，差夫持道輓喪車。」玄宗的母親昭成皇后還是相王府的王妃時，在八月五日生下了玄宗。韋后之亂平定以後，就把這天定為千秋節。賜天下百姓喝酒吃肉玩樂三天，稱作「酺」，就此訂為慣例了。通常在宮裡慶祝千秋節，有時也在洛陽會聚飲食。元旦與清明，則都在驪山過節。每逢這些節日，御用的樂隊一起奏起音樂，六宮嬪妃都隨著皇帝到達。賈昌頭戴雕翠金華冠，身穿錦繡的短上衣和褲子，拿了鐸和拂塵在前面引導，雞群按次序排列走進廣場。斜視著的眼光神氣十足，聽著命令行動十分威風。牠們豎起了羽毛，振動著雙翅，磨礪著尖嘴和硬距，壓住了怒氣等待決戰。進退都有一定的規則，隨著鞭子的指揮而上下，絕無差錯。賈昌指揮著雞群決出了勝負以後，那些公雞強的在前，弱的在後，隨著他排隊走回雞坊。廣場上摔跤角力的，跳劍尋撞的，蹋球踏繩的，在竹竿頂上表演的各式人等，全都面色沮喪，神氣全無。只能在宮門外徘徊而不敢入內，可見賈昌哪只是一個普通馴養動物的人而已？開元二十三年，玄宗把梨園弟子潘大同的女兒許配給了賈昌做妻子。賈昌所穿的佩有玉珮的衣服和賈妻所穿的繡花襖，都是專做宮廷服裝的御府製作的。賈昌有二個兒子名叫至信、至德。天寶年間，賈昌的妻子潘氏因擅長歌舞又為楊貴妃寵愛。夫婦兩人受到寵幸四十年，恩澤仍不減當初。他們怎麼能不更加努力地鑽研技藝，把恩情謹記於心呢？玄宗生於乙酉年，是屬雞的，卻終日命人穿著朝廷官服鬥雞，實在是亂離的預兆啊。玄宗卻沒有領悟到這點。

十四載，胡羯陷❶洛，潼關不守。大駕幸❷成都，奔衛乘輿❸。夜出便門，馬踣❹道穽❺。傷足，不能進，杖入南山❻。每進雞之日，則向西南大哭。祿山往年朝於京師，識昌於橫門外。及亂二京❼，以千金購昌長安洛陽市。昌變姓名，依於佛舍，除地❽擊鐘，施力於佛。洎❾太上皇歸興慶宮，肅宗受命於別殿❿，昌還舊里。居室為兵掠，家無遺物。布衣顦顇⓫，不復得入禁門矣。明日，復出長安南門，道見妻兒於招國里，菜色黯焉。兒荷薪，妻負⑫故絮⑬。昌聚哭，訣於道。遂長逝息⑭長安佛寺，學大師佛旨。大曆⑮元年，依資聖寺大德僧⑯運平住東市海池⑰，立《陀羅尼》石幢⑱。書⑲能紀姓名；讀釋氏經，亦能了其深義至道，以善心化⑳市井人。建僧房佛舍，植美草甘木。晝把土擁根，汲水灌竹，夜正觀㉑於禪室。建中㉒三年，僧運平人壽盡。服禮畢，奉㉓舍利塔㉔于長安東門外鎮國寺東偏，手植松柏百株。構㉕小舍，居於塔下，朝夕焚香灑掃，事師如生。順宗㉖在東宮㉗，捨錢三十萬，為昌立大師影堂㉘及齋舍㉙。又立外屋，居游民㉚，取傭給㉛。昌因日食粥一杯，漿水一升，臥草席，絮衣㉜。過是，悉歸於佛。妻潘氏後亦不知所往。貞元㉝中，長子至信衣并州甲㉞，隨大司徒燧入覲，省昌於長壽里。昌如己不生，絕㉟之使去。次子至德歸，販繒洛陽市，來往長安間，歲以金帛奉昌，皆絕之。遂俱去，不復來。

【章　旨】安史之亂爆發，賈昌隱姓埋名，棲身佛寺。

【注　釋】❶陷　攻陷。❷幸　帝王出行到達某地。❸乘輿　皇帝坐的車子，此處為皇帝代稱。❹踣　跌倒。❺穽　陷阱。此處指道路上的坑。❻南山　終南山。❼二京　指上都長安和東都洛陽。❽除地　掃地。❾洎　等到。❿別殿　指咸陽的望賢宮。玄宗在此禪位於肅宗。⓫顛顇　憔悴。⓬負　披著。⓭故絮　舊棉襖。⓮逝息　此處意為逃避。⓯大曆　唐代宗李豫年號。大曆元年即西元七六六年。⓰大德僧　佛教稱年高望重的和尚為大德。⓱東市海池　東市為唐代長安兩大商業區之一，在外郭城內。東市內引龍首渠為池，稱「海池」。⓲陁羅尼石幢　刻有《陁羅尼經》的經幢。陁羅尼或作陀羅尼，是梵語的音譯，意為「總持勿失」。⓳書　寫字。⓴化　教化。㉑正觀　坐禪；打坐。㉒建中　唐德宗李適年號。㉓奉　奉侍。㉔舍利塔　佛教徒屍身焚化後結成像珠子樣的顆粒叫舍利。放置供養舍利的塔叫做舍利塔。㉕構　築。㉖順宗　唐順宗李誦。㉗在東宮　做太子時。古代太子居東宮，故以東宮代指太子。㉘影堂　佛教徒供奉神像的堂舍。此處為運平和尚影堂。㉙齋舍　書室。此處指禪房。㉚游民　無業者。㉛傭給　傭金。這兒指租金。㉜絮衣　破衣。絮，絮碎。㉝貞元　德宗李適年號。㉞衣并州甲　在并州當兵。衣，穿著。為動詞。甲，胄甲；士兵的戰衣。㉟絕　絕情；拒絕。

【語　譯】天寶十四年，安祿山率胡兵攻陷洛陽，潼關失守，玄宗逃往四川成都。賈昌不顧一切地奔赴前去護衛皇帝，黑夜裡走出長安城的側門，賈昌的馬匹跌倒在路邊的坑裡，腳受了傷，無法行走，賈昌只好拄著拐杖躲進了終南山。每逢過去鬥雞給皇上看的日子，就面朝西南方大哭不已。安祿山往年到京師覲見時，曾在橫門外認識了賈昌。等到攻陷了洛陽、長安，就在二地出了千金獎賞以尋找賈昌。賈昌聽說後就改名換姓，棲身於佛寺之中。掃地撞鐘，一心向佛。待到玄宗做了太上皇，回到興慶宮。肅宗在望賢宮登上了帝位，賈昌才回到以前住的地方。家裡已被亂兵搶劫一空，自己又容顏憔悴，再也不能進宮門了。第二天，賈昌又出了長安南門，在招國里路上遇到了妻子、兒子，見他們神情黯淡，面有菜色。兒子肩上扛著一捆柴草，妻子穿著舊棉襖。賈昌抱住他們大哭一場，便在路邊辭別了。從此就避開世事，長住在長安的佛寺中，向高僧學習佛理。大曆元年，賈昌皈依資聖寺的有道高僧運平為師，住在東市海池。在那兒立了《陀羅尼經》石幢。賈昌能寫自己的名字；閱讀佛經，也能領悟其中的深奧道理，然後再去教化街市上的百姓，勸他們向善。他又建造了禪房和佛殿，在屋外種了許多樹木花草。白天，為竹木壅土澆灌，晚上，就在禪房打坐。到了建中三年，運平大師圓寂了。賈昌為他舉行佛教葬禮後，就在長安東門外鎮國寺東面的偏院裡為運平大師建了舍利塔。親手在塔的周圍種植了百來株松柏。造了一間小屋，住在塔下，早晚焚香灑掃，就像師父還活著一樣的侍奉著。這時，順宗還是個太子，他施捨了三十萬錢給賈昌建造運平大師的影堂和禪房。又在寺外建了一些房舍，租給沒有家業的人居住，收取一點租金。賈昌每天只喝一碗粥、一升漿水，睡的是草席，穿的是破衣，多餘的錢都用於敬佛。妻子潘氏後來也沒有了消息。貞元年間，在并州當兵的長子至信因大司徒馬燧進京覲見而隨行來到長安，到長壽里去探望賈昌，賈昌要他只當父親已死，以後不要再來探望。次子至德回來後，在洛陽、長安兩地販賣絲綢。每年總要給賈昌送些錢物，賈昌每次都推辭不受。於是兩個兒子都離開他不再來了。

元和中，潁川陳鴻祖攜友人出春明門，見竹柏森然，香煙聞於道，下馬覲❶昌於塔下。聽其言，忘日之暮。宿鴻祖於齋舍，話身之出處，皆有條貫❷，遂及王制❸。鴻祖問開元之理❹亂。昌曰：「老人少時，以鬥雞求媚於上。上倡優畜之❺，家於外宮❻，安足以知朝廷之事？然有以為吾子言者。老人見黃門侍郎❼杜暹❽出為磧❾西節度，攝❿御史大夫⓫，始假風憲⓬以威遠。見哥舒翰⓭之鎮涼州也，下石堡戍青海城，出白龍，逾葱嶺，界鐵關，總管⓮河左道，七命⓯始攝御史大夫。見張說⓰之領幽州也，每歲入關⓱，輒⓲長轅⓳輓輻車⓴，輦㉑河間薊州㉒傭㉓調㉔繒㉕布，駕轊㉖連軏㉗，坌㉘入關㉙門。輸於王府，江淮綺縠㉚，巴蜀錦繡，後宮玩好而已。河州燉煌道㉛歲屯田㉜，實㉝邊食，餘粟轉輸靈州㉞，漕下黃河，入太原倉，備關中㉟凶年㊱。關中粟米，藏於百姓。天子幸五嶽，從官千乘萬騎，不食於民。老人歲時伏臘得歸休，行都市間，見有賣白衫白疊布㊲。行鄰比鄽㊳間，有人禳病㊴，法用皂布一匹，持重價不克致，竟以幞頭㊵羅代之。近者，老人扶杖出門，閱街衢中，東西南北視之，見白衫者不滿百。豈天下之人皆執兵乎？開元十二年，詔三省侍郎㊶有缺，先求曾任刺史㊷者。郎官㊸缺，先求曾任縣令者。及老人見四十三省郎吏㊹，有理刑㊺才名，大者出刺郡，小者鎮縣。自老人居大道旁，往往有郡太守休馬於此，皆慘然不樂朝廷沙汰㊻使治郡。開元取士，孝弟理人㊼而已。不聞進士宏詞拔萃㊽之為其得人也。大略如此。」因泣下。復言曰：「上皇北臣㊾穹廬㊿，東臣雞林(51)，南臣滇池(52)，西臣昆夷(53)，三歲一來會(54)。朝覲之禮容，臨照之恩澤，衣之錦絮，飼之酒食，使展事(55)而去，都中無留外國賓。今北胡與京師雜處，娶妻生子。長安中少年，有胡心矣。吾子視首飾鞾服之制，不與向同，得非物妖乎？」鴻祖默不敢應而去。

【章旨】賈昌向作者陳述他對時局的看法。

【注釋】❶覲　會見的敬語。❷條貫　條理。❸王制　指唐朝的典章制度。❹理　治理。指盛世太平。❺倡優畜之　當作妓女、優伶一類人來養著。意為地位卑下。❻外宮　宮廷外面。❼黃門侍郎　唐代中央政府決策機關門下省的副長官。❽杜暹　濮陽人。以清廉著稱。拜黃門侍郎兼安西副大都護，轄西北邊疆。❾磧　指戈壁沙漠。❿攝　代理。⓫御史大夫　唐代中央最高監察、司法機關御史臺的長官。⓬假風憲　給予中央監察司法官的頭銜。假，借；給。⓭哥舒翰　突厥族人。玄宗時以善戰任隴右節度副大使，鎮隴右（即今甘肅省，漢代稱涼州）。⓮總管　轄區軍政最高長官。⓯七命　七次因功升官的任命。⓰張說　字悅之，又字道濟。范陽人。武后時登第，為鳳閣舍人，因不附武后寵人張易之而被流放。睿宗時為宰相。玄宗即位，以定策誅太平公主功，封燕國公，卒贈太師。曾任朔方節度大使，領幽州、薊州一帶的軍政事務。⓱入關　指入關中，即到長安。⓲輒　每每。⓳長轅　很長的駕車直木。比喻大車。⓴輻車　裝貨物的車子。㉑輂　此處作動詞，用車子運載貨物。㉒河間薊州　河間郡和薊州都屬朔方節度使轄區。㉓傭　唐代政府對人民徵發的勞役，可用絹或布折合交納。㉔調　唐代政府向人民徵收的絲麻織品。㉕繒　絲織品的總稱。㉖轊　車軸頭。㉗軏　車轅前端連接駕牲口橫木的關鍵。㉘坌　聚集起來。㉙關　關卡。設在交通要道，以查詢來往行人、貨物。㉚縠　縐紗。㉛河州燉煌道　即今甘肅蘭州及敦煌一帶。唐代時均屬河西道，為河西節度使轄區，邊防要地。㉜屯田　守衛邊防的兵士就地開墾種糧。㉝實　充實。㉞靈州　州治在今寧夏靈武縣西南。㉟關中　函谷關以西，今陝西一帶。㊱凶年　歉年；收成不好的年。㊲白疊布　白色的棉布。唐制，老百姓以白衫為便裝，士兵穿黑衣。㊳鄽同「廛」。店鋪。㊴禳病　祭神以求療病。㊵幞頭　用黑色紗絹做的頭巾。㊶三省侍郎　指尚書省、中書省和門下省的侍郎。㊷刺史　州的行政長官。㊸郎官　指尚書省左、右司和六部諸司的郎中、員外郎。㊹四十三省郎吏　四十個屬於三省的郎官。㊺理刑　指行政和司法。㊻沙汰　淘汰。㊼孝弟理人　唐代科舉中制科的名稱之一。㊽宏詞拔萃　科舉及第後任官的考試之一。㊾臣　動詞，使臣服。㊿穹廬　指唐代北方邊疆住毡帳的游牧民族。(51)雞林　指唐代朝鮮半島各國。(52)滇池　指唐代雲南的南詔。(53)昆夷　古代西方種族之一。(54)會　來長安朝會。(55)展事　完成工作。

【語　譯】元和年間，潁川陳鴻祖和朋友在長安春明門外，看到有一處地方長滿了鬱鬱葱葱的松柏翠竹，在道路上就聞到了敬佛的香煙氣息，就下了馬恭敬地到塔下看望賈昌。專心地聽他講話，竟忘了天色已晚，賈昌就請鴻祖到禪房去過宿，並對他談起了自己的出身，說得很有條理，後來便談到了朝廷的典章制度。陳鴻祖詢問開元年間的治亂之道。賈昌道：「我在少年時，以鬥雞討好皇帝，皇上像娼妓優伶一般地養著我。家住宮廷外面，哪裡能知道朝廷的事呢？不過，我也還能告訴你一些事情。我曾見到過黃門侍郎杜暹被任命為磧西節度使，代理御史大夫，並給予他中央監察司法官的頭銜，以增加他的威勢。見到過哥舒翰鎮守涼州，攻克石堡，保衛了青海，又出征吐蕃，經過白龍、葱嶺，以鐵關為國界。河左道全都歸他管轄，七次升遷以後才代理了御史大夫。見到張說轄治幽州時，每年來京師覲見時都用很大的車子拉著貨車裝載了在河間薊州徵收來的絲麻織物，組成長長的車隊接連不斷地一起通過關卡。運進宮廷的，不過是江淮間出產的綢子縐紗，四川出產的錦繡和後宮用的珠寶擺設而已。河州燉煌道每年都要命令戍邊的軍士墾荒種地，以充實戍邊部隊的軍糧。多餘的米粟轉運到靈州，由黃河水運到太原官倉中，以備關中荒年所用。關中的老百姓家中都有藏糧。皇上到五嶽舉行封禪儀式時，跟隨的官員有千千萬，人、馬的食糧都不需要老百姓供給。我在逢年過節或炎夏寒冬回家休假時，走過街市，只看到有賣白衣、白疊布的。鄰里間有人祭神治病，做法事時要用一匹黑布，出了大價錢也買不到，只好拿黑紗的幞頭去代替。最近，我拄著拐杖出門，走到街頭巷尾，向東西南北四面看去，穿白衫的不足百人，難道天下的人都去當兵了嗎？開元十二年，皇帝下詔凡三省侍郎有缺額，必須先從任過刺史的官員中挑選；郎官有缺額，必先從任過縣令的官員中挑選。現在，我看到有四十個三省郎官，有行政和司法方面的才能，好一些的才被派去任郡刺史，差一些的才被派去任縣令。自從我住在大路邊後，經常有郡太守在這兒下馬休息，他們都不樂意由中央政府中淘汰出去做地方官。開元年間科舉考試只設孝弟理人而已，沒聽說考取進士後的宏詞拔萃科考試可取得適當的人才的。大致就是這樣。」說著，哭了起來。又說道：「當年玄宗皇帝北面征服穹廬，東面征服雞林，南面征服滇池，西面征服昆夷。每三年一次來京師朝會，覲見天子的儀容，拜謝朝廷的恩澤。朝廷賜給錦衣美食，使者完成了自己的工作後就離開長安，京都中不留外國客人長住。現在北方的胡人與長安百姓住在一起，而且還通婚生育後代，長安的少年也有了胡人血統。您看人們的頭飾、服裝都和以前不一樣了，這難道不是妖異嗎？」陳鴻祖不敢回答，默默地離去了。

【賞　析】關於本篇作品的作者，《太平廣記》和《宋史・藝文志》都指認為陳鴻，然而作品本文卻稱作者為「潁川陳鴻祖」，這就使後世的研究者產生了疑惑：這陳鴻祖是誰？他與陳鴻是否為同一個人？迄今為止，我們還缺乏確鑿的史料對此作出準確的判斷。但我們從文學的角度對這一問題可以作一些解釋。

本文和確知為陳鴻所作的〈長恨歌傳〉表現出了極為近似的思想意識和價值判斷。兩篇作品的題材差異頗大，前者寫的是一位馴雞弄臣寵辱多變的一生，而後者描繪了一代帝妃的生死之戀。然而兩篇作品卻不約而同地將情節表層掩蓋下的深層次的情感與價值判斷指向了玄宗皇帝及其統治的政治得失。〈東城老父傳〉前半部分描寫了一個弄雞小兒的發蹟史，從作者筆調及引用的民謠來看，作者對玄宗留連光景、荒於嬉戲是頗為不滿的，態度頗為嚴峻。這和李白〈古風〉一詩所寫的「路逢鬥雞者，冠蓋何輝赫，鼻息干虹蜺，行人皆怵惕」的態度如出一轍。這也正如〈長恨歌傳〉的前半部分對玄宗寵幸楊妃、荒淫誤國表現出強烈不滿。然而，在〈東城老父傳〉的後半部分，作者卻藉賈昌之口對玄宗時代的朝政作了毫無保留的讚美。賈昌在任官、賦稅、藩鎮乃至民風等多個方面將玄宗時代與當時作了比較，在對比中，作者對玄宗朝的政治作了明顯帶有誇飾色彩的描繪。同樣，〈長恨歌傳〉的後半部分，在玄宗出奔、楊妃自裁之後，陳鴻飽蘸同情之淚對玄宗的感懷傷逝、淒涼哀婉之情作了淋漓盡致的描繪。其後有關方士奔赴仙山尋訪楊妃的浪漫描寫，更顯示了陳鴻對於兩人真摯的愛情發自內心的讚歎與欣賞。因此，〈東城老父傳〉和〈長恨歌傳〉雖然情事各異，卻同樣表現出對玄宗及他那個時代的褒貶參半的複雜心態，表現出因不滿於自身時代而產生的對盛唐時代多少帶有虛妄色彩的幻想。兩篇作品的這種共通之處不是偶然的，同樣一位作者，處理的題材雖然不同，但他的一些基本觀念和傾向是不會輕易改變的。因此我們有理由相信，〈東城老父傳〉與〈長恨歌傳〉同出於一位作家之手。

霍小玉傳

蔣 防

【題解】本篇作品出自《太平廣記》卷四八七雜傳記類。小說記敘少年才子李益與風塵女子霍小玉相愛，李益海誓山盟願與小玉白頭偕老。不久以後，李益為求仕途發達，便拋棄小玉，另娶高門。霍小玉得知訊息後抑鬱而死。作品中的李益、霍小玉、韋夏卿等人在歷史上都是實有其人的，作品敘述的李益的出身，中進士的時間，以及他對妻妾的猜忌，都有現實依據。因此有人推測，李、霍二人的情事是具有真實性的。

【作者】蔣防，字子征。義興（今江蘇宜興）人。少有才名。長慶元年自右補闕充翰林學士，二年進司封員外郎，三年以司封郎中知制誥，後被貶為汀州刺史、連州刺史。《全唐文》卷七一九錄蔣防文一卷，他還著有詩集一卷。

大曆❶中，隴西李生名益❷，年二十，以進士擢第❸。其明年，拔萃❹，俟試於天官❺。夏六月，至長安，舍於新昌里❻。生門族清華❼，少有才思，麗詞嘉句，時謂無雙；先達文人❽，翕然推伏❾。每自矜風調❿，思得佳偶，博求名妓，久而未諧。長安有媒鮑十一娘者，故薛駙馬⓫家青衣⑫也；折券從良⑬，十餘年矣。性便辟⑭，巧言語，豪家戚里，無不經過，追風挾策⑮，推為渠帥⑯。常受生誠託厚賂，意頗德之⑰。經數月，李方閒居舍之南亭。申未間⑱，忽聞扣門甚急，云是鮑十一娘至。攝衣從之，迎問曰：「鮑卿今日何故忽然而來？」鮑笑曰：「蘇姑子⑲作好夢也未？有一仙人，謫在下界，不邀財貨，但慕風流。如此色目⑳，共十郎㉑相當矣。」生聞之驚躍，神飛體輕，引鮑手且拜且謝曰：「一生作奴，死亦不憚㉒。」因問其名居。鮑具說曰：「故霍王㉓小女，字小玉，王甚愛之。母曰淨持。淨持，即王之寵婢也。王之初薨㉔，諸弟兄以其出自賤庶㉕，不甚收錄。因分與資財，遣居於外，易姓為鄭氏，人亦不知其王女。姿質穠豔，一生未見，高情逸態，事事過人，音樂詩書，無不通解。昨遣某求一好兒郎格調㉖相稱者。某具說十郎。他亦知有李十郎名字，非常歡愜。住在勝業坊古寺曲㉗，甫㉘上車門㉙宅是也。已與他作期約。明日午時，但至曲頭覓桂子㉚，即得矣。」鮑既去，生便備行計。遂令家僮秋鴻，於從兄㉛京兆參軍尚公處假青驪駒、黃金勒㉜。其夕，生澣衣沐浴，修飾容儀，喜躍交并，通夕不寐。遲明㉝，巾幘㉞，引鏡自照，惟懼不諧也。徘徊之間，至於亭午㉟。遂命駕疾驅，直抵勝業。至約之所，果見青衣立候，迎問曰：「莫是李十郎否？」即下馬，令牽入屋底，急急鎖門。見鮑果從內出來，遙笑曰：「何等兒郎，造次㊱入此？」生調誚㊲未畢，引入中門。庭間有四櫻桃樹；西北懸一鸚鵡籠，見生入來，即語曰：「有人入來，急下簾者！」生本性雅淡，心猶疑懼，忽見鳥語，愕然不敢進。逡巡㊳，鮑引淨持下階相迎，延入對坐。年可四十餘，綽約多姿，談笑甚媚。因謂生曰：「素聞十郎才調風流，今又見儀容雅秀，名下固無虛士。某有一女子，雖拙教訓，顏色不至醜陋，得配君子，頗為相宜。頻見鮑十一娘說意旨，今亦便令承奉箕箒㊴。」生謝曰：「鄙拙庸愚，不意顧盼，倘垂採錄，生死為榮。」遂命酒饌，即令小玉自堂東閤子㊵中而出。生即拜迎。但覺一室之中，若瓊林玉樹，互相照曜，轉盼精彩射人。既而遂坐母側。母謂曰：「汝嘗愛念『開簾風動竹，疑是故人來』，即此十郎詩也。爾終日吟想，何如一見？」玉乃低鬟微笑，細語曰：「見面不如聞名㊶，才子豈能無貌？」生遂連起拜曰：「小娘子愛才，鄙夫重色。兩好相映，才貌相兼。」母女相顧而笑，遂舉酒數巡。生起，請玉唱歌。初不肯，母固強之。發聲清亮，曲度精奇。酒闌㊷，及暝，鮑引生就西院憩息。閒庭邃宇㊸，簾幕甚華。鮑令侍兒桂子、浣沙與生脫靴解帶。須臾，玉至，言敘溫和，辭氣宛媚。解羅衣之際，態有餘妍，低幃暱枕，極其歡愛。生自以為巫山洛浦㊹不過也。中宵之夜，玉忽流涕觀生曰：「妾本倡家，自知非匹。今以色愛，托其仁賢。但慮一旦色衰，恩移情替，使女蘿無托㊺，秋扇見捐㊻。極歡之際，不覺悲至。」生聞之，不勝感歎。乃引臂替枕，徐謂玉曰：「平生志願，今日獲從，粉骨碎身，誓不相捨。夫人何發此言！請以素縑，著之盟約。」玉因收淚，命侍兒櫻桃褰幄㊼執燭，授生筆研㊽。玉管絃之暇，雅好詩書，筐箱筆研，皆王家之舊物。遂取繡囊，出越姬烏絲欄素縑㊾三尺以授生。生素多才思，援筆成章，引諭山河㊿，指誠日月(51)，句句懇切，聞之動人。染畢(52)，命藏於寶篋之內。自爾婉孌(53)相得，若翡翠之在雲路也。如此二歲，日夜相從。

【章　旨】李益在媒婆鮑十一娘的引見下，結識了霍小玉，二人一見鍾情。李益海誓山盟願與小玉長相廝守。

【注　釋】❶大曆　唐代宗年號。❷李生名益　即李益。隴西姑臧（今甘肅省武威縣）人。中唐著名詩人，所作七絕，多為教坊樂工傳唱。傳說他有癡病，善猜忌，防閑妻妾苛嚴，被稱為「妒癡」。❸擢第　考中；登第。❹拔萃　唐代士人科舉及第後，還須經過吏部複試，合格者才正式授官。複試包含書（楷法）、判（文理）、身（身分）、言（言詞）四事。先試書、判，後試身、言。試判（草擬公文判詞）三條，叫「拔萃」；試文三篇，叫「宏辭」，合格即授官。❺天官　吏部。唐代武則天時改吏部為天官。❻新昌里　長安里坊名。❼門族清華　門第高貴。❽先達丈人　有德行學問而顯達的老前輩。❾翕然推伏　一致稱讚。翕然，和諧；一致。伏，通「服」。佩服。❿自矜風調　以風流才貌自負。⓫駙馬　官名，即駙馬都尉。⓬青衣　婢女。⓭折券從良　毀棄了賣身契約，贖身嫁人。券，契約。此處指賣身為婢女的契約。⓮便辟　善於巴結奉承人。⓯追風挾策　原意為驅馬揮鞭，行動快速。這裡指很會說風情做媒人，撮合男女的婚事。追風，駿馬名。形容奔馬之速。策，馬鞭。⓰渠帥　原指盜賊的首領，這裡指頭兒。⓱德之　感激他。⓲申未間　下午三時左右。⓳蘇姑子　當時對單身青年男子的習慣稱呼。⑳色目　人品；身分。㉑十郎　李益在家族中排行第十，故稱十郎。㉒不憚　不怕，引申為甘心。㉓霍王　唐高祖第十四子李元軌封霍王。唐中宗神龍年間，又以元軌曾孫暉為嗣霍王。此處當指李暉。㉔薨　諸侯王死的專稱。㉕庶　古代妾生的子女叫「庶出」。此處庶指妾。㉖格調　品格才調。㉗曲　小巷。㉘甫　開頭。㉙上車門　指左邊的大門。㉚桂子　霍小玉的侍女名。㉛從兄　堂兄。㉜勒　馬籠頭。㉝遲明　黎明。㉞巾幘　繫上頭巾。這裡指梳洗打扮。㉟亭午　正午。㊱造次　冒冒失失。㊲調誚　打趣；說俏皮話。㊳逡巡　遲疑不進的樣子。㊴承奉箕箒　侍奉灑掃。即為人妻子。㊵閤子　旁邊的小門。㊶見面不如聞名　意為李益的相貌沒有傳聞那樣俊秀。㊷酒闌　酒盡席散。㊸閒庭邃宇　大的庭院，深的屋宇。㊹巫山洛浦　指古代兩個描寫愛情的神話故事。巫山，戰國時楚襄王遊高唐，夢見與巫山神女歡會。洛浦，指曹植遇到洛水女神宓妃。㊺女蘿無托　比喻婦女失去依靠。女蘿是蔓生植物，多依附在樹木上生長，古人常用以比喻女子依靠丈夫。㊻秋扇見捐　扇子到秋天就被人拋棄了。比喻婦女因色衰而被遺棄。㊼褰幄　揭起帷帳。㊽研　同「硯」。㊾越姬烏絲欄素縑　越地女子所織有黑色豎格的白色細絹。㊿引諭山河　引用山河來比喻愛情的長久深厚，永遠不變。(51)指誠日月　指著日月發誓。表示相愛的誠摯。(52)染畢　寫完。(53)婉孌　親愛。

【語　譯】大曆年間，隴西有個讀書人名叫李益。二十歲那年，就考中了進士科。第二年，為等候吏部複試拔萃，在夏天六月裡到了長安，住在新昌里。李生出身門第高貴。從小就才華橫溢，寫出來的詩詞文章，在當時沒有人能比得上。就是有德行有學問的老前輩，也都十分推崇他。李生常以風流才情自負，總想找一個好的配偶，在當時的許多色藝雙全的名妓中物色了很久，卻沒找到一個合意的。長安城有一個名叫鮑十一娘的媒婆，原先是已故的薛駙馬家的婢女，贖身嫁人已經有十幾年了。這人能說會道，善於逢迎巴結。長安的豪門貴族家，沒有一家她沒去過。說媒獻計，當推第一。李生也經常託她辦事，給過她很多錢財，鮑十一娘因此十分感激他。幾個月之後，有一天李生正在客舍的南亭裡閒坐。下午三時左右，忽然聽到急促的敲門聲，僕人說是鮑十一娘來了。李生便整整衣服出來見她，問道：「鮑媽媽今天怎麼突然來了？」鮑十一娘笑著說：「蘇姑子做好夢了沒有啊？有一位仙人，被貶謫在凡界，不貪男人的錢財，只仰慕才子的風流。像她那樣的人品身分，和你十郎正好相配啊。」李生聽了這番話驚喜雀躍，神采飛揚，周身輕快。拉住鮑十一娘的手，一面行禮一面致謝說：「我情願做你的奴僕來侍奉你，就是為你死了也心甘情願。」便向她問起女子的姓名住處。鮑十一娘詳細地告訴他說：「姑娘是已故霍王的小女兒，字小玉，霍王生前十分喜愛她。她的母親名叫淨持，原是霍王寵愛的婢女。霍王去世後，小玉的兄弟們因為她是姬妾所生，不容她住在王府，便分給她一些錢財，把她打發到王府外面住，並且叫她改姓了鄭。因此外人也不知道她是王爺的女兒。小玉容貌的豔麗，是我生平未見過的。她的情調高雅，態度超逸，處處都勝過別人，音樂詩書，沒有不通曉的。昨天，她請我為她物色一個人品格調和她相當的好兒郎。我對她詳細介紹了你。她也曾聽到過李十郎的名字，因此非常樂意見你。小玉住在勝業坊古寺巷口的一個車門宅第裡。我已經和她約定了日期。明天中午你只要到巷口去找一個名叫桂子的侍兒就行了。」鮑十一娘離去後，李生便著手為明天赴約作準備。他叫僮僕秋鴻到做京兆參軍的堂兄尚公那裡去借來一匹青色駿馬和黃金的馬籠頭。當天晚上，李生更衣沐浴，把自己的儀容仔細修飾了一番，歡喜興奮得整整一夜都沒有睡著。天色才亮，李生就起身了，梳洗穿戴完畢，又對著鏡子左照右照，唯恐有哪兒不合適。在屋裡踱來踱去，好不容易才挨到了中午。便叫僕人備好馬騎，揚鞭疾馳，直奔勝業坊。到了約定的地點，果然見到一個侍兒站在門口等他，見到他便迎上來問：「你是李十郎嗎？」請李生下了馬，命人將馬牽到屋子後面，連忙鎖上了門。李生進了門，就見到鮑十一娘果然從裡面走出來，遠遠地笑著說：「哪裡來的小伙子，冒冒失失就闖了進來？」李生便和她打趣了幾句，話未說完，就被引進了中門。只見庭院裡有四株櫻桃樹，西北面掛了一個鸚鵡籠子，那鸚鵡見到李生進來，就叫道：「有人進來了，快放下簾子。」李生天性文雅恬淡，第一次到這裡來，心裡本就忐忑不安，又忽然聽到鸚鵡這樣說，頓時怔在那裡不敢再進去了。正猶豫間，鮑十一娘引了淨持來到階下相迎，把李生請到屋裡對面坐下。那淨持年約四十餘歲，體態優美，談吐舉止十分動人。她對李生說：「素常聽說十郎人品風流，今日見到容貌儀態又如此俊秀儒雅，真是名不虛傳啊。我有一個女兒，雖然沒有受過好的教育，但容貌還算不錯，如能和君子相配，倒是十分合宜。鮑十一娘多次來說起你的意願，如今便把女兒許配給你吧。」李生答謝說：「我是一個愚笨平庸的人，沒想到能得到您的青睞。倘蒙您的接納，便是我終身的榮幸。」淨持便叫侍從準備酒餚，隨即叫小玉從廳堂東邊的小門中出來。李生連忙迎上去拜見。頓時，就像有玉樹瓊林，互相映照，但覺得滿室生輝。顧盼之間，光彩照人。小玉在她母親身邊坐下。母親對她說：「你常常喜歡吟誦的『開簾風動竹，疑是故人來』就是十郎作的詩啊！你終日吟誦、想念，哪裡比得上當面一見呢？」小玉微笑著低下了頭，低聲說：「見面不如聞名，有才華的人怎麼會沒有好相貌呢？」李生便站起來連連拜謝說：「你喜愛的是才情，我看重的是容貌，兩好相照，郎才女貌。」母女倆聽了對視著笑了起來。便頻頻舉杯，飲了幾巡酒。李生站起來，請小玉唱歌，小玉先是不肯，經母親一再相勸，只好唱了。歌聲清越嘹亮，曲調精妙不凡。酒席散時，天已經黑了。鮑十一娘引李生到西院去休息。那裡庭院闊大，屋宇幽深，珠簾帷幕十分華美。鮑十一娘叫侍兒桂子、浣沙為李生脫靴寬衣。過了一會，小玉來了，和李生談話，語調溫柔，舉止婉媚。解開衣服的時候，姿態十分美妙。接著，放下了帷帳。兩人同枕共衾，十分歡愛。李生心想，就是巫山神女、洛浦宓妃也不過就是這樣吧。半夜裡，小玉忽然流著眼淚看著李生道：「我本是娼妓人家的女兒，自己也知道是配不上你的，如今只因容貌美麗而得到你這樣賢德的人的寵愛。就怕有朝一日年老色衰，你對我的恩愛情意也就消失了，使我像女蘿離開了大樹一樣無依無靠，像秋天的團扇一樣遭到遺棄。所以，雖然在這極其歡樂的時刻，也不知不覺地感到了悲傷。」李生聽她這樣說，也忍不住感慨歎息。便把自己的胳膊伸出去枕在她的頭底下，慢慢地對小玉說：「我平生的志願今天總算實現了，就是粉身碎骨，也發誓不會離開你。夫人為何要說這些話呢？請給我一幅白絹，把我們的誓約寫在上面吧。」小玉便擦乾了眼淚，叫侍兒櫻桃揭起帷帳，舉著蠟燭，為李生送來筆硯。平時小玉在吹奏彈唱之餘，也喜愛讀書賦詩，所用的書箱筆硯，都是從王府中帶出來的。這時小玉便拿來繡花袋，取出一幅三尺長的越姬烏絲欄細絹遞給李生。李生一向才思敏捷，拿起筆來立刻寫好了誓約。文中，以山河作比喻，指日月起誓，言辭都極其懇切，聽來令人十分感動。寫完，就把它藏在寶篋之中。從此以後，李生和小玉相親相愛，就像一對翡翠鳥在雲中比翼雙飛。就這樣過了二年，兩人日夜在一起，從不分離。

其後年春，生以書判拔萃登科，授鄭縣主簿[1]。至四月，將之官，便拜慶[2]於東洛。長安親戚，多就筵餞。時春物尚餘，夏景初麗，酒闌賓散，離思縈懷。玉謂生曰：「以君才地名聲，人多景慕，願結婚媾，固亦眾矣。況堂有嚴親，室無冢婦❸，君之此去，必就佳姻。盟約之言，徒虛語耳。然妾有短願❹，欲輒指陳❺，永委君心❻。復能聽否？」生驚怪曰：「有何罪過，忽發此辭？試說所言，必當敬奉。」玉曰：「妾年始十八，君纔二十有二，迨君壯室之秋❼，猶有八歲。一生歡愛，願畢此期。然後妙選高門，以諧秦晉❽，亦未為晚。妾便捨棄人事，剪髮披緇❾，夙昔之願，於此足矣。」生且媿且感，不覺涕流。因謂玉曰：「皎日之誓，死生以之。與卿偕老，猶恐未愜素志，豈敢輒有二三？固請不疑，但端居❿相待。至八月，必當卻到⓫華州，尋使奉迎，相見非遠。」更數日，生遂訣別東去。

【章旨】李益赴任並回家探親，臨別時對霍小玉再次立下誓言，商定八月即與小玉團聚。

【注釋】❶主簿　管理文書簿冊的官員。❷拜慶　拜家慶的簡稱。即回家探望父母。❸冢婦　正妻。❹短願　小小的心願。❺欲輒指陳　想就此表白。輒，即。❻永委君心　永遠記在你的心上。❼壯室之秋　三十歲。古代以男子三十為「壯」，認為是娶妻的適當年齡。秋，年；年歲。❽秦晉　春秋時秦、晉兩國世代互為婚姻，後世就稱締結婚約為「秦晉之好」。❾剪髮披緇　指出家做尼姑。緇，僧尼穿的黑色衣裳。❿端居　安居。⓫卻到　再到。

【語　譯】到了第三年春天，李生考中了書判拔萃科，被任命為鄭縣主簿。到了四月將要上任了，還要趁便到東都洛陽去拜見父母。臨行前，長安的親戚紛紛設筵餞別。當時正值春末夏初，春天的風光還未全消，夏天美麗的景色剛剛展現。酒宴結束，賓客散去，李生胸中縈繞著離別的情思。小玉對李生說：「以你的才華名聲，仰慕你的人多得很，願意和你締結婚姻的也不在少數，何況你堂上還有嚴親，家中尚無正妻。你這一去，一定會成就美滿的婚姻。我們過去所訂的盟約，也就變成空話了吧。但我有一個小小的心願，想立即向你表白，希望它能永遠記在你的心裡。你能聽我講嗎？」李生驚奇地說：「我哪裡得罪你了，怎麼忽然說這樣的話？你把想說的話都說出來，我一定照著辦。」小玉說：「我今年才十八歲，你也才二十二歲，到你三十歲成家的年齡，還有八年時間。我希望將畢生的歡愛，全部寄託在這八年。到時候，你再挑選名門貴族締結婚姻，也不算晚。而我就捨棄這繁華世界，出家去當尼姑。我平生的願望，也就滿足了。」李生又慚愧又感動，不覺流下淚來。便對小玉說：「對著皎日發過的誓約，到死都要遵守的。就是能和你白頭偕老，我都意猶未足，怎麼會再有三心二意呢？請你一定要相信我，不要懷疑，只管安心地住在這兒等待我。到八月份我一定再到華州，就派人來接你。相見的日子不會很遠的。」過了幾天，李生就辭別了小玉往東而去。

到任旬日，求假往東都覲親。未至家日，太夫人已與商量表妹盧氏，言約已定。太夫人素嚴毅，生逡巡不敢辭讓，遂就禮謝，便有近期。盧亦甲族也，嫁女於他門，聘財必以百萬為約，不滿此數，義在不行。生家素貧，事須求貸，便托假故，遠投親知。涉歷江淮，自秋及夏。生自以孤負盟約，大愆❶回期。寂不知聞，欲斷其望。遙託親故，不遺漏言。玉自生逾期，數訪音信。虛詞詭說，日日不同。博求師巫❷，遍詢卜筮❸。懷憂抱恨，周歲有餘，羸❹臥空閨，遂成沉疾。雖生之書題❺竟絕，而玉之想望不移。賂遺親知，使通消息。尋求既切，資用屢空，往往私令侍婢潛賣篋中服玩之物，多託於西市❻寄附鋪❼侯景先家貨賣。曾令侍婢浣沙將紫玉釵一隻，詣景先家貨之。路逢內作❽老玉工，見浣沙所執，前來認之曰：「此釵，吾所作也。昔歲霍王小女將欲上鬟❾，令我作此，酬我萬錢，我嘗不忘。汝是何人，從何而得？」浣沙曰：「我小娘子，即霍王女也。家事破散，失身於人。夫壻昨向東都，更無消息。悒怏❿

成疾，今欲二年。今我賣此，賂遺於人，使求音信。」玉工悽然下泣曰：「貴人男女，失機落節⑪，一至於此。我殘年向盡，見此盛衰，不勝傷感。」遂引至延光公主⑫宅，具言前事。公主亦為之悲歎良久，給錢十二萬焉。

【章旨】李益回家後便與高門結親，對小玉避不見面，斷絕訊息。霍小玉獨守空閨，身染沉疾。為尋訪李益消息，資財蕩盡。

【注釋】❶愆　耽誤；延後。❷師巫　巫師、巫婆。❸卜筮　卜卦以問吉凶。❹羸　瘦弱。❺書題　書信題詠。❻西市　唐代長安城內兩大商業區之一。位於西邊，故曰西市。❼寄附鋪　寄售的商店。❽內作　皇宮內的手工作坊。❾上鬟　古代女子到十五歲舉行束髮儀式，髮上插簪子，表示已成人待嫁，稱為「上鬟」。❿悒怏　悶悶不樂。⓫失機落節　指落魄失意。⓬延光公主　唐肅宗的女兒。

【語譯】到任十幾天後，便請了假到洛陽去探親。在他還沒有到家的時候，母親李太夫人已代他去向表妹盧氏求親而且得到了應允。太夫人素性嚴厲固執，李生猶豫再三，終究不敢推辭，便去向表妹家道謝並且下了定禮，而且商定了在近期內迎娶。盧家也是一個門第高貴的望族，將女兒嫁到別人家去，聘禮絕不可少於百萬錢。如果達不到這個數目，是不會允許迎娶的。李生家境一向貧寒，要湊足財禮勢必要去告貸。只好謊稱有事請了假，到很遠的地方去求告親友。李生足跡遍及江淮，從秋天奔波到翌年夏天。李生心想既然自己違背了約定，耽誤了去接小玉的日期，索性就什麼音訊也不給她，想讓她就此斷了想望。又設法囑託遠在京城的親友，不要對小玉洩漏風聲。再說小玉自從李生誤了約期沒來接她，便多次尋訪他的音信，得到的卻都是虛假詭異的說法，一天一個樣。小玉又到處求神問卦，心中充滿了憂愁怨恨。這樣一年多下來，天天獨自衰弱地躺在閨房裡，終於得了重病。雖然李生音訊全無，小玉對他的思念卻一點也沒有改變。她四處送禮，買通李生的親友，想從他們那兒得到一點消息。由於這樣急切地尋求，家裡的錢財都用光了，只好常常拿箱子裡的服飾珍玩叫侍兒偷偷地去賣掉，大多託西市寄售店的侯景先為她賣。有一次叫侍兒浣沙拿了一支紫玉釵到侯景先那兒賣，途中遇到宮內作坊的老玉工，看到浣沙手裡拿著的玉釵，走上來指著說：「這支玉釵是我做的。那年霍王的小女兒十五歲上鬟時叫我製作了這支玉釵，當時還給了我一萬錢的酬勞呢，我一直沒有忘記。你是什麼人，這支玉釵從哪兒得到的？」浣沙道：「我家小姐就是霍王的小女兒。如今她家道敗落，又失身於人。她的丈夫前些時候去了東都，至今沒有一點音信。小姐抑鬱成病，至今快二年了，叫我把這支玉釵賣掉，得了錢好去送禮請人打聽音信。」玉工聽了這番話，傷心得流下淚來，說道：「本來是尊貴的小姐，如今遭遇不幸，竟然落魄到如此地步。我這個已到風燭殘年的人，見到這種盛衰無常的光景，禁不住也要傷心感歎啊。」便把浣沙領到延光公主的府中，把這些事一一告訴了公主，公主也為小玉傷心歎息了好久，給了浣沙十二萬錢，讓她帶給小玉。

時生所定盧氏女在長安，生既畢於聘財，還歸鄭縣。其年臘月，又請假入城就親。潛卜靜居❶，不令人知。有明經❷崔允明者，生之中表弟也。性甚長厚，昔歲常與生同歡於鄭氏之室，盃盤笑語，曾不相間。每得生信，必誠告於玉。玉常以薪芻❸衣服，資給於崔。崔頗感之。生既至，崔具以誠告玉。玉恨歎曰：「天下豈有是事乎！」遍請親朋，多方召致。生自以愆期負約，又知玉疾候沉綿❹，慚恥忍割，終不肯往。晨出暮歸，欲以迴避。玉日夜涕泣，都忘寢食，期一相見，竟無因由。冤憤益深，委頓床枕。自是長安中稍有知者。風流之士，共感玉之多情；豪俠之倫，皆怒生之薄行❺。時已三月，人多春遊。生與同輩五六人詣崇敬寺翫牡丹花，步於西廊，遞吟詩句。有京兆韋夏卿❻者，生之密友，時亦同行。謂生曰：「風光甚麗，草木榮華。傷哉鄭卿，銜冤空室！足下終能棄置，實是忍人。丈夫之心，不宜如此。足下宜為思之！」歎讓❼之際，忽有一豪士，衣輕黃紵衫❽，挾弓彈，丰神雋美，衣服輕華，唯有一剪頭胡雛[9]從後，潛行而聽之。俄而前揖生曰：「公非李十郎者乎？某族本山東[10]，姻連外戚[11]。雖乏文藻，心嘗樂賢。仰公聲華，常思覯止[12]。今日幸會，得覩清揚[13]。某之敝居，去此不遠，亦有聲樂，足以娛情。妖姬八九人，駿馬十數匹，唯公所欲。但願一過。」生之儕輩[14]，共聆斯語，更相歎美。因與豪士策馬同行，疾轉數坊，遂至勝業。生以近鄭之所止，意不欲過，便託事故，欲回馬首。豪士曰：「敝居咫尺，忍相棄乎？」乃輓挾其馬，牽引而行。遷延之間，已及鄭曲。生神情恍惚，鞭馬欲回。豪士遽命奴僕數人，抱持而進。疾走推入車門，便令鎖卻，報云：「李十郎至也！」一家驚喜，聲聞於外。先此一夕，玉夢黃衫丈夫抱生來，至席，使玉脫鞋。驚寤[15]而告母。因自解曰：「鞋者，諧也。夫婦再合。脫者，解也。既合而解，亦當永訣。由此徵[16]之，必遂相見，相見之後，當死矣。」凌晨，請母梳粧。母以其久病，心意惑亂，不甚信之。僶勉[17]之間，強為粧梳。粧梳纔畢，而生果至。玉沉綿日久，轉側須人。忽聞生來，欻然[18]自起，更衣而出，恍若有神。遂與生相見，含怒凝視，不復有言。羸質嬌姿，如不勝致[19]，時復掩袂，返顧李生。感物傷人，坐皆欷歔[20]。頃之，有酒餚數十盤，自外而來。一座驚視，遽問其故，悉是豪士之所致也。因遂陳設，相就而坐。玉乃側身轉面，斜視生良久，遂舉杯酒，酬地曰：「我為女子，薄命如斯。君是丈夫，負心若此。韶顏稚齒[21]，飲恨而終。慈母在堂，不能供養。綺羅絃管，從此永休。徵痛黃泉[22]，皆君所致。李君，李君，今當永訣！我死之後，必為厲鬼，使君妻妾，終日不安！」乃引左手握生臂，擲盃於地，長慟號哭數聲而絕。母乃舉尸，寘於生懷，令喚之，遂不復蘇矣。

生為之縞素[23]，旦夕哭泣甚哀。將葬之夕，生忽見玉繐帷[24]之中，容貌妍麗，宛若平生。著石榴裙，紫榼襠[25]，紅綠帔子[26]。斜身倚帷，手引繡帶，顧謂生曰：「媿君相送，尚有餘情。幽冥之中，能不感歎？」言畢，遂不復見。明日，葬於長安御宿原。生至墓所，盡哀而返。

【章　旨】霍小玉得知李益負心的消息後，要求與李益再見一面，李益仍然不肯。後來在黃衫豪士的計謀安排下二人見面，霍小玉痛斥李益的負心薄行，隨後便長慟號哭死去。

【注　釋】❶潛卜靜居　暗中選擇一個僻靜居所住下。❷明經　唐代科舉考試中以經義取中者為明經。❸薪蒭　柴草。指日常生活費用。❹疾候沉綿　病情沉重，命息微弱。❺薄行　無情無義。❻韋夏卿　字雲客。京兆萬年（今陝西省西安市）人。大曆中以賢良方正科及第，後官至檢校工部尚書、太子少保。❼讓　責備。❽衣輕黃紵衫　穿淡黃色麻布衫。❾剪頭胡雛　短髮的胡族少年。❿山東　唐人稱崤山、函谷關以東地方為「山東」。唐代山東世族聲勢顯赫，所以豪士以此相誇耀。⓫外戚　帝王的母族或妻族。⓬覯止　相會；見面。止，語助詞。⓭清揚　本指人眉目清秀。此處意為「尊容」。⓮儕輩　指同伴。⓯寤　由夢中醒來。⓰徵　驗證。⓱僶勉　強勉。⓲欻然　忽然；迅速地。⓳如不勝致　弱不禁風的樣子。致，意態。⓴欷歔　抽泣歎息聲。㉑韶顏稚齒　美貌而年輕。㉒徵痛黃泉　帶著痛苦到地下。㉓縞素　白色的衣服。指喪服。㉔繐帷　靈帳。㉕襠　唐時婦女穿的一種長袍。㉖帔子　唐時婦女披於肩背上的短紗巾。

【語　譯】這時，李生所訂的未婚妻盧氏也住在長安。李生籌足了財禮以後，就回到了鄭縣。那年的臘月裡，又請了假到長安準備結婚。到了長安，李生悄悄地找了一處僻靜的地方住下，不讓別人知道。有位名叫崔允明的舉子，是李生的表弟。性格很忠厚。過去常常和李生一起在小玉家歡聚，飲宴談笑，親密無間。李生離開長安後，崔允明只要得到李生一點音訊，就會如實地去告訴小玉，小玉也常常送給他一些衣物和生活費作為酬謝，崔允明為此也很感激她。李生到長安來了以後，崔生就把李生的近況如實地告訴了小玉。小玉聽後含恨歎息道：「天下怎麼會有這樣的事呢！」便四處拜託親友用各種方法請李益來和她會面。李生總覺得自己誤期負約，對不起小玉。

又得知小玉病體沉重，更是感到羞愧，竟狠著心割斷了往日的情義，始終不肯去見小玉一面。每天早出晚歸躲避著小玉。小玉日夜哭泣，吃不下飯睡不著覺，只盼著能見到李生，但竟找不到一個機會。冤苦、憤恨之情愈來愈深，病臥在床，無法起身。漸漸地，長安城中有些人知道了這件事。風流之士，都為小玉的多情而感動；豪俠之輩，則對李生的無情無義倍感憤怒。這時，正是三月天，很多人都出來遊春。李生與五、六個同伴到崇敬寺去賞玩牡丹。他們在寺宇的西廊上散步，一面吟詩聯句。有一個名叫韋夏卿的長安人，是李生的好朋友，當時也在場。他對李生說：「你看春天的風光是如此的美麗，草木生長多麼繁榮。可憐的鄭家姑娘卻懷著幽恨獨自守著空房！你到底還是把她遺棄了，真是個狠心的人哪。君子的胸懷不應該是這樣的。你要好好地想一想啊！」正當韋生歎息責備的時候，忽然有一個豪俠之士身穿淡黃色麻布衣衫，挾著彈弓，儀容俊秀，神采奕奕，衣著華貴，身後跟著一個短髮的胡族少年，悄悄地走近來聽他們談話。隨後又上前向李生作揖道：「先生不就是李十郎嗎？在下原籍山東，和皇家外戚有姻親關係。雖然缺乏文才，卻十分喜歡結交賢德君子。素常景仰先生的名聲、才華，總盼著能和您見面。今日有幸得見尊容。我家離此不遠，家中雖然敝陋，卻也有音樂歌舞可供消遣，還有八、九個歌女舞姬、十幾匹駿馬任先生賞玩。只希望先生能賞光一次。」李生的朋友聽到了這番話都連聲讚歎，慫恿他去。於是李生就騎著馬和俠士一起前去。很快地轉過幾個里坊後，就到了勝業坊。李生因小玉家就在附近，不想經過，便推託有事想勒轉馬頭離去。俠士說：「我家就要到了，你真的忍心不去嗎？」便上前拉住李生的馬轡繩，牽著朝前走去。拉扯之間，已走到了小玉家的巷口。李生神思恍惚，鞭打著馬匹就想回去，俠士連忙叫幾個僕人把他連抱帶挾走進了巷子，快步推開車門進去後，立即叫人鎖上了車門，又通報道：「李十郎來了。」小玉全家人驚喜交加，發出一片嘈雜聲，連屋子外面都聽得到。前一天晚上，小玉曾夢見一個穿黃衣服的大漢抱著李生走進來，送到座位上後叫小玉把（李生的）靴子脫下來。小玉驚醒後把夢境告訴了母親。小玉自己詳解夢境說：「鞋的意思，就是和諧，預兆夫妻再度見面；脫的意思，就是分開。先見了面再分開，便是永別了。從這個夢兆來看，必定很快就會相見，見過之後，我就要死了。」清晨，小玉便請母親幫她梳洗打扮。母親以為小玉是生病時間長了，所以神志昏亂，也不怎麼把她的話當真。但也勉強為她梳妝了一番。才打扮好，李生果然就到了。原本小玉因為生病時間久了，身體十分衰弱，連翻個身都要別人幫助。這時聽到李生來了，忽然自己翻身起床，換好衣服就走出了閨房，好像暗中有神明在相助。和李生見面後，小玉只是用含怒的眼睛瞪著李生，卻不說一句話。體態嬌弱，好像隨時都會支持不住。有時用衣袖蒙住了臉哭泣，有時又回頭看著李生。看到這種情景，在座的人都忍不住地歎息傷心。過了一會，從外面送進來美酒和幾十盤佳餚。在座的人都十分驚異，連忙問是怎麼回事。原來這些全是俠士送來的。於是就擺上酒菜，大家在桌邊坐了下來。小玉側著身子轉過臉來，斜著眼看了李生半天，便舉起一杯酒灑在地上，並且說道：「我身為一個女子，命運竟如此不幸。先生是個大丈夫，卻忘恩負義到這種地步。我年輕美貌，就要含恨死去。慈母還在堂上，卻不能再供養盡孝。華貴的衣服、優美的音樂，從此永遠停止了。我帶著痛苦死去，全是你所造成的。李君啊李君，今天我們就要永別了。我死了以後，一定要變成厲鬼，叫你的妻妾一天也不得安寧。」說完便伸出左手抓住李生的手臂，把酒杯丟到地上，高聲痛哭了幾聲，就斷了氣。小玉的母親就抱起女兒的屍身放到李生的懷裡，叫他招喚她，但終究沒有甦醒過來。李生為小玉穿了孝服，早晚都在靈前哀哀哭泣。下葬的前一天晚上，李生忽然見到小玉出現在靈帷後面，容色豔麗就和生前一樣。穿了石榴紅的裙子，紫色的長袍，披著紅綠相間的紗巾，斜著身子靠在靈帷上，手裡玩弄著衣服上的繡帶。看著李生說：「多蒙你來送我，可見你對我還有點感情，我在九泉之下能不感歎嗎？」說完，就消失了。第二天，把小玉葬在長安御宿原。李生到墓地送葬，盡情痛哭了一場才回去。

後月餘，就禮於盧氏。傷情感物，鬱鬱不樂。夏五月，與盧氏偕行，歸於鄭縣。至縣旬日，生方與盧氏寢，忽帳外叱叱作聲。生驚視之，則見一男子，年可二十餘，姿狀溫美，藏身映幔❶，連招盧氏。生惶遽走起，遶幔數匝，倏然不見。生自此心懷疑惡，猜忌萬端，夫妻之間，無聊生矣。或有親情❷，曲相勸喻。生意稍解。後旬日，生復自外歸，盧氏方鼓琴於床，忽見自門拋一斑犀鈿花合子❸，方圓一寸餘，中有輕絹，作同心結，墜於盧氏懷中。生開而視之，見相思子❹二，叩頭蟲❺一，發殺觜❻一，驢駒媚❼少許。生當時憤怒叫吼，聲如豺虎，引琴撞擊其妻，詰令實告。盧氏亦終不自明。爾後往往暴加捶楚❽，備諸毒虐，竟訟於公庭而遣之❾。盧氏既出❿，生或侍婢媵妾⓫之屬，暫同枕席，便加妒忌。或有因而殺之者。生嘗遊廣陵，得名姬曰營十一娘者，容態潤媚，生甚悅之。每相對坐，嘗謂營曰：「我嘗於某處得某姬，犯某事，我以某法殺之。」日日陳說，欲令懼己，以肅清閨門。出則以浴斛⓬覆營於床，週迴⓭封署，歸必詳視，然後乃開。又畜⓮一短劍，甚利，顧謂侍婢曰：「此信州⓯葛溪⓰鐵，唯斷作罪過頭！」大凡生所見婦人，輒加猜忌，至於三娶，率皆如初焉。

【章　旨】霍小玉死後，李益抑鬱寡歡。在幾次怪異事件後對妻妾猜疑萬端，暴厲毒虐，致三娶如故，終身不快。

【注　釋】❶暎幔　幕帳。❷親情　有親戚關係的人。❸斑犀鈿花合子　有斑紋的犀牛角做成的嵌花首飾盒。❹相思子　即紅豆。❺叩頭蟲　黑褐色小甲蟲，用手指壓其身體，頭部就會振動，狀似叩頭。用以表示傾慕之意。❻發殺觜　未詳，疑是一種媚藥。❼驢駒媚　傳說為一種媚藥。❽捶楚　鞭打。❾遣之　休棄她。❿出　指被休棄。⓫媵妾　姬妾。⓬浴斛　澡盆之類。⓭週迴　猶周圍。⓮畜　同「蓄」。藏。⓯信州　唐州名，治所在今江西省上饒市。⑯葛溪　即今江西省橫峰縣葛源。當時以冶鐵精工出名。

【語　譯】一個多月後，李生就和盧氏舉行了婚禮。李生雖然處在新婚佳期中，但觸景生情，心裡總是悶悶不樂。到了夏天五月，便和盧氏一起回到了鄭縣。到鄭縣後的第十天，李生與盧氏正在睡覺，忽然聽得帳外有叱叱的聲音，李生驚起看時，見到一個二十餘歲的男子，儀態溫文秀美，把身子隱在幕帷中，向盧氏連連招手。李生驚惶，急忙起床，繞著幕帷走了幾圈，那男子卻忽然間就沒有了蹤影。從此以後，李生便產生了懷疑和厭惡的心理，百般地猜疑嫉妒，夫妻之間經常發生口角。後來經過親友們的委婉勸解，李生的猜忌心思稍為消解了一些。十來天以後，一次李生從外面回來，見盧氏正在琴桌邊彈琴，忽然看到從外面扔進來一個約有一寸大小、用一塊打成同心結的薄絹繫著的斑犀鈿花盒子落在盧氏的懷中。李生拿起來打開一看，只見裡面有二顆相思豆，一隻叩頭蟲，一枚發殺觜，少許驢駒媚。李生一見，頓時氣得大聲吼叫，聲音就如野獸一般。舉起琴來撞擊盧氏，逼著她說出實情來。盧氏卻始終也沒有弄明白到底是怎麼回事。從此以後，李生經常痛打盧氏，用種種狠毒的手段來虐待她。最後還告到了公堂，把盧氏給休了。休掉盧氏後，凡是有侍婢姬妾和李生同過床的，他都會生出妒忌之心，有時還會因此而把人殺死。李生曾去揚州遊玩，娶了一個名叫營十一娘的歌妓回來。十一娘長得豐潤美麗，李生十分喜愛她。每當兩人對坐談天，李生就會對她說：「我曾在某處娶得某姬妾，因為她犯了某種錯誤，被我用某種方法殺死了。」天天對她說這些話，想讓她產生畏懼心理，不敢做出越軌行為。李生出門時，總用浴盆把十一娘蓋在床上，四周用封條封好。回來時一定要仔細檢查後才把封條打開。又備了一把鋒利的短劍，指著它對侍婢講：「這是信州葛溪出產的利劍，專門砍做壞事的人的腦袋。」只要李生和哪個女人有往來，就會對她產生猜疑，以至於前後娶過三次妻子，都和盧氏的結局一樣。

【賞析】〈霍小玉傳〉是唐傳奇眾多描寫男女愛情作品中獨具光彩的一篇。它的成功之處，不在於情節的委婉曲折（如〈李娃傳〉），也不在於哀感頑豔的悲劇色彩（如〈鶯鶯傳〉），而在於它獨特的女性思想。

本篇作品的女人公具備特殊的身分。她是霍王小女，出身清貴，同時「姿質穠豔，一生未見，高情逸態，事事過人，音樂詩書，無不通解」，可謂集外美與內能於一身。可是不幸卻淪落社會底層，成為被侮辱與被迫害的歌妓。這種特殊的經歷造就了她特殊的個性。霍小玉追求愛情，嚮往幸福生活，希望能找到一「好兒郎格調相稱者」作為終身的託付。她一見李益，便為其才調、風度所傾倒，進而以身相許。可是即便身陷情網，霍小玉仍然保持了冷靜的頭腦。她清醒地認識到自己與李益門第不同，不可能結成正式的婚姻，一旦色衰愛弛，必將遭到被遺棄的下場。她沒有迷惑於李生的「引諭山河，指誠日月」，她敏銳地指出「盟約之言，徒虛語耳」。為了保住愛情與自己的清白，她向李益提出了與之共度八年，然後任其「玅選高門」，自己則「捨棄人事，剪髮披緇」遁入空門的要求。從中，我們不難看出霍小玉的癡情和清醒的社會意識。可是，同時我們也看到霍小玉不但敢愛，也敢恨。在得知李益負心的消息後，她一病不起，纏綿床榻，但她既沒有抱任何幻想也沒有苦苦哀求，以圖博得李益的憐憫愧疚與回心轉意。相反，她宣稱：「我死之後，必為厲鬼，使君妻妾，終日不安！」在中國兩千多年的封建歷史上，在兩性社會中，婦女始終屬於男性的附庸；在封建倫理體系中，婦女是必須無條件地服從男性的。而霍小玉在愛情面前卻勇於同男子站在同一水平線上，無論在感情上還是在生活中，她都能夠獨立自主。在李益情變之後，她更是勇於抗爭，以自己年輕的生命換取了負心漢良心上永久的自責。這與崔鶯鶯的逆來順受、委屈求全形成了鮮明的對比。唐代的霍小玉與明代的杜十娘是中國小說史上最具光彩的女性形象，她們以自己的生命與整個社會倫理作出了壯烈的撞擊。

李益是中唐著名的詩人，《新唐書》卷二〇三〈文藝傳下〉載其「少癡而忌克，防閑妻妾苛嚴，世謂妒為『李益疾』。」唐人李肇《國史補》亦謂「故散騎常侍李益有疑病」。可見本篇小說是有一定現實依據的。然而小說畢竟是文學創作，不能等同於史家史錄。李益與霍小玉的愛情悲劇無論有無現實的影子，反映的社會問題都具備普遍意義。唐代最重門第，所謂「民間修婚姻，不計官品而尚閥閱」（《新唐書》卷一七二〈杜兼傳〉）。同高門結親，不僅能提高自己的社會地位，也是平步青雲走上仕途的捷徑。因而，作為一個即將被銓選任官的及第進士，李益是難以犧牲自己的前途與家庭的名譽而和霍小玉結成夫妻的。因此，霍小玉愛情的敵人不是一名負心漢而是整個社會制度。李益不同於張生，他對於自己的負心是深自追悔的，內心充滿了追悔與痛苦。這種內心的矛盾，深刻揭示了這場愛情悲劇的社會根源，使作品的思想內涵跨入了一個更高的境界。

秦夢記

沈亞之

【題解】本篇出於《沈下賢集》卷二。《太平廣記》卷二八二收入，題作〈沈亞之〉，注出《異聞集》。作品描寫沈亞之夢入秦國，被秦公召為駙馬，不久公主去世，沈亞之也被秦公放還。小說純寫夢境，類似於〈南柯太守傳〉、〈枕中記〉，情節也較為簡單，但反映出了晚唐文人傷感落寞的精神狀態，具有一定的典型意義。

【作者】沈亞之，字下賢。吳興（今浙江省湖州市）人。曾做過祕書省正字、櫟陽令等小官，後累遷至殿中丞御史內供奉。沈亞之常遊於中唐文宗韓愈門下，與李賀、杜牧、李商隱等詩人也有往來唱和。他另有〈湘中怨辭〉、〈異夢錄〉等傳奇傳世。

太和❶初，沈亞之將之邠❷，出長安城，客橐泉邸舍❸。春時，晝夢入秦，主❹內使❺廖舉❻亞之。秦公召至殿，膝前席❼曰：「寡人欲強國，願知其方。先生何以教寡人？」亞之以昆、彭❽、齊桓❾對。公悅，遂試補中涓❿，使佐西乞⓫伐河西⓬。亞之帥將卒前攻，下⓭五城。還報，公大悅，起勞曰：「大夫良苦，休矣。」

【章旨】沈亞之夢入秦國，因立下戰功為秦公所器重。

【注釋】❶太和　唐文宗李昂年號。❷邠　唐代邠州轄區。約當今陝西省彬、旬、長武、淳化等縣地區。❸櫜泉邸舍　櫜泉，戰國秦孝公宮名，故址在今陝西鳳翔縣南。唐代置驛站。邸舍，驛站的客舍。❹主　此處作動詞用，意為「以……為主人」。❺內史　秦官名，都城的行政長官。❻舉　推薦。❼膝前席　古人席地而坐，以膝著席。膝前席即是移膝坐前一點，以靠近對方，便於傾聽。❽昆彭　昆，即昆吾，上古傳說中人物。彭，指彭祖，亦上古傳說中的人物，善於養生，活到八百歲。❾齊桓　指齊桓公小白，春秋時五霸中的第一位。❿中涓　秦官名，國君的侍從之臣。⓫西乞　西乞術，秦將名。⓬河西　晉秦交界。⓭下　攻克。

【語譯】太和初年，沈亞之要到邠州去。出了長安城以後，住宿在櫜泉驛的客舍裡。這時正是春天，白天也感到困倦，不知不覺就睡著了。夢中來到了古秦國。住在姓廖的內史家裡。廖內史向秦穆公推薦了亞之。秦公將亞之請到宮殿上，移膝坐近亞之說：「我要使秦國強盛起來，很想知道有什麼好方法，先生可以指教我嗎？」亞之便向秦公講述了昆吾、彭祖和齊桓公的故事。秦公很高興，便委任他做了中涓，叫他協助西乞術將軍討伐河西。亞之親自掛帥率領兵將前去攻打，攻下了五座城池。班師還朝報告了秦公，秦公大為高興，站起身向他慰問說：「大夫非常辛苦，去休息吧。」

居久之，公幼女弄玉壻❶蕭史先死。公謂亞之曰：「微❷大夫，晉五城非寡人有。甚德❸大夫。寡人有愛女，而欲與大夫備灑掃，可乎？」

亞之少自立，雅❹不欲遇幸臣❺蓄之。固辭❻，不得請，拜左庶長❼，尚公主❽，賜金二百斤。民間猶謂蕭家公主。其日，有黃衣中貴❾騎疾馬來，迎亞之入，宮闕甚嚴。呼公主出，鬒髮❿，著偏袖⓫衣，裝不多飾。其芳姝明媚，筆不可模樣。侍女祇承⓬，分立左右者數百人。召見亞之便館，居之。亞之於宮，題其門曰「翠微宮」，宮人呼沈郎院。雖備位下大夫⓭，繇公主故，出入禁衛⓮。公主喜鳳簫⓯，每吹簫，必下翠微宮高樓上，聲調遠逸，能悲人，聞者莫不自廢。公主七月七日生，亞之嘗無貺⓰壽。內史廖曾為秦以女樂遺西戎⓱，戎主與廖水犀兩合。亞之從廖得以獻公主。公主悅受，嘗結裙帶之上。穆公遇亞之禮兼同列⓲，恩賜相望於道。

【章　旨】秦公將公主弄玉許配給沈亞之。

【注　釋】❶聟　同「婿」。夫婿。❷微　若非；如果不是。❸甚德　非常感謝。❹雅　甚；非常。❺幸臣　這裡指靠裙帶關係得到寵幸的臣子。❻固辭　堅決推辭。❼左庶長　秦代爵位名。❽尚公主　與公主婚配。❾中

貴　宦官。❿鬒髮　濃黑的頭髮。⓫偏袖　短而寬的衣袖。⓬祗承　供差遣的人。⓭下大夫　春秋時位在卿之下、士之上的官員都列位大夫。大夫又分上、中、下三級。左庶長的爵位屬於下大夫一級。⓮禁衛　戒備；保衛。⓯鳳簫　排簫。⓰貺　送禮。⓱西戎　古代西北部的少數民族部落，又稱犬戎。⓲禮兼同列　較之同等的官員加倍的禮遇。

【語　譯】亞之在秦國住了好久。一天，秦公的小女兒弄玉的丈夫蕭史去世了。秦公便對亞之說：「如果沒有大夫你，晉國的五座城池至今也不會屬於我，所以我很感激大夫。我有個心愛的女兒，想把她嫁給大夫，你說好嗎？」亞之從小就很獨立，極不願意靠裙帶關係而得到君王寵幸，就堅決推辭，但是秦公不答應，仍封賞給他左庶長的爵位，把公主許給了他，還賜給他黃銅二百斤。民間照樣稱弄玉為蕭家公主。到了婚禮的那天，有個穿黃衣的宦官騎著快馬來把亞之迎進宮去，宮裡的殿堂樓閣很是森嚴。宦官把公主請出來，只見她頭髮濃黑，穿著半袖上衣，身上並沒有佩戴多少飾物。但她的豔麗明媚，卻不是筆墨所能形容的。有幾百個侍女宮人站立在她的周圍供使喚。公主邀亞之到別殿相見，就讓他住在那裡。亞之住的宮殿門上題為「翠微宮」，宮人們都稱之為「沈郎院」。亞之的爵位雖然僅是下大夫，但因為公主的緣故，卻可以任意出入宮禁。公主喜歡吹奏排簫。每次吹簫都要到翠微宮的高樓上去，簫聲飄散到遠處，音調悲涼，聽到的人莫不專心欣賞以致於沉醉忘我。公主的生日在七月七日，亞之還沒有準備祝壽的禮物。廖內史曾代表秦國將一些女樂送到西戎去，西戎的酋長送了兩盒水犀給他。現在拿出來轉送給亞之，以獻給公主作壽禮。公主歡喜地接受了，常把它結在裙帶上。秦穆公非常寵幸亞之，給他的禮遇遠遠超過同等的官員，恩賜不絕於道。

復一年春，秦公之始平❶，公主忽無疾卒。公追傷不已。將葬咸陽原❷，公命亞之作挽歌，應教而作曰：「泣葬一枝紅，生同死不同。金鈿墜芳草，香繡滿春風。舊日聞簫處，高樓當月中。梨花寒食夜，深閉翠微宮。」進公，公讀詞，善之。時宮中有出聲若不忍者，公隨泣下。又使亞之作墓誌銘❸，獨憶其銘，曰：「白楊風哭兮石甃髯莎。雜英滿地兮春色煙和。珠愁粉瘦兮不生綺羅。深深埋玉兮其恨如何！」亞之亦送葬咸陽原，宮中十四人殉之。亞之以悼悵過戚❹，被病，臥在翠微宮。然處殿外特室，不入宮中矣。居月餘，病良已❺。公謂亞之曰：「本以小女將託久要❻，不謂不得周奉君子❼，而先物故❽。弊秦區區小國，不足辱大夫。然寡人每見子，即不能不悲悼。大夫盍適大國乎？」亞之對曰：「臣無狀，肺腑公室❾，待罪右庶長，不能從死公主。君免罪戾，使得歸骨父母國，臣不忘君恩，如今日。」將去，公追酒高會，聲秦聲，舞秦舞，舞者擊髆拊髀❿嗚嗚，而音有不快，聲甚怨。公執酒亞之前曰：

「壽。顧此聲少善，願沈郎賡揚[11]歌以塞別。」公命趣[12]進筆硯。亞之受命，立為歌，辭曰：「擊體舞，恨滿煙光無處所。淚如雨，欲擬著辭不成語。金鳳銜紅舊繡衣，幾度宮中同看舞。人間春日正歡樂，日暮東歸何處去？」歌卒，授舞者，雜其聲而道之，四座皆泣。既，再拜辭去。公復命至翠微宮，與公主侍人別。重入殿內時，見珠翠遺碎青階下，窗紗檀點[13]依然。宮人泣對亞之，亞之感咽良久，因題宮門，詩曰：「君王多感放東歸，從此秦宮不復期。春景自傷秦喪主，落花如雨淚燕脂。」竟別去。公命車駕[14]送出函谷關[15]。已[16]，送吏曰：「公命盡此。且去。」亞之與別，語未卒，忽驚覺，臥邸舍。明日，亞之與友人崔九萬具道。九萬，博陵人，諳[17]古。謂余曰：「《皇覽》[18]云：『秦穆公葬雍[19]橐泉祈年宮[20]下。』非其神靈憑乎？」亞之更求得秦時地誌，說如九萬云。嗚呼？弄玉既仙[21]矣，惡又死乎？

【章　旨】公主弄玉早夭，秦公不勝傷悲，將沈亞之放回。

【注　釋】❶始平　即漢平陵縣，故城在今陝西咸陽西北十五里。❷咸陽原　咸陽城外的高地。❸墓誌銘　古代埋葬死者，在墓穴中柩前置二方石，一刻死者略傳，稱「墓誌」；一刻對死者的悼辭，並記述墓地，以便久後辨認，稱「墓銘」。墓誌多用散文寫，墓銘則為韻文，一般合為一篇，誌前銘後，合稱「墓誌銘」。❹悼悵過戚　哀悼惆悵，過度悲傷。❺病良已　病大好了。❻久要　意「百年之約」。要，約。❼周奉君子　始終服侍您。❽物故　死亡。❾肺腑公室　作為公室的至親。肺腑，喻親屬關係。❿擊髆拊髀　打肩拍大腿。表示悲憤、哀痛。髆，肩胛。髀，股。拊，拍。⓫賡揚　繼續。⓬趣　趕緊。⓭檀點　胭脂的印跡。檀，淺絳色。⓮車駕　儀仗。⓯函谷關　戰國秦置。關在今河南省靈寶縣西南。東自崤山，西至潼津，位於高山的裂谷中，形勢極為險要，是秦國東面的要塞。⓰已　既而；這以後。⓱諳　熟悉。⓲皇覽　三國魏文帝曹丕令他的臣下繆卜、劉劭等，分類抄集經、史群書所成的我國最早的類書。《隋書・經籍志》著錄《皇覽》一百二十卷。⓳雍　古代九州之一，地區約包括今陝西北部，甘肅西北大部分及青海的一部分。⓴祈年宮　秦惠公所建，即橐泉宮。㉑仙　成仙。

【語　譯】又是一年的春天到了，秦公到始平去的時候，公主突然無病而亡。秦公悲傷懷念不已，準備將她葬在咸陽原。秦公叫亞之作輓歌悼念弄玉，亞之應命寫道：「哭泣著將花朵一樣的美人埋葬，我們曾經一同活著卻不能一同死去。昔日戴過的金鈿飾物如今墜落在芳草上，你曾穿過的繡衣空自在春風中飄動。站在往日聽你吹簫的地方，只見到空空的高樓聳立在月光中，梨花開放的寒食節的夜晚，翠微宮的門緊緊地關閉著。」寫好了送給秦穆公看，秦公讀完稱讚他寫得很好。當時宮中如有人因思念公主忍不住發出悲痛的哭聲，秦公就會隨著悲傷流淚。又叫亞之作墓誌銘。

現在只記得墓銘是這樣寫的：「風兒吹過白楊就像哭泣一樣，墓園的砌花牆垣上長滿了小草。地上落滿了雜色的花瓣，春天的景色籠罩在一片煙嵐迷濛中。為了悼念你，她們愁思滿懷，容顏消瘦，無心再穿綺羅，將你深深地埋葬在地下是多麼地令人傷心。」亞之也到咸陽原去送葬。宮中有十四個人給弄玉陪葬。亞之因為過度的哀愁和悲傷而病倒了，躺在翠微宮。但他只待在殿外的屋子裡，卻再也沒有進到宮裡去，躺了一個多月病才完全好。秦公對亞之說：「本以為小女和你能夠百年好合，誰知她竟不能自始至終服侍你，卻先去世了。我們秦國是個區區小國，不足以委屈你留在這裡。而且我每次見到你，都忍不住要想念女兒，感到悲傷，大夫何不回到大國去為好？」亞之回答說：「我德行低下，作為王室的至親，還待罪留在右庶長的職位上，不能隨公主去死。君王沒有怪罪我，還讓我回到父母之邦去。我不會忘記君王的恩德，就像天上的太陽一樣明確、久遠。」將要離去時，秦公大張筵席為他餞行。飲宴間，命人唱秦歌、跳秦舞。跳舞的人打肩拍腿並嗚嗚地唱著，歌聲很是哀怨。秦公端了酒送到亞之面前說：「祝你長壽。這樂聲不怎麼悅耳，希望沈郎繼續作歌以示別情。」說完叫人趕快送上筆硯。亞之聽從他的吩咐，立即寫了一首歌，歌辭是：「拍打著身體跳舞，惆悵與憾恨充滿了整座殿堂。淚如雨下，想要行酒令寫歌辭卻又無法成句。看到你的金鳳鞋和舊時的繡花衣裙，想起多少次和你在宮中同看歌舞。想當初春光無限，我們有過多少歡樂的時光，到如今就像日落西山，我要東歸又有何處可去？」寫完，把歌辭拿給跳舞的人，讓樂隊和歌者同來唱它。座中的人聽了都哭泣起來。然後亞之向秦公拜了兩拜告辭要走。秦公又叫他到翠微宮去和公主的侍從們告別。亞之重新走進翠微宮時，看到公主的珠翠首飾的碎片遺落在青石階下，點點胭脂痕跡依然殘留在窗紗上。宮人們對著亞之哀哀哭泣，亞之也淒然悲愴久久不能平息。亞之在宮門上題詩道：「感謝君王放我東歸故國，從此就再也沒有回到秦宮的機會。每到春天我都會為秦國死去的公主而悲傷，看到落花如雨就會想到宮人臉上的淚痕。」便告別走了。秦公命令儀仗隊將他送出函谷關。出了關，送行的官員說：「奉公命令我們送到這裡，我們要回去了。」亞之和他們告別，話未說完，忽然驚醒了，還躺在驛站客舍中。第二天，亞之把夢境講給友人崔九萬聽。崔九萬是博陵人，對古代的歷史相當熟悉。他對我說：「《皇覽》中記載：『秦穆公葬在雍橐泉祈年宮下。』你夢見的莫非是他的神靈嗎？」亞之又去查看了秦時地誌，說法和崔九萬一樣。唉！傳說弄玉是成仙而去的，怎麼又會死呢？

【賞　析】〈秦夢記〉在情節的架構上類似於〈枕中記〉、〈南柯太守傳〉，都記敘了一名青年在夢中的奇異經歷。而敘事的主線又接近〈周秦行紀〉，都表現了主人公與前代美女相愛戀的故事。但〈秦夢記〉又絕不是上述作品的翻版，它有自身獨特的價值。

〈秦夢記〉雖然也描寫了一個人在夢中的榮枯變幻，但作者對於主人公得意與落魄之間的巨大落差並未作過多的渲染，也沒就此發表一通「人生倏忽，世事虛無」的議論。同樣，描寫凡人與神鬼的戀愛，〈秦夢記〉也沒有像〈游仙窟〉、〈周秦行紀〉那樣詳細描繪男主人公的豔遇，更沒有以濃墨重彩來表現主人公之間的男歡女愛。作者甚至也沒有花費多少筆墨來描寫女主人公的容顏姿質，而僅僅用「芳姝明媚，筆不可模樣」這樣的泛泛之詞加以表現。作者著重描繪的是對一種精神戀愛的渴求以及這種追求破滅後的空虛與落寞。因而，〈秦夢記〉中並沒有多少豔情的成分；更多的反倒是哀傷淒清的色彩。因此可以說〈秦夢記〉雖然講述了一個愛情故事，反映的卻是晚唐文人個人理想幻滅後的悲觀與失意，這種情緒正是大唐帝國西風殘照、日薄西山的社會氛圍的反映。所以，作品的色調雖然絢麗，但卻是那種晚霞將斂的華彩，儘管明豔動人，透出的是深層的無奈與悲涼。

〈秦夢記〉的另一個特色是大量韻文的加入，這些哀感頑豔的詩詞增加了作品深婉曲折的文風，從而引起了同時詩人們的激賞。晚唐大詩人李商隱有〈擬沈下賢（沈亞之字下賢）詩〉，箋注家馮浩以為即是針對〈秦夢記〉而作；同時的另一位大詩人杜牧也有贈亞之詩，詩云「一夕小敷山下夢，水如環珮月如襟」，顯然指的也是沈亞之這個為人所豔稱的「秦夢」。可見〈秦夢記〉這篇作品在當時的知識分子心中是引起了強烈共鳴的。

郭元振

牛僧孺

【題　解】本篇出自明鈔本《說郛》卷一五，出自牛僧孺傳奇集《玄怪錄》。小說記敘了郭元振路見不平、殲滅一頭貪暴肆虐、蹂躪婦女的豬怪的故事。展現了主人公急人之難、功成身退的高尚品格，同時也揭示了正義必將戰勝邪惡的主題。

【作　者】牛僧孺（西元七八〇～八四八年），字思黯。隴西狄道人。進士擢第。元和初年，應「賢良方正」制科，對策直指時政之失，因此觸犯了宰相李吉甫，種下了牛李黨爭的遠因。牛以「鯁直」著稱。歷任監察御史、考工員外郎，以庫部郎中知制誥，遷御史中丞，曾兩度為相。他是唐代中期著名的政治鬥爭——牛李黨爭中牛黨的首腦人物。他著有傳奇集《玄怪錄》十卷，現已散佚，只存輯本一卷。

代國公郭元振❶，開元❷中下第❸。于晉之汾，夜行陰晦失道，久而絕遠有燈火光，以為人居也；逕往尋之。八九里，有宅，門宇甚峻。既入門，廊下及堂上，燈燭熒煌，牢饌❹羅列，若嫁女之家，而悄無人。公繫馬西廊前，歷階而升。徘徊堂上，不知其何處也。俄聞堂上東閣，有女子哭聲，嗚咽不已。公問曰：「堂上泣者，人耶，鬼耶？何陳設如此，無人而獨泣？」曰：「妾此鄉之祠❺，有烏將軍者，能禍福人。每歲求偶於鄉人，鄉人必擇處女之美者而嫁焉。妾雖陋拙，父利鄉人之五百緡❻，潛以應選。今夕鄉人之女並為遊宴者到是❼，醉妾此室，共鏁❽而去，以適❾於將軍者也。今父母棄之就死，而今惴惴哀懼。君誠人耶？能相救免，畢身為掃除之婦，以奉指使。」公大憤曰：「其來當何時？」曰：「二更。」曰：「吾忝❿大丈夫也，必力救之。若不得，當殺身以狥⓫汝，終不使汝枉死於淫鬼之手也。」女泣少止。于是坐于西階上，移其馬於堂北，令僕侍立于前，若為儐而待之。

【章旨】郭元振在旅途中巧遇一名將被奉獻給「烏將軍」的少女。郭元振決心殺死「烏將軍」，救出少女。

【注釋】❶郭元振　名震，字元振。唐睿宗時曾任吏部尚書、兵部尚書、同中書門下三品（宰相），封代國公。❷開元　唐玄宗年號。❸下第　科舉考試沒有考中。按開元中郭元振已死。這裡所記當為小說家言。❹牢

饌　牛羊豬一類祭品。❺祠　指神祠。❻緡　古代穿銅錢用的繩。引申為銅錢的量詞，一緡即一貫錢。❼到是到這裡。❽鏁　同「鎖」。❾適　嫁。❿忝　有愧於。⓫狥　通「殉」。陪著一起死。

【語　譯】開元年中，代國公郭元振還是一名舉子，參加考試落了榜。從晉州到汾州去，因為夜色昏暗迷了路，盲目地走了好久，看到很遠的地方有燈火的光亮，以為有人家居住，就逕直過去尋找。走了八、九里，才看到了一所宅第，門庭屋宇高大莊嚴。走進門去，只見兩邊的廊下和廳堂上燈燭輝煌，擺滿了供祭祀用的牛羊豬，好像是要嫁女兒的樣子，但卻靜悄悄地看不到一個人。郭公便把自己騎的馬拴在西廊前，登上臺階走進廳堂裡。弄不清這是什麼地方，只好在廳裡來回踱步。過了一會兒，廳堂東側的屋子裡傳來女子的哭泣聲，嗚嗚咽咽，哭個不停。郭公便問：「堂上哭泣的是人還是鬼？為什麼這裡陳列著這些東西？沒有其他人在，卻只有你獨自在這裡哭泣？」哭泣的女子說：「我是本地人，我家鄉的神祠裡有個名為烏將軍的神靈，掌握著百姓的禍福。每年都命令鄉人給他找一個妻子，鄉人必須要挑選一個美貌的黃花少女嫁給他。我雖然相貌醜陋，但是父親貪圖鄉人給的五百貫錢，偷偷地答應了將我嫁給烏將軍。今天晚上鄉人的女兒們一起到這兒來遊玩聚宴。她們把我灌醉，留下我在這間屋子裡，一起把門鎖上就走了，我就成為今年嫁給烏將軍的人了。父母拋棄了我讓我來送死，而今我的心裡惴惴不安又怕又傷心。先生是位重信義的君子吧？如能把我救出去使我免遭厄運，我將終生侍奉您，聽從您的差遣。」郭公大為氣憤，問道：「他大概什麼時候來？」女子說道：「二更。」郭公說：「我也算是堂堂的一個男子漢，今天一定盡全力來救你，萬一救不成，我情願犧牲自己的性命陪你一起死，總不讓你白白地死於淫鬼之手。」少女聽他這樣說，哭聲略為止住了一些。於是郭公便將馬匹牽到廳堂北面拴好，自己坐到西階上，讓僕人侍立在廳前，好像是迎客的樣子，等候烏將軍到來。

未幾，火光照耀，車馬駢闐❶。二紫衣吏，入而復走出，曰：「相公❷在此。」逡巡❸，二黃衫吏，入而出，亦曰：「相公在此。」公私心獨喜，吾當為宰相，必勝此鬼矣。既而將軍漸下❹，導吏復告之，將軍曰：「入。」有戈劍弓矢，引翼❺以入，即❻東階下。公使僕前白：「郭秀才見。」遂行揖。將軍曰：「秀才安得到此？」曰：「聞將軍今夕嘉禮，願為小相❼耳。」將軍者喜而延坐。與對食，言笑極歡。公於囊中有利刀，思欲刺之。乃問曰：「將軍曾食鹿脯乎？」曰：「此地難遇。」公曰：「某有少許珍者，得自御廚，願削以獻。」將軍者大悅。公乃起取鹿脯，并小刀，因削之，置一小器，令自取之。將軍喜，引手❽取之，不疑其他。公伺其無機❾，乃投其脯，捉其腕而斷之。將軍失聲而走，道從之吏，一時驚散。公執其手，脫衣纏之。令僕夫出望之，寂無所見。乃啟門謂泣者曰：「將軍之腕，已在此矣。尋其血跡，死亦不久。汝既獲免，可出就食。」泣者乃出。年可十七八，而甚佳麗。拜于公前曰：「誓為僕妾。」公勉諭❿焉。天方曙，開視其手，則豬蹄也。

【章　旨】郭元振假意與前來享用祭品的「烏將軍」敷衍，相談甚歡，然後乘機斬斷了他的手腕，發現是一隻豬蹄，烏將軍落拓逃逸。

【注　釋】❶駢闐　接連不斷的樣子。❷相公　對宰相的稱呼。❸逡巡　頃刻；一會兒。❹澌下　慢慢地從車上下來。❺引翼　引導護衛。❻即　臨；來到。❼小相　即儐相。小是謙詞。❽引手　伸手。❾無機　沒有防備。❿勉諭　勸導。

【語　譯】沒有多久，外面火光照耀，車馬接連來到門前。二個穿紫衣的小官，進了門卻又跑出去，說道：「宰相在這裡。」一會兒，二個穿黃衣的小官走進來又跑出去，也說：「宰相在這裡。」郭公聽了，心中暗自高興，想著自己既然會當宰相就一定能戰勝這個鬼物了。接著，將軍慢慢地從車上下來，在前面開道的小官將宰相在裡面的情況告訴了他，將軍說：「進去。」便有武士拿著戈劍弓矢在前面引導護衛，走到了東階下。郭公叫僕人上前去說：「郭秀才要見將軍。」自己便走過去向將軍作揖見禮。將軍問：「秀才怎麼會到這兒來的？」郭公說：「聽說將軍今晚要行婚禮，我願意為你擔任儐相。」將軍高興地請他坐下，兩人便對坐著進食，談談笑笑很是歡暢。郭公袋中有把鋒利的刀，想拿出來刺他。便問他：「將軍吃過鹿脯嗎？」將軍說：「這裡很少見到啊。」郭公說：「我有少許上好的鹿脯，是從皇家御廚中得來的，想把它削薄了獻給您。」那將軍非常高興。郭公便站起來拿出鹿脯和小刀，把鹿脯切成薄片，盛在一只小碗中，叫將軍自己拿了吃。將軍高興地伸手去拿，毫不懷疑他會有其他的用意。郭公乘他沒有防備，便丟掉鹿脯，抓住將軍的手腕一刀便將手斬斷了。將軍痛叫著逃走了，那些開道的、隨從的小官們，也一下子受驚逃竄得無影無蹤。郭公拿著那隻斷手，脫下衣服把它裹了起來。叫僕人到外面去察看，門外一片寂靜，什麼也看不到。郭公便將東閣門打開，對哭泣的少女說：「將軍的手腕已被我切斷在這裡，跟蹤他的血跡去尋找，肯定快死了。你已經得救，可以出來吃點東西了。」哭泣的少女走了出來，年齡約十七、八歲，長得很美麗。走到郭公面前拜下去說：「我願意終生做您的奴僕姬妾。」郭公勸導她不要這樣。這時，天亮了。打開裹著的衣服察看那隻斷手，發現竟是一隻豬蹄。

俄聞哭泣之聲漸近，乃女之父母兄弟及鄉中耆老❶，相與舁櫬❷而來，將取其屍，以備殯殮。見公及女，乃生人也，咸驚以問之。公具告焉。鄉老共怒公殘其神，曰：「烏將軍此鄉鎮神❸，鄉人奉之久矣。歲配以女，才無他虞❹。此禮少遲，即風雨雷雹為虐。奈何失路之客，而傷我明神？致暴于人，此鄉何負。當殺卿以祭烏將軍，不爾，亦縛送本縣。」揮少年將令執公。公諭之曰：「爾徒老于年，未老于事❺。我天下之達理者，爾眾其聽吾言。夫神，承天❻而為鎮也，不若諸侯受命于天子而疆理❼天下乎？」曰：「然。」公曰：「使諸侯漁色❽于國中，天子不怒乎？殘虐于人，天子不伐乎？誠使汝呼將軍者，真明神也。神固無豬蹄，天豈使淫妖之獸乎？且淫妖之獸，天地之罪畜也。吾執正以誅之，豈不可乎？爾曹❾無正人❿，使爾少女年年橫死于妖畜，積罪動天，安知天不使吾雪⓫焉？從吾言，當為爾除之，永無聘禮之患，如何？」鄉人悟而喜曰：「願從命。」

【章　旨】郭元振曉以正義，使當地鄉民了解，所謂「烏將軍」不是神靈而是妖獸，應該將牠消滅。

【注　釋】❶耆老　年老而有聲望的人。❷舁櫬　抬著棺材。❸鎮神　鎮守一方的神靈。❹虞　憂患。❺未老于事　卻沒有處理事情的豐富經驗。老，熟練；老練。❻承天　秉承天意。❼疆理　治理。❽漁色　貪好女色。

❾爾曹　爾輩；你們。❿正人　懂得正理的人。⓫雪　洗刷；除去。

【語　譯】過了一會，聽到一陣哭聲由遠而近，原來是少女的父母兄弟及鄉里中年高有聲望的人，一起抬著一口棺材來到，打算收取少女的屍體，好回去殯葬。見到郭公和少女，竟然都還活著，都驚奇地詢問原由，郭公詳細地告訴了他們。鄉里的父老們憤怒地責備郭公傷害了他們的神靈。他們說：「烏將軍是鎮守這個鄉的神靈，鄉裡人敬奉他很久了。每年給他娶一個女子，才免除了其他的憂患。如果少女獻晚了一些，他就會興起風雨雷雹虐害百姓。為什麼你這個迷路的外鄉人要來傷害我們聖明的神靈？要是他對我們施展什麼暴行，這個鄉的人怎麼承受得起啊。應該把你殺了祭奠烏將軍，否則，也要把你綁住送到縣衙裡去。」說完就指揮年輕人去捉郭公。郭公開導他們說：「你們白活了這麼一大把年紀，處理事情卻毫無經驗。我是一個通曉事理的人，你們大家且聽我說。所謂神靈，就是秉承了天意來鎮守一方的，不就像諸侯受天子委派治理天下一樣嗎？」大家說：「對啊！」郭公說：「倘若諸侯在自己的封地上一味貪好女色，天子能不發怒嗎？要是他們殘暴地虐待百姓，天子能不討伐他們嗎？倘若你們稱呼的烏將軍真是聖明的神靈，那麼神靈是絕對不會長著豬蹄的。難道天帝會委派一個淫蕩妖異的野獸來鎮守這個鄉嗎？何況這淫蕩妖異的獸類，是天地間有罪的畜生，我主持正義來處罰它，難道不可以嗎？你們這些人，沒有一個是主持正義的人。讓你們年輕的女兒年年橫死在妖畜手中，你們累積的罪孽已經驚動了天帝，你們怎麼知道不是天帝命我來除去這個妖孽的呢？你們照我的話去做，我來為你們除去這個妖畜，以後就永遠不會再有嫁少女的憂患，怎麼樣？」鄉人經他指點，明白了道理，高興地說：「願意聽從你的命令。」

公乃命數百人，執弓矢刀鎗鍬钁之屬，環而自隨。尋血而行，纔二十里，血入大塚穴中。因圍而斸❶之，應手漸大如瓮口。公令采薪燃火，投入照之。其中若大室。見一大豬，無前左蹄，血臥其地，突❷煙走出，斃於圍中。鄉人翻共相慶，會錢❸以酬公。公不受，曰：「吾為人除害，非鬻獵者❹。」得免之女，辭其父母親族曰：「多幸為人，託質血屬❺，閨闈未出，固無可殺之罪。今日貪錢五百萬，以嫁妖獸，忍鏁而去。豈人所宜？若非郭公之仁勇，寧有今日？是妾死于父母，而生于郭公也，請從郭公。不復以舊鄉為念矣。」泣拜以從公。公多歧❻援❼喻❽，止之不獲，遂納為側室❾，生子數人。公之貴也，皆任大官之位。事已前定，雖主遠地而弃❿于鬼神，終不能害，明矣。

【章旨】郭元振帶領鄉民將「烏將軍」（實為豬怪）打死。獲救少女堅持追隨郭元振，被納為側室。

【注　釋】❶斸　大鋤。此處作動詞用，意思是挖掘。❷突　穿過。❸會錢　湊錢。❹鬻獵者　出售獵物的人。❺託質血屬　託身做了你們的女兒。血屬，指血緣關係。❻多歧　多方。歧，大路分出的小路，引申為方面。❼援　引。❽喻　說明；使人了解。❾側室　妾。❿弆　藏。

【語　譯】郭公便派幾百人，拿了弓箭刀槍鍬钁之類的武器，聚集起來，自己也跟著。循著血跡而行，才走了二十里，見血跡進入一個大墓穴中，便叫大家圍住了用大鋤去挖掘。待洞口有甕口大時，郭公便叫人折來柴火點著了投進去，火光中看到墓穴闊大得像一間屋子，有一頭大豬，沒有了左前蹄，血淋淋地躺在地上，聽到動靜便穿過煙火竄出洞來，被圍著的人們打死了。鄉人跳躍著互相慶賀，湊了錢要酬謝郭公。郭公不肯接受，說：「我這樣做是為民除害，並不是出售獵物的人。」被救的少女向她的父母親族辭別說：「我有幸託身為人，做了你們的女兒，尚未出閣，並沒有什麼該死的罪過。如今你們貪圖五百萬錢，便將我嫁給妖獸，狠心把我鎖在那裡你們自己離去。這種事情該是人做的嗎？若不是郭公仁勇，怎麼會有今天？我是被父母害死，被郭公救活的，請讓我隨郭公而去。從今往後，我再也不想念故鄉了。」說完，哭泣著拜求郭公要跟隨他。郭公多方開導，也無法打消她這個念頭，便娶她做了妾，後來生了好幾個兒子。郭公後來大貴，擔任的都是高官的職位。事情本是早已注定的。即使在遠鄉客地，又置身於鬼神之中，終於也沒有受到傷害，這就很明白了。

【賞　析】牛僧孺的《玄怪錄》是一部多記仙鬼異事的傳奇專輯，然而在思想性和藝術性方面，均顯現出了較高的水準。

小說記敘了郭元振為民除害，殲除豬怪的故事。作品敘事簡潔，情節設置緊湊而流暢。小說開篇僅用三言兩語便交代了郭元振的身分與故事展開的背景。緊接著，對空堂及女子哭聲的描寫激起了讀者強烈的好奇。隨後，「烏將軍」與郭元振的會面掀起了小說的第一個高潮，郭元振以自己的機智與勇猛重創豬怪，拯救了少女的生命。文章讀到這裡，讀者稍稍鬆了口氣。可是當愚昧的鄉民得知郭元振傷害了他們的「明神」，便要殺了他以祭祀「烏將軍」的時候，小說又掀起了第二個波瀾。這時郭元振的一番論理，顯示出了嚴謹的邏輯性。他從不同的角度論證所謂烏將軍決不是什麼「明神」，而只是「淫妖之獸，天地之罪畜」。如果說首次他重創豬怪是憑藉機謀和勇力的話，郭元振的這次勝利依靠的是正義的力量。最後，猛怪的翦除則是順理成章的事了。小說情節步步為營，環環相扣，張弛有致，足見作者筆墨的剪裁之功。同時，小說不僅敘事，更刻劃出主人公急人之難、功成身退、施恩不圖報的高尚思想境界。這便完全不同於道聽塗說之後，單純實錄的那類志怪小說。

除去表層的道德諭示外，小說還含有內在的政治意蘊。安史之亂後，隨著中央政權政治、經濟、軍事力量的衰退，唐代的藩鎮勢力逐步膨脹，形成了割據稱雄的分裂局面。唐代從開國起就在邊鎮設節度使，委以財政、軍事大權。為了安撫邊鎮的少數民族，這些節度使往往選用當地漢人乃至少數民族。中唐以後這些藩鎮便往往不服從皇帝政令，在境內招募兵丁、練兵修城、自收租稅、自定法令、任用文武官吏。同時，這些藩鎮還常常出境騷擾作亂，破壞了中央政府的大一統格局。所謂「藩鎮割據」與「宦官當政」，成為中晚唐政治生活的兩大痼瘤。當時中央政府一批賢良方正的官員便有心匡正天下，輔佐天子翦除割據勢力。在本文中，郭元振對鄉人說：「使諸侯漁色于國中，天子不怒乎？殘虐于人，天子不伐乎？」明顯地顯露出作者藉「豬怪作亂」斥責地方勢力為害國家利益的意旨。作者又藉郭元振之口說：「吾執正以誅之，豈不可乎？爾曹無正人，……安知天不使吾雪焉？」這一番話，更體現出他作為一名以「方正敢言」進身的進士的政治抱負。

元無有

牛僧孺

【題解】本篇見於《太平廣記》卷三六九，出於牛僧孺傳奇集《玄怪錄》。小說記敘了一個日常雜物變幻成人形聯句作詩的神異故事。小說情節雖然簡單，但在文中穿插詩詞隱語的手法卻較為獨特。

寶應❶中，有元無有，常以仲春末，獨行維揚❷郊野，值日晚，風雨大至。時兵荒後，人戶多逃，遂入路旁空莊。須臾霽❸止，斜月方出。無有坐北窗，忽聞西廊有行人聲。未幾，見月中有四人，衣冠皆異，相與談諧，吟詠甚暢。乃云：「今夕如秋，風月若此，吾輩豈不為一言以展平生之事也？」其一人即曰云云，吟詠既朗，無有聽之具悉。其一衣冠長人，即先吟曰：「齊紈❹魯縞❺如霜雪，寥亮❻高聲予所發。」其二黑衣冠短陋人，詩曰：「嘉賓良會清夜時，煌煌燈燭我能持。」其三故弊❼黃衣冠人，亦短陋，詩曰：「清冷之泉候朝汲，桑❽綆❾相牽常出入。」其四故黑衣冠人，詩曰：「爨❿薪貯泉相煎熬，充他口腹我為勞。」無有亦不以四人為異；四人亦不虞⓫無有之在堂隍⓬也。遞⓭為褒賞。觀其自負，則雖阮嗣宗⓮〈詠懷〉，亦若不能加⓯矣。四人遲明⓰，方歸舊所。無有就尋之堂中，惟有故杵、燈臺、水桶、破鐺，乃知四人，即此物所為也。

【注　釋】❶寶應　唐肅宗李亨年號。❷維揚　今江蘇揚州，唐時為全國最大的商業都會。❸霽　雨過天晴。❹齊紈　齊地出產的細絹。紈，細絹。❺魯縞　魯地出產的白色生絹。縞，白色生絹。❻寥亮　同「嘹亮」。聲音響亮。❼故弊　舊；破。❽桑　指井上的轆轤架。❾綆　汲水用的繩子。❿爨　燒火做飯。⓫虞　顧慮；顧忌。⓬堂隍　堂中；屋內。⓭遞　依次。⓮阮嗣宗　阮籍，字嗣宗。三國魏著名詩人，竹林七賢之一。著〈詠懷〉詩八十餘篇，旨趣遙深，後代論詩者，多以為風格高曠。⓯加　更。指更好。⓰遲明　天快亮的時候。

【語　譯】唐代寶應年間，有個叫元無有的人。他有一次在暮春之際，獨自在揚州的郊野行路，正碰上天黑，風雨大作。那時正值安史之亂以後，很多人家都逃避戰亂，拋家出走了，於是元無有便進入路邊為人捨棄的莊戶中躲雨。不多一會兒，雨便止住了，月亮也從天邊露出。元無有坐在北窗之下，忽然聽到西面走廊上有人走動的聲音。不多久，就看到月光下出現了四個人，衣帽打扮都很奇特，正在說說笑笑，談得很歡暢。他們中的一個說：「今晚如同秋夜一般，風月如此佳妙，我們為何不做首詩以描述平生的事蹟？」另有一人立刻表示同意。他們吟誦的聲音很清朗，元無有聽得清清楚楚。其中一位穿戴齊整的高個兒先吟道：「齊魯的白絹像霜雪那樣潔淨，嘹亮高亢的聲音正是我所發出的。」第二個穿黑衣戴黑帽的矮小醜陋的人吟道：「嘉賓良朋在清朗的夜晚聚會之時，那輝煌的燈火我能夠秉持。」第三個穿戴破舊的黃色衣帽的人，也長得矮小難看，他作詩道：「清冷的泉水天天都等著人來汲取，轆轤的架子和汲水的繩子和我常常出入相伴。」最後一位穿戴舊黑衣帽的人作詩道：「柴草和泉水常常將我煎熬，飽了他人的口腹我卻極其辛勞。」他們四人互相褒獎，瞧他們自負的樣子，就像阮籍的〈詠懷〉詩，也不能比他們的詩作更好。四人一直等到天亮，元無有當時也不覺得這四個人有什麼奇怪；而他們也毫不顧忌元無有就在屋裡。他們四人互相褒獎，才各回自己的住所。元無有到大廳中去尋找四人的蹤跡，結果只看到破衣杵、燈台、水桶、破鍋幾樣東西，這才知道剛才四個人，就是這些雜物變的。

【賞　析】唐代是文學各種體裁部類都取得長足發展的時期。唐詩、唐文、唐賦、唐小說都取得了斐然的成績。文體發展的一個必然趨勢是諸種文體的相互影響與相互包容，這一點在唐傳奇便有突出的表現。早在南宋便有人指出傳奇「文備眾體，可以見才、詩筆、議論」（趙彥衛《雲麓漫鈔》卷八），這意味著，唐傳奇不僅用散文敘事，也用韻文抒情、駢文表意。這種詩賦韻文的插入，在唐以前並不多見，而在唐以後，則成為中國古典小說的常套。

詩賦在傳奇中的作用，大體有這樣幾個方面，最常見的是用於男女之間的傳情達意，最典型的是〈鶯鶯傳〉中崔鶯鶯的「待月西廂下，迎風戶半開。拂牆花影動，疑是玉人來」一詩。在傳奇中，詩賦也常用於人物的抒情言志或作者的主觀議論。〈柳毅〉中洞庭、錢塘二君在酒宴上的歌賦，〈飛煙傳〉中崔、李二生的詩作均屬此類。此外，詩賦在傳奇中還有一種獨特的作用，這就是以「廋詞隱語」(謎語)的形式出現。〈元無有〉便是這類傳奇的代表。〈元無有〉是典型的筆記體志怪小說，與本書所選的絕大部分篇什在風格上是大不相同的，它沒有瑰麗的文采、豐富的內涵，但它的體制是獨特的。作者以四首謎詩構築了情節的主線，並在文末點破謎底。讀者讀完作品後返觀詩謎，便會覺得別有一番滋味在心頭。它反映出中國文人一種炫才逞學的心理，這在西方小說中是極少見到的，也可謂富有民族特色。所以〈元無有〉體雖短，在後世影響卻大。以詩賦來暗示情節發展的手法在明清小說中屢見不鮮，其中集大成者當推《紅樓夢》，太虛幻境薄命司的敘冊判詞，宴席上的詩籤隱語都寓示著人物最終的歸宿，引得無數讀者煞費苦心去索隱揣摩。

杜子春

李復言

【題解】本篇出於《太平廣記》卷一六神仙類，原出李復言《續玄怪錄》。內容敘述貧士杜子春在數次接受道士的巨資饋贈後，願幫助道士煉丹以報答道士的恩德。在煉丹過程中，杜子春身經數世，最終卻因不能捨棄世間情染而導致煉丹失敗，杜子春也失去了升仙的機會。〈杜子春〉的故事原型出自《大唐西域記》卷七所載的印度烈士池故事，不過已由佛教寓言改為道教的面目出現了。明代馮夢龍的擬話本作品集《醒世恆言》中的〈杜子春三入長安〉，清代岳端的〈揚州夢〉傳奇、胡介祉的〈廣陵仙〉傳奇等，都是根據〈杜子春〉本事改編的。

【作者】李復言，生平不詳，大約活動於太和、開成年間。據史料記載，唐文宗開成五年（西元八四〇年）曾應進士舉，以傳奇集納省卷，因內容「事非經濟，動涉虛妄」被禮部罷黜。他的傳奇集題名為《續玄怪錄》，顯然是以牛僧孺《玄怪錄》的續書自居。

杜子春者，蓋周隋間人，少落拓❶不事家產。然以心氣閑縱，嗜酒邪遊❷，資產蕩盡，投於親故，皆以不事事見棄。方冬，衣破腹空，徒行長安中，日晚未食，彷徨不知所往。於東市❸西門，饑寒之色可掬，仰天長吁。有一老人策杖於前，問曰：「君子何歎？」春言其心，且憤其親戚之疏薄也，感激❹之氣，發於顏色。老人曰：「幾緡則豐用？」子春曰：「三五萬，則可以活矣。」老人曰：「未也。」更言之：「十萬。」曰：「未也。」乃言：「百萬。」亦曰：「未也。」曰：「三百萬。」乃曰：「可矣。」於是袖出一緡❺，曰：「給子今夕。明日午時，候子於西市波斯邸❻，慎無後期。」及時，子春往，老人果與錢三百萬。不告姓名而去。子春既富，蕩心復熾。自以為終身不復羈旅❼也。乘肥衣輕，會酒徒，徵絲管，歌舞於倡樓，不復以治生❽為意。一二年間，稍稍而盡。衣服車馬，易貴從賤，去馬而驢，去驢而徒；倏忽❾如初。既而復無計，自歎于市門。發聲而老人到，握其手曰：「君復如此，奇哉！吾將復濟子幾緡方可？」子春慚不應。老人因逼之。子春愧謝而已。老人曰：「明日午時來前期處。」子春忍愧而往，得錢一千萬。未受之初，憤發，以為從此謀身治生，石季倫❿、猗頓⓫小豎⓬耳。錢既入手，心又翻然。縱適之情，又卻如故。不一二年間，貧過舊日。復遇老人於故處。子春不勝其愧，掩面而走。老人牽裾⑬止之，又曰：「嗟乎，拙謀也！」因與三千萬，曰：「此而不痊，則子貧在膏肓⑭矣。」子春曰：「吾落拓邪遊，生涯罄盡，親戚豪族，無相顧者。獨此叟三給我，我何以當之？」因謂老人曰：「吾得此，人間之事可以立，孤孀⑮可以衣食，於名教⑯復圓矣。感叟深惠，立事之後，唯叟所使。」老人曰：「吾心也。子治生畢，來歲中元⑰見我於老君⑱雙檜下。」子春以孤孀多寓淮南，遂轉資揚州，買良田百頃，郭中起甲第⑲，要路置邸百餘間，悉召孤孀分居第中。婚嫁甥姪，遷祔⑳族親，恩者煦之，讎者復之。

【章　旨】杜子春因「嗜酒邪遊」將家產蕩盡，以致衣食無著。一位老人將巨資贈給杜子春，但杜子春很快便揮霍殆盡。老人再贈巨資，杜子春仍是揮霍一空。當老人第三次贈資時，杜子春幡然悔過，廣置田產，收養孤老。

【注　釋】❶落拓　放蕩不羈。❷邪遊　狎妓。邪，通「斜」。❸東市　唐代長安二大商業區之一，百業俱全，極為繁榮。❹感激　憤激；惱恨。❺緡　古時穿錢用的繩子。一緡穿一千文錢。❻波斯邸　波斯商人聚居的住所。波斯，今伊朗。❼羈旅　過流浪生活。❽治生　謀生計。❾倏忽　轉眼之間。❿石季倫　石崇，字季倫。西晉人。曾任荊州刺史，以劫掠客商致富。後於河陽置金谷園，與王侯貴戚爭豪比富。⓫猗頓　春秋魯人，以經營畜牧及鹽業成為巨富。⓬小豎　對人的鄙稱，猶言豎子、小輩。⓭裾　衣服的大襟；衣袖。⓮貧在膏肓　指貧窮得無可救藥。膏肓，古代醫家指心臟和膈膜之間，為藥力不到之處。⓯孤孀　孤兒寡婦。⓰名教　指倫理道德。⓱中元　陰曆七月十五為中元節。⓲老君　指老君廟。道教尊老子為太上老君，建廟宇祀奉。⓳甲第　上等第宅。⓴祔　合葬。

【語　譯】杜子春是北周末、隋朝初年的人。年輕時放蕩不羈，不肯料理自己的家業。他心氣放縱、不求上進，終日飲酒嫖娼，最後將家產揮霍一空，只好去投奔親朋故舊，卻都因為嫌他不務正業而拒之門外。時逢冬季，杜子春衣衫襤褸、餓著肚子徘徊在長安街頭。天色已晚，還沒有吃到一頓飯。他心意彷徨，不知到哪裡去才好。信步走到東市的西門口，一副饑寒交迫的樣子，抬頭向著天，長長地歎了一口氣。這時，有一位老人拄著拐杖站在他面前，問道：「先生為什麼歎氣啊？」杜子春向老人說出了他的心事，言語之中對親友們的涼薄極為憤慨，說話時臉上露出十分激動的神色。老人問他：「要多少錢才夠你用啊？」杜子春答道：「三、五萬，就可以過日子了。」老人說：「不夠吧。」杜子春又道：「十萬。」老人說：「還不夠。」杜子春便說：「一百萬。」老人說：「還不夠。」杜子春說道：「三百萬。」老人才說：「夠了。」於是從袖子裡拿出一緡錢說道：「這些錢給你今天晚上用。明天中午，我在西市波斯商人們的住所等你，千萬不要誤了約定的時間。」按約定的時間，杜子春去見老人，老人果然給了他三百萬錢，也沒留下姓名就走了。杜子春一朝有了錢，那放蕩的心性重又顯露出來。自以為終身不會再過流浪生活了。於是，騎著駿馬，穿了貴重的衣服，又和那一幫酒肉朋友整天泡在妓院裡吃喝玩樂，不再把謀生的事放在心上。才過一、二年，錢就漸漸地花完了。只好把貴重的衣服賣了改穿廉價的，把駿馬賣了換騎毛驢。接著，連毛驢也賣掉了，出門只好步行。很快地，又和從前一樣的貧困了。到了這個地步，杜子春再也沒有什麼辦法可想，獨自在集市門旁歎息。就在他歎氣時，老人忽然來到他的身邊，握住他的手道：「先生怎麼又窮成這個樣子了，真是令人不解！我還要接濟你多少錢才夠你花費呢？」杜子春慚愧得說不出話來。老人催著他回答，杜子春卻只是羞愧地認錯而已。老人說：「明天中午再到以前見面的那個地方。」第二天，杜子春忍著羞愧勉強到了那裡，又拿到了一千萬錢。沒有拿到錢時，杜子春立誓要奮發起來，認為只要從此努力經營，石季倫、猗頓這樣的豪富也算不得什麼。待得錢財到手，卻又變卦了，放蕩享樂，一如既往，不過一、二年，弄得比以前更窮。一天，杜子春在老地方又遇見了老人，他慚愧得不得了，用袖子遮住臉就想躲開，老人拉住他的衣襟攔住了他，說道：「唉，笨主意啊！」就給了他三千萬錢，並說：「要是這些錢還治不好你的毛病，那你也真是無可救藥了。」杜子春說：「我因生性放蕩，狎妓嫖娼，把財產揮霍一空，有錢的親友，沒有一個肯幫助我的。只有您老人家三次周濟我，叫我怎麼敢當。」又對老人說：「我得到了這麼多的錢，世上什麼事都可以做成。孤兒寡婦可以得到幫助，倫理道德也可以完善了。感謝您老人家給我莫大的恩惠，待我事業成功之後，就聽候您的差遣。」老人道：「這正是我的願望呀！你的事業完成後，明年七月十五到老君廟前兩棵檜樹下來見我。」杜子春見到淮南一帶住有許多孤兒寡婦，就把錢財轉運到揚州，買了百來頃肥沃的農田，在城裡蓋了上等的宅第，在大路邊造了一百多間房子，把孤兒寡婦分別安置在裡面居住。族中子姪輩的婚事當辦的都給他們辦好，族裡已故尊長的墳塋也重新修過，報答了曾經幫助過他的人，也報復了素日裡有仇恨的人。

既畢事，及期而往。老人者方嘯❶於二檜之陰。遂與登華山雲臺峰，入四十里餘，見一處室屋嚴潔❷，非常人居。彩雲遙覆，鸞鶴飛翔。其上有正堂，中有藥爐，高九尺餘，紫焰光發，灼煥窗戶。玉女❸九人，環爐而立。青龍白虎❹，分據前後。其時日將暮，老人者不復俗衣，乃黃冠絳帔士也。持白石三丸，酒一卮❺，遺子春，令速食之。訖，取一虎皮鋪於內西壁，東向而坐。戒曰：「慎勿語，雖尊神、惡鬼、夜叉、猛獸、地獄，及君之親屬為所困縛萬苦，皆非真實。但當不動不語，宜安心莫懼，終無所苦。當一心念吾所言。」言訖而去。子春視庭，唯一巨甕，滿中貯水而已。道士適去，旌旗戈甲，千乘萬騎，徧滿崖谷，呵叱之聲，震動天地。有一人稱大將軍，身長丈餘，人馬皆著金甲，光芒射人。親衛數百人，皆杖劍張弓，直入堂前，呵曰：「汝是何人，敢不避大將軍？」左右竦劍❻而前，逼問姓名，又問作何物，皆不對。問者大怒，催斬，爭射之，聲如雷。竟不應。將軍者極怒而去。俄而猛虎、毒龍、狻猊❼、獅子、蝮蝎，萬計；哮吼拏攫❽而爭前，欲搏噬，或跳過其上。子春神色不動，有頃❾而散。既而大雨滂澍❿，雷電晦暝，火輪走其左右，電光掣其前後，目不得開。須臾⓫，庭際水深丈餘，流電吼雷，勢若山川開破，不可制止。瞬息之間，波及坐下。子春端坐不顧。未頃，而將軍者復來，引牛頭獄卒，奇貌鬼神，將大鑊湯而置子春前。長槍兩叉⓬，四面週匝。傳命曰：「肯言姓名，即放。不肯言，即當心取叉置之鑊中。」又不應。因執其妻來，捽於階下，指曰：「言姓名免之。」又不應。及鞭捶流血，或射或斫⓭，或煮或燒，苦不可忍。其妻號哭曰：「誠為陋拙，有辱君子。然幸得執巾櫛⓮，奉事十餘年矣。今為尊鬼所執，不勝其苦。不敢望君匍匐拜乞，但得公一言，即全性命矣。人誰無情，君乃忍惜一言！」雨淚庭中，且咒且罵。春終不顧，將軍且曰：「吾不能毒汝妻耶？」令取剉⑮碓⑯，從腳寸寸剉之。妻叫哭愈急，竟不顧之。將軍曰：「此賊妖術已成，不可使久在世間。」敕⑰左右斬之。斬訖，魂魄被領見閻羅王，曰：「此乃雲臺峰妖民乎？捉付獄中。」于是鎔銅鐵杖、碓擣、磑⑱磨、火坑、鑊湯、刀山、劍樹之苦，無不備嘗。然心念道士之言，亦似可忍，竟不呻吟。獄卒告受罪畢，王曰：「此人陰賊，不合得作男，宜令作女人，配生宋州單父縣丞⑲王勸家。」生而多病，針灸藥醫，略無停日。亦嘗墜火墮床，痛苦不齊⑳，終不失聲。俄而長大，容色絕代，而口無聲，其家目為啞女。親戚狎㉑者，侮之萬端，終不能對。同鄉有進士盧珪者，聞其容而慕之，因媒氏求焉。其家以啞辭之。盧曰：「苟為妻而賢，何用言矣？亦足以戒長舌之婦。」乃許之。盧生備六禮㉒親迎為妻。數年，恩情甚篤。生一男，僅二歲，聰慧無敵。盧抱兒與之言，不應，多方引之，終無辭。盧大怒曰：「昔賈大夫㉓之妻，鄙其夫，纔不笑。然觀其射雉，尚釋其憾。今吾又不及賈，而文藝非徒射雉也，而竟不言。大丈夫為妻所鄙，安用其子。」乃持兩足，以頭撲於石上，應手而碎，血濺數步。子春愛生於心，忽忘其約，不覺失聲云：「噫。」噫聲未息，身坐故處，道士者亦在其前。初五更矣。

【章旨】為報老人恩德，杜子春願意捨身幫助老人煉丹。在煉丹過程中，杜子春忍受萬般苦難，最終卻因沒能棄絕愛心而導致煉丹失敗。

【注釋】❶嘯　撮口發出悠長而清越的聲音。為道教練氣養身的方法之一。❷嚴潔　精潔。❸玉女　神女。此處指女道童。❹青龍白虎　青龍，東方七宿的合稱。白虎，西方七宿的合稱。這裡指藥爐前後設置的青龍、白虎旗。❺巵　古代的一種酒器。❻竦劍　舉著寶劍。❼狻猊　傳說中一種食虎豹的猛獸。❽拏攫　爭奪；搏鬥。❾有頃　過了一會。❿滂澍　大雨如注的樣子。澍，通「注」。⓫須臾　片刻。⓬兩叉　指兩股叉。⓭斫　砍；斬。⓮執巾櫛　拿著盥洗用具。古代以「執巾櫛」為作妻子的謙詞。巾，擦手巾。櫛，梳子。⓯剉　同「銼」。銼刀，上有細紋齒，可將物體表面磨平。⓰碓　舂米穀的設備。這裡指把人舂搗成粉。⓱敕　詔令。⓲磑　磨子。這裡作動詞用，指用磨子碾壓。⓳縣丞　縣令的副職。⓴痛苦不齊　種種的痛苦不一。㉑狎　親近而態度不莊重。㉒六禮 舊時婚制的六種程序，即納采、問名、納吉、納徵、請期、親迎。㉓賈大夫 《左傳》昭公二十八年載：春秋時賈大夫貌醜，娶妻美，婚後三年妻子不言不笑。後賈大夫載妻出遊沼澤地，射得野雞，其妻才笑而言。

【語譯】把該做的事都做完後，杜子春按約定的日期去了老君廟。來到廟前，見到老人正在雙檜下長嘯，兩個人便一起登上了華山雲臺峰。入山走了四十多里，杜子春見到一所精潔的屋舍，看起來不是尋常人居住的，只見屋舍上面彩雲籠罩，周圍鸞鶴飛翔。屋子的正堂中間有一座巨大的煉丹爐，爐身有九尺高，中間冒出光華四射的紫色火焰，把門窗都照亮了。煉丹爐周圍站了九名女道童，前後分別插著青龍白虎旗。這時已快到日落的時候。老人換去常人穿的衣服，原來竟是一位黃冠絳帔的道士。他拿來了三顆白色的石子和一罇酒，叫杜子春快點吃下去。待杜子春吃完後，就取來一張虎皮，鋪在內室的西牆下，叫他面朝東坐下。警告他說：「千萬不要開口說話，就是看到神道、惡鬼、夜叉、猛獸、地獄和你的親屬被捉住受盡萬般苦楚，那也只是幻象。只要你不動不說話，定下心來別害怕，就一定不會受到什麼苦。千萬記住我的話。」說完就離開了。杜子春朝庭院看去，只看到一隻巨大的陶甕，裡面盛滿了清水，其他一無所有。道士剛剛離開，杜子春就看到山崖上、山谷裡有千千萬萬騎著馬的兵士，穿著盔甲，拿著兵器，搖旗吶喊，發出驚天動地的聲音。有一個人自稱是大將軍，身高一丈有餘，和他的馬匹都披著黃金甲，光芒四射。身邊有好幾百個衛兵，都舉著劍，拉開弓，直奔堂前，呵叱道：「你是什麼人，見到大將軍竟敢不迴避？」衛士們舉劍向前，逼問他的姓名，又問他在這兒做什麼。杜子春都不回答。問話的人大怒，吼叫著要殺他，衛兵們搶著要射他，一時間，吶喊呵斥的聲音如打雷一般，而杜子春卻仍是不出聲。大將軍極為生氣地離開了。一會兒，又來了數以萬計的猛虎、毒龍、狻猊、獅子、蛇蠍，咆哮吼叫著衝過來要撕他咬他，有的則從他頭上跳過去。杜子春仍是不動聲色，過了一會，野獸們都散去了。接下來，滂沱大雨自天而降，天色晦暗，雷電大作，雷火在他左右滾動，電光在他前後閃耀，連眼睛都睜不開了。剎時間，院子裡積水深達丈餘，電閃雷鳴，氣勢就像山崩地裂，無法阻擋。一下子，水就淹到了他坐的地方。杜子春卻仍舊端坐著不去理會。過了一會，那個大將軍又來了，還領來了陰司的牛頭獄卒和一些模樣詭異的鬼神，拿來一隻大湯鍋放在杜子春面前，把長槍和雙叉架在四周。傳下命令說：「要是肯說出你的姓名來，就放過你。若不肯講，就用叉子把你丟到湯鍋中去。」杜子春還是不作聲。大將軍便捉了他的妻子來，扔在階下，指著她對杜子春說：「說出姓名來就饒了她。」杜子春還是不回答。惡鬼就鞭打他的妻子，打得她遍體流血，時而用弓箭射她，時而用刀砍她，又用湯煮，用火烤，痛苦得無法忍受，他的妻子哭叫道：「我雖然醜陋笨拙，配不上您，但終究是您的妻子，侍奉您十幾年了。現在被鬼神捉住，痛苦得忍受不下去了。不敢妄想您能跪下求他們放了我，只要您說一句話，我的性命就能保住了。人都是有感情的，您竟然忍心不發一言！」說著眼淚像下雨一樣滴落在庭院中，一面詛咒，一面哭罵。杜子春終是不理。將軍又說：「你以為我不能給你的妻子施毒刑嗎？」便命人取了銼和碓來，從下到上一寸一寸地銼她，妻子哭叫聲愈加急切，杜子春竟毫不理睬。將軍說：「這個賊子妖術已經煉成，不能容他久留在這個世上。」命令身邊的人把杜子春的頭斬下來。斬完，把他的魂魄引去見閻羅王，閻王問道：「這就是雲臺峰的妖民嗎？把他送到地獄中去。」於是，杜子春受盡了鎔銅鐵杖、碓擣、磑磨、火坑、鑊湯、刀山、劍樹的種種痛苦。然而一心記住道士交代的話，好像還能忍受，竟沒有發出過一點呻吟的聲音。杜子春受完苦刑，獄卒報告閻王，閻王說道：「這是個陰險狡詐的人，不適合作男人，應當讓他作個女人，分派他託生到宋州單父縣的縣丞王勸家去吧。」杜子春就託生到王家去做了王勸的女兒。一生下來就體弱多病，針灸吃藥，沒有稍停過一天。因為不肯出聲而多吃了不少苦：從床上掉下來、摔到火盆裡，種種痛苦，不一而足，終究沒有發出過一點聲音。不久王女長大，容貌舉世無雙，但從不說話，家裡人就把她當作啞巴。親戚中和她親近的人，再怎樣欺侮她，她總是不應答。有位同鄉的進士名叫盧珪，聽說她容貌美麗而仰慕她，就請了媒人去求親。她的家人以她是啞巴為由拒絕了。盧珪說道：「作妻子的只要賢慧就好，何必一定要會講話呢？再說，不會講話也免得作長舌婦。」她家聽盧珪這樣說，就應允了婚事。盧珪按照婚制完成了六禮娶她為妻。幾年來，夫妻感情深重和諧。生了一個男孩，已經兩歲了，聰慧無比，夫妻兩人極為疼愛。一天，盧珪抱了兒子和妻子說話，妻子沒有回應，想了各種辦法逗她開口，總是不說一句話。盧珪大怒道：「古時賈大夫的妻子嫌她丈夫相貌醜陋，心中不快，方沒有笑容；但見到她丈夫箭法嫻熟，能射中野雞，終究還是露出了笑容，也消釋了她丈夫的憾恨。如今我的相貌既不像賈大夫那麼醜陋，文章才情更不是箭射野雞這樣的小事所能比擬的，但你始終不說話。我堂堂大丈夫，竟為妻子所輕視，還要兒子有什麼用。」便拎起孩子的雙腳，頭朝下向石頭上摔去，一下子把兒子的頭顱摔碎了，鮮血濺到數步以外。杜子春愛子心切，忽然忘了道士吩咐他的話，不覺失聲叫了一聲：「噫！」話音未停，發現自己仍坐在原處，那個道士也還站在身前。天色已是五更初了。

見其紫焰穿屋上，大火起四合，屋室俱焚。道士歎曰：「措大❶誤余乃如是！」因提其髮投水甕中。未頃，火息。道士前曰：「吾子之心，喜怒哀懼惡慾，皆忘矣。所未臻❷者，愛而已。向使子無噫聲，吾之藥成，子亦上仙矣。嗟乎，仙才之難得也！吾藥可重煉，而子之身猶為世界所容矣。勉之哉！」遙指路使歸。子春強登基觀焉，其爐已壞。中有鐵柱大如臂，長數尺。道士脫衣，以刀子削之。子春既歸，愧其忘誓。復自劾以謝❸其過。行至雲臺峰，絕無人跡，歎恨而歸。

【章旨】杜子春未能幫助老人煉成仙丹，心中十分慚愧，又重回人間俗世。

【注釋】❶措大　舊時指貧寒失意的讀書人，有輕慢意。❷臻　達到。❸謝　認錯；道歉。

【語譯】只見爐中的紫色火焰穿透屋面，四周都起了大火，一下子，屋舍全都燒毀了。道士歎口氣說：「你這個沒出息的人啊，竟把我的事全都搞砸了。」便拎起杜子春的頭髮，把他浸在水甕中。一會兒，火熄滅了。道士走上前對杜子春說：「在你的心裡，喜、怒、哀、懼、惡、慾各種感情都能丟掉；唯一沒能做到的，就是捨下愛執。剛才如果你不叫出那聲噫，我的丹藥就可以煉成，你也能成仙了。唉，仙才是多麼難得啊！我的丹藥可以重煉，你這個人卻只能留在塵世了。

好自為之吧。」向遠處指明了路，叫他回去。杜子春勉強走上屋基去看，爐子已被燒壞，其中有一段鐵柱子，有手臂那麼粗，幾尺來長，道士脫掉了道袍，用刀子削那段鐵柱。杜子春回到家裡，為了自己違背誓約感到十分內疚。又想去向道士檢討自己的過失和道歉。再登上雲臺峰時，山中根本沒有人跡，只得歎著氣帶著深深的遺憾回到家鄉。

【賞析】〈杜子春〉是唐傳奇中極富哲學意味的一篇。從本篇所記述的內容來看，它應該歸入「神仙」類的傳奇小說，但是它卻從兩個層面上超越了普通的神仙小說。

唐代是個宗教繁盛的時代，唐傳奇中充滿了對升仙得道的企盼和對彼岸世界的幻想。同時，唐人對彼岸樂土的熱中並非以反映在精神世界的昇華與超脫為主，而更多是表現在對感官快樂的永久占有上，即所謂「古人得道者，生以壽長，聲色滋味能久樂之」（《呂氏春秋・仲春紀・情欲》）。因此，唐傳奇所刻劃的神仙很少有虛無縹緲、不食人間煙火的形象；相反地，他們「食甘旨，服輕煖，通陰陽，處官秩」（《抱朴子・內篇・對俗》），享盡人世間所不能企及的快樂。這一點，我們只要看看〈柳毅〉、〈太陰夫人〉等篇便一目了然。基於這種思想，唐傳奇的作者們便常常用神仙小說來彌補現實生活中種種物質欲望不遂所帶來的缺憾。所以〈游仙窟〉中的張文成遇仙人便進入了溫柔富貴之鄉；〈柳毅〉中的柳毅娶到龍女，便獲得巨資，且「壽比神仙」；而〈感異記〉中的沈警只因旅居神廟，便有神女與之共度春宵。〈杜子春〉的前半部分似乎再一次演繹了這種遇仙人而得富貴的神話。蕩盡資產的杜子春偶遇一位道士，便一而再、再而三地得到了萬貫家財。然而在杜子春第三次得到錢財之時，作者筆鋒一轉，讓主人公跳出了對物質與感官享受的無盡追求的漩渦。通過杜子春的三次暴富的奇遇，作者試圖告誡世人：財富的累積是個永無止境的過程，而財富的消耗卻常常在瞬間出現，所謂榮華富貴終將是過眼雲煙。〈杜子春〉的作者徹悟了人生的浮華，但卻沒有將人生描寫為虛幻的泡影；如果是這樣的話，〈杜子春〉便會是另一篇〈枕中記〉或〈南柯太守傳〉。杜子春與老人同登華山雲臺峰，煉丹求道，以他的人生經歷，以他對人生的感悟，杜子春似乎應該升仙得道了，然而作者卻並沒有將情節按照這個思路發展下去。相反地，杜子春卻因為不能泯滅「母子」親情而失去了成為「上仙」的機會。這一出人意料的情節賦與本篇小說濃厚的人性色彩。杜子春不再留戀人生的虛華，可是他卻沒有將人的感情與愛心一併拋棄。杜子春丟棄的是人生虛幻的外殼，不捨的卻是人生的精萃與實質。從這個角度來看，〈杜子春〉對於人生的感悟超越了〈枕中記〉、〈南柯太守記〉，更加接近了人類心靈所共有的特質。

除去對人生哲理的體悟，本篇的藝術表現力也值得稱道，描繪人物言行，揣摩人物心理都很出色。如描寫杜子春落拓之時「饑寒之色可掬，仰天長吁」，「感激之氣，發於顏色」；而一旦他得錢三百萬便「蕩心復熾」，「不復以治生為意」；再次得錢又「以為從此謀身治生，石季倫、猗頓小豎耳」；錢再次花光時又「不勝其愧，掩面而走」。細緻描寫杜子春不同處境下不同的心態，很有層次感。傳神寫照，如在目前。

定婚店

李復言

【題解】本篇出於《續玄怪錄》，《太平廣記》卷一五九亦收入此篇。小說透過韋固的遭遇告訴世人，人們的婚姻都是前生注定，由冥間專司人間婚牘的月老掌管。小說的思想意義雖然比較消極，但在後世的影響卻很廣，其中月下老人的形象更是家喻戶曉。

杜陵❶韋固，少孤，思早娶婦，多歧❷求婚，必無成而罷。元和❸二年，將遊清河，旅次❹宋城❺南店。客有以前清河司馬潘昉女見議者，來日先明，期於店西龍興寺門。固以求之意切，旦往焉，斜月尚明。有老人倚布囊，坐於階上，向月撿書。固步覘❻之，不識其字；既非蟲篆、八分、科斗❼之勢，又非梵書❽。因問曰：「老父所尋者何書？固少小苦學，世間之字，自謂無不識者，西國梵字，亦能讀之，唯此書目所未覿❾，如何？」老人笑曰：「此非世間書，君因何得見？」固曰：「非世間書則何也？」曰：「幽冥之書。」固曰：「幽冥之人，何以到此？」曰：「君行自早，非某不當來也。凡幽吏皆掌生人⑩之事，掌人可不行冥中乎？今道途之行，人鬼各半，自不辨爾。」固曰：「然則君又何掌？」曰：「天下之婚牘⑪耳。」固喜曰：「固少孤，常願早娶，以廣胤嗣⑫。爾來十年，多方求之，竟不遂意。今者人有期此，與議潘司馬女，可以成乎？」曰：「未也。命苟未合，雖降衣纓而求屠博⑬，尚不可得，況郡佐乎？君之婦，適三歲矣。年十七，當入君門。」因問：「囊中何物？」曰：「赤繩子耳。以繫夫妻之足。及其生，則潛用相繫，雖讎敵之家，貴賤懸隔，天涯從宦，吳楚異鄉，此繩一繫，終不可逭⑭。君之腳，已繫於彼矣。他求何益？」曰：「固妻安在？其家何為？」曰：「此店北，賣菜陳婆女耳。」固曰：「可見乎？」曰：「陳嘗抱來，鬻菜於市。能隨我行，當即示君。」及明，所期不至。老人卷書揭囊而行。固逐之，入菜市。有眇⑮嫗，抱三歲女來，弊陋亦甚。老人指曰：「此君之妻也。」

固怒曰：「殺⑯之可乎？」老人曰：「此人命當食天祿，因子而食邑，庸可殺乎？」老人遂隱⑰。固罵曰：「老鬼妖妄如此。吾士大夫之家，娶婦必敵⑱，苟⑲不能娶，即聲伎之美者，或援立之，奈何婚眇嫗之陋女？」磨一小刀子，付其奴曰：「汝素幹事⑳，能為我殺彼女，賜汝萬錢。」奴曰：「諾。」明日，袖刀入菜行中，於眾中刺之，而走，一市紛擾。固與奴奔走，獲免。問奴曰：「所刺中否？」曰：「初刺其心，不幸才中眉間。」爾後固屢求婚，終無所遂㉑。

【章旨】韋固路遇執掌人間婚姻的月下老人。月老告知韋固，他的妻子為賣菜陳婆之女。韋固見到自己未來的妻子又窮又醜，一怒之下派人去刺殺。不料刺客失手，未能將她殺死。

【注釋】❶杜陵　地名，在今陝西西安市東南。❷多歧　多方；用各種方法。歧，路；岔路。指各種途徑。❸元和　唐憲宗年號。❹旅次　旅途中暫住。❺宋城　唐代宋州治所。故址在今河南商丘縣南。❻覘　偷偷地察看。❼蟲篆八分科斗　都是書體名。蟲篆，秦時八體書的一種，字體像蟲鳥的形狀。八分，漢代隸書的別名。科斗，竹簡作成，蘸油漆書寫。因漆黏不暢，筆畫頭大尾細，形似蝌蚪，故名。❽梵書　古印度文字。❾覿　見面。❿生人　活著的人。⓫婚牘　婚書。⓬胤嗣　後嗣；子孫。⓭降衣纓而求屠博　降低自己世家大族的身分去與市井小民通婚。衣纓，衣冠簪纓是古代貴者之服，這裡借指有地位身分的人。屠博，以宰牲及賭博為業者，借指市井小民。⑭逭 逃避。⑮眇 瞎了一隻眼。⑯煞 同「殺」。⑰隱 隱沒。⑱敵 相當。⑲苟 假如。⑳幹事 辦事幹練。㉑遂 如意。

【語譯】杜陵縣有個名叫韋固的書生，幼年時父親就去世了，因此想早些成婚。雖然多方請人說媒求親，都因論婚不成而作罷。元和二年，韋固打算到清河去遊覽，中途住宿在宋城南店。同住店內的一位客人知道了他的情形後，就想為他去向前清河司馬潘昉的女兒求親，約定第二天早晨在旅店西面的龍興寺門口見面。韋固求親心切，一大早就去了，這時斜月還掛在天邊。走到龍興寺門口，見到一位老人倚著一個布袋坐在石階上，就著月光在查看著一本書。韋固走到老人身邊看他的書，卻發現那本書上的文字一個也不認識；既不是蟲篆、八分、科斗等書體，又不是古印度的梵文。便問那位老人：「老人家翻查的是什麼書啊？我從小就刻苦讀書，自以為世上的字沒有不認識的。即使是西面印度的梵文，我也能夠誦讀。但您老這種書體卻是從來沒有見到過的，到底是什麼文字呢？」老人笑著說：「這不是人間的書，先生怎麼會見到過呢？」韋固道：「不是人間的書，那又是哪裡的呢？」老人說道：「是幽冥的書。」韋固問：「那麼您既然是幽冥的人，怎麼會到這裡來的呢？」答道：「是先生出來得太早，而不是我不該到這裡來。凡是幽冥的官吏都掌管著活人的事，既管著事，又怎能不在冥司中行走呢？如今在路上行走的人，其實是人鬼各半，不過是自己分辨不出而已。」韋固道：「那麼先生掌管什麼呢？」答道：「掌管天下的婚書。」韋固聽了高興地說：「我幼年喪父，一心巴望早些娶親，以便添丁進口，傳宗接代。但十多年來雖然多方求親，卻總是沒能如意。今天有人約了我來，要給我和潘司馬的女兒議婚，您看這段姻緣能成功嗎？」老人說：「不行。命裡注定你還沒有到結婚的時候，就算你降低要求，捨棄了世家大族而到市井小民家去議婚，都不能成功，何況你是想和郡佐家聯姻呢！先生的妻子剛剛才滿三歲，到她十七歲時，就會嫁到先生的家中去。」韋固便問他：「您的布袋裡裝的是什麼？」老人說：「紅繩啊。是用來繫住夫妻兩人的腳的。當他們才生下來的時候，我就悄悄地用這紅繩把他們聯結在一起。哪怕兩家是仇敵，或者貴賤相差懸殊，還是遠到天涯海角去做官，或是家住異地、天各一方，只要這根紅繩一繫，那是再也逃不掉的。先生的腳，已經和那個女孩子聯結在一起了。再去謀求別的婚姻又會有什麼結果呢？」韋固道：「我的妻子在什麼地方？家裡是做什麼的？」老人說：「就在這個店的北面，是賣菜的陳婆的女兒。」韋固說：「我可以見見她嗎？」老人說：「陳婆經常抱了她到市集上來賣菜。你跟著我走，我馬上指給你看。」等到天亮，韋固所等的人也沒有來。老人把書本捲起來拎起布袋就走了，韋固便跟在他的身後。走進菜市，見到一個瞎了一隻眼的老婆子，抱著一個三歲的女孩，那女孩也長得很醜陋。老人指著那女孩說：「這就是先生的妻子。」韋固怒氣沖沖地說：「我殺掉她可以嗎？」老人說：「這女孩命中該得封誥，會因為兒子的官職而受到封賞，怎麼可以殺死她呢？」老人說完話就隱去了。韋固氣得罵道：「老鬼行事如此荒誕怪異。我本是讀書做官人家出身，娶妻也總要門當戶對。就算遇不到合適的，也可以找個色藝雙全的歡場女子，慢慢地扶為正室。怎麼能去娶一個獨眼老婆子的醜女兒做妻子呢？」便磨了一把鋒利的小刀，交給他的僕人說：「你素來做事幹練，如能替我去把那個女孩殺死，我賞你一萬錢。」僕人答應著走了。第二天，就把刀藏在袖子裡走進菜場，在人叢中用刀刺了那女孩轉身就跑，市場上一下子紛亂起來。韋固和僕人急忙逃走，沒有被抓到。

韋固問僕人：「你刺中了沒有？」僕人說：「我原打算刺她的心窩，但卻刺中了眉間。」此後，韋固一再地求媒說婚，總是沒有成功。

又十四年，以父蔭參相州❶軍。刺史王泰俾攝❷司戶掾❸，專鞫詞獄，以為能，因妻以其女。可年十六七，容色華麗，固稱愜之極。然其眉間，常帖一花子❹，雖沐浴閒處，未嘗暫去。歲餘，固訝之，忽憶昔日奴刀中眉間之說，因逼問之。妻潸然曰：「妾郡守之猶子❺也，非其女也。疇昔父❻曾宰宋城，終其官❼。時妾在襁褓，母兄次沒。唯一莊在宋城南，與乳母陳氏居。去店近，鬻蔬以給朝夕。陳氏憐小，不忍暫棄。三歲時，抱行市中，為狂賊所刺。刀痕尚在，故以花子覆之。七八年前，叔從事盧龍❽，遂得在左右。仁念以為女嫁君耳。」固曰：「陳氏眇乎？」曰：「然。何以知之？」固曰：「所刺者固也。」乃曰：「奇也，命也。」因盡言之，相欽愈極。後生男鯤，為鴈門❾太守，封太原郡太夫人。乃知陰隲❿之定，不可變也。宋城宰聞之，題其店曰「定婚店」。

【章　旨】十四年後，韋固娶到一位「容色華麗」的少女為妻。婚後，韋固發現妻子正是賣菜陳婆之女。

【注　釋】❶相州　唐州名。治所在今河南安陽市。❷俾攝　使代理。俾，使。攝，攝政；治理。❸司戶掾　官名，郡府之佐吏，主管民戶。❹花子　唐代婦女臉部的裝飾品。❺猶子　姪女。❻父　據《廣記》補父字。❼終其官　在任期內死亡。❽盧龍　唐方鎮名。治所在今北京市西南。❾鴈門　唐郡名。治所在今山西代縣西。❿陰隲　命中注定。

【語　譯】又過了十四年，韋固由於父親原來的官爵而得到庇蔭，做了相州參軍。刺史王泰叫他代理司戶掾，專門負責審問各類訴訟案件。王泰很賞識他的才幹，就把女兒許配給他做妻子。王泰的女兒才十六、七歲，容貌美麗，光彩照人，韋固非常稱心。妻子的眉間總貼著一枚花子，即使是洗澡睡覺的時候也不撕下來。一年多下來，韋固感到非常奇怪。忽然想到過去奴僕用小刀刺中了女孩眉心的事，就盤問妻子。妻子流著淚說：「我其實是郡守的姪女而不是他的女兒。以前我的父親曾是宋城縣宰，在任期中不幸去世。那時我還在襁褓之中。母親和哥哥又相繼身亡，只留下一所莊屋在宋城南郊，乳母陳氏就帶著我住在那裡。因為靠近旅店，就種些蔬菜賣了勉強度日。陳氏憐惜我年齡幼小，就整天把我抱在手上，一會兒也不放下。三歲的時候，陳氏抱了我在市集上，被一個狂賊刺了一刀，留下了一個疤痕，所以總貼著花子好遮住它。七、八年前，叔叔到盧龍來做官，便將我接到身邊。後來又出於好心把我當作女兒嫁給了你。」韋固問：「陳氏有一隻眼睛是瞎的吧？」妻子說：「是啊。你怎麼知道？」韋固說：「刺你的人就是我呀。」又說：「奇怪，這真是命中注定的呀。」便把過去的事全都告訴了妻子。兩人從此更加相敬相愛。後來生了個兒子取名叫鯤，長大後做了雁門太守。皇帝冊封他的母親為太原郡太夫人。這才知道命中注定的事是不可改變的。宋城縣宰聽說了這段故事後，就將那個旅店題名為「定婚店」。

【賞　析】〈定婚店〉首先宣揚了一種婚姻的宿命論觀念。主人公韋固雖「思早娶婦，多歧求婚」，但總是「無成而罷」。原因就在於他的婚姻早就為冥界中掌管天下婚牘的月老所派定。果然十四年後，韋固如月老所言與那位他曾極為憎惡的賣菜陳婆之女結合了。這便意味著，一個人在自己的婚姻愛情道路上，毫無自主選擇方向的權利，一切只能聽憑冥冥之中那個神祕力量的擺布。無論這種安排是多麼的荒謬與不合理，人世間的力量也不能對此作出改變，一切反抗與掙扎都是無益的。這種觀念暗示世人應放棄對愛情的嚮往與追求，因為照此理論，如果不是「婚牘」上明確記載的姻緣，所有的一見鍾情也好，兩情相悅也好，私相悅慕也罷，終不過是「愛的徒勞」。因此，可以說〈定婚店〉的作者從根本上否定了愛情與婚姻之間的必然聯繫。婚姻不是愛情的產物，而是由一位垂垂老矣的冥吏手中的帳本和繩索所決定的，這豈不是對人生的一個絕大諷刺？

小說中韋固的形象也頗令人感到憎惡。他一方面不相信月老的話，斥之為「老鬼妖妄如此」；另一方面卻又派刺客去謀害他「命定」的妻子——賣菜陳婆女。為自身的婚姻幸福便不惜傷一條人命的行徑已經讓人感到齒冷，而作者竟還要讓陳婆之女長大後「容色華麗」，使韋固「稱愜之極」，其思想境界之低出乎人們的意料。

作品也不是毫無積極意義。月老說：「命苟未合，雖降衣纓而求屠博，尚不可得。」又說：「讎敵之家，貴賤懸隔，天涯從宦，吳楚異鄉，此繩一繫，終不可逭。」這在某種意義上否定了所謂「門當戶對」的婚姻觀念，只要是命中注定，門第極不相當的人也有可能結為夫妻，這在客觀上是對重視門第的封建婚姻制度的一種反駁。

千餘年來，本文中月老的形象與觀念深深地紮根於中國人的思想深處。直到今天，提到月老，無論是大陸、港臺的漢人還是旅居海外的華裔，仍然是家喻戶曉、婦孺皆知。在西方，神話傳說中司掌愛情的是丘比特，在中國則是月老，這兩位，一個是渾渾噩噩、未經世事的頑童，一個是頭童齒豁、不諳情事的老者，他們主持的婚姻的和諧性可想而知！可見，無論是西方還是東方，人們都深切地體會到人世間的姻緣大都只能是一種「亂點鴛鴦」。

周秦行紀

佚名

【題解】本篇出於《太平廣記》卷四八九，唐代李德裕《李衛公外集》也附錄此篇。小說假託牛僧孺的口吻記敘了牛僧孺在落第還鄉途中，夜入荒寺，與歷代后妃歡會的離奇經歷。小說情節荒誕，藝術水準不高，但反映出唐代各政治派別利用文字相互進行醜化陷害的實況。

【作者】本篇原題撰者為牛僧孺，但這顯然是李黨為達到陷害牛僧孺的目的而假託的。宋代張洎《賈氏談錄》云：「世傳〈周秦行紀〉，非僧孺所作，是德裕門人韋瓘所撰。」不過，這種說法未見有其他的佐證，但此文為李黨中人所作是可以肯定的。

余貞元❶中舉進士❷落第❸，歸宛葉❹間。至伊闕❺南道鳴皋山❻下，將宿大安❼民舍。會❽暮，不至。更十餘里，一道，甚易❾。夜月始出，忽聞有異香氣；因趨❿進行，不知近遠。見火明，意謂莊家。更前驅，至一大宅。門庭若富豪家。黃衣閽人⓫曰：「郎君何至⓬？」余答曰：「僧孺，姓牛，應進士落第往家。本往大安民舍，誤道來此。直⓭乞宿，無他。」中有小髻青衣⑭出，責黃衣曰：「門外誰何？」黃衣曰：「有客。」黃衣入告，少時，出曰：「請郎君入。」余問誰氏宅。黃衣曰：「第⑮進，無須問。」入十餘門，至大殿。殿蔽以珠簾，有朱衣紫衣⑯人百數，立階陛間。左右曰：「拜殿下。」簾中語曰：「妾漢文帝母薄太后。此是廟，郎不當來，何辱至⑰？」余曰：「臣家宛下。將歸，失道⑱。恐死豺虎，敢乞託命⑲。」太后遣軸簾⑳，避席曰：「妾故漢室老母，君唐朝名士，不相㉑君臣，幸希簡敬㉒，便上殿來見。」

【章旨】牛僧孺落第還鄉，夜晚迷失道路，誤入薄后廟。

【注釋】❶貞元　唐德宗李適年號。❷舉進士　薦舉去參加進士科考試。唐制，應唐中央進士科考試的人，都由各州薦舉。❸落第　未被錄取。❹宛葉　宛，河南宛縣，即今南陽。葉，今河南葉縣。❺伊闕　唐伊闕縣，在今河南洛陽。❻鳴皋山　在今洛陽附近伊川、嵩縣之間。❼大安　村名。❽會　恰巧。❾易　平坦。❿趨　快走。⓫閽人　看門人。⓬何至　為何到這裡來。⓭直　僅；只是。⓮青衣　婢女。⓯第　但；只管。⓰朱衣紫衣　唐制，五品以上官服朱，三品以上官服紫。⓱辱至　謙詞，意為「屈辱您到這裡來」。⓲失道　迷路。⓳託命　把性命託付給對方。意即尋求保護。⓴軸簾　捲起簾子。軸，捲軸，此處作動詞用。㉑相　互相；相互之間。㉒簡敬　不要多禮。

【語譯】貞元年間我去京城考進士，結果落了第，便回宛縣、葉縣之間的老家去。當我走到伊闕縣南面大道邊的鳴皋山下，打算在大安村的民舍中過夜。這時天已黑了，我迷了路，找不到住家。又走了十幾里後，走上了一條很平坦的路。這時月亮剛剛升起，我忽然聞到了一陣異香，便循著香氣快步前行，也不知走了多少路。見到前面有燈光，心想可能是莊戶人家。便快步往前走，來到了一所大宅的門前。從門庭看來，像是一個豪富人家。穿著黃衣的看門人問我：「郎君到這裡來做什麼？」我回答說：「我姓牛，名僧孺，參加進士考試落了榜要回家。本來想到大安村的民家去借宿，卻誤走到這裡來了。只想借宿一晚，沒有別的意思。」這時，裡面出來了一個梳著小丫髻的婢女，問黃衣人說：「門外是誰啊？」黃衣人說：「有客人。」說罷黃衣人便進去稟告主人。過了一會出來說：「請郎君進去。」我便問這是誰家的宅第，黃衣人說：「只管進去就是了，不必多問。」穿過十幾重門，來到了大殿上。殿前有珠簾遮擋著，臺階上站著數百名穿著紅袍、紫袍的官員。侍從說：「拜見殿下。」簾中傳出話說：「我是漢文帝的母親薄太后，這兒是廟堂，郎君是不該來的，怎麼屈尊到了這裡？」我說：「臣的家在宛下，打算回家去，但迷了路，唯恐死於豺狼虎豹之口，所以來請求您庇護。」太后命人將珠簾捲起，站起來避開我的跪拜並說道：「我是從前漢朝皇帝的母親，先生是唐朝的名士，我們之間並沒有君臣的關係，所以不能受你的跪拜，希望你不要多禮，就請到殿上來相見吧。」

太后著練❶衣，狀貌瑰偉❷，不甚年高。勞余曰：「行役無苦乎？」

召坐。食頃間，殿內有笑聲。太后曰：「今夜風月甚佳，偶有二女伴相尋。況又遇嘉賓，不可不成一會。」呼左右：「屈兩箇娘子出見秀才❸。」良久，有女二人從中至，從者數百。前立者一人，狹腰長面，多髮不粧❹，衣青衣，僅可二十餘。太后曰：「高祖戚夫人❺。」余下拜，夫人亦拜。更一人，柔肌穩身，貌舒態逸，光彩射遠近，多服花繡，年低薄太后。后曰：「此元帝王嬙❻。」余拜如戚夫人，王嬙復拜。各就坐。坐定，太后使紫衣中貴人❼曰：「迎楊家、潘家來。」久之，空中見五色雲下，聞笑語聲寖❽近。太后曰：「楊、潘至矣。」忽車音馬跡相雜，羅綺煥燿，旁視不給❾。有二女子從雲中下。余起立於側，見前一人纖腰修❿眸，容甚麗，衣黃衣，冠玉冠，年三十來。太后曰：「此是唐朝太真妃子⓫。」予即伏謁，拜如臣禮。太真曰：「妾得罪先帝⓬，皇朝不置妾在后妃數中，設此禮，豈不虛乎？不敢受。」卻答拜。更一人厚肌敏視，小，質潔白，齒極卑⓭，被寬博衣。太后曰：「齊潘淑妃⓮。」余拜之，如妃子。既而太后命進饌。少時，饌至，芳潔萬端，皆不得名字。但欲充腹，不能足。食已，更具酒。其器用盡如王者。太后語太真曰：「何久不來相看？」太真謹容對曰：「三郎[15]數幸華清宮，扈從[16]不得至。」太后又謂潘妃曰：「子亦不來，何也？」潘妃匿笑不禁，不成對[17]。太真視潘妃而對曰：「潘妃向玉奴[18]說，懊惱東昏侯疏狂，終日出獵，故不得時謁耳。」太后問余：「今天子為誰？」余對曰：「今皇帝，先帝長子。」太真笑曰：「沈婆[19]兒作天子也，大奇！」太后曰：「何如主？」余對曰：「小臣不足以知君德。」太后曰：「然無嫌[20]，但言之。」余曰：「民間傳聖武。」太后首肯三四。太后命進酒加樂，樂妓皆少女子。酒環行數周，樂亦隨輟。太后請戚夫人鼓琴。夫人約[21]指以玉環，光照於座。（《西京雜記》[22]云：高祖與夫人環，照見指骨也。）引琴而鼓，聲甚怨。太后曰：「牛秀才邂逅[23]逆旅[24]到此，諸娘子又偶相訪，今無以盡平生歡。牛秀才固才士。盍[25]各賦詩言志，不亦善乎？」遂各授與牋筆，逡巡詩成。薄后詩曰：「月寢花宮[26]得奉君，至今猶媿管夫人[27]。漢家舊是笙歌處，煙草幾經秋復春。」王嬙詩曰：「雪裏穹廬[28]不見春，漢衣雖舊淚垂新。如今最恨毛延壽，愛把丹青錯畫人。」戚夫人詩曰：「自別漢宮休楚舞[29]，不能粧粉恨君王。無金豈得迎商叟[30]，呂氏何曾畏木彊[31]。」太真詩曰：「金釵墮地別君王，紅淚流珠滿御床。雲雨馬嵬分散後，驪宮不復舞〈霓裳〉。」潘妃詩曰：「秋月春風幾度歸，江山猶是鄴宮[32]非。東昏舊作蓮花地[33]，空想曾披金縷衣。」再三邀余作詩。余不得辭，遂應命作詩曰：「香風引到大羅天[34]，月地雲階拜洞仙。共道人間惆悵事，不知今夕是何年。」別有善笛女子，短髮，麗服，貌甚美，而且多媚，潘妃偕來。太后以接坐[35]居之，時令吹笛，往往亦及酒。太后顧而問曰：「識此否？石家綠珠[36]也。潘妃養作妹，故潘妃與俱來。」太后因曰：「綠珠豈能無詩乎？」綠珠乃謝而作詩曰：「此地原非昔日人，笛聲空怨趙王倫。紅殘翠碎花樓下，金谷千年更不春。」

【章旨】在薄后廟中，牛僧孺與漢、唐歷代名妃歡會於酒宴之上。

【注釋】❶練　白色的熟絲織品。❷瑰偉　即魁偉，形容身材高大。❸秀才　唐代科舉有六科，秀才科最高，太宗貞觀後廢絕，但一般仍相沿用「秀才」來尊稱赴科舉的士子，和明以來府學生員稱「秀才」意義不同。❹粧　此處指面部的化妝。❺戚夫人　漢高祖劉邦寵姬。呂后專政時，被斷手足置廁中而死，稱為「人彘」。❻王嬙　即王昭君。漢元帝宮人，後「和親」入匈奴，卒葬匈奴。❼中貴人　對宦官的尊稱。❽寖　漸。❾旁視不給　意為目不暇給。❿修　長。⓫太真妃子　唐玄宗貴妃楊玉環。⓬先帝　謂肅宗也。⓭齒極卑　年齡最小。⓮潘淑妃　南朝齊帝蕭寶卷的寵妃。小字玉兒，封淑妃。蕭寶卷為她建造宮室，窮極奢華。又鑿地作金蓮花讓她在上面走，稱為「步步生蓮花」。梁武帝蕭衍殺蕭寶卷，準備把她賜給別人，淑妃不肯，自縊死。⓯三郎　天寶中宮人呼玄宗多曰三郎。⓰扈從　封建時代隨從皇帝的專稱。⓱對　答話。⓲玉奴　太真名也。⓳沈婆　指李適母太后沈氏。沈氏，吳興人。開元末入東宮，以賜廣平王李豫，生李適。安史亂時，被安祿山所擄，遂失蹤。李豫即位後即下詔尋訪，不獲。李適即位後追尊沈氏為太后，尋訪遍全國，以致出現了好幾個冒名者，但真太后始終未曾找到。因沈氏兩度失身胡人，故楊玉環對其甚為輕視，視其子作皇帝為「奇事」。⓴無嫌　沒有關係。嫌，疑忌。㉑約　套住。㉒西京雜記　《舊唐書・經籍志》題晉葛洪撰。多記西漢時「人間瑣事」，多涉神怪。唐以來文人多用《西京雜記》事為典故。㉓邂逅　巧遇；不期而遇。㉔逆旅　客舍。此處意為借宿。㉕盍　何不。㉖月寢花宮　指漢朝河南宮的成皋臺。《史記・外戚世家》：「始（薄）姬少時，與管夫人、趙子兒相愛，約曰：先貴無相忘。已而管夫人、趙子兒先幸漢王。漢王坐河南成皋臺，此兩美人相與笑薄姬初時約。漢王聞之，問其故，兩人俱以實告漢王，漢王心慘然憐薄姬，是日召而幸之。」此處「薄后」的詩用的就是這個典故。㉗管夫人　與薄太后少年時同侍漢王的另一位美人。參見㉖。㉘穹廬　毡製的帳篷。藉此特指胡人生活的地方。㉙楚舞　戰國時楚國的一種舞蹈。《漢書・高帝紀》：「帝謂戚夫人曰：『為我楚舞，吾為若（你）楚歌。』」

漢高祖劉邦乃豐沛（今徐州）人，屬古楚地，故好楚樂楚舞。㉚商叟　指秦末隱居在商山的四個隱士：東園公、綺里季、夏黃公、甪里先生，世稱「商山四皓」。漢高祖曾徵聘四人，他們隱居不出。後漢高祖欲廢太子盈（呂后子），立戚夫人子趙王如意。呂後問計於張良，張良讓呂后卑辭厚禮，請出四皓作太子盈的賓客。高祖於是對戚夫人說：「我欲易之，彼四人輔之，羽翼已成，難動矣。」（事見《史記‧留侯世家》）㉛木彊　倔強耿直。《史記‧絳侯周勃世家》：「勃為人木彊敦厚，高帝以為可屬大事。」後呂后擅改，誅殺劉氏子弟，任用呂氏子弟，周勃雖為太尉，也未能保護劉氏。㉜鄴宮　南朝時齊東昏侯在建鄴的宮殿。㉝蓮花地　東昏侯為寵妃潘淑妃建造的宮中，曾鑿地作金蓮花讓潘妃在上行走，稱為「步步生蓮花」。㉞大羅天　道家的最高天界，一般用以喻神仙境界。㉟接坐　靠得最近的座位。㊱綠珠　西晉豪富石崇的愛妾。美豔，善吹笛。後因趙王部將孫秀逼迫為妾，不從而墜樓自盡。

【語　譯】太后穿著白色的羅衣，身材魁偉，年齡並不很大。她慰問我說：「趕路很辛苦吧？」便叫我坐下。過了約有一頓飯的功夫，殿內傳來笑聲。太后說：「今晚月朗風清，恰好有二位女伴來看望我，況且又遇貴賓來臨，一定要舉行一個盛會。」便吩咐侍從：「請兩位夫人出來會見秀才。」過了好久，從裡面出來兩位女子，身後的隨從有好幾百人。站在前面的一位，細細的腰身，瘦長的臉型，頭髮豐厚，面部沒有化妝，身上穿著青黑色的衣服，才二十多歲。太后說：「這是漢高祖的寵姬戚夫人。」我便向她下拜，夫人也向我回拜了。另外一位看上去肌膚柔軟，體態穩重，眉眼舒展，舉止飄逸，光彩照人，穿的衣服上都繡著花，年紀比薄太后要輕。太后說：「這是漢元帝的宮人王嬙。」我便像拜見戚夫人一樣地拜見了她，王嬙也回拜了。大家都坐了下來。坐定後，太后叫來一位穿紫衣的宦官對他說：「去把楊家、潘家接來。」過了許久，看到空中有五色彩雲降下來，又聽到笑語聲漸漸接近。太后說：「楊、潘到了。」忽然聽到轔轔的車輪聲和得得的馬蹄聲響成一片，眼前綾羅綢緞光彩煥耀，我在旁邊簡直是目不暇給。有兩位女子從彩雲中走了下來。我站起來立在一旁，只見前面的一位細腰鳳眼，容貌很豔麗，身穿黃衣，頭戴玉冠，年約三十來歲。太后說：「這是唐朝的太真妃子。」我便伏在地上謁見，用的是臣子見君王的禮節。太真說：「我曾經得罪過先帝，唐皇朝並不把我列在后妃的名序中，你對我行此大禮豈合情理？我是不敢受這禮的。」便退後些，又向我回拜。另一位肌膚豐腴，目光靈活，身材纖小，容色潔白，年紀很輕，穿著一件很寬大的衣服。太后說：「這是南朝齊帝蕭寶卷的寵妃潘淑妃。」我像拜見其他妃子一樣拜見了她。接著太后就命令送上菜餚來。一會兒，菜餚送上來了，非常甘美精潔，我都叫不上它們的名字來。這時，我但求充飢果腹，也沒有一一品嚐。吃過飯，又送上酒來。那些器皿完全像是王家的。太后對太真說：「為什麼好久不來看我？」太真恭敬地回答說：「三郎數次駕臨華清宮，我要跟隨著侍奉他，所以沒有空到這裡來。」太后又對潘妃說：「你也不來，又為什麼呢？」潘淑妃偷偷笑了起來，止也止不住，無法回答。太真看著潘淑妃，回答太后說：「潘妃對玉奴說，她很懊惱東昏侯蕭寶卷粗疏狂放，天天出去打獵，所以沒空經常來謁見啊。」太后問我：「如今的皇帝是誰？」我答道：「現在的皇帝就是已故皇帝的長子。」太真笑著說：「沈婆的兒子做皇帝了，真是大奇事。」太后問：「這位天子怎麼樣？」我回答說：「我的地位卑微，無法知道天子的聖德。」太后說：「不要緊的，你只管說就是了。」我說：「民間都傳說皇上聖明英武。」太后聽了不住地點頭。太后又叫人添酒，命樂隊奏樂，樂妓都是些少年女子。飲過幾巡酒，樂聲也跟著停止了。太后請戚夫人鼓琴。戚夫人套在手指上的玉指環光芒四射，照耀得滿座生輝。（《西京雜記》說：漢高祖給戚夫人的指環能照見指骨。）她取過琴來彈奏，琴音非常哀怨。太后說：「牛秀才為了借宿，碰巧來到這兒，各位夫人又恰好來訪，沒有什麼可供大家一盡平生之歡。牛秀才原本是個有才學的人，我們大家何不各自作一首詩來表明自己的心志，不是很好嗎？」便叫人給每位送上紙筆，一會兒，詩都寫成了。薄太后的詩道：「成皋臺上得以侍奉君王，至今心中還在感激管夫人。過去漢代歌舞歡樂的場所，如今長滿荒草，經歷了多少個春秋。」王嬙詩道：「大雪中的帳幕裡看不到春意，出塞時穿來的漢朝衣著雖然陳舊了，上面的淚痕卻是新添的。到如今仍然痛恨毛延壽，使我的畫像醜陋因而得不到君王寵幸。」戚夫人的詩說：「自從離別了漢宮就不再跳楚舞，不能再打扮好了天天去侍奉君王。沒有厚禮怎麼能請動商山四叟，呂氏終究也沒有屈服於周勃的倔強鯁直。」太真的詩說：「金釵掉在地上訣別了君王，君王的血淚像珍珠般落滿了御床。自從馬嵬坡夫妻分離，驪宮中再也沒有人表演〈霓裳羽衣舞〉了。」潘淑妃的詩說：「秋月春風去而復歸多少次，江山雖然依舊，鄴宮卻已不是昔日的模樣。想當年東昏侯建鑿了蓮花地，如今只留下曾披著金縷衣在上面行走的一片回憶。」她們再三請我也作詩，我推辭不掉，只好應命寫了一首：「香風把我引到了神仙境界，在月地雲階上拜見了各位仙人。大家互相談起當年在人間的失意事，我都不知道今天晚上究竟是哪一年了。」又有一位擅長吹笛的女子，梳著短髮，穿著華麗的衣服，容貌嬌美可愛，是和潘淑妃一起來的。太后將她安排在貼近自己的座位上坐下，常常叫她吹笛，有時也讓她喝酒。太后看著她問我：「你認識她嗎？她是石崇家的綠珠啊！潘妃認她作了妹妹，所以潘妃才和她同來。」太后又說：「綠珠怎麼能不作詩呢？」綠珠道過謝便作詩道：「這裡的人都不是過去在人間相處的人，只能藉笛聲表達對趙王司馬倫的怨恨。全是因為他我才像花殘葉碎般死在花樓下，金谷園裡永遠不會有春天了。」

辭畢，酒既至。太后曰：「牛秀才遠來，今夕誰人為伴？」戚夫人先起辭曰：「如意成長，固不可，且不宜如此。」潘妃辭曰：「東昏以玉兒，身死國除❶，玉兒不擬負他。」綠珠辭曰：「石衛尉性嚴忌，今有死，不可及亂。」太后曰：「太真今朝先帝貴妃，不可，言其他。」太后請王嬙曰：「昭君始嫁呼韓單于❷，復為殊累若單于❸婦，固自用❹。且苦寒地胡鬼何能為？昭君幸無辭。」昭君不對，低然羞恨。俄❺各歸休。余為左右送入昭君院。

【章　旨】薄太后命王昭君陪牛僧孺過夜。

【注　釋】❶國除　亡國。❷呼韓單于　即王嬙和親至匈奴所嫁的單于呼韓邪。❸殊累若單于　呼韓邪前妻之子復殊累若鞮單于。呼韓邪死後王嬙依照匈奴習俗嫁給他為妻。❹固自用　本來就可以自己作主的。此處隱指王嬙自請去匈奴和親一事。❺俄　頃刻；片刻。

【語譯】作完詩，又送了酒來。太后說：「牛秀才遠道而來，今天晚上誰去陪伴他呢？」戚夫人首先站起來推辭道：「趙王如意已經長大成人，所以我是絕對不能去的，而且也不該去。」潘妃推辭說：「東昏侯是為了玉兒才弄得國破人亡的，玉兒不願違背他。」綠珠推辭說：「石崇性情嚴厲又最妒嫉。今天我可以死，卻不可做淫亂的事。」太后說：「太真是當朝已故皇帝的貴妃，也不可以的。再說說別人吧。」便對王嬙說：「昭君先嫁給呼韓單于，後來又做了殊累若單于的妻子，所以自己是可以作主的。況且那邊遠苦寒之地的胡人鬼魂又能做出什麼，希望昭君不要推辭。」昭君不回答，帶著羞愧、惱恨的神色低下了頭。一會兒，各人都回去休息了。我被侍從送進了昭君院。

會將旦，侍人告起。昭君垂泣持別。忽聞外有太后命，余遂出見太后。太后曰：「此非郎君久留地，宜亟還。便別矣，幸無忘向來歡。」更索酒。酒再行，已❶。戚夫人、潘妃、綠珠皆泣下，竟辭去。太后使朱衣送往大安，抵西道，旋❷失使人所在，時始明矣。余就大安里，問其里人。里人云：「此十餘里，有薄后廟。」余卻回望廟，荒毀不可入，非向者所見矣。余衣上香，經十餘日不歇，竟不知其如何。

【章　旨】次日黎明，牛僧孺與諸妃作別後離去。

【注　釋】❶已　停止；完畢。❷旋　不久；很快地。

【語　譯】天快亮時，侍從來告訴我們該起床了。昭君低聲哭泣著握住我的手和我依依惜別。忽然聽到外面說太后有命令，我便出去見太后。太后說：「這兒不是郎君久留之地，應該快些離去。就此告辭了，希望你不要忘記昨天晚上的歡會。」就命人拿酒來，我喝了兩杯便不喝了。戚夫人、潘妃、綠珠都流下淚來。我便告辭走了。太后派了一個穿紅衣的人把我送往大安，走到大安西面的道路上，紅衣人一下子就不見了，這時天剛剛亮。我到了大安里，就去向當地人打聽，他們說：「離這兒十幾里路外，有座薄后廟。」我再回去看那廟，已荒廢破敗得走不進去了，根本不是我昨天晚上看見的樣子。但是我衣服上的餘香，十幾天以後都還沒有消失，終究還是不明白這是怎麼回事。

【賞　析】〈周秦行紀〉是一篇思想內容毫不可取、藝術水準也無足觀的作品，然而它仍值得一讀。原因在於這篇作品是幫助我們了解唐代政爭與文壇風尚的活化石。

〈周秦行紀〉以第一人稱——「我」的口吻敘述了落第進士牛僧孺在返鄉途中與歷代名妃歡會的故事。文中還很不恭敬地將皇太后稱作「沈婆」，將皇帝稱作「沈婆兒」。在封建社會裡，一位為人臣者敢於寫這樣的文字，是絕難想像的。事實上，這篇作品是政爭的產物。這一點早在宋代，便有人指出了。宋人晁公武說：「唐牛僧孺自敘所遇奇事，賈黃巾以為韋瓘所撰。瓘，李德裕門人，以此誣僧孺。」（《郡齋讀書志》）要了解這場文字構陷的內幕，必須先對所謂「牛李黨爭」

作一些說明。所謂牛黨即以牛僧孺為核心的官僚集團，而李黨即以李德裕為核心的政治勢力。牛李黨爭，開始於李德裕父親李吉甫當政時。其時，牛僧孺上策攻訐時政，李吉甫深恨之，曾向憲宗哭訴，兩人從此結下冤仇。兩派的爭鬥歷時數十年，對中唐後期的政治造成了深遠的影響。在鬥爭中，兩派不遺餘力地相互攻擊，不僅利用政治手段打擊敵人，還試圖在道德、輿論等多方面醜化敵人。所以，牛氏無論如何狂妄也絕不敢授人以柄，寫出這種大不敬的文字。這篇小說完全是李黨陷害牛僧孺的工具。

至於此文的作者，晁公武說是韋瓘，他的說法未見史料方面的佐證，但其人是李黨黨徒則毫無疑義。李德裕文集《李衛公外集》中有〈周秦行紀論〉，將〈周秦行紀〉條分縷析，歷數牛僧孺的罪狀，同時也就很明顯地將偽造〈周秦行紀〉的目的和思路暴露出來了。(按張洎與晁乃同代人，其書未可視為史料證據。事實上宋《祕書省續四庫書目》小說類著錄「韋瓘撰《周秦行紀》一卷」，可見宋人均將此篇視為韋著，然而我們尚無唐代的旁證，故就謹慎地視為無名氏所作。)

無雙傳

薛調

【題解】本篇出自《太平廣記》卷四八六雜傳記類。小說描寫王仙客和劉無雙青梅竹馬，互相愛戀。後來歷盡千難萬阻，在俠士古押衙的捨命相助下，結為良緣，白首偕老。小說被歷代劇作家改編為多種戲劇作品，如元代有白壽之的《無雙傳》南戲，明代陸采的《明珠記》傳奇，清代崔應階的《雙仙記》傳奇等。

【作者】薛調（西元八三〇～八七二年），河中寶鼎（今山西省永濟縣一帶）人。進士及第。懿宗咸通十一年（西元八七〇年）以戶部員外郎加駕部郎中，充翰林承旨學士，次年加知制誥。不久，薛調便暴死，人們認為他是中鴆毒死的。

王仙客者，建中❶中朝臣劉震之甥也。初，仙客父亡，與母同歸外氏❷。震有女曰無雙，小仙客數歲，皆幼稚，戲弄相狎❸。震之妻常戲呼仙客為王郎子❹。如是者凡數歲，而震奉孀姊及撫仙客尤至。一旦，王氏姊疾，且重，召震約曰：「我一子，念❺之可知也。恨不見其婚室。無雙端麗聰慧，我深念之，異日無令歸❻他族。我以仙客為託。爾誠許我，瞑目無所恨也。」震曰：「姊宜安靜自頤養⑦，無以他事自撓⑧。」其姊竟不痊。仙客護喪，歸葬襄鄧。服闋⑨，思念：「身世孤子如此，宜求婚娶，以廣後嗣。無雙長成矣。我舅氏豈以位尊官顯，而廢舊約耶？」於是飾裝⑩抵京師。時震為尚書租庸使⑪，門館赫奕⑫，冠蓋⑬填塞。仙客既覲⑭，置於學舍⑮，弟子⑯為伍。舅甥之分⑰，依然如故，但寂然不聞選取⑱之議。又於窗隙間窺見無雙，姿質明豔，若神仙中人。仙客發狂，唯恐姻親之事不諧也。遂鬻囊橐⑲，得錢數百萬，舅氏舅母左右給使⑳，達於廝養㉑，皆厚遺之；又因復設酒饌，中門之內㉒，皆得入之矣。諸表同處，悉敬事之。遇舅母生日，市新以獻，雕鏤犀玉，以為首飾。舅母大喜。又旬日，仙客遣老嫗，以求親之事聞於舅母。舅母曰：「是我所願也，即當議其事。」又數夕，有青衣㉓告仙客曰：「娘子㉔適以親情事言於阿郎㉕，阿郎云：『向前亦未許之。』模樣㉖云云，恐是參差㉗也。」仙客聞之，心氣俱喪，達旦不寐，恐舅氏之見棄也。然奉事不敢懈怠。

【章　旨】王仙客與劉無雙為表兄妹，自幼青梅竹馬，並相互愛戀。王仙客父母雙亡後，寄居舅父家中。仙客向舅母提出與無雙成親的要求，卻遭到舅父拒絕。

【注　釋】❶建中　唐德宗年號。❷外氏　外婆家。❸狎　親近。❹郎子　小女婿。❺念　愛。❻歸　出嫁。❼頤養　保養。❽自撓　擾亂自己；自尋煩惱。❾服闋　服喪三年期滿，除去喪服。❿飾裝　整理行裝。⓫尚書租庸使　主管全國賦稅的大臣，一般由戶部尚書兼任。⓬門館赫奕　門庭顯赫。⓭冠蓋　官宦的冠服和車蓋。代指官宦。⓮覲　拜見。⓯學舍　書房。⓰弟子　劉震的子姪輩。⓱分　情分。⓲選取　指選婿娶親。⓳囊橐　行囊。這裡指行囊中的物品。⓴左右給使　貼身僕人。㉑廝養　小廝丫環等身分較低的僕人。㉒中門之內　指內宅。㉓青衣　婢女。㉔娘子　對主婦的尊稱。㉕阿郎　對男主人的暱稱。㉖模樣　看樣子。㉗參差　不整齊的樣子，引申為不順當。

【語　譯】王仙客，是建中年間朝臣劉震的外甥。最初，仙客在父親去世後便和母親一起回到外祖母家居住。劉震有個女兒，名叫無雙，比仙客略小幾歲，當時兩人還都是孩子，整天親熱地在一起遊玩。劉震的妻子常常開玩笑地喊仙客為王家小女婿。就這樣過了幾年，而劉震供養守寡的姐姐和照料仙客更為周到。一天，劉震的姐姐病了，而且病勢沉重。她就把劉震叫到床前交代說：「我只有這麼一個兒子，對他的關心愛護是可想而知的。遺憾的是我不能見到他成家立業了。無雙端莊美麗，聰明靈慧，我十分喜愛她，將來你不要把她許配給別的人家。我把仙客託付給你，你要是真心答應了我的要求，那我死了就沒什麼遺憾了。」劉震說：「姐姐應該安心保養自己，不要自尋煩惱。」但他的姐姐竟不治而亡了。仙客護送母親的靈柩到襄陽郡鄧城縣原籍去安葬。待到服喪完畢，仙客想：「我的身世如此孤單飄零，應該快些求婚娶親，好多添些後代。無雙現在也該長大成人了。我的舅舅總不會因為加官進爵而背棄以前的約定吧？」於是便整理行裝出發。過些日子，到達了京師。這時，劉震在朝中官居尚書租庸使，門庭顯赫，貴客往來不絕。拜見了舅舅後，劉震把仙客安置在書房裡和他的子姪輩一起讀書。舅舅、外甥的情分仍像從前一樣，就是聽不到選仙客做女婿的消息。仙客曾在窗縫中看到過無雙，只覺得她容顏豔麗，姿態美妙，就像天上的仙女一般。仙客見了幾乎要發狂了。唯恐和無雙的婚事不能成功，便把行囊中的東西賣掉，得了數百萬錢，給舅舅、舅母的貼身僕人甚至小廝、丫環們都送了厚禮，又準備了酒菜請他們吃喝，因此得以隨意出入內宅。對於幾位表兄弟，他都很恭敬地對待他們。遇到舅母生日，就去購買新奇的東西如雕鏤犀玉之類，送給舅母做首飾，舅母因此非常高興。過了十幾天，仙客請了一位老媽媽去向舅母說起求親之事。舅母說：「這門親事也正是我的心願啊。我們馬上就來商議這件事。」又過了幾天，有個侍女來對仙客說：「女主人剛才向男主人提起你們的婚事，男主人說：『以前並沒有答應過啊！』看他的樣子，這件事恐怕不大順當。」仙客聽了這話，頓時感到灰心喪氣，一夜到天亮也沒有睡著覺，唯恐舅舅嫌棄他。但面子上，又不敢露出絲毫怠慢的樣子來。

一日，震趨朝，至日初出，忽然走馬入宅，汗流氣促，唯言：「鏁卻大門，鎖卻大門！」一家惶駭，不測其由。良久，乃言：「涇原兵士反①，姚令言領兵入含元殿，天子出苑②北門，百官奔赴行在③。我以妻女為念，略歸部署。疾召仙客與我勾當④家事，我嫁與爾無雙。」仙客聞命，驚喜拜謝。乃裝金銀羅錦二十馱，謂仙客曰：「汝易衣服，押領此物出開遠門，覓一深隙店⑤安下。我與汝舅母及無雙出啟夏門，遶城續至。」仙客依所教。至日落，城外店中待久不至。城門自午後扃鎖，南望目斷。遂乘驄⑥秉燭⑦遶城至啟夏門，門亦鎖。守門者不一，持白棓⑧，或立，或坐。仙客下馬，徐問曰：「城中有何事如此？」又問：「今日有何人出此？」門者曰：「朱太尉⑨已作天子。午後有一人重戴⑩，領婦人四五輩，欲出此門。街中人皆識，云是租庸使劉尚書，門司⑪不敢放出。近夜，追騎至，一時驅向北去矣。」仙客失聲慟哭，卻歸⑫店。三更向盡，城門忽開，見火炬如晝，兵士皆持兵挺刃，傳呼斬斫使⑬出城，搜城外朝官。仙客捨輜騎⑭驚走，歸襄陽，村居三年。

【章 旨】由於軍閥叛亂，皇帝出奔，京城一片混亂。劉震倉促間應允仙客與無雙的婚事，要求仙客押領家產出城。仙客出城後卻與舅父一家失散。

【注 釋】❶涇原兵士反 唐德宗建中四年，淮西節度使李希烈叛變，皇帝詔涇原節度使姚令言興兵討伐，姚領兵過京師時乘機作亂。❷苑 皇帝的花園或狩獵的區域。❸行在 皇帝離京外出時的臨時住所。這裡指奉天。❹勾當 料理。❺深隙店 偏僻隱蔽的客店。❻驄 青白色的馬。❼燭 火炬。❽棓 同「棒」。❾朱太尉 指朱泚。朱泚曾封涇原節度使、太尉，因其弟朱滔叛唐被召回長安。姚令言兵變時即擁戴他為大秦皇帝。後來唐將李晟收復長安，朱泚兵敗被殺。❿重戴 唐代流行的一種帽式。即在頭巾上覆戴一冠。⓫門司 守城門的官吏。⓬卻歸 重歸。⓭斬斫使 指朱泚派遣出來的捕殺朝廷官吏的人。⓮輜騎 行李和馬匹。

【語 譯】一天，劉震去上早朝。太陽剛剛出來，他忽然騎著馬走進宅第中來，氣喘吁吁，汗流滿面，只是連聲喊著：「鎖上大門，鎖上大門！」一家人驚慌失措，不知出了什麼事。半天，他才開口說道：「涇原兵士作亂，節度使姚令言領兵攻進了含元殿，皇帝出了禁苑的北門，百官都跟隨去了行宮。我因為惦念著家中的妻女，所以回來稍稍安排一下。趕快把仙客叫來替我料理家務，我把無雙嫁給你。」仙客聽了又驚又喜，慌忙拜謝了舅舅。劉震便叫人將金銀財寶、綾羅綢緞分裝在二十個馱子裡，讓牲口馱上，又對仙客說：「你把衣服換換，押送這些物品出開遠門後，找一家隱蔽些的客店住下，我和你舅母及無雙出啟夏門，繞著城走，隨後就到。」仙客按照他的吩咐去做。在客店中直到太陽落山也沒有等到他們。城門從中午起就鎖上了，仙客向南面望穿了雙眼也見不到他們的人影，便騎了一匹青白色的馬，拿了火把繞城走到啟夏門，但那兒的城門也鎖著。好幾個人守在城門口，手拿著白色的棍棒，有的站著，有的坐著。仙客下了馬，裝著若無其事的樣子，慢吞吞地問他們：「城中發生了什麼事，要這樣地把守啊？」又問：「今天有些什麼人出這個門了啊？」守城門的人說：「朱泚已做了皇帝。下午有一個在頭巾上又戴黑帽的人，領了四、五個婦女，想出這個門。街上的人都認識他，說他是租庸使劉尚書，門官不敢放他出來。天快黑的時候有人騎著馬來追拿他，把他們都趕著往北走了。」仙客聽了忍不住放聲大哭起來，只好又回到客店裡。三更快盡的時候，城門忽然打開，眾多的火把照得像白天一樣亮，兵士們都拿著兵器，大聲地傳送呼叫聲，說是斬斫使出城來捉拿朝廷官吏。仙客嚇得丟下行李馬匹，隻身逃回襄陽，在鄉下住了三年。

後知剋復❶，京師重整，海內無事。乃入京，訪舅氏消息。至新昌❷南街，立馬彷徨之際，忽有一人馬前拜，熟視之，乃舊使蒼頭❸塞鴻也。鴻本王家生❹，其舅常使得力，遂留之。握手垂涕。仙客謂鴻曰：「阿舅、舅母安否？」鴻云：「並在興化❺宅。」仙客喜極云：「我便過街去。」鴻曰：「某已得從良❻，客戶❼有一小宅子，販繒❽為業。今日已夜，郎君且就客戶一宿，來早同去未晚。」遂引至所居，飲饌甚備。至昏黑，乃聞報曰：「尚書受偽命官❾，與夫人皆處極刑。無雙已入掖庭❿

矣。」仙客哀冤號絕，感動鄰里。謂鴻曰：「四海至廣，舉目無親戚，未知託身之所。」又問曰：「舊家人誰在？」鴻曰：「唯無雙所使婢采蘋者，今在金吾將軍⑪王遂中宅。」仙客曰：「無雙固無見期，得見采蘋，死亦足矣。」由是乃刺謁⑫，以從姪⑬禮見遂中，具道本末，願納厚價以贖采蘋。遂中深見相知，感其事而許之。仙客稅屋，與鴻、蘋居。塞鴻每言：「郎君年漸長，合⑭求官職。悒悒不樂，何以遣時⑮？」仙客感其言，以情懇告遂中。遂中薦見仙客於京兆尹⑯李齊運⑰。齊運以仙客前銜⑱為富平縣尹，知⑲長樂驛⑳。

【章　旨】叛亂平定後，仙客重入京城，得知舅父由於受偽命官已被處以極刑，無雙則被收入後宮充當宮女。仙客遂定居京城，謀得長樂驛長一職。

【注　釋】❶剋復　克復；光復。❷新昌　長安里坊名。❸蒼頭　奴僕。❹家生　唐代賣身奴婢生的子女未脫離奴籍的，叫「家生奴」。❺興化　長安里坊名。❻從良　奴僕贖身後，獲得人身自由，叫做「從良」。❼客戶　指外地新遷入的戶口。塞鴻從良後在長安落戶，也稱客戶。❽繒　絲織品。❾受偽命官　受命做了叛軍朱泚的官。❿入掖庭　收入後宮充當宮女。⓫金吾將軍　金吾衛的長官，掌管宮中及京城巡警。⓬刺謁　遞上名帖，請求謁見。⓭從姪　本家姪子。⓮合　應當。⓯遣時　消磨時光。⓰京兆尹　京兆府的府尹，首都長安的行政長官。⓱李齊運　李晟。收復京師後被任命為京兆尹，後官至吏部尚書。⓲前銜　從前獲得的官銜。這是一種虛銜，是取得實際官職的一種資格。⓳知　擔任主管。⓴長樂驛　長安附近的一個驛站。

【語　譯】後來仙客知道朱泚兵敗被殺，大將李晟收復了長安，京師已經重整，海內太平無事了，便到京城尋訪舅舅一家人的消息。這天來到了新昌南街，勒住馬不知往哪裡去好。忽見一人在馬前向他下拜。仔細一看，原來是以前家中的奴僕塞鴻。塞鴻本是王仙客家的家生奴。仙客的舅舅見他能幹，所以把他留在劉家使用。兩人握住雙手，忍不住流下淚來。仙客問塞鴻：「舅舅、舅母還平安嗎？」塞鴻說：「都在興化里家中。」仙客高興極了，便說：「那我現在就到興化里去。」塞鴻說：「我贖身恢復自由了，已在長安落了戶，買了一所小房子，以販賣絲織品為生。今天天色已晚，郎君先到我的家中住一宿，明天早上再去也不遲。」便領仙客到他住的地方，招待他吃喝的東西都很豐盛。到天色黑下來了，塞鴻才告訴仙客：「尚書投降朱泚做了偽官，所以和夫人都被處死了。無雙已經被收進後宮充當宮女了。」仙客聽了悲傷地呼喊哭叫，鄰居們都被他的真情感動了。他對塞鴻說：「天下那麼大，而我舉目無親，哪裡是我的存身之處啊？」又問他：「以前的家人還有誰能找到？」塞鴻說：「只有無雙的侍女採蘋，如今在金吾將軍王遂中的家裡。」仙客道：「無雙是再也沒有見面的機會了，但只要能見到採蘋，也就死而無怨了。」於是便投了名帖到金吾將軍府中請求謁見。仙客以本家姪子的禮節謁見了王遂中，把事情從頭至尾告訴了他，並說願意出重金把採蘋贖回去。王遂中因為仙客信任他，來向他求助而感到高興，又被仙客對無雙的一片真誠所感動，便答應了他。仙客便租了一所宅子，與塞鴻、採蘋同住。塞鴻常常對他說：

「郎君的年齡一年年大起來了，該當去求個官職，總是這麼悶悶不樂，怎樣來打發時光啊？」仙客被他的話所打動，便去見王遂中，把自己的心事告訴了他，請他幫助。王遂中便把仙客推薦給京兆尹李齊運，李齊運根據仙客過去曾獲得的官銜，讓他以富平縣尹的身分去主持長樂驛的事務。

累月❶，忽報有中使❷押領內家❸三十人往園陵❹，以備灑掃，宿長樂驛。氈車子十乘，下訖❺。仙客謂塞鴻曰：「我聞宮嬪選在掖庭，多是衣冠子女❻。我恐無雙在焉，汝為我一窺，可乎？」鴻曰：「宮嬪數千，豈便及無雙？」仙客曰：「汝但去，人事亦未可定。」因令塞鴻假為驛吏，烹茗於簾外。仍給錢三千，約曰：「堅守茗具，無暫捨❼去。忽有所覩，即疾報來。」塞鴻唯唯而去。宮人悉在簾下，不可得見之，但夜語喧譁而已。至夜深，群動皆息。塞鴻滌器構火❽，不敢輒寐。忽聞簾下語曰：「塞鴻，塞鴻，汝爭❾得知我在此耶？郎健否？」言訖，嗚咽。塞鴻曰：「郎君見知❿此驛。今日疑娘子在此，令塞鴻問候。」

又曰：「我不久語。明日我去後，汝於東北舍閣子中紫褥下，取書送郎君。」言訖，便去。忽聞簾下極鬧，云：「內家中惡。」中使索湯藥甚急，乃無雙也。塞鴻疾告仙客，仙客驚曰：「我何得一見？」塞鴻曰：「今方修渭橋。郎君可假作理橋官，車子過橋時，近車子立。無雙若認得，必開簾子，當得瞥見耳。」仙客如其言。至第三車子，果開簾子，窺見，真無雙也。仙客悲感怨慕，不勝其情。塞鴻於閣子中褥下得書送仙客。花牋五幅，皆無雙真迹，詞理哀切，敘述周盡，仙客覽之，茹恨⑪涕下，自此永訣矣。其書後云：「常見敕使⑫說富平縣古押衙⑬人間有心人。今能求之否？」

【章旨】偶然機會裡王仙客在長樂驛任所與無雙短暫相會。無雙以書信示意仙客尋求俠士古押衙的幫助。

【注釋】❶累月　幾個月。❷中使　皇帝的使者，由宦官擔任。❸內家　宮女。❹園陵　皇帝陵墓。❺下訖　下完。訖，完畢。❻衣冠子女　官宦人家的子女。❼捨　離開。❽搆火　燒火。❾爭　通「怎」。❿見知　現在主管。⓫茹恨 飲恨。⓬敕使 傳達皇帝詔令的使臣。⓭押衙 掌管皇帝儀仗、侍衛的官員。

【語譯】過了幾個月，忽然有人來報告說是有宦官押領宮女三十人到皇帝的陵園去負責灑掃工作，要在長樂驛住宿。一會兒，來了十輛氈車。等車內的宮女全部下來以後，仙客對塞鴻說：「我聽說內廷的宮女嬪妃都是官宦人家的女兒。無雙也許會在裡面，你代我去探看一下，好不好？」塞鴻說：「宮女共有幾千人呢，哪會正巧輪到無雙呢？」仙客說：「你只管去，世上的事誰料得定呢。」便叫塞鴻假充驛差，在館舍門簾外煮茶。又給了他三千錢，關照他說：「守住茶爐子，一會兒也別離開，如果看到她，趕快來告訴我。」塞鴻滿口答應著走了。宮女們都在簾子裡面，外面根本看不到，只是在晚上聽到那些宮女們嘈雜的說話聲。到半夜，所有的人都沒有聲息了。塞鴻邊洗滌茶具邊守住爐火，不敢閉一下眼睛。忽然聽到簾內有人說話：「塞鴻，塞鴻，你怎麼知道我在這兒啊？郎君安好嗎？」說完，嗚嗚咽咽地哭了起來。塞鴻說：「郎君現在管理著這個驛站的事務，今天揣度小姐也在這裡，所以叫塞鴻在這兒守候。」無雙說：「我不便和你多講。明天我離開驛館後，你到東北面小屋子裡一條紫色的褥子底下去取我留下的書信送給郎君。」說完便走開了。過了一會兒，塞鴻忽然聽到簾內傳來喧鬧聲，說是有宮女得了急病。宦官很著急地來找湯藥救治。得病的原來是無雙。塞鴻忙跑去告訴仙客。仙客吃驚地問他：「我怎樣才能見她一面呢？」塞鴻說：「如今正在修理渭橋，郎君可假充理橋官，車子過橋時，你就靠近車子站著。無雙如果認出你來，一定會掀開車簾，這樣你就能看到她了。」第二天仙客就按照塞鴻教的去做。到第三輛車子經過時，果然車簾被掀開了，從簾子的縫隙中看進去，果真就是無雙。仙客又是悲傷感慨，又是哀怨思念，痛苦得幾乎無法忍受。塞鴻在小房間的褥子下取出了書信送給仙客看，五張花牋，確是無雙的筆跡，字裡行間充滿了深切的悲哀，把過去發生的一切詳盡地告訴了他。仙客看著信，含著恨落下了眼淚，認為從此再也見不到無雙了。無雙的書信最後寫著：「常常聽到替皇帝傳詔令的使臣說，富平縣的古押衙是個樂於助人的義士，能去求他幫忙嗎？」

仙客遂申府❶，請解驛務，歸本官❷。遂尋訪古押衙，則居於村墅。仙客造謁❸，見古生。生所願，必力致之。繒綵寶玉之贈，不可勝紀。一年未開口。秩滿❹，閒居於縣。古生忽來，謂仙客曰：「洪一武夫，年且老，何所用？郎君於某竭分❺。察郎君之意，將有求於老夫。老夫乃一片有心人也。感郎君之深恩，願粉身以答效。」仙客泣拜，以實告古生。古生仰天，以手拍腦數四，曰：「此事大不易。然與郎君試求，不可朝夕便望。」仙客拜曰：「但生前得見，豈敢以遲晚為限耶？」半歲無消息。一日，扣門，乃古生送書。書云：「茅山使者回。且來此。」仙客奔馬去。見古生，生乃無一言。又啟❻使者。復云：「殺卻也。且吃茶。」夜深，謂仙客曰：「宅中有女家人識無雙否？」仙客以採蘋對。仙客立取而至。古生端相，且笑且喜云：「借留三五日。郎君且歸。」後累日，忽傳說曰：「有高品❼過，處置❽園陵宮人。」仙客心甚異之。今塞鴻探所殺者，乃無雙也。仙客號哭，乃歎曰：「本望古生，今死矣！為之奈何！」流涕歔欷，不能自已❾。是夕更深，聞叩門甚急。及開門，乃古生也。領一篼子❿入，謂仙客曰：「此無雙也。今死矣。心頭微暖，後日當活，微灌湯藥，切須靜密。」言訖，仙客抱入閤子中，獨守之。至明，遍體有暖氣。見仙客，哭一聲遂絕。救療至夜，方愈。古生又曰：「暫借塞鴻於舍後掘一坑。」坑稍深，抽刀斷塞鴻頭於坑中。仙客驚怕。古生曰：「郎君莫怕，今日報郎君恩足矣。比⓫聞茅山道士有藥術，其藥服之者立死，三日卻活。某使人專求，得一丸。昨令採蘋假作中使，以無雙逆黨，賜此藥令自盡。至陵下，託以親故，百縑⓬贖其尸。凡道路郵傳⓭，皆厚賂矣，必免漏泄。茅山使者及舁⓮篼人，在野外處置訖。

老夫為郎君，亦自刎。君不得更居此。門外有檐子⑮一十人，馬五匹，絹二百匹。五更，挈無雙便發，變姓名浪跡⑯以避禍。」言訖，舉刀。仙客救之，頭已落矣。遂并尸蓋覆訖。未明發，歷四蜀下峽⑰，寓居於渚宮⑱。悄不聞京兆之耗⑲，乃挈家歸襄鄧別業⑳，與無雙偕老矣。男女成群。噫，人生之契闊㉑會合多矣，罕有若斯之比，常謂古今所無。無雙遭亂世籍沒㉒，而仙客之志，死而不奪㉓。卒遇古生之奇法取之，冤死者十餘人。艱難走竄後，得歸故鄉，為夫婦五十年，何其異哉！

【章　旨】古押衙設計使無雙服藥，造成無雙身亡的假象。古押衙將無雙的「屍體」贖出後，又將她救活。仙客、無雙得以同歸故里，白頭偕老。

【注　釋】❶申府　備文向京兆府申請。❷歸本官　回任富平縣尹的原職。❸造謁　登門拜見。❹秩滿　任職期滿。❺竭分　竭盡情分。❻詢　詢問。❼高品　品級很高的官。❽處置　處死。❾不能自已　不能控制自己。❿篼子　竹轎。⓫比　近來。⓬縑　細絹。⓭道路郵傳　沿途的驛站。郵傳，即驛站。⓮舁　抬。⓯檐子　二人抬的轎子，是婦女出外常用的交通工具。此處指轎夫。⓰浪跡　漂泊無定所。此處指到偏遠地方去。⓱下峽　下三峽。⓲渚宮　本為春秋時楚成王的別宮，在今湖北省江陵縣西北。這裡代指江陵縣。⓳耗　消息。⓴別業別墅。㉑契闊 久別。㉒籍沒 古代官吏犯罪，除登記抄沒所有財產外，妻女也入官當奴婢，稱為籍沒。㉓奪改變。

【語 譯】仙客便備文向京兆府申請解除長樂驛的公務，回任富平縣的本職。回到富平後，仙客便去尋訪古押衙。一打聽，原來是住在鄉村裡。仙客就登門拜訪了古生。此後，只要是古生心裡想要的東西，仙客一定盡力去搜求來給他。送給古生的絲綢珠寶，多得不計其數。一年來仙客卻從未向古生要求過什麼。仙客任職期滿，就閒居在富平縣內。一天，古生忽然來見仙客，對他說：「我古洪是一介武夫，歲數又大了，還有什麼用處？而郎君對我卻竭盡情分。看樣子郎君是有什麼事情要我去做。我有一片助人的熱心腸，感謝郎君對我的大恩，即使粉身碎骨，我也要為你效勞以求報答。」仙客便流著眼淚拜了下去，把實情告訴了古生。古生仰著頭，用手在腦門上連拍了幾下，說道：「這件事實在非常不容易辦，不過為了郎君，我一定要試一試。但不要指望一朝一夕就能辦妥。」仙客又下拜道：「只要生前還能見面就滿足了，怎麼還敢限定時間的早晚呢？」古生便告辭走了，這一走，半年也沒有消息。一天，有人敲門，原來是古生派人送了封信來，信中說：「派到茅山去的人回來了，你到我這裡來一趟。」仙客騎了馬飛奔而去。到了古生家見到了他。古生卻一言不發。仙客問起使者，古生回答說：「被我殺了。請先喝茶吧。」夜深了，古生問仙客：「你家中有認識無雙的女僕嗎？」仙客回答說有個採蘋認識無雙，就立刻回去把採蘋帶來了。古生將採蘋細細端詳了一番，就笑嘻嘻地對仙客說：「把她留下借用三、五天，郎君就先回去吧。」過了幾天，忽然聽到消息說：「有大官經過，處死了園陵的一個宮女。」仙客感到奇怪，便叫塞鴻去打聽是誰被殺了。原來死的是無雙。仙客放聲大哭起來，歎息著說：「原本希望古生能幫忙，現在人都死了，還有什麼辦法可想！」說完，流著淚不停地歎氣，幾乎把持不住了。當晚更深夜半時，仙客聽到急促的敲門聲，開門一看，是古生。領著一頂竹轎進了門，對仙客說：「轎子裡面是無雙，現在已經死了。但心頭還微微地有些暖氣，後天就會甦醒過來的。你慢慢地灌她少許湯藥，一定要讓她靜靜地躺著。」話才說完，仙客便把無雙抱進房間裡，獨自守護著她。到天亮時，無雙周身有了熱氣醒了過來，看到仙客，哭叫一聲又昏了過去。搶救醫治到夜裡，才醒了過來。古生又說：「暫時借用塞鴻到房子後面挖一個土坑。」待塞鴻把土坑挖到一定深度時，古生便抽出刀來向塞鴻砍去，塞鴻的頭被砍下掉在土坑裡。仙客見了又驚又怕。古生說：「郎君不必害怕，今天我足可以報答郎君了。近來聽說茅山道士有一種奇特的藥，服下去當場就會死去，三天以後仍會活過來。我派了人專門去尋求，得到了一丸。昨天叫採蘋假充宦官，以無雙是逆黨的罪名，命她服這丸藥自盡。屍體送到陵墓下，我就假稱是她的親屬，以一百匹絹為代價贖取了她的屍身。沿途的各驛站，我都花錢買通了，絕不會洩漏消息。派到茅山去的使者和抬竹轎的轎夫，已被我在野外殺死了。為了郎君，我馬上也要自盡。郎君以後不能再在這兒住下去。門外有轎夫十人，馬五匹，絹二百匹，待到五更時，你便領了無雙出發，改名換姓到偏遠的地方去居住，以免惹來災禍。」說完便舉起刀來，仙客急忙搶上去救護，古生的頭顱已經掉下來了。仙客只好把古生和塞鴻兩人的屍體一起放在土坑內，上面用土覆蓋好。天還沒亮就和無雙出發了。兩人過四川，下三峽，便客居在江陵。等到再也聽不到京城傳來有關他們的任何消息了，才回到襄陽鄧城老家去居住。仙客和無雙就一直住在那裡直至白頭偕老，子女成群。噫！人生的悲歡離合是經常發生的，但很少有人比得上他們這種遭遇，所以人們常說這是古往今來所沒有的。無雙遭遇亂世因而家產被抄，自己也被迫做了宮女，而仙客對她的情義卻至死不變。最後遇到古生用那種奇特的方法救出無雙，為這事使十幾個人無辜喪生。仙客、無雙歷盡艱難，四處漂泊，最後終於回到故鄉，做了五十年夫妻。這是何等的不尋常啊！

【賞　析】唐傳奇中集愛情與豪俠兩種題材於一身的作品有數篇，如〈柳氏傳〉、〈崑崙奴〉等。但若論情節的曲折離奇、搖曳多姿，當首推〈無雙傳〉。

圍繞王仙客與劉無雙的姻緣，小說出現了屢次的回旋與延宕。仙客與表妹青梅竹馬，舅父劉震「奉孀姊及撫仙客尤至」，這些描寫使人覺得二人的婚姻似乎是順理成章的事了。然而當王母病故，王生扶柩歸葬，服闋後再度進京時，劉震已作了「尚書租庸使」，「門館赫奕，冠蓋填塞」。王生不禁要揣測舅父「以位尊官顯，而廢舊約」，並「唯恐姻親之事不諧也」。於是，王仙客廣結人緣，尤其禮遇舅母，從而使舅母「大喜」，並應承了王生的求親。此時，二人的婚姻出現了希望的曙光。誰知劉震卻說「向前亦未許之」，再次打破了王仙客的夢想。正在此時，京中發生兵變，人物的命運也發生了意想不到的轉折，劉震為在禍亂中保全家庭及財富，宣布要將無雙嫁給仙客，並命他押送金銀財物先行離城。然而當王生出城之後，卻又與舅氏全家斷絕了聯繫，王生第三次陷入無望之中。此後，從王仙客尋訪無雙到二人在古押衙的幫助下終成眷屬又歷經多次的轉折與磨難。這種錯綜多變卻又不枝不蔓、環環相扣的情節結構方式在唐傳奇中是少見的，體現了唐人高水平的敘事能力。

小說運用懸疑的能力也很強，這集中體現在對古押衙行為的敘述上。如古押衙派人扣門送書一場。古生以「茅山使者回」為由將王仙客召去，二人見面後，古生卻「無一言」，王生問及使者，古生卻從容答曰：「殺卻也。且吃茶。」然後又向王生借留使女採蘋。對這些奇特的行徑，作者毫無解釋，這自然在讀者心中造成了很大的疑竇。此後塞鴻探得無雙為「高品」所殺的消息更使這種種懸疑到達驚心動魄的地步。隨後，古生將無雙領回後，不但沒有解除這些疑團，反而再作驚人之舉——「抽刀斷塞鴻頭」，這便使情節的張力達到了頂峰。此後古押衙方將事情的原委一一道來，完全解除了讀者心中的一切懸念。就在讀者剛剛舒了一口氣的時候，作者又出人意料地描述了古押衙的自刎，最後一次衝擊了讀者的心靈。這些懸疑的設置對讀者保持了一種連續性的吸引力，一波未平，一波又起，使作者對情節發展的進程及結局始終未可預料。這既見出了作者的智慧，又集中體現了唐人「好奇」的創作心理，也反映出傳奇這一體裁在唐代大行其道的社會心理基礎。

上清傳

柳珵

【題解】本篇出於《太平廣記》卷二七五，題作〈上清〉，注云出《異聞集》。柳珵《常侍言旨》亦附錄此篇。小說記敘了唐代名臣陸贄陷害宰相竇參，竇參婢女為主人雪恥平冤的故事。作品中的陸、竇諸人在歷史上都實有其人，但作品的情節卻沒有任何歷史依據，作品的人物形象也與史書所載截然不同。由此可見，本文也是不同政治派別鬥爭的產物。

【作　者】柳珵，生卒年不詳。蒲州河東（今山西省永濟縣）人。開元末年擢進士第，後官至右司郎中集賢殿學士。著有《常侍言旨》。

貞元壬申春三月，相國竇公❶居光福里❷第，月夜閒步於中庭。有常所寵青衣❸上清者，乃曰：「今欲啟事。郎❹須到堂前，方敢言之。」竇公亟❺上堂。上清曰：「庭樹上有人，恐驚郎，請謹避之。」竇公曰：「陸贄❻久欲傾奪吾權位。今有人在庭樹上，吾禍將至。且此事將❼奏與不奏皆受禍，必竄❽死於道路。汝在輩流中，不可多得。吾身死家破，汝定為宮婢❾。聖君若顧問，善為我辭❿焉。」上清泣曰：「誠如是，死生以之！」竇公下階，大呼曰：「樹上君子，應是陸贄使來。能全老夫性命，敢不厚報！」樹上人應聲而下，乃衣縗麤⓫者也。曰：「家有大喪。貧甚，不辦葬禮。伏知相公推心濟物，所以卜夜⓬而來。幸相公無怪。」公曰：「某罄所有，堂封絹⓭千匹而已。方擬修私廟⓮。次⓯今且輟贈，可乎？」縗者拜謝。竇公答之，如禮。又曰：「便辭相公。請左右齎⓰所賜絹，擲於牆外。某先於街中俟⓱之。」竇公依其請。命僕，使偵其絕蹤且久，方敢歸寢。

【章　旨】陸贄派人刺殺竇參，被上清發現。竇參放走刺客，並贈以堂封絹千匹。

【注　釋】❶竇公　指竇參（西元七三四～七九三年）。山西人。為北朝以來的世族高門。德宗貞元五年入相。❷光福里　長安里坊，在長安城中部。❸青衣　侍婢；姬妾。❹郎　唐代對男子的統稱。奴婢對主人也這樣稱呼。❺亟　急切。❻陸贄　（西元七五四～八〇五年）嘉興人。史稱中唐名臣。先任監察御史、翰林學士、兵部侍郎，貞元八年代竇參為宰相。執政三年後，因裴延齡的誣陷而罷相。❼將　拿去。❽竄　流放。❾宮婢　宮廷內的婢女。唐制多沒入罪臣的家屬（包括婢女），使為宮婢。❿辭　說話。此處意為解釋。⓫縗麤　粗糙的生麻布上衣。指喪服。麤，同「粗」。⓬卜夜　選擇夜裡的時間。⓭堂封絹　宰相的特俸內所得的絹。⓮私廟　家廟；祠堂。⓯次　表示時間的語詞。如「際」、「值」。⓰齎　懷抱著；帶著。把東西送給別人。⓱俟　等待。

【語　譯】貞元壬申年三月，宰相竇公住在光福里的宅第中。有天晚上踏著月光在庭院中散步時，他素常寵愛的一名叫上清的姬妾走過來對他說：「有件事情要向您報告，請您到堂前去，我才能說。」竇公聽了就快步走到堂上。上清便說：「庭院的樹上躲著一個人，我怕您受驚嚇，所以把您請到這裡來，好避開他。」竇公說：「陸贄長期以來就想奪取我的權位，如今既有人躲在庭園的樹上，我的災禍馬上就要降臨了。發生的這件事無論是上奏還是不上奏皇帝，都會給我帶來禍殃。想必我要死在流放的路上了。你在一班婢女侍妾中，是一個不可多得的人。一旦我若是家破人亡，你一定會被沒入宮中做宮婢。倘若有朝一日皇帝向你問起我，你一定要為我說明事情的真相啊！」上清哭著說：「如果事情真會到這般地步，我拚死也會這樣做的。」竇公便走下臺階大聲喊道：「樹上的君子想必是陸贄派來的吧。如果能成全老夫的性命，我一定會重重地報答你。」樹上的人被他一喊就跳了下來，是一個穿著粗麻布孝服的人。他對竇公說：「我家不幸遭了喪事，因為貧窮而操辦不起葬禮。一向知道相公心地善良肯救濟人，所以選了夜裡的時間到來，希望相公不要見怪。」竇公說：「我所有的財產也就是宰相特俸內的一千匹絹罷了。本來準備用它去修家廟的，如今我就不去修廟而贈送給你，行不行？」穿孝服的人拜謝了他，竇公也依禮回拜了。那人說：「我這就告辭了。請您的僕從把您贈送給我的絹擲到牆外去，我先在街上等著。」竇公答應了他的要求。待絹擲出牆後又派了僕從去偵察那個人的行動，直到那人走得無影無蹤，又等了許久，才敢回房去休息。

翌日，執金吾❶先奏其事。竇公得次，又奏之。德宗厲聲曰：「卿交通❷節將❸，蓄養俠刺❹。位崇台鼎❺，更欲何求？」竇公頓首曰：「臣起自刀筆❻小才，官已至貴。皆陛下獎拔，實不由人。今不幸至此，抑乃仇家所為耳。陛下忽震雷霆之怒，臣便合❼萬死。」中使下殿宣曰：「卿且歸私第，待候進止。」越月，貶郴州別駕❽。會宣武節度使劉士寧通好於郴州，廉使❾條疏❿上聞。德宗曰：「交通節將，信而有徵。」流竇於驩州，沒入家資。一簪不著身，竟未達流所，詔自盡。

【章旨】由於陸贄的陷害，竇參被流放、賜死。

【注釋】❶執金吾　官名，掌管京師治安的長官。❷交通　交結。❸節將　指節度使。中唐以來，安史亂後，節度使已成為擁兵割據的地方軍閥勢力。所以當時朝臣如與他們結交，就有圖謀不軌的嫌疑，是犯大忌的。❹俠刺　從事暗殺的刺客。本文中德宗把樹上的人疑為俠刺，贈送官絹疑為交通節將。❺台鼎　本意指三公，此處意為宰相。❻刀筆　指書寫文字。刀、筆在上古都是書寫工具。❼合　該當。❽別駕　州的輔助官。❾廉使觀察使：唐代中央派駐地方考察官吏的使臣。❿條疏　條列事實報告皇帝。疏，封建時代上給皇帝的呈文叫「奏疏」。

【語　譯】第二天早朝時，專門負責執掌宵禁的金吾官先報告了夜裡發生的事情。竇公趁空也奏告了皇帝。德宗厲聲說：「你竟敢交結節將，蓄養俠刺。你已官居宰相高位，還想要什麼呢？」竇公磕著頭說：「臣起自刀筆小吏，現在任職宰相，已是人臣中最高的官位了。這一切都是出於陛下的獎賞提拔，臣並沒有去依附權貴以求擢升。今天不幸落到這般地步，都是仇家設了陷阱來加害於我。陛下如此震怒，臣便罪該萬死。」宦官走下殿來宣說皇帝的旨意：「你先回家去，聽候處理。」一個多月以後，詔書下來將竇參貶為郴州別駕。到了郴州後，宣武節度使劉士寧與竇參來往密切，觀察使便把這情況條列事實報告給了皇帝。德宗說：「竇參交結節將，確實有憑有據。」便又將竇參流放到驩州，家產全部沒入官中，連一根簪子也不許隨身帶走。還沒到達流放地，皇帝又下詔命竇參自盡了。

上清果隸名掖庭❶。後數年，以善應對，能煎茶，數得在帝左右。德宗曰：「宮掖間人數不少，汝了事，從何得至此？」上清對曰：「妾本故宰相竇參家女奴。竇某妻早亡，故妾得陪掃灑。及竇某家破，幸得填宮。既侍龍顏，如在天上。」德宗曰：「竇某罪不止養俠刺，亦甚有贓汙。前時納官銀器至多。」上清流涕而言曰：「竇某自御史中丞❷，歷度支❸、戶部❹、鹽鐵❺三使，至宰相。首尾六年，月入數十萬。前後非時賞賜，當亦不知紀極。迺者❻郴州所送納官銀物，皆是恩賜。當部錄❼日，妾在郴州，親見州縣希陸贄意旨刮去。所進銀器，上刻作藩鎮❽官銜姓名，誣為贓物。伏乞下驗之。」於是宣索竇某沒官銀器覆視，其刮字處，皆如上清言。時貞元十二年。德宗又問蓄養俠刺事，上清曰：「本實無。悉是陸贄陷害，使人為之。」德宗怒陸贄曰：「這獠奴❾，我脫卻伊綠衫，便與紫衫著。又常喚伊作陸九❿。我任竇參，方稱意，次須教我枉殺卻他。及至權入伊手，其為軟弱，甚於泥團。」乃下詔雪⓫竇參。時裴延齡⓬探知陸贄恩衰，得恣⓭行媒孽⓮。贄竟受譴不迴⓯。後上清特敕丹書度為女道士，終嫁為金忠義妻。世以陸贄門生名位多顯達者，世不可傳說，故此事絕無人知。

【章　旨】上清收入後宮後，有機會接近皇帝，得以為竇參昭雪平冤。

【注　釋】❶掖庭　宮廷中旁舍的通稱。❷御史中丞　唐代中央監察、司法機關御史臺的副長官。❸度支使　唐代中央執掌全國賦稅的長官。❹戶部　主管全國財政收支的機關。❺鹽鐵　主管全國鹽、鐵生產及官賣事務的機關。❻迺者　乃者；乃時。即那時。迺，通「乃」。❼部錄　罪官財產沒官時，須經戶部進行清點、登記，即為「部錄」。❽藩鎮　指節度使。❾獠奴　唐代流行的罵人話。獠，唐代對西南少數民族的稱呼。❿陸九　對陸贄親昵的稱呼。唐代的人都以同曾祖或同祖兄弟的排行為次第。一般很熟的朋友才以行第相稱呼。⓫雪昭雪；洗刷冤屈。⓬裴延齡　（西元七二八～七九六年）河東人。竇參秉政時，裴自昭應縣令擢任司農少卿，遷戶部侍郎，深得德宗信任。陸贄的被貶，即由於他的毀謗。⓭恣　任意；肆意。⓮媒孽　釀成其罪。孽，應作「糵」，即麴糵，釀酒的原料。⓯迴　同「回」。

【語　譯】上清果然被沒入後宮做了宮婢。幾年後，因為她善於應對，茶又煎得好，好幾次得以侍候皇帝。德宗說：「後宮中的宮婢人數不少，你是其中很明事理的一個，是從哪裡來到宮中的？」上清回答說：「妾本是已故宰相竇參家的侍女，竇參妻子去世早，所以我有機會陪侍他。竇參家敗後，有幸來到宮中，能來侍候皇上，就像到了天堂。」德宗說：「竇參的罪名不單是蓄養俠刺，還時常貪汙。前些時被沒入官府的銀器很多。」上清流著眼淚說：「竇參自御史中丞做起，歷任度支使、戶部使、鹽鐵使直至宰相，前後共六年。每月的俸祿就有幾十萬錢。皇上又不時給予賞賜，數目也不知有多少。過去在郴州沒入官府的銀器，都是皇上這些年賞賜給他的。部錄的那天，我也在郴州，親眼看到州、縣官依照陸贄的意旨把銀器上鐫刻御賜的字跡刮去，所進銀器上面改刻上藩鎮的官銜姓名，便誣陷說這是贓物。懇請陛下重新檢驗這些銀器。」德宗便命將竇參沒官的銀器送來覆查。果然銀器上的字跡都被刮掉改換過，和上清所說完全一樣。這時是貞元十二年。德宗又問上清關於竇參蓄養俠刺的事，上清說：「根本沒有蓄養俠刺，都是陸贄陷害他，派人設的圈套。」德宗憤怒地罵陸贄說：「這個獠奴。我把他從六品官提升到三品，讓他脫去綠袍穿紫袍。還常常親昵地叫他陸九。我任竇參為宰相，正稱心合意時，卻教我枉殺了他。待到權柄落到這獠奴手裡，卻是一點膽識也沒有，比個泥團還軟弱。」便下詔昭雪了竇參的冤案。這時裴延齡探知皇上對陸贄的恩寵已經衰薄了，便肆意陷害他。陸贄受到懲罰，被貶謫到外地，後來雖然被順宗皇帝下令召回，可是沒到長安便病死在途中了。後來上清得到皇帝特赦丹書度為女道士，最後嫁給了金忠義。後世因為陸贄的門生中有許多達官貴人，這些事便不敢隨便傳說。所以這段故事被斷沒了而沒有人知道。

【賞 析】本篇傳奇講述的是一個典型的義僕報恩的老套故事；稍有新意的是這個義僕不是常見的武夫或老奴，而是一位少女。此外，情節、人物、主題都毫無出色之處。可以說〈上清傳〉所提供的思想價值與藝術質量均不能令人滿意。然而由於它展示了唐代的社會政治與文壇的風尚，所以仍值得一讀。

要了解〈上清傳〉的底蘊，必須對文中的兩個重要角色——陸贄、竇參在歷史上的真面目有所了解。陸贄（西元七五四～八〇五年），字敬輿。嘉興人。大曆六年進士，唐德宗召為翰林學士。姚令言、朱泚叛亂時期，陸贄隨德宗出奔，參與機要，對平定叛亂有參與策劃之功。德宗收復長安後，陸贄被讒，因喪解官，除服後仍為翰林學士。貞元七年（西元七七一年）遷兵部侍郎，貞元八年代竇參為相。後陸氏因裴延齡誣陷罷相，貶忠州別駕。順宗即位後將陸贄召還，陸氏未至長安而卒。據新舊《唐書》及有關史料記載，陸贄所作奏議數十篇，指陳時病，論辨明徹，為後世所重。作為一代名臣，陸贄有深刻的觀察力與判斷力，他一貫主張減輕百姓負擔、鞏固國防，增強中央政府的力量，是一個思想進步的官員。相反，竇參雖在入仕之初執法不畏權勢，有正直果敢之譽，但在貞元五年（西元七八九年）入相輔政之後，行為專斷，多樹親黨以為耳目，招權納賄，縱容子弟橫行。他與陸贄政見不合，便暗中加以誹謗陷害。事發後，德宗將他貶為郴州別駕，又因他曾接受宣武節度使劉士寧贈絹五千匹，再貶為驩州司馬，行至邕州賜死（詳情可參看新舊《唐書》）。由此可見，〈上清傳〉完全混淆了史實，有意顛倒黑白，從而達到厚誣陸贄，為竇參不名譽的亡身翻案的目的。

作者編造的故事在藝術上也不高明。如竇參主動向皇帝匯報被行刺之事，皇帝竟毫無緣由地認為他「交通節將，蓄養俠刺」，如果說「蓄養俠刺」還算稍有關聯，那麼所謂「交通節將」則不知從何談起了。因此早在宋代，司馬光便指出：「信如此說，則參為人所劫，德宗豈得反云『蓄養俠刺』。況陸贄賢相，安肯為此。就使欲陷參，其術固多，豈肯為此兒戲，全不近人情。」（《資治通鑑》卷一九〈考異〉）司馬光是以歷史學家的態度，將〈上清傳〉作為史實來考證辨偽的，但小說的不近情理與不合邏輯也由此可見一斑了。

從〈上清傳〉我們不難看出，傳奇在唐人手中不僅可以抒情言志、消愁解慍，也可以是政治鬥爭的工具、人身攻擊的武器。同時它也從一個側面證明了唐代文壇風氣的寬鬆、自由，我們很難想像在明代或清代，假如出現了這麼一篇牽扯到政治鬥爭核心人物的作品，其作者會得到怎樣的下場。

太陰夫人

盧肇

【題解】本篇出自《太平廣記》卷六四女仙類，原出《逸史》。小說描寫仙人太陰夫人看中具有「仙相」的少年盧杞，盧杞飛升天宮後卻背信棄義，要作「人間宰相」。太陰夫人震怒之下，將盧杞遣回人間。

【作者】盧肇，字子發。袁州宜春（今江西省宜春市）人。會昌三年（西元八四三年）進士及第，辟為鄂嶽從事。咸通年間歷任歙、連、宣、池、吉等州刺史，咸通末罷歸宜春。據《新唐書》卷五九〈藝文志三〉小說家類記載，盧肇著有《盧子史錄》及《逸史》三卷。

盧杞❶少時，窮居東都❷，於廢宅內賃舍。鄰有麻氏嫗孤獨。杞遇暴疾，臥月餘，麻婆來作羹粥。疾愈後，晚從外歸，見金犢車子❸在麻婆門外。盧公驚異。窺之，見一女年十四五，真神人。明日潛訪麻婆，麻婆曰：「莫要作婚姻否？試與商量。」杞曰：「某貧賤，焉敢輒有此意。」麻曰：「亦何妨？」既夜，麻婆曰：「事諧矣。請齋❹三日，會於城東廢觀。」既至，見古木荒草，久無人居。逡巡❺，雷電風雨暴起，化❻出樓臺，金殿玉帳，景物華麗。有輜軿❼降空，即前時女子也。與杞相見曰：「某即天人，奉上帝命，遣人間自求匹偶耳。君有仙相，故遣麻婆傳意。更❽七日清齋，當再奉見。」女子呼麻婆，付兩丸藥。須臾雷電黑雲，女子已不見，古木荒草如舊。

【章旨】盧杞年少時，困居東都廢宅。仙人太陰夫人看中了盧杞的「仙相」，願招為夫婿。

【注釋】❶盧杞　唐大臣。為人奸邪陰險。德宗時為相，專權亂政，陷害大臣，橫徵暴斂，怨恨之聲滿天下。《新唐書》將他列入〈奸臣傳〉。❷東都　洛陽。❸金犢車子　黃金裝飾的牛車。唐代高品命婦出乘犢車。❹齋　齋戒。沐浴更衣，不喝酒，不吃葷，不與妻妾同寢，以示虔誠莊敬。❺逡巡　頃刻；一會兒。❻化　變化。❼輜軿　古代貴族婦女所乘有帷幕的大車。❽更　再。

【語譯】盧杞年輕時家境貧困，在洛陽租了一處破舊的房子居住。一個姓麻的老婦人獨自住在他的隔壁。有一次盧杞得了急病，在床上足足躺了一個多月，麻婆天天燒水煮粥照料他，才漸漸好了起來。病癒後，有天晚上盧杞從外面回來，看到一輛黃金裝飾的牛車停在麻婆門外，盧杞感到奇怪，便從門縫中偷看，見到了一個十四、五歲天仙般的女子坐在麻婆屋中。第二天盧杞就暗地裡去拜訪了麻婆。麻婆說：「莫不是想和她結成夫婦吧？我去和她商議一下試試。」盧杞說：「我是一個貧窮低賤的人，哪裡敢產生這樣的念頭啊！」麻婆說：「試試又有什麼關係呢？」到了晚上，麻婆來對盧杞說：「事情說好了。你先齋戒三天後，再到城東一所廢棄的道觀中去相見。」齋戒後，盧杞便和麻婆一同到了那裡，只見滿眼古木荒草，顯然是很久沒有人居住了。一會兒，突然雷電風雨大作，過後，便出現了亭臺樓閣，金殿玉帳，好一派華麗的景象。一輛張著帷幕的車子從天而降，車中出來的就是上次看到的那位女子。和盧杞見禮後，便說：「我是天上的仙女，上帝准許我降臨人間自己尋覓配偶。先生面帶仙相，所以請麻婆轉告了我的心意。你回去再齋戒七天，我們再見面。」女子叫來麻婆，給了她兩粒藥丸。一會兒，雷電烏雲又起，女子便不見了。眼前只有原來的古木荒草。

麻婆與杞歸。清齋七日，斸❶地種藥。才種已蔓生，未頃刻，二葫蘆生於蔓上，漸大如兩斛❷瓮。麻婆以刀刳❸其中，麻婆與杞各處其一，仍❹令具❺油衣❻三領。風雷忽起，騰上碧霄，滿耳只聞波濤之聲。久之覺寒，令著油衫，如在冰雪中，復令著至三重，甚暖。麻婆曰：「去洛已八萬里。」長久，葫蘆止息，遂見宮闕樓臺，皆以水晶為牆垣，被甲伏❼戈者數百人。麻婆引杞入見，紫殿從女百人，命杞坐，具酒饌，麻婆屏立[8]於諸衛下。女子謂杞：「君合得[9]三事，任取一事：常留此宮，壽與天畢[10]；次為地仙[11]，常居人間，時得至此；下為中國宰相。」杞曰：「在此處實為上願。」女子喜曰：「此水晶宮也。某為太陰夫人，仙格[12]已高，足下便是白日升天，然須定，不得改移，以致相累也。」乃齎[13]青紙[14]為表，當庭拜奏，曰：「須啟上帝。」少頃，聞東北間聲云：「上帝使至。」太陰夫人與諸仙趨降[15]。俄有幢節[16]香幡[17]，引朱衣少年立階下。朱衣宣帝命曰：「盧杞，得太陰夫人狀[18]云：欲住水晶宮，如何？」杞無言。夫人但令疾應，又無言。夫人及左右大懼，馳入，取鮫綃[19]五匹，以賂使者，欲其稽緩[20]。食頃間又問：「盧杞，欲水晶宮住，作地仙，及人間宰相，此度須決！」杞大呼曰：「人間宰相！」朱衣趨去。太陰夫人失色曰：「此麻婆之過。速領回！」推入葫蘆，又聞風水之聲。卻[21]至故居，塵榻宛然，時已夜半。葫蘆與麻婆，並[22]不見矣。

【章　旨】盧杞來到太陰夫人的水晶宮闕。當上帝的使者詢問盧杞的意願時，盧杞背信棄義不願留在仙宮而要求做人間宰相，太陰夫人將盧杞遣回人間。

【注　釋】❶斸　大鋤。此處作動詞用，即鋤地。❷斛　量器名。古代以十斗為一斛，南宋末改為五斗。❸刳　挖空。❹仍　又。❺具　準備。❻油衣　塗有桐油的衣服。❼伏　通「服」。執持。❽屏立　退立。❾合得　應該得到。❿壽與天畢　與天同壽。⓫地仙　道教分仙人為天仙、地仙、鬼仙三等，地仙居人間。⓬仙格　仙階；神仙的品級。⓭齎　把東西送給別人；帶著。⓮青紙　青藤紙。⓯趨降　快步走下臺階。⓰幢節　古代作為儀仗用的旗幟。⓱香幡　裝飾華麗的旗幟。幡，古代用來傳達命令的旗幟，稱為幡信，具符節的作用。⓲狀　呈文。⓳鮫綃　又名龍紗，傳說為海中鮫人所織的薄紗。以此為衣，入水不溼。⓴稽緩　延緩時間再問。㉑卻　還；再。㉒並　一併；都。

【語　譯】麻婆便和盧杞一起回到家裡。又齋戒了七天後，便鋤整地面把兩粒藥丸種了下去。藥丸剛剛種下，立刻就長出了莖葉，莖蔓上轉眼間便結出兩個葫蘆。只見它們愈長愈大，最後大得像兩口十斗的大甕。麻婆就把葫蘆摘下挖空，吩咐盧杞帶著早已準備好的三件塗滿桐油的衣服，各自坐進一個葫蘆中。忽然間風雷驟起，葫蘆一下便騰空飛了起來，耳畔只聞波濤洶湧之聲。時間一長，盧杞漸漸感到周身寒冷，麻婆叫他穿上了一件油衣，可他還是感到如坐冰窖。麻婆又叫他把餘下的二件也穿上，才感到很暖和。麻婆告訴他，現在離開洛陽已有八萬里了。過了許久，葫蘆停了下來。兩人便鑽出葫蘆，眼前只見宮闕森然，樓閣重疊。牆垣全用水晶砌成。幾百名武士身披戰甲、手執武器守衛在宮殿外面。麻婆便領著盧杞進殿參見那女子，百來名侍女站立在女子身後。便請盧杞坐下，招待他酒菜，麻婆便退後站在侍女們中間。女子對盧杞說：「先生可以在三件事中任選一件。一是永遠留在這個宮殿中，可以和天同壽；其次可以作地仙，常住人間，但也有機會經常到這裡來；最後是可以擔任中國的宰相。」盧杞說：「留在這裡是我最大的願望。」女子高興地說：「這裡是水晶宮。我是太陰夫人，神仙的品級已經很高。你願意和我在一起，便是白日升天做神仙了。不過你一定要拿定主意，不得更改，以免連累我。」便用青藤紙寫了表章，到庭中拜奏，說道：「必須奏明上帝。」過了一會，聽到東北方有聲音傳來：「上帝的使者來到。」太陰夫人和仙人們快步走下臺階。隨即便有裝飾華麗的旗幟作為儀仗，引導著一個紅衣少年來到階下，紅衣少年宣讀天帝的命令說：「盧杞，得到太陰夫人的呈文，說你願意住在水晶宮，是這樣嗎？」盧杞不說話，太陰夫人叫他趕快回答，他仍是不開口。夫人及身旁的人害怕極了，慌忙跑進宮殿，取出五匹鮫綃送給使者作禮物，請求他延緩時間再問。隔了一頓飯的時間，使者又問他：「盧杞，到底是要住在水晶宮，作地仙，還是人間宰相？這一次務必決定。」盧杞大聲喊道：「人間宰相。」朱衣少年快步離去了。太陰夫人臉色驟變，說道：「這都是麻婆的過錯。快把他領回去！」便把盧杞推進葫蘆，又聽到風聲和波濤聲。盧杞回到了原來居住的地方，家中依然破舊如故，正是半夜時分。葫蘆和麻婆都不見了。

【賞　析】奧地利心理學家弗洛依德指出：夢是願望的達成。亦即夢是人們現實生活中不可能實現的種種願望的替代性滿足。弗洛依德同時指出藝術家，尤其是文學家往往便是「白日作夢者」。從事文學創作者在生活中有種種不可能實現的幻想，於是他們便在作品中，改頭換面予以滿足。這種學說置之整個文學領域未必皆準，但假如我們讀過一些唐代神仙類小說，便會發現它還是持之有故的。在這些神仙小說中（如〈柳毅〉、〈后土夫人〉、〈游仙窟〉），凡人與仙人神女相遇相戀，其間雖歷經磨難與變遷，但二人最終結成良緣，永享富貴。這些小說的男主人公大都為一介寒士，他們僅僅依靠偶然的機遇便得到絕世美女又能升仙得道。人世的一切願望都輕而易舉地得到了滿足。這顯然屬於一種自慰式的幻想，是作者精神上彌補人生缺憾的一種方法。

然而與上述情況大相徑庭、相映成趣的是〈太陰夫人〉。它的上半部分似乎又在重複一個平步升天的故事：窮書生盧杞因偶然的機遇為仙人太陰夫人所鍾情，得以「常留此宮，壽與天畢」。然而極具諷刺意味的是一旦面臨真正的選擇，盧杞又貪戀人間富貴，食言而肥，不願留在水晶宮，而寧願作一名「人間宰相」。他的背信棄義使太陰夫人大驚失色，命人將盧杞「速領回」。小說中的盧杞實有其人，唐德宗時曾任宰相。史載其專權亂政、陷害大臣，《新唐書》將其列入〈奸臣傳〉。由此可見，本篇不是徵逐奇聞逸事的志怪作品，而是富含現實意義的諷刺小說。小說中對於神仙世界與道家仙術的描繪誇飾，具有濃重的浪漫色彩，充斥著瑰麗的奇情異想。然而作品中的男主人公又是那樣地口是心非，慾壑難填，雖面有「仙相」，卻一身俗骨，這兩者形成了強烈的衝突。這種富有藝術感染力，同時又旨趣深幽的諷刺作品，在唐傳奇中還是不多見的。

華州參軍

溫庭筠

【題解】本篇出自溫庭筠傳奇集《乾𦠆子》，《太平廣記》卷三四二鬼類。小說描寫少女崔氏自小被許配給表兄，但她與柳參軍私相愛戀，數次私奔，又數次被丈夫追回。最後，崔氏抑鬱而死，而魂魄卻回到了愛人身邊，與柳參軍共同生活了兩年。小說雖然情節荒誕，但敘事婉轉動人，思想深度也較為可觀。

【作　者】溫庭筠（西元八一二～八七〇年），字飛卿。太原祁（今山西省祁縣）人。大中初年，應進士，屢試不中。因得罪當權者，只做過襄陽巡官、國子助教、方城尉，最終卒於隋縣尉任上。溫庭筠詩詞均卓然成家，他的詩與李商隱齊名，時稱溫李。同時他是文學史上第一位大量寫詞的文人，著有詞集《握蘭集》、《金荃集》。

華州❶柳參軍❷，名族之子，寡欲❸早孤，無兄弟。罷官，于長安閑游。上巳日❹，曲江❺見一車子，飾以金碧，半立淺水之中，後簾徐褰❻，見摻手❼如玉，指畫令摘芙蕖❽。女之容色絕代，斜睨柳生良久。柳生鞭馬從之，即見車子入永崇里。柳生訪其，姓崔氏，女亦有母。有青衣❾，字輕紅。柳生不甚貧，多方賂輕紅，竟不之受。他日，崔氏女有疾，其舅執金吾❿王，因候其妹，且告之：請為子納焉。崔氏不樂，其母不敢違兄之命。女曰：「願嫁得前時柳生足矣。必不允，某與外兄⓫終恐不生全。」其母念女之深，乃命輕紅于薦福寺僧道省院達意⓬。柳生為輕紅所誘，又悅輕紅。輕紅大怒曰：「君性正粗，奈何小娘子如此待于君，某一微賤，便忘前好。欲保歲寒⓭，其可得乎？某且以足下事白小娘子。」柳生再拜，謝不敏然⓮。始曰：「夫人惜小娘子情切，今小娘子不樂適⓯王家，夫人是以偷成婚約，君可三兩日內就⓰禮事⓱。」柳生極喜，自備數百千財禮，期內結婚。後五日，柳挈⓲妻與輕紅于金城里居。

【章旨】柳參軍與崔氏一見鍾情，崔氏不顧與表兄的婚約，偷偷與柳參軍結為夫婦。

【注釋】❶華州　唐州名。治所在鄭縣（今陝西省華縣）。❷參軍　府、州的屬官。❸寡欲　性情恬淡。❹上巳日　農曆三月上旬巳日為「上巳」，這一天男女多到郊外踏青遊玩。❺曲江　長安城東南的遊覽勝地。❻徐褰　輕輕掀開。❼摻手　纖細的手。摻，通「纖」。❽芙蕖　荷花。❾青衣　婢女。❿執金吾　掌管京城治安的官員。⓫外兄　表兄。⓬達意　告知。⓭歲寒　喻愛情的堅貞專一。語出《論語・子罕》：「歲寒，然後知松柏之後彫也。」⓮謝不敏然　即「敬謝不敏」。為自己的愚蠢致歉。⓯適　嫁。⓰就　完成。此處意為準備好。⓱禮事　婚禮所用的一應物品。⓲挈　帶領。

【語　譯】華州柳參軍，是名門望族的子弟，性情恬淡，早年喪父，也沒有兄弟。罷官後，閒居在長安。三月上旬巳日，柳生到曲江去遊玩。在那裡見到一輛裝飾得金碧輝煌的馬車停在荷花池邊的淺水中，車後的簾子被輕輕掀開，一個女子伸出纖纖玉手指點著僕從採摘荷花。女子長得容華絕代，斜著眼向柳生看了半天。車子啟動後，柳生也鞭打著馬匹跟著車子向前走，看到車子駛進了永崇里。柳生下了馬走近去探詢，原來女子姓崔，家中有母親，還有一個婢女名叫輕紅。柳生家境並不貧困，便設法送禮賄賂輕紅，意圖接近小姐，但卻被輕紅拒絕了。過了幾天，崔家小姐身體不舒服，她的舅舅來看望母親。舅舅姓王，是長安的執金吾，他對崔母說：要把外甥女娶回去。崔氏心中不願意，可是她母親卻不敢違背哥哥的命令。崔氏說：「我只要能嫁給前次看到的柳生就心滿意足了。要是不讓我嫁給他，我和表哥最終也不見得能在一起過一輩子。」她的母親體恤女兒的深情，便派輕紅到薦福寺達省院去向柳生轉告了女兒的心意。柳生看到輕紅長得美貌，又向她表達喜愛之意。輕紅大怒說：「你這個人怎麼如此無禮。枉費小姐待你如此情義深長，你卻為了我這麼一個卑微輕賤的人便拋卻了先前的感情。你還能夠保持自己愛情的堅貞專一嗎？看我回去把你的行為告訴小姐。」柳生急忙向輕紅拜了兩拜，為自己的愚蠢而道歉。輕紅這才對他說：「夫人愛女心切，因為小姐不願意嫁到王家去，所以打算偷偷地為你們完成婚事。你要在這兩三天裡把婚禮所需的一切都準備好。」柳生高興極了，便備了數百千財禮，按期結了婚。五天後，柳生便帶著妻子和輕紅在金城里安了家。

及旬月外，金吾到永崇。其母王氏泣云：「某夫亡，子女孤獨，被侄不待禮會❶，強竊女去矣，兄豈無教訓之道？」金吾大怒，歸，笞其子數十。密令捕訪，彌年❷無獲。無何，王氏殂❸，柳生挈妻與輕紅自金城里赴喪。金吾之子既見，遂告父，父擒柳生。生云：「某于外姑❹王氏處納采❺娶妻，非越禮私誘也，家人大小皆熟知之。」王氏既歿，無所明，遂訟于官。公斷❻王家先下財禮，合歸王家。金吾子常悅慕表妹，亦不怨前橫❼也。經數年，輕紅竟潔己處焉。金吾又亡，移其宅於崇義里。崔氏不樂事外兄，乃使輕紅訪柳生所在，時柳生尚居金城里。崔氏又使輕紅與柳生為期❽，兼賚❾看圃豎❿，令積糞堆與宅垣齊，崔氏女遂與輕紅躡⓫之，同詣柳生。柳生驚喜，又不出城，只遷群賢里。後本夫終尋崔氏女，知群賢里住，復興訟奪之。王生情深，崔氏萬途求免，托以體孕，又不責而納焉。柳生長流⑫江陵。二年，崔氏女與輕紅相繼而歿。王生送喪，哀慟之禮至矣；輕紅亦葬于崔氏墳側。

【章　旨】崔氏的表兄王生聞訊後，訴訟於官府，官府將崔氏判給王生。不久，崔氏與柳參軍私奔。王生又一次將崔氏奪回。兩年後，崔氏抑鬱而亡。

【注　釋】❶禮會　婚事必要的手續。❷彌年　整年。❸殂　死亡。❹外姑　岳母。❺納采　古代婚禮「六禮」之一。女家答應議婚後，男家備禮前去求婚，叫納采。❻公斷　指官府判決。❼前橫　指以前那些意外的不愉快事。❽為期　約定時間。❾賚　賞賜；贈送。❿看圃豎　看守園子的僕人。⓫躡　踩；踏。⓬長流　長期流放。

【語　譯】過了四十幾天，金吾來到永崇里，崔氏的母親王氏哭著對他說：「我的丈夫亡故了，身邊只有一個女兒，卻被姪兒不按禮數強行將她搶走了，哥哥怎麼不去教訓他呢？」金吾聽了此話勃然大怒，回家便不由分說把兒子鞭打了幾十下。待弄清楚後，就暗地裡派人四處尋訪捉拿。過了一年也沒有找到。沒過多久，王氏去世了，柳生帶了妻子和輕紅從金城里回來奔喪，被金吾的兒子王生看到，便告訴了父親。父親捉住了柳生。柳生說：「我是向岳母王氏納采後按禮節締結的婚姻，並不是越禮私下誘拐，家裡大大小小都知道的。」但是，由於王氏已經亡故，家裡沒有別人能說清楚這件事，便告到了官府。官府判決是王家先下的財禮，崔氏應該歸王家。金吾的兒子素來愛慕表妹，因而對過去的事竟毫不計較。幾年過去了，輕紅一直潔身自好地住在王家。後來金吾也去世了，王生便將家搬到崇義里去住。崔氏心裡不願意和表兄做夫妻，便叫輕紅去尋訪柳生的下落，得知柳生仍舊住在金城里，便叫輕紅去和柳生約定了日期，並賞錢給看園子的僕人，讓他們把乾糞堆沿著院牆邊堆得和牆一般高。崔氏便和輕紅踩著糞堆出了院牆一同去找柳生。柳生見她們來了又驚又喜，商議著不能再在金城里住下去，便搬到了群賢里去住。後來崔氏的丈夫用盡千方百計終於在群賢里找到了崔氏，便又興起訟事把崔氏奪回去。王生對崔氏一往情深，崔氏卻萬般推託，偽稱已經懷了柳生的孩子，不願意回到王生家去。但王生仍堅持並且不加責難地把她帶了回去。柳生被官府判決長期流放江陵。過了兩年，崔氏和輕紅相繼去世，王生十分悲傷，極其周到地為她舉辦了葬禮。輕紅也被葬在崔氏的墳墓邊上。

柳生江陵閑居。春二月，繁花滿庭，追念崔氏女，凝想形影，且不知存亡。忽聞扣門甚急，俄見輕紅抱妝奩❶而進，乃曰：「小娘子且至。」聞似車馬之聲，比❷崔氏女入門，更無他見。柳生與崔氏女敘契闊❸，悲歡之甚。問其由，則曰：「某已與王生訣，自此可以同穴矣！人生意專，必果夙願❹。」因言曰：「某少習樂，箜篌❺中頗有功。」柳生即時買箜篌，調弄絕妙。二年間，可謂盡平生矣❻！

【章　旨】崔氏的魂魄找到柳參軍的住所，兩人共同生活了兩年。

【注　釋】❶妝奩　嫁妝；陪嫁。此處指梳妝用具。❷比　等到。❸契闊　久別的情思。❹夙願　宿願。❺箜篌　古代一種彈撥的弦樂器。❻盡平生矣　盡了一生的樂事。

【語　譯】柳生被流放江陵，閒居在家。仲春二月，庭園裡繁花似錦，春意盎然。柳生觸景生情，思念崔氏，回憶著她的音容笑貌，牽掛著她是否還活在人間。忽然聽到敲門的聲音很急，隨即見到輕紅抱著梳妝用具走進來說道：「小姐馬上就到了。」又聽到好像有車馬的聲音，待到崔氏進門後再出去看，卻什麼也沒有看見。柳生和崔氏久別重逢，暢談離別後的相思之情，真是又喜又悲。柳生問她怎麼能夠脫身來到江陵，她就說：「我已經和王生決裂，從此可以和你做恩愛夫妻了。一個人只要用情專一，就一定會實現宿願的。」又說：「我從小就學習彈奏樂器，對彈奏箜篌造詣頗深。」柳生就為她買了箜篌，崔氏彈奏起來果然精妙非常。二年之間，兩人真可說是享盡了生平的歡樂。

無何，王生舊使蒼頭❶過柳生之門，見輕紅，驚，不知其然。又疑人有相似者，未敢遽言。問閭里，又云流人柳參軍，彌怪❷，更伺之❸。輕紅亦知是王生家人，因具言❹于柳生，匿之。王生蒼頭卻還城，具以其事言于王生。王生聞之，命駕千里而來，既至柳生之門，于隙窺之，正見柳生坦腹于臨軒榻上，崔氏女新妝，輕紅捧鏡于其側，崔氏勻鉛黃未竟❺。王生門外極叫，輕紅鏡墜地，有聲如磬❻。崔氏與王生無憾❼，遂入。柳生驚，亦待如賓禮。俄又失崔氏所在。柳生與王生從容言事。二人相看❽不喻❾，大異之。相與造❿長安，發崔氏所葬驗之，即江陵所施鉛黃如新，衣服肌肉，且無損敗；輕紅亦然。柳與王相誓，卻⓫葬之。二人入終南山訪道，遂不返焉。

【章　旨】王生得知崔、柳二人的消息後，特意前來探詢，崔氏魂魄消失，王生與柳參軍同入終南山訪道。

【注　釋】❶舊使蒼頭　從前用過的老僕人。❷彌怪　更感到奇怪。❸更伺之　又暗中察看。❹具言　詳細說明。❺勻鉛黃未竟　臉上脂粉尚未搽勻。❻磬　樂器名，擊之聲音清脆悅耳。此處指銅鏡落地聲音清脆如擊磬。❼憾　仇恨。❽相看　面面相覷。❾喻　不明白。❿造　往。⓫卻　重新。

【語　譯】不久，王生家從前的一個老僕人偶然來到江陵，恰巧走過柳生的門前，見到了輕紅，大吃一驚，不明白是怎麼一回事，懷疑是否看到了和輕紅面貌相似的人，便沒敢直接去查問。到鄰居家去打聽，又說住在那裡的是流放來的柳參軍，就更感到奇怪了，只好繼續暗中察看。輕紅也發現了王家的這個老僕人，便告訴了柳生，自己躲了起來。王家的老僕人回到長安，把這件怪事告訴了王生。王生聽說後，就駕了車馬千里迢迢趕到江陵。到了柳生家的門口，從門縫中看進去，正好見到柳生敞著肚懷躺在堂屋臨窗的榻上，崔氏正在梳妝打扮，輕紅捧著鏡子站在她的旁邊。崔氏臉上的脂粉還沒有搽勻。王生見此情景不禁在門外大聲喊叫起來，輕紅一聽驚得手中的鏡子掉在地上，發出磬一般清脆的聲音。王生和崔氏並沒有什麼仇恨，便推開門走了進去。柳生見他來到吃了一驚，還是以賓客的禮節接待他。轉眼間卻失去了崔氏的蹤影。柳生把崔氏主僕來到的原由告訴了王生，王生也把主僕兩人早已亡故的事實講給柳生聽，兩人面面相覷，一時說不出話來，覺得實在是件怪事，便一同前往長安，掘開崔氏的墓葬檢驗，看到崔氏臉上的脂粉還像在江陵時沒有搽勻的那樣，而她的衣服肌肉都沒有腐爛。輕紅也是如此。柳生、王生一起發誓再也不生活在塵世之中。把崔氏、輕紅重新安葬後，兩人便到終南山去訪道，再也沒有回來。

【賞　析】雖然和〈離魂記〉一樣，〈華州參軍〉也敘述了一個動人的離魂故事，但卻具備了更多的現實意義。小說中沒有出現大奸大惡之人，崔氏女與柳生真摯的愛情與美滿的婚姻得不到官府與社會的承認與支持，這不是某個人的罪錯，而是整個社會制度的壓力所導致的。作品中的王生是崔、柳二人結合的障礙，但他為人寬厚善良，對崔、柳二人的關係不計前嫌，「不念前橫」，「不責而納」。他屢次興訟奪妻，是出於對妻子的一片「悅慕之心」，對於情敵他也沒有挾帶私仇，予以打擊陷害。可以說在道德品質與私人感情上，王生都是無可厚非的。作品中也沒有出現封建家長，崔母對於女兒的愛情是充分理解的，她不顧兄長求親的壓力暗地幫助女兒偷成婚姻，支持女兒婚姻自主。總之，小說中的矛盾衝突不是人為製造的，因而問題的化解也就極為困難。崔、柳二人的對立面不是某個具體的人，而是整個社會的婚姻思想、婚姻習俗：即青年男女的婚姻應由父母家長決定，而不可能自己作主。因此，作者沒有借助超自然力量和偶然因素來解決困境，以此為小說畫上一個大團圓的句號。小說的結局是悲慘的，主人公或離世或出家。這是當時社會條件下的必然結果，作者沒有作粉飾和幻想，而是將它真實地表現出來了，這可以說是本篇作品的深刻之處。文末，王、柳二人雙雙「入終南山訪道，遂不返焉」，又體現了作者世界觀與人生觀的選擇，他在現實中找不到解決問題的辦法，只能尋求宗教上的解脫。

紅線

袁郊

【題解】本篇出自《太平廣記》卷一九五豪俠類，原出袁郊《甘澤謠》。小說描寫軍閥田承嗣廣召兵丁想要侵吞另一軍閥薛嵩的領地，薛嵩的婢女運用超人的本領，盜取了田承嗣身邊的金盒，從而嚇退了田承嗣入侵的企圖。作品反映了作者要求消除藩鎮割據，實現國家統一的願望，同時也表現出作者對「男尊女卑」思想的大膽挑戰。根據這個故事改編的小說、戲曲很多，宋代有《紅線盜印》話本（已佚），明代有梁辰魚《紅線女夜竊黃金盒》雜劇，近代梅蘭芳有《紅線盜盒》京劇。

【作者】袁郊，字之乾（一說字之儀）。蔡州朗山（今河南省確山縣）人。生卒年不詳，大約活動於懿宗至昭宗時。曾任祠部郎中、虢州刺史、翰林學士。袁郊能詩，著有傳奇集《甘澤謠》一卷及《二儀實錄衣服名義圖》、《服飾變古錄》等作品。

紅線，潞州節度使薛嵩❶青衣❷，善彈阮❸，又通經史，嵩遣掌牋表❹，號曰內記室❺。時軍中大宴，紅線謂嵩曰：「羯鼓❻之音調頗悲，其擊者必有事也。」嵩亦明曉音律，曰：「如汝所言。」乃召而問之，云：

「某妻昨夜亡，不敢乞假。」嵩遽❼遣放歸。

【章　旨】介紹紅線的身分及通曉經史、聲律的特長。

【注　釋】❶薛嵩　唐名將薛仁貴之孫。曾參加安史之亂，後降唐，封相、衛、邢、洺、貝、磁六州節度使，軍號「昭義」。後軍府移駐潞州，故稱薛嵩為「潞州節度使」。❷青衣　婢女。❸阮　樂器，「阮咸」的簡稱。古琵琶之一種，形似月琴。相傳西晉竹林七賢中之阮咸善彈奏這種樂器，因而得名。❹牋表　文書章奏。❺內記室　猶女祕書。❻羯鼓　一種打擊樂器。❼遽　急；立即。

【語　譯】紅線，是潞州節度使薛嵩家的一個婢女，擅長彈奏阮咸，還通曉經史，薛嵩命她掌管文書章奏，稱她為「內記室」。有次軍中舉行盛大宴會，紅線對薛嵩說：「羯鼓的聲音聽起來很悲涼，敲鼓的人一定有什麼心事。」薛嵩也是個懂得音樂的人，說道：「你講得很對。」便把那人喚來詢問，那人說道：「昨天夜裡我的妻子死了，我沒敢請假。」薛嵩馬上讓他回家去了。

時至德❶之後，兩河❷未寧，初置昭義軍❸，以釜陽為鎮❹，命嵩固守，控壓山東❺。殺傷之餘❻，軍府草創。朝廷復遣嵩女嫁魏博節度使田承嗣❼男，男娶滑州節度使令狐彰❽女；三鎮互為姻婭❾，人使日浹往來❿。而田承嗣常患熱毒風⓫，遇夏增劇。每曰：「我若移鎮山東，納其涼冷，可緩數年之命。」乃募軍中武勇十倍者得三千人，號外宅男⑫，而厚卹養之。常令三百人夜直⑬州宅。卜選⑭良日，將遷⑮潞州。嵩聞之，日夜憂悶，咄咄⑯自語，計無所出。時夜漏將傳⑰，轅門⑱已閉。杖策庭除⑲，唯紅線從行。紅線曰：「主自一月，不遑⑳寢食。意有所屬㉑，豈非鄰境乎？」嵩曰：「事繫安危，非汝能料。」紅線曰：「某雖賤品，亦有解主憂者。」嵩乃具告其事，曰：「我承祖父遺業㉒，受國家重恩，一旦失其疆土，即數百年勳業盡矣。」紅線曰：「易爾，不足勞主憂。乞放某一到魏郡㉓，看其形勢，覘其有無㉔。今一更首途㉕，三更可以復命。請先定一走馬㉖兼具寒暄書，其他即俟某卻迴㉗也。」嵩大驚曰：「不知汝是異人，我之暗也。然事若不濟，反速㉘其禍，奈何？」紅線曰：「某之行，無不濟者。」乃入閨房，飾其行具。梳烏蠻髻㉙，攢金鳳釵㉚，衣紫繡短袍，繫青絲輕履㉛。胸前佩龍文匕首，額上書太乙神名。再拜而倏忽不見。

【章　旨】軍閥田承嗣有侵吞薛嵩領地的企圖，紅線自告奮勇為主人解憂。

【注　釋】❶至德　唐肅宗年號。❷兩河　指唐代河北道、河東道。約包括今河北、山西一帶。這一地區是安史叛亂時的主要戰場。❸昭義軍　相衛六州節度使的軍號。❹鎮　節度使軍府的所在地。❺山東　唐代稱太行山以東廣大地區為山東。❻殺傷之餘　指安史之亂後。❼田承嗣　原為安祿山部將，後降唐，任魏博節度使，成為重要割據勢力，曾兩度叛亂。❽令狐彰　原為安史部將，後降唐，授滑、衛、相、貝、魏、博六州節度使。鎮滑州，又稱滑州節度使。❾姻婭　聯姻結親。❿日浹往來　來往頻繁。⓫熱毒風　中醫病名，由感受溼熱和風邪致病。⓬外宅男　猶禁衛軍。⓭直　同「值」。⓮卜選　選擇。⓯遷　此處指吞併。⓰咄咄　歎息聲。⓱夜漏將傳　快要起更傳點的時候。漏，又叫「銅壺滴漏」，古代計時器。分一晝夜為一百刻，一夜為五更，起更傳點約從晚上七時開始，每一更、每一刻都敲擊梆子報時，叫「傳點」。⓲轅門　官署的外門。⓳杖策庭除　拄著拐杖在庭院裡散步。⓴不遑　沒有閒暇。㉑屬　屬意；注意。㉒承祖父遺業　薛嵩的祖父薛仁貴為唐高宗時大將，封平陽郡公。父薛楚王，玄宗時官范陽、平盧節度使。所以薛嵩自稱繼承了祖、父的功業。㉓魏郡　魏州。㉔覘其有無　窺探他的虛實。㉕首途　啟程。㉖走馬　騎馬的使者。㉗卻迴　返回。㉘速　招致。㉙烏蠻髻　烏蠻式的髮髻。烏蠻，唐時居住於雲南等地的少數民族。㉚攢金鳳釵　用金鳳釵別住髮髻。㉛青絲輕履　黑絲做的輕便鞋。㉜太乙神　即北極神，為道教所信奉。額上寫神名，表示祈請這位神作「護身」。

【語　譯】當時正是至德年後，河北、河東兩道還沒有安定，朝廷設置了昭義軍，以釜陽為鎮守之地，命令薛嵩在那兒堅守，以控制鎮壓太行山東的叛軍。因為安史之亂才剛平定，軍政機構尚處於初創階段。皇帝下旨把薛嵩的女兒嫁給了魏博節度使田承嗣的兒子，又命薛嵩的兒子娶了滑州節度使令狐彰的女兒。三個藩鎮互相結成了姻親，使者往來頻繁。田承嗣素常患有熱毒風這種疾病，每到夏天病情更加嚴重。他常說：「我如果能遷到山東去鎮守，吸收那裡的陰涼氣息，定能增加幾年的壽命。」便挑選軍中武藝膽略都十倍於常人的武士三千人，命名為「外宅男」，以優厚的待遇供養著他們。平常總有三百人在州衙的家宅內值夜。田承嗣命人占卜挑選了好日子，準備遷往潞州。薛嵩聽說了這件事，日夜擔憂愁悶，常常歎息著自言自語，卻想不出辦法來對付。那天晚上，更鼓將起，官衙的大門已經關上，薛嵩拄了手杖在庭院裡踱步，只有紅線跟隨著他。紅線對他說：「這一個月來，主人寢食不安，好像有什麼心事，是為了鄰州的事嗎？」薛嵩說：「事關本州的安危，不是你料想得到的。」紅線道：「我雖然是個低賤的人，也有為您分憂的方法。」薛嵩就把田承嗣妄圖吞併潞州的事一一告訴了她，並說道：「我繼承祖父遺下的勳業，身受國家的厚恩，如果有朝一日失去了這片疆土，那麼幾百年來的功勳業績就全沒有了。」紅線道：「這事好辦，主人不用擔憂。請讓我到魏郡去一趟，看看那兒的形勢，窺察一下田承嗣有沒有吞併我們的打算。今晚一更出發，三更就可以回來覆命了。請您準備派遣一個騎快馬的使者，並給田承嗣寫一封應酬問候的書信。其餘的事就等我回來再說吧。」薛嵩大吃了一驚，說道：「沒想到你是個具有非凡才能的人，是我一向糊塗了。但是倘若事情沒能辦成，反而加快了災禍的到來，又該怎麼辦呢？」紅線道：「我所辦過的事沒有不成功的。」便進自己的閨房，收拾行裝打扮了起來。梳了一個南方少數民族婦女常梳的髮髻，用一支金鳳釵別住。穿上紫色的繡花短襖和黑絲的輕便鞋。胸前佩著刻有龍紋的匕首，額頭寫上太乙神名。出來對薛嵩拜了兩拜，一下子不見了蹤影。

嵩乃返身閉戶，背燭危坐❶。常時飲酒，不過數合❷，是夕舉觴十餘不醉。忽聞曉角吟風❸，一葉墜露❹，驚而試問，即紅線迴矣。嵩喜而慰問曰：「事諧❺否？」曰：「不敢辱命。」又問曰：「無傷殺否？」曰：「不至是。但取床頭金合為信❻耳。」紅線曰：「某子夜前三刻❼，即到魏郡，凡歷數門，遂及寢所。聞外宅男止❽於房廊，睡聲雷動。見中軍❾士卒，步於庭廡❿，傳呼⓫風生⓬。某發其左扉，抵其寢帳。見田親家翁正於帳內，鼓趺⓭酣眠，頭枕文犀⓮，髻包黃縠⓯，枕前露一七星劍⓰。劍前仰開一金合，合內書生身甲子⓱與北斗神名；復有名香美珍，散覆其上。揚威玉帳⓲，但期心豁⓳於生前；同夢蘭堂⓴，不覺命懸於手下。寧㉑勞擒縱，祇益傷嗟㉒。時則蠟炬光凝，爐香燼煨㉓，侍人四布，兵器森羅。或頭觸屏風，鼾而嚲㉔者；或手持巾拂㉕，寢而伸者。某拔其簪珥，縻㉖其襦裳，如病如昏，皆不能寤；遂持金合以歸。既出魏城西門，將行二百里，見銅臺㉗高揭，而漳水東注；晨飈㉘動野，斜月在林。憂往喜還，頓忘於行役㉙；感知㉚酬德，聊副於心期㉛。所以夜漏三時，往返七百里；入危邦，經五六城；冀減主憂，敢言其苦。」嵩乃發使遺承嗣書曰：「昨夜有客從魏中來，云：自元帥頭邊獲一金合，不敢留駐，謹卻㉜封納。」專使星馳，夜半方到。見搜捕金合，一軍憂疑。使者以馬撾㉝扣門，非時請見。承嗣遽出，以金合授之。捧承之時，驚怛絕倒㉞。遂駐使者止於宅中，狎以宴私㉟，多其賜賚㊱。明日遣使齎繒帛三萬疋，名馬二百匹，他物稱是㊲，以獻於嵩曰：「某之首領，繫在恩私。便宜知過自新，不復更貽㊳伊戚㊴。專膺㊵指使㊶，敢議姻親。役㊷當奉轂㊸後車，來則揮鞭前馬。所置紀綱僕㊹號為外宅男者，本防它盜，亦非異圖。今並脫其甲裳，放歸田畝矣。」由是一兩月內，河北、河南，人使交至。

【章　旨】紅線潛入田承嗣家中，自其枕邊盜得金盒。田承嗣知悉後，驚恐萬狀，打消了侵吞的念頭。

【注　釋】❶危坐　端正地坐著。❷合　古代十合為一升。❸曉角吟風　軍中黎明的號角聲在風中搖曳。❹一葉墜露　就像樹葉上墜落一滴露水那樣輕。❺諧　成功。❻信　憑據。這裡是指到過田承嗣床頭的憑據，暗示薛嵩有能力派人輕取田承嗣的首級。❼子夜前三刻　子夜相當於晚十一時至次日凌晨一時，子夜前三刻約為十一時四十分左右。❽止　休息。❾中軍　古代兵制分為左中右三軍，中軍為主帥駐所。❿庭廡　庭院走廊。⓫傳呼　指士卒的口令聲。⓬風生　形容傳呼的威勢。⓭鼓趺　屈腿蹺腳。趺，同「跗」。腳背。⓮文犀　有花紋的犀牛皮枕頭。⓯縠　縐紗。⓰七星劍　鑲有北斗七星圖案的寶劍。據說這種劍很名貴，古代將帥常佩帶。⓱生身甲子　生辰八字。古代用天干地支記出生的年、月、日、時，合為八字。⓲玉帳　主帥的帳幕。⓳心豁　稱心如意。⓴蘭堂　香閨。指內室。㉑寧　哪裡會。㉒嗟　歎息。㉓燼煨　燒成灰燼。㉔軃　低垂。㉕拂　拂子。一種用麈（麋鹿一類動物）尾或馬尾做成的除灰塵、驅蚊蠅的工具。㉖縻　繫。㉗銅臺　即銅雀臺。三國時曹操所建。故址在今河北省臨漳縣西南。㉘颷　疾風。㉙行役　旅途勞苦。㉚感知　感激知遇。㉛副於心期　實現了心願。㉜卻　退還。㉝馬撾　馬鞭。㉞驚怛絕倒　驚駭得幾乎暈倒。㉟狎以宴私　用單獨宴請來討好使者。㊱賜賚　賞賜。㊲他物稱是　其他的物品也同樣（貴重）。㊳貽　給。㊴戚　煩惱；憂愁。㊵膺　受。㊶指使　指揮；差遣。㊷役　差遣。㊸轂　輪軸。此處指車。㊹紀綱僕　僕人。

【語　譯】薛嵩轉身把門關好，背著燭光端坐著喝酒。平時薛嵩飲酒最多能飲幾合，這天晚上連喝了十幾杯也不見醉。忽然聽到黎明的號角聲在風中搖曳。接著，又聽到如朝露墜落的細微聲響，薛嵩驚起詢問，原來是紅線回來了。薛嵩非常高興地慰問她道：「事情辦好了嗎？」答道：「幸而沒有辜負您的使命。」又問道：「有沒有殺傷人？」答道：「用不到這樣。不過拿了田承嗣床頭的金盒作為憑據罷了。」紅線又說道：「我在子時前三刻就到達了魏郡，穿過幾重門，就到了田的臥室，聽到那些外宅男都在房外走廊上休息，鼾聲像打雷一樣。又見到保衛節度使駐所的軍士在庭院走廊上巡邏，不時傳出威嚴的口令聲。我就打開了左邊的門扇，走到田承嗣的床邊。見到田親家翁正在帳內屈腿蹺腳呼呼大睡。頭枕著犀牛皮的枕頭，髮髻用黃色的縐紗包著。枕頭邊露出一把七星寶劍，劍旁有一只開著的金盒，盒內寫著生辰八字與北斗神名，又有名貴的香料和珍寶零散地覆蓋在上面。那田承嗣平素耀武揚威，只希望稱心如意一輩子，卻沒料到熟睡在臥室裡會讓性命懸於我的手中。何必費神擒拿縱放，徒然增加傷感歎息。那時房內燭光已經很微弱，爐中的香料已燒成灰燼。侍者分布在四周，兵器交叉羅列。那些人有靠著屏風低頭打鼾的，有手拿著汗巾拂塵伸開身子睡的。我把她們的簪子、耳環拔下，把她們的長衣短襖繫住，她們卻像得了病或昏迷了一樣醒不過來。我便拿了金盒回來。出了魏城西門，大約行了二百多里，見到銅雀臺高高聳立著，漳河水向東流淌。晨風在田野中吹過，斜月還掛在林梢。我懷著憂心而去，帶著喜悅回來，頓時忘了旅途的勞苦。感謝您的知遇之恩，總想報答，這次終於實現了我的心願。我之所以在半夜三更，往返七百里路程，進入那危險的地方，經過五、六座城池，只希望能減輕您的憂愁，哪敢說什麼辛苦啊！」薛嵩便派使者送書信給田承嗣道：「昨天夜裡有位客人從魏城到我這兒來，說從元帥頭邊拿了一只金盒，我不敢擅自留下，恭敬地封好了送還給您，請收下。」專使騎著快馬流星似地趕去，直到半夜才到達魏城。但見當地正在搜捕偷金盒的人，全軍上下驚疑不定。專使用馬鞭敲開了門，請求節度使破例接見他。田承嗣急忙走出來，專使就把金盒遞交給他。接過去時，他驚駭得幾乎昏倒。便將專使留下來住在宅第內，又親熱地單獨宴請他，還給了他很多賞賜。第二天，田承嗣派了使者帶著三萬匹綢緞，二百匹名馬和其他類似的貴重禮品，去獻給薛嵩，對他說：「我的首級，是承您的恩惠才得以保留下來的。理當改過自新，再也不去自尋煩惱了。從此當一心一意聽從您的指揮，怎敢再以姻親自居。您出征時，我當跟在車後捧轂推輪；您回來時，我就騎馬在前面為您開道。我所設置的那些稱為外宅男的奴僕，本是為了防盜賊，絕沒有什麼非分的意圖。現在我叫他們脫去軍裝回家種田去了。」此後一、二個月內，河南、河北，使者書信你來我往，絡繹不絕。

而紅線辭去。嵩曰：「汝生我家，而今欲安往？又方賴汝，豈可議行？」紅線曰：「某前世本男子，歷江湖間，讀神農藥書❶，救世人災患。時里有孕婦，忽患蠱癥❷，某以芫花❸酒下之。婦人與腹中二子俱斃，是某一舉，殺三人。陰司見誅，降為女子。使身居賤隸，而氣❹稟❺賊星❻，所幸生於公家，今十九年矣。身厭❼羅綺，口窮甘鮮，寵待有加，榮亦至矣。況國家建極，慶且無疆。此輩背違天理，當盡弭患❽。昨往魏郡，以示報恩。兩地保其城池，萬人全其性命，使亂臣知懼，烈士⑨安謀。某一婦人，功亦不小。固可贖其前罪，還其本身。便當遁迹塵中⑩，棲⑪心物外，澄清一氣，生死長存。」嵩曰：「不然，遺⑫爾千金為居山之所給⑬。」紅線曰：「事關來世，安可預謀。」嵩知不可駐⑭，乃廣為餞別，悉集賓客，夜宴中堂。嵩以歌送紅線，請座客冷朝陽⑮為詞曰：「〈採菱歌〉怨木蘭舟⑯，送別魂消百尺樓。還似洛妃⑰乘霧去，碧天無際水長流。」歌畢，嵩不勝悲。紅線拜且泣，因偽醉離席，遂亡其所在。

【章旨】紅線向薛嵩說明了自己的出身、來歷後引身自退。

【注釋】❶神農藥書　指《神農本草經》。現已佚。❷蠱癥　即「蠱脹病」。一種因腹中脹氣而疼痛的疾病。❸芫花　落葉灌木。花蕾有毒，可入藥，主治腹脹等病，但服食過量會中毒。❹氣　氣質。❺稟　稟受。❻賊星　妖星，俗稱流星。❼厭　滿足。❽弭患　消除禍患。❾烈士　有志於建立功業的人。此處指薛嵩。❿遁迹塵中　離開塵世。遁，消失。⓫棲　息；安住。⓬遺　贈送。⓭給　指費用。⓮駐　挽留。⓯冷朝陽　唐代詩人。金陵（今江蘇省南京市）人。大曆四年進士及第。在當時極負才名。⓰木蘭舟　以木蘭樹做的舟，相傳為魯班所造。古人常於船啟行時作樂，歌唱送別。⓱洛妃　洛神。

【語　譯】然而，紅線卻提出要告辭離去。薛嵩說：「你生在我們家，如今要到哪裡去？況且，我正要依靠你幫助。怎麼可以說要走呢？」紅線道：「我前生本是個男子，在江湖上走動。讀了《神農本草經》，拯救世人的災難疾病。當時家鄉有個孕婦患了蠱脹病，我用芫花酒為她消除脹氣，誰知服藥後，孕婦和腹中的雙胞胎都死了，我一下子殺死了三個人。陰司懲罰我，讓我降生為女子，居身於卑賤的奴隸之中，而且命裡還帶著賊星。幸運的是我降生在您的家裡，至今已經十九年了。穿夠了綾羅綢緞，吃夠了山珍海味，十分受寵愛，可以說我是極為幸運的。況且，新帝登位，國運昌盛，沒有窮盡。那些人違背天理，應當被清除。上次去魏郡，是為了報答您的恩情。兩處的城池都保住了，千萬人的生命也得以保全。有野心的大臣知道害怕，您這位有志之士可以安心建立功業了。我身為一個女子，這次立的功也不算小，足可以贖回前世的罪孽，還我本來面目了。因此，我就要離開紅塵，把心安住在清淨境界，摒除雜念，靜心煉氣，求得長生不老。」薛嵩道：「不要這樣，我贈給你千金，讓你到山林中去隱居。」紅線道：「這關係到下一輩子的事，怎可事先安排。」薛嵩知道留不住她，就大張筵席為她餞行；把所有的賓客全都請來，晚上在中堂開宴。薛嵩親自唱歌為紅線送別，請座中客人冷朝陽作歌詞，歌道：「〈採菱曲〉幽怨地蕩漾在木蘭舟中，在高樓上送別令人黯然神傷。你就像洛神般乘著雲霧飛去，無邊的藍天下，江水空自流淌。」唱完，薛嵩再也克制不住自己的悲傷。紅線哭著向薛嵩拜別，假稱酒醉退離宴席，然後就不知去向了。

【賞　析】〈紅線〉是唐傳奇中的名篇，也是一篇思想意義較為複雜的作品。紅線身為女奴，卻以超人的本領制止了藩鎮之間的火拚。小說情節在一定程度上揭示了唐代末期藩鎮割據、互謀吞併的黑暗現實，反映了普通百姓渴望鏟除暴虐、安居樂業的思想，同時也夾雜著封建報恩觀念和因果輪迴、脫離塵世等佛道思想。

紅線不僅是個女子，而且身為奴婢，可是她略施小技，稍顯身手，便使一場軒然大波消弭於無形，使「兩地保其城池，萬人全其性命」。為了凸出紅線的俠女形象，作者著力渲染了軍閥薛嵩面臨外敵時「日夜憂悶，咄咄自語，計無所出」的軟弱無能，並刻劃了軍閥田承嗣飛揚跋扈、極端狂妄卻又外強中乾的醜態。作者將一名女奴的形象塑造得如此完滿、高大，讓一名女子充當具有異能的豪俠，這無疑是對封建社會男尊女卑的等級思想的挑戰，透露出追求婦女解放的信息。但與此同時，紅線身上又反映出普通女奴的特性，她在主子薛嵩面前，言必稱「賤品」、「賤隸」，對於薛嵩的垂青「感知酬德」，即使在要脫離塵世之時，她對薛嵩還不免連連跪拜，縱情哭泣。這些，則完全是封建時代「義僕」的寫照。所以紅線的俠義之舉帶上了鮮明的「報恩」和「贖身」的色彩，這與其「兩地保其城池，萬人全其性命」的說法相混雜，顯現了作者思想的複雜與混亂。

〈紅線〉的結構很有特色，它改變了以時間為序來謀篇布局的常用框架。作者打破了紅線經歷的先後次序，把她的生活歷程剪裁成若干片段，分別穿插在情節發展的各個階段加以交代。紅線的經歷可以分為「前世」和「今生」兩大部分。作者把紅線的經歷切段，先截取十九歲即在薛嵩家當「青衣」一段，然後顯示出她的豪俠身分，最後再追溯她十九歲以前的神奇經歷，而後交代她「遂亡所在」的歸宿。使文章懸疑迭起，扣人心弦。此外，〈紅線〉的敘事疏密相間，虛實並舉，也很見作者匠心。如「盜盒」一場，作者只用倒敘的手法作了側面虛寫。對於紅線的絕技，作者故意含而不露，僅從正面描寫薛嵩的主觀感受。直至薛嵩、紅線主僕二人相見，作者才藉人物之口一一敘寫盜盒的精彩場面。這種虛實互見的手法，表現了唐傳奇發展到相當成熟的敘事水準。

嬾殘

袁郊

【題解】本篇出自《太平廣記》卷九六異僧類，原出袁郊《甘澤謠》。小說塑造了一位行為乖張卻具有超凡神力的異僧形象。嬾殘這一形象對後世「濟顛」等傳奇人物的出現有潛在的影響。

嬾殘❶者，天寶❷初，衡嶽❸寺執役僧也。退食❹，即收所餘而食，性嬾而食殘，故號嬾殘也。晝專一寺之工，夜止❺群牛之下，曾無倦色，已二十年矣。

【章旨】概說嬾殘的身分、性情和生活。

【注釋】❶嬾殘　人名。嬾，通「懶」。❷天寶　唐玄宗年號。❸衡嶽　即南嶽衡山。❹退食　工作了一天之後，退下來吃飯。❺止　休息；宿。

【語譯】嬾殘，是天寶初年南嶽衡山一座寺院中專門服勞役的和尚。每天工作後退下來吃飯時，他總是把其他和尚們吃剩的飯菜拿來吃。由於他性情疏嬾，又專門吃殘食，所以被人稱作嬾殘。白天嬾殘獨自承擔寺院裡粗重的工作，晚間就睡在牛棚裡，從沒有顯出一點疲倦的樣子，就這樣過了二十年。

時鄴侯李泌❶寺中讀書，察嬾殘所為，曰：「非凡物也。」聽其中宵❷梵唱❸，響徹山林，李公情頗知音，能辨休戚❹，謂：「嬾殘經音悽惋，而後喜悅，必謫❺墮之人，時將去矣。」候中夜，李公潛往謁焉，望席門通名而拜。嬾殘大詬❻，仰空而唾曰：「是將賊❼我。」李公愈加敬謹，惟拜而已。嬾殘正撥牛糞火，出芋啗❽之；良久，乃曰：「可以席地❾。」取所啗芋之半，以授焉。李公捧承❿盡食而謝。謂李公曰：「慎勿多言，領取十年宰相。」公又拜而退。

【注　釋】❶李泌　唐名臣。肅宗時曾退隱衡山。德宗時為相，封鄴侯。❷中宵　半夜。❸梵唱　誦經聲。❹休戚　喜樂和憂傷；福和禍。❺謫　天上仙人因獲罪被罰降人間。❻詬　罵。❼賊　敗壞；傷害。❽啗　吃。❾席地　古人鋪席於地為座。此處意為坐地上。❿捧承　以雙手接過來，表示恭敬。

【語　譯】當時鄴侯李泌尚未發達，寄住在寺中讀書。他仔細觀察了嬾殘的行為，說道：「這不是凡間的人啊！」李公善於從一個人的聲音中辨別出他的喜怒哀樂。在聽到嬾殘半夜誦經時那響徹山林的宏亮聲音後便說：「嬾殘誦經的聲音先是憂傷感歎，後來卻透出喜悅之情。他一定是天上的神仙獲罪被貶謫到人間，快要返回天庭了。」等到半夜，李公悄悄地前去謁見嬾殘，在牛棚的蘆席門外通報了自己的姓名並下拜致禮。嬾殘見他如此卻大聲地責罵他，朝天吐著口水啐他說：「你要害我啊！」李公卻更加恭敬，一意向他連連拜揖。這時嬾殘正從牛糞火中撥出一個山芋來吃，大半天才說：「你在地上坐吧。」把自己吃剩的半個山芋遞給了他。李公用雙手接過來，吃完後向他道謝。嬾殘對李公說：「小心謹慎，不要多話，可做十年宰相。」李公又向他拜謝而後回去了。

居一月，刺史❶祭嶽，修道甚嚴。忽中夜風雷，而一峰頹下，其緣❷山磴道❸，為大石所攔。乃以十牛縻絆以挽之，又以數百人鼓噪❹以推之，力竭而愈固，更無他途❺，可以修❻事。嬾殘曰：「不假人力，我試去之。」眾皆大笑，以為狂人。嬾殘曰：「何必見嗤❼，試可乃已？」寺僧笑而許之。遂履❽石而動，忽轉盤❾而下，聲若雷震。山路既開，眾僧皆羅拜。一郡皆呼至聖，刺史奉之如神。嬾殘悄然❿，乃懷去意。

【章　旨】在眾人的嘲笑下，嬾殘運用神力移開了擋路的巨石，因此受到至高的尊敬與事奉。

【注　釋】❶刺史　州的行政長官。❷緣　沿。❸磴道　臺階式的登山路。❹鼓噪　擂鼓吶喊以助威。❺途　辦法。❻修　整治。❼嗤　譏笑。❽履　鞋。此處指用腳蹬。❾轉盤　翻轉滾動。❿悄然　憂愁的樣子。

【語　譯】過了一個月，刺史要到南嶽來祭祀，命人嚴密地整修上山的道路。誰知一天夜裡風雨大作，一座山頭突然坍塌下來，沿山而上的臺階路被一塊巨石堵住了。便用粗大的繩索拴住巨石，用十頭牛來拉它，同時又叫幾百人吶喊著推它，人和牛都筋疲力盡了，巨石卻依然不動。大家想不出其他的辦法能把巨石搬開。這時嬾殘走出來說道：「不需借助人力，我來試試把它搬走。」眾人都大笑起來，以為他在說瘋話。嬾殘說：「何必要譏笑我呢，讓我試試不行嗎？」和尚們笑著答應了。嬾殘便用腳去蹬那塊巨石，巨石被他蹬動，忽然翻動著滾下山去，發出的聲響就像雷鳴一般。路上的石頭搬開了，和尚們列隊向他跪拜。全郡的人都尊稱他為「至聖」，刺史就像事奉神靈一樣地敬重他。嬾殘因此露出了憂愁的樣子，便萌生離去的念頭。

寺外虎豹，忽爾成群，日有殺傷，無由❶禁止。嬾殘曰：「授我箠❷，為爾盡驅除。」眾皆曰：「大石猶可推，虎豹當易制。」遂與之荊梃❸。皆躡❹而觀之。纔出門，見一虎銜之而去。嬾殘既去之後，虎豹亦絕蹤跡。後李公果十年為相❺也。

【章　旨】嬾殘驅除傷人的虎豹後，不知所終。

【注　釋】❶由　辦法。❷箠　同「棰」。杖；棍。❸荊梃　荊木製的棍棒。❹躡　暗暗跟隨。❺十年為相　做了十年宰相。此處有虛構成分，李泌於德宗貞元三年至五年做了三年宰相，並非十年。

【語　譯】有一天，寺外忽然出現了無數的虎豹聚集成群，每天都有行人被傷害，沒有辦法制止這群猛獸。嬾殘對和尚們說：「給我一根棍子，我為你們把那些猛獸都趕走。」大家都說：「那麼大的石頭他都能推動，制服虎豹想來也是很容易的。」便給了他一根荊木棍，又一起悄悄地跟在他的後面偷看。誰知嬾殘才出了山門，便被一頭猛虎銜走了。嬾殘離去後，虎豹也就絕跡了。後來李公果然做了十年宰相。

【賞　析】嬾殘是個典型的大智若愚的人物，在他平凡、低賤的外表下蘊藏著一種水靜流深的內在偉力，這很好地體現了佛教的哲學觀念。佛家認為眾生平等，人皆有佛性。人無論高低貴賤，只要徹悟佛理，便能見性成佛。無論身分的貴賤、人生的榮辱、物質的盈虧，在佛家看來皆是幻象，即是「色空」。因此，嬾殘超自然的力量完全可以蘊藏在他低賤汙穢的外表下。撇除佛教的獨特思想，嬾殘這一人物在唐傳奇中出現，還有其深刻的社會根源。唐朝末年，藩鎮割據、朋黨紛爭、宦官專權，社會動盪不安。普通的黎民百姓承受著各個利益集團轉嫁的危機，生活痛苦不堪。這時，他們便渴望出現能夠仗義鋤奸、救民於水火的神奇人物出現，加之神仙方術思想再度流行，於是便有了嬾殘這樣的形象出現。

　　小說的篇幅短小，語言簡潔，卻有具體而微的特色。對於嬾殘的生平經歷，作者沒有做詳細的描繪，相反地只攝取了他生活中的幾個斷面，卻達到了窺一斑而知全豹的效果，使讀者覺得餘音裊裊，具有充分的想像餘地。對於人物的描摹，作者也沒有誇張增飾，只是運用簡練的白描筆法，客觀地加以反映。如嬾殘與李泌會面一場，寫李泌連用三個「拜」字，而寫嬾殘僅用一個「詬」字、一個「唾」字，便很傳神地表現出二人一恭謹、一倨傲的情態。對嬾殘的幾次傳奇性的表演，作者也並未渲染過度，僅僅以樸實無華的文字澹然處之，反而產生一種舉重若輕的效果，為嬾殘增添了更多的神祕飄渺的色彩。

崑崙奴

裴鉶

【題解】本篇出自《太平廣記》卷一九四豪俠類，原出裴鉶傳奇集《傳奇》。小說描寫崔生傾心於高官的姬妾紅綃，然而由於身分懸殊，兩人無法相見。崔生的家奴磨勒得知此事，運用自己的神力使這對有情人得以結為連理。宋元戲文《磨勒盜紅綃》、元楊訥《盜紅綃》雜劇、明代梁辰魚《紅綃妓》雜劇都是根據本文改編的，由此不難想見它在後世受歡迎的程度。

【作者】裴鉶，生平不詳。僅知他曾做過靜海軍節度使高駢的掌書記，加侍御史內供奉。後被封為成都節度副使，加御史大夫。他著有傳奇集《傳奇》三卷。

大曆❶中有崔生者，其父為顯僚，與蓋代❷之勳臣一品者熟。生是時為千牛❸，其父使往省❹一品疾。生少年容貌如玉，性稟孤介❺，舉止安詳，發言清雅。一品命妓軸簾❻召生入室，生拜傳父命，一品忻❼然愛慕，命坐與語。時三妓人，豔皆絕代，居前以金甌❽貯含桃❾而擘❿之，沃⓫以甘酪而進。一品遂命衣紅綃妓者，擎一甌與生食。生少年赧⓬妓輩，終不食。一品命紅綃⑬妓以匙而進之，生不得已而食。妓哂⑭之，遂告辭而去。一品曰：「郎君閑暇，必須一相訪，無間⑮老夫也。」命紅綃送出院。時生回顧，妓立三指，又反⑯三掌者，然後指胸前小鏡子，云：「記取。」餘更無言。

【章旨】崔生初遇紅綃妓，二人均暗生情愫。紅綃妓以手語示意再見時機。

【注釋】❶大曆　唐代宗年號。❷蓋代　功蓋當代，無與倫比。❸千牛　「千牛備身」的簡稱。警衛宮殿的武官。❹省　問候。❺孤介　孤高耿介。❻軸簾　捲簾。軸，此處作動詞用。❼忻　同「欣」。❽金甌　金盆。❾含桃　即櫻桃。❿擘　剖開，此處指剝去了皮。⓫沃　澆；沾浸。⓬赧　臉紅。⓭綃　生絲，此處指生絲織物。⓮哂　微笑。⓯間　疏遠。⓰反　翻轉。

【語譯】大曆年間有個姓崔的讀書人，他的父親是朝中的大官，和當朝功蓋當世的一品大臣很熟。崔生這時擔任千牛備身的職務。有一天，一品病了，崔生的父親就叫他前去問候。崔生這時年紀還輕，容貌就像美玉一般潔淨溫潤，性格孤高方正，舉止安詳，談吐清雅。一品見崔生來了，就叫姬妾捲起簾子請他進內室。崔生便拜見一品，轉告了父親的問候。一品看到崔生很是喜歡，便叫他坐下一起談天。這時有三個非常豔麗的歌妓正在一品前方將盛在金碗的櫻桃剝皮，澆上甜乳酪送給一品吃，一品便叫一個穿著紅綃衣服的歌妓托著一碗送給崔生吃。崔生年輕怕羞，看到歌妓便紅了臉，始終不好意思吃。一品叫紅綃妓用湯匙舀給他吃，崔生不得已只好吃了。歌妓笑他過於靦覥，崔生便告辭要走。一品說：「郎君若有空閒，一定要來看我啊，千萬不要疏遠了我這個老頭子。」就叫紅綃妓送崔生出了院去。當崔生回頭看時，只見紅綃妓對他豎起了三根手指，又把手掌翻了三下，然後指指胸前掛著的小鏡子，說：「記住啊。」就沒有再說什麼了。

生歸達一品意，返學院❶，神迷意奪，語減容沮，怳然凝思，日不暇食。但吟詩曰：「誤到蓬山❷頂上遊，明璫❸玉女動星眸❹。朱扉半掩深宮月，應照瓊芝❺雪❻豔愁。」左右莫能究其意。時家中有崑崙奴磨勒，顧瞻郎君曰：「心中有何事，如此抱恨不已？何不報❼老奴？」生曰：「汝輩何知，而問我襟懷間事？」磨勒曰：「但言，當為郎君解釋❽。遠近必能成之。」生駭其言異，遂具告知。磨勒曰：「此小事耳，何不早言之，而自苦耶？」生又白其隱語。勒曰：「有何難會？立三指者，一品宅中有十院歌姬，此乃第三院耳。返掌三者，數十五指，以應十五日之數。胸前小鏡子，十五夜月圓如鏡，令郎來耶。」生大喜，不自勝，謂磨勒曰：「何計而能導達❾我鬱結❿？」磨勒笑曰：「後夜乃十五夜，請深青絹兩疋，為郎君製束身之衣。一品宅有猛犬守歌妓院門，非常人⓫不得輒入，入必噬殺之。其警如神，其猛如虎。即曹州孟海之犬也。世間非老奴不能斃此犬耳。今夕當為郎君撾殺⓬之。」遂宴犒以酒肉，至三更，攜鍊椎⓭而往，食頃而回曰：「犬已斃訖，固無障塞耳。」是夜三更，與生衣青衣，遂負而逾十重垣，乃入歌妓院內，止第三門。繡戶不扃⓮，金釭⓯微明，惟聞妓長嘆而坐，若有所俟。翠環初墜，紅臉纔舒⓰，玉⓱恨無妍⓲，珠愁轉瑩。但吟詩曰：「深洞鶯啼恨阮郎⓳，偷來花下解珠璫⓴。碧雲飄斷音書絕，空倚玉簫愁鳳凰㉑。」侍衛皆寢，鄰近闃然㉒。生遂緩搴簾而入。良久，驗是生。姬躍下榻執生手曰：「知郎君穎悟，必能默識，所以手語耳。又不知郎君有何神術，而能至此？」生具告磨勒之謀，負荷而至。姬曰：「磨勒何在？」曰：「簾外耳。」遂召入，以金甌酌酒而飲之。姬白生曰：「某家本富，居在朔方㉓。主人擁旄㉔，逼為姬僕。不能自死，尚且偷生。臉雖鉛華㉕，心頗鬱結。縱玉筯舉饌，金鑪泛香，雲屏而每進綺羅，繡被而常眠珠翠，皆非所願，如在桎梏。賢爪牙㉖既有神術，何妨為脫狴牢。所願既申，雖死不悔。請為僕隸，願侍光容。又不知郎君高意如何？」生愀然㉗不語。磨勒曰：「娘子既堅確㉘如是，此亦小事耳。」姬甚喜。磨勒請先為姬負其囊橐粧奩，如此三復焉。然後曰：「恐遲明㉙。」遂負生與姬而飛出峻垣十餘重。一品家之守禦，無有警者。遂歸學院而匿之。及旦，一品家方覺，又見犬已斃。一品大駭曰：「我家門垣，從來邃密，扃鎖甚嚴。勢似飛騰，寂無形跡，此必俠士而挈之。無更聲聞㉚，徒為患禍耳。」

【章　旨】崔生家崑崙奴磨勒夜入「一品」宅第，飛逾重垣，擊斃猛犬，盜出紅綃妓。崔生、紅綃女得以相聚。

【注　釋】❶學院　指書房。❷蓬山　蓬萊山，道教方士傳說的海上神山。此處借指一品的府第。❸明璫　用明珠作的耳飾。❹動星眸　轉動眼睛。星眸，明亮靈動的眼睛。❺瓊芝　美玉做的樹，比喻紅綃。芝，同「枝」。

❻雪　此處指月光。❼報　告訴。❽解釋　解除；解決。釋，放；消除。❾導達　疏通；打開。❿鬱結　結聚在心中不得發洩的愁悶。⓫常人　經常出入的人。⓬撾殺　擊殺。⓭鍊椎　帶鏈條的鐵錐。⓮扃　關閉。⓯金釭　金質的燈盞，是古代最華貴的燈具。⓰舒　舒展。指洗去臉上脂粉。⓱玉　指顏面如玉。⓲姸　美麗。⓳阮郎　阮肇，傳說他和劉晨入天台山採藥，遇二仙女迎歸仙境，後返鄉未再入山。此處紅綃女以仙女自比，喻崔生別後沒有消息。⓴偷來句　傳說鄭交甫在漢水岸邊遇二神女，交甫以目傳情，二神女解所佩珠贈之。這裡紅綃女以神女自比，說自己已暗暗地被崔生引動了情懷。㉑空倚句　傳說春秋時秦穆公女弄玉嫁與蕭史，二人常吹簫相和，引來鳳凰。後來弄玉乘鳳，蕭史乘龍飛天成仙。此處紅綃女自比弄玉，卻空倚玉簫，不能和蕭史一起吹簫引鳳雙雙飛去，所以愁情滿懷。㉒闃然　寂然無聲。㉓朔方　唐代朔方，襲用漢郡名，設朔方節度使，防衛西北邊境。㉔擁旄　受皇帝的命令為一方統帥。旄，一種用旄牛尾裝飾的旗幟，可作為皇帝賜給方鎮統帥的符節。㉕鉛華　指塗脂抹粉。㉖賢爪牙　對別人奴僕的尊稱。㉗愀然　憂愁的樣子。㉘堅確　堅決。㉙遲明　天剛亮。此處說天要亮了。㉚聲聞　聲張。

【語　譯】崔生回家向父親轉告了一品的意思後回到書房，便顯得神迷意亂，話也不愛說，臉色很沮喪，呆呆地痴想著，飯也顧不得吃，只是吟著詩句：「不經意走到了蓬萊山上，戴著明珠耳環的仙女轉動著星眸向我顧盼。半掩著的朱門裡深宮的月亮，應該能照到玉樹一樣的美女在皎潔的月色中呈露出的愁容。」身旁的人都弄不清他的心思。當時家中有一個崑崙族的家奴名叫磨勒，看到崔生這副模樣就問他：「你有什麼心事，這樣地恨恨不已？何不告訴老奴呢？」崔生說：「你們這些人知道什麼，竟然問我內心裡的事。」磨勒說：「你只管講出來，我一定為郎君解除憂愁，不論遠近，都能辦成。」崔生對磨勒這不尋常的話感到驚奇，就把心事告訴了他。磨勒說：「這區區小事為什麼不早說出來，卻要放在心中自己痛苦？」崔生又把紅綃妓的暗語講給他聽，磨勒說：「這有什麼難懂的？豎三根手指的意思是，一品宅中共有十院歌妓，她是第三院。翻三下手掌共十五根手指，就是十五日的意思。指指胸前的小鏡子就是十五日的夜晚月圓如鏡，叫郎君到她那裡去。」崔生聽完話，高興得不得了，對磨勒說：「你有什麼方法能排遣我心中鬱結的愁悶呢？」磨勒笑著說：「後天夜裡就是十五夜了。你拿兩匹黑絹來，我為你做一套緊身衣褲。一品宅中有一隻猛犬守在歌妓們住的院門外，不是經常出入的人是無法進去的，要想闖進去一定會被猛犬咬死。牠警覺得像神靈，兇猛得像老虎。那是曹州孟海的猛犬啊！這個世界上只有老奴一個人能殺死牠。今天晚上我就替你把牠殺了。」崔生就備了酒肉請他吃。到了三更，磨勒帶著用鐵鏈拴的錐子到一品宅中去，一頓飯的功夫就回來了，對崔生說：「猛犬已經殺死，進院子沒有障礙了。」到了十五夜裡三更時，兩個人都換了黑色衣褲，磨勒把崔生背在背上飛越過十重院牆，才進了歌妓住的院裡，在第三個門口停了下來。房門沒有關閉，燈盞還發出微微的光亮。只見紅綃妓坐在那裡長長地歎息，好像在等待什麼。耳環首飾剛剛卸下，臉上的脂粉也才洗去。由於愁悶而使美麗的容貌失去了光彩，含著淚水的眼睛卻顯得分外晶瑩。只聽她吟誦著詩句道：「在深山裡聽到黃鶯的啼鳴就會怨恨阮郎，我就像漢水邊的神女動情地解下了珠璫。到如今碧雲飄散斷絕了音訊，只能空倚著玉簫愁對鳳凰。」這時，侍女和衛士們都已入睡，附近一點聲音也沒有。崔生便慢慢地掀開門簾走了進去。紅綃妓呆看了半天才認定是崔生，高興得跳下榻來握住他的手說：「我就知道郎君聰明而有悟性，一定能暗中明白我的意思，所以才和你打了手勢。卻不知道郎君有什麼神奇的本領，能進到這所院落中來？」崔生就把磨勒如何設下計謀，如何背負他進來一一告訴了紅綃妓。紅綃妓忙問：「磨勒如今在哪裡？」答道：「就在簾子外面。」紅綃妓便請磨勒進來，把酒斟在金杯中請他喝。紅綃妓告訴崔生說：「我本是富家出身，住在朔方郡。主人仗著皇帝的封賞獨霸一方，逼我做他的姬妾。我沒有勇氣自殺，只能忍辱偷生。臉上雖然塗著脂粉，心中卻是十分愁悶。縱使吃飯用玉筷，薰香用金鑪，穿著綾羅綢緞住在華美的屋子裡，滿頭珠翠擁著繡被而眠，這一切卻都不是我所願意的，就像刑具加身一樣痛苦。尊僕既有這樣神奇的本領，何不請他將我救出牢籠。只要能達到願望，就是死了也不後悔。我情願做你的奴僕來侍奉你。不知道郎君的想法如何？」崔生面露憂愁沒有回答。磨勒卻說：「娘子既然如此堅定無疑，要離開這兒也不過是小事一樁罷了。」紅綃妓聽了十分高興。磨勒先將紅綃妓的衣物妝奩背出去，一共往返三趟。然後說：「天恐怕快要亮了。」就背負著崔生和紅綃妓飛越了十幾重高牆。一品家的衛士們竟然沒有一人發覺。三人回去後，崔生就把紅綃妓藏在書房裡。一直到第二天早上，一品家才發現紅綃妓失蹤了，又見到那頭猛犬已被擊斃。一品大為恐慌，說道：「我家的門牆一向深密，門戶都鎖得很嚴實。看這樣子，像是有人飛進來的，所以沒有留下一絲痕跡，這一定是俠客把她帶走了。大家不要把這件事聲張出去，免得無妄地招來禍殃。」

姬隱崔生家二載，因花時駕小車而遊曲江❶，為一品家人潛誌認，遂白一品。一品異之，召崔生而詰之事。懼而不敢隱，遂細言端由，皆因奴磨勒負荷而去。一品曰：「是姬大罪過。但郎君驅使踰年，即不能問是非。某須為天下人除害。」命甲士五十人，嚴持兵仗，圍崔生院，使擒磨勒。磨勒遂持匕首飛出高垣，瞥若翅翎，疾同鷹隼。攢矢❷如雨，莫能中之。頃刻之間，不知所向。然崔家大驚愕。後一品悔懼，每夕多以家童持劍戟自衛。如此周歲方止。後十餘年，崔家有人見磨勒賣藥於洛陽市，容顏如舊耳。

【章旨】紅綃女外出賞花被發現，一品派兵圍攻捉拿磨勒，磨勒安然逃離。

【注釋】❶曲江　唐時長安遊覽勝地。❷攢矢　密集的箭。

【語譯】紅綃妓在崔生家中藏了二年，一直沒有人覺察。一次，恰逢賞花時節，紅綃妓乘了小車去遊曲江，被一品家的人暗地裡辨認出來，回去告訴了一品。一品感到很奇怪，就召喚崔生去查問。崔生很害怕，不敢隱瞞，就把事情的經過詳細地告訴了一品，說他和紅綃妓都是由家奴磨勒背負出去的。一品說道：「紅綃妓犯了大罪過，但是她已經服侍郎君一年多，我也不去追究她了。但磨勒卻是不能放過，我要為天下人除去這個禍害。」便命令全副武裝的軍士五十人，手執武器，把崔生住的院子嚴密地包圍起來，要捉拿磨勒。磨勒便握著匕首飛身躍出高牆，像長了翅膀一般迅速飛越，如鷹隼般快捷。武士們放的箭就像雨點一樣密集，卻沒有一枝能射中他。一下子，就不見蹤影了。崔生一家人驚訝得不得了。事過之後，一品又悔又怕，唯恐磨勒來報復，每晚都叫家僮拿著武器貼身守護。這種狀況持續了一年才停止。十幾年以後，崔家有人看到磨勒在洛陽的市集上賣藥，容顏仍像過去一樣。

【賞　析】作者以出身低賤的奴僕作為小說描繪與讚頌的中心，賦予他善良正直、英勇機智的光彩形象，這在唐傳奇中是不多見的。崑崙奴磨勒首先具備過人的聰慧，他輕易地解開了崔生難以理解的隱語，又周密計畫，成功地救出紅綃妓。他還具有超人的神力，不僅能擊斃猛犬，還能飛簷走壁，「瞥若翅翎，疾同鷹隼」，雖「攢矢如雨」，也「莫能中之」。總之，這位異族的奴隸既有凌強扶弱的美德，又有不可思議的能力。這無疑體現了作者某種民主進步的思想，也寄託了被壓迫、被奴役人民追求自由的理想。

小說中「蓋代之勳臣一品」，史家以為指的就是在平定「安史之亂」中發揮了關鍵作用的名將郭子儀。這位被《新唐書》稱作「完名高節，爛然獨著」，「人臣之道無缺」的元勳，在生活上還存在著這種「侈窮人欲」、專橫跋扈的行跡，那些權奸佞臣們如何殘害百姓便可想而知了。在小說中，這位「再造王室」、「功蓋一世」的中興名臣沒有絲毫決勝千里、指揮若定的名將風範，更談不上關心民生疾苦、先天下之憂而憂的賢臣品質。他宅中蓄養了「十院歌妓」，而這些女子都是他「擁旄」之時「逼為姬僕」的。其作威作福、魚肉百姓的情狀不難想見。然而磨勒出逃後，這位一品勳臣卻只能憂悔恐懼，「每夕多以家童持劍戟自衛」，外強中乾、色厲內荏之態躍然紙上。這便與磨勒的高大形象形成了鮮明的比照。對此，作者並沒有主觀的評判，但兩者孰高尚、孰卑微，讀者一目了然。

小說中相映成趣的另外一組人物是紅綃妓與崔生。紅綃妓身處一品之宅，享受著錦衣玉食與榮華富貴，然而她卻視之為「狴牢桎梏」，勇敢地選擇自己所愛的人託付終身。再次見到崔生後，她大膽地提出要逃離一品宅。反映出她對於人身自由、人格自由、婚戀自由的執著追求。相反，崔生見到意中人之後，一籌莫展，毫無追求愛情的自主意識，完全依賴磨勒為之策劃。在紅綃妓提出逃離一品宅時，他「愀然不語」，畏於一品的權勢，不敢為所愛的人擔當責任。當一品知情後，崔生又「懼不敢隱」，並諉過他人，稱「皆因奴磨勒負荷而去」。崔生的軟弱無能與紅綃妓的勇敢執著的反差是極大的。在這裡，作者再次運用了《春秋》筆法，不露聲色地對人物不同的道德與行為作出了犀利的評價。

聶隱娘

裴鉶

【題解】本篇出於《太平廣記》卷一九四，原出裴鉶《傳奇》。內容敘述了俠女聶隱娘改投明主，為節度使劉昌裔效力退敵的故事。作品被收入託名段成式所著《劍俠傳》後，流傳甚廣，為歷代文人所樂道。宋代羅燁的話本《西山聶隱娘》、明人呂天成的傳奇《神鏡記》、清代尤侗的雜劇《黑白衛》都是根據本文改編的。

聶隱娘者，貞元中魏博❶大將聶鋒之女也。年方十歲，有尼乞食於鋒舍，見隱娘，悅之，云：「問押衙❷乞取此女教。」鋒大怒，叱尼。尼曰：「任押衙鐵櫃中盛，亦須偷去矣。」及夜，果失隱娘所向❸。鋒大驚駭，令人搜尋，曾無影響。父母每思之，相對涕泣而已。後五年，尼送隱娘歸，告鋒曰：「教已成矣，子卻領取。」尼歘❹亦不見。一家悲喜，問其所學。曰：「初但讀經❺念咒❻，餘無他也。」鋒不信，懇詰。隱娘曰：「真說又恐不信，如何？」鋒曰：「但真說之。」曰：「隱娘初被尼挈，不知行幾里。及明，至大石穴之嵌空[7]，數十步寂無居人。猿狖[8]極多，松蘿益邃[9]。已有二女，亦各十歲。皆聰明婉麗，不食，能於峭壁上飛走，若捷猱[10]登木，無有蹶[11]失。尼與我藥一粒，兼令長執寶劍一口，長二尺許，鋒利吹毛[12]，令剸[13]逐二女攀緣，漸覺身輕如風。一年後，刺猿狖百無一失。後刺虎豹，皆決[14]其首而歸。三年後能飛，使刺鷹隼，無不中。劍之刃漸減五寸，飛禽遇之，不知其來也。至四年，留二女守穴，挈我於都市，不知何處也。指其人者，一一數[15]其過，曰：『為我刺其首來，無使知覺。定其膽，若飛鳥之容易也。』受以羊角匕首，刀廣三寸，遂白日刺其人於都市，人莫能見。以首入囊，返主人舍，以藥化之為水。五年，又曰：『某大僚有罪，無故害人若干，夜可入其室，決其首來。』又攜匕首入室，度[16]其門隙無有障礙，伏之梁上。至瞑[17]，持得其首而歸。尼大怒曰：『何太晚如是？』某云：『見前人戲弄一兒，可愛，未忍便下手。』尼叱曰：『已後遇此輩，先斷其所愛，然後決之。』某拜謝。尼曰：『吾為汝開腦後，藏匕首而無所傷。用即抽之。』曰：『汝術已成，可歸家。』遂送還，云：『後二十年，方可一見。』鋒聞語甚懼。後遇夜即失蹤，及明而返。鋒已不敢詰之。因茲⑱亦不甚憐愛。忽值磨鏡少年及門，女曰：「此人可與我為夫。」白父，父不敢不從，遂嫁之。其夫但能淬鏡⑲，餘無他能。父乃給衣食甚豐，外室而居。

【章　旨】聶隱娘從小被尼姑盜去收養，學得一身神異的武功歸來，常奉女尼之命殺取不義者頭顱，父母甚感惶懼。後嫁與磨鏡少年。

【注　釋】❶魏博　魏（州）博（州）節度使府的簡稱。❷押衙　管領儀仗侍衛的武官，也用作對一般武官的尊稱。❸向　去向。❹欻　同「忽」。一下子。❺經　佛教、道教的理論性經典。❻咒　佛教、道教中用以修行或禁制外物、除災害的語句稱為「咒」或「咒語」。❼嵌空　玲瓏的樣子。❽狖　長尾猿。❾邃　深遠幽密。❿猱　猿的一種。⓫蹶　跌倒。⓬吹毛　將毛髮向刀劍的鋒口一吹，毛髮即斷，用以形容刀劍的鋒利。⓭剸　同「專」。⓮決　砍下來。⓯數　數落；歷舉。⓰度　越過。⓱暝　昏暗；日落天黑。⓲茲　此。⓳淬鏡　將銅鏡燒紅後放在水中蘸一下，以便打磨。古時用青銅製鏡，日久易鏽，所以要經常打磨使其恢復光亮平整。

【語　譯】聶隱娘，是貞元年間魏博節度使府大將聶鋒的女兒。隱娘十歲的時候，有個尼姑在聶鋒家門前化緣，看到了她，很是喜歡，便對聶鋒說：「請將軍把這個女孩子交給我教導。」聶鋒大怒，呵責那個尼姑。尼姑卻說：「就算將軍把她鎖在鐵櫃子裡，我也一定把她偷走。」當夜，隱娘果然不知去向了。聶鋒大為驚怕，派人四出尋找，卻一點消息也沒有。每當父母想起隱娘，只能相對哭泣而已。過了五年，尼姑把隱娘送回來了，對聶鋒說：「我已把她教導成功了，你就收回她吧。」說完，尼姑忽然不見了。一家人悲喜交集，問她學了些什麼，隱娘只說：「起初不過是讀讀經書、念念咒語而已，其他也沒學什麼。」聶鋒不信，一直誠懇地追問不止。隱娘說：「我要講了真話，恐怕你們又不相信，怎麼辦呢？」聶鋒說：「你就實話實說吧。」隱娘便說：「當初被尼姑帶走後，也不知走了多少路。到天亮時，來到一個怪石玲瓏的大石洞中，數十步內非常寂靜，無人居住。洞外猿猴很多，松柏藤蘿極為深密。已經有兩個小女孩在那裡了，也都才十歲。兩人都長得聰明美麗，日常不吃東西，能在峭壁上飛一樣地行走，像猴子爬樹般輕捷，從來不會失足跌下來。尼姑給我吃了一粒藥，又命我經常拿著一口二尺來長吹毛能斷的鋒利寶劍，一直跟著那兩個女孩學習攀登爬高。漸漸地，我覺得身體就像清風一樣輕盈。一年以後，用寶劍刺猿猴已經能夠百發百中。後來就去刺虎豹，也總能砍下牠們的頭回來。三年後我便能飛行了。用劍去刺天上飛著的鷹隼，也沒有不中的。這時我用的劍只有五寸長，所以刺到飛禽身上，牠們都來不及發覺。到了第四年，留下那兩個女孩守洞，尼姑把我帶到了一個都市中，也不知道是什麼地方。她指著一個人，向我一一歷舉了他的罪過後說：『替我把他的頭割下來，不要讓人察覺。你只要定住膽氣，刺他就像刺一隻飛鳥一般容易。』便遞給我一把羊角匕首，有三寸寬。我便在大白天裡、別人還來不及看清楚時把那人的頭割了下來，裝進袋子，回到住處，用藥物把它化成了水。

第五年，尼姑又對我說：『某某大官有罪過，他曾殺害過若干無辜的人，你夜裡到他臥室裡去把他的頭割下帶回來。』我就又帶著匕首到了大官的臥室，從門縫中鑽進去，一點障礙也沒有。進去後便伏在樑上等待。到天黑時，拿了大官的頭回到了住處。尼姑見很生氣地說：『為什麼這麼晚才回來？』我說：『我看到那人在逗弄一個小孩，怪可愛的，所以不忍心立刻下手。』尼姑叱責我說：『以後再遇到這種人，就先把他所喜愛的人除掉，再殺掉他。』我向她下拜認了錯。尼姑說：『我把你的腦後劃開，把匕首藏在裡面，不會弄傷你的，以後要用的時候一抽就出來了。』又對我說：『你的武藝已經學成，可以回家去了。』便把我送了回來，告訴我說：『二十年以後方可見面。』」聶鋒聽了隱娘的話很是害怕。以後每到夜晚，就看不到隱娘的蹤影，天一亮，也就回來了。聶鋒已不敢再追問她。也因為這樣，對隱娘也就不怎麼憐惜愛護。有一次一個磨鏡少年來到聶家門口，女兒說：「這個人可以做我的丈夫。」就告訴了父親。父親也不敢反對，便把女兒嫁給了這個人。隱娘的丈夫只會淬銅鏡，其他什麼也不會。父親供給他們十分豐足的衣食，讓他們另住在外面。

數年後，父卒。魏帥稍知其異，遂以金帛署❶為左右吏。如此又數年。至元和間，魏帥與陳許節度使❷劉昌裔不協，使隱娘賊❸其首。隱娘辭帥之許。劉能神算，已知其來。召衙將，令來日早至城北候一丈夫、一女子各跨白黑衛❹至門，遇有鵲前噪，丈夫以弓彈之不中。妻奪夫彈，一丸而斃鵲者。揖之云：「吾欲相見，故遠相祗迎❺也。」衙將受約束❻。遇之，隱娘夫妻曰：「劉僕射❼果神人。不然者，何以洞❽吾也？願見劉公。」劉勞❾之。隱娘夫妻拜曰：「合❿負⓫僕射萬死。」劉曰：「不然，各親其主，人之常事，魏今與許何異。願請留此，勿相疑也。」隱娘謝曰：「僕射左右無人，願舍彼而就此，服公神明也。」知魏帥之不及劉。劉問其所須，曰：「每日只要錢二百文足矣。」乃依所請。忽不見二衛所之。劉使人尋之，不知所向。後潛收⓬布囊中，見二紙衛，一黑一白。

【章旨】魏博節度使知曉聶隱娘的奇技後，將隱娘夫婦召至麾下。派二人刺殺陳許節度使劉昌裔。劉以自己的神機妙算征服了隱娘，隱娘夫婦留在劉帥軍中效力。

【注釋】❶署　任命。❷陳許節度使　轄治陳、許二州的節度使。❸賊　此處作動詞用，意為暗殺。❹衛　驢。❺祗迎　恭敬地迎候。❻受約束　奉命令。❼僕射　唐代中央政府最高行政機關尚書省設左、右僕射，是尚書省的副長官。❽洞　洞察；看穿。❾勞　慰問。❿合　應該。⓫負　違背；對不起。⓬收　同「搜」。

【語　譯】幾年以後，聶鋒去世了。魏博節度使風聞了隱娘的一些奇異之處，便以金帛聘請他們夫婦擔任他的侍衛。就這樣又是幾年過去了。到了元和年間，魏博節度使和陳許節度使劉昌裔不和，便派隱娘去暗殺他。隱娘夫婦辭別魏帥來到許州。劉昌裔通曉神算之術，已經算出隱娘要來，便叫來衙將，命他在隱娘來的那天早上到城北去等候騎著黑驢、白驢來到城門口的一男一女，那時會有喜鵲在他們前面喳喳鳴叫，丈夫便會用彈弓去打，但沒打中，妻子便會奪過丈夫的彈弓，一彈便打死了喜鵲。你就向他們致禮，告訴他們說：「節度使想要見你們，所以命我從遠處來到這裡恭敬迎候。」衙將受命而去，果然一切都和節度使說的一樣，見到了隱娘夫婦。隱娘說：「劉僕射果然神通過人，要不然怎麼能看穿我們呢？我很願意去和劉公見面。」會面時，劉公殷勤地噓寒問暖。隱娘夫婦向他行禮說：「我們對不起僕射，真是罪該萬死。」劉公說：「不是這樣說的，各人忠於自己的主人，是人之常情，你們在魏博或是在陳許並沒有什麼區別。我很想請你們留在這裡，你們千萬不要有任何猜疑啊！」隱娘向劉公道謝說：「僕射身邊沒人護衛，我願意離開魏博到這裡來，我很欽佩劉公的神明啊！」隱娘已看清魏帥不如劉公。劉公問他們需要些什麼，隱娘說：「每天只要二百文錢就夠了。」劉公依從了她的請求。兩頭驢子忽然不見了，他便派人去找，終究沒能找到去向。後來暗中搜尋隱娘的布袋，看到了一黑一白兩隻紙剪的驢子。

後月餘，白劉曰：「彼未知住❶，必使人繼至。今宵請剪髮，繫之以紅綃❷，送于魏帥枕前，以表不迴。」劉聽之。至四更，卻返曰：「送其信了。後夜必使精精兒來殺某及賊僕射之首。此時亦萬計殺之。乞不憂耳。」劉豁達大度，亦無畏色。是夜明燭，半宵之後，果有二幡子❸，一紅一白，飄飄然如相擊于床四隅。良久，見一人望空而踣❹，身首異處。隱娘亦出曰：「精精兒已斃。」拽出于堂之下，以藥化為水，毛髮不存矣。隱娘曰：「後夜當使妙手空空兒繼至。空空兒之神術，人莫能窺其用❺，鬼莫得躡❻其蹤。能從空虛❼而入冥❽，善無形而滅影，隱娘之藝，故不能造其境。此即繫❾僕射之福耳。但以于闐玉❿周⓫其頸，擁以衾，隱娘當化為蠛蠓⓬，潛入僕射腸中聽伺，其餘無逃避處。」劉如言。至三更，瞑目⓭未熟。果聞項上鏗然，聲甚厲。隱娘自劉口中躍出，賀曰：「僕射無患矣。此人如俊鶻⓮，一搏⓯不中，即翩然遠逝，恥其不中。纔未逾一更，已千里矣。」後視其玉，果有匕首劃處，痕逾數分。自此劉轉厚禮之。

【章　旨】聶隱娘極盡心力為劉昌裔擊退了數名神術超逸的刺客。

【注　釋】❶住　住手。❷綃　古代的一種生絲織品。❸幡子　旗幟。幡，同「旛」。❹踣　跌倒。❺用　作用。❻躡　跟隨。❼空虛　空中。❽冥　此處意為極高遠、極深的境界。❾繫　與……相連。即倚仗之意。❿于闐玉　于闐出產的玉。于闐，古代西域國名，即今新疆和田縣。⓫周　此處作動詞用，圍繞的意思。⓬蠛蠓　一種小飛蟲。⓭瞑目　閉眼。⓮鶻　一種猛禽，即隼。飛行迅疾，獵人多飼養之，以捕鳥兔。⓯搏　此處意為出擊。

【語　譯】一個多月後，隱娘對劉公說：「魏帥見不到我回去覆命，不願意就此罷手，一定還會派人來的。請允許我在今天晚上剪一綹頭髮用紅綃繫住，送到魏帥的枕頭邊去，以表明我們不回去了。」劉公應允了。到四更時，隱娘回來了。她說：「我已把信送去了。後天夜裡一定會派精精兒來取我和僕射的首級。我一定想辦法把他殺掉，請您不要擔憂。」劉公豁達開朗，並沒有露出害怕的樣子。到了那天夜裡，屋裡燭火通明。半夜以後，果然看到一紅一白兩面旗幟在床的四角飄來飄去好像在互相搏擊。過了好久，看到一個人從半空中落下地來，腦袋和身體已分成兩截。隱娘走出來說道：「精精兒已經死了。」便把屍首拖到堂下，用藥物化成了水，連毛髮都沒有留下。隱娘說：「後天夜裡他會再派妙手空空兒來。空空兒的武藝十分神奇，沒有人能看出他的用心，鬼神也無法跟得上他的蹤跡。他能騰空而行，升天入地，還會隱形匿跡，隱娘的武藝尚未能達到他的境界。這次只有倚仗僕射的福氣了。僕射可用于闐玉圍在頸項四周，外面用被子遮蓋好。隱娘將變成一隻小飛蟲，藏在僕射的腸中守候著。除此以外，也沒有什麼逃避的良策了。」劉公照她的辦法做了。到三更時，閉著眼躺在床上還未入睡。果然聽到頸項上發出響亮而尖厲的聲音。

隱娘從劉公口中跳了出來，向他道喜說：「僕射沒有危險了。這空空兒就像鷹隼一般，一擊不中之後，必然會因為自己沒有擊中感到羞愧而遠遠地飛走，從此消逝。還沒到一個更次，已經飛出千里之外了。」而後察看頸項上的玉，果然有匕首的劃痕，有好幾分深。從此，劉公對隱娘夫婦更加禮遇優厚。

自元和八年，劉自許入覲，隱娘不願從焉。云：「自此尋山水訪至人❶，但乞一虛給❷與其夫。」劉如約，後漸不知所之。及劉薨❸於統軍❹，隱娘亦鞭驢而一至京師柩前，慟哭而去。開成年，昌裔子縱除❺陵州刺史，至蜀棧道，遇隱娘，貌若當時，甚喜相見，依前跨白衛如故。語縱曰：「郎君大災，不合適此。」出藥一粒，令縱吞之，云：「來年火急拋官歸洛，方脫此禍。吾藥力只保一年患耳。」縱亦不甚信。遺其繒綵，隱娘一無所受，但沉醉而去。後一年，縱不休官，果卒於陵州。自此無復有人見隱娘矣。

【章　旨】劉昌裔將要入京，聶隱娘悄然離去，入山訪道，漸不知所之。

【注釋】❶至人　得道的人。❷虛給　掛名而不做事，空拿薪餉的差使。❸薨　唐代凡二品以上者死亡稱「薨」。❹統軍　左龍武統軍的簡稱。二品官。❺除　任命；授職。

【語譯】元和八年，劉公離開許州到京師入覲。隱娘不願跟隨他到京師去，說：「從此以後，我要走遍各地山水去尋訪得道之人。只請求您給我丈夫一個掛名職位，讓他領取一份薪餉。」劉公答應了她。後來，漸漸地就看不到隱娘的蹤跡了。等到劉公在左龍武統軍的官位上去世時，隱娘也騎著驢子到京師劉公靈前祭奠，痛哭一場後便離去了。到了開成年間，劉昌裔的兒子劉縱被任命為陵州刺史，在四川棧道遇見了隱娘，容貌還和當年一樣，也和從前一樣騎著一頭白驢，看到劉縱很高興。隱娘對劉縱說：「郎君將有大災難，不該到這個地方來。」便拿出一粒藥，叫劉縱吞服下去，又對他說：「明年趕快丟下官職回洛陽去，才能逃脫這場災禍。我的藥力只能保你一年平安。」劉縱對這番話並不很相信。要送給她綢緞等禮物，隱娘一點也不接受，只是痛飲了一場，酩酊大醉而去。一年以後，劉縱不願辭官，果然在陵州任上去世了。從此沒有人再見過隱娘了。

【賞析】晚唐遭逢亂世，軍閥混戰、干戈紛擾的社會環境往往使人產生一些超越現實的奇思妙想。於是，此段時期的唐傳奇中便出現了大量的豪俠題材的作品，〈聶隱娘〉便是其中流傳極廣、對後世影響極大的一篇。

在題材的選擇與主題的表達上，本文與〈紅線〉有著極其相似之處，兩篇小說均描述了一位俠女「勢似飛騰，寂無形跡」的超人技藝；同樣表達出作者對於男尊女卑思想的突破。但兩者也有一個明顯的區別，即：〈紅線〉雖屬俠義類小說，但敘事的重心仍在於人物性格的刻劃和環境的描述。因此，〈紅線〉花費了相當多的筆墨渲染故事發生的背景、勾勒人物之間錯綜的關係。其中，關於田承嗣招募「外宅男」的交代、田氏營帳陳設的交代均在此列。這種背景的詳細敘述，目的在於更完整地展示出特定社會歷史時期的真實面貌。相反地，〈聶隱娘〉作者的興趣卻不在於表現人物的思想與性格，他最感興味的是女主人公飛簷走壁、取人首級若探囊取物的異術。〈聶隱娘〉雖然也以兩個軍閥的鬥爭為情節展開的基礎，但卻完全不同於〈紅線〉，對魏、劉二人的矛盾，裴鉶沒有作道德意義上的價值判斷。可見，他對於軍閥鬥爭的社會內涵並不在意。他描寫魏、劉二人衝突完全是出於情節設置的考慮。在〈紅線〉中，袁郊對於女主人公的神技及其由來，均未作具體的交代；相反，裴鉶卻詳盡描寫了聶隱娘學藝的完整過程，甚至對主人公兵器的變化細節也不厭其煩地加以說明。

至於作品的高潮——女主人公為主人報效盡力一場，兩篇作品的處理也是迥然不同的。〈紅線〉僅僅通過女主人公紅線之口，以一句「某發其左扉，抵其寢帳。……遂持金合以歸」輕輕帶過，其餘的筆墨均著眼於田承嗣軍營的環境交代。而〈聶隱娘〉中聶隱娘護衛劉帥一場，既有事發前的精心策劃，又有事發過程中的驚心動魄。作者對於矛盾衝突的表現，也多為動態的行為描寫，而較少靜態的景物與環境描寫。此外，兩篇作品的結構與敘述角度也是不同的。〈紅線〉某些部分採用了第一人稱限知敘事角度，並多處運用了倒敘和插敘的手法，這種敘事方式有利於設置懸念、渲染氣氛，但在敘事的具體與詳盡上要稍遜一籌；而〈聶隱娘〉基本採用順敘手法與第三人稱全知角度來展開情節，這有利於作者客觀、完整、細緻地展現人物的行為。由此可見，〈聶隱娘〉在某種程度上已具備了後世武俠小說的重要特徵——對於武功、異能的具體細緻的表現。就此而言，〈聶隱娘〉在晚唐同體裁小說中是占有一席之地的。

陳鸞鳳

裴鉶

【題解】本篇出於裴鉶《傳奇》，《太平廣記》卷三九四雷類也收入本文。小說塑造了一位不畏強暴敢於和雷神抗爭的英雄形象，是唐傳奇中一篇很有光彩的作品。

唐元和❶中，有陳鸞鳳者，海康❷人也。負氣義❸，不畏鬼神，鄉黨咸呼為後來周處❹。

【章旨】介紹陳鸞鳳的性格品行。

【注釋】❶元和　唐憲宗年號。❷海康　縣名，在廣東省雷州半島。❸負氣義　為人有血性，講義氣。❹周處　晉陽羨（今江蘇宜興縣）人。少年時橫行鄉里，鄉人把他和蛟、虎合稱為「三害」，後來他斬蛟射虎，改過自新，官至御史中丞。

【語譯】唐朝元和年間，有個叫陳鸞鳳的人，海康縣人氏。為人有血性，講義氣，不怕鬼神。家鄉鄰里都稱他為「後來周處」。

海康者，有雷公廟。邑人虔潔祭祀，禱祝既淫❶，妖妄亦作。邑人每歲聞新雷日，記某甲子❷，一旬復值斯日，百工❸不敢動作，犯者不信宿❹必震死，其應如響。時海康大旱，邑人禱而無應。鸞鳳大怒曰：「我之鄉，乃雷鄉❺也。為神不福❻，況受人奠酹❼如斯。稼穡既焦，陂池❽已涸，牲牢❾饗盡，焉用廟為！」遂秉炬爇❿之。其風俗，不得以黃魚彘肉⓫，相和食之，亦必震死。是日，鸞鳳持竹炭刀，於野田中，以所忌物相和啖之，將有所伺⓬。果怪雲生，惡風起，迅雷急雨震之。鸞鳳乃以刃上揮，果中雷左股⓭而斷。雷墮地，狀類熊豬，毛角，肉翼青色，手執短柄剛石斧，流血注然。雲雨盡滅。鸞鳳知雷無神，遂馳赴家，告其血屬⓮曰：「吾斷雷之股矣！請觀之。」親愛愕駭，共往視之，果見雷折股而已。又持刀欲斷其頸，嚙其肉，為群眾共執⓯之曰：「霆⓰是天上靈物，爾為下界庸人，輒⓱害雷公，必我一鄉受禍。」眾捉衣袂⓲，使鸞鳳奮擊不得。逡巡⓳，復有雲雷，裹其傷者，和斷股而去。沛然⓴

雲雨，自午及酉，涸苗皆立矣。遂被長幼共斥之，不許還舍。於是持刀行二十里，詣舅兄㉑家。及夜，又遭霆震，天火焚其室。復持刀立於庭，雷終不能害。旋㉒有人告其舅兄向來事，又為逐出。復往僧室，亦為霆震，焚爇如前。知無容身處，乃夜秉炬，入於乳穴㉓嵌孔㉔之處，後雷不復能震矣。三暝㉕然後返舍。

【章　旨】因雷神不庇佑鄉人，解除旱災，陳鸞鳳遂勇敢與雷神鬥爭，擊敗雷神，降下甘霖，並逃過雷神的報復。

【注　釋】❶淫　過度；無節制。❷甲子　古人用干支紀日，甲子居首位，所以也用甲子代替干支。記某甲子就是記錄日期。❸百工　對各種手工業工人的總稱。❹信宿　兩夜。❺雷鄉　即今之高雷地區。此處意為雷神的故鄉。❻福　保佑；降福。❼酹　把酒灑在地上表示祭奠。❽陂池　池沼；池塘。❾牲牢　供祭祀用的牲畜。❿爇　焚燒。⓫彘肉　豬肉。⓬伺　探察；等候。⓭股　大腿。⓮血屬　有血緣關係的親屬。⓯執　抓住。⓰霆　霹靂。此處指雷神。⓱輒　獨斷專行；肆意妄為。⓲袂　袖子。⓳逡巡　頃刻。⓴沛然　水奔流的樣子。此處形容雨勢大。㉑舅兄　妻兄。㉒旋　隨即；立刻。㉓乳穴　石鐘乳的巖洞。㉔嵌孔　指山洞。㉕三暝　天黑了三次，即三晝夜。

【語　譯】海康有座雷公廟，當地人都很虔誠地齋戒沐浴到廟裡祭祀，以求佑護。祈禱的情況過於頻繁，怪異的事情也就發生了。當地人每年聽到第一次雷擊後，一定要記清楚日期，以後每十天中的同樣日子裡，各行各業的工人都不敢動手做工。如果有人不相信而觸犯了這種禁忌，不出三天就會被雷打死，靈驗得就像響聲必有回音一樣。這一年，海康遇到嚴重旱災，當地人虔誠禱祝卻沒有一點效應。陳鸞鳳很生氣地說：「我的家鄉是個多雷的地方，也可算是雷公的家鄉了。作為神靈，不降福於百姓，卻還如此享受百姓的祭奠。莊稼都枯焦了，池塘也乾涸了，牲畜都因祭祀而殺光了，還要這個廟做什麼！」於是以火把將廟燒了。當地的風俗，黃魚和豬肉是不可以一起吃的，如果一起吃了，也會被雷震死。那天，陳鸞鳳拿了一把燒炭時砍竹子用的刀，站在田野上，把這兩種相剋的食物和在一起吃了，等著看雷公能把他怎麼樣。一會兒，果然烏雲蔽日，狂風大作，疾雷跟著急雨打下來。陳鸞鳳舉起刀向上猛揮，果然砍中了雷公，左大腿被砍斷了。雷公從空中墜落地面，樣子就像熊和豬，頭上有毛角，身上有青色的肉翅，手上抓著一把短柄的硬石斧，傷處血流如注。這時，烏雲散了，雨也停了。陳鸞鳳知道雷公沒有什麼神奇力量了，就快跑回家，對他的親屬說：「我把雷公的大腿砍斷了，快去看啊！」親屬們又驚又怕，一起去看，果然見到雷公的大腿斷了。陳鸞鳳又拿了刀想把雷公的頭砍下來，再吃他的肉，卻被大家抓住了，並道：「雷公是天上的神靈，你是下界的凡人，你若是蠻幹而害死了雷公，必定會使全鄉人都遭到災禍的。」大家抓住了陳鸞鳳的衣襟，使他不能用力打雷公。一會兒，烏雲雷霆又起。大家便把雷公的大腿接在斷處，裹好了傷口就離去了。接著，下起大雨來，從上午十一時到下午七時，傾盆大雨下個不停，枯萎的禾苗都挺立起來了。陳鸞鳳被全家老小罵了一頓並且還不許他回家。他只好拿著刀走到二十里外的妻兄家去住。到了晚上，住處又遭雷擊，房屋也被雷電引起的火燒掉了。陳鸞鳳又拿了刀站在庭院中，雷霆始終打不死他。隨即有人把白天發生的事告訴了他的妻兒，他就又被趕了出來。他又到和尚寺裡去借宿，寺院又遭雷擊，房屋又被焚毀。陳鸞鳳知道已無容身處，只好晚上拿了火把，鑽進一個長滿鐘乳石的巖洞裡去過夜。之後雷霆就再也震不到他了。三天以後，才又回家去。

自後海康每有旱，邑人即醵金❶與鸞鳳，請依前調二物食之，持刀如前，皆有雲雨滂沱，終不能震。如此二十餘年，俗號鸞鳳為雨師❷。至大和❸中，刺史❹林緒知其事，召至州，詰❺其端倪❻。鸞鳳云：「少壯之時，心如鐵石，鬼神雷電，視之若無當❼者。願殺一身，請蘇❽萬姓。即上玄❾焉能使雷鬼敢騁❿其凶臆⓫也。」遂獻其刀於緒。厚酬其直⓬。

【章　旨】每逢旱災，陳鸞鳳便照著同樣的方法去做，為鄉人求得大雨，並獲得刺史的賞賜。

【注　釋】❶醵金　聚集金錢；湊錢。❷雨師　雨神。❸大和　唐文宗年號。❹刺史　州的行政長官。❺詰　追問。❻端倪　始末。❼當　面對。❽蘇　從困難中得到解救。❾上玄　上天。❿騁　放任。⓫臆　主觀的想法。⓬直　通「值」。價值。

【語　譯】從此以後，每逢海康遭旱災，當地人就湊錢送給陳鸞鳳，請他按照以前的做法將兩種食物和在一起吃，同樣拿著刀站在田野上，就都會有滂沱大雨降下，雷霆終究還是打不到他。就這樣過了二十多年。鄉人給陳鸞鳳起了個綽號叫雨師。到大和年間，刺史林緒知道了這件事，就把陳鸞鳳召喚到州衙裡，詳細詢問他事情的始末。陳鸞鳳說：「年輕的時候，性格就像鐵石一樣堅硬，鬼神雷電，全都不放在眼裡。甘願犧牲我一人的生命，將千千萬萬的百姓從困境中解救出來。我想就是上天也不會放任雷鬼恣意逞凶的。」說完，將那把砍雷神的刀獻給了林緒。林緒給了他一筆豐厚的報酬。

【賞　析】〈陳鸞鳳〉是一篇描寫人神爭鬥的作品。它的妙處不在於志怪述異，而在於寫出了普遍的人性。

小說中的雷公，常年享受著邑人虔誠的祭祀，卻不僅全然不知庇佑鄉里，反而「妖妄亦作」，對其稍有觸犯，便將人震死，毫無神祇的仁慈與寬容的靈性。就是這樣一位凶神惡煞、有怨必報的神靈，面對凡人陳鸞鳳的竹炭刀卻又束手無策，祭起惡風、迅雷、急雨的法寶，非但沒能傷著陳鸞鳳的一根毫毛，反倒遭到折股流血的可悲下場，最後只得沛然降雨，乖乖聽從調遣。作者的深刻之處在於他並沒有賦予陳鸞鳳特異的稟賦與超人的能力，陳鸞鳳戰勝雷公憑藉的是正義與勇氣，他是在心理上擊潰了對手。因此，這場人神之戰並不帶有多少神異的色彩。它寓示的完全是世俗的真義。小說中的雷公可以說是人間乖戾恣睢卻又外強中乾的統治者的真實寫照，他們用權勢和高位將自己偽裝得神聖與威嚴，然而只要有人敢於與之作頑強的抗爭，他們虛弱、醜陋的本質便暴露無遺。所以，我們甚至可以說，小說雖然描寫了鬼神，卻從某種角度宣揚了無神論的思想。它告訴讀者，面對強暴凶頑（無論是自然的、社會的，還是超自然的），一切妥協與退縮都只能增加苦難，人們只有站直身體作勇猛的抗爭方能獲得勝利。

小說在人物形象的塑造上也顯示了獨到之處。為了凸顯陳鸞鳳剛正勇猛的英雄形象，作者採取了多層次對比的手法。首先是邑人和陳鸞鳳的對比。新雷之日，鄉裡「百工不敢動作」；大旱之時，邑人祭禱如常，不敢稍有懈怠，而陳鸞鳳卻秉炬爇廟，又持刀斲傷雷公，表現出超人的勇氣。其次是雷神與陳鸞鳳的對比。雷公裹挾著怪雲、惡風、迅雷、急雨向一介凡夫陳鸞鳳襲來，而陳鸞鳳卻僅憑一把竹炭刀便擊潰了敵人，懸殊的力量和出人意表的結局表明了「雷無神」，而「庸人」卻有著不可輕視的心靈力量。鄉人對於陳鸞鳳前後態度的鮮明對比也頗可玩味。當陳鸞鳳與雷公爭鬥之時，邑人「長幼共斥之」，鄰里兄舅將之「逐出」，對他毫不留情，唯恐禍及己身；然而當陳鸞鳳降雨成功之後，邑人又「醵金」給他，請「依前調二物食之」。邑人前倨後恭反映出的炎涼世態並非作者的用力之處，但其中的嘲諷與悲涼之情卻耐人尋味。

裴航

裴鉶

【題解】本篇出自《太平廣記》卷五〇，原出於裴鉶《傳奇》。內容講述落第秀才裴航歷經考驗，終於和仙女結為夫妻的神奇故事。小說在後代影響深遠，根據本篇改編的小說和戲曲很多，如宋代有《裴航遇雲英於藍橋》、元代庾天錫有《裴航遇雲英》雜劇、明人龍膺有《藍橋記》，清代黃兆森有《裴航遇仙》傳奇。至於小說中寫到的「藍橋」、「玉杵」等名物更成為宋以來文人常用的典故。

長慶❶中，有裴航秀才❷，因下第游於鄂渚❸，謁故舊友人崔相國❹。值相國贈錢二十萬，遠挈歸於京。因傭巨舟載於湘漢。同載有樊夫人，乃國色也。言詞問接❺，帷帳昵洽。航雖親切，無計道達❻而會面焉。因賂侍妾❼裊煙而求達詩一章，曰：「同為胡越❽猶懷想，況遇天仙隔錦屏。儻若玉京❾朝會去，願隨鸞鶴❿入青雲。」詩往，久而無答。航數詰裊煙。煙曰：「娘子見詩若不聞，如何？」航無計，因在道求名醞珍果而獻之。夫人乃使裊煙召航相識。及褰帷⓫，而玉瑩光寒，花明麗景，雲低鬟鬢，月淡修眉，舉止煙霞外人，肯與塵俗為偶。航再拜揖，愕眙⓬良久之。夫人曰：「妾有夫在漢南⓭，將欲棄官而幽棲巖谷，召某一訣耳。深哀草擾⓮，慮不及期⓯，豈更有情留盼他人，的不然耶？但喜與郎君同舟共濟，無以諧謔為意耳。」航曰：「不敢。」飲訖而歸。操比冰霜，不可干冒⓰。夫人後使裊煙持詩一章，曰：「一飲瓊漿百感生，玄霜搗盡見雲英。藍橋便是神仙窟，何必崎嶇上玉清。」航覽之，空愧佩而已，然亦不能洞達⓱詩之旨趣。後更不復見，但使裊煙達寒暄而已。遂抵襄漢，與使婢挈粧奩，不告辭而去。人不能知其所造⓲。

【章旨】落第秀才裴航遠遊四方，在巨舟上結識了樊夫人。裴航以詩向樊夫人表達愛慕之意被拒，無法接近她。樊夫人贈給裴航一首旨趣幽深的小詩之後，便不告而別。

【注釋】❶長慶　唐穆宗李恆年號。❷秀才　唐貞觀後，對由各郡送來參加禮部「進士」考試的舉子的尊稱。與明、清的「秀才」意義不同。❸鄂渚　武昌西面長江中的小洲。渚，水中小洲。❹相國　宰相的古稱。❺言

詞問接　問答接談，指不見面地相互談話。❻道達　引進；介紹（自己）。道，同「導」。❼侍妾　侍婢。❽胡越　胡地越地。比喻距離遙遠。胡，指我國的北方。越，即今浙江一帶。❾玉京　道教傳說中玉帝居住的地方。❿鸞鶴　道教以鸞鶴為仙人坐騎。⓫褰帷　掀開帷幕。⓬眄眙　瞪大了眼睛呆看。眄，當為「愕」。驚訝的樣子。眙，直視。⓭漢南　漢水以南地區。⓮草擾　忙亂。⓯及期　按時。⓰干冒　冒犯。⓱洞達　通曉。⓲造去。

【語　譯】長慶年間，有個裴航秀才，因為考試落了榜，便到鄂渚去遊覽散心，順便去拜訪了一位曾經做過宰相的崔姓老朋友。崔相國贈送二十萬錢給他，裴航便帶著錢千里迢迢返回京師。他僱了一艘大船裝著錢在湘江漢水上航行。同船的還有一位樊夫人，容貌十分美麗出眾。他們時常隔著簾幕問答交談，相處得非常親密融洽。裴航雖然很想和樊夫人親近，但苦於無人引見，所以總沒有機會和她見面。他便賄賂夫人的侍女裊煙，求她代送一首詩給樊夫人。詩是這樣寫的：「相隔在天南地北的人尚且還要相互思念，更何況和天仙只隔著一重錦屏。倘若你要到玉京去朝拜天帝，我願意跟隨著你乘的鸞鶴一起飛上青雲。」詩送去了，卻久久沒有回音。裴航好幾次盤問裊煙，裊煙說：「夫人見了詩就像沒看見似的，你說怎麼辦？」裴航也無計可施，只得在航行途中設法搜求了名酒和珍異的果品獻給夫人，夫人便命裊煙召請裴航去會面。簾幕掀開，只見樊夫人就像美玉般晶瑩地放出寒光，又像明媚的花朵照亮了瑰麗的景色，像烏雲一樣的鬢髮低低垂下，細長的眉毛如一彎淡淡的新月。言談舉止超凡脫俗，怎能與塵世間的俗人為偶。裴航向夫人拜揖了兩次，瞪眼呆看了許久。夫人說：「我的丈夫在漢南做官，馬上要辭官到深山中去隱居，叫我去和他訣別。我為離別的哀愁所煩擾，只擔心不能在約定的時間內到達。哪還有心思留意別人，難道不是這樣嗎？但是我也很高興和郎君同乘一艘船，只是希望你不要生調笑的念頭。」裴航說：「不敢。」飲罷便回到自己的艙房裡去了。感到樊夫人的節操像冰霜一般貞潔，不能再冒犯褻瀆她了。夫人後來也叫裊煙送了一首詩給裴航，詩中說道：「飲過瓊漿當會百感俱生，春盡玄霜便能見到雲英。藍橋原本就是神仙的洞府，何必要歷盡坎坷登上玉清。」裴航看了詩空自慚愧欽佩，但卻不能洞曉詩中真正的涵義。此後再也沒有見到樊夫人，只是不時差遣裊煙轉達問候而已。船到襄漢，樊夫人和侍女拿了梳妝用具，沒有和裴航告別便匆匆下船走了。沒有人知道她們去了哪裡。

航遍求訪之，滅跡匿形，竟無蹤兆。遂飾粧❶歸輦下❷。經藍橋驛❸側近，因渴甚，遂下道求漿❹而飲。見茅屋三四間，低而復隘，有老嫗緝麻苧❺。航揖之，求漿。嫗咄❻曰：「雲英，擎一甌漿來，郎君要飲。」航訝之，憶樊夫人詩有雲英之句，深不自會。俄於葦箔之下，出雙玉手，捧瓷。航接飲之，真玉液也。但覺異香氤鬱，透於戶外。因還甌，遽揭箔，覩一女子，露裛❼瓊英，春融雪彩，臉欺膩玉，鬢若濃雲，嬌而掩面蔽身，雖紅蘭之隱幽谷，不足比其芳麗也。航驚怛❽植足，而不能去。

因白嫗曰：「某僕馬甚饑，願憩於此，當厚答謝，幸無見阻。」嫗曰：「任郎君自便。」且遂飯僕❾秣馬。良久，謂嫗曰：「向覩小娘子，豔麗驚人，姿容擢世❿，所以躊躕⓫而不能適⓬。願納厚禮而娶之，可乎？」嫗曰：「渠已許嫁一人，但時未就耳。我今老病，只有此女孫。昨有神仙遺⓭靈丹一刀⓮，但須玉杵臼，擣之百日，方可就吞，當得後天而老。君約取此女者，得玉杵臼，吾當與之也。其餘金帛，吾無用處耳。」航拜謝曰：「願以百日為期，必攜杵臼而至，更無他許人。」嫗曰：「然。」航恨恨而去。

【章　旨】裴航四處尋訪樊夫人，毫無下文，只得回京。路過藍橋驛見到緝麻老嫗的孫女雲英。裴航對雲英一見傾心，並向老嫗提出求親的願望。老嫗要求裴航在百日內尋訪到玉杵臼。

【注　釋】❶飾粧　整理行李。飾，通「飭」。整理。❷輦下　都城。此處指長安。❸藍橋驛　在陝西西安附近藍田縣。唐代時著名的風景區。❹漿　漿水；飲料。❺緝麻苧　紡績麻線。麻苧就是苧麻。❻咄　吆喚。❼裛　同「浥」。沾溼。❽驚怛　驚駭。❾飯僕　給僕人吃飯。飯，在這裡作動詞用。❿擢世　超出世間。⓫躊躕　徘徊猶疑的樣子。⓬適　去。⓭遺　贈送。⓮一刀　指一刀圭。古代有一種刀形的錢幣，叫「錯刀」，上面有一圓圈像圭璧(圓形的玉),中有一孔,用以穿線。這個錢上的小圓圈就叫刀圭,古人用以量取藥粉。

【語譯】裴航到處尋訪,可是她卻影蹤全無,連一點線索也沒有。裴航只好整理行李回京師。途中經過藍橋驛附近,因為十分口渴,便離開大路想找一戶人家討些水喝。見到路邊有三、四間茅屋,低矮狹小,裡面有個老婦人正在紡績苧麻。裴航便向她作揖,請她給點水喝。老婦喊道:「雲英,端一碗水來,這位郎君要喝。」裴航聽她這樣喊,感到有些驚訝,想起樊夫人的詩裡提到過雲英,但一時也想不出個究竟來。接著,裡屋的葦簾下伸出一雙潔白如玉的纖手,捧著一個瓷碗。裴航接過碗來一飲而盡,真像喝了仙露一般。只感到異香馥郁,直透戶外。裴航藉口還碗,突然掀開葦簾,見到裡屋站著一位女郎,就像沾了露珠的鮮花那樣嬌豔,像初融的春雪那樣鮮亮,臉上的潤澤賽過細膩的美玉,黑亮的鬢髮就像濃雲堆砌。看到裴航便嬌羞地雙手掩面躲了起來,連隱藏在幽谷中的紅蘭也比不上她的芬芳妍麗。裴航驚訝得腳像被深種土裡,無法離開。便對老婦說:「我的僕人和馬匹很餓,想在這裡休息一會,我會重重酬謝您的,請您不要拒絕。」老婦說:「隨郎君自便吧。」便去做飯給僕人吃,又餵了馬。過了半天,裴航對老婦人說:「剛才看到您家的小姐,豔麗驚人,姿容超越世人,所以我逗留著捨不得離開。我希望向您獻上豐厚的財禮,把她娶回去,您看行嗎?」老婦人說:「她已經許配給一個人了,但時機還沒成熟。我年老多病,只有這麼一個孫女。昨天有位神仙送來一點靈丹,但必須用玉杵臼把丹藥舂一百天才可服用,服藥後我就會壽比天高了。郎君如果想娶我的孫女,就約定一個期限。倘若能如期得到玉杵臼,我就把孫女嫁給你。至於金帛之類,對我是毫無用處的啊。」裴航拜謝了老婦人,並說:「我願以一百天為限，到時我一定帶了玉杵臼來，您可不能再把她許配給別人啊。」老婦說：「就這樣說定了。」裴航便遺憾而又戀戀不捨地走了。

及至京國，殊不以舉事為意。但於坊曲❶鬧市喧衢而高聲訪其玉杵臼，曾無影響。或遇朋友，若不相識，眾言為狂人。數月餘日，或遇一貨玉老翁曰：「近得虢州❷藥鋪卞老書云：『有玉杵臼貨之。』郎君懇求如此，此君吾當為書導達。」航愧荷珍重，果獲杵臼。卞老曰：「非二百緡❸不可得。」航乃瀉囊❹，兼貨❺僕貨馬，方及其數。遂步驟❻獨挈而抵藍橋。

【章旨】裴航在京城歷經辛苦，終於購得玉杵臼。

【注釋】❶坊曲　唐代長安市區劃分為許多坊，每個坊外面都有圍牆和坊門，坊中的小巷叫曲。坊曲就如同說里弄、巷子。❷虢州　唐州名，轄區相當於河南省西部和陝西省洛水上游一帶。州治約在今河南省靈寶縣南。❸緡　錢一貫（一千文）叫一緡。❹瀉囊　把口袋倒空，拿出所有的錢。❺貨　賣。❻步驟　步行奔去。

【語譯】來到了京師，裴航絲毫不把科舉考試的事放在心上。只是在通衢鬧市大街小巷中高聲吆喝著訪求玉杵臼。但是，一點線索也沒有。有時遇到昔日的親朋友好，就像不認識一樣，大家都說他是瘋了。一個多月以後，偶然遇到一位賣玉的老翁對他說：「近來我收到虢州藥店卞老的書信，說他那裡有玉杵臼要賣，郎君既然如此懇切地尋求，我當寫信介紹你去找他。」裴航十分感激老翁，很珍視他提供的線索。到了虢州藥店，果然有玉杵臼賣。卞老說：「沒有二百緡就不賣給你。」裴航便拿出所有的錢，還把僕人和馬匹都賣了，才算湊夠了數。便拿了玉杵臼急急忙忙地步行趕到藍橋。

昔日嫗大笑曰：「有如是信士乎？吾豈愛惜女子而不酬其勞哉。」女亦微笑曰：「雖然，更為吾擣藥百日，方議姻好。」嫗於襟帶間解藥，航即擣之。晝為而夜息。夜則嫗收藥臼於內室。航又聞擣藥聲，因窺之，有玉兔持杵臼，而雪光輝❶室，可鑑❷毫芒。於是航之意愈堅。如此日足，嫗持而吞之曰：「吾當入洞，而告姻戚為裴郎具帳幃。」遂挈女入山，謂航曰：「但少留此。」逡巡❸，車馬僕隸，迎航而往。別見一大第連雲，珠扉晃日，內有帳幄屏幃，珠翠珍玩，莫不臻至❹，愈如貴戚家焉。仙童侍女，引航入帳就禮訖。航拜嫗悲泣感荷。嫗曰：「裴郎自是清冷裴真人❺子孫，業當出世，不足深媿老嫗也。」及引見諸賓，多神仙中人也。後有仙女，鬟髻霓衣，云是妻之姊耳。航拜訖，女曰：「裴郎不相識耶？」航曰：「昔非姻好，不醒❻拜侍。」女曰：「不憶鄂渚同舟回而抵襄漢乎？」航深驚怛，懇悃❼陳謝。後問左右，曰：「是小娘子之姊，雲翹夫人，劉綱仙君之妻也。已是高真❽，為玉皇之女吏。」嫗遂遣航將妻入玉峰洞中，瓊樓珠室而居之，餌以絳雪瓊英之丹。體性清虛，毛髮紺❾綠，神化自在，超為上仙。至太和❿中，友人盧顥遇之於藍橋驛之西。因說得道之事。遂贈藍田美玉⓫十斤，紫府⓬雲丹一粒，敘話永日，使達書於親愛。盧顥稽顙⓭曰：「兄既得道，如何乞一言而教授？」航曰：「老子曰：『虛其心，實其腹。』今之人，心愈實，何由得道之理？」盧子懵然⓮。而語之曰：「心多妄想，腹漏精溢，即虛實可知矣。凡人自有不死之術，還丹⓯之方，但子未便可教，異日言之。」

盧子知不可請，但終宴而去。後世人莫有遇者。

【章旨】老嫗得到玉杵臼後，方才透露雲英乃神仙中人。裴航與雲英結為夫婦並同登仙界。

【注釋】❶輝　照耀。❷鑑　照見。❸逡巡　一會兒。❹臻至　達到極點。❺清冷裴真人　道教稱得道成仙的人為真人。認為真人都是玉帝的仙官，都有位號，這裡的清冷就是裴真人的位號。❻醒　省；記憶。❼悃　誠。❽高真　上真。即高級的神仙。❾紺　深青中泛紅的顏色。❿太和　唐文宗李昂年號。⓫藍田美玉　藍田山出產的優質玉。藍田山，在陝西藍田縣東南。⓬紫府　道教傳說中神仙居住的宮殿。⓭稽顙　古代最重的行禮方式，即叩頭時額頭伏地多時。稽，稽留。顙，額頭。⓮懵然　糊裡糊塗的樣子。⓯還丹　道教方術中，有一種「煉丹術」，就是把丹砂燒成水銀，過些時又還原成丹砂，叫做「還丹」。他們認為經過九轉的「還丹」吃了可以成仙。

【語譯】那個老婦人一見他便大笑著說：「天下竟有如此守信用的人，我豈能因為捨不得孫女而不答謝你呢。」女郎也微笑著說：「雖然玉杵臼是拿來了，但還要他為我舂一百天藥，才能談論婚事。」老婦人從腰帶上解下丹藥來遞給裴航，裴航便將藥放在臼中舂搗，白天舂藥晚上休息。夜晚老婦人便把藥臼收進內室。但裴航卻在夜裡又聽到了舂藥的聲音，便從門縫中向內室看去，見到一隻白兔用玉杵舂臼裡的丹藥。白兔身上放出雪亮的光芒，照得全室通明，連細如毫芒的東西都能看得清清楚楚。看到這種景象，裴航的意志更堅定了。就這樣舂滿了一百天。老婦人把丹藥吞服下去後便說：「我這就進洞府去，通知親戚們為裴郎準備結婚用的帳幃。」便帶了女郎進山。臨走對裴航說：「你在這裡稍等一會兒。」不多時，就有車馬僕從來迎接裴航前去。到了山中只見一座大宅高接雲霄，門上鑲嵌的珍珠在太陽下熠熠生輝。室內帳幃屏風一應俱全，擺設著的珠翠珍玩，沒有一樣不是最最貴重的，比王公國戚家還要氣派。仙童和侍女引領裴航進帳幃行了結婚大禮。裴航感激涕零地向老婦人拜謝。老婦人說：「裴郎原本就是清冷裴真人的後代，註定該當成仙的，不用過分感謝我這老婆子。」便給裴航引見一眾賓客，也都是神仙中人。其中有一位仙女，梳著環形高髻，穿著彩霞般亮麗的衣服，說是他妻子的姐姐。裴航向她拜過後，仙女說：「裴郎不認識我了？」裴航說：「我們過去並非親朋故舊，不記得在何處拜侍過您。」仙女說：「你不記得我們從鄂渚同船一起到達襄漢的事了？」裴航聽了十分驚駭，連忙懇切地向她道歉。後來問起侍從，侍從說：「是小姐的姐姐雲翹夫人，劉綱仙君的妻子，神仙品級已經很高，是玉帝身旁的女官。」老婦人便讓裴航帶著妻子進入玉峰洞，在裡面住的是瓊樓珠室，吃的是絳雪瓊英之丹。漸漸地，裴航身體清靈輕飄，毛髮變作紺綠色，能夠自如地出神入化，超升成為仙人了。到了太和年間，過去的朋友盧顥在藍橋驛的西面遇到了裴航。裴航向盧顥講述了自己得道成仙的經過。送了十斤藍田美玉和一粒紫府雲丹給他，兩人談了一整天，又叫盧顥帶信給自己的親屬。盧顥向裴航行著大禮說：「兄長既然已經成了仙，能否教給我一些修煉的方法呢？」裴航道：「老子說：『虛其心，實其腹。』意思就是一個人應該排除雜念，吃飽肚子。現下的人，各種雜念慾望多得不得了，怎麼還能得道呢？」盧顥聽得莫名其妙。裴航又說：「心裡妄想多了，腹中的精氣就會洩漏，還談什麼虛心實腹啊！長生不老之術和煉丹的方法當然是有的，但是你不見得能學會，將來再說吧。」盧顥知道不能如願以償，也就不再多說。兩人喝完酒便分別了。以後再沒有人見到過裴航。

【賞　析】本文的作者裴鉶是熱中於升仙得道的文人，他不但自號「谷神子」，而且撰寫了道教專著《道生旨》。他的小說專集《傳奇》中大多篇什都與道教有關。同樣，〈裴航〉也透過一個仙凡戀愛的故事，宣揚了求仙學道、超逸塵世的思想。但它吸引歷代讀者的卻不是這種神道思想，而是作品中豐滿的人物形象與富有浪漫色彩的場景描繪。

和唐代絕大部分青年知識分子一樣，裴航也艱難跋涉於科舉仕進的漫長旅途之上，可是當他在藍橋驛遇到雲英之後，便為其傾倒，捨棄了世俗的追求，一心一意尋訪聘物。裴航到了京城，「殊不以舉事為意」，既不顧忌他人的議論，也不吝惜囊中財物，歷經周折，方才尋訪到玉杵臼。首次出現在裴航眼中的雲英，既不是世外仙姝也不是大家閨秀，而只是居住在「低而復隘」的茅屋之中的貧家少女。可以說裴航對於雲英的追求是不帶有任何世俗的實用與功利色彩的。在唐代，知識分子有三大理想：「進士擢第、娶五姓女、修國史」。裴航選擇緝麻苧老婆的孫女雲英，顯然便意味著要摒棄時人夢寐以求的進士頭銜與仕途上世家豪族的裙帶援引。愛情與仕進的矛盾在唐傳奇中是個普遍的主題，人們所熟知的〈霍小玉傳〉、〈鶯鶯傳〉、〈李娃傳〉皆在此列。〈太陰夫人〉中的盧杞在得神女的青睞與永駐天宮的許諾後仍然忘不了人世間的富貴騰達。由此可以想見，仕途經濟對當時知識分子有著怎樣的誘惑。相形之下，裴航純潔的愛情便具備了異樣的光彩，在同題材傳奇作品中顯得分外引人注目。

作者對於神人與仙境的描寫也為作品增添了聖潔而瑰麗的光芒。如描繪雲英的容貌：「露裛瓊英，春融雪彩，臉欺膩玉，鬢若濃雲，嬌而掩面蔽身，雖紅蘭之隱幽谷，不足比其芳麗也。」不僅渲染了她的美貌，更為讀者刻劃了仙人不帶人間煙火氣的飄渺神奇的氣質。至於小說中關於

「瓊樓珠室」、「絳雪瓊英」的描繪，則為讀者打開了一個別有洞天的幻想世界，使讀者得以暫時超越塵世的紛擾，得到心靈片刻的安寧與純淨。

崔護

孟棨

【題解】本篇選自《太平廣記》卷二七四情感類，原出於孟棨《本事詩・情感第一》。本篇記敘了世家子弟崔護與一平民少女的戀愛故事，描寫了愛情所具有的起死回生的巨大威力。此篇傳奇雖然體制極為簡短，但在後世的影響卻不小。宋代有根據它改編的官本雜劇《崔護六幺》、《崔護逍遙樂》，元代有雜劇《十六曲崔護謁漿》（白樸）、《崔護謁漿》（尚仲賢），明代有雜劇《桃花人面》（孟稱舜），傳奇《題門記》（佚名）、《登樓記》（佚名）、《雙盒記》（王澹）、《桃花記》（金懷玉），清代則有雜記《桃花吟》（曹錫黼）、《人面桃花》（舒位）。此外，宋代還有話本《崔護覓水記》、諸宮調《崔護謁漿》。

【作者】孟棨，字初中。晚唐時人，生卒年不詳。他曾任尚書司勳郎中。僖宗光啟二年（西元八八六年）作《本事詩》一卷，專門記述唐代詩人某些作品的相關事蹟，保存了不少唐代詩人的軼事。

博陵崔護❶，資質❷甚美，而孤潔寡合❸。舉進士下第。清明日，獨游都城南。得居人莊，一畝之宮❹，花木叢萃，寂若無人。扣門久之，有女子自門隙窺之，問曰：「誰耶？」護以姓字對，曰：「尋春獨行，酒渴求飲。」女入，以杯水至，開門，設床❺命坐。獨倚小桃斜柯❻佇立，而意屬殊厚。妖姿媚態，綽有餘妍❼。崔以言挑之，不對，彼此目注者久之。崔辭去，送至門，如不勝情而入。崔亦睠盼❽而歸。爾後絕不復至。

【章旨】崔護清明出遊，偶遇農家少女，兩人心中均暗生情愫。

【注釋】❶崔護　唐代詩人。博陵人。貞元進士。曾作〈題都城南莊〉詩，即本篇傳奇中「去年今日此門中……」一詩。❷資質　本指人的天資稟賦，此處指人的容貌、風度。❸孤潔寡合　清高孤僻，不喜與人交往。❹一畝之宮　占地一畝的宅院。宮，泛指屋宇。❺床　唐代指坐榻。❻斜柯　斜枝。❼綽有餘妍　美貌超過常人。❽睠盼　戀戀不捨。睠，同「眷」。

【語譯】博陵的崔護，人長得很英俊，卻清高孤僻，不愛與人交往。那年，他考進士落榜。就在清明那天，一個人去京城南郊遊玩。他走到一處村莊，發現有一所一畝左右的宅院。裡面花草茂密，卻寂然無聲，好像沒有人住。崔護敲了很久的門，才有一名女子從門縫中向外張望，她問：「是誰啊？」崔護就把自己的姓名告訴了她，並說：「我一個人出來尋訪春色，喝酒喝得口渴了，想要些水喝。」那個女子便進了裡屋，拿了一杯水出來開門，便讓崔護在榻上坐下。那個女子卻倚著桃樹的斜枝站著，對崔護彷彿甚有情義。她容顏嬌媚，姿態妖嬈，其美貌遠非常人可比。崔護不禁用話語去挑逗她，她卻默不作聲，二人只是對視良久。最後崔護辭別而去，那女子送他到門口便好像抑制不住自己的留戀傷心之情而進屋去了。崔護戀戀不捨地站在那兒，過了好久，方才一步三回頭地返回。此後，崔護便再也沒有重遊此地。

及來歲清明日，忽思之，情不可抑，徑往尋之。門院如故，而已扃❶鎖之。崔因題詩於左扉❷曰：「去年今日此門中，人面桃花相映紅；人面不知何處去，桃花依舊笑春風。」後數日，偶至都城南，復往尋之。聞其中有哭聲，扣門問之。有老父出曰：「君非崔護耶？」曰：「是也。」又哭曰：「君殺吾女！」崔驚怛❸，莫知所答。老父曰：「吾女笄年❹知書，未適人❺。自去年已來，常恍惚若有所失。比日❻與之出，及歸，見在左扉有字，讀之，入門而病，遂絕食數日而死。吾老矣，惟此一女，所以不嫁者，將求君子，以託吾身。今不幸而殞，得非君殺之耶！」又持崔大哭。崔亦感慟，請入哭之，尚儼然❼在床。崔舉其首，枕其股❽，哭而祝曰：「某在斯！某在斯！」須臾開目，半日復活矣。老父大喜，遂以女歸之❾。

【章旨】翌年清明崔護舊地重遊，才得知少女因思戀他絕食身亡。遂來到少女身邊，少女神奇地復活了。

【注釋】❶扃　關閉。❷扉　門扇。❸驚怛　驚異不安。❹笄年　古代女子十五歲可盤髮插簪，表示已經成年，稱及笄。笄，簪子。❺適人　嫁人。❻比日　近日。❼儼然　彷彿如生的樣子。❽股　大腿。❾歸之　嫁給他。

【語譯】到了第二年的清明節，崔護忽然想起去年今日的那一幕幕情景，心中抑制不住地生出思念之情，於是徑自前去尋訪舊地。只見那裡庭院依舊，但門戶卻緊閉深鎖。崔護於是在左門扇上題詩道：「去年今天就在這扇門中，人臉與桃花相映而紅；如今人面已不知去向何處，唯有桃花在春風中笑容依舊。」此後又過了幾天，崔護偶然來到城南，又去探訪舊跡。到了那裡，忽然聽到裡面有哭聲，他連忙叩門詢問。有位老人出來問他：「您不是崔護嗎？」崔答道：「是啊。」老人哭著說：「您殺了我的女兒啦！」崔護驚訝之極，不知道說什麼好。老人說：「我女兒十五歲便知書達禮，一直未嫁。自從去年之後，常常心神恍惚，彷彿失落了什麼。前幾天她和我一起出門，回來時看到門的左扉上有字，讀過之後，便回到屋裡一病不起，接著絕食數日便死去了。我老了，只有這麼一個女兒，之所以不把她嫁出去，是想為她找一位君子，我也可以有個依靠。

現在她不幸早夭，難道不是您殺了她嗎？」說完，又拉著崔護大哭。崔護也極為傷感悲痛，請求老人讓他進去為死者哭喪。進到裡屋，那姑娘躺在床上，彷彿跟活著一樣。崔護捧起她的頭，將自己的臉擱在她的腿上，哭著說：「我在這裡啊，我在這裡！」過了一會兒，姑娘睜開了眼睛；又過了半日，便復活了。老人大喜過望，便將女兒嫁給了崔護。

【賞　析】孟棨的《本事詩》是筆記體的著作，不是專門的傳奇作品集。即以〈崔護〉而論，它不具備某些傳奇情節起伏跌宕、體物淋漓酣暢的特點，但本篇的特色卻正在於它具有詩的簡約含蓄、餘韻悠遠的性質。如描寫女主人公，除了說她「妖姿媚態，綽有餘妍」而外，沒有任何具體的刻劃，但淡淡一句「獨倚小桃斜柯佇立，而意屬殊厚」便將少女情竇初開、純潔靦覥的情狀展現無餘。再如下文寫到崔護再次尋訪少女不遇時，用「人面不知何處去，桃花依舊笑春風」一詩將回憶裡的少女與現實中的桃花相互交融，營造出一種恍惚迷離的氛圍，很貼切地傳達出崔護悵惘失落之情，而又饒有詩情畫意。這當然首先是崔護詩作之力，但孟棨的融合、剪裁之功也不可忽視。

步飛煙

皇甫枚

【題　解】本篇出自皇甫枚所作傳奇《三水小牘》。《太平廣記》卷四九一也收入此篇，題作〈非煙傳〉。小說敘述了書生趙象與武官武公業的愛妾飛煙互生情愫，私相幽會。後為武公業察覺，武公業將飛煙鞭撻至死，趙象則易服遠遊。本篇是唐傳奇中直接控訴封建納妾制度和封建婚姻道德觀念的作品，思想高度超過了許多言情題材的唐傳奇。

【作　者】皇甫枚，字遵美。三水（今陝西省旬邑縣）人。曾任魯山縣（今河南省魯山縣）縣令。皇甫枚有傳奇集《三水小牘》存世，其中多有名篇。

臨淮❶武公業，咸通❷中任河南府❸功曹參軍❹。愛妾曰飛煙，姓步氏，容止纖麗，若不勝綺羅。善秦聲❺，好文墨，尤工擊甌❻，其韻與絲竹合。公業甚嬖❼之。其比鄰❽，天水趙氏第也，亦衣纓之族❾；其子曰象，端秀有文，纔弱冠❿矣。時方居喪禮⓫。忽一日，於南垣隙中窺見飛煙，神氣俱喪，廢食忘寐。乃厚賂公業之閽⓬，以情告之。閽有難色，復為厚利所動。乃令其妻伺飛煙閒處⑬，具⑭以象意言焉。飛煙聞之，但含笑凝睇⑮而不答。門媼盡以語象。象發狂心蕩，不知所持，乃取薛濤牋⑯題絕句曰：「一覩傾城⑰貌，塵心只自猜。不隨蕭史去⑱，擬學阿蘭來⑲。」以所題密緘之，祈門媼達飛煙。煙讀畢，吁嗟良久，謂媼曰：「我亦曾窺見趙郎，大好才貌。此生薄福，不得當⑳之。」蓋鄙㉑武生麤悍㉒，非良配耳。乃復酧㉓一篇，寫於金鳳牋，曰：「綠慘雙娥㉔不自持，只緣幽恨在新詩。郎心應似琴心㉕怨，脈脈春情更泥㉖誰？」封付門媼，令遺㉗象。象啟緘，吟諷數四，拊掌喜曰：「吾事諧矣。」又以剡溪㉘玉葉紙，賦詩以謝，曰：「珍重佳人贈好音，綵箋芳翰兩情深。薄於蟬翼難供恨，密似蠅頭未寫心。疑是落花迷碧洞㉙，只思輕雨灑幽襟㉚。百回消息千回夢，裁作長謠㉛寄㉜綠琴㉝。」詩去旬日，門媼不復來。象幽懣㉞，恐事泄；或飛煙追悔。春夕，於前庭獨坐，賦詩曰：「綠暗紅藏起暝煙㉟，獨將㊱幽恨小庭前。沉沉良夜與誰語，星隔銀河月半天。」明日，晨起吟際，而門媼來。傳飛煙語曰：「勿訝旬日無信，蓋以微有不安。」因授象以連蟬錦[37]香囊并碧苔箋[38]，詩曰：「無力嚴妝[39]倚繡櫳[40]，暗題蟬錦思難窮。近來嬴得傷春病，柳弱花欹[41]怯曉風。」象結錦香囊於懷，細讀小簡，又恐飛煙幽思增疾，乃翦[42]烏絲闌[43]為回椷[44]，曰：「春日遲遲，人心悄悄。自因窺覯[45]，長役[46]夢魂。雖羽駕[47]塵襟[48]，難於會合，而丹誠[49]皎日，誓以周旋。昨日瑤臺[50]青鳥[51]忽來，殷勤寄語。蟬錦香囊之贈，芬馥盈懷，佩服徒增，翹戀彌[52]切。況又聞乘春多感，芳履乖和[53]，耗[54]冰雪之妍姿，鬱蕙蘭之佳氣。憂抑之極，恨不翻飛。且望寬情，無至憔悴。莫孤[55]短願，寧爽後期。惝恍[56]寸心，書豈能盡？兼持斐什[57]，仰繼華篇。伏惟試賜凝睇。」詩曰：「見說傷情為見春，想封蟬錦綠蛾顰。叩頭為報煙卿道，第一風流最損人。」閽媼既得迴報，徑賫[58]詣飛煙閤中。武生為府掾屬[59]，公務繁夥，或數夜一直，或竟日不歸。此時恰值入府曹。飛煙拆書，得以款曲[60]尋繹[61]。

既而長太息曰：「丈夫之情，心契魂交，遠如近也。」於是闔戶垂幌(62)，為書曰：「下妾不幸，垂髫而孤(63)。中間為媒妁所欺，遂匹合於瑣類(64)。每至清風明月，移玉柱(65)以增懷；秋帳冬缸，泛金徽(66)而寄恨。豈謂公子，忽貽好音。發華椷而思飛，諷麗句而目斷。所恨洛川波隔，賈午牆高。連雲不及於秦臺，薦夢尚遙於楚岫(67)。猶望天從素懇(68)，神假微機，一拜清光，就殞(69)無恨。兼題短什，用寄幽懷。伏惟特賜吟諷也。」詩曰：「畫簷春燕須同宿，蘭浦雙鴛肯獨飛。長恨桃源諸女伴，等閑(70)花裡送郎歸。」封訖，召閽媼，令達於象。象覽書及詩，以飛煙意切，喜不自持，但靜室焚香，虔禱以候。

【章旨】趙象偶然於牆縫中窺見飛煙，便意亂情迷，大為傾心。兩人詩書往來，互訴衷腸。

【注釋】❶臨淮　唐臨淮郡。郡治在今安徽省泗縣東南。❷咸通　唐懿宗李漼年號。❸河南府　唐在東都洛陽設河南府，與京兆、太原並直屬中央，主管洛陽及附近諸縣的行政。❹功曹參軍　府的佐吏。主管宮園、祭祀、禮樂、學校、選舉、表疏、醫巫、考課官吏等事務。秩正七品下。❺秦聲　秦地（今陝西、甘肅一帶）流行的民間音樂。❻甌　小瓦盆，可當作樂器來敲擊。❼嬖　寵幸。❽比鄰　緊鄰。❾衣纓之族　仕宦、體面的家族。❿弱冠　二十歲左右。古代男子二十而冠，因剛成人，故稱弱冠。⓫居喪禮　在喪禮中。一般指父母死後服喪尚未期滿的時候（父母之喪，須服二十五個月才除服免喪）。⓬閽　看門人。⓭閒處　有空閒的時機。⓮具　全部。⓯凝睇　集中目光。睇，本作斜視。⓰薛濤牋　深紅色的小彩牋，初為中唐時四川名妓薛濤所創製。⓱傾城　對美人的讚譽之辭。源出自《漢書・外戚傳・孝武李夫人》：「北方有佳人，絕世而獨立。一顧傾人城，再顧傾人國。」⓲不隨蕭史去　不像弄玉那樣追隨蕭史而去。蕭史，周代秦穆公的女婿，善吹簫。後蕭史乘龍飛去，其妻弄玉亦乘鳳隨之而去。此處隱喻飛煙不像弄玉那樣追隨她的丈夫。⓳擬學阿蘭來　打算學阿蘭一樣來到人間。阿蘭，漢時仙女杜蘭香，下降人間嫁給少年張傅。晉干寶《搜神記》卷一載有此事。⓴當偶。㉑鄙　輕視。㉒麤悍　粗魯兇暴。麤，同「粗」。㉓酧　同「酬」。往來。㉔雙娥　雙眉。㉕琴心　琴曲中表現出來的心情。出自《史記》卷一一七〈司馬相如傳〉，傳載西漢賦家司馬相如以琴心挑動卓王孫女卓文君，文君隨之私奔。㉖泥　用柔情的言語來要求；纏著。㉗遺　投贈。㉘剡溪　在浙江省嵊縣南，為曹娥江的上游。地多藤竹，溪水清明。產紙，紙質光潔。㉙落花迷碧洞　暗用東漢時劉晨、阮肇入天台山採藥，見桃花流水，因尋至一洞，遇見兩仙女，結為夫婦的故事。詩中「迷」字表示尚未得到通向仙女居處（即碧洞）的途徑。㉚輕雨洒幽襟　宋玉〈高唐賦序〉，稱楚襄王遊於雲夢之臺，夢見巫山神女，願薦枕席，臨去自謂：「妾在巫山之陽，高丘之岨，旦為朝雲，暮為行雨。」這裡以神女比喻飛煙。㉛長謠　唐人稱律詩為長句。這是一首七律，自謙不能算詩，稱之為「長謠」。㉜寄　寄託。㉝綠琴　司馬相如的琴名「綠漪」。此喻佳琴。㉞幽懣　擔憂煩悶。㉟暝煙　暮煙。㊱將　帶著。㊲連蟬錦　一種連紋而薄如蟬翼之錦。㊳碧苔箋　一種以水苔製成的牋紙。㊴嚴妝　精細地打扮。㊵繡櫳　雕花的窗格。㊶欹　通「猗」。柔美的樣子。㊷翦　裁。㊸烏絲闌　帶有很細的黑線格子的信牋。㊹椷　通「緘」。信。㊺覯　遇見。㊻役　牽掛。糾纏的意思。㊼羽駕　仙駕。此處是對飛煙的溢美之詞。㊽塵襟　凡夫俗子。此處是趙象自謙。㊾丹誠　誠懇的赤心。㊿瑤臺　傳說中神仙居住的地方。

此喻指飛煙。51青鳥　信使。此喻指門媼。李商隱〈無題〉詩云：「蓬萊此去無多路，青鳥殷勤為探看。」52彌甚；更。53芳履乖和　猶如說「玉體不適」。乖，不順的意思。54耗　消耗。此處是消瘦的意思。55孤　通「辜」。辜負。56惝恍　抑鬱不樂的樣子。57斐什　簡陋的詩作。什，《詩經》雅、頌每十篇為「什」。後即以作為詩篇、作品的代稱。58賫　帶著。59掾屬　佐吏。60款曲　慢慢地；仔細地。61尋繹　推理研究。62垂幌　放下簾幕。63孤　喪父。64瑣類　猥瑣的人物。猶如說「小人」。65移玉柱　調整琴、瑟的音高，準備彈奏。玉柱，琴、瑟的定音弦柱，移動玉柱即調音。66泛金徽　亦指彈琴。古琴面板左方鑲嵌一排圓星點，即為「徽位」，簡稱「徽」。用金屬製成的就叫「金徽」。彈琴時左手按徽，右手撥弦，所以稱彈琴為「泛金徽」。67洛川波隔四句　洛川，指洛妃的故事。賈午，晉代賈充的女兒，愛上了賈充的屬吏韓壽，韓壽就於夜間跳牆進去和她相會。秦臺，指蕭史弄玉的故事，秦穆公曾為他們建鳳臺。楚岫，即巫山，指楚襄王與巫山神女的故事，這四句中的「波隔」、「牆高」、「不及」、「遙」都是形容他們的愛情有阻礙。68素懇　夙願。69殞　死。70等閑　隨隨便便。

【語　譯】臨淮縣有個叫武公業的人，咸通年間在河南府任功曹參軍。他有個愛妾姓步名飛煙，容貌美麗，身材纖巧，似乎連輕柔的絲綢衣服都承受不住。她善於演奏秦地的樂曲，喜愛吟詩作賦，特別擅長於擊甌，擊打起來和絲竹樂器的演奏完全合拍，武公業非常寵愛她。武家的隔壁是天水趙家的府第，也是世代官宦的望族。這家的兒子叫趙象，長得容貌端秀，很有文才，剛滿二十歲，這時正在家中服喪。有一天，趙象忽然在自己家的南牆縫中看到了飛煙，頓時失魂落魄，精神恍惚，連吃飯睡覺都心不在焉。於是就拿很多錢送給武家的看門人，把自己想結識飛煙的心思告訴了他。看門人先是感到很為難，但看到那麼多錢終於動了心。便叫自己的妻子趁飛煙空閒的機會，把趙象的意思告訴了她。飛煙聽了以後，只是笑咪咪地看著婆子而不回答。看門婆把情況都告訴了趙象。趙象聽了高興得像發了狂一樣把持不住自己，便取來了薛濤牋，題了一首絕句在上道：「一見你傾國傾城的容貌，我的心裡就生出了許多遐想。願你不要像弄玉隨蕭史乘鳳而去，而要像阿蘭那樣來到我這個凡人身邊。」寫好後，把所題的絕句密密封好，請看門婆送到飛煙處。飛煙讀完後，歎息了許久，對婆子說：「我也曾看到過趙郎，一表人才，相貌很好。但我這一生福分很薄，不能和他相配。」原來飛煙也嫌武生粗魯兇暴，不是好配偶。便酬答了一首詩作為回覆，寫在金鳳牋上道：「濃黑纖細的雙眉不能舒展，只因你的詩引發我滿腔幽恨。郎君的心應像琴心一樣幽怨，你那脈脈的春情是戀著誰呢？」寫完交給了看門婆，叫她送給趙象。趙象拆開封套，把詩篇吟誦了好幾遍，拍手笑道：「我的事情成功了。」又拿了剡溪玉葉紙，寫了首詩作為答謝道：「美人送來的好消息我十分珍重，彩牋上你的詩篇表達了對我的深情。薄似蟬翼的牋紙難以承載重重愁恨，細小如蠅頭的字跡未能盡寫你的心情。莫不是落花堆積才迷失了進入碧洞的途徑，只盼望一陣輕雨灑溼我的衣襟。百來次的音信引起我千餘次的美夢，寫成長歌以代琴曲寄給知音。」詩篇送去十餘天，看門婆沒有再來。趙象又擔憂又煩悶，怕事情洩漏，又怕飛煙反悔。這時正是春天，傍晚，趙象獨自坐在庭院前，作了一首詩道：「紅花綠樹都隱進朦朧的暮煙裡，我懷著深深的愁恨獨自坐在庭院前。長長的黑夜誰來與我共談，月亮升上半天銀河隔斷了雙星。」第二天，起床後正在吟誦時，看門婆來了，帶來了飛煙的口信道：「不要奇怪十幾天沒有音信給你，因為我害了一點小病。」便遞給趙象一個連蟬錦香袋和一張碧苔牋，上寫一首詩道：「倚在雕花的窗格上無力精心梳妝，偷偷地在連蟬錦上題詩仍難以完全表述我的思念。近來得了傷春的病，羸弱得像垂柳柔花害怕曉風的吹拂。」趙象把香袋繫在懷中，仔細地閱讀飛煙的短信，怕飛煙思念太深而加重疾病，便裁了一幅烏絲闌寫回信道：「春天的日子是那麼漫長，我的內心又是那樣愁悶。自從在牆縫中看到了你，總是魂牽夢縈。雖然你我好像仙凡路隔，難以會合，但我的一片赤誠之心可以對著太陽發誓，一定要設法和你長相往來。昨天瑤臺的信使忽然來到，轉告了你深厚的情意。又贈送給我連蟬錦香袋，使我的懷中充滿了濃濃的芳香，我對你的敬佩之情突然增加，對你的企盼和迷戀之情更加急切。況且又聽說你在春天裡觸景生情、多有感慨以致玉體違和，我擔心因此而使你冰雪一樣的美麗容貌消瘦，像蘭蕙般芬芳的氣息鬱結。這使我極其憂慮抑鬱，恨不能立即飛到你身邊。望你放寬心思，不要容顏憔悴。希望你不要辜負我這小小的願望，將來我們總會有相見的日子。我心裡的鬱悶不樂又豈能在一封信裡全部寫出來？同時附上一篇拙作，勉強算作對你華美詩篇的酬答。恭請你能看閱。」詩道：「聽說是為了見到春光而傷情，想像得到你封連蟬錦時愁眉不展的模樣。我在這裡很恭謹地對你說，風流是最傷人身體的。」看門婆拿到了回信後，直接帶著它到飛煙的小樓上。武生是府衙裡的僚屬，公務繁忙，有時隔幾天就要值一次夜班，有時整天不能回家，這時正好到府衙裡去值班。飛煙拆開信，慢慢地、仔細地研究信中的意思。接著長長地歎息道：「他的情懷，與我心相投合，神相交流。雖然看起來相隔很遠，其實是很貼近的。」於是關了門放下了簾幕，寫信道：「妾身命運不好，幼年時就死了父親，後來又被媒人所騙，才嫁給了猥瑣小人。每逢風清月朗之時，彈奏箏瑟更增加我的傷感；秋帳冬燈之下，以撫琴來寄託我的幽恨。沒想到公子忽然送來了好的音信。拆讀你的來信使我思緒飛向遠方，吟誦你的詩句後我極目遠望。可恨的是洛川被水隔斷，賈午牆高難越，秦臺高聳入雲難以登臨，要薦枕席又離巫山太遠。只希望上天能滿足我一向的心願，神明能給我一點機會，能見一次你高潔的面容，就是立刻死了也沒什麼遺憾了。又題了一首短詩，以寄託我深深的情懷。恭請你吟誦吧。」詩道：「房簷下的春燕總要雙宿，蘭池中的鴛鴦怎肯獨飛。常常為桃源的女伴們感到遺憾，怎能輕易地將情郎從桃花中送走。」封好後，喚來看門婆，叫她送到趙象處。趙象讀了信和詩，感到飛煙情意深切，高興得把持不住。唯有在靜室內焚起香來，虔誠地祈禱，等候佳音。

忽一日，將夕，閽媼促步❶而至，笑且拜曰：「趙郎願見神仙否？」象驚，連問之。傳飛煙語曰：「值今夜功曹府直，可謂良時。妾家後亭，即君之前垣也。若不渝❷惠好，專望來儀❸。方寸❹萬重，悉候晤語。」既曛❺黑，象乃乘梯而登，飛煙已令重榻❻於下。既下，見飛煙靚妝❼盛服，立於庭前。交拜訖，俱以喜極不能言。乃相攜自後門入房中，遂背釭解幌，盡繾綣之意焉。及曉鐘初動，復送象於垣下。飛煙執象手曰：「今日相遇，乃前生因緣耳。勿謂妾無玉潔松貞之志，放蕩如斯。直以郎之風調，不能自固。願深鑒之。」象曰：「挹❽希世之貌，見❾出人之心。已誓幽庸❿，永奉歡洽。」言訖，象踰垣而歸。明託閽媼贈詩曰：

「十洞三清⓫雖路阻，有心還得傍瑤臺。瑞香風引思深夜，知是蕊宮⓬仙馭⓭來。」飛煙覽詩微笑，復贈象詩曰：「相思只怕不相識，相見還愁卻別君。願得化為松下鶴，一雙飛去入行雲。」付閽媼，仍令語象曰：「賴值兒家有小小篇詠。不然，君作幾許大才面目？」茲不盈旬，常得一期於後庭。展幽微之思，罄宿昔之心；以為鬼神不知，天人相助；或景物寓目，歌詠寄情；來往便繁⓮，不能悉載。如是者周歲。

【章　旨】趙象乘武公業值夜之機，越牆進入武家與飛煙相會。

【注　釋】❶促步　急行。❷渝　變。❸來儀　邀請人的敬語。❹方寸　心思。❺曛　落日的餘光。指黃昏時。❻重榻　把榻椅之類堆疊起來。❼靚妝　塗抹脂粉打扮。❽挹　原有「取」的意思。引申為擁有。❾見　通「顯」。顯露。❿幽庸　猶如說幽冥。⓫十洞三清　道教傳說中的神仙居住的洞天福地。⓬蕊宮　即蕊珠宮，傳說中神仙居住的地方。⓭仙馭　猶如說仙駕。⓮便繁　頻繁。

【語　譯】忽然有一天，快天黑了，看門婆快步走來，笑著行禮道：「趙郎願意去見神仙嗎？」趙象吃了一驚，連連問她是什麼意思，婆子轉達飛煙的話道：「今夜恰好武生要到府衙去值班，可說是個好機會。我家的後院就在你家的前牆下，如果你對我表達過的情意至今沒有改變，我就一心等候你的光臨了。有無數的心裡話都等見面時講吧。」等到太陽落山天色昏黑，趙象就登梯子上了牆，飛煙已經叫人在牆下疊放了椅榻。趙象下了牆，見飛煙濃妝豔服，站在庭院前。相互行過禮，都高興得說不出話來，便手拉手從後門進到屋裡，就移開燈盞放下帷帳，極盡了歡愛之情。到曉鐘初響，又把趙象送到牆下。飛煙握住趙象的手道：「今天相遇，是前世的緣分，不要認為我沒有玉潔松貞的節操，才這樣放蕩。只因被郎君的風度格調打動，不能約束自己。請你要深刻地了解我。」趙象道：「你具有世上少見的美貌，又有超出常人的心意，我已向幽冥發誓，和你永遠恩愛。」說完，趙象翻過院牆回到家中。第二天，託看門婆贈詩給飛煙道：「神仙居住的洞府雖然路途阻隔，只要有心還是可以依傍瑤臺。一陣香風引得我想起了深夜的情景，知道是蕊珠宮的仙女駕臨。」飛煙看了詩微微含笑，又贈給趙象一首詩道：「思念你的的時候只怕見不到面，見了面又愁要和你分別。但願能化作松下的仙鶴，雙雙飛進那行雲中去。」把詩交給看門婆，又叫她對趙象說：「幸虧我還能做幾首小詩。不然，不知道你要怎樣在我面前充大才子呢。」從此以後，常常不到十天就在後院相會一次。陳說各自深深的情思，傾吐往日愛戀的心意；只以為人不知鬼不覺，有天神相助；有時看到美好的景物，就寫成詩歌吟誦；來往次數很多，不能一一記載。就這樣過了一年。

無何，飛煙數以細過撻其女奴，奴陰銜之❶，乘間盡以告公業。公業曰：「汝慎勿揚聲！我當伺察之。」後至直日，乃偽陳狀請假。迨❷

夜，如常入直，遂潛於里門。街鼓既作，匍伏而歸。循牆至後庭，見飛煙方倚戶微吟，象則據垣斜睇。公業不勝其憤，挺前欲擒。象覺，跳去。公業搏之，得其半襦❸。乃入室，呼飛煙詰❹之。飛煙色動聲顫，而不以實告。公業愈怒，縛之大柱，鞭楚血流。但云：「生得相親，死亦何恨。」深夜，公業怠而假寐。飛煙呼其所愛女僕曰：「與我一盃水。」水至，飲盡而絕。公業起，將復笞之，已死矣。乃解縛，舉置閣中，連呼之，聲言飛煙暴疾致殞。數日，窆❺之北邙❻。而里巷間皆知其強死❼矣。象因變服，易名遠，自竄於江浙間。

【章　旨】武公業得知趙象與飛煙的私情後將飛煙鞭打至死。趙象則易服遠逸。

【注　釋】❶陰銜之　暗中懷恨於她。❷迨　等到；及。❸襦　短衣。❹詰　盤問。❺窆　埋葬。❻北邙　在洛陽東北，漢代後為平民叢葬的墳山。❼強死　被殺害。

【語　譯】不多久，飛煙好幾次因為一點細小的過錯責打她的婢女，婢女懷恨在心，找個機會把他們的事全都告訴了武公業。公業道：「你小心點不要聲張出去，我會去偵察他們。」到了該他值班的日子，他假託有事呈條子請了假。到了夜裡，裝得像往常一樣去值班，其實卻躲在里坊門裡面。宵禁的鼓聲響過後，公業伏在地上爬行回到了家裡。他沿著牆來到了後院，看到飛煙正靠在門上低聲吟詩，趙象則爬在牆頭上斜眼看著她。公業憤怒得不得了，直奔上前要去捉趙象。趙象警覺後就跳下牆去，公業想一把抓住他，卻只扯得半幅衣襟。便走進屋裡，大叫飛煙進來盤問她。飛煙顏面變色聲音顫抖，但不肯把實情說出來。公業更加憤怒，把飛煙綁在柱子上，用鞭子打得她流血。她只是說：「活著能夠相親相愛，死了又有什麼可遺憾的。」夜深了，公業很疲倦，就打起盹來。飛煙喊她平時所喜愛的女僕道：「拿一杯水給我喝。」女僕拿了水來，飛煙喝乾水就死了。公業醒來想再鞭打飛煙時，發現她已死了。便把綑綁的繩子解開，抱起她來放到小樓中，連聲呼喊，對外人說飛煙得急病死了。幾天以後，將她葬在北邙山。但鄰居們都知道她是被殺死的。趙象聽到消息後，就改變了服飾，更名趙遠，獨身逃竄到江浙一帶。

洛中才士，有崔、李二生，嘗與武掾遊處。崔詩末句云：「恰似傳花人飲散，空床拋下最繁枝。」❶其夕，夢飛煙謝曰：「妾貌雖不迨桃李，而零落❷過之。捧君佳什，媿抑無已。」李生詩末句云：「豔魄香魂如有在，還應羞見墜樓人❸。」其夕，夢飛煙戟手而詈❹曰：「士有百行，君得全乎？何至務矜❺片言，苦相詆斥❻。當屈君於地下面證之。」數日，李生卒。時人異焉。遠後調授汝州魯山縣主簿，隴西李垣代之❼。咸通末，予復代垣，而與遠少相狎，故洛中祕事，亦知之。而垣復為手記，故得以傳焉。三水人❽曰：噫！豔冶之貌，則代有之矣；潔朗之操，則人鮮聞。故士矜才則德薄，女衒色❾則情私。若能如執盈，如臨深，則皆為端士淑女矣。飛煙之罪，雖不可逭❿，察其心，亦可悲矣！

【章　旨】洛中文士感於趙、步二人悲慘的愛情故事紛紛賦詩抒懷。

【注　釋】❶恰似傳花人飲散二句　這兩句比喻飛煙被男人玩弄，好像擊鼓催花裡的花枝一樣被人傳來傳去，最後遭凌辱而死，情人也不顧她而逃走。正像酒席散了，花枝也被拋棄了。❷零落　凋謝衰落。比喻不幸的命運。❸還應羞見墜樓人　墜樓人指晉代石崇的愛妾綠珠，因不肯屈服於孫秀的逼嫁而跳樓自盡。此處指摘飛煙不貞。❹戟手而詈　用手指著怒罵。戟手，用食指與中指指點，其形如戟。表示盛怒指責的情狀。詈，罵。❺矜　矜誇；以誇大某事為傲。❻詆斥　毀謗汙辱。❼代之　做他的後任。❽三水人　作者皇甫枚自稱。❾衒色　賣弄美色，猶如說搔首弄姿。❿逭　逃；推託。

【語　譯】洛陽城裡有姓崔和姓李的兩個讀書人，曾和武公業有來往。知道這件事後，就據此而寫了詩。崔生詩的末句為：「恰似傳花人飲散，空床拋下最繁枝。」對飛煙的遭遇表示了極大的同情。當晚，崔生夢見飛煙來感謝他道：「妾身相貌雖比不上桃花李花那樣美豔，而飄零的命運卻比花朵更不如。拜讀了您的佳作，使我非常慚愧抑鬱。」李生詩的末句為：「豔魄香魂如有在，還應羞見墜樓人。」對飛煙的節操提出了非議。當晚，李生夢見飛煙指著他罵道：「讀書人有一百種行為準則，你難道條條都做到了嗎？何必一定要把我的某些缺點加以誇大，盡情地來毀謗汙辱我呢。倒要委屈你跟我到陰司去當面對質了。」過了幾天，李生突然死了。當時，大家都感到很是奇怪。趙遠後來調到汝州魯山縣任主簿。他的後任是隴西李垣。咸通末年，我又做了李垣的後任，因此和趙遠稍有往來，也就知道了洛陽城中這段祕而不宣的往事。而且，李垣又把此事用文字記載下來，所以才得以流傳出去。三水人道：唉！豔麗多姿的容貌，哪個朝代都有；純潔清白的節操卻是很少聽見。所以說，讀書人以才華為傲就缺乏德行；女人賣弄風情姿色就行為不端。做人倘若能像捧著裝滿湯水的器皿，像站在深淵邊上那樣小心謹慎，那麼就全都是行為端正的男士和品性嫻淑的女子了。飛煙的罪過雖然無法推託，但體察她的心情，也是夠悲慘的了！

【賞　析】唐傳奇中有大量的愛情小說，其中不乏〈鶯鶯傳〉、〈霍小玉傳〉、〈李娃傳〉這樣的傳世名作，而〈步飛煙〉既沒有特別奇巧的構思，也沒有曲折的情節和超逸的想像，卻得以和上述名篇並世而傳，其中的奧祕就在於它用簡潔的語言、單純的結構樸素地寫出了典型環境中的典型人物。

為了展開趙、步二人的愛情悲劇，作者先細緻地描繪了二人的生活環境。步飛煙的丈夫河南府功曹參軍武公業「粗悍、非良配」且「公務繁夥，或數夜一直，或竟日不歸」。這一方面說明了飛煙婚姻不幸的根源，形成她與趙象愛情發展的內在動因；另一面也為日後二人的悲劇埋下了伏筆。這一特定的環境，已初步決定了飛煙的行動軌跡，它能使讀者推想到飛煙必然對丈夫不滿，心懷曠怨，有與趙象相見、相識、甚至以非正常的方式相結合的可能；而且這種可能一旦轉化為現實，則遲早將為武公業所知，並最終造成悲劇的結局。而如果缺乏這一特定環境的描寫，愛情悲劇的發展便失去了依據。

至於人物形象，皇甫枚也是按照人物性格發展的必然性和連貫性逐步深入地進行描寫刻劃的。他首先勾勒輪廓，描述飛煙「容止纖麗，若不勝綺羅」；「善秦聲，好文墨，尤工擊甌，其韻與絲竹合」。這種描寫既與她姬妾的身分相吻合，也為趙象的一見鍾情提供了可能。當她得知趙象的傾慕之情時，她不似鶯鶯的矜持，也不似李娃的狡黠，而是「含笑凝睇而不答」，這便展示了一個被壓抑、被占有，然而又渴望愛情的姬妾特有的複雜心理世界。當她被武公業「縛之大柱，鞭楚血流」之時，她毫不屈服，反而說：「生得相親，死亦何恨。」這種堅韌剛烈的個性也不是在大家閨秀身上所常見的，而是一位身處下層的婦女的本色。因此，在唐傳奇中雖然出現了大量反抗封建禮教、爭取婚姻自由的女性形象，但飛煙卻以與李娃、霍小玉、張倩娘迥然不同的獨特個性而引起歷代讀者的關注。

虬髯客傳

杜光庭

【題　解】本篇出於《太平廣記》卷一九三豪俠類。小說描繪了「風塵三俠」李靖、紅拂、虬髯客結識又分離的傳奇故事。作者既描寫了李靖與紅拂的男女戀情，又反映了隋唐之際天下混戰、群雄競逐的社會現實，同時也折射出晚唐動盪的政治現狀。小說在後代被廣泛流傳、改編。明代張鳳翼、張太和先後寫過《紅拂記》傳奇，馮夢龍有《女丈夫》傳奇，凌濛初也作過《紅拂三傳》雜記。

【作　者】杜光庭（西元八五〇～九三三年），字至賓。處州縉雲（今浙江省縉雲縣）人。唐懿宗時應試不中，入天台山為道士。僖宗時任內庭供奉。後避亂入蜀，王建治前蜀，辟為金紫光祿大夫、諫議大夫，賜號廣成先生，進戶部侍郎。晚年解官隱居青城山白雲溪，自號東瀛子。著作有《諫書》、《道德經廣聖義疏》、《廣成集》、《神仙感遇傳》等。

隋煬帝之幸❶江都❷也，命司空❸楊素❹守西京❺。素驕貴，又以時亂，天下之權重望崇者，莫我若也，奢貴自奉❻，禮異人臣。每公卿入言，賓客上謁，未嘗不踞❼床❽而見，令美人捧❾出，侍婢羅列，頗僭❿

於上。末年愈甚，無復知所負荷⑪，有扶危持顛之心。一日，衛公李靖⑫以布衣上謁⑬，獻奇策。素亦踞見。公前揖曰：「天下方亂，英雄競起。公為帝室重臣，須以收羅豪傑為心，不宜踞見賓客。」素斂容⑭而起，謝公，與語，大悅，收其策而退。當公之騁辯⑮也，一妓有殊色⑯，執紅拂，立於前，獨目公。公既去，而執拂者臨軒⑰指吏曰：「問去者處士⑱第幾？住何處？」公具以對。妓誦而去。公歸逆旅⑲。其夜五更初，忽聞叩門而聲低者，公起問焉。乃紫衣帶帽人，杖揭⑳一囊。公問誰？曰：「妾，楊家之紅拂妓也。」公遽㉑延入。脫衣去帽，乃十八九佳麗人也。素面畫衣而拜。公驚答拜。曰：「妾侍楊司空久，閱天下之人多矣，無如公者。絲蘿㉒非獨生，願託喬㉓木，故來奔耳。」公曰：「楊司空權重京師，如何？」曰：「彼屍居餘氣㉔，不足畏也。諸妓知其無成，去者眾矣。彼亦不甚逐㉕也。計之詳矣，幸無疑焉。」問其姓，曰：「張。」問其伯仲之次，曰：「最長。」觀其肌膚、儀狀、言詞、氣語，真天人也。公不自意㉖獲之，愈喜愈懼，瞬息萬慮不安，而窺戶者無停屨。數日，亦聞追討之聲，意亦非峻㉗。乃雄服㉘乘馬，排闥㉙而去，將歸太原。

【章旨】李靖謁見權臣楊素，楊素的歌姬紅拂慧眼識英雄，夜晚私自投奔李靖。

【注釋】❶幸　特指皇帝駕臨。❷江都　今江蘇揚州。隋、唐時為最大商業都會。❸司空　官名。隋唐官制，司空與司徒、太尉等官號僅為尊崇的虛銜，無實職。❹楊素　隋煬帝時為尚書令，封楚國公，拜司空。❺西京　隋都大興，今陝西省西安市。❻奢貴自奉　生活極其奢侈豪華。❼踞　坐時兩腳底和臀部著床，兩膝上聳，是一種不禮貌的姿態。❽床　坐榻。❾捧　簇擁。❿僭　超越本分。⓫負荷　擔負的責任。⓬李靖　唐朝開國功臣。太宗時封衛國公。⓭謁　拜見。⓮斂容　臉面表情嚴肅起來。⓯騁辯　施展辯才。⓰殊色　特別美的容顏。⓱軒　廳堂前有窗戶的長廊。⓲處士　對有道德學問而沒有官職者的尊稱。⓳逆旅　客店。⓴揭　挑。㉑遽　急忙。㉒絲蘿　菟絲和女蘿，都是攀附在別的樹木上生長的蔓生植物。此處比喻紅拂女。㉓喬　高大的樹木。此處比喻李靖。㉔屍居餘氣　行屍走肉，僅剩一絲氣息。㉕逐　追。㉖不自意　出乎自己意料。㉗峻　嚴厲；緊急。㉘雄服　著男裝。㉙排闥　推開門。

【語譯】隋煬帝駕臨江都去看瓊花了，命令司空楊素鎮守長安。楊素向來驕傲自大，又因為社會動亂，認為自己是天下權勢最盛、威望最高的人。因此，生活極其奢侈豪華，違背了一個臣子應守的禮節。每當有大臣來與他商量事情或有賓客來晉見，他總是伸開雙腿坐在床榻上和人見面，讓美人簇擁著自己，四周站滿了侍妾婢女，比皇帝的排場還大。到晚年愈加嚴重，已不顧自己所應擔負的扶持傾危王室的責任。有一天，有個名叫李靖的平民請求謁見他，要進獻不尋常的計謀。楊素仍伸腿坐在榻上接見他。李靖上前致禮道：「天下正大亂，各路英雄爭相起事，您是朝廷居要職的大臣，應當著意收羅豪傑，而不該踞坐著會見客人。」楊素聽後肅然起立，向李靖道歉，又和他談論，十分高興，收下他獻的計謀，李靖便告辭出去了。當李靖施展辯才和楊素談論時，有一個容貌豔麗的歌女手拿紅色的拂塵，站在楊素榻前，一直注視著李靖。待李靖離開時，拿紅拂的歌女站在堂前的長廊上指著李靖向一個小吏道：「去打聽一下剛走的先生排行第幾，住在什麼地方？」小吏便去問李靖，李靖一一回答。歌女低聲念著走開了。李靖回到了旅舍。當夜五更時，忽然聽到輕輕的敲門聲。連忙起身詢問，推門進來的是一個穿紫衣戴帽子的人，用棍子挑著一個袋子。李靖驚訝地問他是誰，來人道：「妾身是楊家拿紅拂的歌女呀。」李靖趕緊請她進來。待到把外衣、帽子脫掉一看，原來是個十八、九歲的美人。臉上不施脂粉，穿著華麗的衣服，向李靖盈盈下拜，李靖驚奇地趕忙回拜。紅拂女說道：「妾身侍奉楊司空已經很久，見過的人可說很多了，可是從沒見過像您這樣的人品。就像絲蘿不能獨自生長而一定要託身高大的樹木一樣，我是來投奔您的。」李靖說：「楊司空在京師權重一時，他若知道了怎麼辦呢？」紅拂女道：「他已經老朽了，比死人只多了一口氣而已，沒有什麼可怕的。歌女們知道他成不了大事，逃離的多著呢。他也不怎麼追拿。我早已謀劃周詳，希望您不必多慮。」李靖問她姓什麼，答道：「姓張。」問她排行第幾，答道：「老大。」看她的肌膚、容貌、談吐、氣質，真像是天上的仙人。李靖無意間得到了這樣一個美人，真是又喜又怕，剎那間思慮萬千，惴惴不安，不停地向門外張望，怕有人發覺。以後幾天，也聽到楊府追查的消息，卻也並不嚴厲。便叫張氏女扮男裝和他一起騎了馬出門，打算到太原去。

行次❶靈石旅舍，既設床，爐中烹肉且熟。張氏以髮長委地，立梳床前。公方刷馬，忽有一人，中形，赤髯如虬❷，乘蹇驢❸而來。投革囊於爐前，取枕攲❹臥，看張梳頭。公怒甚，未決，猶親刷馬。張熟視其面，一手握髮，一手映身❺搖示公，令勿怒。急急梳頭畢，斂衽❻前問其姓。臥客答曰：「姓張。」對曰：「妾亦姓張。合是妹。」遽拜之。問第幾，曰：「第三。」問妹第幾，曰：「最長。」遂喜曰：「今夕幸逢一妹。」張氏遙呼：「李郎且來見三兄！」公驟拜之。遂環坐。曰：「煮者何肉？」曰：「羊肉，計已熟矣。」客曰：「飢。」公出市胡餅。客抽腰間匕首，切肉共食。食竟，餘肉亂切送驢前食之，甚速。客曰：「觀李郎之行，貧士也。何以致❼斯異人？」曰：「靖雖貧，亦有心者焉。他人見問，故不言。兄之問，則不隱耳。」具言其由。曰：「然則將何之？」曰：「將避地太原。」曰：「然吾故非君所致❽也。」曰：「有酒乎？」曰：「主人西，則酒肆也。」公取酒一斗。既巡❾，客曰：「吾有少下酒物，李郎能同之乎？」曰：「不敢。」於是開革囊，取一人頭并心肝。卻❿頭囊中，以匕首切心肝，共食之。曰：「此人天下負心者，銜⓫之十年，今始獲之。吾憾釋矣。」又曰：「觀李郎儀形器宇⓬，真丈夫也。亦聞太原有異人乎？」曰：「嘗識一人，愚謂之真人⓭也。其餘，將帥而已。」曰：「何姓？」曰：「靖之同姓。」曰：「年幾？」曰：「僅二十。」曰：「今何為？」曰：「州將之子。」曰：「似矣。亦須見之。李郎能致⓮吾一見乎？」曰：「靖之友劉文靜⓯者，與之狎⓰。因文靜見之可也。然兄何為？」曰：「望氣者⓱言太原有奇氣，使訪之。李郎明發，何日到太原？」靖計之日。曰：「達之明日，日方曙，候我於汾陽橋。」言訖，乘驢而去，其行若飛，迴顧已失。

【章旨】李靖、紅拂與虬髯客在旅舍相遇，結為知己，並相約在太原會面。

【注釋】❶次　臨時住宿。❷虬　有角的小龍。此處意為兩頰鬍鬚如龍身般蜷曲。❸蹇驢　駑弱的驢子。❹攲　斜；傾側。❺映身　隱在身後。❻斂衽　整理衣襟。古代女子見人的一種禮節。❼致　得到。❽致　招致。此處作投奔。❾巡　斟一遍酒。❿卻　放回。⓫銜　含恨。⓬儀形器宇　儀表氣度。⓭真人　指真命天子。此處係指李世民。⓮致　引。⓯劉文靜　與李世民友善，共謀起兵。⓰狎　親近；熟稔。⓱望氣者　以觀望雲氣來窺測「王氣」所在的一種術士。

【語譯】途中經過靈石，在一家旅舍暫歇，安排好床鋪，爐子上煮的肉也快熟了。張氏解開她及地的長髮站在床前梳理，李靖在外面刷洗馬匹。忽然有一個人，中等身材，紅色的絡腮鬍像虬龍一樣蹺曲，騎了一匹駑弱的驢子來到旅舍。他將皮袋丟到爐子邊上，拿一個枕頭斜躺著，看張氏梳頭。李靖見此很生氣，但一時也不便發作，只得繼續刷洗馬匹。張氏仔細端詳這個人的面容，一手握著長髮，另一隻手隱在身後向李靖搖動示意，叫他不要發火。草草地把頭髮梳完，整整衣襟恭敬地走上前去詢問他的姓名。躺著的人答道：「姓張。」張氏道：「妾身也姓張，該是您的妹妹。」急忙拜見他。又問排行第幾，答道：「第三。」問妹子排行，答道：「老大。」客人便笑著說：「今天晚上有幸與一妹會面。」張氏向外喊道：「李郎快來見三哥。」李靖急忙進來拜見他。便圍坐在爐旁。客人問道：「煮的是什麼肉？」答道：「羊肉，大概已經熟了。」客人道：「肚子餓了。」李靖出去買來麵餅。客人抽出腰間的匕首把肉切了，三人一起吃。吃飽後，客人把剩下的肉胡亂切碎，送給驢子吃，驢子很快地把肉吃了。客人說：「看李郎的光景，是個窮書生，怎麼能得到這麼不同尋常的人呢？」李靖答道：「我雖貧窮，但也是個有心的人。別人問我，我是不會講的。既然兄長問我，便不須瞞您了。」就把事情的來龍去脈一一告訴了他。客人問道：「那麼你現在打算到什麼地方去呢？」答道：「打算到太原去避禍。」客人道：「這樣說來，我不是先生所要投奔的人了。」問道：「有酒嗎？」答道：「旅舍的西面就是酒店。」李靖就出去沽了一斗酒來。喝了一巡酒後，客人問：「我有一點下酒的菜，李郎願意和我一起吃它嗎？」答道：「不敢當。」於是客人打開皮袋，取出一個人頭和一副心肝。把頭又丟回皮袋，用匕首把心肝切碎，和李靖一起吃它。說道：「這是個天底下最忘恩負義的人，我懷著仇恨已經十年，今天才捉到了他，我的仇恨總算是消釋了。」又道：「看李郎的儀表風度，真是一個大丈夫啊。你可曾聽到太原有奇特的人嗎？」李靖道：「曾經結識過一個人，依我看來，是個真命天子。其餘的人，不過將帥而已。」客人問道：「姓什麼？」李靖答道：「和我同姓。」客人問道：「年齡有多大？」李靖答道：「才二十歲。」客人問道：「眼下在做什麼？」李靖答道：「太原留守的兒子。」客人道：「似乎有點像了，不過還需要見他一面。李郎能引我去見一次面嗎？」李靖道：「我的朋友劉文靜和他相熟，透過文靜可以和他見面。但是兄長為什麼要見他呢？」客人道：「有個術士說太原出現了一道奇氣，叫我前去探問。李郎明天動身，哪一天可以到太原？」李靖計算了一下，就把日期告訴了他。客人道：「到達後的第二天拂曉，你在汾陽橋等我。」說完，騎上驢子走了。驢子跑得飛快，轉眼便沒了蹤影。

公與張氏且驚且喜，久之，曰：「烈士[1]不欺人，固無畏。」促鞭而行。及期，入太原，果復相見。大喜，偕詣劉氏。詐謂文靜曰：「有善相者思見郎君，請迎之。」文靜素奇其人，一日聞有客善相，遽致使迎之。使迴而至，不衫不履，裼裘❷而來，神氣揚揚，貌與常異。虬髯默然居末坐，見之心死。飲數杯，招靖曰：「真天子也！」公以告劉，劉益喜，自負。既出，而虬髯曰：「吾得十八九矣，然須道兄見之。李郎宜與一妹復入京。某日午時，訪我於馬行東酒樓，下有此驢及瘦驢，即我與道兄俱在其上矣。到即登焉。」又別而去。公與張氏復應之。及期訪焉，宛見二乘，攬衣登樓，虬髯與一道士方對飲，見公驚喜，召坐。圍飲十數巡，曰：「樓下櫃中有錢十萬，擇一深穩處❸一妹。某日復會於汾陽橋。」如期至，即道士與虬髯已到矣。俱謁文靜。時方弈棋，揖而話心焉。文靜飛書迎文皇❹看棋。道士對弈，虬髯與公傍侍焉。俄而文皇到來，精采驚人，長揖而坐。神氣清朗，滿坐風生，顧盼煒如❺也。道士一見慘然，下棋子曰：「此局全輸矣！於此失卻局哉！救無路矣！

復奚言❻？」罷弈而請去。既出，謂虬髯曰：「此世界非公世界。他方可也。勉之，勿以為念。」因共入京。虬髯曰：「計李郎之程，某日方到。到之明日，可與一妹同詣某坊❼曲❽小宅相訪。李郎相從一妹，懸然如磬❾。欲令新婦❿祗謁⓫，兼議從容，無前卻⓬也。」言畢，吁嗟而去。

【章旨】虬髯客兩度會見文皇，確定文皇為真天子，遂放棄了逐鹿中原的志向。

【注釋】❶烈士　豪俠之士。❷裼裘　將正服的袖子捲起露出裘皮，叫裼裘。裼，袒露。裘，毛皮衣服。❸處安頓。❹文皇　指唐太宗李世民。太宗死後諡「文」，故有此稱。❺顧盼煒如　看人時目光炯炯有神，光彩照人。❻復奚言　還說什麼呢。奚，何。❼坊　里坊。❽曲　小巷。❾懸然如磬　空乏貧窮，像掛著的磬一樣。❿新婦　指虬髯客的妻子。⓫祗謁　拜見。祗，敬。⓬前卻　先推辭。

【語譯】李靖與張氏又驚又喜，好半天，才說道：「豪俠之士是不會欺騙人的，我們不必害怕。」兩個人便騎馬向太原而去。按預定的日期到達太原，果然又見到了那位客人。李靖非常高興，便和他一起拜訪劉文靜。李靖假意對劉文靜說：「有位善於看相的人想見李公子，請你派人去接他來。」文靜一向認為李公子是個奇特的人，一聽到有人善於看相，便急忙派了使者去接他。使者才回來，李公子便到了，穿著很隨便，皮袍的袖子還捲著。但神采飛揚，相貌與眾不同。虬髯客默默地坐在下首的座位上，見到李公子後便心如死灰。喝了幾杯酒以後，招呼李靖過來對他說：「他確是真命天子啊！」李靖把這句話告訴了劉文靜，劉文靜更加高興，以自己的善於識人而得意。離開劉文靜以後，虬髯客對李靖說：「我見過李公子後，已肯定了八、九成，但還須讓我的道兄見一見。李郎與一妹請再到京師去一趟。某天中午，到馬行東酒樓來和我會面。酒樓下如有這頭驢和另一頭瘦驢，就表示我和道兄已在樓上了，你們到了就上樓來吧。」說完就告別走了。李靖與張氏答應了此事又去了京師。到約定的日期去酒樓下探訪，果然見到了那兩頭驢，就撩起衣襬上了樓。虬髯客正與一個道士對坐飲酒，見到李靖便很驚喜，請他們坐下，一起喝了十幾巡酒後，說道：「樓下櫃子中有十萬文錢，李郎找一處僻靜穩妥的地方安置一妹後，某天再到汾陽橋和我們相會。」李靖安置張氏後，按約定的日期去了汾陽橋，道士與虬髯客已經先到了。就一起去見文靜。那時文靜正在下棋，彼此作揖後坐下談心。劉文靜趕緊派人送信去給李公子，接他來看棋。文靜與道士下棋，李靖與虬髯客在旁邊觀看。一會兒，李公子來了。只見他精神煥發，光彩照人，作揖見禮後就坐了下來。但覺得神氣清朗，滿座風生，看人時目光炯炯。道士見到後臉色頓時黯淡下來，下了一顆棋子後說道：「這一局全都輸了，就在這裡輸掉了全局，無法挽救了，還說什麼呢？」說完就停止下棋，告辭出去了。出去以後對虬髯客道：「這個天下不是你的天下，你可以到別的地方去另圖發展。好好努力，不要再想這兒的事了。」說完大家一起進京。虬髯客道：「計算李郎行路的日期，要某日方能到達。到京的第二天，請你和一妹同到某坊曲的一座小屋裡來找我。李郎與一妹結合後，家徒四壁。我想叫妻子與你們相見，也好盡情談談家常，希望不要推卻。」說完，歎著氣走了。

公策馬而歸。即到京，遂與張氏同往。一小版❶門子，扣之，有應者，拜曰：「三郎令候李郎、一娘子久矣。」延入重門❷，門愈壯。婢四十人，羅列廷前。奴二十人，引公入東廳。廳之陳設，窮極珍異，巾箱粧奩冠鏡首飾之盛，非人間之物。巾櫛❸粧飾畢，請更衣，衣又珍異。既畢，傳云：「三郎來！」乃虬髯紗帽裼裘而來，亦有龍虎之狀❹，歡然相見。催其妻出拜，蓋亦天人耳。遂延中堂，陳設盤筵之盛，雖王公家不侔❺也。四人對饌訖，陳女樂二十人，列奏於前，若從天降，非人間之曲。食畢，行酒❻。家人自堂東舁❼出二十床，各以錦繡帕覆之。既陳，盡去其帕，乃文簿鑰匙耳。虬髯曰：「此盡寶貨泉貝❽之數，吾之所有，悉以充贈。何者？欲以此世界求事，當或龍戰❾三二十載，建少功業。今既有主，住亦何為？太原李氏，真英主也。三五年內，即當太平。李郎以奇特之才，輔清平之主，竭心盡善，必極人臣❿。一妹以天人之姿，蘊⓫不世之藝，從夫之貴，以盛軒裳⓬。非一妹不能識李郎，非李郎不能榮一妹。起陸⑬之貴，際會⑭如期，虎嘯風生，龍吟雲萃，固非偶然也。持余之贈，以佐真主，贊功業也，勉之哉！此後十年，當東南數千里外有異事，是吾得事之秋⑮也。一妹與李郎可瀝酒⑯東南相賀。」因命家童列拜，曰：「李郎、一妹，是汝主也！」言訖，與其妻從一奴，乘馬而去。數步，遂不復見。公據其宅，乃為豪家，得以助文皇締構⑰之資，遂匡⑱天下。貞觀⑲十年，公以左僕射平章事⑳。適南蠻㉑入奏曰：「有海船千艘，甲兵十萬，入扶餘國㉒，殺其主自立，國已定矣。」公心知虬髯得事也。歸告張氏，具衣㉓拜賀，瀝酒東南祝拜之。乃知真人之興也，非英雄所冀㉔，況非英雄者乎？人臣之謬思亂㉕者，乃螳臂之拒走輪耳。我皇家垂福萬葉㉖，豈虛然哉。或曰：「衛公之兵法，半乃虬髯所傳耳。」

【章旨】虬髯客將全部家財贈給李靖後，遠渡海外，另圖霸業。李靖亦輔佐文皇，建立唐朝。

【注　釋】❶版　同「板」。❷重門　第二道門。❸巾櫛　梳洗。❹龍虎之狀　形容舉止氣概不凡，有帝王之相。❺侔　相比。❻行酒　依此敬酒。❼舁　抬。❽泉貝　錢幣。❾龍戰　爭奪帝位的戰爭。❿必極人臣　一定能達到臣子中最高的品位。⓫蘊　具有。⓬軒裳　車乘和服飾。⓭起陸　龍蛇起陸。指帝王的興起。⓮際會　遇合。此處指君臣的遇合。⓯得事之秋　獲得帝業的時候。⓰瀝酒　灑酒。⓱締構　指建立帝王基業。⓲匡平　定。⓳貞觀　唐太宗年號。⓴左僕射平章事　即宰相。㉑南蠻　指當時南方少數民族。㉒扶餘國　古國名，在我國東北部遼寧、吉林一帶。㉓具衣　穿上禮服。㉔冀　希求。㉕亂　作亂。㉖垂福萬葉　留傳福運於萬世。

【語　譯】李靖騎馬回去，立刻出發去京師，到達後，就與張氏同去探訪。在一座小屋前敲響了木板門，立刻就有人答應，開門出來拜見，並說道：「三郎叫我在這兒等候李郎與一娘子很久了。」便引著他們進了好幾重門，愈往裡走門愈闊大。裡面有四十個婢女列隊站在庭前。二十個僕人引李靖走進東廳。廳內的陳設珍貴奇異到了極點，梳洗用具和首飾的豐盛華麗不是尋常人家所能有的。梳洗打扮以後，又來請他們換衣服，那衣服也是極其珍貴不凡。換好衣服，下人稟報：「三郎來了。」便見虬髯客戴著紗帽，捲著皮袍袖子走出，儀態中也顯現出帝王之相。大家見面非常高興，虬髯客催促妻子出來拜見，他的妻子也是神仙一樣的人品。便請到中堂入席。酒席上的陳設和菜餚的豐盛，連王公貴族家也比不上。四人對坐宴飲的時候，又有樂女二十人排隊在酒席前奏樂，好像仙樂從天而降，全不是人間的曲調。吃完，又敬了一巡酒。家人從廳堂東面抬出二十張小床來，上面都用彩繡的綢子覆蓋著。放好床後，揭起綢帕，原來都是些帳簿和鑰匙。虬髯客說道：「這些是我全部的珍寶和錢財，我把它們全都送給你。為什麼呢？因為我原來想要奪取天下，可能要征戰二、三十年才能建立功業。現在既然出了真命天子，天下有了歸屬，我還留在這兒做什麼呢？太原李公子，是真正的英明皇帝。三、五年內，天下就會太平。李郎以你卓越的才能，竭盡自己的力量去輔佐太平天子，將來一定會達到臣子中最高的品位。一妹有仙人一樣的姿容，具有舉世無雙的才藝，憑藉著丈夫的尊貴，一定有享不盡的榮華富貴。不是一妹就不能賞識李郎；不是李郎就不能榮耀一妹。龍蛇起陸，必有風雲際會；帝王興業，就有賢臣輔佐。這就是虎嘯風生，龍吟雲萃，絕不是偶然的呀。你們拿了我贈給的財寶，去輔佐真命天子，幫助他建立功業，好好努力吧！十年以後，如果聽到東南面數千里外的地方有奇事發生，那就是我的事業成功了。一妹與李郎可向東南方灑酒祝賀我。」隨後，命所有的僮僕排隊拜見李靖和張氏，並說：「李郎和一妹從此就是你們的主人了。」說完，虬髯客就和他的妻子，帶了一個僕人，騎馬而去。幾步以後就不見蹤影了。從此，李靖就住進了虬髯客的住宅裡，成了富家豪族。得以用虬髯客的饋贈作為李世民建立帝業所需的費用，終於統一了天下。貞觀十年，李靖出任宰相。適逢南方少數民族部落入朝奏稟說：「有海船千艘，武裝士兵十萬人侵入扶餘國，殺掉了原來的國君而自己稱王，已經平定了這個國家。」李靖心知是虬髯客的事業成功了。回家告訴了張氏，兩人穿戴整齊向東南方灑酒拜賀。這才知道，真命天子的興起，並不是哪個英雄想做就能夠做到的，更何況本就不是英雄的人了。做臣子的要是胡思亂想妄圖造反，簡直就是螳臂擋車了。我大唐皇朝要將福運萬世流傳，豈是一句空話。有人說：「李衛公的兵法有一半是虬髯客傳給他的。」

【賞　析】〈虬髯客傳〉以充滿欽慕與讚頌的口吻為讀者描繪了唐朝開國的一代名君、名臣。作品出現於唐代末年是有其必然原因的。此時的唐代社會處於極度的動盪亂離之中，在朝官員相互傾軌，內宮宦官干預朝政，各地軍閥武裝各自為政，交相征戰，給人民造成了深重的災難。而此時的幾位皇帝均懦弱昏憒，無力控制局面，救民於水火。於是，處於下層的百姓自然想起了唐初的太平盛世，因此也就引起了對於太宗和開國功臣李靖等人的懷念。

唐傳奇中的游俠類作品關注的中心是俠客個人的智慧與武功，通常對最高統治者不存幻想，而且時常將俠客與以皇帝為代表的統治秩序對立。而〈虬髯客傳〉卻表現出對於開明君主的嚮往，希望有一位正直的、有才能的人來當皇帝。虬髯客沒有奪得天下，並不是因為他缺少能力與魄力，而是由於天命所決定。把天下讓給李氏父子，是他主動退避，而非戰爭失敗。他將家財贈與李靖，使李靖「得以助文皇締構之資，遂匡天下」，同時李靖的兵法，也是「半乃虬髯所傳耳」。可見，李唐成就霸業，是間接得自虬髯客的幫助。作者對虬髯客寄託了很高的希望，期盼有這樣的豪士來充當皇帝。但歷史畢竟不能虛構，他雖然把太宗的外貌賦予了虬髯（段成式《酉陽雜俎》云：「太宗虬髯」，杜甫〈贈汝陽郡王璡〉詩也說「虬髯似太宗」），但兩者終究不能合而為一。這反映了作者思想的矛盾，也反映了理想與現實的矛盾。

〈虬髯客傳〉被學者譽為有「飛動之致」，這主要表現在情節的跌宕起伏與人物性格的飄逸不羈上。例如紅拂僅見到李靖一面，便慧眼識英雄，義無返顧地投奔李靖，使這位大英雄也大吃一驚。至於描寫虬髯客切肉餵驢、吃人心肝、乘驢而去、其行若飛，一系列動作在短時間內完成，體現了一種兔起鶻落、酣暢淋漓的氣勢。對深入刻劃虬髯客的個性起了不可忽視的作用。

作品風格雖然豪放，但細節描寫卻也出色當行。最典型的是，虬髯初次登場一段。虬髯進入李靖、紅拂下榻的客棧後便「投革囊於爐前，取枕欹臥，看張梳頭」。初次見面，便呆看年輕女子梳頭，顯得唐突冒昧，但卻將虬髯粗獷、豪放、灑脫不拘禮法的性格展現無遺。而「公怒甚，未決，猶親刷馬」幾句，則妥貼地描摹出李靖的心理和性格：臨怒而忍，努力自制，借刷馬以揣度研究對手。至於紅拂則「熟視其面，一手握髮，一手映身搖示公，令勿怒。急急梳頭畢，斂袵前問其姓」，再次表現出她豪爽放達的個性和超人的識鑑能力。

新譯張載文選　張金泉注譯
新譯近思錄　張京華注譯
新譯傳習錄　李生龍注譯
新譯呻吟語摘　鄧子勉注譯
新譯明夷待訪錄　李廣柏注譯

文學類

新譯詩經讀本　滕志賢注譯
新譯楚辭讀本　傅錫壬注譯
新譯文心雕龍　羅立乾注譯
新譯世說新語　劉正浩等注譯
新譯昭明文選　周啟成等注譯
新譯古文觀止　謝冰瑩等注譯
新譯古文辭類纂　黃　鈞等注譯
新譯樂府詩選　溫洪隆注譯
新譯古詩源　馮保善注譯
新譯千家詩　邱燮友等注譯
新譯詩品讀本　成　林等注譯
新譯花間集　朱恒夫注譯
新譯南唐詞　劉慶雲注譯
新譯唐詩三百首　邱燮友注譯
新譯宋詞三百首　汪　中注譯
新譯宋詞三百首　劉慶雲注譯
新譯元曲三百首　賴橋本等注譯
新譯明詩三百首　趙伯陶注譯
新譯清詩三百首　王英志注譯
新譯清詞三百首　陳水雲等注譯
新譯唐人絕句選　卞孝萱等注譯
新譯唐才子傳　戴揚本注譯
新譯拾遺記　石　磊注譯
新譯搜神記　黃　鈞注譯
新譯唐傳奇選　束　忱等注譯
新譯宋傳奇小說選　束　忱注譯
新譯明傳奇小說選　陳美林等注譯
新譯容齋隨筆選　朱永嘉等注譯
新譯明散文選　周明初注譯
新譯人間詞話　馬自毅注譯
新譯白香詞譜　劉慶雲注譯
新譯幽夢影　馮保善注譯
新譯菜根譚　吳家駒注譯
新譯小窗幽記　馬美信注譯
新譯圍爐夜話　馬美信注譯
新譯郁離子　吳家駒注譯
新譯歷代寓言選　黃瑞雲注譯
新譯賈長沙集　林家驪注譯
新譯揚子雲集　葉幼明注譯
新譯諸葛亮集　朱永嘉等注譯
新譯曹子建集　曹海東注譯
新譯建安七子詩文集　韓格平注譯
新譯阮籍詩文集　林家驪注譯
新譯嵇中散集　崔富章注譯
新譯陸機詩文集　王德華注譯
新譯陶淵明集　溫洪隆注譯
新譯江淹集　羅立乾等注譯
新譯庾信詩文選　歸　青注譯
新譯初唐四傑詩集　李福標注譯
新譯駱賓王文集　黃清泉注譯
新譯王維詩文集　陳鐵民注譯
新譯孟浩然詩集　楊　軍注譯
新譯李白詩全集　郁賢皓注譯
新譯李白文集　郁賢皓注譯
新譯杜甫詩選　張忠綱等注譯
新譯杜詩菁華　林繼中注譯
新譯高適岑參詩選　孫欽善等注譯
新譯昌黎先生文集　周啟成等注譯
新譯劉禹錫詩文選　閻　琦注譯

新譯柳宗元文選　卞孝萱等注譯
新譯白居易詩文選　陶　敏等注譯
新譯元稹詩文選　郭自虎注譯
新譯李賀詩集　彭國忠注譯
新譯杜牧詩文集　張松輝注譯
新譯李商隱詩選　朱恒夫等注譯
新譯范文正公選集　王興華等注譯
新譯蘇洵文選　羅立剛注譯
新譯蘇軾文選　滕志賢注譯
新譯蘇軾詞選　鄧子勉注譯
新譯蘇轍文選　朱　剛注譯
新譯曾鞏文選　高克勤注譯
新譯王安石文選　沈松勤注譯
新譯柳永詞集　侯孝瓊注譯
新譯李清照集　姜漢椿等注譯
新譯陸游詩文集　韓立平注譯
新譯辛棄疾詞選　聶安福注譯
新譯歸有光文選　鄔國平注譯
新譯徐渭詩文選　周　群等注譯
新譯薑齋文集　平慧善注譯
新譯顧亭林文集　劉九洲注譯
新譯方苞文選　鄔國平等注譯
新譯袁枚詩文選　王英志注譯
新譯聊齋誌異全集　袁世碩等注譯
新譯聊齋誌異選　任篤行等注譯
新譯閱微草堂筆記　嚴文儒注譯
新譯浮生六記　馬美信注譯

【歷史類】

新譯史記　韓兆琦注譯
新譯漢書　吳榮曾等注譯
新譯後漢書　魏連科等注譯
新譯三國志　吳樹平等注譯
新譯資治通鑑　韓兆琦等注譯
新譯史記—名篇精選　韓兆琦注譯
新譯尚書讀本　吳　璵注譯
新譯尚書讀本　郭建勳注譯
新譯周禮讀本　賀友齡注譯
新譯逸周書　牛鴻恩注譯
新譯左傳讀本　郁賢皓等注譯
新譯公羊傳　雪　克注譯
新譯穀梁傳　顧寶田注譯
新譯春秋穀梁傳　周　何注譯
新譯戰國策　溫洪隆注譯
新譯國語讀本　易中天注譯
新譯說苑讀本　左松超注譯
新譯說苑讀本　羅少卿注譯
新譯新序讀本　葉幼明注譯
新譯吳越春秋　黃仁生注譯
新譯西京雜記　曹海東注譯
新譯列女傳　黃清泉注譯
新譯越絕書　劉建國注譯
新譯燕丹子　曹海東注譯
新譯東萊博議　李振興等注譯
新譯唐六典　朱永嘉等注譯
新譯唐摭言　姜漢椿注譯

【宗教類】

新譯金剛經　徐興無注譯
新譯高僧傳　朱恒夫等注譯
新譯碧巖集　吳　平注譯
新譯百喻經　顧寶田注譯
新譯楞嚴經　賴永海等注譯
新譯梵網經　王建光注譯
新譯六祖壇經　李中華注譯
新譯禪林寶訓　李中華注譯

新譯維摩詰經　陳引馳等注譯
新譯經律異相　顏洽茂注譯
新譯阿彌陀經　蘇樹華等注譯
新譯無量壽經　邱高興注譯
新譯觀無量壽經　蘇樹華等注譯
新譯妙法蓮華經　張松輝注譯
新譯景德傳燈錄　顧宏義注譯
新譯大乘起信論　韓廷傑注譯
新譯釋禪波羅蜜　蘇樹華注譯
新譯八識規矩頌　倪梁康注譯
新譯永嘉大師證道歌　蔣九愚注譯
新譯華嚴經入法界品　楊維中注譯
新譯地藏菩薩本願經　李承貴注譯
新譯悟真篇　劉國樑等注譯
新譯无能子　張松輝注譯
新譯坐忘論　張松輝注譯
新譯列仙傳　張金嶺注譯
新譯抱朴子　李中華注譯
新譯神仙傳　周啟成注譯
新譯性命圭旨　傅鳳英注譯
新譯老子想爾注　顧寶田等注譯
新譯周易參同契　劉國樑注譯
新譯道門觀心經　王　卡注譯
新譯養性延命錄　曾召南注譯
新譯樂育堂語錄　戈國龍注譯
新譯冲虛至德真經　張松輝注譯
新譯長春真人西遊記　顧寶田等注譯
新譯黃庭經・陰符經　劉連朋等注譯

軍事類

新譯司馬法　王雲路注譯
新譯尉繚子　張金泉注譯
新譯三略讀本　傅　傑注譯
新譯六韜讀本　鄔錫非注譯
新譯吳子讀本　王雲路注譯
新譯孫子讀本　吳仁傑注譯
新譯孫臏兵法　孫鴻艷注譯
新譯李衛公問對　鄔錫非注譯

教育類

新譯爾雅讀本　陳建初等注譯
新譯顏氏家訓　李振興等注譯
新譯聰訓齋語　馮保善注譯
新譯曾文正公家書　湯孝純注譯
新譯三字經　黃沛榮注譯
新譯百家姓　馬自毅等注譯
新譯幼學瓊林　馬自毅注譯
新譯增廣賢文・千字文　馬自毅注譯
新譯格言聯璧　馬自毅注譯

政事類

新譯商君書　貝遠辰注譯
新譯鹽鐵論　盧烈紅注譯
新譯貞觀政要　許道勳注譯

地志類

新譯山海經　楊錫彭注譯
新譯水經注　陳橋驛等注譯
新譯佛國記　楊維中注譯
新譯大唐西域記　陳　飛等注譯
新譯洛陽伽藍記　劉九洲注譯
新譯徐霞客遊記　黃　珅注譯
新譯東京夢華錄　嚴文儒注譯